U0901212

朝内
166
人文文库

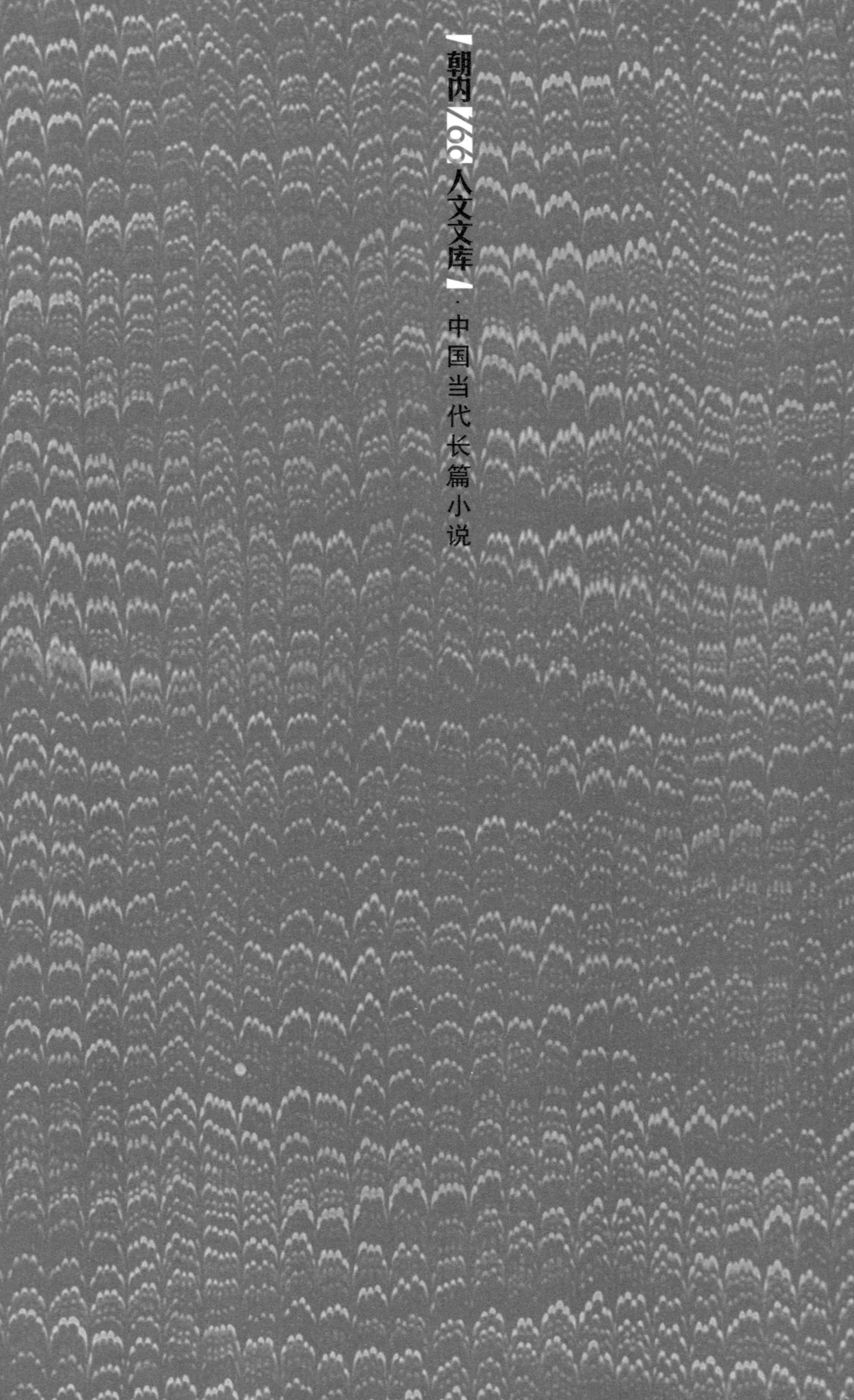
朝内166人文文库
·中国当代长篇小说

李六如 著

人民文学出版社

第二部

目　录

第七章　海外归来

一　踏进国门头两天

当俄国十月革命成功的次年，第一次世界大战结束时候，季交恕从日本东京回国了。同他一路回国的有汤谟和陈霖。前一位是在东京明治大学学法律的，平江人，家里很有钱，爱漂亮，又会吹牛皮，拉拢人，外号“小白脸”，又叫“小滑头”。后一位是在东京高等工业专门学校学纺织的，长沙人，为人不讲究吃穿，不爱说话。自一贯教书的父亲死后，只剩下一个母亲住在舅家，他便省吃俭用，经常从官费中寄一点钱与她零用。在日本留学界中，他要算是最穷苦也最用功的一个。因为彼此都是相交好几年的朋友，又都同时毕了业，好比科举时代中秀才，少年时代做新郎，感到非常愉快。加上天朗气清，坐在火车上，说说笑笑，不知不觉地一下就到了长崎。

可是从长崎开船，漫天云雾，看不到一点太阳。呜——呼——，狼嗥虎啸般的风声；啪——砰——，排山倒海似的浪声，惊天动地的互相交响着。这条十几丈长的大阪丸，被冲击得前颠后簸，左倾右摇。整个船舱里的旅客们，都静悄悄地卧着不动，也不说话，只听到一片啊啊啊的呕吐之音。季交恕心脏还好，没有呕吐，却也多少有点头晕，不像在火车上那样爽快。而且一想到回国以后，不知怎么办，觉得自己也像这汪洋大海中的孤舟。

船已渡过黄海，驶进吴淞，风平浪静了。他们这三位，才又开始活动起来。将行李收拾之后，走上甲板一望，首先看到的远景，像是一个炮台。

“那是不是把守国境的吴淞炮台？”汤谟举起右手，伸出一个指头，侧望着他们两位这么问。

“是的。”陈霖答复两个字。

“把守什么国境！敞开了的大门，谁也可以闯进闯出。唉！”季交恕长叹一声，额角上现出几道皱纹。

船进吴淞口以后，行驶比较慢。太阳已经西斜，还没有到达上海。他们三位，仍然在甲板上肩并肩地踱来踱去。

“你们打算住哪里？”陈霖问。

“我打算住美租界远东饭店。”汤谟望着陈霖，又望望季交恕。“一起住好吗？那里很漂亮。”昂着头，显现出一种得意的神色。

“不！”陈霖摇头：“几块钱一天的房租，住不起。我打算住恒丰纱厂聂润达家里，他是我的同乡。”

“汤谟不像我们，几千担租，有什么住不起！”季交恕说：“我是打算到法租界余寿松那里去。”

“那也好。日本电报通讯社的差事不错咧，余寿松前两年才毕业，听说一个月就赚得两百多块钱，另外译书的稿费也不少，日子蛮不错。”这是汤谟的话。

“是不是帝国大学的余寿松？”陈霖问。

“你认识他？”季交恕说。

“认识，他也是你们平江人，学经济的嘛，怎么改行了？”还是陈霖的声音：“我是要搞本行纺织，你们呢？”

“我打算到北京去应留学生考试，弄个把审判厅厅长做一做，至少搞个推事①。你呢？”汤谟扭转头问季交恕：“去不去应文官考

① 推事，审判案件的法官，即审判员。

试?”

“我呀,哼!”季交恕仰着脸冷笑一下:“没有背景,应什么考试?”

“那不一定。陈效文有什么背景,从日本回来就考上交通部的‘签事’,每月几百块。听说还搭股做生意,积了十几万家私,在北京买了很多房子,比余寿松强得多。”汤谟说这话的意思,做官比搞新闻事业好。

“陈效文有交通系的关系啰。”季交恕带着一种揶揄的神气,望着汤谟道:“难道我们留学就只为升官发财吗?现在是北洋军阀当权,你愿意在他们胯下讨饭吃?哼!我是要等回国以后看清楚情形再说。”

大阪丸渐渐驶近上海,老远就可以望到许多塔一般高耸在天空的烟囱,喷出一股一股的黑烟,连成一大片,好像凝聚在半空中的云朵,正在徐徐上升。陈霖站在船头甲板上,拿起挂在脖子上的望远镜,远远地望一下,喊道:“你们看!好多工厂。”一边将望远镜递给季交恕,一边说:“前两年,我请假回国时候,那里正在建厂房。这都是乘世界大战英美日无暇东顾机会搞起来的。新建好多火柴厂、面粉厂等轻工业,大多数是江浙工商业家的啦。”陈霖面带笑容。“看样子,我们中国振兴工业有希望。据说上海的中国纱厂锭子,在世界大战开始那年,还只十六万九千多锭。这四五年增加到二十一万六千多锭哩!”

季交恕接过望远镜,突然,一阵狂风吹来,他侧侧身子,扶着栏杆,瞧了一瞧。那云朵似的黑烟,好像经不起这狂风的袭击,一下子被吹得四散。仿佛是这些工业,不会长此兴旺的征兆。

大阪丸靠上了上海码头。他们这三位,一同跑下舱去,分头起坡了。这时,天还没有黑,上海客栈里来此接客的人们,黑压压的一大群,各自拿着一叠白纸红字印有旅馆招牌的名片,挤在船舱里,大嚷而特嚷:“长安旅馆!”“大东!”“亚洲!”……

季交恕携着行李，站在船舷上，正想开口喊挑夫，可是一下想起：十年前，同凌翥翔初次到汉口起坡时，被挑夫头勒索过四块钱，还挨他一顿骂；八年前，由上海到广州起坡时，被小偷扒去一个皮包。听说上海是扒手最多的口岸，我虽然在这里来往过几次，但待的时间不久，情形生疏，会不会又出岔子呢？正在这样担心着。

“大东！大东！你先生住哪里？”一个穿薄绸夹长袍的高个子，拿着旅馆名片，朝着季交恕笑眯眯地走过来，一面说：“这是你的行李吗？”一面喊人：“来！来！搬行李。”

“嗳！不要搬！我不住旅馆。”季交恕连忙摇手。

“住哪里？”

“住朋友家里。”

“朋友在哪里？”

“法租界霞飞路。”

“哦！远哪！我帮你叫马车。”那个接客的高个子，表示十分殷勤。

当下，季交恕想了一下：现已是上灯时分了，不晓得法租界霞飞路的尚贤坊还有多远？将行李交给他，至多不过花块把钱小账，免得自找挑夫，自雇车子，少去许多麻烦，于是伸出手接着那张名片问道：

“你贵姓？”

“我姓王。”

“好吧，就请你叫马车。”紧张的心头，一下轻松了。因为他知道，也仅仅知道这一点规矩：经过客栈里接客的，行李就保险不失掉。

蹄声嘚嘚，一匹又高又大，但是屁股上凸出两块大骨头的瘦黄马，慢慢儿拖着四位客人，从江边走上租界的马路上。那个接客的，也坐在这辆车上。一会儿，马车停下来了。抬头一看，红绿电光闪映出四个大字：“大东旅馆”。他们的行李，都一起被搬了进去。

“四位。”那个接客的高个子，走进大东旅馆的大门，向账房这么报告一声。

“我不住这儿，住朋友家里。向王先生说清楚了的。”季交恕这么说，同时就喊：“王先生！”回头一望，接客的王先生，不理睬似的一溜烟走开了。

“那不行。上海规矩，哪家接的客就住哪家。我们的房子分几等，都很便宜，好歹由你住。”从账房内走出来另一位，装腔作势地说：“你先生从哪儿来的？”

“从日本来的。”

“哦！这是中国啦！不行，不行。”

互相争吵一阵。季交恕生气了，马上跑出去，找来一个中国巡捕，得到他这样的调解：由季交恕出头等房钱一天四块，马车接送费三块，上下挑夫搬行李两块，接客的小账两块，合共就是十一块。

季交恕心里，虽然很不高兴，也只好乖乖地付钱。坐上刚才坐过的那一辆马车想道：“天天盼望毕业回国，以为在自己国内总比在外国好，咳！成个什么国家！”不多久，到达了法租界霞飞路尚贤坊十五号。

阔别两三年的朋友，一见面，自然不胜欢喜。季交恕洗过脸，叙过寒暄，就把大东旅馆这回事告诉余寿松：“我又当了一回土包子。上海地方的社会风气，怎么坏到这样呀？真欺负人！”

余寿松微笑：“这不算稀罕，上海租界，吃人的花样多得很。我在这两三年，还是半土包子呢。”

“我以前虽然到过上海几次——”季交恕屈指数一下：“三次。每次都只住过一两天。这一回，打算在你这里住个把月，多看看这二百多万人口的亚洲第一大城市。行吗？”季交恕和余寿松，在东京合住过“贷家”[①]，关系也很好，可是余寿松是一向独善其身，小

① “贷家”，日语，租赁整幢房屋叫“贷家”，租赁一二间房子叫“贷间”。

心谨慎,爱打算盘的人,所以最后又说出这么一句像是真又像是开玩笑的话:“你心里疼不疼?”

“欢迎! 欢迎!”余寿松一笑,站起来,拍拍季交恕的肩膀。“老朋友嘛!”伸出手,指着房子:“一楼一底。楼下是客厅,我们两口子住楼上。还有一个比较宽的亭子间,你就住那儿,不成问题。”

“你每个月收入多少?”

“二百四十块。”

“听说还有译书的稿费,译些什么书?”

“有一些。”余寿松像是很高兴的样子,马上就起身上楼,拿出一本书和一叠稿子递给季交恕道:“你看! 这是最近从东京买来的时髦书,我已开始翻译。”

季交恕接着那本书一看,乃是日译考茨基著的《马克思经济学说》,道:“哦! 据我们的教授加藤义太郎说:考茨基是马克思主义的修正派呢。”轻轻地摆一下头,接着说:“近两年的日本不同啦! 从俄国十月革命以后,什么共产主义、基尔特主义、无政府主义、工团主义,以及其他各种各样的社会主义这一类的书,多得很。许多大学,常有关于‘苏俄’①、‘劳农政府’等校外讲座。”

“这两年,中国也变啦。”余寿松也把这几年中国的情况告诉季交恕道:“有些书报刊物,也是介绍马克思学说,布尔什维克主义的。不少青年谈起主义来了。嗳! 你说共产主义好不好?”

“好是好,不过——”季交恕踌躇一下,心上心下似的踱几步:“据加藤义讲,各种社会主义学说,只有马克思主义,才是最好的科学社会主义;但是也有些人反对,说劳农政府搞得不好,会垮台。到底谁对谁不对,很难说。”一知半解的神气,摇摇头。

---

① 俄国在十月革命后,成立苏维埃俄罗斯共和国,简称苏俄。一九二二年冬,各苏维埃社会主义共和国联合起来,成为苏维埃社会主义共和国联盟,简称苏联。但我国一直到大革命时期,习惯上仍往往称它为苏俄。

“对，我也觉得这不过是理想，很难兑现。”余寿松点一下头。望望搁在这客厅旁边季交恕的一口皮箱、一个被包、一只网篮问道：“听说你买了很多书，带回来没有？”

“还有几口书箱，都交了转运店，这里边只带了十几本书。”季交恕指着那口皮箱，立即把它打开来，拿出一本很厚的书递给余寿松：“这一本是最近出版的。”

余寿松伸手接过来一看，是日译马克思著《资本论》第一卷。边翻目录边问：“只带回这一卷哪？”

“就只这一卷。第二、三卷听说还在翻译，不久会出版。嘿！它是从商品、货币讲起的。”季交恕走近前去，翻开那本书，说了几句模模糊糊的夹生话：“过去我们所学的什么生产、消费、交易、分配那一套资本主义的经济学，恐怕有些不大对？”指指自己的肚子：“饿了，快开晚饭吗？”

余寿松立即放下那本书，站起来喊：“阿升，开饭来。”

过了一会儿，当差阿升手里拿着一瓶酒走进来喊：“请吃饭。”桌上，摆着六只碗，一半是季交恕几年来没有尝过的家乡菜：腊肉、腊鱼、干萝卜丝。

“家乡菜真好吃，难怪晋朝张翰，一想到他家乡的莼菜、鲈鱼，就弃官不做回家去。”季交恕边吃边开玩笑似的说：“现在中国一团糟，没有出路。我也想回平江吃薯丝饭去，为地方做点事，你说好不好？”余寿松像赞成又像不赞成的样子道：

“好是好，可是平江地方太小了。‘处处有路通长安’，何必回平江？”

“路是有，就是找不到光明之路。所以，我不同意汤谟的意见到北京去应考，也想不出什么好办法。”

吃过饭，彼此就起身，坐在一张长沙发上。余寿松一手端着茶，一手摸着下巴，像在想什么。过了一会儿，才又张开嘴巴：

“嗳！你愿不愿意搞新闻教育事情？现在《申报》副刊、商务印书馆都在找编辑，我有熟朋友在那里。你如果愿意当编译这类的话，我可以帮忙。”

“好是好，恐怕干不了。老实说，与我的志愿也不相符。”

“怎么不相符？你还没有过足革命瘾啦？”余寿松因为在东京同他住的时候，曾经听过季交恕对辛亥革命有遗憾，还想革命的话，所以他这么说：“朋友！现在不像十七八世纪的英法资产阶级革命啦！我们中国能革出个什么名堂？”他有气无力，没精打采，慢慢地接着说一大串：“你看！从袁世凯做皇帝，将民国五年改为洪宪元年，虽因全国反对，发生‘护国’战争①，取消了帝制。可是袁世凯一死，接着就是段祺瑞当权，南北分裂，又来一次‘护法’战争②。护来护去的结果，还不是北方的皖、直、奉三系军阀，连年混战，南方的桂、滇、黔等小军阀，暗斗明争，弄得全中国民不聊生！中国政治真糟啦！老实说，我是不打算进政界的，就这样干一辈子打算了。”

“是的，我也不打算进政界，太脏。不过，我们的国家，越搞越糟，国际地位越来越低，假如不是聋子、瞎子、没心肝，怎能够只顾自己，不顾国家呢？”季交恕这么回复他。随即将前两年，中国留学生代表，为反对日本向袁世凯提出二十一条③，在东京锦辉馆开会的往事，告诉余寿松。“当我们开会时，一大群日本警察冲进来，勒令散会，而且蛮横无理，大骂：‘马鹿！’‘清国奴！’④ 我因据理力争不散，他们就拳打脚踢，衣服全被撕破。可是，我也不客气，回赏他们几个耳光。妈的！”他把夹在手指里的一支烟，猛吸一口，往沙发

---

① “护国”战争是民国四至五年反对袁世凯称帝的战争。

② “护法”战争是民国六至七年拥护民国元年的临时约法，反对袁世凯时代所谓“新约法”的战争。

③ 二十一条内容分五号，前四号除要求将德国在山东所掠夺的权力移让与日本外，还要求日本得在满、蒙、鄂、赣、粤各地有土地租借、铁路建筑、矿山开采、工商经营，甚至在全国有政治、财政、警察、军事等大权。袁世凯除第五号外，都接受了。

④ “马鹿”，日语，骂人的话。“清国奴”即亡国奴的意思。

上倒下去。“呼——”仰脸朝天，重重地吐出一股白烟。

“唉！”余寿松慨叹一声。“国家不独立，怎么抬得起头来！”

“哼！抬头！从反对二十一条以后，不论招租贷间或贷家，公然写不租中国人，欺负到这步田地，叫你怎么忍得下去？”季交恕越说越气愤。

“哦！难怪你生气。”余寿松皱着眉头说。“可是气有什么用啦！还是自己打扫门前雪算了，免得受危险吃亏！”

季交恕因见余寿松话不投机，有些不高兴。但又觉得，他虽然消极悲观，并不是反对革命的人。于是说：“寿松！‘天下兴亡，匹夫有责’，难道你我就没有责任吗？都像你这样，那中国四万万人，就等于四万万行尸走肉啦。”

“这也对。”余寿松说着，脸上有点红。

二　上海租界坏透了

今天是礼拜，季交恕因见上海是最重衣衫不重人的地方，而自己身上穿的，还是一身半新半旧的日本学生服，故邀同余寿松在街上买了几件中国绸长衣。换过装后，同去远东饭店。这是美租界一家最漂亮的旅馆，七八层洋楼，好几道电梯。乘电梯上去一拐弯，是第五层楼的公共客厅，汤谟就住在这客厅旁边的五三五号房间。

“哦！你们来了。”汤谟从客厅里慌慌张张走出来打招呼：“我房里去坐。”

这时，坐在他旁边的一位油头粉面，鲜红嘴唇，年约二十岁左右的女郎，穿着花绸旗袍，高跟鞋，正在吃吃地笑道：

“你呀！不正经。”

他们二位，跟着汤谟一同走进五三五号房间里，互道几句寒暄，季交恕就问：

"客厅里那位女的是谁？很漂亮的样子。"

"就住在隔壁房间，姓赵的姨太太，这两天才认识的。"汤谟满脸是笑容："她对我很有意思，嘻嘻！"

"嘿，你这个人哪！"季交恕指着汤谟边笑边说："在东京包女学生，到上海两三天，就吊赵姨太的膀子，真是猫儿少不了荤。我就要写封信到东京去告诉青木芳子。"扭转头："寿松！青木芳子还只十八岁，又聪明，又漂亮，可惜家里太穷，靠秘密卖淫读书，她对他的感情可好哩！"指着汤谟："你这个家伙，一过海就把她忘记了。薄情郎！真要不得。"

"唔！在日本只要不是有夫之妇，男女关系无所谓。上海不同啦，千奇百怪的花样多得很。这两天才认识的，她就对你有意思，莫非是'仙人跳'啰！"余寿松半开玩笑半警告似的。"要小心啦！乱来不得。"可是汤谟和季交恕，从来没有听说过"仙人跳"这个新名词，同声问：

"什么'仙人跳'？"

"上海的'仙人跳'多得很，要小心啦——"余寿松刚刚开始说几句什么是仙人跳；而这五三五号房门上，卜、卜、卜连响几下，像是有人敲门。

"谁呀？请进来！"汤谟刚刚站起来答应一句，陈霖把门推开进来了，一手拉着余寿松：

"呀！两三年不见，你胖了啦！"因而就把余寿松的话打断了。四个人面对面坐下，东扯西拉，谈了一阵别的事情。

"请你们上馆子去吃东西！再到大舞台去看看新戏。"余寿松表示要做东道主。

"不必客气吧！"陈霖是半推半就的口气；悬起左臂看一下手表。"十二点半，还早。"

"我才吃早饭不久，肚子不饿，谢谢你。晚上看戏，我做东。"汤谟边说边望着对面衣柜上的镜子：长尖尖的瓜子脸，光油油的西洋头，玄青色的西装，亮闪闪的黄皮鞋。他心想：比赵姨太虽然稍有逊色，但也不会相差太远。于是站起来，在房子里踱来踱去，表面似乎镇静，心里却像热锅上的蚂蚁。因为他正惦念着隔壁房子里的赵姨太，而这三个客人，却仍然啰啰嗦嗦地纠缠着。

“听说你要晋京去应留学生考试？”余寿松朝着汤谟这么问。

“唔！”

“哼！有什么好考？没有靠，就难考上啦。你看老常，那么好的学问，还不是‘名落孙山’考掉了。”余寿松又扭转脖子望陈霖：“听说你想在上海搞纺织业？中国工业太落后，你搞这行很好。”

“想是这么想，成不成功，还是问题。”

“那有什么不成功。上海是纺织业中心，聂润达又是你的同乡。”

“这两天我打听了一下，在恒丰纱厂的几个留学生，都是英、美派。”陈霖摆摆头。“很难插进去。听说日本人办的内外棉六厂，欢迎日本留学生，我又不愿意去。”

“为什么？”沉默半晌的汤谟，突然这么插一句，表示他对他们的谈话并不是完全不关心。陈霖答道：

“还是搞中国自己的工业好些。”

“日本在中国办工厂，用的是中国人，出的货在中国卖，还不就等于中国的工业！”汤谟的观点不同些。

“你这个人！那根本不同啦！怎么能够画等号？”季交恕立刻虎起一张脸皮。“这就是外国资本家输出资本的办法。他们利用中国的廉价劳动力，就地收买原料，制成商品，垄断中国市场，既不要远涉重洋，减少了运输费；又不要出入口报关，免掉了入口税。所以英、美、日等国，都在上海这些地方办工厂，赚大钱，难道是替中国发展工业吗？”

“哦！难怪，你是学经济的。”汤谟也放下了脸皮。“我们学法律的，不会吹这套法螺①。”

因为皖、奉二系的后台老板是日本，直系的后台老板是英、美。现在是皖系段祺瑞当权，日本得势。所以余寿松对这个素有亲日思想，同时又崇拜英、美的汤谟，不便当面批评，但又怕他们三位吵嘴，马上站起来岔开：“好！好！不谈了。同去吃东西。”一手拉着汤谟：“走，走，走。”

走出远东饭店的大门，余寿松立即跑向前去叫马车，大家坐上去，一直拖到英租界四马路一家不大不小的湖南馆子“潇湘馆”门口才下车。此时，已经是下午两点多钟，而这个馆子的许多小房间，差不多都被那些吃午饭的客人占满了。据说这个“十里洋场”，是白天当夜晚，夜晚当白天，不论什么生意，要到下午才开始兴旺，夜晚就顶热闹。这与内地各城市的习惯大不同。

潇湘饭馆是两层洋楼，他们四位，走进第二层楼东边的一个小房间坐下来，东西两面，全是亮晶晶的玻璃窗。从南窗看去，对面一幢半中半西式的两层楼的店铺内，一些红男绿女和穿破衣烂衫，提着小篾篮叫卖香烟果饼的人们，在那里来来往往，川流不息，像是这四马路生意最好的一家。季交恕好奇心动，站在南窗门口，伸出半个头，朝它望了一望：店门前，挂着一块长方形的横招牌，上面写着贴了金的三个大字：“青莲阁”。大厅内，星罗棋布地摆满了茶桌，坐满了人。“哦！大概是个茶馆！”他这么想着。可是又看到很多油头粉面的女人，三三两两的一伙又一伙，围着那些茶桌团团转。有的张开嘴巴，向客人说说笑笑；有的伸出手去，调调捏捏。“也许是个妓馆？”他又这么猜着，回转身子问余寿松：

“寿松！对门的青莲阁好热闹，做什么生意的？”

这时，酒菜还没有端来，余寿松正和汤谟、陈霖坐在桌子旁，边吃瓜子边谈天。他站起来，走至窗门口，望望青莲阁，又走回来，

---

① 法螺，日语，吹牛皮的意思。

说：

“这是四马路最有名的茶馆。”

“为什么这么多人在那里说说笑笑，调调捏捏？”

“打野鸡。”

“哦！那就叫打野鸡呀，早听说过，就是没有见过。”季交恕记起早年在汉口时，胡翠喜同他讲过上海的三等娼妓，有所谓“野鸡”的话；眉毛一皱：“这成何体统！”

“嘿！四马路大马路的野鸡，比东京浅草的妓女还多还坏，一到晚上，就公然成群结队在街上拉客。”余寿松瞪起眼睛。“租界上的这些娱乐税收入不少啦！哼，还不是洋大人发财。”

“为什么要拉客？”

“接不到客，班子里的龟婆就会打她，不给她饭吃。所以她们就非拉不行。……”余寿松把野鸡班子里的情形说了一些。

“咳！人生有幸有不幸，这样的鬼世界，妇女更倒霉。”季交恕不断的又叹气又摇头。

“中国街上有没有野鸡？”季交恕接着又问。

“只有娼妓。公开拉客的野鸡是租界内的特产。”余寿松答道：“这几年，上海租界的坏事，越来越多了，比中国街更坏。”

“那不见得吧？中国街的房子那么坏，那么脏，何能比得上租界内的洋房马路这么漂亮文明啦——”汤谟刚刚说到这，南窗外突然轰起一阵人声，夹杂着一些粗野的咒骂：“妈的，你知道老子是谁？胆敢在太岁头上动土呀！”“爷叔今天脾气好哩，要不，哼！老早就见阎王。”“没长眼睛啦！爷叔的蛋糕都敢偷？”还有咿咿喔喔的，像是女孩子的哭声。

季交恕他们，跑到窗口往外一看：青莲阁门口，围着一大堆人，踮起脚尖，伸长脖子往内瞧。几条大汉，正在那里指手画脚地骂。一个骨瘦如柴，约莫十二三岁的女孩子，穿着破破烂烂的补丁衣服，蓬头散发，在那里哭。她旁边丢着个篾篮，十来盒香烟，横七竖八地撒在地上。这时，潇湘馆的茶房，把门帘一卷，送菜来了。

“那是怎么回事？”季交恕用手指着青莲阁，问这茶房。

茶房眨一下眼，颇有犹豫之色，嗫嗫嚅嚅地说：“咳，先生，打人，小事啦！”

“为什么打人？”季交恕见他不敢直说的样子，道：“你尽管说罗！”

茶房打量他不像是歹人，才壮着胆子说：

“那个女孩子是卖香烟的。家里只有个六七十岁的老祖母，光靠她卖香烟过活。她穷得可怜，吃不饱，常去菜市捡菜叶填肚子。刚才她大概饿得受不住，顺手拿了爷叔一块蛋糕……租界上就是这样的，咳，菜来啦！”

季交恕见他说到什么爷叔就不敢说，又问：“爷叔是谁？怎么这样凶？”余寿松在旁边插嘴道：

“喂，老朋友，不要挖树搬根啰。”一把拉着季交恕，往椅子上一按：“来，吃！”那个茶房一边咧开嘴笑，一边点头，车转身子出去了。

“他怎么吞吞吐吐不敢说？”季交恕问。

“哼！爷叔就是流氓头。在上海这个流氓世界，谁敢得罪他们？”余寿松一五一十地告诉他：“你还不知道，从民国以来，因为连年混战，兵灾匪祸，各省逃来租界当寓公的富户、军阀、政客、流氓、土匪……各色人等，就像茅坑里的蛆虫一样多。这些人为所欲为，打个把女孩子算什么！”陈霖也像是同情那女孩的样子，问：“如此野蛮，外国人不管吗？”

“嘿，他们管？”余寿松气愤愤地说了一大串：“洋大人动不动就打人，打死人只当打死一条狗。贩烟、绑票、盗窃、抢劫等坏事多得很哩！还有从未听过的什么‘曲线模特儿’‘裸体舞’‘活春宫’，都是外国巡捕房包庇纵容搞的。他们总爱吹‘西方文明’，哼，什么文明！”

坐在旁边半晌不说话的汤谟，很不以为然，强颜作笑道：“嘿，那还不是坏在中国人!"

季交恕一听到汤谟这么说,脸色突然沉了下来。因见汤谟一向崇拜外国人,在东京时候,经常说只有外国文明,曾经为此跟他驳过嘴;现在汤谟又说中国人坏,就觉得非骂他几句不可。于是把手里燃烧着的半截香烟往地下一扔,睁大眼睛,望着汤谟道:"难道中国人都是坏蛋吗?你是哪里人?"

陈霖也一向不大高兴汤谟,因为汤谟自恃日语英语讲得好,喜欢拍外国人的马屁,洋奴作风重。可是陈霖的脾气,比季交恕温和些,不大爱讲直话,只是微微地笑一笑道:"汤谟兄!你我都是中国人啦。"

汤谟的瓜子脸上,突然红了一大片,嘴唇皮正在颤动,像是想开口。余寿松连忙站起来,一手拉着他们:

"算了,算了!逛大世界去!晚上请你们看戏。"就这样把他们的话岔开了。

大世界是一幢很高大的洋楼。他们这四位当中,只有汤谟西装笔挺,金手表,金丝眼镜,显得很阔绰。从马车上一同跳下来,余寿松走在前头,汤谟走第二。刚刚踏进大世界,乱哄哄的一大群,把走在后面的季交恕和陈霖挤开了。余寿松回转身来打招呼,不知怎的,戴在他头上的一顶硬壳呢帽,被背后的一个人一手抓去跑了。

"哦!捉扒手!"余寿松大叫一声。可是人山人海,哪里找得着?他骂道:"妈的!鬼大世界!"满脸通红。因为这呢帽是西洋货,要值好几块钱,他心里实在有些难过。可是汤谟的气概就不同,走近前去笑一声:

"一顶帽子小事,算了吧,只怪你自己不小心。我从来没有丢过东西。"

从第一层、第二层逛到最后那一层,这是有茶楼、茶馆、戏园等设备的屋顶花园。兜一个圈子之后,他们四位同在一处卖茶的地方坐下来了。这地方的四壁,都装着半截玻璃窗,内中还有几个小小的房间,摆着很精致的桌椅。季交恕正端起一杯茶往嘴里送,忽然呀的一声:"呀! 交恕!"从敞开了的玻璃窗门外,传过来这么一句叫他的声音。

"谁叫你?"余寿松望着季交恕。因为他看清了也听清了玻璃窗外喊季交恕的两位穿西装的都是湖北口音。

季交恕站起来,走至窗门口,伸出半个头:"哦! 你们啦! 久违,久违。"立即跑过去,一手拉着詹大悲,一手拉着潘怡如,略叙几句寒暄。本想多谈一下,因见这里耳目众多,有所不便,就彼此写下各人的住址,约定后天礼拜二再见,匆匆告别了。

"那两位是谁?"余寿松他们同声问。

"我的老朋友。"季交恕没有说出姓甚名谁,因为知道他们曾经到日本参加了孙中山在东京组织的中华革命党,最近回到上海做秘密活动。

光线渐渐暗下来了,电灯一开,亮同白昼。站在这高楼上放眼望去,无数的灯光,好像把整个租界,沉浸在布满明珠的大海中,显得格外辉煌。

"真好看,上海租界比东京还漂亮些。"汤谟很羡慕似的:"寿松! 你在这里搞,真好。等于住天堂。"

"好是好,可惜不是我们自己的天堂。"余寿松这么答复他。季交恕和陈霖依然四顾没作声。

"走,看戏去!"余寿松说一声,就领先下楼,汤谟仍然走在第二。此时,大世界门前的往来行人,比下午更多些。他们四位,正在上马车,不知怎的,一个穿着相当漂亮的年轻人,朝着汤谟喊一句:"久违。"汤谟一怔,记不得是谁。刚一欠欠身子,问他贵姓,那人就一拱手,伸出三个指头,像老鹰抓小鸡似的,一手把汤谟鼻梁上的金丝眼镜攫去,交给另一个,往人群里一钻,不知去向。

"哦? 喝!"汤谟叫一声,坐在马车上大发脾气:"上海地方真坏真坏……可惜,要值十多块钱。"

"一副眼镜小事,算了吧,只怪你自己不小心。"余寿松仍然拿汤谟的话笑汤谟。季交恕也笑起来:"这就是租界上的文明!"陈霖插一句:"天堂!"就这样东说西笑地奚落他几句,走进了"大舞台"。

这个新修的戏台是活动的,能转的。民国以来,上海地方,特别提倡文明戏(话剧),特别讲究灯光和布景。专演文明戏的漂亮戏园,就有好几家。这里今晚演的戏名《新华梦》。季交恕坐在余寿松右旁。刚一开幕,就是劝袁世凯做皇帝的筹安会的"六君子"胡瑛、孙毓筠、李燮和、杨度、严复、刘师培先后出台。季交恕一看,知道前三名是国民党老党员,后三名是宪政派,但他只见过胡瑛和杨度。他觉得扮演杨度的虽没有什么出入,扮演胡瑛的,未免太不像样了,就侧着头朝着余寿松道:

"扮胡瑛的太不像。"

"你认识胡瑛?"

"认识。他是个白面书生,为什么扮成两肩高耸,满面烟容的丑相?"

"他后来是吃鸦片烟的,报上都载过。"余寿松不经意地又补充一句:"革命党太不像样!"

"唔!"季交恕慨叹一声,似不免有今昔之感,骂了一句:"妈的!这些叛徒。"随即又换过口气,郑重地说:"寿松!这也不算稀奇,米谷里免不了有糠秕,沙子里有时也有黄金,不能一概而论。"

"对。"余寿松意识到自己的话有语病,马上就转口声明:"我是说胡瑛那般人。"陈霖和汤谟坐在左边,眼睁睁地望着台上,没有插嘴。

现在,换过另一幕了。红绿灯光照射下的三海、新华门、怀仁堂、勤政殿等布景,活现在眼前。季交恕虽没有到过北京,意会到这就是总统府。一会儿,袁世凯出场,道白里边,有"中华帝国"这样的话,季交恕惊奇地说:"唔,寿松!袁世凯做皇帝只改元为'洪宪',没有改民国为帝国呀,这句话不对吧?"

"他有这样的准备,可是没有来得及就死了。我还有一块铸有'中华帝国'字样的大洋。"余寿松将拇指和食指曲成一个圆形做手势。"还没有在市面上行使过的,等一下回去,我拿给你看看。"坐在余寿松左边的陈霖和汤谟也听到了,这才一惊问道:

"哦!还有这么一回事呀!从来没有听说过。"

一幕又一幕地演过去,从"六君子"上劝进表,到袁世凯称帝未成而气死,将近闭幕了。季交恕皱皱眉头,轻声地朝着余寿松说了这么两句:"死了一个袁世凯,又来一个段祺瑞。北洋军阀不打倒,中国没有办法。"

余寿松仅只点点头。他可能怕在公共场所失言,立即抬起左臂看手表:"十二点半,快散戏了,早点走吧!免得拥挤。"于是大家一同起身离开了大舞台。

第二天上午,尚贤坊十五号,走进去一位客人,这就是陈霖。余寿松不在家,当差阿升,把他引到楼上季交恕的房子里。

"同去逛逛公园好不好?"陈霖说。

"好呀。去。"季交恕答应一声,立即披上长衣,一同走下楼。在张园愚园逛一阵之后,走过法国公园门口,看到挂有兼写着中国字和外国字的牌子:"华人与狗,禁止入内。"那里还站着一个戴笠帽的安南巡捕。

"妈的!"季交恕走在前头,用手指着那个牌子,车转身对着陈霖说:"你看!这还把中国人当人吗!"这时,他心里就像燃着一把火,脸上烧得通红,全身血管就像快要爆裂。他攥紧拳头几晃。

陈霖也很气愤似的鼓起两只眼珠,望着那块牌子骂一句:"哼!真混蛋!"

突然间,"呜!呜!"响了两声喇叭。从汽车里走出来一个穿西装的黄脸皮,带着一个穿旗袍的太太,也是黄脸皮,大摇大摆走进这公园。守门的巡捕没有拦阻他。因见汽车前面贴有一块"汇理洋行”的小牌子，他们猜想，这可能是当买办的，即所谓“高等华人”。

“洋奴，王八蛋！”季交恕和陈霖同样的鼻子一耸：“哼！”从丹田里喷出一股气来：“走！”非常愤激的样子。马上就搭上电车，去远东饭店找汤谟。

“汤谟有钱，要他请客。”刚一下车，陈霖说。

这位汤谟，因为受了赵姨太的吸引，一心一意地记着他隔壁那个房间。只因她的丈夫赵汝荣装作管理很严的样子，使他拢不得身。昨天从大舞台一回去，赵姨太就向他打招呼：“我们赵老爷，准定明天上午去虹口有事，要下午才回来。”这位汤谟就好比饥鹰见了小雏，恨不得一下把她吞下去。从夜晚等到天明，又等到吃过早饭，讨厌的赵汝荣，才慢慢地提着一个小皮包下楼。

这时汤谟盯梢似的望了一会儿，然后蹑手蹑脚地溜进去。赵姨太一见，装出一种艳笑的姿态，头儿扭，发出娇滴滴的声音说：“嗳哟！你呀！不关拢门啦。”汤谟一听，车转身子关上门，猛虎扑羊似的双手搂着她。正在缠绵悱恻时候，房门上忽然咯咯咯响了几下，像是有人敲门。

“谁呀？”赵姨太一手推开汤谟道：“快躲。”汤谟马上往床下一钻。赵姨太然后向前去开门，问：

“你怎么又回头？”朝着赵汝荣使一个眼色。

“忘记一件东西没有带。”赵汝荣不动声色地问：“关着房门干什么？”立即弯下身子，望见床下有人，故意用很凶恶的语气问：“谁？”一手把汤谟拖出来。汤谟面红耳赤，目瞪口呆，就像一具僵尸。赵汝荣给他几个耳光，骂道：“你这狗东西，引诱良家妇女呀！”又一手抓着赵姨太：“贱妇，谁叫你偷汉子！”举起手，俨像要打老婆的神气。

“不是我，他强——”赵姨太刚刚说出一个“强”字，汤谟就嗫嗫嚅嚅地声明：“不、不是……”他是懂得法律的，生怕说成是强奸，不仅丢面子，还会处徒刑，因而接着就提出要求。“对不起，我赔罪……”立即下个跪，爬起来就想走。

赵汝荣使劲揪住他，怒道：“这么便宜呀，赔偿名誉。”

汤谟此人，平常虽很神气，这时却驯顺得像一条哈巴狗，低声下气直点头：“好、好好！怎么赔？”赵汝荣心中早已有数，现在看见他如此服帖，觉得还可以狠狠敲他一下：

“两千块。”

“老兄，没有这么多啦！我只有两百块……”

“好，这里不好讲，”赵汝荣一手揪住汤谟的衣领，使劲往外拉：“到捕房讲理去！”赵姨太在一旁假装呆呆地看着。

“不、不，老兄，有话好商量！”汤谟最怕去捕房。“还要……要多少？”

“不要多讲，两千！”赵汝荣更加声色俱厉。

“我实在没那么多，”汤谟两条腿弯起来，差不多贴到地面的姿势，“老实说，我一共只剩下七八百块钱，还要去北京考试，吃饭……”

“你知道强奸妇女是犯法的吗？”赵汝荣对赵姨太使了个眼色：“饶你的狗命，七百就七百，立刻交。”

汤谟箱子里所剩的七百多块钱，现在就一下全被他敲去。赵汝荣得到这笔钱，立即带着赵姨太搬开，连影子都不见了。汤谟心里又懊丧，又痛心。正在掩着房门自思自想的时候，季交恕和陈霖一脚踏进去。

“汤谟！你有钱，今天要请客。”把门一推开，陈霖就这么喊。

汤谟有力没气地从床上爬起来，神色很不正常，随口应道：

“还有什么钱，一下都搞光了。”马上又转口：“哦，哦，都失掉了。”言辞闪烁，表情很不自然。

“怎么一下都失掉了？是不是小偷？”陈霖一听，睁大两只眼睛，像是有点惊讶。

“嗳！嗳。”词穷色窘的汤谟，就只这么嗳两声，然后又半吞半吐地说：“是——唔，不是的。”

季交恕立即想起头一次所看到汤谟和赵姨太那回事，这么问：

“是不是‘千金买笑’给了她？”把头一歪，朝着隔壁那个房间努努嘴。

汤谟一怔，又想瞒，又想说，脸皮上显现出极不自在的神气：

“那个臭婊子走了。”他们两位，知道其中必有缘故，于是一再追问。汤谟被追得没有办法，又因为他们是熟朋友，不得已，才吞吞吐吐地说出这个圈套来。

季交恕从汤谟那里回到尚贤坊，立即告诉余寿松：“难怪你说上海租界坏，这是不是‘仙人跳’啦？”

“呀！糟糕。”余寿松惊叹一声。“这只是很简单的小‘仙人跳’啰，几百块钱。还有许多奇怪花样的‘仙人跳’，几千块的不少啦！都是些‘拆白党’搞的。还有很多干别种行当的拆白党，他们弄了钱，大家就照分。”

“什么拆白党？”

“就是那些没有职业的青红帮流氓，成群合伙，叫长得漂亮的女人，吊阔少爷或大老爷的膀子；漂亮的男人，吊阔姨太太同小姐，或者寡妇的膀子。搞‘仙人跳’的，很多是假夫假妻啦。……”余寿松把上海这些奇闻怪事，一五一十地说了一大堆，摇摇头：“啐，啐，上海租界坏透了。”

三 彷 徨

淡黄色的太阳，早已照射到屋顶上。尚贤坊这一带，还是静悄悄的，人都没有起床。只有咕噜咕噜的几辆粪车和嘁嘁喳喳洗马桶的声音，把季交恕一下惊醒了。看看手表，九点多。他还是一贯的急性脾气，刚一想到前天和潘怡如、詹大悲约定今天见面，并想从他们那里打听革命的情形，立即奋身爬起来。洗过脸，就跑下楼，站在弄堂门口高声叫道："黄包车！"

"哪里？"两位打赤脚的黄包车夫，都是穿着破烂单衣服，各自拖着黄包车，争先恐后地跑过来抢生意："老爷！坐我的！""老爷！坐我的！"

"跑马厅。快！快！"季交恕表示很内行的样子，一脚踏上先到自己跟前的黄包车。那位年纪比较老些的黄包车夫，没有抢到这生意，将车把往地面上一搁，从腰间抽出一支旱烟筒，顺手在车把上敲一下："妈的！"然后往嘴里一塞，有点气愤，又好像有点颓丧。

"不行。拖过法租界你去换车。"这位年轻车夫，立即拖起黄包车边走边说。

"怎么不行？"

"跑马厅是英租界，法租界的黄包车，不准拉过英租界的。"

"哼！"季交恕的脚，不自觉地在车子上跺了一下。

"怪不得我，老爷！这是洋人的规矩，哪一国的租界都一样。"黄包车夫吃惊似的扭转脖子说。

"不是怪你。"季交恕边答边想："在中国领土内，连行路的自由权都没有，国内有国，成什么样！到上海几天，耳闻目见，全是令人怵目伤心之事，咳！"低着头，虎着脸，一直被拖到英租界口上换过车。

距跑马厅不远的弄堂里，一所两层楼的小洋房，就是詹大悲和潘怡如他们的秘密住所。季交恕跳下车，举起手来按电铃。

"你贵姓？找谁？"一位四十来岁的娘姨①，打开半边门，伸出头，朝着他打量一下。

"我姓季。找潘先生同詹先生，前天约好我来的。"季交恕一面说一面拔脚往内走。

---

① 上海话叫女用人为娘姨。

"还没有起床。"那位娘姨,摊开两手拦阻他:"昨晚打麻将,天亮才睡觉。"

季交恕停停步,看看自己的手表,已到十点半。他猜想:"难道是借故挡驾的?照想不会。可能当真在睡觉,因为通晚打麻将,是大城市里的风气,尤其上海地方。"于是说:"等一下再来。"从口袋里取出小皮夹,将一张寸把长印有"季交恕"三个字的硬白纸名片,交给那娘姨。随即转身,叫一辆黄包车,往先施、永安公司那些地方逛了一阵。再看手表,十二点了,才又叫车回转跑马厅来。

此时,潘怡如正在楼下客厅内,一见季交恕,就堆起笑容:"对不起,对不起,打了一夜牌。"张开两只臂膀。"请坐,请坐!"

季交恕也同样笑一笑:"不客气,不客气!"一屁股坐下来。因为是老同志,直爽地说:"打夜牌,对身体不好;睡晏觉,也不像样。"

潘怡如笑笑:"对。不过上海这地方,吃酒、打牌、晏睡、晏起,成为一种风气。你才来,假如住久了,还不是这一套!嘿,嘿!"立即拿出咖啡和香烟招待他,一面叙几句寒暄。

潘怡如这几句话,虽是说明当时的现实,可是在季交恕的心里,却一下活动起来:"过去,潘怡如比较严肃,尚且受这种环境影响变了样;而自己能够不受环境支配吗?恐怕不如谨小慎微的余寿松那样稳重。"因此他没有反驳,只是说:"这样的鬼地方太坏,我是不想久住的。老詹呢?起床没有?"

"起来了,覃理鸣找他有事,刚出去,过一会儿就回来的。"

"啊!理鸣也在上海?"季交恕很高兴地问潘怡如,因知道覃振从同盟会时代起,就跟着孙中山干革命,一直到国民党失败,始终没有反复过。因而说:"怡如,他是一个比较有骨气有正义感的好人咧。现在怎样?"

"好,现在也革命。就是生活上有些浪漫,好玩。"潘怡如答复这两句,就扯到过去武昌起义时候的一些熟人道:"不像胡瑛、孙武那般家伙,中途变节。"经他这么一提起,季交恕也就联想到前两天

同余寿松他们在大舞台看文明戏那回事,他说:

"胡瑛劝袁世凯做皇帝,真可耻!孙武没有变节吧?"

"哼,袁世凯做皇帝,封黎元洪为武义亲王,黎元洪辞谢不受。封孙武为武义侯,他居然称臣谢恩,这还不是变节?"潘怡如说此话时,满面怒容,立即长叹一声:"唉!可惜文学社的同志,辛亥年牺牲那么多,以后护国、护法,死的死,杀的杀,差不多被袁世凯搞光了。尤其杨王鹏,死得最惨,你看北洋军阀可恨不可恨!"

已近一点钟,才叫吃早饭。这小厅上,除他们两位以外,就只有从来没见过面的两位太太同在一起吃。彼此客气几句,季交恕也不便明问她们的来历。因为上海地方轧姘头,娶临时太太,是常事。待她们吃完上了楼,季交恕带着怀疑的口吻问道:

"从前在武昌见过你们的嫂子,好像不是这两位吧?"

潘怡如掩口一笑:"冒名顶替的太太。因为秘密活动,两个单身汉,不像住家。"这时候,墙壁上的门铃,当——当!发出了一长一短的响声。潘怡如知道这是他们自己叫门的暗号,立即起身去开门。季交恕也跟着站起来,一看,两位都是熟人——詹大悲和覃振。

"哦!你回国啦!刚才听得大悲说过。"覃振的声音很洪亮,仍是和早几年一样的又风流又爽快的神气。同季交恕谈一阵,笑哈哈地问怡如:"太太呢?"不等他的回答,接着又来一句:"打牌打牌。"于是拖开吃饭的桌子,叫娘姨收拾了碗筷,就劈里啪啦的大喊其碰和。两位临时太太,坐在桌旁,边招待客人边当军师。

季交恕是素爱打牌而且会打牌的,可是因心里惦念着一大堆问题:自己到底干什么?同不同他们一起搞?国内的情形怎样?正在如此思考时候,坐在下手的覃振,发出一张白板。因为心不在焉,走了碰。这一手牌,本来只要一碰就可以落听望和的,现在反挨了对门的一个三番下庄。幸亏是一块钱一底的小牌,而且上场连和了好几手,还没有输钱。正是"心猿意马",牌兴不高,他想抽身先走。恰巧门铃一响，走进来一位见过面的熟人。“来！你接场。”立即让位，喊一声：“再见！”走了。

此后好几天，虽然没有雨，可是大雾沉沉。季交恕一连往跑马厅好几次，都没有碰到潘怡如和詹大悲，心里更烦躁。因为这两天，汤谟要往北京应试，陈霖到南通纱厂去找事，于是就改换方向，去看汤谟和陈霖。在他们那里谈一阵，仍然搭电车回尚贤坊，已是晚上十点钟了。还在路上，他的思想，就像波浪般的一起一伏：他叹惜学有专门技术的陈霖，在上海这纺织工业最集中的地方，尚且找不到职业；他不相信仅会讲几句外国话的汤谟去北京能够考上官。他怀疑：自己既无钱财，又无背景，虽则这几年读了一些书，全是社会科学，又有什么用？陈霖想走的路，他不能走；汤谟想走的路，他不愿走。一会儿，走进尚贤坊十五号的亭子间，站在向着马路的窗门口，抬头一望，满天乌云，朝下一看，车儿、马儿、人儿，一片嘈杂之声。他觉得上海租界，虽然繁华热闹，但耳闻目见，全是肮脏黑暗，于是长叹一声：“唉，怎么办？”旋即跑往前楼，喊道：

“寿松！陈霖同汤谟快走啦，你知不知道？”

“知道。”余寿松放下笔来。“你坐！”

“陈霖学得很不错，毕业后，在日本纱厂内实习过一年多，还找不到事，真可惜！”

“毕业就失业的多啦！留学也没有什么意思。”余寿松把放下了的笔杆拿起来一晃。“假如我不改行搞这个，早就失业了。哼！你我这些硬骨头，既不会吹牛皮，又不愿拍马屁，一辈子得不了志。”说这话时，他的颈脖上，现出一条一条的青纹。“朋友！不要三心二意，就拿笔杆子算了吧！去《申报》副刊搞编辑，每个月也有百多两百块，还可自己译书。”

季交恕没有置可否，仰脸望着天花板，把夹在手里的那支香烟往口里一插，慢慢地喷出一缕白烟。他正在想：搞新闻事业是好的,可是言论不自由。何况上海是外国人的势力范围,实在看不惯那些高视阔步的洋老板。干革命?根据过去经验,没有坚强领导的政党不行。现在的情况到底怎样呢?明天再去怡如那里问个明白,试试看。假如好的话,那就同他们一起干,同时兼搞新闻事业。只要打倒军阀,建立民主,中国总有富强的一天,那我就学有所用了。于是道:

“寿松!你这样关心我,当真是好朋友。不过——”说到这,他把心里所想的话咽下去了,摸一摸脑袋。“不过我还想看看几位老朋友,玩几天再决定。好不好?”

“三两天就可以,再久不行啦!因他们正急于要人。”余寿松像有点不耐烦的神情,用沉重的语调说:“找职业难啦,不要失掉机会。”

“对,找事不容易,陈霖就是个例子。即如你吧,留学十几年,精通三国文字,中国书又读得这么好,还不是埋没在弄堂里!所以我常说,中国革命不成功,政治不上轨道,什么事都搞不好,谁都可能失业。”

余寿松微微地点头道是。又谈一阵家乡情况,然后分手睡觉去了。

夜半十二点多钟了,亭子间的窗门外,还是人声嘈杂,车马喧腾。季交恕爬上床去,不但睡不着,而且心里越发纷扰焦躁起来。他想起近三十年来所走过迂回曲折的道路,留了几年学,虽比过去多读了一些书,多知道一些东西;然而知道得越多,烦恼也就越多。他想起国家的前途,更想起自己的前途,翻来覆去,眼巴巴的一直到天亮。吃过早饭后,他又急急忙忙地去找潘怡如和詹大悲。

正好,他们刚吃完早饭。詹大悲和潘怡如一见是季交恕,站起身来打招呼:

“吃饭没有?”

“吃过了。”

“楼上去坐!”詹大悲领先,季交恕和潘怡如一起跟着他上楼。

这是一间小小的厅子,除开几张宁波桌椅,还有一套小沙发。东边两间房,就是他们两位的卧室。靠近沙发旁边这一间的写字台上,堆着几本书和杂志。

“唔,新青年。”季交恕正要往沙发上坐,一眼看到一本出版物的封面上有这么三个大字,就问:“那是什么书?谁的?”

“《新青年》杂志,我的。”潘怡如说。

“我是问谁著的。”

“哦!”潘怡如这才明白他问话的意思,立即拿起那本杂志来。“这是近年出版、销行最多、影响最大的好杂志,陈独秀同李大钊主编的。他们是赞成苏俄劳农政府的咧!”

“你们赞成不赞成苏俄劳农政府?”季交恕接过那本杂志,一边翻,一边问他们。“十月革命真是世界历史上开天辟地的大事情呀!”

“当然赞成。”潘怡如、詹大悲同声说。

“《新青年》还有些什么主张?”季交恕因为初回国,第一次看到这杂志,接着问。

“主张世界上各被压迫民族友好互助,主张尊重劳动,开展民众运动,改造社会,反对军阀、财阀。”潘怡如看着季交恕,微微地笑道:“嘿嘿!李大钊还主张中国也走苏俄社会主义道路咧,你说行不行?”

“唔!”季交恕若有所思,说:“我还有些搞不清,很想研究一下。”

“对!我也想研究一下。”潘怡如说。

“你好啦,这几年专门求学,比我们东奔西走的强得多。”詹大悲很有感触地说:“咳!我们这几年,是徒劳无益。你看,现在全中国就只有西南几个省不在北洋军阀范围之内啦!孙先生在上海,你知不知道?”

“他不是在广州军政府当大元帅[①] 吗?”季交恕问:“怎么在上海?”

“军政府改组啦——”詹大悲拖长嗓音,慢吞吞地摇一下头。潘怡如比较干脆些,紧接着说:

“还不是搬起石头打自己的脚!为着反对北洋军阀,拉拢西南实力派唐继尧、陆荣廷他们,搞了个军政府,”说至此,很气愤的大声道:“好啦!他们搞好了,就要取消大元帅首领制,改为七总裁。实际是排挤老头子的。看你气不气!”潘怡如刚说完,詹大悲立即补充这两句:

“什么他们,还不就是我们国民党的政学系那班人!”

“孙先生回到上海怎么办?”季交恕问。

“有什么办法?哼!派别分歧,国民党这个烂摊子,真没有搞头!”潘怡如长叹一声,望望詹大悲:“依我看,老是联甲派打乙派,联小军阀打大军阀这一套,不是办法。”

“是呀。”詹大悲轻声细气的:“孙先生也打算把国民党重新整顿一下,但又没有想出一个好办法,只好关着房门写书[②]。”

“老实说,国民党不重新整顿,搞不出什么名堂。”潘怡如接着说:“只有越搞越糟!”

此时,季交恕怀着满脑子的热情,一下被他们这些话冲凉了。他本来还希望跟他们继续一块搞,现在就好像泼了一瓢冷水似的,哆嗦着。

时光过得快,不知不觉地又是一个礼拜。据余寿松说,《申报》副刊同商务印书馆都找到了人。季交恕想道:“自己家里,还有两百担租,暂时没事干,也不愁没饭吃。”可是,“继不继续革命?”这念

---

① 广州军政府在护法战争时期成立,由非常国会选举孙中山为大元帅,与北京军阀政府对抗。

② 《孙文学说》就是这时候写成的。

头仍时时在他脑子里反复萦回着，故仍不时往詹大悲、潘怡如他们那里跑一跑，谈一谈。无奈越谈他心里就越冷，越失望；越打听就越知道国民党里边，虽然有些好的，但腐败渣滓不少，没有希望。最后才下决心：不如暂回家去看看再说吧！

第八章　还 乡 后

一　重逢旧友话时艰

将近重阳，虽则秋气萧森，凉风习习，然而好几年不见家乡的季交恕，一进平江县里，倒觉得温暖如春。慈祥和蔼的婶母连雪梅、温柔恭顺的老婆钟桓英和玲珑活泼的三个儿女的面孔，好像都一下显现在他的眼前。他的非常愉快的心，勃勃地跳动起来。坐在布篷轿子里，时时伸出半个头，东张西望，看见很多乡下人，肩着一捆又一捆的白大布往县城去卖。他想起这个地方，除茶、麻、油、纸四大出口产物以外，平江大布在长沙汉口都有名。虽是手工业生产，但在本县的经济上说来，也占着很重要地位，可以发展与改良。同时想起这个地方，虽说是“山洲草县”，然而人口多，一般文化不算太低。假如把下层老百姓搞起来，发展教育，振兴实业，未必不可以在地方上做出一番事业。“登高必自卑，行远必自迩”，先搞好自己的县，也是好的。假如各县各省都如此，未必不可以富国强兵。可是又一转念：现在的中国，几乎没有一块干净土，不从根本上把政治搞好，区区一个县，能起多大作用？再出去吗？英雄无用武之地。终老林下？又不愿意，而且也不甘心。于是仍像在上海时候一样的烦恼起来。

第二天中午，他的轿子，从平江县城西街，抬到卢家坪启明女校对门。远远望去，东西两面的房子，增加了一大片，而且粉刷得又新又白又漂亮，一见而知，这个学校比从前扩大了。由于他的三个儿女都在这里念书，间常有家信，故知道这几年启明在平江是办得最有成绩的学校。现在的凌雍雄，从凌尚琴、季昌志他们那班家伙死去以后，已成为平江县里最有声望的绅士班头，而且是正绅。所以他一进城，就直奔这学校里去。

凌雍雄住在启明女校的后进西边。此时，他正在吃午饭。他和他的老婆李乔崇，一见是老朋友季交恕，把饭碗一搁，跳起来："呀！你回国啦！几年不见，好吗？"双手拉着他："请坐，吃饭！添菜来！"马上拿出一瓶汾酒，慢慢地互斟互酌，东拉西扯，谈完平江情形，接着又谈到中国大局。

"这几年，茶、麻、油、纸、布，生意比过去差得多啦，平江地方越来越穷了。"

"怎么搞的？"

凌雍雄正端起那只大酒杯在嘴角边，李乔崇立即就接话：

"是呀！我们分校织的布，也卖不出去，赔本。"

"你想，为什么卖不出去？"凌雍雄有气似的，把端在手里的大酒杯，朝桌子上重重地一搁。"还不是洋鬼子的洋布洋纱抢生意。你看！街上的洋货字号增加多少？北街隆丰的英国亚细亚洋油，上西街裕昌的美国美孚洋油，堆积如山。就只这一项，不晓得刮去中国多少钱。本国工商业，都被洋货挤倒了，你说要振兴实业，怎么振得起来？"凌雍雄像是后悔早年不该听老婆劝他办教育办实业来救国，不要去革命的话，叹一口气："哼！什么民国啰！告诉你，这六七年来，我们湖南就一直变成南北军阀拉锯的战场。差不多年年打仗，你进我退，在平江锯来锯去：头一次汤芗铭，第二次傅良佐，第三次张敬尧。"睁起两只眼睛，带着愤慨的神色："嗳呀！派差拉夫，天天打供应，奸淫掳掠。北兵真野蛮，五六十岁的老太婆也要——"恰巧一位五十来岁的老妈子，端着一盆洗脸水走进来，凌雍雄立即就转口："再饮一杯。"待老妈子走出去后，朝着她的背影努一下嘴:“就是这个。去年她下乡回家去,刚一出城,就碰着张敬尧的一个兵拉住她,她把手一摔,跪在地下哀求:‘老总!我快六十岁啦。’那个北兵说:‘我又不要你生儿子。’用枪逼着她走进松林里……真比野兽还不如。”凌雍雄越说越起火,霍地站起来,拍一下桌子。“他妈的,北洋军阀真坏!”

一杯又一杯喝下去,凌雍雄的脸,红得像关云长一样。季交恕的脸,也略略有点红。因为久别重逢,彼此都有说不尽的千言万语似的。“来!到我房里去谈。”凌雍雄一手拉着季交恕走进他自己的卧室。

这是靠近老县衙门一个大园子,离讲堂还有相当距离的单独七大间。它的周围,种了很多花草和树木,幽雅僻静,同凌雍雄过去所借住甲山屋的上花园,仿佛有点相似。尤其屋子内外,摆满了各种各样的菊花,鲜艳夺目。季交恕边走边看,觉得凌雍雄有点像不为五斗米折腰的陶渊明,很会享清福。他的住室是内外三大间,靠近厅子的内间,摆了几张紫檀木桌椅、几件古玩、两架线装书。

季交恕刚一走进这房子,凌雍雄一手拉着他:“来,坐下!看看我这几年的日记嘛。”从抽屉里拿出一个线装本子递过去。季交恕一面翻看一面说:“你真有恒心啦!这么多年的日记,没有间断过一天,真难得。”翻到民国六七年,即去今两年的日记本里,有这么两段:

> 自直皖联军与湘桂联军混战。北胜南败。皖系张敬尧率领北军。经平江进占长沙。吾县所受战祸之烈。为历来所未有。但据报载。醴陵全城焚毁。黄土岭女尸满山。公私财物。抢劫一空。以彼例此。则吾县犹是不幸中之大幸也。噫嘻。军阀不除。吾国人民将无噍类矣。……
>
> 张敬尧督湘。既开裕湘银行。又设日新银号。滥发纸币。数以亿计。不唯不兑现。不收回。反而以纸币分派各县。勒换

现洋。以致铜元日少。钱谷两荒。政费不支。军饷欠发。田赋预征。工农交困。教员领不到薪水。校舍变为营房。……

看到这里,季交恕问道:

“雍老!启明女校驻过兵没有?”

“那还算好。两次要驻兵,我都找福音堂帮忙,挂起一面外国旗子,冒充教会学校,才免了差。”

“哼!教堂的威风这么大呀!”

“你还记得邹士庸在坪上中学堂告诉你们猜洋拳吗?——‘老百姓怕官,官怕洋人,洋人怕老百姓。’嘿嘿!我就怕‘灰面它’①,我念一首这样的民歌给你听听,看你怕不怕?——‘灰面它,灰面它,杀了我的鸡,杀了我的鹅,还要强奸我老婆!’”

“啐啐!”季交恕掉转话头问:“湖南的田赋预征多少?”

“预征到民国十三年。咳!这还算是少的啰,听说四川的田赋,预征到民国三十五年,别省也差不多啦!”

“啐!啐!老百姓怎么受得了?”

“那他就不管你受得了受不了。去年金窝的何明山,因为追缴预征田赋,一家五口,被‘灰面它’逼死两个,一个坐牢。谁敢不出钱?”凌雍雄大声说:“我虽是没田没地的穷光蛋,不管它预征多少年,轮不到我头上。但也实在看不顺眼。”他又叹一口气:“咳!收租吃饭的好一点啰,还不是羊毛出在羊身上,你预征,他就加租。”

就在这天,季交恕见过他的三个小儿女以后,一心挂念着泼头,打算明天就回家去。可是凌雍雄固执地挽留他:“早约好一些熟人到陈大仙庙去登高,多住三两天啰。”并告诉他约好了的是哪些人,也说到他们的情况:季小村从钦州回来以后,一直在县里开店办银行,当平江县商会会长。赵再云也在县里开店,发了财,当上商会副会长兼财产保管处主任。善后局长高遂耿,反正后,曾当

① 因北方人喜欢吃面食,湖南老百姓就叫北兵为“灰面它”。

过几年营长，买了田地讨了小。他还说不久就出去赣西镇守使方本仁那里搞事做官。周郁是善后局副局长，虽在地方上搞了一点钱，可是比他们三位少得多。教育会长李杜，虽然名声好，手里并不阔。凌翥翔已经很穷了。

"也好，就多住三两天。"季交恕一边答复他一边想：李杜比较正派。凌翥翔虽然平庸，却忠厚老实，是好人。多年不见，先去看看他们。

城西卢家坪一所小而且旧的砖房，住了好几家，凌翥翔就住在这房子东边黑漆漆的几间。

"嗳呀！回来了，你好啦！"凌翥翔刚刚把门打开，一见是季交恕，双手拉着他，眼角边噙着的泪水，几乎滴下来。"我穷了啦！"

季交恕虽从凌雍雄口里，知道他早把甲山屋卖掉，穷了，但还不清楚他穷到什么程度，就问："屋卖了，还有多少田租？"

"一贫如洗，哪里还有田租？穿吃都顾不上。"说到这，凌翥翔就起身，一手拉着季交恕进内房，打开一只小木桶给他看。

季交恕一看，这桶内，只有寸把高的糙米，心里很难过。记起他以前在甲山读书时那种大吃大用的情景，想道：早知今日这样苦，何不当初节俭些。但又转念：可也难怪，在此军阀当权的时候，谁也难免。

"不要着急，莫愁！"季交恕安慰他几句，然后车转身子走出外房坐下来。"听说你七舅爹——高遂耿，现在很有钱，总会照顾你吧？"

金黄色的阳光，从窗门外斜映到凌翥翔的脸上，光油油的，微微有点红，像是肝火上升的神色，怫然答道："唔，有什么照顾！"脸一仰，张大嘴巴叹一声："咳！现在是穷外甥，比不上早年。假如不是雍叔爹，我早饿死了。……"他把早年他母亲怎样厚待高遂耿，今天高遂耿怎样薄待他，凌雍雄又怎样荐他在县城军差处搞过一时期的小事情等等，诉一阵苦。

“为什么不再搞啦?”季交恕问:“军差处是临时机关吧?”

“是临时机关。不过,南来北往,也办了好几年。”凌翥翔立即放下那跷起的一条腿,把自己坐的一张有靠背的很矮小的旧木椅,移至季交恕跟前,低声道:“贵本家同赵阎王都发财啦!只是老百姓遭殃,加捐加税,就像榨油一样。尤其派差派夫,逼死多少人!……”

“哪个本家?”

“就是商会会长季小村嘛!”

“赵阎王呢?”

“赵再云。他就因为姓得好,同赵知事攀上了本家,又会巴结北军,办军差发了财,开了店,当上商会副会长。”凌翥翔露出鄙夷的神色:“呀!狐假虎威,谁都怕他,所以大家就背后叫他赵阎王。朋友!我这个老实人,怎么能够板起脸孔,跟他们为虎作伥呢?”

“妈的。趁火打劫,狗东西!”季交恕气愤愤地这么骂一句,侧转脖子,望着凌翥翔点点头。“你对,不跟他们浑水摸鱼,穷也穷个干净、硬介。有两只手,总不会饿死的。”站起身来说一句:“暂别,明天再谈。”

由卢家坪经青石巷到下西街教育会很近,这是前清时候的考棚,季交恕从凌翥翔那里出来,一口气就走到教育会的辕门口。抬头望去,十几年前在这里过县考,写八股文章的情景,仿佛就在目前。料不到今天已是两个朝代了。国家时局,江河日下,自己却快由青年变为壮年。“人生若梦”,光阴过得真快呀!如此怅惘一会儿,才走进去会见教育会长李杜。

正当他们谈叙别情时候,忽然走进去一个胖得像肥猪一样的大个子,穿着一件蓝摹本缎夹长袍,一双青缎鞋,手上戴着两个很粗的金戒指,俨像是个富翁,这就是善后局长高遂耿。季交恕因刚才听到凌翥翔所说的那些话,同时也记起自己在九江被他逼走那回事情,就只淡淡漠漠地问一句:“你好!九江一别,七八年了啦。”

“对不起，对不起。”高遂耿像是有点不好意思似的两颊绯红，连说这两句似乎是道歉又似乎是带有客气意味的话。“你好啦！到底‘皇天不负苦心人’。”坐下来，笑嘻嘻地问长问短，表示很亲切。彼此分手时候，他还郑重地叮嘱：“请你明天吃晚饭。一定要降驾呀！”当晚，就派人送来了一张请柬。

第二天下午，太阳还没有西斜。这位堂堂的善后局长高遂耿，走进启明女校季交恕的房子里，亲自去邀他，借以表示诚意。“做了几样你喜欢吃的菜，麻辣子鸡、生炒肚尖……”谈一阵，故意把话头扯到九江往事：“那一回我很担心忠管带知道，使你危险……”边说边一手拉着他的手就走：“去，去，去，专为你接风的。还有雍老他们几位熟朋友。”季交恕虽然不好拒绝，但心里却打了个冷噤：“人情冷暖如此呀！”

重九这天的太阳，照得陈大仙庙的山顶上，全是一片淡红。山下一道河，朝东望去，就是楚国大夫屈原投水的汨罗江口。不到十点钟，凌雍雄带着一个伙食担子，邀同季交恕先到陈大仙庙。不久，季小村、高遂耿、李杜、赵再云、周郁以及其余的一大伙，都慢慢地走上山来了。又过一会儿，一辆三名轿夫抬的轿子上来，前后跟有几个荷枪的彪形大汉。季小村一见就喊：“雍老！赵知事来了。”立即跑出庙门外望仙亭，恭恭敬敬地迎接他。当然，凌雍雄是主人，也不得不急急忙忙赶向前去打招呼。

赵知事名惠文，四十来岁，原为张敬尧前敌总司令部的一个什么课长，又是张敬尧的同乡。张由平江进军攻长沙时，委派他为平江县知事。按前清旧例，知县的任期是三年。但自民国以来，从没颁布过什么官制官规和任职期限。所以做县知事的，全靠背后有靠山，否则，一年半载，甚至三五个月就会轮班换人，因为这是最好搞钱的亲民之官，谁都打这个主意。赵惠文虽很庸懦，然而对孟夫子“为政不难，不得罪于巨室”这两句古训，却记得极熟。自莅任平江两年多以来，无论对哪一派士绅，他都面面俱到，没有得罪过任何人。所以各派绅士都说他是“婆婆官”。他还有一门专长，最会办军差，因此，往来军阀部队，也都喜欢他，没有谁能够把他的纱帽抢去。

“云淡风轻近午天”，在陈大仙庙登高取乐的这一伙，正在边畅饮，边吟诗。凌雍雄道：“谁不写成，就罚谁的酒。”因而接连两三个钟头，大家都在写：有的坐在桌子边，喃喃地细语吟哦；有的踱去踱来摇头晃脑地高声咏唱，也有的嘻嘻哈哈地哄笑。

季交恕不像他们那样心情舒畅，想来想去，写不成。于是走出去，站在这高山上面的庙门口，四周望一下：众山环绕，只有此处最高，眼界是宽些。可是山上的衰草枯杨，和山下的颓垣败瓦，反映出世乱时艰，民生憔悴的景象。他心里一动，很有感触似的写成这几句：

众山唯有此山高。
怕瞰垣颓草木雕。
遍地干戈何日靖。
恨无刀剑与征袍。

日渐晌午了。天幕上渐渐起了云，好像要下雨，这才尽欢而散，一路下山去。本来赵知事和季交恕仅是初次相见，但经过凌雍雄的介绍，尤其季小村的吹嘘，说他以前干过什么什么事，最近才从日本留学归国，认识黎元洪，也认识谭延闿，现在湖南督军署当顾问官的某某，又是他的朋友等等，所以赵知事时时对他打招呼，在分手时候，还一再说：“明天再见。”表示很谦恭。

没有等到明天——就在这日下午，启明女校走进去一位经常堆着笑容的中等个子，就是婆婆官赵惠文。因听说季交恕后天回家去，所以借口找凌雍雄，顺便去看他，并当面约好请他明天去吃饭。

“赵知事为人怎样？”季交恕将赵惠文送出门后，问凌雍雄。

"不太坏。就是圆滑，肩膀不硬，饭碗看得重。"凌雍雄把夹在手指缝里的土雪茄烟灰轻轻地弹一下："很容易被人家包围，尤其季小村、赵再云他们。"他仰着脸四周望一下，没有人，才直说："现在县里的公法团[①] 真是一团糟，特别商会、财产保管处更坏。赵再云最会拍北军的马屁，植党营私发洋财。……"他将这几次北军过境，季小村、赵再云他们这些人，怎样互相勾结，邪气上升等情况说一阵，叹一口气："唉！不多搞几个正派人出来，平江地方会更糟。像现在想要开办一个救贫工厂，季小村和赵再云，就拼命在赵惠文跟前保荐周郁来兼办，我不赞成。但是我也推荐不出好人来。"搔搔头皮，望着季交恕："嗳！你如果暂时不出去，愿不愿来搞这个？大家来把地方事搞一搞好不好？"

季交恕笑了一笑："出不出去还没有打定主意。下次来再说吧！"他站起身来。"不早了，还是拜访一下赵知事才好。"

二 年年躲兵

太阳还没出来，归心似箭的季交恕，就起床吃饭，坐上轿子回家去。从卢家坪出城，看到三阳街的河水清涟，鲁肃山的杂草缤纷，他心里豁然开朗。故乡多么可爱呵！他一心一意想着久别的家，心中不觉一动：在本县办一办救贫工厂也好。低着头，轻轻点一下。忽又转念：不，这不是出路。往轿椅上一靠，呆呆地闭着眼睛，像又在想着什么。过了一会儿，才抬起头，朝外面一看，已到三眼桥，离泼头家乡不远了。他的心头，更加开阔起来，满面是笑容。

他的婶母连雪梅，老婆钟桓英，一见季交恕，几乎狂跳起来喊："哦！交恕！回来了。"她们后面，还跟着一大群屋前屋后的邻人和亲友。其中有一位是刚从汉口回来又嫁女又娶儿媳的季凤梧。彼

① 政府机关叫法团，民众团体叫公团，总称公法团。

此叙过寒暄，一同坐在桓英房子里，说说离情，谈谈家常，他也谈谈在县城会过哪些人，以及凌雍雄劝他办救贫工厂等情形。之后，钟桓英就喊吃饭。

"今天桓英真大方呀!"季凤梧刚一就席，看看桌上摆的八碗菜，有鱼有肉又有鸡，笑道:"哈哈！不'吃中字油'啦。"这是一句讽刺人节省到极点，连油都舍不得吃的平江俗话。

钟桓英自己也笑起来:"怪不得我'吃中字油'，只有董家源两百担租，除开完粮、预征、附加，一共要去掉几十担。年年派军差费，还有什么捐，什么税，七除八扣，所剩就没有多少了。"说到这，皱起眉毛，望着季交恕道:

"欠债啦。"

"怎么会欠债?"季交恕愕然问。因家里去信，从来没有说过欠债，更没有谈过欠债的原因。"欠多少?"

"五百块。好在凤叔公大方，息钱轻，长年三分。"当时利息一般都是四五分，还有重到七八分的，所以她说长年三分息钱轻。

季交恕又一愣:"年息三分，三五就是一百五十元。照二元五角一担的谷价计算，恰恰六十担。二百石租，差不多要去掉三分之一。还要完粮、纳税，送儿女读书，穿衣吃饭，怎么够?"他也和桓英一样，边吃饭边皱眉头。同时横起两只眼珠，斜睨着坐在自己左侧方的季凤梧，只见他满面红光，显现出一种洋洋得意的神色。季交恕又这么想:"什么大方？你嫁女娶儿媳花几千块，侄媳妇借几百块钱，就要三分利息。"他口里虽没这样说出来，心里则蕴藏着一肚子的火。

吃完饭，客都走光了。房子里就只有季交恕、连雪梅、钟桓英。"我们在家里真倒霉，你看!"钟桓英揭开门帘，指着内边的房子道:"床上的絮被都换过了朝，老的都抢走了，还有许多东西，都是从凤叔公那里借钱新做的。我们还算好，种田户还更苦啦！年年躲兵，乡下真住不得。"扯起衣角揩眼泪。"因为怕你担心，没把这些情形告诉你。”

季交恕不作声。回家时的愉快心情，一下被她这瓢冷水泼得烟消云散了。

今日天气不算好，从吃午饭时候起，天幕上起了一堆又一堆灰白色的云朵，很快就浓烟似的连成一片，把太阳遮住了。钟桓英住的这间房子，又是湾里屋西横厅的西边，显得更暗些。乍一看去，她们的脸上，似乎全是黯淡无光的愁容。钟桓英刚坐下来又诉苦：

“现在没有请长工啦……两只猪都杀了。——”

“不开屠行，杀两只猪做什么？”季交恕不等她说完，惊讶似的这么问。

“不是自己杀的啰。”连雪梅抢着说：“北兵杀的。”她将张敬尧的北兵怎样杀猪抢东西的情形，讲给他听：

“前年冬季，有天下午，大雾沉沉，有点毛毛雨。长工老吴，正在竹园旁边种菜，突然，肩着一把锄头，气喘喘地跑进来，大声喊：‘雪干娘！桓大嫂，快走呀！兵来啦。’

“我们一听，吓慌了。因为大家都晓得，这几年兵荒马乱，很多老百姓吃了亏。南兵坏，北兵更坏。当然三十六计，只有走为上计。我这么想：‘自己虽是女子，上了岁数，不大要紧。长工老吴，也有这么大的年纪，不会拉他的；并且家内需要人照管，走不得。’只叫桓英躲开，将东横厅的前后门紧紧地关着。

“过了一下子，好多又黑又粗，肩着枪，有些手里还提着鸡鸭的大汉子，就像一窝蜂，拥进我们这个湾里屋。五个大正厅都挤满了。嘭，嘭，嘭，‘开门！’那些兵，在西横厅的门上边敲边喊。我就躲在自己房子里，同老鼠听得猫叫一样，吓得不敢作声。‘哗！’他们就是几枪托，把这横厅通正厅的那张木格子门片，打开一个洞。又几枪托，砰一声，把门打开了。接着就进来一大伙人，带着一大群担子。

“起初，我不晓得他们是北兵。走出去打招呼，可是哇啦哇啦，听不懂,才晓得他们不是南兵。我就有点怕。只好缩头缩脑,站在自己房门口,偷偷地朝着西横厅看一下:除开四方的木制子弹箱以外,全是行李担子。有好多黑皮箱和红木箱,也有一大捆一大捆的男女皮棉单夹衣服,同一些打死了的鸡鸭,乱七八糟一大堆。就在这时候,几个兵押着一伙说平江本地话的年轻人,喝喝打打地走进来,一起关在西横厅东边那两间客房里,当中还有几个被北兵抓来的夫子,都打得头破血流。当时我就想:'老吴这么老,不会抓他吧?两只猪,那么重,不要紧。鸡鸭呢,怎么办?'想到这里,不由得更加恐慌起来,两条腿都软了。忽然间,'劈!'一声枪响,我就马上车转身往自己房里一钻。正在打算关门时候,两个兵,气势汹汹地冲进来叫一声:

"'老大娘,嘻嘻!'嬉皮笑脸,从腰间掏出两根香烟,你讲我推,不晓得他们说什么。最后问一句:'有花姑娘吗?'我没有听懂,只摆摆头说:'不懂。'

"'花姑娘。'那个兵伸出右手,把大指同食指头靠拢,边打手势边笑:'花姑娘!花姑娘!'我心里就更害怕,后悔没同桓英一块躲开,真是'毛虫钻灶自该煨'。我就摇手说:

"'没有。'

"'戳你的奶奶。'那两个兵一同站起来,冲进我的卧房。揭开帐子一看,没有人;弯着半个身子看床下,也没有什么。才相信这房子里,的确没有花姑娘。他们就打开我的抽屉,找出一副玳瑁框的老花眼镜;再翻开箱子,找出两个金戒指,还有一对玉钏。两个兵各自抢着往自己口袋里塞,走出去了。

"这时,我虽然失掉了东西,心里有些痛,但胆子反倒大了些。马上锁住房门,走出去喊老吴:'老吴!老吴!'从西横厅经厨房一直喊到靠近竹园旁边的猪圈门口,都没有看到他。只见那两只肥猪,已经搁在门板上破开了。还有一大伙兵,正在捉鸡鸭。我最喜欢的那只每天生一个大蛋的白母鸡,已经被他们捉进了厨房。这些死鬼真可恨。我马上走回自己房子里，关着门，提心吊胆，一直到第二天他们开了差，我才又出去一看：到处是鸡毛、禾草、炭灰，很多木器家私，都被北兵劈作柴烧了。长工老吴，原来被他们打死在靠猪圈旁边的柴房里，脑壳上穿了一个洞，哎呀！吓得我差一点晕过去……”

这时，连雪梅没作声了，钟桓英马上又接话：

“北军真野蛮。不独杀我们的猪，对门喻老三的一头大水牛，也杀得吃了。临开差时候，还在塅上拉去好几头牛。”说到这里，她想起濯水董家源的陈吉三。“陈吉三更惨啦！”紧紧地咬一下牙齿：“该死的北军，不独拉走他仅有的一条水牛牯，鸡鸭猪羊全杀光了。陈吉三跪在地下哀求，被北兵几枪托打伤，现在还不能起床。被抓去的两个小儿子，至今不知下落。现只剩得大儿子陈清泉同媳妇雍大嫂，带着两个小孙，雍大嫂哭得死去活来。哼，这成什么世道！”

“妈的。北洋军阀不打倒，中国老百姓，哪有好日子过！”季交恕听过她们这些话，心里更加痛愤。

“你打算住多久？是不是再到湖北去找事？”钟桓英问。

“哼！哪里有事找？——”季交恕刚刚这么说一句，连雪梅又搭话：

“没有事找就不找吧。兵荒马乱，出门做什么？自古道：‘在家千日好，出门半时难’啰！”她扁扁嘴，睫毛下面渗出了毛毛雨似的泪珠。“我也老了，就只桓英带三个小孩，一家五口人，分作三四处，这样的世界，真叫人担心！”

“是呀！这样的乱世界，出门做什么？就同雍先生一起搞救贫工厂也好吧。”钟桓英听到连雪梅的话，这么附和她几句。

“好是好——”季交恕半吞半吐的。“我是不愿意同雍老一样，在平江搞一辈子终老。”

三亲四友，此往彼来。离乡别井好几年的季交恕，就这样混混沌沌地度过好几天。虽然秋高气爽，而他的内心，却总是闷沉沉的。每当酒阑客散，不是在河边，便是在塅上，一个人低着头游来游去，好像寻找失掉了的什么东西似的。左猜右想：既不能替国家出力量，又无法为自己谋前途，留学有什么用啊！两百担租，粮税这么重，加上债本和利息，很快就会变成穷光蛋。三个儿女不久就要升学，送到外省去吗？学费膳费贵得很，每个人每年连旅费要几百块。就近进长沙学校，也所费不少。看此情形，很可能弄到在家没饭吃，出门没事做的境地。怎么办呢？想到这，越发焦愁起来。"唉！生在这种黑暗时代真不幸！"

就在这几天，季凤梧为着替女儿办嫁妆，从献钟路过泼头，一脚踏进季交恕的家里，兴高采烈地望着连雪梅夸口道：

"雪大嫂！人在世上，总是替儿女操心，全套嫁妆要千多块！穿的用的，连提桶洗脚盆都办齐了。还有助嫁田，连饭都不吃他们孔家里的……"坐下来，跷起一条腿，絮絮地唠叨："娶儿媳妇，也为难啦，她就只有两口皮箱，一副铺盖。内外房的木器家私，还不是都要我做爸爸的出钱做。"摸摸下巴晃晃头，显示自己有钱的神气。"也好，视如自己多生一个'赔钱货'，少卖几箱茶。嘿嘿，古家里真小气，养到这么大的女，不办嫁妆，不送读书。到底是土财主，不如我们做买卖的人家。"

"有两口皮箱，一副铺盖，不算小气了。倒是有钱的不送子女读书，想送的又没有钱。"季交恕有感触似的说："等娶过来，你就送她进启明去读读书嘛。"

"谁有钱送媳妇读书？自己生的女，那就没有办法啰。"季凤梧微微地笑了一下，意思是你这个书呆子，媳妇同女儿不一样。但没有明白讲出来，只是这么说："我想去买一两架宜昌铁机，让媳妇她们织织布，腻腻手。"

"怎样的铁机？"

"也是脚踏的，比木机好得多。每天能织五丈布。"

“那何不多买几架来提倡改良布业呢？发展地方经济，也是好的。”

季凤梧又冷冷地一笑：“贤侄！哪有闲钱搞这一套？你真说得好，自己的经济管不了，还管它什么地方经济！”

“那不然，平江大布是一向有名的，只因木机出布少，所以成本花得重。加上外国洋布倾销，中国土布生意就一天一天差起来。假使组织一个公司，多买它三几十架铁机，每天能织五丈布，那一定有钱赚。公私两利，怎么不好？”

此时，季凤梧似乎有点动听，拿起算盘敲几下：每天每个工人的工钱伙食至多作二角，织五匹布，每匹布价二元，二五得一十就是十元。除去五块钱一小捆的洋纱，每架铁机价钱三十元，按月至少三分的利息，加折旧费、房租、用具、职员薪金、运输、捐税等等费用，每匹布至少可赚五六角。他把算盘往桌子上一搁，笑起来：

“有钱赚！有钱赚！就是没有人来搞。”

“我来搞吧。”

“那何必搞什么公司，万把几千块钱资本，只要我们季家几个人合拢来就行。你同小村去商量一下好不好？”他突然想起季交恕没有活钱了，问一句：“你呢？有没有股本？”

“没有。”季交恕想了一想：与其负担重税，背利息，何不索性将董家源卖掉，反倒痛快些。于是道：“我就把董家源卖给你好不好？”

“我一下拿不出三千块钱。”季凤梧摆摆头。他明知董家源是好庄田，老价只有三千块，而现在的田价涨得更高了。但卖田必须尽尽亲疏内外，何况季交恕还欠了自己五百元的旧债，孙猴子的筋斗，打不过我如来佛祖的掌心。所以他首先把老价三千元的数目字提出来。可是，他又担心现在的季交恕比较以前有点力量了，怕他争价不好办，于是就故意假装说一下拿不出。

“现在何止抵三千块？”季交恕看出季凤梧有压价的心事；但自

己非卖田不可，又奈何他不得，怎么办？只好哑巴吃黄连，肚子里暗地叫苦。现在是金钱世界，发财的人，都是口甜如蜜，心狠如狼的，有什么真正的仁义道德呀！脸皮上，显露出一种不愉快的神色。

季凤梧原是个一向自命为“精明角色”的调皮人。此时，他看出这位有脾气的侄儿心里不痛快，马上就转口：“你如果当真要卖，可以商量啰。办工业是好事，我也来一个嘛！”装成一副笑脸说：“这样的乱世界，我也赞成你在本县搞，好照顾家里。”说完就告辞走了。

这一向，论季节虽然是初冬，而气候却还很温暖。湾里屋的人们，都是天一亮就起来。可是季交恕起床最迟，每天都如此。因为心里不愉快，起了床也没有事做，与其天天往河边和塅上去兜圈子，倒不如在家里躺着舒服些。一天，钟桓英走进去喊醒他：“雍先生的信。”将手里拿着的一封信递过去。他从床上坐起来，拆开一看：

交恕世老弟惠鉴。回府匝月矣。未接来信。时深系念。殆因久别重逢。伉俪情笃。无暇执笔也。一笑。兹者。曾经善后局会议决定之救贫工厂。兄已提议请
老弟主持。佥表赞同。若肯牛刀小试。望即来县一商。再敝校师范班。久想聘请一位富有新学之国文教员。如愿俯就。则二者得兼。于公于私。两有裨益。尊意何如。企候见复。此请
潭安

愚世兄凌雍雄手启

看过信后，季交恕走下床来，手里拿着这封信，答复那位送信的来人道：“请你告诉雍老：我明后天来街，不必写复信了。”随手拿起笔，写了一个收条给他。

“去吧。鸣皋在师范班，浩然、铁钧在小学班，你一面办工厂，

一面教书,可以照顾自己的儿女,多么好。”连雪梅和钟桓英问清这回事,站在旁边怂恿他。

三 两件事

过了两天,季交恕去县城了,仍然住在启明,会见过赵知事和那些绅士们。他们都一致赞成由他来主办救贫工厂。因为凌雍雄是县里绅士班头,极力推荐他;加上交恕姓季,和小村是本家,和赵再云同过学又同过事,他们这两位,也不好意思反对。这就替八面玲珑的县知事赵惠文解决了一个左右为难的问题。原来这工厂老早就决定开办的,资本一万元,招收二至三百工人,规模也不小。在平江县里,这要算是肥缺,何况又是个有相当地位的机关,谁也想插一手。季小村和赵再云,想扩展自己一派势力,就力主以善后局副局长周郁兼厂长,无奈得不到凌雍雄这一派正直绅士的同意。赵惠文的办法,就只有拖,一直拖到现在才解决。

救贫工厂的牌子挂起来了,季交恕当厂长,凌翥翔当副厂长。厂址在平江县城大码头附近;厂屋是由财神庙刘公庙一部分装修改建的,大小百多间;很快就招够二百多人。内分缝纫、染织、木工、鞋工、金工。这些人,全是因连年兵灾而失业的手工业工人和破产的农民,他们只能在这里赚点穿吃和零用,多数是没有工资的。

“雍老!我想为地方做两件事,你赞不赞成?”救贫工厂刚开办,季交恕在启明师范教课时,碰着凌雍雄,就这么说。此时,微微的北风,吹得人们身上有点寒意。沉沉的黑雾,慢慢往下压,天也好像低了些。

“想做两件什么事?”凌雍雄抬头朝天望。“呀!像要下雪的样子,外面冷,到我房子里谈吧。”他们就坐在火盆旁边谈起来。

“我初回国时候,虽晓得民国以来,年年打仗,弄得四民失业,农村破产;回家以后,也晓得我们平江遭受兵灾,但了解得并不很深刻。”季交恕说这话时,长吁短叹,表现出一种悲天悯人的神气。他说:“从我办的这个救贫工厂来看,二百多人,只有十几个人识字,开口喊天,闭口怨命,一点知识都没有。唉! 民智不开怎么行啦!”

“你想怎么搞?”凌雍雄问他。

“我想提倡平民教育,先从救贫工厂办夜校搞起,教他们识字读书,讲讲时事,开通开通他们一下,你说好不好?”

凌雍雄点点头:“第二件呢?”

“听我叔叔季凤梧说,宜昌铁机很好,我想来组织一个织布公司。他赞成,我也同小村他们商谈过一下。你的意见怎样?”他把倡办平民教育和改良布业,启发民智又改善平民生计的道理和计划,大概地说了一些。

凌雍雄一听,很兴奋似的站起来,答道:“办夜学好呀! 你说得对,民智不开,是没有办法的。赞成,赞成,我一定帮你的忙。”

“你赞不赞成办织布公司?”季交恕刚这么反问一句,凌雍雄仰脸望着天,想了一下才慢吞吞地说:

“也赞成。不过,我外行。”坐下来问:“怎么组织? 要多少资本? 你打算同谁合伙?”

“我打算组织一个股份有限公司,招三万元的股,每股一百元。”

“一下要招募三万块钱,颇不容易啦!”

“估计我们季家几个人,包括我自己,至少可以认五十股;还有我先父的几个老朋友,如像景云堂他们,也都同意。假如你赞成,那就可以找绅学界认点股,更好办些。”

“哦! 难怪。你学经济的,又是商业传家,内有季小村在商会,外有季凤梧在汉口。”凌雍雄笑了一笑。“那好吧,我也来股把。”

还没有过年,兴业织布公司,将近组织成功了。季凤梧答应负责去宜昌买铁机，并在汉口做银钱来往与购运洋纱。不久，他从汉口回来，召开股东大会，决定明年春初就开工。这时，季交恕正回泼头去过年，准备卖掉董家源做资本，同时将家眷带到县城里来。

"啊哟！一下要我拿出三千块钱呀！那除非向汉口钱庄挪移。"当季交恕正式提出卖董家源时，季凤梧吞吞吐吐的，仍表示只能照原价。

季交恕虽老早就清楚他的心事，可是计量一下自己的情况："两百担租，势必保不住，只有忍痛'孤注一掷'，把这个包袱丢掉。但卖给谁呢？若卖给景云堂，可能多卖千把块钱，他们已默许过的。为什么一定要卖给你呢？'侭尽亲疏内外'，不过是传统习惯，并没有什么法律根据的。你不是季昌志，我现在也不是小孩子了，怕你作什么？"于是声色俱厉地说：

"老叔，我是'侭尽'过你的呀，你不要，我就卖给景云堂，多卖千把块钱，好还清你的债。"

季凤梧愣一下：这个庄，田好，茶油山多，照原价三千块，恐后难做到。太多呢，得不到便宜。如此踌躇一会儿，才答复：

"除去借款五百，另算三千块好吧。"

季交恕微微地点一下头，没有明白说可否。季凤梧马上请几位亲朋来和他商量，因害怕夜长梦多，季交恕会变卦。这样，七谈八谈，终于买成了。

季凤梧买到董家源后，不久，把佃户陈吉三找来，说："你家没有牛了，怎么种田啦？"

"季老板，没办法。没有牛，用人拉也要种呀！"陈吉三说。季凤梧冷笑一声：

"哼！你的人力也不够啦，我的田不能白给你长野草。退佃嘛！"陈吉三一听吓慌了：田是命根子，退了佃，一家数口，怎么活下去？于是又同对北军一样的连忙向季凤梧面前一跪，哀求道：

"季老板，我是董家源的老佃户，请你开恩——"满头大汗，全身震颤，说不出话来。然而季凤梧装着没有看见也没有听见，无动于衷似的，立即站起身，用力地把手一挥道：

“滚！赶快把租约退回来。”

不久，陈吉三因伤带病，气得一命呜呼死了。他的大儿子陈清泉，媳妇雍大嫂，带着两个孩子，不得不离开了董家源。

兴业织布工厂，设在大码头。这工厂，虽比附近的救贫工厂人数少些，但规模却大得多。工人的工资，虽比救贫工厂略微多一点，其实也很低。工厂分两大部分：一是设在大码头的织造股，有铁机百架；二是设在东街的营业股，做贩卖纱布生意。兴业公司本身，还出了三万元票子，可以在驻湘和驻汉的经理处兑现。它的股东，全是东、南、西、北四乡第一二流的商家、富户和绅士，因而一开张就成为平江县谁也知道的红招牌。

照公司章程，正副总经理应该由董事会选举。因为三万元资本，季家差不多占了六分之一，七个董事，姓季的占四个，季交恕就被举为总经理。凌雍雄虽然股份少，因为他在地方上资望高，势力大，也被举为监事长。张灿因为是秀才，又是湖南商业专门学校的毕业生，在地方上也有相当声望，当了个副经理。所招的百来个工人和学徒，大部分是城市小贩和郊区农民。

正是春光明媚，百花齐放的季节，兴业与救贫两个工厂，都正式开工生产，也都办了工人夜校。兴业工厂夜校开学的那一天，也同什么正式学校开学一样，除董事监事外，还邀请县知事赵惠文和各公法团负责人，举行了一个开学典礼。季交恕走上台去，说道：

“……你们都是穷人，都是被人家瞧不起的人，这是什么原因？是不是你们的八字不好？命苦？不是的。是不是你们祖宗的坟墓风水不好？该穷？也不是的。好比一头母牛，他的牛奶，都被人家挤去吃掉了，所以牛瘦，吃牛奶的却很胖。这就是别人发财你们穷的原因。”他只是很抽象的这么说几句，然而坐在大厅上的一些董监事，尤其季小村一听，立即鼓起眼睛，望着坐在他身旁的二位轻声道：

“这是什么话！”很生气的样子。紧紧地闭着眼睛，皱起眉毛，再听：

“你们的牛奶，到底是被谁榨去了呢？吃牛奶的人虽然多，主要是洋大人同军阀。前几年反对二十一条时候演‘文明戏’里边的洋鬼子，你们不亲眼看见过的吗？‘灰面它’，在我们平江奸淫掳抢，你们不亲身受过的吗？……”听他说到这里，季小村他们也微微地点起头来，相互间轻声地附和一句：

“北洋军阀是不好。”这才屏声静气地听他讲下去：

“世界上穷人最多。我们平江也一样。假如穷人都懂得这些道理，那我们大家就可以团结起来，反对那些欺压我们敲诈我们的洋大人同军阀，那我们大家才有生路。……”最后才言归正传：“你们穷，就是因为你们不懂得穷的原因；人家瞧你们不起，也是因为你们不懂得为什么瞧你们不起，这就不是三两句话说得明白的。那就须要你们发奋读书、认字、求知识。今天开办这夜校，就是希望你们大家认字、习算、求知识、学本事……”大家都鼓了掌，没发生什么反对他的意见。

这两个工厂，同样工作时间不很长，管理也都不太严。可是在县立的救贫工厂，并没有谁去理会与干涉；而在私办的兴业公司就不同。最近两三个月以来，夜校工人的觉悟逐渐提高了些，社会活动也逐渐多了些。因此，每月一次的董监联席会，在兴业公司大厅东边那间西横厅开会的时候，就发生争论：

“我们是办工厂，还是办学校？为什么两个礼拜放半天假？”季小村手里端着一根水烟袋，站起身，边说边摇头。“我在广州上海参观过很多大工厂，统统是一天十几点钟，没听说过有什么假期。”离开席位踱几步，又坐下来，望着季交恕和张灿：“哼！这样搞下去，只有关门，莫怪很多股东有烦言。”季小村的嘴巴还没闭拢来，赵再云连忙就接着附和他：

“是呀！大家都说兴业工厂，好标新立异，喜欢赶时髦。依我之见，工人有夜书读就了不起，何必还要分红给奖。这是大家集股办的公司，不是慈善堂！”

“原先说每张机每天出五匹布，其实每人每天平均只能织两匹多。有工钱，还要发课本纸张，有什么钱赚？”现在的季小村，从罢官经商以后，更会计较锱铢，立即从厅子西边的会计室里，拿出一个算盘敲几下，望望张灿道：“嘿！每匹布顶多赚得角把钱，有什么搞手？”

张灿因为自己是副经理，又兼营业股股长，责任攸关，不得不抢着声明：“织造股虽然赚钱少，营业股赚钱就多啦。在门市上收进来的土布，每匹可赚一角；运到长沙加染卖出去，又可赚一两角。每捆洋纱，一进一出，可赚好几角。县城里的纱布生意，兴业公司差不多要占一半。”

“嘿嘿！”季小村总认为赚钱太少，有力没气地拖长嗓子冷笑两声：“再云说得对，兴业公司不是慈善堂——”末尾这个“堂”字音，说得特别重而且长。随即用很高吭的腔调，望着凌雍雄笑道：“雍老！你是监事长呀！要好好监一监吧？”这在季小村，原本是一句半开玩笑半带讽刺的话，但凌雍雄一听就生气，因为彼此一向口和心不和，他奋身站起来，堵起一张嘴，扬出一只手，在桌子上重重地一拍道：

“要怎么监？没有哪个贪污刮地皮，做工的也是人，我是赞成交恕他们这种办法，不赞成刮人皮的！”

“哪个刮地皮？谁说要刮人皮？”季小村也不示弱，你一句，我一句，吵了起来。

从此，董监事会渐渐地发生了裂痕。股东中间，也有些不满意季交恕这种搞法的。然而问题的关键，全决定于盈亏。现在兴业公司还只开办几个月，虽则织造股没有赚到多少钱，可是营业股的纱布生意，赚了两三千元，还有无本生利的一宗好生意，就是自己发出的三万元票子。所以大多数小股东，也还说公司办得好。社会上比较开明的人士，也称赞季交恕的夜学办得好。季交恕也就高兴起来，不仅想把已有两夜校办好，而且接二连三地联络木匠行的鲁班庙，裁缝行的轩辕庙[①] 等行会工人，劝他们进夜校，并经常到那些地方去演说，讲时事。可是听讲的人却很少。"自己的肚子哗哗叫，哪有闲心读夜书哟？"很多穷苦工友背后这样说。

"季先生！办夜学没有钱，又没有教员，怎么办？"过了一时期，一位四方脸庞的瘦个子，走进救贫工厂厂长室，没头没脑地找交恕道。"我们同行的，有好多人想办夜学读书。"说话的嗓子，和敲铜锣一样的响亮。这就是二十来岁没有读过书的缝纫工人吴建国。他虽然脾气躁，有"炸皮炭"之称，做事却很认真；虽然不识字，求知欲却很高。每逢有演讲时候，不论在哪里，他每次必到。

这时，凌翥翔正在交恕房子里商谈救贫工厂的夜学问题，因吴建国常到这里来，也认识他，就插了一句嘴："如果你们办夜学，我可以尽尽义务教国文。"边说边走出去了。

"请坐吧！"季交恕一手拉着吴建国问："是不是你们行帮里想自办夜学？"

"是呀。我们大家都想由轩辕庙会上自办一个夜学。首事张老板真顽固，要我们凑钱自己办，不肯由会上出钱。"吴建国眼珠一横："他们这些当首事的真坏，那么多的公堂不算账，每年还要我们出会费，给轩辕庙做会酒，一吃就是几十桌。"

"哦？难怪张老板穿得那么好呀，他的裁缝店，恐怕也有钱赚，不是专靠管公吧？"

"哼！专靠一个裁缝店，十几个工人，就能够养得起一家十几口呀？……"吴建国气愤不过似的，把轩辕庙首事的贪污黑幕一件件数出来。

"鲁班庙好些吗？"

---

① 鲁班庙、轩辕庙，都是封建式手工业行会组织。

“有什么好，天下乌鸦一般黑。”又把鲁班庙及其他行会的情形，一五一十地告诉他。

“哦！这些首事，原来都是做手艺的人，一当老板就变样。‘大鱼吃小鱼，小鱼吃虾子’，难怪你们这么穷！”季交恕望着吴建国边说边摇头。接着道：“这么好吗，你为头去组织，假如要书籍、纸张、灯油等费用，也花不了几个钱，我们兴业公司可帮点忙。”

“那好，我马上就去搞。”吴建国很高兴地说完就走。刚一走出房门，才想起还有一件事，马上又车转身子。“啊！没有教员啦。”石菩萨似的立着不动，呆呆地望着送他出门的季交恕。

季交恕也同样愣住了。因为夜学没经费，只能请义务教员。启明的是女生，夜晚出来不方便。培元学校在北门，距离太远。凌翥翔要教救贫工厂的夜学，他刚才虽愿意尽义务，恐怕顾不过来，就算可以，一个教员也不够。怎么办呢？一时想不出好办法，就说：“好吧，你去搞，‘铁匠没样，边打边像’，慢慢来，总有办法的。”伸出一只手，拍拍吴建国的肩膀，又拍拍自己的胸脯：“我一定帮你们的忙。”

吴建国去后，季交恕回到自己房子里，这样想：“种田做工的人，读不起书，真是可怜，非帮他们一下不可。但钱从何处来？募捐虽是一个办法，却不能持久。孔庙、财神庙、刘公庙那些庙会的财产很多，尽可以拿出来办教育；各行帮也有不少会款，尽可以停酒兴学。可是，这些财产，都操在那些管公的绅士或工头手里，很不容易拿出来。而自己在地方上，虽也有些声望和地位，可是比起小村他们来，还是后辈，力量也孤单。”想到这，立即走出去喊一声：“翥翔，你来！”他把自己的这些心事，坦白地向他说：“请你去同雍老谈谈，问问他的意见如何，我去找李杜他们商量商量。”

“牛口里的草，怎么扯得出来呀？”凌翥翔面有难色。“也好吧，明天等他回来，我去问一下试试看。”凌翥翔这么答应一声就走了。

季交恕回到兴业公司时，恰好，教育会长李杜，有事来找他，便谈到倡办平民教育问题,李杜很赞成:“普及教育是好事情!”可是,一谈到向庙会筹款,他就连连摆头:“恐怕做不到,不如找财产保管处想点办法。”李杜边说边起身走:“我就要去县公署的,可顺便同赵再云谈一谈。”

因为这样,赵再云就到处散播谣言,说季交恕想提款兴学是如何如何。其实很明显,他这时倡办夜学的思想,也同凌雍雄、李杜差不多,并没有超出教育救国的范围。然而地方上的旧派绅士,都一致反对他:“这还行!不单只挖财神庙的墙脚,还想拆我们孔夫子的台,真是黄鼠狼想吃天鹅肉啦!”尤其那般举人秀才和管公堂发横财的人,添油放醋,表示很气愤。

第二天,天快黑了,凌翥翔走进兴业公司,告诉季交恕道:“今天雍叔回来了,他要你去。”这时,季交恕正在吃晚饭,两人就赶忙走进启明。凌雍雄一见就笑道:

“多办夜学是好的。”立即提着一盏玻璃马灯,把他们引进自己的卧室,坐下来:“你想打庙产的主意呀?唔!做不到的。”

“化无用为有用嘛。只要你肯帮忙,未见得做不到吧?”

凌雍雄摇摇头:“贤弟!你要晓得,现在是‘小人道长,君子道消’的时候,单靠我们几个人,怎么斗得过他们啦。还是量力而行的好些,要庙会募点捐,那是做得到的。”

季交恕一听,脸上的神色很不自然,默默地自忖一下:他的话也可能对,因为地方上的旧势力,还是占优势,“欲速则不达”,只有慢慢来。他说:“好吧,就募捐。”于是,约同凌雍雄他们几位发起募捐,又在启明和培元两校的教职员学生中,找到几位义务教员,算是把轩辕庙、鲁班庙等处夜学办起来了。

四 “五四”浪潮

第一次世界大战结束的第二年,还没有放暑假,可是在长沙读书的平江学生，就回来好几位，都是年约十几二十来岁的青年。一到县城，拜会过启明女师的凌雍雄和教育会长李杜之后，马上走进了兴业公司经理室。

"季交恕先生在吗？"领头的一位欠欠身子。

"我就是，你贵姓？"季交恕起身打招呼。这青年从口袋里掏出一张寸把长印有"彭见清"三个字的名片递过去。"我是公立法政专门学校的学生。"他身上穿的是一件夏布长褂，中等个子，鹅蛋脸，态度庄重，目光炯炯极有神，像是个有能力的人。他背后还站着几位穿学生装的男女青年。

"请坐！请坐！"季交恕边扬手，边倒茶。一一问过他们的姓名后，问："还没有放暑假吗？"彭见清立即答道：

"还没放暑假。我们是平江旅省学生讲演团，……"看他讲话的神气虽温和，而声音却很高吭。"巴黎和会上，中国失败啦！我们就是为这事回来宣传的。"他刚这么一开始说，张灿进来了。季交恕作了介绍后，彭见清又继续说：

"我们中国不是向巴黎和会提出七项要求① 吗？不独没达到，连青岛、胶州湾都不许我们收回来。因此，'五四'那一天，北京学生五六千人，集合于天安门游行示威，号召全国人民起来，拒绝在和约上签字，废止二十一条，收回青岛，抵制日货。……"说至此，用更激昂的语气道："妈的！段祺瑞那个狗东西，竟派大批军警，在天安门前捕去好几百人，死伤不少。所以全国各地学生联合会，都组织讲演团起来斗争。——"彭见清的话还没完，一位女学生抢着说：

"不仅学生啦。上海、汉口、南京、济南、长沙、杭州、唐山、京奉

---

① 巴黎和会是第一次世界大战后各战胜国英、美、日等帝国主义强盗的分赃会议。中国亦以所谓战胜国资格向和会提出七项"希望条件"，即：(一)列强放弃在中国势力范围；(二)撤退在华军警；(三)撤销在华邮政电报机关；(四)取消领事裁判权；(五)归还租借地；(六)退还租界；(七)关税自主。但都遭到帝国主义的根本反对。

路、京汉路各处工人，甚至市民都纷纷起来罢工罢市，声势好大哟！季先生，全中国民气这么昂扬，真是历史上从来没有过的事情咧！”这女学生叫胡楚华，古稻田女子师范的。圆脸孔，个子不算高，然而身体很结实，说话的声音极雄壮，英气勃勃，没有丝毫羞怯之态，完全不像是个女性。

“是呀。”季交恕正在朝着她点头。

坐在他身旁的张灿边听边发愣：我们中国既是加入英、美、日、法、俄、意协约国方面参战，虽然没有出兵打仗，但是出过些做后勤工作的华工。对德、奥同盟国，是断绝邦交，宣了战的。既然同盟国打败了，怎么德国租借的青岛不归我们却归日本？他心里这么想一下，就说：

“中国是参战国啦，不允许我们收回青岛，有什么理由？”

“还不是‘弱肉强食’，‘有强权无公理’！讲什么理由。”彭见清气愤不过地说：“哼！什么和会？分赃会。协约国那些强盗，说袁世凯同日本订的二十一条，是中日两国的事情。其他事件，须待以后再说，不应列在和平会议讨论范围之内。就这样把中国提出的希望七条，一笔勾销了。”

“那真是一伙强盗！”张灿说。

“非把这些外国强盗赶出去不可。”季交恕说此话时，想起他过去在汉口、在东京、在上海那些强盗的往事，紧紧地握紧拳头，晃几晃。

“对，一定要赶走这些强盗。”彭见清刚刚这么讲一句，同他一起的那几位学生，就你一句我一句争着说：

“外国强盗坏，北洋军阀也很坏。”“中国政府不许中国人爱国，成个什么政府？”“卖国政府。”

“是呀，‘五四’以后这一向，全国各地，死伤不少，还逮捕好几千人啦！”说这话的，就是古稻田师范的胡楚华。“南京打伤游行示威的好几百个，武汉也打死几十个，福建杀死更多啦！段祺瑞那个东西！”抬起头，望着季交恕：“只有像辛亥革命推翻清朝那样推翻他。”说到最后这一句，彭见清立即对她摇一下手，道：

“我们这次回平江来，是根据全国学生联合会的指示，要组织一些人到四乡去宣传，抵制日货。”端端正正地望着季交恕。“季先生是我们平江的爱国先进，希望你同雍老他们大家出来帮忙，好吗？”

“好，爱国是每个中国人应有的责任，漫说你们回来了，前两天，从报上看到这些情形，我同雍老谈起来都很气愤。”

张灿也跟着说几句之后，大家就一起同往启明去。

“雍老！”见着凌雍雄，季交恕首先开口。然后侧转脸，望着坐在他身边的那几位学生，竖起一个大指头说：“他们这些爱国青年，这么热心，真是可爱可敬！我们都是中国人，应该响应，大家来。”

“没有问题，没有问题。”凌雍雄不断地点头。

接着，彭见清提出些怎样进行宣传的意见。胡楚华就着重讲如何把启明女校的同学组织起来。

“好呀，大家来，我也来一个。”此时，凌雍雄也很兴奋，边说边骂北洋军阀，骂亲日派曹汝霖、陆宗舆、章宗祥，也骂英美派顾维钧、王正廷那班人：“不管哪一系哪一派，北洋军阀没有个好东西。曹汝霖的公馆烧得好，章宗祥打得好，北京学生这种做法对。顾维钧、王正廷既然是出席巴黎和会的中国代表，为什么不据理力争？不退出巴黎和会？要他们出席干什么？”谈了一阵之后，大家就公推凌雍雄、季交恕、李杜、张灿他们发起，邀集各公法团及工、农、商、学各界于明天在启明女校开大会。可是，一贯怕担任实际工作责任的凌雍雄，认为季交恕和各界关系更多些，一定要他领衔，自己的名字只许摆在第二。

第二天，天亮还不久，东方的红太阳，犹如一个大火球悬在天空，很快就照射到启明女校的屋脊上。开会时间还没有到，然而热烘烘的空气，早已充满那个大礼堂。从东南西北四街和郊外来开会的人，挤满了一屋。因为天气热，自不免有些汗臭味。

这时，同季小村一路的赵再云、周郁刚一走进礼堂，四周望望，穿长褂子的绅士、教职员、学生等虽然多，穿破烂单褂裤的工人和农民也不少。

“走！”赵再云悄悄地朝季小村和周郁努一下嘴，因看着这些穿破烂衣的“下等人”，很不顺眼。

凌翥翔站在旁边，听到赵再云说“走！”立即跑拢前去打招呼道：“不要走，请上面坐。”

赵再云虎起脸皮，车转身子，一声不响走开了。季小村望着凌翥翔假意地微笑：“这里好，上面太热！ 啐、啐、啐，气味太难闻。”把扇子放在鼻子边摇几摇，同周郁两人，坐在靠大门边的一条长凳上，坚决不肯去上面坐。等季交恕一宣布开会演讲，他们这两个，就静悄悄地溜出了大门。周郁放低声音说：

“汗骚气！ 臭得要命。”季小村皱起眉头，看着周郁，朝后面努一下嘴：“这些人配爱国！”

“同乱七八糟的人坐一起，成什么体统！”周郁跟在他后面，用挑拨的语气道：“贵本家应该自重些才好，这样搞，实在不像样。”

“你们是老同学，劝劝他嘛。”季小村车转半个身子，朝着后面这么说。周郁没有回话，各自分手走开了。

此时，会场内演讲的声音就不同。站在讲台上宣布开会的季交恕，嗓子特别洪亮，他把这次开会的意义说了几句，又说到世界大战后，英、美、日各国在巴黎和会上怎样分赃，怎样拒绝中国的合理要求，北京学生怎样在天安门游行示威，现在全中国各地各界都怎样组织起来，抵制洋货，拒绝和会签字，我们应当如何响应等，慷慨激昂地说了一阵。跟着就是彭见清走上讲台。他的演讲，娓娓动听，台下的注意力，一下就被他吸住了。说到每个人和国家的关系，他打了个比喻：

“男女同胞们！ 国家就好比是我们的大家庭，外国政府，好比是一伙强盗,北洋政府,好比是私通强盗的管家或者账房。……"举起手在讲桌上一捶。"现在他们强占我们的房子,抢劫我们的东西,屠杀我们的兄弟姐妹。我们不是死人,不是牛马,能够袖手旁观,听他们抢,听他们杀吗?那将来就只有国破家亡,死无葬身之地。"说到这,他又打另外一个比喻:"同胞们!你们不要以为国家大事与我们老百姓无关啦。好比一棵树,国家就是根,我们这些老百姓都是枝叶,假如有谁伤坏这个根,树就会死,难道我们这些枝叶,还能活得成吗?"

这时,彭见清想起《新青年》杂志上,李大钊写的《庶民的胜利》同《布尔什维主义的胜利》两篇文章,讲十月革命的胜利,是世界劳动阶级的胜利。他觉得今天这个会,有很多是穿短衣打赤脚的工人同农民,应该鼓动他们一下。于是端起讲桌上的一杯茶,喝了一口,继续道:

"同胞们!你们知道俄国十月革命吗?俄国是我们北方最大的邻国,原来有沙皇,就是我们说的皇帝。……但是前两年,俄国工人农民,在列宁的布尔什维克党领导之下,一下子把沙皇推翻了,建立起自己的劳农政府,成为社会主义国家……这就是世界有名的十月革命。现在,俄国工人农民出头了,当家做主了。为什么他们有今天?"彭见清环顾一下全场,几百双眼睛都朝着他,好像等着他的回答。"为什么?就因为他们团结起来斗争。同胞们!我们也要出头,要当家做主,不受列强欺负,不受军阀欺负,那我们就要团结起来斗争呀!"

坐在台下一大群工人农民,一起站起来,摩拳擦掌,喊:"团结起来!""大家团结起来!"

待凌雍雄、李杜……他们讲过话之后,胡楚华刚一走上台去,就大声疾呼:"启明的女同学呀!"几百个女生,吃惊似的一齐抖擞起来,注意望着她,只见她满脸通红,使劲挥着双手:"国家是我们大家有份的,救国是男女都有责任的,国与家,就是树根与树叶的关系嘛。外国人说中国是东亚病夫,是睡狮,女界的睡狮就更多啦。我们要把这些睡狮唤醒起来,同叔伯兄弟一起救活我们快要死亡的树根。……”越说越愤激,最后哭起来了。“爱国是应该的吧,为什么不许中国人爱中国?该死的北洋军阀!”

接着,一位个子较矮,脸上有点斑麻的工人走上台,这就是救贫工厂鞋工科技工陈世昌。他虽读书不多,但长于言辞,把平江这几年遭受兵灾与工人农民怎样失业痛苦,说得又慷慨又激昂。

最后讲话的是余楚农。他穿着深蓝旧棉布短衫裤,二十几岁,身体粗壮,个子相当高大。虽只读过两三年私塾,却认识很多字。辛亥革命那年,在长沙当过兵,到武昌打过仗,退伍回乡后,仍旧从事耕作,平素很爱看书报,喜欢谈时事,因而他住的北街郊外一带农民,都叫他“泥秀才”。凡有什么不懂得的事情,就跑去请教于他。这时他讲道:

“老乡!救国是人人有份的大事啦。记得吗?清朝卖国,武昌起义,很快就把它推倒了。如今洋鬼子想利用北洋军阀来灭亡中国,……军阀到处派丁拉夫,年年预征钱粮,到底是谁顶吃亏呀?”停了一停,又说:“还不是我们这些耕田做工的老粗挨头刀——”他望望台下,看见坐在东西两面天井边的,全是穿短衣的人。他就把手向他们一招:“自古道:人多为王。只要我们这些人,像俄国的工农一样团结起来斗争,那还怕什么外国强盗赶不走,北洋军阀推不倒吗?”

吴建国立即站起来,大声喊道:“对呀!我们只有照俄国工农一样,团结起来斗争。”于是,东西两面,响起了劈劈啪啪的掌声,和接连不断的口号声:“像俄国工农一样团结起来!”“斗争!斗争!”

讲话程序完毕,决定组织一个委员会、临时宣传队和白话剧团、讲演团、救国十人团以及向全国发快邮代电、向四乡发传单等事。大家都说:“赞成!”“赞成!”尤其那些男女学生和各行帮的工人,个个都同余楚农、陈世昌、吴建国一样,情绪激昂,使得旅省学生讲演团他们大受感动道:“料不到平江这样的山洲草县,也同全国一样的民气好呀。”

要做这些事情,首先就要一笔开办费用,大约几百块钱。从何而来呢?大家主张当场募捐,可是季交恕不赞成。他说:

“救国十人团,不是还要救国储金的吗?又要大家出开办费,那负担就重了,不如由各公法团募捐好些。兴业公司可多出一点。”

“对,我赞成。”凌雍雄立即跑进自己的房子里,拿出一个墨盒、一支笔、一张纸,往讲台上一搁道:“大家自己报名认捐。”于是到会的各公法团主要负责人,都自动报名认捐。此时,才知道只有商会正副会长都不在,仅只几位次要负责人。还算好,一人认一点,合起来数目也不少。

散会以后,被推举出来的季交恕、凌雍雄他们,仍在启明女校继续开会,商讨怎样分工,怎样进行各项事宜。大家都赞成照湖南各地的办法,组织“雪耻会”,各界各帮都参加;下面设仇货检查组,他们议定的口号是“提倡国货”“抵制仇货”。这是与北京所提出“抵制日货”的口号不同的。因为有些人坚决主张要提倡国货,就要抵制一切洋货,包括英美货在内。虽现在实际只是抵制日货,但这样提法,将来更好搞些。仇货检查组下分几个队,准备分区检查,办公地点就设在靠近县公署隔壁的平江县商会里。

一天很早,县商会的职员们,还在那厅后吃早饭,不料仇货检查组的吴建国跟彭见清他们十多位就来到了。劈里啪啦走进商会的正大厅,就动手布置开会的桌椅板凳。这时,与贩卖洋货有密切关系的商会职员钟顺民,连忙跑出去,向赵再云报信:

“看样子,抵制仇货的情形,越来越当真啦!”胁着两个肩头,装出一副谄笑的面孔望着赵再云道:“恐怕今天就会开始检查啦。副会长!你们的洋纱洋布那么多,怎么办?”

“怕什么?他们又没有枪。”赵再云毫不介意的样子。钟顺民也就只好转身往北街季公馆走去。

这时,季小村还没有起床。他的用人一开门,见是钟顺民,客客气气地打招呼:“哦!钟先生呀!会长还没起床,请等一下。”原来季公馆的习惯,一般客人,非经用人通报,不许进去的。但钟顺民以为自己是季会长的亲信,毫不理睬的大摇大摆,一直闯入内厅。

“会长起来了吗?”面对着内厅隔壁即季小村的卧房那边,弯起腰,说话的态度很恭敬,声音很低微:“我是顺民。”没有人答应。他就提高一点嗓子,用更柔和的语气,再喊两声:“会长起来没有?我来了呢——”

“谁?”季小村从里边大喝一声。“这早干什么?”

“洋货要检查啦,我来——”钟顺民还没说完,听得季小村吃惊似的声音:

“哎呀!好,等一等。”

钟顺民坐在椅子上,随意看看这内厅的陈设,比从前更加富丽堂皇了:云石酸枝雕花八仙桌、酸枝木太师椅、古色古香的屏风。东边墙上一幅镜画,横联是“清正廉明”,这是季小村在钦州做官时,地方绅士的赠品,最近才从乡下老家搬来的。西边墙上一幅,却写着“利胜陶朱”,这是他当商会会长后的老东西,钟顺民早就见过的。他从衣袋里掏出火柴,嗤一声划着,点燃香烟,忽听得房子里窸窣作响,好像是周姨太在床上翻身的响声。

“真讨厌,闹得人家睡不成。”

钟顺民心里一跳。这时,季小村急急忙忙从里边走出来,脸没洗,就问:“什么时候检查?”

钟顺民把彭见清、吴建国他们检查洋货的消息,一五一十告诉他。季小村边听边着慌,但仍强作镇静地说:“哼!这伙东西,要在老虎头上捉虱子呀!”想了一阵,又说:“怎么办?快叫赵副会长来商量一下。快!快!”

赵再云住在上西街,过十来二十分钟,就来到了。

"民气这样嚣张,有什么好法子?"季小村面朝赵再云:"是不是藏起来好些?"

钟顺民一听,没等赵再云开口,就插嘴:"你是商会会长,又是雪耻会发起人,躲藏不到会,怎么行?"

"怎么不到会?"季小村有气似的。"我是说把日货藏起来,傻瓜!"

"哦!我听错了。"钟顺民咧开嘴巴,连声说:"对,对,对。"忽然,一句娇滴滴的声音,从卧房里飘出来:

"藏起来就够了吗?"

"好太太,你有什么好办法呀?"季小村昂起头,望着卧房,微微一笑。他知道周姨太是顶鬼的,刚才的话,她一定听到了。在钦州时,因为她会出主意,捉财神那件案子,就是靠她当军师。所以回到平江后,家里很多事情,也常同她商量,听她摆布的。尤其从大老婆,即赵再云的娉妹死后,周姨太的话,就像是皇帝的圣旨。赵再云对她,也不能不唯命是听的。此时,周姨太打扮得整整齐齐,从卧房里一摇一扭地走出来。

"嘻嘻,周姨太,一早就来打扰,对不起啦!"钟顺民耸耸肩头,带谄媚的神情这样说。赵再云也紧接着说:

"周姨太,有什么高见吗?"

"我有什么高见啦!"周姨太在一张太师椅上坐下来,歪着头,笑一笑。"亏你们是男子汉,这些办法都想不出。他们有什么检查组,你们有手就不会插进去吗?"

"好主意!好主意!"季小村双手一拍:"既可以探听他们的消息,又可以掩护我们自己,一箭双雕,哈哈哈!"

"哈哈哈!"赵再云同钟顺民也大笑起来。

"派谁去最合适?"季小村望望赵再云,仿佛是征求他的意见;可是,立即掉转头来,盯着坐在他旁边的周姨太:"你说哩,嗯?"周姨太抿着嘴一笑，摇摇头：

“当参谋就够啰！还要调兵遣将，没这本事。”周姨太故装一种又客气又撒娇的神气。

“这里没有外人。”赵再云会意似的。“你说啰！”

“那好吧！依不依随你们。”周姨太望着他对面的钟顺民，噘一下嘴巴：“他是商会里的人，又同他们有来往，不正好吗？”

钟顺民心里，早料到她是会推荐他的。因他平常送过她很多次礼物，现在商会里这个差事，也是她保荐的。今见季小村、赵再云一致说：“好！”他也就微微一笑，没有讲第二句话。

仇货检查组开会讨论到检查的办法，拟定以下各条：(一)从明天起，各队分头出发检查，所有日货，一律举行登记，粘贴检查证；(二)各商店已经买进的日货，须减价在本月内售完，售不完的，汇交商会统售；(三)已经在汉口长沙定购的日货，一律退转，不准入境，违者没收。这时候，商会会长季小村慢慢地走进去，朝大家拱拱手，大声道：

“对不起，对不起，来迟了。”一屁股坐在彭见清旁边，拍拍他的肩膀，放低声音说：“你们学界的人真热心，钦佩，钦佩！”表示很客气。可是一问到刚才议决的几件事，他就一愣：“见老！限期太短啦，恐怕货多售不了，可不可以把限期放宽些，改为两个月？”

“这是大家议决了的，售不完可交你们商会嘛。”彭见清没有想到他会心怀鬼胎，很客气的这么反问一句：

“你还有别的意见吗？”

“依我看，人太少，几天查不完，并且外国货种类多，不容易分清哪些是日本货，哪些是美国货、英国货。”季小村边说边站起身来。“我同赵副会长的意见，我们商会可以多抽调几个内行帮你们检查。……”

大家一听，都说对。因为学生和工人，不大会辨别哪种洋货是哪国出产的，于是都同意增加人数，照街道分成四个队。钟顺民当了北街队主任。还有洋货店最多的东街和上西街两个队主任,也是商界人。

不久,这四个检查队,已经把检查和登记工作都做完了。所有日本货,因为减价出售,很快就销售得差不多。可是,不知怎的,北街隆丰的洋纱,还有好几大捆。据说都是英国货,比日本的洋纱好,所以价钱也高些。

“到底是不是英国货?”检查组问钟顺民:“你查过吗? 再去看一看。”

“我查过的,道地的英国货,铁锚牌,最近从汉口买来的。还查什么?”钟顺民装作很负责地答复他们。大家也就不再有什么怀疑了。可是吴建国总有点不大放心。过了几天,跑去箩行里,找到几位和他相熟的码头工人一打听,都说这一向,从没有抬运过谁家的洋纱进城。因此,检查组就主张复查。同去复查的几位当中,除钟顺民外,只有吴建国等两位工人。摆在隆丰店后面,用麻布包装的四四方方三道铁箍几尺高一大捆的洋纱,约莫还有十来捆。这就是他们说的铁锚牌英国纱。

“你看,是不是铁锚牌?”刚一走进隆丰堆放洋纱的地方,钟顺民扬起一只右手,指点洋纱上面贴着的那一块黑质金黄色图案的商标,叫吴建国瞧。

吴建国同其他两位蹲下去看了一下。果然,这商标上面画的是铁锚,还有一些洋字,不认识。吴建国这么想:日本洋纱是狮牌,或者狗头牌,有洋字,也有中国字的,这恐怕真是英国货。可是看那包装的样子,又同日本纱差不多。何不找彭见清来,看看这商标上面的洋字,不更清楚些吗? 于是站起来,望着同他一路去的另一位叫道:“嗳! 你去请见老来看看这些洋字是什么。”那一位工人,也就依照吴建国的话,一个箭步跑出去。钟顺民很气愤地骂道:

“哼! 你们这些人,真是无知无识,连商标都分不清,配当什么检查员。”仰着头洋洋自得:“哼! 何不老老实实揪针屁股,赚几个钱吃饭。”

吴建国一听，两眉直竖，满脸通红。因为当时做手艺的，虽常常自己瞧不起自己，但最忌人家瞧不起他们。听到钟顺民这两句奚落他是裁缝的话，就把脚一跺，对骂起来：“你不要挖苦人，我们是爱国，国是大家的，难道我们做工的没有文化，就不许爱国吗？”正在争吵时候，彭见清赶来了。弯着腰，看看那商标上面的几个英文字，则是 Made in England——英国造。

“是英国货。”彭见清伸起腰来，肯定地说。

“我说是英国货，你不信，他说是的，你信不信？”钟顺民一同站在洋纱旁边，望着吴建国冷笑。他们也没有反驳，深信不疑地走开了。

又过了两三天，同吴建国住在一个大屋内的邻舍秋大嫂，从北街隆丰买到一小捆洋纱，也说是英国货。

“好纱，好纱，就是比日本纱贵一点。听说裕昌也有这样的纱。”这大屋的妇女们，三三两两地拿着这捆洋纱瞧。恰巧吴建国从检查组回来，她们就喊：“建老，你看！英国洋纱顶好啦。”

吴建国顺道走过去，接着瞧一下：“纱是不错。”翻转来又看一下：“唔，怎么没有商标？”仔细一看，内有一块很小的白纸片粘在上面。是不是撕了商标的？他心里这么怀疑，走进自己房里去了。吃过晚饭，他就将这情形告诉检查组的总主任彭见清。

夕阳虽已西下，月亮尚未东升。兴业工厂轧轧作响的机声停息了，只听到东边客厅上，还有人在那里高声说话。原来季交恕、凌雍雄、张灿他们几位，在商谈救国储金等事。此时，彭见清和吴建国，急急忙忙走进去。还未坐好，就将秋大嫂买到没有商标的洋纱情形，告诉季交恕，然后问：“是不是可以再去拆开捆来复查？”

“可以。”季交恕边望凌雍雄和张灿那几位边答复他们。“既然裕昌也有这样的纱，那就多派几个人都去复查一下。——”还没说完，张灿就搭话：

“那要慎重一点。”

“为什么?”

“两位老板都是商会会长,恐怕一再检查,会惹起商界反对。”

“不怕,你看那些中小商店老板,都是赞成严查的,怎么会反对? 只有几家大商店可能有意见,也没关系,尽管查。”季交恕说。

“怕什么!”凌雍雄站起来:“这是名正言顺的事。”

于是,彭见清立即召集会议,决定派人往隆丰和裕昌两处去复查。钟顺民刚一听到这消息,就说家里有病人,要去找郎中,请假离席没有去。

晚上,这两个检查组,各自提着一盏玻璃马灯,分途出发了。仔细一看,上西街裕昌店的小捆洋纱,都是撕掉了商标的。北街隆丰的十大捆洋纱,只剩下一捆。他们正在交涉要拆捆检查时候,一眼瞥见钟顺民从账房里边溜出去。他们就喊:“顺老吗? 搞什么?”

钟顺民一惊,站住了,嗫嚅地说一句:“找——找郎中。”

“这里有什么郎中? 你到底搞什么鬼?”吴建国粗声粗气地走拢去,摊开两手拦阻他。

“来! 来!”彭见清一手拉着他往店后面走,边走边交代那些检查人员道:“建老! 你们几个到铺房里去查。”砰、砰、砰,拿着一把斧头,将那一大捆洋纱的三道铁箍劈开一看,内边的小捆,全是日本商标。吴建国在铺房内查出的十多个小捆纱,也同另一位刚在上西街裕昌洋货店查出来的一样被撕掉了商标。他们也就不客气,立即将这些洋纱搬往商会检查组。这个风声一下就传开了。人们的爱国热潮,也一下子激动起来。他们一得到雪耻会召集大会的通告,络绎不绝地从四街八巷往下西街商会那里奔。坐的坐,站的站,连大门外的大坪上都挤满了人。

“烧掉它。”“那还了得! 当什么会长?”“封他的铺。”还没有宣布开会以前,就乱哄哄地交头接耳,嘁嘁喳喳闹起来。说这些话的,大半是些学生、工人和菜农。

有一位年约四十，穿一件蓝布长衫，面孔很消瘦的老板说："我们这些小商店，不过几百块本钱。军差费一派就是一二百，把老婆卖了也不够。他妈的赵再云，简直不要人活啦！"跟着，你一句我一句骂起来："发军差财的，不是好东西。""什么军差费都往我们身上派。""狐假虎威，横行霸道的，讨不得好死。""罚他的钱。"这都是一些中小商店老板反对赵再云的嚷声。

一会儿，季小村也到了。可是赵再云一再请他硬不来。季交恕宣布开会，报告查货经过，要大家商讨处理办法。之后，季小村首先走上讲台：

"对不起，该死，只怪我用错了人，应当负荆请罪，听候大家处罚。"不慌不忙的这么说几句。"这都是我们的管事钟旦渊同黄冬生他们搞的鬼。假使不是检查组，连我一起都蒙蔽了。这还了得，一定要严办。……"大家一听，以为当真是他们这个管事同账房搞的鬼。于是人群中忽然发出一阵喊声：

"把赵再云捉来。""打死钟顺民。""拖钟旦渊黄冬生过街。"正当这人头波动，吼声震天，秩序大乱的时候，一大群人抓着钟顺民，大喊："打洋奴！""打卖国贼！""过街。"涨潮水似的，把这位北街检查队的主任钟顺民一下拖出了商会大门。从下西街、月池塘，走进上西街，又经十字街转北街。游行的、看热闹的、喊口号的，越聚越多。"打卖国贼呀。""不要贩仇货呀。""谁贩仇货就打谁。"乱七八糟，分不清是哪些人的喊声。经过上西街时候，裕昌店被捣毁一空了，但没有抓到赵再云。

就这样闹了几个钟头过后，才又正式开会，决定将隆丰和裕昌两家日纱没收，将钟顺民开除。这个风声，一下就传遍了四乡各市镇，谁也不敢再贩日货。季小村和赵再云，虽然一人耍一样花招，算是躲过了风潮，没有抓去游街，但也好像老鼠怕见猫儿，好久不敢出门了。

五　团结才有力量呀

转瞬又是秋季。各行帮手艺工人，三五成群的互相谈论："不热不冷，真是读夜学的好时候啦。"即或平常做一天算一天的零工，以及箩行内的码头工人，也纷纷要求入会读书。并且，自从钟顺民被抓过街，裕昌店被打，县城里的绅商们，再也没有谁敢说他们是"下等人"了。他们自己也说："有资格参与国家大事，那就不是下等人啦！只是没有读得书，没有团体不行。"这些言论和思想，在县城里的工人和郊外农民中间，普遍流行着。这是五四运动以后的新气象。

吴建国对组织团体，特别积极。一天，他问陈世昌和余楚农："只有把工会农会都组织起来，那我们就更有力量啦！你们说好不好？"

"当然好，就怕季小村他们那些人反对咧，还是先把夜学校友会成立起来好些。"陈世昌说。

"那怕什么？他们做买卖的有商会，教书的有教育会，学生有学生联合会，难道做工耕田的就不应该有个会吗？"吴建国掉转头来望着余楚农："你说对不对？"

"对的。最好想办法找县公署立个案，那就不怕谁反对。"余楚农考虑得更周到些。

"嗳！我们去南进宫走走，找季先生谈一谈，看他有没有办法帮忙？"吴建国想出这个老主意。于是一同走进了兴业公司。

季交恕听过他们的来意后，心里踌躇一下："这些工人和农民，虽然文化程度低，但品行好，心地光明，敢作敢为。假若能帮助他们组织起来，大家读些书，那是很有希望的。同时，又想起赵惠文这个人，究竟好说话些。就怕季小村那般口是心非的小人，暗中捣鬼搞不成。雍老虽好，也只能帮帮腔，不会撑硬腰。单靠我一个人,独木不能支大厦。怎么办?”可是下意识的立即又回转念头:这种瞻前顾后的想法不对。于是说:“好的。我一定帮忙。”他又想,季小村的鬼最多,最难搞。先同他谈一下,再找凌雍雄吧。

过了一天,他往启明走。这时,凌雍雄和凌翥翔,正在那里谈话。季交恕刚一进去,就说:

“雍老!吴建国他们说:教育界有教育会,商界有商会,学生又有学生联合会,都向财产保管处领了补助费。单只耕田做工的就没有会。他们有意见哩。我觉得这些话很有道理。”

“哪个不许他们起会?”凌雍雄没有细听季交恕的话,很随便地乱扯几句:“几个夜学还不行?”

“不是怪你我,他们想请我们帮忙,搞工会农会,读夜书,你赞不赞成?”

“那有什么不赞成。”

“你说得那样容易,照例要立案的啦。”

“交恕,你不要听他们的。恐怕绅商界会反对,贵本家也会恨死你啦!”凌翥翔这么插一句。

“我已同季小村谈过,起初他不同意。我说,如果不答应,恐怕他们又会像抵制仇货时那样闹起来,他就赞成了。”季交恕张开嘴巴,笑一下:“嘻嘻!就好在抓钟顺民过街那一打,把他的威风打下来了。恨也只能恨在心里啰!”

“没问题,那就搞吧。”凌雍雄说。

“如果赞成,那就请你同善后局疏通一下,然后同到县公署赵惠老那里去谈一谈。好不好?”

“你去就得啰,何必要我同去!”

“空口赞成不成啦,雍老。难道你是怕碰钉子吗?”这是季交恕一句激将的话。因为凌雍雄的特性,最易受激动的。

“也好。”凌雍雄同意了。

过了几天,季交恕邀同凌雍雄去县公署。刚一走进仪门,似乎后面来了人,回转身子一看,原来就是季小村、赵再云,还有一位大胖子高遂耿。

“哦,来得凑巧,正有事同你商量。”季交恕一手拉着高遂耿:“我同他们谈过的。”回转脸,望望季小村和赵再云。“大家都赞成。余楚农同陈世昌他们想成立会,……你赞成吗?”

“大家赞成,我也赞成。”高遂耿顺口说。“雍老呢?”把两只眼珠盯着凌雍雄,像是观察他的颜色。季小村和赵再云,也同样注意望着他。

“我赞成,好事嘛。”凌雍雄边说边走,领着头,一起走进赵知事的客厅里。

“哈哈!欢迎!欢迎!”婆婆官赵惠文,一听是他们,立即放下饭碗,从自己房子里连忙走出来,几个哈哈,把手一扬:“请坐,请坐!”主客双方,都很随便地坐下来了。这一则因为现在是民国,不像前清衙门那样要传帖、送茶,讲官派;二则因为他们这几位,是常到县公署来来往往的熟人,只要向传达房打一个招呼,连名片都用不着。可是,虽然如此,县知事仍是“亲民之官”,“父母官”,与一般朋友总不同些。即或最不讲客气的凌雍雄,平常一坐下来就跷起腿,现在也端端正正坐在那一张紫檀木椅子上。至于原来就讲究官派讲究应酬的季小村,面向赵惠文,挺直身子,用大半边屁股正襟危坐,就像戏台上戴乌纱帽的小官见大官。他们这几位,虽不似前清那样称他做公祖,也不照民国通例称他为知事,而称赵公。这是绅士们对长官最客气最亲切的尊称。

“赵公!”凌雍雄首先这么叫一声。“我们有点小事同你谈一谈。”侧转头,望着季交恕:“你谈吧。”

季交恕把余楚农、陈世昌他们想组织工农团体与要求县公署立案的情形和理由说一遍,又指着季小村、赵再云、高遂耿那几位说:“我们大家都赞成。”

赵惠文明知他们是口和心不和的新旧两派,也明知最近这一向，新派声势大多了，不可得罪，只盯着季小村问："你们大家都赞成吗？"季小村很不自然的微微点下头，模棱两可地说："立会是可以的，只要不再得寸进尺就好。"其他两位没有表示什么。赵惠文接着说第二句："那好吧，只要大家赞成，拿个禀帖进来立案就是。"

"那明天就拿禀帖进来好吗？"季交恕问。

"行、行、行。"赵惠文的口气肯定了。

赵知事答应立案的消息，刚由陈世昌传到正在替人做衣裳的吴建国耳朵边，他就一跃站起来，大声说：

"真的吗？"他带着一种又惊又喜的表情，把拿在右手的针，无意识地刺进自己左手的食指。"嗳哟！"举起手来一瞧，鲜红的血，一条线似的从指头流到掌心上，可是他也不理会。对陈世昌道："还不是我说对了吗！自古道，天下无难事，只怕有心人。如果怕这个反对，怕那个不赞成，那我们这些人，就该倒霉一辈子。"他边说边笑，一手拉住陈世昌："好。世老，你在上面熟人多些，努力搞，赶快找人写个禀送进去立案。"重重地拍一下胸脯："跑腿算我的。"又指指在座的几位工友说："我们大家都来呀！"说完，连忙收拾自己的小灰包和尺剪，就预备走。

"十一点多了，快吃午饭啦！做完这半个工走不好些吗？"另一位工友说。他的意思是：吴建国你太穷，做到吃午饭，还可得半天工钱；如若不然，那就替老板白做几点钟。

"不！团体要紧。我横直是一个单身汉！饿餐把饭算什么？"大踏步地往各行帮去了。一连好几天，到处逢人说，没有团体不行。于是各行帮，就像什么传染似的都被他轰动起来了。

过了一个时期，由陈世昌、余楚农出面筹备的平江县工会和农会，都一起批准立了案，定名为工业公会，农事公会，也照例给予补助费。城乡内外的工人和农民，都欢天喜地的高兴异常。以救贫工厂、兴业工厂为基础的工会，因得到这两厂工人和轩辕庙、鲁班庙等行会工人的踊跃参加，所以比农会成立得更早。开大会那一天,穿短衣的一大群,聚在一堂,显得很热闹。会长陈世昌在致开会辞时,说过这么一句:“团结才有力量呀!”工人们热烈鼓掌。可是季小村背后冷笑说:

“团结?还不是些乌合之众。屁会!”

今年风调雨顺,收成比往年好些。入冬以来,乡下农民比较闲,城内工人也不太忙。尤其近来,平民夜校好像雨后春笋,一天多过一天,并普及到东南西北四街和郊外很远的农村。可是,都因经费不足,很难维持。余楚农和陈世昌、吴建国三人,又跑去兴业公司商量,想从各庙产项下打主意。这是季交恕以前同他们说过的,只是牛口里的草,不容易扯出来。

他们三位,年纪都很轻,但余楚农比较老成。一同走进兴业公司的客厅,吴建国就大声喊:

“交老。”

“哦!你们来啦。”季交恕闻声,把他们迎了进去,原来凌雍雄也在这里。

心直口快的吴建国,以为成立了工会,虽然只有几个月,但发展这么快,而且各行各帮的工人都齐心,在公法团中间,有了一定的地位;季交恕和凌雍雄,又遇事支持他们;并且还有余楚农的农会,为左右手,筹点庙款办夜学,还怕做不到吗?刚一坐下,好像有把握似的仰起头,望着交恕道:

“管他妈的,请你去善后局交涉一下,要他们替夜校筹点款。”

“从哪里筹?”

“抽庙款。”

“抽哪个庙的?”

“孔庙、财神庙、轩辕庙的一起抽。”吴建国脱口说了一大串。还没有开口的余楚农,这时才说话:

“雍老!交老!你们看他们会不会答应?”

“依我看，提庙款，尤其提孔夫子的庙款，很难。谁敢在太岁头上动土呀？”凌雍雄摇摇头，他想起早年在洋学堂开纪念会时，同那些老举人秀才吵嘴的往事道：“交恕！你还记得胡肖岩同王汝和他们，胡说什么新学、新潮流会糟蹋孔夫子的大成殿那回事吗？我刚刚说他们是‘醉生梦死’一句，就挨了一顿臭骂。如今反对旧礼教，提倡新文化、白话文，就好像挖了他们祖坟一样，到处乱闯乱骂，说白话文是俗不堪耐的‘呢吗文’，骂《新青年》的李大钊他们不是东西，谁说要打倒孔家店，他就要跟谁拼老命。”凌雍雄微微一笑：“还是慢一点再说吧。”

“怕什么？”吴建国边说边晃拳头：“谁不答应，就邀些人去找谁算账，闹！”

季交恕低头不语，似乎在考虑：现在有机会了，抽是可以抽的。但若同时一块搞，恐怕难。站起来，把双手交叉在背后，踱至他们跟前，说：

“嗳！‘雷公打豆腐，先从软处下手’，打响头一炮就好办。”

“从哪个软处下手？”陈世昌问。

“只有由工会出面，要求轩辕庙、鲁班庙停酒兴学，比较容易些。以后再打财神庙同孔庙的主意，一步一步来。”这是季交恕的主意。

“好是好，”余楚农说：“张老板他们那些会首，也不是豆腐啦。”

“比那些绅士总好办些啰。”这又是季交恕的话。

他们这三位，从兴业公司走出去了。由新街坳到月池塘，边走边谈：

“读书人做事，总是前怕狼，后怕虎，顾虑多得很，不痛快。”吴建国扭转身子向余楚农说出这几句，仍然照旧往前走。

走在第二的余楚农，点点头：“是呀。不过先从软处下手，也稳当些。同时搞，就怕张老板他们跟着那些穿长褂子的一起来反对我们。”

“还有几个举人秀才？商会上那些家伙，还有什么威风？谁不听话，就照钟顺民一样抓他过街。”吴建国狠狠地说。

就在这两天，从轩辕庙、鲁班庙那里得来的回答是“不同意”三个字。陈世昌一听，愣了一会儿，连忙跑去告诉吴建国，要他去邀些人到张老板店内去闹。

下西街张老板开的张玉成裁缝店，是县城里最大的一家，雇工也最多。因为赶生意，才吃过晚饭，就点着洋油灯，叫工人们做工。吴建国领着十多二十个人，一窝蜂似的拥进去。

张老板一见，愣了一下。他知道吴建国在工人，尤其在裁缝中间朋友多，有威信，勇敢不怕事，抓钟顺民过街，就是他倡首的；在自己店里的这二三十个裁缝，又都是同他要好的朋友，不敢得罪他，怕吃亏。因而立即站起来，笑眯眯的连忙打招呼：

“有什么好事呀？”一手拉着吴建国：“请坐，请坐。”

“就是停酒兴学的好事。”吴建国虎起两只眼珠，亮晶晶的，就像两个小电灯泡一样。举起拳头在做衣的案板上一捶道：“大家都说停酒兴学好，你为什么不答应？难道轩辕庙里的产业，就是你私人的吗？”跟着他后面的那些缝工，一齐围拢去，同声喊：“到底你答不答应？”边喊边拉着他：“到轩辕庙去同你算账。”

这个声势，吓得张老板浑身发抖。他虽是一个管会的裁缝店老板，也生怕挨打丢面子，嗫嗫嚅嚅的好一会儿，才勉强说出几句话来：

“可以，可以。停酒兴学是好事，明天上午就到轩辕庙去开会，只要大家同意，我当然答应。”

吴建国回到工会，告诉陈世昌。随即四处奔走，叫同行的那些朋友，明天都要抽空到会。第二天，在会议上，大多数人都赞成，虽有少数不同意的，也不敢公开反对。就这样，决定了从本年起就停酒兴学。

这个风声一传播，不过几天工夫，鲁班庙等行会，也同样一帆风顺地拿出钱来给工会,算是打响了头一炮,夜学也就多起来了。

天气渐渐冷起来,常常又下雨,又刮风。大家都穿上了棉衣。而吴建国,因为这一向为着团体奔走,耽搁很多工,也就只好穿着破夹袄到穷朋友家里去吃一点饭。

六　鹤唳风声又一年

自民国开元到现在八九年中,这平江县久已成为南北军阀拉锯战必经的要道,受兵灾最多最剧的地方。所以,每有风声,无不“谈虎色变”,胆战心惊。将近过元宵,从长沙传来消息:直系联合奉系与桂系,反对皖系;驻守衡阳的直军第三师师长吴佩孚,会故意放弃湘南防线,让南军谭延闿入湘,驱逐皖军张敬尧。看样子,恐怕不久又会打仗。

县城里得到这消息,都不免有些恐慌。季交恕更担心,因为抵制日货,本国纱供应不上,工厂可能要停工。加上英、美、日各国的洋布倾销,自己积压那么多布,卖不出去。即或不打仗,也很难维持下去。如果一旦发生战事怎么办?愁眉蹙额,心里似乎有很多说不出的苦衷!可是一想到《新青年》和《湘江评论》那些联合民众反对军阀的主张,尤其县里的工农会发展得这么快,他又高兴起来。十分心事,仍有三四分用之于怎样替夜学筹款这上面。

“咳!交恕这个人不得了,天天搞夜学,还当什么经理?公司办得好办不好,真成问题。”季小村同赵再云在高遂耿公馆里吃过春饭后,在厅子上如此闲谈着。坐在对面的周郁,瞥他们一眼,似乎想说什么,而又不便开口。感到自己是外姓,虽明知他们心里不和,却还没有破脸;而且小村是个八面玲珑,肩膀不硬的人,所以救贫工厂厂长这个位置,没有落到自己手里。想到这,周郁的额角上,立即爆出了蚯蚓似的青筋,咬着嘴唇皮,恨不得一下就取而代之,至少非将季交恕挤掉不可。于是站起来,把端在手里的水烟袋，客客气气地递给季小村，冷冷地微笑道：

"小老！就是公司办得好，与我们这些股东也没有多大关系，还不是他们股份多的得好处。"轻轻地摆几下头："从去年抵制仇货起，你这位本家，真是盛气凌人啦！没收你们隆丰的洋纱，太不留情面啰！"

季小村边听边抽水烟，虽则没有回答，脸皮上也立即变了色。周郁知道他这些话，已经发生了效果，就进一步地挑拨道："嗳！他们还想打财神庙的主意哪。"赵再云立即就插嘴问高遂耿：

"据钟顺民告诉我，季交恕找你谈过想拿财神庙的庙款办夜学，是不是有这么一回事？"高遂耿左右为难似的答道：

"谈是谈过。他讲得也有些道理。不过，善后局不便置可否。"

"同他打官司。"赵再云捶胸跺脚。"赵惠老那里打不赢，就到团部去打。"他知道婆婆官赵惠文一向是两面讨好的，只有驻防县城里的北军陆团长，很喜欢他会办军差。可是季小村想法不同，走近前去，拍拍他的肩膀，笑道：

"再云！不要性急，与其火上加油，不如釜底抽薪，总有办法的。"

当时，赵再云还没听懂这两句话的用意，气愤不过地问：

"什么釜底抽薪？有什么办法？"睁大两只眼珠望着他。季小村把嘴巴靠近赵再云的耳朵边，用小小的声音说：

"只有把庙会分掉，什么毛都扯不到一根。"

"对，好办法。可是拆会容易拆台难。"赵再云奋身立起来："我们裕昌的损失，比你们隆丰大得多。让他们这样搞下去，平江地方还有我们的份吗？"两只眼珠骨碌碌地转一下，接着说："自古道，'射人先射马，擒贼先擒王。'我主张下半年兴业公司开股东大会，改选！"

"怎么选得掉他？"季小村低着头，踱几步，态度很迟疑的样子。"他们本房的股子占那么多，我们有多少权？"

再没有人说话了。房子里显得很寂寞。一会儿，才又听到周郁开腔：

“只有想个办法，两个翅膀，搞掉它一个如何？”仰着脸，望望季小村和赵再云，然后扭转头，朝着高遂耿说：“你同不同意改组救贫工厂？”

这时，一向抱着中间态度，随风两面倒的高遂耿，颇费踌躇：季交恕在县里，各方面都通气，并且与凌雍雄的关系很深，自己的外甥凌翥翔又是副厂长。假若同意改组救贫工厂，影响外甥不要紧，就怕得罪雍老。反对吗？周郁是善后局的同事，季小村、赵再云都是有势力的。得罪他们，恐怕对自己不利。这么想一下，才模棱两可地说一句：

“恐怕雍老不会同意咧。”

“据李杜说，近来雍老对他也冷淡些了，你去试探一下。”周郁的企图，只要达到改组目的，自己就有希望，于是再三怂恿他：“不要紧，你去啰！只说小老他们都说季交恕事多，恐怕顾不过来。不如另外推举一个人把救贫工厂搞好。”

季小村一听，觉得拆散财神庙的庙会同周郁这个主意，都是釜底抽薪的好办法。可是自己不愿出面作对头，只说几句很巧妙的双关话：

“遂老！你是善后局的主任，同雍老又是亲戚，好商量的，只说大家都向你提这样的意见。嘿，嘿，不要提我的名字呀！”

愈谈愈认真，房子里的气氛越来越紧张了。大家的脸皮上，特别赵再云，更显出一种很兴奋的神色，决然道：“遂老！救贫工厂是公办的，不是兴业公司，善后局不说，谁也可以说的。”

高遂耿的脸色，突然红了一下，像是不好意思再推却。他想到赵再云背后有陆团长，不可得罪他；也想到周郁想搞救贫工厂，凌雍雄早就反对过。真是左右为难。于是似笑非笑地勉强答应一句：“好吧，我同雍老去商量。”他们这几位，也就一同起身告辞了。

现在，房子里只剩下高遂耿，坐在那靠窗门的藤椅上。他怀疑凌雍雄是否会赞成改换救贫工厂厂长，是否能找出一个为各方面都同意的人来。迟疑一会儿，忽然站起身，自言自语道：“哦，有了！张自谟是主办培元小学的，与县城各公法团都有联系，与凌雍雄、季交恕、季小村、周郁他们的关系都还好。”高兴地挥一下手：“好！好！就这么办。”

经过酝酿，磋商，会议决定，赵惠文也同意救贫工厂厂长换过张自谟，并很快就开始交替。这时，谣言一阵紧似一阵：

“吴佩孚从衡阳撤兵哪！”“会走平江经过。”“不要紧吧？听说直军吴佩孚的军纪，比皖军张敬尧的好一点。”原来吴佩孚的第三师，是进攻湖南的中路先锋。打下长沙后，皖系头子，现任内阁总理段祺瑞，反而将湖南督军位置，给了本系的左路司令张敬尧，而要吴佩孚镇守衡阳，替皖系作守门犬。吴佩孚早就怏怏不服，暗中与在粤的湘军潭延闿勾通，自动放弃这防线，好让湘军顺利入湘。而张敬尧，则因为自己的部队入湘以后，奸淫掳掠，军心涣散，为着保全实力，也就打算不战而退。

大家一听这消息，很高兴。湘军纪律，虽然也不见得怎样好，但比起张敬尧的兵总会好些。

“听说谭延闿的兵到了衡阳啦！”张灿和余楚农、陈世昌他们，正在兴业公司客厅上如此谈论的时候，凌雍雄手里拿着一把用蓝布缝了边的蒲扇走进去，边摇边望着张灿说：

“嗳！任牧师由长沙回来了。他说张敬尧的兵，由岳州、平江两路退，一出长沙城就到处乱抢、强奸。”说话的神气很恐慌。这当然是担心自己主办的启明女校不安全，但又像很关心这兴业工厂的样子：“你们的纱布那样多，怎么办？”

季交恕从房子里走出来，听到他这么一说，虽则心里也惊恐，却想不出什么好主意。在座的几位，也都脸上发青。沉默了一会儿，很纷乱的彼问此答。末了，只听到凌雍雄这么说：

“只有照我们启明的老办法，扯外国旗子保护。”边说边起身。“走，同去福音堂找任牧师商量吧！”季交恕也立即站起来，一手拉住他：

“扯外国旗子保护中国人的工厂学校，不好吧？”

“那就只有让北军杀人放火抢东西啦！”凌雍雄摊开双手：“扯万国红十字会的旗子，那有什么不可以？我们来合办两个救济会，一则可以保护学校同工厂，二则可以收容些妇孺。”

第二天，约莫上午八九点钟光景，张敬尧的一部分先头部队，已经开进县城。比较偏僻的大码头这一带，平常虽清静，现在则全是劈里劈啪跑来跑去的脚步声。有些人站在兴业公司的墙外边高声喊叫：“北兵来了呀！”季交恕同张灿立刻走出去，一看，满街是妇女和小孩，哭哭啼啼。还有些男人肩着被包箱子，一窝蜂似的，一齐向着这挂了红十字会旗子的地方挤。幸亏兴业和救贫两工厂毗连在一处，地方很宽，并可以分由宝积寺、财神庙、刘公庙四重门进去。不到一两个钟头，从四街八巷来此躲兵的人，一下就挤满了。因为人太多，没有办法，还临时在刘公庙和财神庙门外青石铺的大坪上，用晒簟搭起几个棚子，用麻绳拦在周围，插些万国红十字会的小纸旗。

季交恕和张灿，正在领着一些职员和工人，脚忙手乱地布置救济会的时候，“劈！”一声枪响，就在跟前。

“呀！”张灿一惊。

“不要怕！”季交恕一手拉着他。“同去看看！”刚一跑出大厅，看见两位少女，气呼呼地从大门口冲进来。三四个穿军服的北兵，跟在她们的屁股后面追。张灿立即把身上挂的红十字证章一指，把拿在手里的布底红十字小旗高举起来，大喊一声：

“老总！这是外国人办的救济会呀。”那几个手里拿着长枪的兵，也就站住了，抬起头，望望挂在墙壁上的那一面红十字大旗，大声咒骂一句：

“戳你的奶奶。”气愤愤地车转身子走开了。

“唔！这只纸老虎，靠得住靠不住呀？”季交恕边说边指着墙壁上那面旗子。

“靠得住吧？头一次张敬尧打进长沙时候，在县城里扎过两天，到处都搞得一塌糊涂，就只有挂了外国旗的培元同启明学校，及其他办了教济会的地方安全。”

“头次是进兵，这次是退兵啦！”站在墙角边的季交恕，皱起眉尖，像是不大放心的样子。“假如靠不住，怎么办？这么多的妇女小孩。——”他的话还没说完。“劈！”又是一声枪响，仍很近，仿佛就在财神庙那个方向。

张灿一听，额角上起了些皱纹。他记起：头一次的救济会，是借福音堂的招牌，任牧师出面主办的，而且有些是挂英国旗。于是一手拉着季交恕这么说：“何不找雍老去请任牧师同到师部去交涉一下，更稳当些。”

“也好。”季交恕答应这两个字，连忙往启明走。

一会儿，凌雍雄邀同任牧师一起到了启明。他们三位，一同走进驻在知事公署的师部。一个年纪四十来岁，满面烟容的大个子，穿着一身绸裤褂便衣，正在指手画脚，要赵惠文、季小村、赵再云他们筹军饷。说话的语气很粗硬，样子很凶恶。因为他没穿军服，不晓得这是个什么官。所以他们一进去，凌雍雄就问赵惠文：

“赵公！师长在哪里？我们有事要见他。”

“这就是师长。”

“你贵姓？”这是任牧师的长沙口音。但只说“你”，没有称师长。他虽是外国人，在中国传教多年，不仅会说长沙话，而且对湖南情况很熟悉。

“小姓黎，圭传。”这是师长的话。他因见对方是穿西装的黄头发，高鼻子，心里怔一下，马上放低声音，堆起笑容，很客气地请教他。当知道他是福音堂的英籍牧师，就立即喊请坐，叫人倒茶来，却没有向其他三位打招呼。赵惠文一个一个的将他们的姓名职务介绍一番,任牧师这才开口提出要求,不,他的口吻,俨像是向黎圭传下命令:

“你的兵太乱,”头几摆。“我们办了救济会,你要下令派兵保护。”只如此很生硬很简单地说几句,根本没有提到要保护教堂。大概他知道中国政府是一向既媚外又惧外的,神圣不可侵犯的外国教堂,用不着多说。

“好的,好的。”黎圭传站起来,喊一声:“来!”一个穿军服的走近前去,答应一个“是”字。他吩咐道:“写几张保护救济会的布告,派一连兵去。”

“快些!”任牧师说。接着,凌雍雄和张灿说一阵请他怎样保护市面的事情。黎圭传仅应付似的点点头,没有什么答复。好像他的全副精神,都用在招待高鼻子身上。朝着任牧师问这、问那,送茶、送烟,而且亲自替他擦火柴。季交恕坐在旁边,蹙着额,咬紧两片嘴唇皮,始终没说话。

不一会儿,穿军服的就拿出来几张斗方大字布告:

救济会址。
严禁骚扰。
如敢故违。
定即枪毙。
师长黎示

有了这布告,又派了兵,他们三位立即起身告辞,一同走出知事公署。任牧师昂起头,向凌雍雄他们三位稍微点一下,得意洋洋地走了。季交恕和张灿往大码头方面走,刚拐一个弯,只见满街尽是骡马、担子、人,充满了畜粪气和汗骚味。下西街一带的店铺,住满了兵。还有些穿军装的人,抬着许多东西往知事公署附近的商会走。

“嗳!同进商会去看看,抬这多东西,搞什么?”季交恕看着张灿道。

掩着鼻子侧着身,从人缝里挤进了商会的那个大坪。踮起脚尖一望,全是夫子、兵,以及各种各样的东西:半新的棉被、各式料子衣物、供神的银器,一直到漂亮的小茶几、普通的家具,大包小包,堆积如山。幸亏他们这两位的胸前,都挂有红十字会证章,举起手里的那面小旗子一挥,那些官和兵,也就很快让道给他们。刚一走近厅门口望一下,人虽不多,可是能够容纳好几百人的大厅,都被这些东西堆满了,但据他们自己说是没收来的。一个身上穿着军装的官长模样的大个子,手里拿着一支手杖,正在那里指挥分东西。

"唔!从来没有见过。"季交恕停着步,低着声音喊:"走!听都没有听过。"

张灿也就跟着转身,没有说半句。一直走过月池塘到新街坳那栅门口比较人少的地方,才说:

"你才见过吧?这还算好啦!上次打长沙,为着争东西,他们自己开枪打起来,还打死打伤好几个老百姓。"张灿左右看一下,没有人。才又接着说:"呀!天老爷保佑!这些瘟神快些走就好,莫像那回驻扎两三天,真不得了。"

他们刚刚回救济会不久,赵惠文派人来请开会,说是筹军饷的紧急会议,马上就要去。季交恕接着那张名单一看,除各公法团负责人以外,全是些比较大些的商家。原来就听说军队明天要开差,没有饷走不动,限定本晚由商会经手筹齐现洋二十万。这个风声一传出,吓得县城里的一班人,尤其商家富户提心吊胆。季交恕想:兴业公司的牌子,是平江县城里第一家,这是谁也知道的。季小村他们那般人,虽然也是股东,但一向不大对头,会不会趁此机会捣鬼呢?这么迟疑了一阵。当他走进知事公署的大客厅时,看见门口站些兵,季小村、赵再云他们一大伙,七嘴八舌的正在那里诉苦,要求第一,减点价;第二,交裕湘银行红版铜元纸票和现洋各半;第三,展期到后天。

“那不行。”黎圭传提高嗓子,虎起一张脸,就像要吃人的样子道:“破坏了市面,我不负责。”

大家都面面相觑,僵住了。破坏市面是大事情,且明知北军一向横蛮不讲理,很可能说得到就做得到。一个小小的县份,一下就要二十万,无论如何,榨也榨不出来,何况全要现洋?可是心里都这样想,口里却没有人敢这样说。

沉默一会儿,坐在客厅东下角的县知事赵惠文,才站起身来,走近师长黎圭传的跟前,欠欠身子,伪装着猫儿哭老鼠假慈悲的姿态,喊一声:“师长,”举起手搔搔脑袋,向座上的人们瞥一眼。“这几年市面是差些,莫怪他们诉苦,请师长原谅,减一点吧。”其实两面讨好的赵惠文,早就知道这是漫天开价,就地还钱的做法,重要的是怎样弄到现洋。

黎圭传慢慢地站起身来,皱起眉尖踱几步,像是稍微和缓了一点。可是脸皮上的横肉,仍然很紧张,只说:“好吧,你同他们去商量。”立即走进自己的房子里烧大烟,由赵惠文从中磋商。

起初,他们的还价是五万,期限至早明天上午,现洋至多一半。经过赵惠文走进走出好几次,虽则数目已减到十万,可是一定全要现洋,因而又僵住了。

“哪有这多现洋,裕湘银行换去啦。红版票不就是张督军发行的吗?哼!”在座的各位,都很愤懑似的哼声叹气。这时,赵惠文才露出了一副从来未见过的真面目:铁青一样的肌肉,代替了以前的笑颜;两只眼睛,显得很阴沉可怕。他说:“这是你们的生死关头啦。现已减了一半,我是尽了力的。大家再不答应,我只好不管。少陪!”立即走了进去。

赵惠文刚一进去,黎圭传立即走出来,望着站在厅门口的那些卫兵喊一声:“关上门。”砰然一响,厅门关上了。“缴不缴现洋?”举起拳头在桌子上一捶:“没有现洋拿头来。”狞起一双眼睛,朝着在座的这些人扫射。

一向胆小的季小村,全身震颤,脸上发青。平常最神气而又最会巴结北军的赵再云,额角上满是黄豆般的汗珠。其他各位,也都心惊胆跳。他们虽知道不会杀头,但有鉴于头一次张敬尧的第七师,由平江过境时候,东街胡老板,为着抗兵驻店,竟被大打一顿,之后带去长沙,病死在牢里;现在是退兵,假如带去武昌,不病死,也会拖死。尤其想到这次筹饷的对象,主要是商会,羊毛出在羊身上,何必自讨苦吃?于是季小村同赵再云壮起胆子同声说:"好,遵照师长命令,至迟到明天上午,准交十万现洋来。"赵再云还补充两句:"如果谁不缴,就请师长派兵帮忙。"

"那当然,那当然。"黎圭传转怒为笑,马上就把侧门打开,让他们往隔壁商会去开会派款。

一向筹军款,都是照惯例由各行各帮分摊的,这一回,当然无例外。但因时间太急迫,而且全要现洋,怎么办呢?大家很着急。赵再云心生一计:兴业公司资本多,生意大,在汉口长沙的往来支付,不是汇兑,就是申票[①],只有向它开刀,报报自己的私愤。在商会大厅上商讨派款的时候,他首先站起来,要兴业公司担任两万元,还要代垫两万元申票。洋洋得意地讲了一阵。

季交恕愣了一下,立即起来反驳。别的一些股东,也有支持季交恕的,也有害怕赵再云势大不敢说话的,你一句我一句,吵起来。

几十个人杂乱地争多争少,结果是如此:每个行帮至少派五千元;兴业公司则除这个至少的数目之外,还要代垫五千元申票。

七 无路可走

由于军阀混战,洋货倾销,兴业公司所织造与贩卖的大布,早

---

① 申票,上海各外国银行的纸票。

已堆积如山卖不出去。门市上所收进张敬尧的红版票子，一下变成废纸；而公司自己所发行的三万元票子，则全须兑换现洋，且有挤兑之势。

“这怎么办？”季交恕着慌了，立即找张灿商量：“快写信到长沙去，问它那里还存有多少红版票，多少布。”

县城离长沙不过二百多里。那时，虽有邮政，但还未通汽车。凭着两条腿，往返要四五天，才可以得到回信。就在这几日，平江县城里的市面，一天紧过一天。最主要因为筹饷多，红版票多。尤其自己出了票子的各商店，就像受着暴风雨袭击的茅棚，摇摇欲坠的样子。

“嗳呀！东街广昌同乾元好几家的票子，正在挤兑啦！满街是人，都喊要兑现洋。”季交恕正在盼念驻省经理处回信，忽听到这消息，猛然一惊：“我为乾元那几家所垫的申票五千元，虽有商会担保，可是数目不小。而广昌所欠兴业公司的款子虽少些，那是由我自己贷出，没有保人的。假如长沙回信不妙，那兴业公司，就有垮台的危险。时局这样糟，摊子却摆得那么大，怎么收场？”边想边发愁，低着头，往东街营业股走。刚出门，一脑碰着张灿，手里拿着一封信，慌慌张张地走进去，叫一声：

“糟糕！”

季交恕听着张灿说话的声音不正常，一眼看法，脸色苍白，而手里拿着的，乃是盖有“平江兴业公司驻省经理处缄”十二个红字条章的一封信，立即停步问：

“是长沙来的信吗？出了什么岔子？”张灿只是摆头，将信递过去，不说话。季交恕一手接着就转身，边走边看信：

关于红版票，早已遵照公司来信，接收不多；但往来期账不少。不料北军张敬尧退走时大勒军饷，因而停业或倒闭的商店好几百家。与我经理处素有往来之大盛、乾丰、阜康，都已于昨今两日先后倒闭，共欠我款约万余元。再因近来洋布满市，廉价出售,本厂土布,销不出去,周转极其困难……

季交恕刚一看到这,情不自禁地打一个冷颤。就在这顷刻间,他脑子里,闪电般地意识到:兴业公司总共只有三万元资本,连营业利润至多也不过四万元,若除去北军筹款五千,就只有三万余元了。假使长沙这万余元同垫付本县的五千元申票不可靠,布又卖不出去,那公司就有破产危险。额角上,立即起了皱纹。一手拉着张灿道:"怎么办?赶快去信长沙,要马上将详细情形再报告来。"边说边摸下巴:"你先回营业股去查查汉口的往来账目,透支它多少?"张灿答应一声"好",拔起脚,飞也似的往东街营业股走。

一天挨过一天,不知不觉地将近中秋节了。稻谷虽已登场,市面依然吃紧。兴业公司,经常挤满了开会、索债和兑票子的人们。焦头烂额的季交恕,就只有勉勉强强、七张八罗。他打算首先将公司所发行的三万元票子,不折不扣的陆续收回,莫使老百姓吃亏。可是一查本公司和湘、汉经理处的往来,布匹的贬价,加上军饷五千,总共约要损失三万多元。这本来都是彰明较著,有账可查的事情,然而赵再云和周郁,却故意背后造谣:

"兴业公司的纱布营业赚钱啦!怎么会亏本?你相信吗?"

"亏也亏不得这么多。"赵再云说。总之,他们这些话,都是企图中伤季交恕的。但谁也不敢说谁有贪污。因为大家都知道,季交恕是正派人,而且这几笔损失,又是众目昭彰的。可是,远在乡下,对公司情形比较生疏的股东,就不免道听途说,狐疑满腹,天天写信去公司询问。还有三两笔尚未到期的存款户,也写信去要提款。

处在这内蒸外逼,应付为难的时候,还多少抱有资本主义改良思想,而营业经验又不多的季交恕,以为只要能挣扎下去,渡过难关,或者张罗一些资本,再搞三两年,总可以恢复的。他一向做事很坚持,原来的幻想,就是"行远自迩",只希望先把平江搞好,做出一个模范县来。假使一蹶不振,不但自己再没有第二条出路,尤其这百来个工人，都会失业。想到这，他面上的神色，突然黯淡起来，火一般的热心，好像烧得有些刺痛。一连好几晚，睡也睡不着了。

还没有过重阳，兴业公司的大厅上，坐满一些人，这就是他们开董监事联席会。首先由季交恕做了一个详细报告，并提出他自己的意见："……怎么办？收场？可惜。还是再接再厉，重整旗鼓好些。……"

大家一听，沉吟一会儿：收场嘛，每股只剩得三成，即每股百元要亏本七十元，又明知纱布营业是赚了钱的。继续办嘛，要加资本，又怕再打仗。

"继续办下去也好，不过加几成股金。"监事凌雍雄，不软不硬地说。这可能因为他的股份少，加三几成股金，也不算什么，再赚钱，就更好。可是，高遂耿不赞成，劈头第一句：

"算了吧！"微微地摆一下头。"何必呢？再打仗，又会筹饷。"望着季交恕，引两句霸王别姬的唱词安慰他："此乃天亡我楚，非战之罪也。"凌雍雄立即又开腔：

"对，交恕是尽了力的，只怪得该死的军阀张敬尧。"

还有几位董监事接着发言，都说怕打仗，怕洋布太多，土布销不了，赞成收场为好，但没有谁说办理不善的。可是季小村有些责难：

"人家出的票子，受了拖累就停兑，屁都不敢放一个。"苦笑一下："吓吓！我们兴业公司的票子都兑现，真耿介。打点把折扣，总可以吧？"

季交恕一听，知道季小村说这话的意思，是责备自己不该如此老实，假如打点折扣，股东的损失，就会减轻些。于是本着良心解释道：

"小老叔，说是有人这么说过，我也这么想过，但老百姓吃亏不起，我们这些股东总好些，面子也要紧。"

"嘿，面子！没有里子，有什么面子？"季小村把跷起了的一条腿放下来，伸手从桌子上的纸烟盒里取出一支烟，将那纸烟盒，重重地往桌子上一搁。他说此话时，在座的董事们当中，也有三两位边听边点头的。

坐在他对面的季交恕，心里很起火，本想马上反驳，可是一转念：这虽是受了军阀战争和洋布倾销的影响，然而公司总是失败了，自己当然有责任。真是“早知今日，悔不当初”，不得不忍气吞声。他站起来，跑进自己房子里，拿出一本公司章程，翻开道：

“我们是有限公司，照章程，如果股本亏完了，不够清偿债务的话，才可以请官厅清查，宣告破产。现在，除还债，至少还有三成股本，怎能够打票子的折扣？这是不合法的。并且，也不合理。面子不面子，还是次要问题。”

季小村他们，也不是不懂法律的，只因为利令智昏，昧了良心；况且这种借时局为口实的倒骗，也是工商界很流行的风气。他于是又想起另一个办法道：

“那汉口的透支，康斋、少宁他们的存款，打点折扣总可以吧，这都是有钱的下家，大家吃点亏，有什么要紧？”

经他这么一提，多数人都赞成。因见康斋、少宁是富家，这两笔往来，全是季交恕私人经手，没有通过董事会，他们就想抵赖不出钱，连副经理张灿也表同意。争论大半天，少数要服从多数，最后决定是：立即开股东大会，赶快停业收场；汉口透支可照付，康斋和少宁的往来，公司不负责。季交恕也再没话说了，低着头，想了又想：只怪自己欠手续，驳他们不过。可是千多块钱，自己赔不起，怎么办？火上添油，他心里越发不安起来。

天渐渐黑下来。兴业公司的百来个工人，虽则同平常一样，在饭厅里吃晚饭，然而秩序就差得多。大家都意识到，工厂将关门，自己会失业，乱哄哄的七嘴八舌，谈论这些事情。空气和人心，都显现得非常紧张而黯淡。

心乱如麻的季交恕，看到也听到饭厅内这种情况，更加难过起来。想想他们，想想自己，这天晚上，没有吃好饭，也没睡好觉。将近五更时分了，他还在床上翻来覆去这么想：“多年来，都喊要‘实业救国、教育救国’。可是喊到现在，不但国没有救，而且民穷财尽，年甚一年。什么原因呢？”他爬起来，披上一件短夹袄，点燃一根火柴抽支烟，在房子里踱来踱去。又想到他初搞兴业公司和救贫工厂时，曾去南通考察过，南通张謇的大生纱厂、上海聂润达的恒丰纱厂、江浙许多资本家的轻工业，全是由于欧洲大战，英、美、日各国无暇东顾，这才得到发展的。现因英、美、日各国外货倾销，很多工厂，都被挤倒了。想到这里，带着一种自鄙的态度自言自语道：“哼！我这个小而又小，并且是手工业的兴业工厂，即或不打仗，难道可以兴起来吗？岂不笑话！资本主义行不通。”但自己又这么反问一问：“怎么办？难道就无路可走吗？”忽记起“山重水复疑无路，柳暗花明又一村”那两句古诗，他心里又活跃起来了：“对！自古道：‘天无绝人之路’。暂收束这个烂摊子再说。”坐在办公桌子边，时而站起身来踱几步，想这想那，想现在，又想将来。

天刚亮，大家还未起床。这位快要倒霉的经理季交恕，静悄悄的，从自己房子里走出去，没漱口，也没洗脸，轻轻地开着大门，径往大码头河边上，走来走去。像是在散步，低着头，又像在沉思什么。

“好早呀！身体好吗？季先生。”原在兴业工厂做过工，在夜学读过书，现住这河边上的工人老张，挑着一担水桶去挑水，一见就问他。

“好呀。”季交恕马上站起身来打招呼。老张也停了步，边说边望着他的脸，又问：

“怎么瘦啦？面上很黄。”以为他生了病，有点担心的样子。“季先生，请个郎中看看吧。”

经他这么一说，季交恕才明白这可能是心理上的病，但也不便说出来。一面答谢他，一面暗想：“胜败是兵家常事”，这算得什么

啦,身体要紧。留得青山在,不怕没柴烧。颓丧的心情,慢慢又鼓起来了。于是转愁为笑,同老张很亲切地闲聊:

“老张!你现在生活怎样?比在兴业工厂做工好不好些?”季交恕说此话的意思,以为他专靠挑水出卖,一定会更困难。

“好些啰。虽只有两三个铜板一担的水,只要自己勤快,每天多挑十把几担,就可多得一二百文。”老张也好似无意识地把他的生活情况比了比。“不像做工,多做归了工厂,少做又不行,养不活老婆孩子。虽然读点书,多点知识,还不如挑水卖好些。”这时,季交恕有点不大舒服又不大相信似的,又问:

“那未见得吧!兴业工厂是除工资之外,又分红又有奖金的嘛,怎么养不活老婆孩子?”

“分得几个钱?……”老张把他在工厂所得的工资、分红和他们最低的生活费算了算,确实是差很远。最后说:“比在救贫工厂做工的,那就好些啰,他们更苦啦!……”

季交恕这才若有所悟似的自忖道:“办这工厂有什么益处?兴业,兴业,兴什么业?让它垮掉算了!”转身走回自己的房子里,呆呆地坐着,悠然遐想道:“实业救国,简直做梦。帝国主义与军阀打不倒,国家就不能复兴,‘覆巢之下无完卵’,我个人会有什么出路呀!”

这几天,季交恕用全副精力来结束这个烂摊子。恰好这时候,救贫工厂因为不要都给工资,有了积蓄,准备再扩大。少宁和康斋,因为今年红茶生意赚了钱,手里更丰裕了。经过一些周折之后,将兴业公司的大部分熟练工人,转移过救贫工厂去;小部分遣散归家,但可以廉价卖铁机给他们回去织布。少宁和康斋的千多元欠款,他们也不得不同意由季交恕私人负责,五年,至多十年以内,分期清偿。

现在,兴业公司已结束,季交恕也完全破产了,两袖清风,已是水尽山穷,无路可走。一天夜晚,他独自关着房门,倒在床角边的睡椅上,拿起一包纸烟,一支又一支,接连地抽个不停。想起自己的过去,尤其是现在和将来,他一跃站起身来,把夹在手里的纸烟,重重地朝地下一扔,自语道:“妈的鬼世界!我这种委曲求全慢慢来的想法不行,只有俄国十月革命那样,真痛快,真彻底。”

但是,他忽然回忆到辛亥革命时的情景,假如革命党不同袁世凯妥协,或许不会产生北洋军阀,不会弄到今天连年混战,民不聊生的境地,或许……然而,他又想起在上海同潘怡如他们的谈话,知道国民党领导革命无希望。残酷的现实,不容他再幻想了。怎么办呢?失望、忧愤、踌躇,霎时间,一齐反映在他的脑子里,何去何从,没有了主意。背着手,踱几步。咳!火烧眉毛顾眼前嘛。“举世皆浊”,可能教育界清高些,下长沙去找书教,搞著作,将来当教育家,或做个学者,自己打扫门前雪,算了吧!

第九章　山穷水尽下长沙

一　赋　闲

阴历年关过去了。好几天没有刮风，也没有下雨。久被乌云笼罩的连云山，慢慢地露出了头顶。季交恕正在准备动身去长沙，站在泼头湾里屋大门口，远远望一下，天已渐渐放晴。他心里一喜："好走了。古语说：'狂风不竟日，暴雨不终朝'，我还只三十来岁，难道会一辈子看不到光明吗？不会的。不要三心二意了，走吧！"

季交恕到长沙时，湖南省省长是谭延闿部下的师长赵恒惕。去年他把上司谭延闿赶走后，自封齐天大圣，坐上这把交椅。表面上挂起"湖南自治"招牌，暗地里与北洋军阀直系吴佩孚勾结，比皖系张敬尧督湘时期，好不了多少。这时，长沙各学校，都开课了，这位走投无路的季交恕，省城熟人又少，就只好暂住三兴街协和商号，边找门路边卖文。

这商号是一所中国式半新半旧的房子，上下两进，一层楼，厚砖墙，全部玻璃窗，油漆得焕然一新，既雅致，又清静。每天三顿饭，八个人一桌，三荤三素，只要五角银洋，算是三兴街一家又便宜又漂亮的旅馆，老板姓李。住在这里边的，大半是平江驻省卖布的号客，也有一部分是在此谋事的外县人。季交恕一到，就住在这后进东边楼上一间窗明几净的房子里。那些号客中，虽有些是熟人，可是大家对他很冷淡。看戏与打牌,从没有人邀过他。他自己也感到现在是倒霉时候,毋怪其然。初到的那十来天,除出去见见教育界的几位熟人以外,就只有关着房门看书报或睡觉。“门前冷落车马稀”,情绪当然不会好。闲着无聊,他就把过去在南通所考察的笔记,写成一本书:《南通视察谈》,登在湘潭人主办的《大公报》上。接着又连续不断地写文章,也间常从外文报刊上翻译些比较新的东西。

这年三月的《大公报》上,曾有他写的几篇文章。一篇是《妇女解放之男子化》,主张女子剪发易服,参加各项工作。一篇是《妇女解放的三大问题》,说男女平等,必须经济独立,各机关、学校、工厂,都应该一律开放,使女子有从业机会。又一篇题为《要言行一致》的杂文,是讽刺“军政界之财政宣言”,即师长鲁涤平在岳麓山演说:“嗣后军人不得干涉财政”等话的。文章里边,仅有“口夷齐而心盗跖”这么一句,并没有怎样公开骂军人。

但是,倒霉得很!他的堂叔叔季曙阶,不久从汉口寄来一束《公论报》,内有几篇反驳他讲妇女解放的文章是邪说。季交恕一看就暗笑:从五四运动以来,妇女解放,已叫得震天价响,只没有讲到女子剪发和职业问题而已,这本来是正当主张,空喊妇女解放有什么用?真是保守!顽固!住在协和商号的那些人,也时常背后讥诮他。这还不打紧。可是那些拥有枪杆子的军人就不同。他们刚一看到那篇《要言行一致》的文章,就纷纷打电话质问《大公报》馆,为什么登载这文章?从此,《大公报》就不敢有文必登了。季交恕虽还没有搁笔,但已深深地感到言论不自由,不得已,只好写写无关大局的小文章,可是心里却隐隐作痛。

他对面的空房,比东边的大得多,而且是内外两间,里边的陈设有玻璃柜、双人床、梳妆台。据说这本来是元记布庄黄老板夫妇住的,因为他们去了汉口,暂时不回头,闲着没住人。

“凤去台空”,虽已经过了一个短时期,然而“鹊巢鸠居”,现在有人补缺了。新房客就是家住岳州,曾一度在湖北当过团长的郭紫云。三十几岁,长得高而且胖,既粗又黑,大嘴巴,一小撮牙刷胡子。品貌虽不大好看,态度却很轻佻。说起话来,淫词秽语不离口。三天不赌博,就吃不下饭,一天不打茶围,就睡不着觉,他自己也常常这样对人说。于是大家替他安上一个外号:风流团长。同他住在这房间里的,还有一位年约二十左右的姨太太,明眸皓齿,脸上的皮肤,就像刚从园里拔出来的嫩葱根。能说善谈,举止态度极大方。无论什么人,她都一见如故,毫不在乎。所以大家愿意和她接近,可是暗中又为她叹息:"唉!一朵鲜花,插在牛屎上。"另外有些人,尤其李老板,往往望着交恕这么冷笑:"嘿!妇女解放!再要放,只有大家当王八。"不知这是挖苦郭团长,还是讽刺季交恕。也有些人说:"哼,八十岁总是个女子。""抛头露面,东走西跑,像个什么样?"这的确是说郭姨太的。因为她每逢丈夫不在家,就一个人出去看戏、打夜牌。风流团长却很开通,从不加以干涉。

就在这天下午两三点钟时候,风流团长同郭姨太,因昨天在小林洋行打了一个整夜的牌,都没有起床。而协和商号楼下东边那间小小的电话室,丁当丁当,连响几下。

"哪里?贵姓?什么事?"住在这电话室隔壁的李老板,马上跑去接电话。

"小林洋行。请郭姨太……"这是那边传来的声音。

李老板有气似的,重重地把耳机子一搁,连忙跑进自己房子里,虎起脸皮咒一声:"妈的!我又不开婊子行。"这位李老板,不过三十几岁,并且生长在长沙省城里,不是没有见过世面的人,然而顽固守旧,比山沟里的乡下佬,还有过之。他有一个三十来岁的老婆,一个十三四岁的女儿,都长得很漂亮。尤其他的老婆,虽是半老徐娘,皮肤白皙,显得很年轻。因此他定下一条规矩:非经他许可,不准她们母女上街;偶尔上上街,也要限定钟点的。

这时,季交恕正在他房子里算伙食账,莫名其妙地问一句:

"什么事这么大的气?"

"什么事,哼!"这位李老板,一屁股坐在桌子旁边,打开账簿查一下,拿起算盘敲几敲:"四十五天,二十二元五角。"从季交恕手里接过票子和银洋,往抽屉内一塞,然后说:"你们平江人太开通了,贵同乡汤谟的小林洋行,真不像样。——"

话还没有说完,季交恕觉得答非所问,越听越糊涂起来。猜不着他为何生气,但又不好明白问他,就只有顺着他的话说一句:

"对,那是个不务正业的家伙,我到过他那里,的确不像样。"

原来汤谟从晋京应留学生考试失败后,在天津日本的三井洋行干过一下,不知怎的,现又回到长沙,在日本领事馆做事情。这小林洋行,就是他搞的,开在长沙顶繁盛的坡子街,三层楼,门前挂一块金字小招牌:"日本小林洋行"。里边陈设的是半像俱乐部半像大烟馆形式。靠街道边的大玻璃窗橱里,也布置些东西洋乐器和各种艺术品,俨像是做买卖的正式店铺。可是,它的门口,经常摆有藤轿和包车,还有背驳壳枪的马弁护兵,挤满一大群。第二层楼的大厅上,摆满了乐器、留声机、台球、围棋、象棋、扑克牌、麻将牌。第三层楼上,则是几间摆有大烟铺的小房间。军政界的什么师长、团长、厅长等人,常在那里赌博或者抽鸦片烟。季交恕想,现在小林洋行来电话,难道郭姨太与汤谟有暧昧关系不成?于是接着问:

"郭姨太去过小林洋行?"

"哼!那还没有去过?"李老板耸耸鼻子,很鄙视似的。"刚才来的电话,就是聂师长要她去。"把左右手的两个食指弯起来,做一个勾搭的形式,摇两摇。"勾上了的。"

"郭团长不知道吗?"

"装聋作哑,怎么不知道?"李老板又把话题转到女子身上:"我是顽固派,想不通你们为什么要提倡妇女解放?"

"这与妇女解放有什么关系?把女子作钓饵,应该由男人负责的。"季交恕还想把妇女应当解放的道理向他解释一番,而李老板,立即拔起两条腿,不理睬似的,一溜烟跑出去了。

四月间的天气,渐渐热起来,大家都开始换单衣。可是,郭团长夫妇,不知怎的,忽然间变了样子,全身穿的都是新装。特别郭姨太,手上戴了两只钏,光溜溜的,又粗又黄,这是从她搬进协和商号以来从没有看见过的东西。

"还是妇女好,身子就是本钱,不像我们做买卖的人要钞票。"住在这商号卖布的号客,张老板、傅老板他们,连讥带讽在背后说。郭团长有时听到这些话,也满不在乎。但是郭姨太,像是有点不好意思,经常催丈夫搬家。

这一向是雨季,大家很少出门。协和商号的楼下和楼上,只听到劈里啪啦的一片碰和声。季交恕对麻将牌,虽则一向有兴趣,但因没有赌本,只好关着房门睡觉,或看书。今天,他正拿起一支笔,打算写文章。砰,砰,砰,突然间猛响几下。原来是住在他对面的郭团长在敲门。

"交老,交老,我快搬家啦!"

坐在桌子旁边的季交恕,用手支着头,正在两耳不闻窗外事,一心专门写文章时候,吓一跳,立即站起身来开门:

"哦! 你呀。"他心里有些瞧不起此人,但从前曾相识,现又同住这么久,而且他见面时也很客气,经常攀岳州大同乡,所以也不好不虚与周旋一番,招招手,喊一声:"请坐。"

"嗳,吴玉帅派我们同乡郭将军郭人隆到长沙来了,你知道吗?"郭团长满面堆起笑容。"同赵老总通了气啦,好得很,好得很。"这因直皖战争,打垮段祺瑞,是吴佩孚的首功,所以他就做了两湖巡阅使,驻节岳州。他的别号叫"子玉",所以郭团长跟着大家称他为玉帅。他是主张"武力统一"的。因见湖南打起了"联省自治"招牌,他就派郭人隆来到长沙,想暗中拉拢赵恒惕。季交恕虽则早有所闻,但因自己讨厌北洋军阀,又不愿厕身政界,只冷冷漠漠的这么答复一句：

“不知道。”

“汤谟要我告诉你，想邀些在省的岳州同乡，开一个欢迎会，每人凑十把块钱，请郭将军吃一顿，怎么样？你来一个嘛！”说到这，郭团长的脸上表现有得色。“郭将军同我们，还是五房以内的本家咧。”歪歪头，大大地晃几下。“我们一向就认识，他是吴玉帅的红人。”

“不来，我不认识他。”

“不认识没关系，都是同乡人吧，好机会哩。”

季交恕心里，有点生气了：“好机会？我是什么人？谁同你们一样去钻狗洞不要脸？谁同你郭团长一样当王八？既然勾上了聂师长，难道还想再勾郭将军不成？真是无耻之徒！”不自觉地显现出怒容道：“没有钱，不来。”

约莫个把礼拜的光景，雨季快过去了。可是，天空中依然那么阴沉，若隐若现的淡红色太阳，微弱无力地从浓淡不均的云缝中，有时显露一下，有时又躲藏进去，仿佛是表示暂不会有光明日子到来。这一天，吃过早饭，季交恕独自坐在楼上东边那间房子里，看看窗外的天色，想着中国的时局、人民的痛苦和自己的出路。正在杂念纷呈时候，忽听到对门房子里的楼板，发出轰响，又听到一些移动家具的声音。“唔！难道郭团长今天就搬家？”他立即打开房门，走过去一看：郭团长两夫妻，带着新来的两个工差，正在收拾衣被和最近买来的几口大皮箱。

“今天搬家哪，哈哈。”郭团长一手拉着季交恕大笑，棕黑色的脸皮上，微微带点红，像是很得意的神色：“搬到大东茅巷，房子很高大，比这里好得多。”郭姨太也露出一口白玉似的牙齿，笑嘻嘻的，随手从郭团长的口袋里掏出一只银烟盒，取出一支香烟递过去，马上就夸口：

“季先生！吸烟。房子真好啦，石门框，有轿厅，还有花厅，就差没花园。租金也便宜，一个月八十块。有空就来玩玩吧！”歪着头，靠近郭团长肩膀：“嗳！局长！明天还要到师长那里去拿几百块钱，添置些家什啦。那么大又那么好的公馆，东西不够哟。”

“唔！怎么改变了称呼，不叫老郭叫局长呀？”季交恕这么猜想，不知他搞到什么局的局长，但也没问。至于什么“师长”，他一听就猜到了几分，大概就是前一向李老板所说那个姓聂的，于是随口答一声：“好，等几天来道贺。”

这商号楼下的头一进是大厅，两乘崭新的藤轿，摆在大厅门口。坐号的张老板、傅老板和协和商号的主人李老板，还有一位住在这商号谋差事的张先生等，早已站在大厅上，预备欢送他们。

“恭喜贺喜！又乔迁，又高升，双喜临门。”好几个人都各自捧着“乔迁志庆”的红对联和其他礼物，恭恭敬敬地递交郭团长。“明天就过来道喜啦。”又是几句恭维话，最后是：“诸事求关照。”这是张老板同傅老板的声音。

自命为顽固的李老板，现在也不顽固了，带着老婆一起，客客气气地扶着郭姨太上藤轿：“嘻嘻！求局长栽培！”站在郭团长藤轿跟前，弯弯腰，耸耸肩膀。

然而郭团长的态度，却一下变得很庄严，不像以前那样随便那样轻佻了。板着脸皮，嘴一张：“好，暂别。”大摇大摆地往藤轿里一钻。

不到几分钟，两乘藤轿走远了。他们这一群，也就掉转身子，走回楼下厅子里，坐的坐，站的站，东扯西拉谈起来：

“郭局长跑红啦！缺真肥。”李老板睁大两只眼睛，显现很羡慕他的神气道：“搞一二十万不成问题。”

“什么局？”季交恕这才问一句。

“湖南省河厘金总局啦！这种肥缺，没有大背景，怎么搞得到？郭姨太真有办法。听说还有兼办省银行的希望呢。”李老板又很惊羡似的低声说。

“嘿嘿，”季交恕冷笑一下。“有漂亮堂客[①]也好。只要不怕戴绿帽子，横竖有人巴结。”这好像是说郭团长，其实是奚落他们这般人，尤其李老板，前倨后恭的话。张先生却马上插嘴：

“那不是。郭将军啦。”意思说不是聂师长，而是郭人隆替他帮忙搞的局长。

“哦！”李老板仿佛不大了解，掉转头望着季交恕。“难怪汤谟来几趟，邀你们岳州同乡去欢迎郭将军啦，你为什么没有去？”

“我是穷惯了的硬骨头，讨厌北洋军阀。”季交恕声色俱厉地说。李老板笑道：

“郭将军是我们湖南人嘛，赵省长也是湖南人，不像张敬尧。嘻嘻！你还说我顽固。”

季交恕盯着李老板：“你是不是说吴佩孚比张敬尧好些？”

李老板虽是商人，但从前曾经在甲种商业学校上过学，在下坡子街开过店，因为张敬尧督湘，横行霸道，把他的店搞垮了，他就非常痛恨皖系，也痛恨皖系的后台老板日本。在五四运动时，他是长沙商界中抵制日货最出力的一个，可是他却不懂得直系的后台老板，同样是侵略中国的英、美，更没有看清民国这几年的军阀混战，全是英、美、日互相抢夺中国斗争中制造出来的。他于是脸色一变，道：

“当然，吴佩孚好些，他是秀才出身吧。张敬尧什么东西！土匪！”举起一个拳头，紧紧地握着，“我那个店，我的堂客——”李老板刚刚说到这，他老婆李老板娘，双手捧着一只搪瓷脸盆，往天井边去倒水，他就没有再说下去。“唔，”从鼻子里喷出一股气，走开了。

张老板和傅老板他们，一直站在旁边听着。最后，才这么说两句：“管他张三李四，老郭当局长，只要完厘金叨点光就行。”也一溜

① 长沙话，出嫁了的女人叫堂客。

烟,各人走回自己的房子里。现在,这厅子里,就只剩下季交恕和张先生他们两位。

这位张先生名雨崖,也是长沙人,瘦长个子,三十来岁,像是个不多言乱语的正派人。据他自己说,从北京大学毕业后,因为没有背景,失业多年。弦外之音,像也想在郭团长那里找点小事情。

"哦!你是北大毕业的呀!"季交恕心里一怔,联想到他的朋友和自己:"难怪大家说'毕业就是失业'。陈霖学纺织,在上海南通都找不到事。汤谟那个家伙,虽则留学生考试落了第,可是他有外国人的背景,现又借郭人隆的线索,巴上赵恒惕,搞到了湖南省盐运总局局长。我呢?不,要穷就穷,不跟他们搞那一套。"想到这,两片嘴唇皮,微微有点颤动,似乎是想问:"难道你张先生也想走郭团长的路吗?"话到口角边,忽又咽下去了。一手拉着张雨崖:"到你房里去坐。"

张雨崖住在这协和商号第二进东边,就是季交恕的楼下。隔着一个天井的对面,就是李老板自己住的账房。也是全部玻璃窗。抬起头来,彼此可以看得到,说起话来,彼此也可以听得到的。季交恕跟着张雨崖走进他的房子里,坐下来就问:

"嗳!李老板为什么生那样大的气?他说他的店同他的堂客怎么样?你知道吗?"

张雨崖大概是怕李老板听到,立即把玻璃窗底下自己坐的那张椅子拖过来,靠近季交恕的身边说:"老板娘差一点吃了张四帅一个大亏。——"

"哪个张四帅?"季交恕在平江,没有听过这个称号,问:"张敬尧吗?"

"不——是,张敬尧的老弟,顶有名的张敬汤。在长沙城内,小孩子也知道。"站起来,朝着对面的玻璃窗望几望,微微地笑了一笑。"你还不知道,张敬尧是老大,老二张敬舜,老三张敬禹。张敬汤是老四,所以称四帅,阎王一样的色鬼,坏得很。"于是一五一十地把张敬汤怎样带着盒子炮,在长沙城内横冲直撞,看见漂亮妇女就调笑逼奸这一类的故事,讲了一大堆,然后归到本题。“李老板那时开的不是绸缎店吗?张敬汤常到他店里去买绸缎送女人,嘿嘿,”张雨崖又微笑一下。“李老板一见是四帅,不晓得是怕他,还是想巴他,就请他到内厅去吃茶吃点心。”指一指对面李老板的房子。“有漂亮堂客惹是非。”

“怎样惹是非?”季交恕急着问。

“哼!”张雨崖回转身子叹一口气。“有一次,张敬汤又去那店里,假装买东西,适逢李老板不在家,他就一直往内厅跑。李老板娘出来招待,没说几句话,他就像猛虎扑羊,双手搂着她亲嘴。李老板娘大嚷起来,他就说李老板是南军探子,喊人搜,把一些值钱的绸缎,都抢走了,还要封他的店。”

“李老板为什么不登报告状?”季交恕摊开两只手,不断地挥舞,像是替他抱不平。

“唔!谁敢告?谁敢登?”张雨崖说,“你在乡下不晓得,告诉你吧,长沙城内,曾经有几句这样的民谣:‘堂堂乎张,尧舜禹汤,一二三四,虎豹豺狼。’四兄弟都这么凶,谁不怕。——”他的话还没有来得及说完,季交恕又紧接着问:

“后来怎样?”

“第二天就贴上军警稽查处的大封条。李老板同老板娘都躲到我们长沙乡下去才免了祸。”

“咳!从民国元年到现在,从袁世凯、冯国璋、徐世昌、段祺瑞、张作霖到曹锟、吴佩孚,北洋军阀统治中国十年了。还有西南和两广的那些小军阀不去说它。年年混战,弄得民不聊生。真可恨!”季交恕皱起两线眉毛,鼓起一双眼珠,狠狠地这么说几句。

张雨崖也同样唉声叹气:“咳!自古道,‘宁为太平犬,莫作乱世民。’我家里原来也有几亩薄田,就因为读书,又碰上打仗,搞穷了。朋友!找事真难啦!‘饭碗问题’——”立刻闭着嘴巴,头几摇,欲言又止,似乎有很多说不尽的痛苦。

季交恕打算起身走,但想起自己,想起对方,自不免发生一种“同是天涯沦落人,相逢何必曾相识”的同情心,想问他一个底细。沉默一会儿,才开口道:

“张先生!你毕业这么多年,难道就失业这么多年,没有找到过一回事呀?”

正在皱着眉头的张雨崖,听他这么一问,立刻天真地笑了起来:“嘿!找也找到过。就是屁股还没有坐稳,又滚铺盖。”

“这怎么讲?”季交恕心里正在玩味“屁股还没坐稳,又滚铺盖”这两句话的意思,于是问:

“你是说,找到事也搞不久吗?”

“是的。”他就把毕业找事的经过述说一通。“我是民国二年毕业的。还算好,因为那时,我有个堂哥哥在教育部当个小小的主事,托朋友把我荐到长沙戥子桥公立法政专门学校,当过半年监学,每个月六十块,我们同学都很羡慕,说毕业就得业,了不起。当然,我自己也很高兴。”张雨崖的嘴角边,微微地露出一丝笑容,但立即就是颓丧的口气:“咳!谁晓得‘一朝天子一朝臣’,下学期换过一位姓陆的校长,把我们这些背景不大的教职员全都解聘了。哼!朋友,怎么办?你去喊天吗?还不是乖乖的各人滚铺盖,从此就只好有时待着,有时教教家学,一直到民国九年,费尽九牛二虎之力,才在汉口警察局找到一个四十块钱一个月的起码官——课员。不到两个月,又因为局长四十岁做寿,没有凑公股送礼,就借故说我是藐视长官,撤差了。这回还算好,只闲半年光景,亏得我们同乡陈霖——”

季交恕刚一听到说陈霖,就插嘴问:

“哪个陈霖?是不是在日本留过学的那个陈霖?”

“是呀,你认得呀?”

“认识,他是同我一路回国的,现在哪里?搞什么?”

“有什么搞？还不是在江汉关当个录事。他还算好，介绍我在那里做过好久抄写，虽然不是正式差事，但按字计算，也还过得去，可是现在没有东西抄了，汉口生活程度高，只好回长沙来。想找书教，找不到。”

这时，季交恕边听边发呆：难怪余寿松说，留学有什么用？没有背景，还不同他们一样失业？……这么想了半晌，才说话：

“你是不是想找郭团长？”

“那，那，那不一定。”张雨崖不好意思似的，举起右手，在自己耳朵边搔几下。“本来不想找他，不过——”摸摸下巴。“没有穿吃，真困难。”

“朋友！自古道，‘良禽择木而栖’，何必这样急？”

“你呢？怎样？”

“哼！我呀！万一没饭吃，就饿死算了。”苦笑一下。“朋友！‘处处有路通长安’，不会饿死人的，慢慢来！”

张雨崖一听，似乎有所感动，低下头来在沉思：“我本来也是个痛恨军阀，耿介不苟的人，为什么要找军阀走狗郭团长呢？难道穿吃要紧，人格就不要紧吗？季交恕这个人真直爽。”一下站起来，就像吃了什么兴奋剂。“你说得对，说得对。”踱几步，然后用试探的口气问：“嗳！不晓得《大公报》有没有做校对发行那一类的事情吗？”

“不晓得，我在《大公报》只是投投稿，关系并不多，打听一下是可以的。”同病相怜的季交恕，和张雨崖虽是初交，但觉得此人正派，似乎学问也不错，只因为生活逼迫，比自己困难得多，很愿意帮帮忙，可是“泥菩萨过江，自身难保”，也只能这样回复他几句。张雨崖也没有再说什么，瘦削的脸皮上，依然布满了愁容。

此时，季交恕正在展开话题安慰他，协和商号的王拐子，一脚踏进去，朝着他望一下，就没头没脑地喊一声：

“客来了。”

“谁？请进来。”张雨崖立即就起身。

“不是。季先生的客。”王拐子这才说个明白。

“谁？”季交恕站起身来问。

“省教育会的，姓方，你们平江人，四五十岁的样子。”

“哦，大概是方维夏。”季交恕边说边走。因为在省教育会负责的，虽有三位姓方的平江人，可是都不到四五十岁，只有方维夏年纪大些。三脚作两步，走上楼去，果然是他。

“你好吗？”“请坐请坐。”两个人很热情的互道一阵寒暄。季交恕接着问：

“方先生！我托你找教书的事情，有没有希望？”

方维夏，别号竹雅。方口圆脸，中等身材，虽不算胖，两颊却丰腴。一双明珠似的大眼睛，儒雅不凡的样子。他是湖南优级师范毕业，曾经在日本留过学，在长沙教过多年书，在谭延闿属下当过教育司长，现在是省议员，省教育会长。他一贯正派，不嫖不赌，不吃烟酒，不打牌，穿着朴素，勤俭好学，所以在湖南省教育界声望极高，一般人都称他为方圣人。他的态度很严肃，说起话来，也很郑重。他答道：

“上半年不行。”轻轻地摆两下头。忽又凝视着坐在他对面的季交恕，慢吞吞地说：“你暂时写写文章，译些东西，也是好的，慢慢来。”他的意思，是说下半年再看。

季交恕一听，就着起急来：“那不行啦！我的三个子女都在暑假毕业，找不到事，就无法升学啦！竹雅！”直率地喊出他的别号，一下站起来，两颊绯红，俨像是喝了酒。“我是不能不找你的呀。”接着就把一定要找他的理由，毫无保留地说出来：“现在军政界太糟，就只教育界比较干净些，并且，‘得天下英才而教育之’，也是一件快乐有益的事情，我很愿意拿粉条。你在湖南教育界这么久，熟人多，难道帮我介绍十把几点钟功课都不可能吗？”

方维夏仍本能地慢慢说：“湖南的高等学校少。公立的一个高等工业学校在岳麓山，一个高等商业专门学校在落星田，一个公立法政专门学校在戥子桥，此外，一个私立的群治大学在连升街。并且规模都小，都没有几个专聘教员，兼钟点的多。"说到这，闭了嘴，两只眼珠，骨碌碌地转几下，生怕明白讲出来，又办不到，只是轻描淡写的："我已向商专蒋校长、法专恽校长讲过，向群大骆校长也先容过，希望是有的，不敢说靠得住。我一定尽量帮你的忙吧。"

"中小学多些吧？"

"中小学多。"

"那就教中学也好。"

"钱就少啦。"方维夏把中学待遇略微讲一点。"也是按钟点计算。公立的一块钱一点钟，私立的八角。"

"高等学校呢？"

"高等学校的钱多些，公立的一块半钱一点钟，私立的如像群治大学，那就只有一块二角钱一点钟。"方维夏笑一下。"朋友，靠粉条吃饭也很难，因为连年打仗，公立学校都欠薪——"楼底下丁当丁当吃午饭的铃声响了。

"吃饭去！"季交恕一手拉着方维夏走下楼来，和张雨崖同在一桌。还没有就座，他首先作介绍：

"这位是敝同乡，教育界有名的方竹雅先生，湖南全省教育会会长，省议员。"侧转身子，手一扬："这位是敝同寓，贵县长沙，北京大学毕业的张雨崖先生。"

方维夏和张雨崖虽是初相识，也许"物以类聚，人以群分"的缘故，在吃饭时，彼此谈得来。吃过饭后，就同在这厅子东边的张雨崖房里，饮一碗茶，闲聊一阵才走。

二 教书

六月间的天气特别热，火灼灼的太阳，从早到晚，晒在这商号的屋顶上,很使劲的一刻也不放松。住在东边楼上那间小房子内的季交恕,就像蒸笼里边的包子,越蒸越酥软,越难受。还能够照常坐在桌子旁边写文章吗?不能。幸亏楼下是泥地,凉快些,他常常跑下楼去,在张雨崖房子里聊一聊,也偶尔在薄暮时,邀同他往小西门外河边上溜溜达达,兜兜风。

夏季的日子虽然长,但光阴似箭,不知不觉地暑假快完了。在楼下闲聊时候,张雨崖望着季交恕苦笑一声:

"哼哼!方先生答应替我们找钟点,还没消息,怕莫是句空话啰。"

"大概不会吧?"季交恕的语气也含糊了。他从前总是称道方维夏最有信义,说一句就算一句的,而现在也有点怀疑:"张雨崖之事,是由我说起的,他未必真肯帮忙;而我的事,他已经向那几位校长当面讲好了,难道又会变卦?"正在这么边想边发愁。

"哦!方先生吗?季先生在这里。"面向房门外坐着的张雨崖,瞥见一个人,经过二厅上楼去,虽只看到半边面,却料定就是方维夏。因为他来过好几次,经常穿的是一件不蓝不白的旧长衫,手里惯拿着一根粗手杖,故一见就站起来打招呼。

方维夏刚听到叫他就停步。季交恕也同时走出房门去:

"哦,你来了呀,楼上热得很,请到这里坐。"一手拉着他,肩并肩,走进张雨崖的房子里。

方维夏脸上的肌肉,似笑非笑地动一下:"真热啦!"走进去,边说边脱长衫。他们两位,一面忙着替客人倒茶,挂衣服,一面就这么猜想:看他脸上的表情,大概有希望。可是,方维夏刚刚接着一杯茶,忽然叹口气:"搞事真难啦!——"慢吞吞地坐下去。他们这两位的神色立刻变了,四只眼珠,呆呆地望着他,像是静听对方的下文;两个人心里,都像怕什么祸事临头一般,咚咚咚的在打鼓,因为大家都知道找事之难,难于上青天。特别季交恕,欠一身的债,既不愿随波逐流,又无法解决目前的穿吃问题,心里比张雨崖就更加着急。

方维夏一口一口地喝完了那碗凉茶，放下茶杯，才开口道：

“你的事情，搞是搞好了，不过，钟点不太多。”望着季交恕，一板一眼地说。“商专蒋校长，原本答应你教两班，每星期各四点钟，现在又翻口，只有一班。好在群大同法专每星期一共有十四点。”扭转脖子，望望张雨崖：“张先生！你的钟点也搞好了，更少一点，就只第一中学，六点钟。”

“谢谢你。”这是张雨崖的声音。他这么想：每星期六点钟，一个月虽只有二十来块，但比闲在协和商号吃干本，欠伙食钱，总好得多。

“谢谢你。”季交恕也很高兴地笑了。这因为钟点虽不多，一个月有百多块钱，而长沙物价便宜，穿吃用并儿女读书，大概够了。可又不得不问个明白：“竹雅，商专的课，两班减为一班，什么原因？”

“你不晓得教育界的情形啰。”轻轻地连摇几下头。“派别多，互相排挤。”就只这么讲几句，像是不想说下去的样子。可是“派别多”，究竟不知指的是什么派。季交恕又接着问：

“有些什么派别？”

“优级师范、城南师范……还有些洋货嘛！现在是洋货当权，只要留过学，就是块金字招牌。但我们这些东洋蛋饼，还比不上西洋面包。它们是头等货，至于国货——”这可能因为张雨崖未曾出过洋，欲言又止的没有明白说出来国货是第三等，因而转口道：“商专蒋校长，是在英国吃过面包的，他有一位刚从美国毕业回来姓马的亲戚，也是学政治经济的。哼！假如不是我们教育会大家帮你的忙，那一班恐怕也会一起给了姓马的啰。”

“西洋面包是不是都比东洋蛋饼好些？比国货更好些？”

“那就不一定，现在是只论资格的，谁讲真本事！”方维夏不平似的摆摆头，又像有点不大放心似的叮嘱他们：“嗳！等几天就会送聘书来的,你们要注意呀!照例都只聘一个学期。”还郑重地加上一句:“就是半年。”

“对,对。”因为下半年的饭碗,已经有着落了,季交恕和张雨崖,都好像松了一口气,面上有了笑容。

方维夏很高兴似的又说:“这好,教育界添一支生力军,你们可安心教书,早点准备准备功课哟。”

季交恕的额角上,忽又现出几道很深的皱纹说:“竹雅,一个这样的破烂国家怎能够安心啦!”方维夏点点头:“唉,有什么办法啦。”

过了一天又一天。学校快开学,需要准备功课,写讲义,这就使得季交恕有些为难了。他虽在启明教过国文,而现在这三个学校,乃是教“经济原理”和“比较宪法”,不同性质的两门课。虽然都学习过,可是牛头不对马嘴,怎么教得好?但听说许多教员,大半这样,有的还教几门,专教一门课的,虽有亦很少。想到这,“嘿嘿!”他自己也笑了起来。

那时,长沙城内,虽有电灯好多年了,而电费还相当高,所以商号就规定每晚十二点钟熄灯。可是一连好几晚,楼上东边房子里的灯光,依然闪烁可见。现在,已是两三点了。街头巷尾的鸡声,隐隐约约的仿佛在报晓。住在这东边楼下对面的李老板,看得很清楚:“难道睡觉不熄灯?”刚一睁开眼睛,气愤愤地从床上爬起来,远远地望了一望:那房子的天花板上,有一块很大的黑影子,像是人;还有一根长杆似的东西,左右不停地在晃动。他就大喝一声:“熄灯睡觉啦。”

这时,季交恕正坐在灯光下写经济学讲义,案头上摆着一些参考书。他边翻书,边沉思,不知不觉想到过去自己办的兴业和救贫这两个工厂,到底给工人带来了些什么好处。马克思的《资本论》说:利润是从工人的剩余劳动剥削来的。“难道我也剥削了工人?”不禁大吃一惊。但又想:救贫工厂招的都是失业工人、破产农民,兴业工厂，也是为发展地方布业，而且自己又一向支持工农办夜学，组织工农会，这样做，难道也是剥削不成？不对吧？想到这，脑子里好像轻松了些。“不，不是剥削。”可是，那些工人生活困苦的图景，忽又浮现在他的眼前；想起大码头老张的话；想起自己虽然倒霉，却还有穿有吃，而工人辛苦勤劳，始终得不到温饱。他们的剩余劳动，不正是被人家剥削去了吗？“剥削”，这两个字，就像蚂蟥一样，死死地啃住他不放，在啮他、咬他，周身感到一阵阵发热。

突然间，房门通通通地响了几下。季交恕一惊，才清醒过来，立刻站起身开门，问：

“谁？”

“我！”原来李老板看见这房间还没熄灯，就气呼呼地走上楼去敲门。走进去一看，电灯是熄着的。靠玻璃窗底下的桌子上，燃着一支很大的白蜡烛，还有笔、墨、纸、稿子和一大堆书。这才转怒为笑道：“哦！写文章呀！季先生，快天亮了，睡吧！身体要紧。”回转身子就走。

“是剥削了吗？”李老板一走，他翻来覆去再想，想到马克思主义经济学的分析，想到自己过去的思想和做法，额头上冒出豆子大的汗珠。最后，不得不摇摇头：“唉！我还在想些什么？资本主义的改良思想，不同样赞同剥削吗？马克思说得对，真对。”朝着桌子一巴掌，奋身站起来，自语道：“嗨，我原来是错误地走了资本主义道路呀！”

秋高气爽，长沙城内的大中小学，都先后开课了。各中小学学生，固然比较多一些，可是群大、商专、法专这三个高等学校，都不过几百个学生。落星田的商专是两层楼，季交恕同马先生所教的那两个班，都在楼上，而且只隔一重墙。排给他们两位的钟点，每星期有一次是同时的。因而下课后，在教员休息室，彼此也常见面。当然是蛋饼首先请教面包：

“你先生贵姓？台甫？”第一次见面，季交恕把黑皮书包往桌子上一搁,洗洗手,拍拍身上的粉条灰,立即笑眯眯地望着马先生点一下头。

“马子青。”这位穿西装在美国吃过多年面包的马先生,瓜子脸,中等身材,黑油油的头发,看样子,不过二十几岁,可是留学生派头十足。两只眼珠,随意地朝着对方望望,一屁股坐了下去,跷起一条腿,然后回问一句:“你贵姓?”没有问名字,立即从口袋里掏出一包纸烟,取出一支,扬一下:“吸烟吗?”没有称“你”,更没有称“你先生”。未等对方的回答,他立即把那支烟,往自己的口里一塞。

“瞧不起别人?还是在美国养成了的习惯?”季交恕这么边想边问:

“马先生留美多少年?什么学校?”

“芝加哥大学。”马子青似乎稍客气一点,边答复边把跷起了的那条右腿放下来,屈屈指头数一数:“哦,十三四年啰。”

“啊!难怪大家说你是美国通。”

“嘿嘿!也不算通,懂得一些。”马子青又立即把左腿跷在刚才放下了的那条右腿上,轻轻地摇两摇,像是听了这句话,非常得意的神气。

“贵庚多少?”

“二十八。”

季交恕屈屈几个指头数一数:二十八岁,留美十三四年,岂不十四五岁就出洋吗?是不是这样,没有追问,掉转了话头:

“贵县?”

“常德。”马子青这么答应一声。他听清对方说话,全是平江口音,但不晓得是洋货还是土货,不客气地跟着问:

“你是平江的吗?出过洋没有?”

“在日本混过几年。”

“懂不懂英文?”

“懂一点。”季交恕点点头。

“横文[①] 要紧啦!”忽听到丁当丁当的上课铃,马子青就站起来,挟着一堆横文书,大摇大摆上楼去;季交恕也跟在他后面一起上了楼。

一次相交,二次相熟,由于上课时间相同,课堂地点相近,彼此教书的情况,也就可以知道一点点。马先生的教授法不同些,教的是英文原本,没有另编讲义,据说这是美国作风。是否如此?没有去过美国的学生们,当然不大知道。他们也同一般人一样,只是盲目地崇拜留学生。他上课,不论用口讲或用粉条写,都是中西合璧,即有时用英语,又夹杂几句中国话。可能是怕粉条灰弄脏了他的藏青色西装,万不得已时,才在黑板上写几个英文字或中国字。可是低年级的学生,英文程度够不上马先生的要求,很多听不懂,或认不清,但又不敢随便问,这乃是当时一般学校尊师重道的规矩。“An excess of supply over demand”,翻成中国话,这就是“供过于求”的意思。然而马先生,在黑板上写出几个东歪西斜不成形的中国字:“东西多,要的少。”学生不明白,问道:

“先生!是不是东西不好,没有人要呀?”

“Foolish,蠢家伙。”马先生就这么放个洋屁骂他们,冷笑一下:“什么不好啦,东西多,本国销不了,只有销外国。不然的话,就往海内倾……美国生产真丰富,了不起,哪像中国!”他可能不懂,也许不愿讲,这就是资本主义经济盲目的无政府的生产过剩,一般人民购买力不足的畸形状态。

又一次,讲农业经济,这位马先生,在黑板上写上几个饭碗大的字,他口里念的是“穀”,而写出来的是个“殼”字,“科”字就写成“料”字。

“马先生!那是‘料’字呀,不是‘科’字。”一位年龄小胆子大些

---

① 横文,指西文。

的学生，站起来喊一声。

"哦、哦、哦！"站在讲台上捧着横文书，照本宣科的马子青，立刻把书本放下，回转身子，面向黑板，仔细地瞧一瞧，想一想，然后拿起刷子，将"料"字的"米"字旁改为禾字旁。另一位又站起喊：

"马先生！那是'殼子'的'殼'字，不是'穀子'的'穀'字呀。"

马子青仍旧仔细地瞧了又瞧，想了又想。只因为"穀"字笔画太多，一时想不出来，但又不好意思问到底"穀"字怎样写。拿起刷子将"殼"字猛然擦掉，脸一红："唔！你们的英文程度太不行。"

秋末冬初，日暖风清。协和商号的房子，虽不很大，却还几净窗明，不像夏天那样炎热难住。可是猜拳吃酒与打牌调堂，闹得乌烟瘴气。为要教书写文章的季交恕，就不得不另迁个安静一点的地方——北门内新运街第十号。这里名虽为街，其实只是一条住家的胡同或弄堂。房子是石门框，上下两层，五大间，两个天井，全部玻璃窗。虽然旧一点，而价钱却便宜，押租仅三十元，月租十元。他把家眷小孩都接来了，五个人吃饭，不过担把机米，约莫三元，连三个子女的学膳费穿衣一起算进去，总共不过百把几十块钱，还有剩余，估计可陆续还点债。此时，他还没料到公立学校会经常拖欠薪水。

春节过后的一天，微微有点风。新运街口的大坪上，一群小孩，正在那里嚷嚷闹闹放风筝。半年辛苦一时闲的教书先生季交恕，穿着羊皮袍和黑毛线呢小袖夹马褂，口里衔着一支纸烟，也在那里边散步边看热闹。看着看着，不由得自叹一声："咳！我小时候，还不同这些儿童一样天真烂漫，什么事都不上心！"发呆似的低下头，望望自己身上的衣服，两只袖子口，都磨得有点发亮，白皮袍的下角边，也拖得有点发黑。他心里动了一下："有些教员，穿着很漂亮，而我却这么寒酸。假如能补发欠薪，下半年要换过一件新的才好。"想到这，一大群穿破衣烂衫的人影，在他的脑子里涌现出来，这都是夜校里边一些贫苦人的映像，其中还有那个二十几岁连老婆都讨不起的吴建国。他还想起早年在武昌当兵的情景和那些穷朋友。因而他又回转念头:“这样的乱世,这样的社会,多少人饭都没有吃,哪有皮衣穿?只为自己个人打算不对啊。而且勤俭朴素是美德,为什么要讲奢华呢?马子青还不穿着漂漂亮亮吗?金丝眼镜,西装黄皮鞋,然而胸无点墨,谁瞧得他起?”将抽完了的纸烟头,朝地下一扔:“不计较这一套!”车转身子正想走回去,一眼望见一位穿蓝布长袍的瘦长个子,就是张雨崖。张雨崖也看清了是他,就喊:

“季先生!请拜年。”因为彼此一个多月没有见面,很客气地拱拱手,季交恕领着他边走边问:

“听说你回家去过年了,好吗?”

“有什么好?”经他这么一问,张雨崖的脸上,立刻变了色。“第一中学的饭碗丢了啦。”一边说,一边走进新运街第十号的大门。

照例,新年招待客人,总多少要预备茶烟果点,季交恕请他在厅子上边吃茶点边谈。张雨崖的瘦脸上,看不出有丝毫笑容,显现出一种非常沮丧的神情,道:

“真怄气,我那六点钟历史课,分给两个优级师范同城南师范毕业的啦。”素不多言乱语的张雨崖,把端在手上的那只茶碗,重重地往桌子上一搁,横起两只眼珠,大声骂:“什么礼聘?抢饭碗。难道北京大学不如优级、城南?他们闹派别,也同东西洋留学生一样,各自标榜,互相排挤。”

“那怎么办?”季交恕心里很不平,口里就这么说:“只讲派别,不讲学问,成什么话?”

“有什么办法?回乡下去教小学算了。明天我就走。”张雨崖望着季交恕:“你还说教育界比军政界干净些。哼!到处乌鸦一般黑。”

季交恕很同情他,但自己亦无办法帮他的忙,只是闷在肚子里想:现在的中国,没有一块干净土。教育界比军政界,虽然好一点,现在看来,不过如此而已。张雨崖这些既有学问又有道德的正派人,尚且被排挤,成个什么世界！张雨崖连点心也不吃,仅仅喝了杯茶,就起身道别。季交恕一直送出街口,望着他的背影消逝了,然后转身回来,拿起笔,写一篇《呜呼！如此教育界!》的短文。

“季先生！拜年。”季交恕还没有完稿,又进来二位客人:彭见清、胡楚华。

“你们来啦!”季交恕马上出去打招呼,领到自己那间书房里。季交恕来长沙后,虽时常和他们见面,但来新运街十号,还是第一次。彭见清还没有坐,把眼珠朝四周扫射一下:大玻璃窗底下长方形的新桌上,铺满一大堆书。靠东西墙壁摆着的几张木椅和藤椅,也是崭新的。可是,那一排刻有黑漆绿字由二十四个小书箱砌成的两个大书柜,和挂在墙壁上的几张地图,则是半新半旧的东西。书和杂志中,有中文的,日文的,也有英文的。另外还有两架线装书。放在长方形桌上的,是日译《资本论》。

“你也看马克思的著作呀。”彭见清一手接着茶,一手指着那本书,坐下来问:

“认识何胡子吗?”

“哪个何胡子？不认识。”

“何叔衡,宁乡的,秀才。他也是喜欢研究马克思学说的。”彭见清有意识似的介绍一番道:“这位先生好得很,有道德、有学问,现在船山学社,又办《通俗日报》。因为蓄了胡须,所以我们这些青年,都尊称他为何胡子。”

“哦！在《通俗日报》上看过他的文章,没有见过面。”

“什么时候,我邀你同去他那里玩玩好吗?”

“好嘛。”季交恕说。

三 索 薪

春风荡漾,桃李争妍。虽开学已一两个月了,各公立学校,还很多未发清去年的薪水。这就使得那些专靠拿粉条吃饭，而平常又没有积蓄的若干教员着起急来。可是那些当校长的人们，却听之任之，并不见得这样恐慌。

今天是礼拜六，将近黄昏，季交恕刚从学校下课回来，把书包往桌子上一搁，立即拿起笔来写讲义。因为下礼拜一，就要拿交学校去油印，来不及先吃晚饭。

“学校不送钱来怎么办？”季交恕的老婆钟桓英，把东边书房的门帘一卷，用非常着急的口吻道：“明天就没有晚饭米啦！”一脚踏进去，呆呆地站在书桌旁边，静候丈夫的回答。正伏在桌子上，一手支着头，一手握着笔的季交恕，就像晴天霹雳，猛不及防地大吃一惊道：

“什么事？大惊小怪。”马上放下笔：“吓我一跳。”

“明天就没有米啦。”

“群治大学的钱来了吗？”

“三四十块钱怎么够？早都用完了。”钟桓英一五一十地报出一大串：“房租，伙食，三个人的学膳费、体育费、书籍费，门牌捐，警察费……”

“那怎么办？”这时候，他也就没有心思写讲义了，站起来，踱几步，说道：“唉！顾得教育，就顾不得肚子。你去郭三姨太那里暂借一二十块钱来，好不好？”

这位郭三姨太，就是赵恒惕部下新任旅长，即曾同季交恕在三兴街协和商号住过的郭紫云新娶的第三位姨太。她在大东茅巷同郭姨太争风吃醋，经常吵架，最近才搬到新运街第八号来。因为只相隔一幢房子，也经常到第十号去坐坐玩玩，彼此都很熟了。可是钟桓英不大同意道：

“她是有钱有势的人家，我不好意思去借。”

“暂时扯借，有借有还，那有什么不好意思？”但他马上又转口：“那就去当东西吧。”

“不像样。穷是穷,我从来没有当过东西。”

“有东西当,怎么不像样?我是当过东西的。”他于是把早年在九江经常进当铺的往事告诉她,立将挂在内房的望远镜拿给她去当,还这么叮嘱一声:“这是我在辛亥革命打仗时用的纪念物,薪水来了,马上要赎取回来的呀。”

她还未出门,一位送信的走进来,接着一看,乃是一张恽校长请吃春饭的请帖,时间就是明日礼拜天。季交恕从自己口袋里掏出一支钢笔,在那张横单上,照例签上一个“知”字交还他。自言自语地慨叹一声:“咳!教员无晚饭,校长请春宴。”用沉重的脚步走回去,坐在桌子边,仍然继续写他的讲义。

第二天,浓烟似的黑云,布满了天空。由新运街到恽校长公馆里的路程并不远,本来可以步行。但怕一旦下起雨来,自己没雨衣,又无皮鞋,不方便。而且现在已将近十一点了,“做客莫在后”,就坐车去吧。“东洋车!”季交恕刚一走出新运街口,这么大声叫。坐上车,约莫十来二十分钟,扑噜扑噜地拖到了。

距戥子桥不远,街道比较宽些的地方,有一座中国式两层楼的房子,门前一个坪,还有几棵树,虽然不甚宽阔,却很幽雅。这就是公立法政专门学校恽校长的公馆。季交恕还没有下车,老远就望见这公馆门前,停放了四五乘黄布藤轿,还有几辆没有坐人的东洋车,从公馆门前拖回头来。他猜想:赵先生他们都到了,因为教育界坐藤轿的,除开这几个高等学校校长之外,就只有他们这十来位阔教员。跳下车来,边走边望:外面一个小坪,楼底下中间一个大厅,东西两边的房子不少,好像比自己住的新运街,要大好几倍。季交恕心里推测:每个月的房租,总要好几十元吧?不晓得他们当校长的薪水有多少?这时,从大厅楼上窗门口传出来的一片劈里啪啦的响声,把他的这种猜想岔开了。走上楼去,则是两桌麻将,正在那里大喊碰和。还有些人站在旁边看牌,也有坐着聊天的。

“哦!季先生,请坐!”恽校长连忙起身。“打牌吧?再开一桌。”其他打牌的那几位，因为忙不过来，只是点头打招呼。

“我不会。”

“听说你顶会打麻将的啦。”

“不，这是过去的事情，现在改邪归正，不打了。”

“难道我们打牌的就是邪，不打牌的就是正？哈哈！那不见得吧？”七嘴八舌，大家笑起来。

“请进去坐。”恽校长领着季交恕走进东边那客房时，原只有一位姓王的先生同陈先生在座。这位陈先生，就是去年下半年，因汉口江汉关的录事差使没有了，才回到长沙来，经方维夏介绍，在法政专校当日文教员的陈霖。他因两个月未发薪，儿女多，老婆又患了病，正在愁眉苦脸地同王先生交谈这些事。

“太太身体不好呀？”恽校长一面从桌子上拿起一支纸烟，招待季交恕，一面回转半边脸，望望陈霖，顺便应酬他几句：“太太什么病？请医生看过吗？”边说边坐下来了。陈霖以为校长是关心自己，这么说：

“肺病。连吃饭都成问题，孩子的学膳费没有缴，哪有钱请医生？”

“有病不请医生吃药不行啦！”季交恕抱着一种同病相怜的态度，插了一句嘴。

“恽校长！可不可以替我帮点忙，借三二十块钱，将来扣薪水。”陈霖说。

“帮忙是可以的。”恽校长口里唆一下。“那，那，教员多，大家都要借，有点不好办啰。”边说边起身。“快开饭了，我去看看就来。”

陈霖不好意思似的，懊悔自己不该开口，满脸都红了。

季交恕坐在他的对面椅子上，看到此情此景，很同情他，也很替他抱不平：生活压迫的味道，自己是尝过的。现在他的境遇比自己更困难，儿女又多，老婆有病。你恽校长住这么大这么好的房子，有钱请春宴，有薪水作抵的借贷，你都不肯？岂有此理！想到这，心里的怒火冲起来了，走近陈霖的身边，拍拍他的肩膀，厉声道：

“不要紧，不要紧，我帮你借三二十块钱。”

“你哪里有钱借我呀？”陈霖明知季交恕手里也困难，不大相信似的语气。

“我有衣服东西，你拿去当。”

“轻财重义，难得难得。”王先生竖起一个大指头，指着季交恕，同时朝着陈霖说：“借东西当也好吧。”

“恽校长的房子是租的，还是他自己的？”季交恕立即掉转头望望王先生：“你是这学校的老教员，知道吗？”

“他自己买的。”

“他一个月有多少薪水？”

“专门学校校长多些啰，都是一个月一百六十块。”

“中学校长呢？”

“有的八十，有的一百。”

他们三位，正在交谈校长与教员之间、此校与彼校之间苦乐不均的现象时，一位校役模样的中年人走进去，喊：“请去吃饭。”把他们内心里想说的许多话儿，一下打断了，跟着他走下楼去。

摆在楼下大厅内的筵席，是品字形式三圆桌。季交恕与新聘教货币学的马子青，同在中间这一桌。四个拼盘，十大碗，还有二道点心，乃是曲园承办的佳肴，据说要花十来块钱一桌。因为这些教员当中，有两三位是省政府里边的官员，尤其对省长的本家，教“刑法总则”的赵痴儒，须要特别客气些。

“太客气了。”刚把四个拼盘端上桌来，坐在首席的大胖子赵痴儒，朝着恽校长这么说一声。扭转头，望望那壁上的挂钟：“哦，两点钟，饿了。”连忙拿起筷子，夹着几块金华火腿，一齐往口里塞。其他一些穷教员，更像打冲锋似的，手不停箸。不到十几分钟，把四个拼盘都吃光了。幸而接济来得快：干贝海参、香酥鸡、焦块鸡、红烧鲍鱼、四川银耳。之后，就是一大盆烧卖，这是头一道点心。此时，大家都慢吞细嚼，形势和缓了，就东扯西拉，边喝酒边闲聊起来。首先谈到的是男女同校问题。在座中，有人主张高等学校可以兼收女生，有人不赞成。恽校长像是无定见，不发言。

"同上课不同宿舍，没有关系。西洋各国都这样。……"教货币学的马子青把美国学校情况，详详细细地介绍一番："他们对两性关系，看得淡些啰，不像我们中国这样顽固。"

"那不好。"赵痴儒却很认真起来，把端在手里的酒杯，沉重地往桌上一搁。"你们这些吃过洋水的，总喜欢讲什么妇女解放、恋爱自由那一套。哼！我们又不是俄国，共产公妻。"鼓起两只眼珠。

"俄国只共产，哪里公妻？这是帝国主义者造的谣言。"季交恕一面拿起筷子夹菜，一面张开嘴巴，望着赵痴儒这样说。

一向只爱读唐诗、古文，不喜欢看书报的赵痴儒，当然世界知识也就很差。虽不肯公开承认这"公妻"一类的话是谣言，却又不敢硬说是事实。于是另来一个解释：

"听说俄国的男女同校很好笑，女生宿舍，夜晚不关门的，听男生自己去摸，摸得哪个，就可以同哪个自由结婚。恐怕就是这样公妻的啰。嘿嘿。"他微微地笑了一下，摸摸自己嘴上的胡子。

"不会争风打架吗？"另一位望着赵痴儒笑起来。"哈哈，如果真打起来，那就只好找你们审判厅解决啰。"不知他也同赵痴儒一样无知，还是有意识地开玩笑。

现在腊鱼、腊肉、鸽蛋、口蘑豆腐汤等，都已端上了桌，快要开饭了。季交恕正在想开口再向他们解释几句，恽校长突然站起来，敬最后这一巡的酒。季交恕就只好手里端着酒杯陪着他们饮酒，心里却暗笑："你们这些人，如此无知，怎么配当高等学校的教员。"其实，他自己虽在日本听过一些关于苏俄的校外讲座，也看过一些书，不像他们这么糊涂，然而一知半解，并不见得怎样高明。所以待饮过酒以后，也只说："我想男女同校，决不会听学生自己去摸，这也可能是帝国主义者的谣言。"

"哪有那么多的帝国主义？现在几个强国，就只有大英帝国有女王，日本帝国有天皇。美、法、德都是大总统啦。"马子青自以为见多识广，讲得有根有据，像煞有介事。

"嗳呀！马先生，你是学经济的啦。"季交恕惊讶地喊一声："你没看过列宁论帝国主义的书呀！帝国主义就是资本主义发展的最高阶段，就是现阶段，也就是我们从前所说的'列强'。并不是指皇帝嘛。"

马子青仿佛有动于衷似的，瞪着眼珠发愣，不作声。恽校长就歪歪头，望着赵痴儒插一嘴：

"现在教育界，尤其那些青年学生，很多过激派，邪——"还没有把"邪说横行"四个字明白讲出来，就转口："赵先生，你们政府，为什么不查禁哩？赵省长知道吗？"

"知道，省长忙，国家大事多得很。什么过激党？蚍蜉撼大树，中什么用？省长说，俄国饿死人，过激党成不了气候。"

谈到这里，那两桌都一齐吃完饭，揩过脸，喝过茶了。一片拖动凳子与喊"多谢"的声音，同时响起来，纷纷散去。

上半年这个学期，已过去一大半，然而各学校教职员的薪金，还只发下几成。教员们都议论纷纷，要索薪。

省教育会的二楼大厅上，坐满了一大堆穿长褂子的人。季交恕也是各学校教职员在这里开索薪会议的代表之一。早前个把月，曾经开过一两次会，向省政府上过请愿书，还没有得到一点结果。由于军政界与教育界肥瘦悬殊，教职员与教职员，也苦乐不均，因而今天的会议，就不像头一两次那样和缓了，开会之前就乱哄哄的你一言我一语：

"钱到哪里去了？"

"还不是贪污上腰包！"

“年年打仗，军费多啦，怪不得。”赵痴儒也不敢替政府辩护，轻声说几句：“挪移教育费是有的，不见得都是贪污。”

“哼！你说不贪污，军队与政府贩鸦片烟，谁不知道？”季交恕气愤不过地顶他几句。“住在我隔壁郭旅长部下一个姓张的营长，只是运解一两次鸦片烟，就分了好几千块。军政界的人，哪个没有钱？就是教育界，也只苦得我们这些专拿粉条的光棍。”

丁当丁当，摇铃开会了。一个又一个走上台去，无非这个诉苦，那个呼吁，“三月不知肉味”的陈霖，甚至边说边掉下泪来。他说：

“粉条是圆的，肚子却饿成扁的，还有什么精神教书。”大家都啪啪鼓掌：“对呀！对呀！”可是，他主张罢课时，不论高等和中学教员，很多人不赞成：

“罢课达不到目的，怎么办？”“有兼差的不要紧，我们这些光棍教员，罢了课，哪里有饭吃？”“提出一个发薪期限，不达目的再罢课。”“只有破釜沉舟，要罢就罢，拖泥带水不行。”

在这意见分歧的时候，结果只同意这个折中方案：两个星期不补发薪水，再开会全体罢课；并推定几位代表向省政府去交涉。

过了几天，代表们与政府交涉过，省政府的答复是：“目下财政困难，望诸君发扬爱国精神，忍让为重。”消息一传到教育会，教员们立即大哗：

“我们肚皮饿得咕咕响，怎么能忍让？想把我们饿死呀！”

“他们贪污，刮地皮，还要我们忍让？屁！”

“此可忍孰不可忍，我们罢课。”

这一回，非比平常。进步的教员不必说；不大说话的，也迫得叨叨咕咕怨政府；主张行事稳重的，也愤愤不平。季交恕更是慷慨激昂，大声疾呼：

“朋友们，要生存就要吃饭啦。绝不能白白等死，应该去向政府要饭吃。说要我们爱国，他们为什么打仗抢地盘？说财政困难，他们为什么花天酒地、买房子、讨小老婆？从哪里来的钱？我们不要受骗呀！”最后奋臂高呼：“大家一齐罢课，罢课！”

真是一呼百应。第二天，除赵痴儒、马子青少数教员外，全都没上课。实际上，他们的课也上不成了。长沙各报，都用显著地位登载这条消息：“长沙教员一致罢课索薪”。

过了不久，政府在各方面压力下，不得不让步了。一天，季交恕正坐在家里，一位职员模样的中年人，笑眯眯地走进来，将手里一叠纸币拿给他：

“季先生，欠薪发下来啦！”钟桓英一见，紧锁着的双眉展开，笑道：

“好啦，快去买米，要不，连番薯都没吃的啰。”

季交恕心里虽也高兴，却另有所思：“五四”时，大家团结起来，把钟顺民捉住游街，把季小村、赵再云的威风打下来，事情就好办了。现在大家一罢课，赵恒惕没办法，也只好让步。可见一个人是不能起什么作用，妥协也是不能胜利的。唯一的办法，就是团结起来，坚决斗争。钟桓英的话，他一句没有听进去，只呆呆地自言自语：“对！只有团结斗争！”

第十章　有了指路明灯

一　共产党在生长

一九二一年，是中国革命起死回生的年头。因在这一年里，以马列主义武装起来的中国共产党诞生了，它提出从来没有谁提出过的反帝反封建军阀的鲜明政纲，又提出工农联盟和联合战线等正确政策，树起一面崭新的革命大旗，奠下后来的胜利基础。特别从提出打倒帝国主义的口号以后，大大地鼓舞了中国人民反帝斗争的勇气和信心。走投无路的季交恕，也是从这年起得到新生的。

今天是星期天，起床晚一些。季交恕睁开眼睛，才记起这是前一向同彭见清约定去船山学社看何叔衡的日子，立即爬起来。刚刚吃过饭，听到卜、卜、卜，敲门的响声。“大约是彭见清?”季交恕心里这么猜。跑出去开门一看，果然是他。彭见清说：“我同何胡子谈过，你今天去看他，他很欢迎。就去吧!”

他们这两位，徒步当车，不一会儿，从新运街走到了贡院西街。这门前，有一道栅栏，栅栏内边一个坪。进大门正中一条路，是用石头铺着，这就是曾公祠西边的船山学社。彭见清引着他由大门正中进去向东走，拐一个弯，走进一间挂有主任室小牌的屋子内。一位年纪五十左右，四方脸，大眼睛，满嘴黑而且密的八字胡，身体结实，个子不高的人，戴着一副玳瑁框眼镜，穿着一身粗棉布长衣，庄严而热情地出来打招呼。

彭见清一见，马上对双方作介绍：

“这是何叔衡先生。这是季交恕先生。”

“久仰。”“久仰。”这是初见面，彼此客气的话。然而何叔衡的态度，却很严肃，说话的声音，也很洪亮，正襟危坐着，不歪身，也不跷腿，从他的谈吐中，可以看得出他是一位性情刚直，言行不苟的人。彼此寒暄过后，谈一阵教育界的事，然后又说到船山学社和自修大学。何叔衡说：

“船山学社是民国四年搞起来的。经常有些人在这里讲讲王船山的学术思想。……省政府每月有四百块钱津贴。”微笑一下。“嘿嘿！我们就因势利导，在里边附设一个自修大学。这都是毛润之倡办的——。”

“唔！毛润之是谁？”季交恕插问一句。

“毛泽东。”何叔衡抹抹胡子。“湘潭的。”

“润之就是他的别号吧？”彭见清紧接着问。何叔衡点点头。

“哦！我在《湘江评论》上读过他的文章，好得很。”季交恕的注意力，转换到这方面。“他在哪里？”

“在南门外第一师范小学部当主事（校长），常到这里来的。他不但文章诗词写得好，史学经学都很行。”

“自修大学有多少学生？有些什么课程？”

“学生虽不多，但都是进步青年。课程嘛，也只有政治经济科、文科。”

“听他说你们图书馆的新书报很多。”季交恕一手指着彭见清，两眼望着何叔衡。

“有一些。我带你去看看。”说此话时，何叔衡的嘴角上，虽只露出一丝微笑，然而蕴藏在他心里的热情，却表现在眼睛和脸皮上。季交恕跟着他走进图书室一看，规模虽不大，可是满架琳琅，中西版本，新旧书籍，当真不少。

“呀！什么时候出版的呀？哪里有卖？”季交恕刚一看到《劳农

政府与中国》《新俄国之研究》《共产党宣言》《共产主义ABC》这些书,他就惊讶一声,立即从书架上抽取出来翻一阵,表现着爱不忍释的神情。

"文化书社有卖。"管图书的一位年轻人,站起身来。

"借给他去看看吧。"何叔衡朝着那位年轻人努一下嘴。

季交恕很高兴地接着这几本书,赶快就回家。好像小孩见了糖果一样,不过几天工夫,就把这几本书读完,送还去。这样,他和何叔衡渐渐搞熟了。

旧历新年已经过去,各校快要开学了。季交恕正在忙于备课,然而何叔衡的印象,仍时常在他的脑子里闪耀着:他年纪虽比自己大,但革命知识比自己多得多。而且朝气勃勃,有好多进步青年和他往来。自己呢?除每天在讲台上站几点钟,在教员休息室扯一阵乱弹之外,就埋头写讲义,翻参考书,只是为着赚几个钱来买柴、米、油、盐、酱、醋、茶。他也只是个穷秀才,为什么能够这样有朝气?这样乐观?因而内心很钦羡他。每逢余暇,就跑到他那里去串串门子,谈谈心。

有一天,季交恕又去找何胡子。看见他房子里,坐着一位面目清秀的年轻人,正在起身走。看样子,不过二十几岁,但其态度,却很沉着而又和蔼。陆军头,身体虽不胖大,个子却相当高,一双炯炯有神的眼睛,显出明朗的神采。身上穿的是一件不蓝不白的洋布长棉袍,脚上穿的是一双黑色棉布鞋子。手里拿着一大束报纸,似乎与一般青年不同。

"这就是毛润之。他就是季交恕。"何叔衡张开两只手掌,左右挥一下:"坐,坐!"

"哦!你就是毛先生。"季交恕还没坐,很高兴地大声说:"久仰,拜读过你的大作。"

毛润之并不急于答话,他把手里的那束报纸,轻轻地放在桌子边,然后从容不迫地坐在季交恕的对面椅子上,带着安详而宁静的

笑容,问道:

“季先生好吗?你就住新运街第十号,很近啦。”注目凝神望着对方,说话的声音很重,但却柔和。

“唔!”季交恕心里颇惊奇:“这可能是何胡子对他说过我住新运街,怎么连门牌号数都记得这么清楚呀!”因为这时他还不晓得毛润之的记忆力很强,见了一面的人,以后就认得,而且最爱留神观察对方的神色,倾听别人的话语,不自己一开口就是一大套的。

现在,何叔衡正在端茶找火柴。季交恕又讲:

“听何胡子说:湖南学生联合会、新民学会,都是你组织起来的。前两年‘五四’运动、驱张运动,你出力不少。有功啦!”这是钦敬他的话。然而毛润之不但毫无居功自傲的表情,而且异常谦逊地说:

“这算什么功。靠大众的力量嘛,少数人逞不起英雄的。”就只这么讲几句深入浅出,含义丰富的话。何叔衡从中插嘴道:

“他是我们湖南的后起之秀啦!”竖起一个大指头,朝着毛润之摇两摇。“这个自修大学同文化书社,还有许多夜学,都是他搞起来的。哎——”说到这,似乎有所顾虑,没有把他的其他革命活动都说出来。

“听何胡子说,你在武昌当过兵,打过仗。”毛润之又掉转话头,微笑着:“辛亥革命那年,我也在长沙当过兵。”

“他还耕过田哩!”何叔衡指一下毛润之,然后指一下自己:“我是没有当过兵,也没有耕过田的。”

毛润之仍然是一贯和和气气的态度,幽默地说句笑话:“秀才当兵会造反咧。”随即又说回头:“我们这些小资产阶级知识分子,就怕‘四体不勤,五谷不分’,只会穿吃,那就不好。”

“唔!经济上分阶级,难道知识分子也有阶级?”季交恕心里这样想。他这时候,虽从书本上,多少懂一点剥削与被剥削阶级的概念,然而阶级分析和阶级意识,还是很模糊的。他正在玩味这些话时，毛润之问道：

"听说你在平江办过夜学，读书的都是工人农民吗？教些什么课哩？"凝神地细听季交恕的回答。一直等到他将夜学情况和教材内容讲完，然后说："办夜学是好事。不过，单教几个字，恐怕不够吧？——"末尾这三个字的音调，说得特别重，像是不大赞成这种只读死书的做法。很关心似的又问："现在还办吗？有没有人主持？"

"还在办。"季交恕把农事公会余楚农、工业公会陈世昌他们怎么办工农会办夜学的事告诉他。"听何胡子说，你在第一师范读书时候，就开始办工人夜学啦。"

"是的，也没有好教材。"

"我在《湘江评论》看见过你写的《民众大联合》那篇文章，写得很好。"季交恕接着又皱起眉头，好像有什么怀疑的神气："不过——中国人多、地广，恐怕不容易联合起来。加上南北军阀势力大，老百姓赤手空拳，恐怕不济事吧？"

"嗳——那不见得。"毛润之的声音，比刚才大了一点，说的话，也比较多一些。"'众志成城'嘛。俄国十月革命，不是个好榜样吗？我们中国，从鸦片战争、太平天国，到辛亥革命，都失败了。原因很多，其中一条，就是缺少有正确领导、有严密组织的民众基础。现在工商失业，农村破产，更是中国人民需要革命的时候。所以从'五四'运动以来，各界人民都开始有了组织。虽还不够普遍，但比起从前，大有不同啦。"讲至此，他端起杯子喝口水，看看对方，也看何叔衡，沉默一下然后说："现在的问题，只要有像俄国那样坚强的党做核心，又普遍又深入地发动民众，使他们觉悟组织起来，以占人口最多的工农民众为基础，把四万万五千万人的大多数团结在一起，再加上全世界的无产阶级，这还不够成为一支强大无比的革命队伍吗？"他笑一声："嘿嘿！到那时，还怕它什么帝国主义，什么封建军阀打不倒？历史车轮是前进的，人类社会是发展的。朋友！

事在人为。”

听了这些话，季交恕笑逐颜开，心里开朗多了。好比住在医院里的病人，打过一针强心剂。又像夜晚迷失方向的海船，遇见大灯塔似的高兴起来。他说：

“对。你说得有道理，我从来没有这么想过。”

“这几年，你们平江兵灾很厉害，农村的生活情形怎样？……”毛润之问得很仔细，待季交恕讲完之后，他又关心地问：“你也破产啦？教书好些吗？家里多少人吃饭？困难不困难？”季交恕也详细地和他谈了一阵。从此，大家都有往来了。

转眼放暑假了，微微有点毛毛雨的一天上午，新运街第十号，走进去两位各自拿把油纸伞的客人。穿着一件蓝洋布长衫的走在前头，这是何叔衡。另一位，也同样穿着一件蓝洋布长衫，可是颜色浅得多，而且旧得多，同往常一样，手里拿着几张报纸和一本书，这就是毛润之。

季交恕一见是他们，很高兴地连忙跑出来，同时心里想道：经常离不开书报，难怪人家都说他勤俭好学。因为他们都不抽烟，就只斟上两杯清茶。

“早呀！吃过饭吗？”季交恕说。

“不算早，看过好几个朋友啦。”毛润之的回话。

“十点多啦！早饭是吃过的。”何叔衡也许因为彼此熟，说句开玩笑的话：“还没吃午饭，请客吗？”

“好嘛。没有菜，就在我这里吃便饭。”

“还有没有腊肉？”何叔衡指指毛润之：“他是顶喜欢吃腊肉辣椒的。你们平江的油浸腊肉真不错，照前回那样的搞法就行，不要别的什么菜啰。”

“有、有，吃什么酒？”

“我们都不吃酒的。”

季交恕马上就起身喊钟桓英预备菜，然后坐下来谈谈时事，谈到中国的过去和将来,也谈到自己对革命的看法和态度。谈得兴致勃勃,几乎饭都忘记吃了。吃过饭后,何叔衡和毛润之要走。季交恕因见下雨街道湿,同时也表示客气,就打算去喊两辆东洋车来。

“不要喊车子啰。”毛润之摇手。“不远嘛,走得。”

“恐怕何胡子难走吧?”

“不要车,不要车。走得,走得。”何叔衡边说边走,侧转身子,望望他后面的毛润之笑道:“嘿! 他是一向主张多劳动多走路的,又喜欢爬山、游泳,所以身体就结实嘛。”把自己的袖子往上一捋,露出的手臂很粗,肉很紧。“我不结实呀? 哼! 只比你们大得几岁年纪。”说话的语气和态度,都很倔强。

这年秋季,在船山学社那边聊天时候,何叔衡带试探性地问季交恕:“毛润之他们,有一个组织,你晓不晓得?”说话的声音,比平常郑重些,四方形的脸皮上,略带一丝笑容。

“什么组织?”季交恕一听就猜中几分,很兴奋地走近何叔衡的身前,低声问道:“是不是共产党?”

“不——是。”何叔衡一愣似的,朝门外望几望,伸出右手的食指头,在空中画一条蚯蚓似的东西——“S”,使劲点一下。又画一个丫杈似的东西——“Y”,也使劲点一下。

季交恕虽看清是S.Y.两个英文字母,但一时想不出这是什么意思,于是问:

“什么S.Y.?”

“社会主义青年团。S.Y.是代号。”

“奇怪!”季交恕正在端起茶杯,忽又放下来这么想:“为什么不组织共产党而组织社会主义青年团?”又见这时候的社会思潮,虽在全中国青年知识分子中间风起云涌,然而各种空想社会主义,尤其巴枯宁、克鲁泡特金的无政府主义学说,在一些妄想极端自由和绝对民主的青年中很有影响,如湖南劳工会的黄爱、庞人铨,就是相信这一套的。因而就直率地问：

“S.Y.是不是信仰科学社会主义的?”

“当然是。”何叔衡的语气很认真。他把阶级斗争、无产阶级革命和无产阶级专政等学说，大致讲了一些，然后，从柜子上拿起一张马克思的相片给他看：“就是信仰这位老祖宗的。”

季交恕接着那张相片，就像见了宝贝一样，瞧了又瞧。他想：现在整个世界，像墨一般黑暗，皂白不分，是非混淆，最大多数人，过着牛马一样的生活。但当诞生了这位无产阶级的伟大导师马克思，尤其从十月革命以后，马克思主义，给全世界千百万被压迫被剥削的人民，指出一条自由、解放、幸福的道路，这就是社会主义、共产主义的道路。这才是真正的真理啊！自己从十几岁参加革命起，一直想找寻救国救民的真理，迂回曲折，不知走过几多弯路。现在眼前的，不正是梦寐以求的真理吗？想到这，激奋地一跃站起来，毅然道：

“好，我参加。”

“你若愿意参加，先去找润之谈一谈。”

“好，明天就去找他。”此时，季交恕心里更激动，更兴奋。走到何叔衡跟前，喊道：“何胡子！我们不常谈过吗？我一向就是最痛恨旧社会黑暗不平等，最怕做亡国奴的。从辛亥革命以后，虽留了几年学，但对革命的道理，还是瞎子摸鱼一样。到现在，我才懂得非打倒帝国主义，中国不能独立自由；非走社会主义的道路，人类不会有光明幸福。”满面笑容，又喊一声：“何胡子！你说得对，非决心奋斗到底不行。”

当天晚上，何胡子把这些谈话经过告诉毛润之。不久，季交恕同毛润之谈过以后，加入了S.Y.。

现在天气很冷了，北风凛冽，虽则大家都穿上棉衣，有时身上还发抖。然而在自修大学那边听讲马克思《哥达纲领批判》的人们，约莫二三十位，依然满腔热忱，精神抖擞，对寒冷的天气毫不在乎。这其中大半是党员,只有少数是团员。可是,在这时,入团不久的季交恕,还弄不大清楚。

约莫两三个钟头讲完了。

“交恕。”何叔衡一手拉着他:“来! 到我那边去坐一坐。”毛润之也一起走了过去。略谈一谈刚才所听的课,随即谈到 S.Y.。

“中央决定,S.Y.要改为 C.Y.——共产主义青年团。”毛润之说。“限定年龄哩,二十八岁为止。”又幽默地微笑一下:“嘿,我今年也二十八岁了,不合团员条件啰。……”何叔衡不等他说完就插一句:

“还有一个组织嘛。”

“还有个什么组织?”季交恕莫名其妙地这么问一句。“我今年三十四岁了,更不合团员条件,怎么办?”这时,黑沉沉的天幕,渐渐低下来,已经是黄昏时候,大家的肚子,也有点饿了,于是就分手出门。毛润之边走边朝着何叔衡说:

“就请你同他谈一谈吧,明天或后天。”又回转头,望着季交恕微笑一下:“以后再谈。”

不到半点钟,天色更暗起来;加以街道窄,行人多,这时还没设有交通警察,秩序很乱,轱辘轱辘的东洋车,往来如梭地拥挤不堪。“到底还有个什么组织啦?”季交恕正在把何叔衡那句话搁在脑子里,边走边猜,猛不及防的一辆车子撞过来,嗤的一声,把他的长袍下角边撕破一大块。“哦! 糟糕!”他扯起衣角看一下,回头一望,那车子已走去好远了。正在如此怅惘着,街上的电灯,猛然一闪,全都亮了,他心里豁然开朗起来,就好像象征着:只有加入这个组织,才有光明前途。在这亮晃晃的电灯照耀下,他更是一心一意地猜想这个组织,一直到家里。

第三天下午,他刚刚从学校下课回来,洗手,擦脸,彭见清一脚踏进去就喊:

“季先生!”也许因为自己年纪轻,又是他的学生,故经常这样称呼。他是一位心直口快、城府不深的人，因得到团员年龄有限制这个消息，坐下来就率直地问道："你怎么打算？加不加入C.P.升大学？"走近季交恕跟前，拍一下他的肩膀："我是团兼党的咧。"

"升什么大学啦？什么C.P.？"

"社会主义青年团的代号不是叫S.Y.嘛，你晓得的。C.P.就是共产党的代号。"若有深意地微笑一下："告诉你吧，加入C.P.更严格啦！S.Y.好比是加入C.P.的预备学校，所以大家拿中学这个隐语来代替它。"最后又叮嘱几句："你不要对其他团员说啦！因为只有党员晓得有团，团员不晓得还有党的。"季交恕领悟似的叫一声："哦！原来这样。有些人乱叫什么过激党，或故意污蔑，说什么马克党，卢布党。妈的！这些王八蛋！"

这天晚上，雾气沉沉。尤其更深夜静，大家都喊冷；可是自彭见清走后，季交恕心里，反而热烘烘的，一直在书房内坐到十二点钟才上床。不知怎的，马克思、C.P.、阶级斗争、列宁、布尔什维克、十月革命、劳农政府等等，纠缠在他的脑海中，翻来覆去，一直到天亮，合不拢眼皮。

第二天一早，久被乌云笼罩的太阳，从东方放出一道红光，照在这新运街第十号的屋顶上，温暖如春，不像是冬季。季交恕把饭碗一放，就急急忙忙地往贡院西街船山学社何叔衡那里跑。

"何胡子，你们还有个组织叫C.P.，是不是？"

"你怎么知道？"何叔衡也刚吃过饭，正在房子门口，两只眼睛一愣："谁告诉你的？"

季交恕将昨天彭见清在他那里的谈话告诉他。何叔衡略带责备的口气说："唔，彭见清这个人！"立刻又笑着问道：

"你觉得怎样？"

"我想加入C.P.，行不行？"

"行的，只要你自己有决心。"

"听说要求更严格些。"

“那是啊。”何叔衡就将民主集中制和个人利益服从党的利益，为共产主义奋斗到底，这些基本原则，跟季交恕详细谈了一阵。季交恕边听边想：接受这些原则，当然无问题，应该的。但听到彭见清这一些年轻娃娃，也是团员兼党员，而他们一到团内开会时，就不客气地批评自己，面子上实在有些过不去。想到这，他心里多少有点踌躇。两只眼珠，凝视着对方的脸皮，直到他讲完以后，才开口道：

“何胡子，这个组织很好，我要加入。”语气极干脆，可是他知道何叔衡是最直爽而有脾气的人，下面就只说这么几句半吞半吐的话：“很多青年娃娃啦。”微微摆一下头：“彭见清还是我的学生呢。”

“怎么，青年娃娃不好？”何叔衡睁大两只眼睛：“学生没有资格革命啦？”说话的态度很严肃。

一听这两句话，季交恕的脸皮红了，但一时还不明白何叔衡心里有气，还是讥诮他，只好含含糊糊地留一半说一半：

“那不是。”仍旧盯着何叔衡的脸皮。“在团内开会，他们这些年轻人，动不动就批评，面子上，实在有点难为情。”没有再说下去，闭了嘴。

何叔衡这才站起身来：“批评是我们的武器，好的嘛。共产党员要为共产主义事业奋斗到底，牺牲生命都不惜。难道连批评也接受不了吗？”用手搭着他的肩膀，微微一笑：“这就是小资产阶级爱面子的心理，知识分子自高自大的表现咧。嘿，不对的。”说得又直爽，又恳切。

“对。”季交恕这才用斩钉截铁似的语气，握紧右手一个拳头，在自己的左掌上，重重地一捶。“好！只要党要我，我一定不顾一切，跟着党奋斗到底。”

“哈哈！”何叔衡笑起来，表示很高兴，一手拉着他的手：“到润之那里去谈谈。”这时毛润之是湖南省委（当时叫湘区委员会）书记，党员人数还很少。季交恕和他谈过话之后，就从此加入了党。

腊鼓咚咚，快要放假过年了。季交恕手里，挟着一个大肚子似的皮包，里面装满试卷，从南门外私立妙高峰中学回来，路过八角亭，刚到九如斋门口，就看到内边人山人海，嚷嚷闹闹，争着喊："老板！我买一斤！""老板！我要一斤。"长沙所有糕饼店，只有九如斋的年糕为最佳，它的生意也最好，恰巧，他今天在私立妙高峰中学领到十几块钱，于是顺便挤进去，买到几斤年糕。

"交恕！买什么？"季交恕刚一走出九如斋的店门，就听到一句很高亢的声音，像是一位熟人在喊他。八角亭和坡子街，是长沙城内顶繁盛热闹的地方，但是大麻石铺的街道，窄得很，约莫不过几尺宽。在平日，人车相撞是常事，在这快要过年时候，更加拥挤得水泄不通，无法看清喊他的是谁。他就回转几步，站在这店门口的石级上一瞧，原来就是那位有胡子的何叔衡，正在朝着九如斋这方面来。

"哦！何胡子呀，你去哪里？"季交恕将皮包往左腋底下一挟，腾出右手来，拉着何叔衡道："去我那里吃年糕。"将拿在左手的那个纸包，朝他晃几晃。

"我去买书。"何叔衡就只答复这四个字。

"东洋车！"季交恕以东道主人自居，高声喊："新运街，多少钱？"

"十二个铜板。"

"十个，十个。"何叔衡很大方地代替他还了价。本来一般行市，只有这么远的路程，七八个铜板就够了的。当然，多出二三个铜板，两位穿破棉袄的车夫就立刻把他们这两位拉着走。因为麻石板街道，年久失修，有些地方高低不平，坐在车子上，就像筛米似的东撞西摇，反不如步行的舒服得多。看看那两位车夫，虽然在冬季，还是满头大汗，时时拿起搭在肩头上的破手巾，边揩边揩。"嗳呀！这十个铜板真不容易赚啦！"季交恕的心里，慨叹一声，不自觉地皱起眉尖，摆摆脑袋。下车时，季交恕因走在前头，连忙从车子上跳下来，争着付车钱。正在伸出一只手，在自己的口袋里一摸，出乎意外地叫一声："哦，糟糕。"原来刚从妙高峰领到的那十几块纸票不见了，仅剩下二三十枚铜板。

"唔？奇怪！到底在什么时候偷去的呢？"季交恕有点懊丧似的神气。因现在将近年关，正要开销。公立学校的薪水，至今还领不到，实在困难。领着何叔衡走进自己的书房内，边斟茶边这么说："可能是在九如斋买年糕，也许是我腾手拉你走那个时候被偷去的。"他一下又联想起过去在长沙丢怀表，在上海余寿松丢呢帽，汤谟丢眼镜的旧事。于是叹一口气："唉！我们中国的盗贼真多呵！"

何叔衡接起那杯茶，坐下去，笑道："全世界都一样，除开苏俄那样的社会主义国家，哪一国没有盗贼？哼！这还是小偷，你看世界上不知还有多少做官发财的大强盗哩。"

"是呀，这一切坏事情，都是人吃人的私有社会所产生的。"

"我们有责任改造它嘛，总有一天。"何叔衡又痛快，又不客气的直爽说："拿年糕来。"

书房里的方桌上，摆了两双筷子，一碟年糕。他们这两位，面对面，边吃边谈到党的情形：

"今年党的第一次代表大会，听说你参加过呀。有多少代表？"

"嗳——因全国总共还只几十个党员，十二个代表当中，湖南两个，就是我同润之。"

"讨论些什么问题？"

"主要讨论组织原则。党中央在上海，陈独秀做书记。讨论到组织问题，有些争论啦——"

"有什么争论？"

"有的代表主张只宣传马克思主义，搞合法运动，这是极右的啰。也有人只主张无产阶级专政，反对一切合法运动，不参加资产阶级民主革命，不要知识分子，这是极左的。"这时，吃完了年糕，他一面起身擦脸，一面说："毛润之把极右同极左的这两种错误主张，都反对了。大会才决定，中国共产党的组织，必须依照列宁的布尔什维克党的原则。"站起来，胸脯一挺，拿起那几本书，喊一声："我还有事，暂别。"扬长而去。

二 安源之行

阴历新年那天，鸡声正在报午，一乘两个人抬的布轿，突如其来地抬进了新运街口。

"交恕！"凌翥翔刚一看见他，就老远从轿子内跳出来。

"哦！你来了。"季交恕连忙走近前去。"萍乡来的吗？"因为他只知道凌翥翔从张自谟接办救贫工厂以后，他的七舅爹高遂耿，经赣西镇守使方本仁介绍，现在萍乡当上团长兼安源矿警局长，他也就跟着在江西安源搞事情。

"家里来的啊。"原来他这一次是回家过年由平江来的。凌翥翔还不到四十岁，居然蓄上了几根稀稀拉拉猫儿似的八字髭。竖起右手的两个指头，在自己嘴上摸摸胡子："两年不见，你还一样年轻啦，看我哩。"指指自己，张开口笑着，门牙边露出两条缝，额角上也有了皱纹，显得比早两年苍老得多。

"为什么蓄胡子啦，是老了些咧。"季交恕明知他是一位老实正派但没有奋斗勇气的人，由于经济压迫，不得不忍气吞声，跟着舅父在安源搞差事。一方面同情他，一方面也有点看他不起的样子，道："谁叫你不想开些，只为妻室儿女的穿吃做牛马。"说至此，已经走进了新运街第十号的大门。

"听说安源煤矿的规模很大，有多少工人？"季交恕问凌翥翔。他们一面说，一面吃饭喝酒。

凌翥翔仍是早年一样的习惯，端起一杯酒，搁在嘴角边又放下来，慢慢地答道："规模大，工人也很多。"说完这两句，然后才端起酒杯，喝一口。歪着头，屈屈手指："单只安源煤矿的工人，就有一万三千多，株萍铁路还有四五千。合计起来，有一万几千人哩。"

"每天可出多少吨煤？"

"多少吨？"凌翥翔像是瞠目不知所对的样子，口里唆一下："唏——那我还不大清楚。听说是每天可出两千多吨吧？"

"产的煤销哪里？"

"专供湖北大冶铁矿同汉阳铁厂作燃料。"他以为季交恕不清楚，继续说道："这个矿，还是前清光绪二十四年，由张之洞、盛宣怀他们用官督商办名义，向德国借款开采的，所以同时就修筑一条由萍乡安源到湖南株洲的株萍铁路来运煤。"说到这，他又照例把端在手上的酒杯，往桌子上一搁。"光绪三十三年，才把汉阳、大冶、萍乡这三处合并为汉冶萍公司，借了很多日债。所以公司的实权，操在日本人手里。"

"是的，我晓得。"季交恕有气似的厉声说："哼！什么官督商办，还不是一些官僚同资本家，替帝国主义当走狗，吸取中国工人的血汗。"沉重地从鼻孔里喷出一口气："哼！"一线白烟似的东西，冲在冷冰冰的空气里，缭绕成一个小圈儿。

"什么帝国主义啦？"凌翥翔也同马子青一样，才听说过这个名词。但是他没有吃过西洋面包，不像马子青那样强不知以为知，硬说美国是总统制，不算帝国主义这一类的话。

因为同他是老朋友，有意识地想启发他，季交恕亲亲热热地喊出他的名字：

"翥翔，你还记得雍老在启明经常骂洋鬼子的往事吗？"

"记得。"

"从前一般所指的'洋人'、'洋鬼子'、'列强'，就是帝国主义嘛。"他的话头才开始，钟桓英从旁插嘴道：

"凌先生。"将拿在她手里的一双筷子头，斜斜地指着季交恕一笑："你这个老朋友呀，总是喜欢讲这套新名词。"

“什么新名词?”季交恕摇摇手。“莫打岔啰。”

“洋人就是洋人,为什么叫帝国主义? 朋友一来,总是什么帝国主义、阶级斗争这一套。”她仍是莫名其妙的边替客人斟酒边这么说。

“那不同啦,有区别的。”季交恕放下酒杯,声音稍微大一点。“帝国主义是洋人内边横行霸道的大财主。‘黄鳝泥鳅不一样长’吧,你知不知道?”于是详详细细的将资本主义怎样发展成为帝国主义,欧洲大战以后,英、美、日等帝国主义怎样在世界上争夺殖民地,怎样侵略中国,制造内乱等讲一阵,最后说:“非打倒帝国主义不可。”就像生公说法,凌翥翔虽非顽石,却在不言不语地望着对方的脸庞,时时点头,似乎有动于衷的样子。钟桓英则依然低着头吃她的饭。

吃过饭,一同走进这东边书房内。不晓得是心里起了火,还是多喝了几杯酒,季交恕的脸,红得像猪肝一样,气愤愤的,仍然接谈一些帝国主义怎样坏的问题。钟桓英以为他喝醉了酒,说酒话,立即上街去买一包解酒的药,泡一大碗送给他。

“安源煤矿有夜校吗?”季交恕的话题转换了。

“没有。”凌翥翔摇摇首。“不像救贫工厂啦,每天要做十几点钟的工,怎么办夜学?”伸了一下舌头。“哎呀! 挖煤炭真苦呀! 你去看看,又脏又黑,那些工人都同煤炭一样。”

“呀!”季交恕在平常虽听说过挖矿是工人中最辛苦的工作,但没有亲自看见过。经他这么一说,好像有个什么东西,在心窝里碰了一下:自己是工人阶级先锋队的一员,应该首先了解工人的生活,投身于他们的斗争中去。同时也想到安源离长沙很近,何不乘这假期,同他去参观参观,体验一下哩! 于是道:

“也好,就同你去看看,不过——”又有点踌躇的样子。

“不过怎样?”

“没有地方住。”季交恕因想到凌翥翔是同高遂耿住在一起的,所以这么说。

“同我住吧。”

“恐怕不大好。你还记得在九江的事情吗?”

“老弟,‘彼一时此一时也’,不会的。现在的人,都是红眼睛。”

“我这么一个穷光蛋,还有什么红不红?”

“嗳! 那不然。”

过了一天,季交恕同着凌翥翔坐车往安源去。这时株萍铁路并不长,天气很晴朗,坐在车厢里边说笑边看风景,不到半天工夫,到达了萍乡县城里的高公馆。刚一走进陈设相当漂亮的小客厅,高遂耿立即出来打招呼。

“嗳呀,你来了,隔别两年啦。在报上常常看见你的文章,请坐请坐。”张开两片又厚又粗的大嘴唇。“听说你在教育界走红啦,弃武就文,拿笔杆子也好。”朝着厅外喊一声:“泡茶来!”

“也没有什么好,不过——”略停一下。“比在平江兴业公司拿算盘好一点,拖累了你们这些股东。”这似乎是道歉,又似乎是不大愿意说出口的两句话。

“那是‘非战之罪也’,不能怪你啰。”高遂耿立即又转口:“《平江旬报》办得好咧,就是你一个人搞的呀?”

“不,还有方维夏他们,由我主编。”季交恕刚从那位当差的手上接着一碗茶,凌翥翔就插嘴:

“现在湖南成立了县报联合会,有四十几个县报啦,有旬报,有周刊,也有半月刊。”将捻着胡子的手,指指季交恕:“这都是由他们提倡搞起来的哩,他就是县报联合会的副会长。”

“哦,会长是谁? 我只晓得有《平江旬报》。”

“会长是赵恒惕的秘书长符军坚,我同他一起教过书的。他忙,实际就是我们搞。”季交恕很高兴的将利用符军坚的关系,得到赵恒惕批准,成立湖南县报联合会,又成立湖南省平民教育促进会,以及因为提抽各县庙款作平民教育经费,经过许多斗争这些事告诉高遂耿。"……现在失学的工人农民太多,如果文化不普及,老百姓愚昧无知,中国就搞不好。因此,我们想推广平民教育,你赞成吗?"其实,这些都是在湖南省委领导下,通过他出面搞的,所以他就只好笼统地说"我们"。

"当然,当然,你在平江办夜校,我就赞成的嘛。不过,——"高遂耿压低嗓子,用手半捂着嘴,凑到季交恕耳朵边:"听说工人里边有过激党,又说是共产党。要小心!"

"那有什么关系。"季交恕原本想对高遂耿作几句解释和宣传,但立即想起过去在九江,就因为自己没看清对象而失言,以致被他撵走。于是转口道:

"帮助工农读书是好事,只要自己不反动,没有什么可怕。"紧接着又问:

"安源有没有夜学?"

"没有。"

"我想去安源参观,请你写封介绍信好吗?"

"不要介绍信,打个电话给局里就行。"高遂耿望着凌翥翔道:"他生疏,你领他去。"说完马上起身:"走,吃过饭再去。"

"有钱的人就担心共产。"凌翥翔望着高遂耿的背影,轻声说:"不像我们这些穷光蛋哩!"

现在吃饭了,除家常菜以外,还从馆子里添了四样:炒鸡丁、炒肚片、红烧鲤鱼、蜜饯火腿。可能因这个县城不大,临时搞不出更好的菜来,然而在高遂耿则算是很大方、很客气的了。虽比不上前几年回国到平江那一次请他吃饭的菜好,但比早十几年在九江撵他走的饯行菜,那就好得多。前后一对比,季交恕心里,也明白这前后三次不同的招待,都是恰如其分的。

老远就看到天空中云雾弥漫,好几个矗立在平地上的高大烟囱,俨然像几只要吃人的怪物,张开大嘴巴,吐出一股又一股的浓黑烟,还有一大片比较高大些的厂房,这就是全国闻名的安源煤矿所在地。季交恕跟着凌翥翔刚一下车,就一直向那门墙上写着"安源煤矿局"五个大黑字的屋子里奔。大门口站着两个身穿黑制服手拿木棒子的警察。因凌翥翔胸脯前挂有矿警局的徽章,他们就居然大摇大摆地走了进去,在办公室拿到一张参观证。

站在这地势较高些的煤矿局门口望去,可以看到整个矿场展开的画面,特别是凸出在那高地上设有升降机的大钢架,看得更清楚。

"那搞什么的啦?"季交恕从办公室走出来,手里拿着参观证,指着大钢架,惊讶似的问凌翥翔。

"电梯啦。"凌翥翔觉得他太外行,微微地笑了一下。"先到那里去看看,下面是个大竖井。"边说边领着他往竖井那里走。"这是竖井啰,还有平窿。"抬起右手朝东指。"等一下再去看。"

这竖井上边,乃是一个很高很大四四方方、顶上盖有铁棚的钢铁竖架,架上系有钢索的升降机,就是输送煤和挖煤工人上下班用的。井有百数公尺深,地下全是纵横交错挖煤的横巷。他们这两位,站在竖井上边看了一阵:一班又一班,手里都提着一盏老式的百步灯和铁铲等东西,从山坡底下,朝着竖井这方面走来。有年轻到十多岁的小伙子,也有须发斑白的老头儿。年龄虽不相同,然而他们的外形,却是一致的,即黝黑如煤的脸庞,枯瘦如柴的身体,穿着用各种各样颜色布打了补丁的破衣服。待这些上班挖矿的工人输送下去了,不一会儿,钢架上面的电铃,当当当响了几下,那位管理升降机的工人,将那开关器按一按,钢架上面的钢索,就穿梭似的转动,将竖井底下下班的工人,一班又一班输送上来。他们的脸庞,都黑得像墨一样,只看见一口牙齿和两只眼睛还是白的,满身都是炭灰和泥渣。季交恕站在竖井旁边,伸出半个身子,朝下望一望:黑漆漆的,不知有多深。不自觉地朝着凌翥翔惊叹一声:"哎呀,挖煤工人真苦呀! 翥翔,'事非经过不知难'哩! 我们这些人,只知道穿现成,吃现成,用现成的,这怎么成?"

“是呀，去看平窿吧。”凌翥翔领着他往东走。

沿着一条运煤的小铁路向东走，一直通到山坡边一个拱门形式的洞口，这是砌上砖壁的平窿拱，约莫不过六七尺至多八九尺高，五六尺至七八尺宽的样子。通往正窿内边的小铁路两旁空地，约莫只能走得个把两个人。正窿旁边，则是用木头支撑着的许多横道。这窿顶上，有些稀若晨星的小电灯，然而又寒冷又污浊的空气，给它蒙上一层淡灰色的外罩，照射出不明亮的光线，显得阴气沉沉，就像《西游记》上的唐太宗梦游地府。季交恕跟着另一位带路的，且走且问道：

“老表[①]！还有多深多长啦？”

“那还深得很。”那位带路的立即回头，领着他往横道走。

虽是同正窿一样，有些梳篦般的木头支撑着，然而巷道又矮又窄，若是个高个子，伸起腰来，就会碰破脑袋。

嗤，嗤，嗤，仿佛是钻孔机的声音；砰，砰，砰，不晓得是在打锤，还是在爆破，分不大清楚。只是远远的隐隐约约地看到，在百步灯光照射之下的矿工们，有的把身子紧贴煤壁，弯着腰；有的匍匐在石头和煤块中间；有的横卧在煤块上面，各人的工作样式虽不同，所有的脸孔和肩背，则都是大汗淋漓，全被黑水浸透了似的。这条横道也很长，它的两旁，还有很多参差交错的横巷，通过这横巷煤柱的切口，全是矿脉。现在看到那个切口，被一座石块和煤块堆积起来的小堆，堵塞得通不过。从事挖掘的工人，就像战斗英雄们一样，勇敢地爬过去，用自己手里的灯光搜索，他们虽已看到许多裂痕，仍然毫无畏惧地继续往前挖。“这种克服困难与自然作斗争的牺牲精神，真了不起，真是劳动创造世界呀！”季交恕边看边这么想。

“嗳呀！救命啦！”从这横巷切口的斜道深处，突然发出了呼

① 老表，江西话，即老乡或老兄的惯称。

喊。立即又听到轰轰隆隆的一片响声。

“什么?”季交恕他们,都惊愕起来,凌翥翔一手拉着他狂叫:“快走!”只见这横巷缺口的一班工人,为着救护平窿里边的人,纷纷往内钻,一直钻到那崩塌下来的土块和石头旁边,把一些被瘗埋在这里边的矿工挖出来。一班十几个人,压死的,血肉模糊;活着的,不是手脚被压断,就是满身血浆和泥沙。季交恕哎呀一声,心里刀割似的疼痛。

“到运煤的那些地方去看吧?”那位穿一身粗布衣带路的高个子,似乎也是工人,回头问。

季交恕仍然低着头,愁眉苦脸,像是有什么心事。“嗳——”就这么嗳一声,望望他,立着没有动。

“还去看不去看啰?”凌翥翔也没有猜着他的心思,带着一种不耐烦似的口气。

季交恕这才叹一口气说:“唉! 去看看。”其实他已心不在焉,边走边想着刚才所看到的那些死伤情形,一幕一幕,就像放电影似的反复在他的脑海里;耳朵里,也好像又听到呼喊和轰响的声音。

“为什么叹气?”走在第二的凌翥翔的声音很大,使领头的那一位也立即车转身子停了步。

“压死了的那些工人真惨!”说这话时,季交恕的两只眼睛都红了,睫毛边凝着几点泪珠。仰起头,望着那位带路的高个子问道:“是不是死的有抚恤啦? 伤的怎么办?”

“哼! 就只有十六块钱埋葬费啦,屁抚恤。”鼓起眼珠答复他。“什么安全设备都没有。因倒塌、冒顶、穿水死伤的是常事,有谁管?”这位带路的高个子,仍然领着他继续往前走。不到几分钟,走到了高似小山的大煤屑堆那地方。

“嗳呀! 救命啦。”这是从煤屑堆后侧方传来的喊声。季交恕一惊:明明这是块平地,不是窿子,也没听到什么崩塌似的轰响,难道又压伤了人不成? 于是加速脚步往前行。抬头一看,是一个面黑体粗、身材高大的人，手里拿着一根又粗又长的木棍，抓住一位面黄肌瘦的老头儿，正在煤屑堆旁边棒打脚踢，扯着老头儿的衣领，拉着走。

“什么事啦？那个打人的是谁？”季交恕带一种诧异而愤怒的神色，朝着带路的问。这位带路的没有回答他，咬咬牙齿，等了好一会儿才说：

“工头。”伸起手，遥指着那个打老头儿的高个子。“狗养的！”

“啐！啐！啐！工头那么厉害，真岂有此理！”

“哼！这不算什么厉害，还有跪火炉、跪壁块、背铁球、带篾枷，好多刑罚哩。——”这位带路的，侧着头，望望凌翥翔又望望季交恕，半吞半吐的，像是有话不敢多说的样子。“他们还可以禁闭工人，开除工人。打骂是常事，小事咧。”

“工头还好些啰。”凌翥翔也插几句。“还有监工啦。”吐吐舌头，摇摇首。“洋监工更凶。”

这时，天色已不早，因而他们的谈话终止了，拔起脚继续往前走。就只在选煤各处，走马观花般看一下，仍然回到萍乡高公馆。吃过晚饭，壁上的时钟八点半了。

倒在床上休息的季交恕，正在回忆今天所看到那些工人的惨痛情形，凌翥翔一脚踏进去。他没精打采似的坐起来，瘦削的脸皮上，略略表现有愁容，又像是怒容。

“怎么？累了？”凌翥翔这么猜。

“不累。”摇一下头。“难过。”

“打几圈麻将玩玩吧？”凌翥翔知道他原来喜欢打牌，以为是寂寞难过，不晓得他心里有感慨，因而这么说。季交恕听了这话，则反为不安起来。觉得自己在过去太浪漫，而在今天，则是受过党的教育，负有伟大使命的共产党员，看见工人这么痛苦，还能跟过去一样无聊取乐吗？又不好明白说出来，如此答复道：“改邪归正，戒牌了。”

凌翥翔坐在他床前的椅子上，微微一笑，含有几分不大相信的神气道：

“当真戒牌啦？猫儿戒荤，那就奇怪，嘿嘿。”

“当真戒了，一年多没有打过牌啦。”接着就谈到今天参观的情形：

“工头制度要不得，打工人真岂有此理！”季交恕又问凌翥翔：“不晓得有多少工头，是不是都这样野蛮？”

凌翥翔似乎也是一种表同情的语调：“工人是可怜。工头多啦。”可能是数不出这矿局总共有多少工头，没再说下去。

“一个工头管多少工人？”这又是季交恕的疑问。

“名义上管五十个工人，实际只有三几十人。”

“那怎么搞的？”

“嘿！还不同军队里吃缺一样，当工头的把它吃进腰包了。听说一个工头，单靠吃点克扣，每个月的收入就好几百块，不过他们还要些钱进贡监工就是。”微露出不满的神色道：“哈！听说总监工王凤吟每个月要搞到两三千块。”

“妈的！”季交恕一跃立起来，因为他以前只从《资本论》等书本子上，懂得资本家之所以发财，完全是靠降低工资增加时间这两方面吮吸工人的血汗，不知道工头与监工的压迫和剥削，也有这么厉害。自入党以来，虽懂得了中国的无产阶级比外国的工人，多一重帝国主义的压迫与剥削，但也不知道有这么严重。他们的居住怎样呢？他原本打算明天上午就走的，但还想再看看，因而说：

“去看看工人的宿舍好不好？明天下午再走。”

“好吧。后天走也可以。”

“不，快要开学，要预备功课写讲义。”

第二天吃过早饭，他仍然怀着沉重的心情，同着凌翥翔往那西北方角上的工人宿舍走。这全是一排一排中国式鸽子笼似的矮房间。季交恕从外面伸进半个身子或踏进一只脚，朝内望一望：每个房间,约莫住五六十人,没有桌子没有凳,床位都是木架子叠成的二三层。

凌翥翔掩着自己的鼻子,眉毛一皱:"嗳呀!气味难闻。"

季交恕也略略颔一下首。因为那内边脏得很,而且有很多害病的也住在一起。谈不上清洁卫生,更没什么医疗设备。他说:"到内边去看看吧。"一手拉着凌翥翔走进去,瞧瞧这床上那些被子,全像是打上各色各样补丁的"百衲衣"。又厚又硬,都是补丁之上又打了若干层补丁的,差不多每床被子都如此。他一边看,一边沉思,觉得现在才看清私有财产制度下的劳动人民深重的痛苦。

"咳!这怎么睡啦!冷吧?"季交恕一面用手摸着被子,一面歪着头,问那房里的工友,面上露出很体贴很关怀他们的表情。

"八字不好,命苦啦。"一位也面黄肌瘦的半老头,穿一身露出许多白絮的破棉衣,手里拿着一支竹杆旱烟筒,看看季交恕,又看看凌翥翔,立即合拢嘴巴不作声,而且走开些。

"一个月有多少工钱?"季交恕向前移几步。

"有几个钱,还常常拖欠不发咧。"一位年约十八九岁的青年,同样是面黄肌瘦,远远地站在半老头的旁边,睁起眼睛,望着季交恕说:"像你们当老爷的就好啰。"又垂首望望自己的穿着,上身是破棉袄,下身还是一条破蓝单裤。"我们命真苦,一天做十几点钟,连饭都吃不饱,还想睡好被子!"接着就唱道:

> 来到安源想挣钱,
> 一来来了两三年;
> 想回家去看母亲,
> 无有半文盘费钱。

季交恕一听,以为是他自己作的诗歌,于是问:

"这是你自己作的吗?读过几年书?"

"我不识字,这是大家都唱的。"随即反问:"你老爷在哪里做事?”两只眼珠,用力地瞧着他身上穿的那件旧皮袍。

这时,季交恕还没意识到他们不大愿意接近自己的原因,只是这么声明道:

“我是在长沙教书的,不是老爷。”

“哦!你是湖南人啦。”这位青年接着说:“去年有一个姓毛的湖南人来参观好几天,听说也是教书的先生。”

“毛什么名字?”

“不晓得,比你高些,穿一身粗蓝布旧衣服,没有你的穿着漂亮,——”他刚刚说到这,那房子内的其他几位工友,都一起挤拢来,七嘴八舌争着说:“毛先生真好啦。又谦虚,又和气。”“同我们谈家常,叫我们读夜学。”“问这问那,好过细呵,没一点架子。”

“他还叫我们要团结哩!”那位青年工人,一边说,一边比划。“团结,就好比一块大石头。小石子,老板一踢就踢开了。要是大石头——”他把袖子往上一捋,伸出那个大拳头晃几晃。“嘿!老板怎么也搬不动。”他旁边的几位工人都很高兴地笑起来:

“对呀,姓毛的先生就这样说的。”

“毛什么名字?”季交恕又问。工人都摇头:

“不晓得。”

“时间不早了呀!”凌翥翔催他走。于是沿着这排房子看过去,大体差不多。看完宿舍就站住,同带路的分手道别了。季交恕跟着凌翥翔后面,慢悠悠地往矿局大门口走,但仍时时回转头来瞻望那些宿舍,怅惘着:“唉!工人阶级真苦!像我这样的知识分子,近几年,生活上稍微困难一点,就觉得有些受不了。编编讲义,写写文章,教教书,觉得也费劲;比起他们来,算什么苦呀?”他记起《共产党宣言》里边说“在现时与资产阶级对立的一切阶级中,只有无产阶级才是真正的革命阶级”那句话,觉得很有道理。因为他们最苦,革命性就会最强。平窿内的一切景象,在他的脑海中飘浮荡漾着。

从萍乡回到长沙的第二天，在船山学社刚一碰到何叔衡，就把在安源所看到的这些情形告诉他。何叔衡说：

“我知道。”

“你去看过呀？”

“我听润之说的。”何叔衡抹抹胡子。“去年秋季，他把长沙的工会工作布置以后，亲自到安源去调查过两三次。”

“哦！难怪那个青年矿工说，有一个姓毛的去参观过，就是润之呀！都说他好和气，没架子。”说此话时，季交恕的脸颊上，微微有点红，似乎有惭色。心里想：“为什么工人那样欢迎他，而对我则‘敬鬼神而远之’的样子？难道我有什么架子不成？”心里很惶惑，但又不好明白说出来。后来，他才听说安源工人，还有一首这样歌颂毛润之的歌：

直到一九二一年，
忽然雾散见青天。
有个能人毛润之，
打从湖南来安源。
提议要给办工会，
劳动人民结成团。

三　工人运动开步走

出小吴门约莫三几里地向东走，过一条军路，就是清水塘。老远望见碧绿碧绿的一大片菜园，稀稀落落的一些小茅屋和菜棚子。其中有一所比较稍微大一些的房子，是湖南省委的所在地。外边一道白围墙，墙里边一个不大的院落。住屋中间一个厅。东西两边，内外各两间，后边是厨房和茅厕。毛润之住在东边。他的外房，只有一张白木桌子、几张凳、一个书架、一张床。陈设极其简陋，可是书报却不少。

自去年成立湖南省委会以后，书记毛润之就首先开辟工运，集中力量领导它。这时，湖南的近代工业，还只有锡矿山的锑矿，水口山的铅锌矿，第一纱厂，造币厂，黑铅炼厂，湖南、光华电灯公司这几处，合计不过二万多工人。但若把毗连长沙的江西安源煤矿和株萍铁路工人一起算进去，那就不止这个数目。这些工人，也同全国各地一样，"五四"以后，有过自发的经济斗争，但由于他们的政治觉悟还不高，没有组织起来，也就没有什么很大的力量。怎么办呢？毛润之经常这么想。

一天，毛润之在清水塘，根据中国工运的整个形势，党在湖南尤其在粤汉路的工运计划，指示给郭亮时，何叔衡和季交恕走了进去。因为彼此都很熟，他们也就坐了下来，没开腔。

这位郭亮，别号靖笳，党成立不久就加入了。个子不高，大家叫他郭矮子。年龄不过二十左右，可是人极聪明能干，能说会写，胆量大，尤其顶会团结与组织群众。在第一师范念书时，就跟着毛润之搞学生运动和手工业工人运动，后来，毛润之又派他驻岳州，担任粤汉路工人运动的领导工作，在群众中很有威信。他平常穿的是长衫，而这时却穿着一套工人模样的粗布短服。待他们谈完话后，季交恕望着郭亮努一下嘴问：

"喂，你怎么换了装呀？"

"嘿，要同工人一起，就要过工人的生活，穿工人的衣，说工人的话才行嘛。"郭亮行色匆匆的就起身。"好，再见！"走了。这时，季交恕才把他去安源所见的情形告诉毛润之：

"我不去安源看一看，还不知道挖矿工人这么苦，受剥削这么深哩！"毛润之接着说：

"是嘛，自己没有生过疮疱，就不晓得人家的痛痒。我们这些人，到工人农民中间去钻一钻好。"

"听何胡子说，你去年就去过。"

“是的，不久还要派专人去。我也还想再去钻一钻。”

“是不是派人去组织工会？”

“不。打算先办工人夜学，做开路先锋。这样做不仅可以争取合法地位，更重要的是可以提高工人觉悟。”毛润之皱一下眉头说：“就是教材成问题。单教几个字不够，要有思想内容才行。”两只非常明亮有力的眼睛，望着季交恕：“嗳！教材很重要呀！你是喜欢写文章的，写个课本好不好？”

“恐怕写不好。”

“你执笔啰！大家看看。‘三个臭皮匠，当个诸葛亮’吧。”毛润之的脸上，显露出一种和蔼可亲的笑容。还告诉他应该怎样写。

“那就叫‘平民读本’好不好？”季交恕问。

“可以嘛。”毛润之点头说。“文教重要哩，你在教育界熟人多，应多做些这方面的工作。”

初春的太阳光，虽不很强烈，它的热力，却催得清水塘这一带满园满地的白菜和青菜，生气勃勃。前一向，还只是小指头模样的一些嫩根，现在都长得同小手掌一样大了。远远望去，就好像一大块绿茵，铺在这周围的地面上，显得省委这个矮小的房子，格外高大、格外清朗些。季交恕从那里出来，同着何叔衡边走边望道：

“何胡子！你看！这些菜长得真快呀，前一向我来这里，还没有叶子哩。”走在他前面的何叔衡，回转身子望一望，答道：

“当然，我们党也是这样，只要有人下种子，有耕作，就会长大的嘛。”边谈边走，很快就跨进了小吴门，才又分手道别，各自回家去。

过了一向，新运街第十号，忽然走进去一位二十来岁，带醴陵口音的高个子，这就是刚从法国回来不久的李隆郅。因为彼此是在清水塘和船山学社见过面的熟人，没有什么客气，一进门就谈起工作来：

“润之派我去安源工作，你知道吗？后天走。”李隆郅说。

“知道。他怎么说?”

“他说——”李隆郅放低了声音:“要利用现在的平民教育运动的名义,联络地方士绅,争取合法地位,先办起夜学,启发工人的觉悟,然后把他们组织起来。”侧转脸望着季交恕:“嗳!要请你写一封介绍信给那边的熟人啰。”

“好。”季交恕立即走往书桌旁边坐下去,写一封给高遂耿的介绍信,递交李隆郅道:“等一下,我到湖南省教育会同湖南省平民教育促进会去,加写两封公函给你带去,这样更好些。”此时,他是这两会的负责人之一,所以这么说。

不久,李隆郅依照毛润之的指示,把安源煤矿的工人夜学办起来了,而且因为有萍乡县知事公署准办平民教育的布告,使夜学取得了合法地位。不到两三个月,读夜书的工人,就像雨后春笋,一天多过一天。可是,课程很简单,就只国文、算术这两门,讲义也是随时编写,随时油印的。以后才改用《平民读本》。

这《平民读本》共四册,每册二十五课,乃是由浅而深,由短而长,很通俗,很适合于失学成年人读的东西。由第一册每课十几字,到第四册每课三四百字,内容是包括与工农大众的日常生活有关,以及社会、文化、科学和国际等启蒙知识,特别重要的是介绍了马克思主义初步知识和俄国十月革命的方向。

通往西北方那几排鸽子笼似的矮房屋附近,还有些棚子一样但比较宽阔些的房屋,这就是安源煤矿工人上夜学的地方。每天晚上,不论上国文还是上算术,也不论是甲、乙、丙班学生去上课,都像小孩儿离不开妈妈一样,个个抱着《平民读本》,边走边诵。

“对呀。”丙班一位名叫王直的,读到第一册第二十三课“衣食住的由来”。刚一听到教员蒋先云念:“人们的衣、食、住,无一桩不是由工农大众创造出来的。可是,这些做工耕田的人们,反倒没有好衣穿,没有饱饭吃,没有像样的房子住,真是太不平等啦!”王直就吃惊似的睁大眼睛,站起来问:“这怎么搞的?什么缘故?”

当时在各地教夜学的教员，全是由毛润之有计划有组织地派去各地做民众运动的党团员。蒋先云就是其中之一。他二十来岁，柳条瘦个子。早就入了党，也早就被派来安源，深得工人的敬爱。当下，他听了这些问话，就将中外资本家怎样剥削工人，封建地主怎样剥削农民的道理讲解一番。全体工人鸦雀无声的一齐望着他。但一下课，这讲堂内，就乱哄哄的议论起来："妈的帝国主义！""妈的地主资本家！""我们是替人家做牛马啦！""哦！原来并不是我们的命该穷。"

另一次，读过《人民之权利》《平等》《集会结社自由》等课之后，正读到第二册第二十一课，题目是《分工互助》。这一课课文后面有这么几句："人类社会生活，应该是大家各尽所能，各取所值，切不可像那些吃百姓的军阀、官僚、地主、资本家，坐得人家现成的东西。"经过蒋先云一番解释与联系安源情况加以鼓动之后，他们就立即嚷起来：

"那我们取什么值？""要增加工资啰。""每天做十几点钟还行？""要减少时间啰。""死伤要抚恤费。"……那位王直，在这丙班近两百人当中，他是最年轻的，说话也毫无顾忌。蒋先云一听，心里虽暗喜，但又怕他们轻举妄动，反而会坏事。于是道：

"老表，要沉得住气呀！不要冲！将来总有办法的。"这才把他们说得平静了，可是过后，仍是叽叽咕咕。

乙班的人数少些，不过一百四五十位。他们所读的是《平民读本》第三册。月朗星稀的十五晚上，正在读过第十二课，题目是一位工人《约农友组织工农联合会的信》，这么写道："……世界上最辛苦的，莫过于我们农工，虽拼命创造一些东西出来，反而自己享受不到一点，简直是替人家做一辈子牛马罢了。如果大家不赶快觉悟，团结起来，恐怕埋在十八层地狱底下，永没有翻身的日子啦。"他们一下课，就三五成群的，这里一堆那里一堆聚谈着：

"教员真会讲，好。要组织起来，对！"乙班的一群，正在边走边这么说。甲班丙班的另几位，也恰巧从隔壁课堂内走出来问道：

“你们说什么好?”

“教员讲得好。”乙班的一位，告诉他们今晚所读的那一课。

“哦！我们读的第四册更好啦。”甲班的那几位，都显现出满面笑容，争着说：“第四册有好几课都是讲各种社会主义的，嘿嘿！”发出了大家都能听到的笑声。

“我们今晚上读的是第四册第十四课，题目是《共产主义》哩。”说此话的是一位年约二十来岁在长沙做过工的袁州人，姓陈名大海，曾经在乡下读过两三年老书的贫农，聪明能干会说话，在这些工人中很有威信。当下，大家听到是他的声音，就像一块吸铁石，立即把那三三两两的黑影子，吸引在一堆。他也就说书似的把这第四册的内容和各派的社会主义，一知半解地讲了一些：

“讲社会主义的就有五课啦，社会主义学说有几种，顶好是马克思的科学社会主义。现在俄国所行的就是它。今晚读的是‘共产主义’啰，好长，好有味道。”陈大海张大嘴巴：“呀，这一课恐怕有四五百字。”

“说些什么?”王直跑近陈大海跟前，抢着他的书，就在月光里翻开看，有好多字不大认识，拍拍他的肩膀道：“你讲。”

“我也搞不大清楚，只记得什么阶级斗争啰，无产阶级专政啰，废除私有财产制啰……”陈大海一手拉着王直，蹲下去，悄悄地说道：“老王，我们就是无产阶级啦，苏俄就是无产阶级专政。教员说，组织起来才有力量。现在世界各国有好多共产党，还有个什么第三国际。哈！”他轻声笑起来：“要是中国也同苏俄一样，那就好啦！我们这些穷光蛋就翻身了。”站在他们身旁的另几位，也一起蹲下去，尖起耳朵听着，满脸是笑容。

“是呀！书是好，就是没有讲我们安源的事情。”另一位这样说。陈大海跟其他的人一齐站起来，解释道：

“这不是专给我们安源读的啰。教员说，受压迫的工人农民，都要有这些知识。工人农民是一家嘛。听说湖南同湖北大冶，好些夜学，都是读这课本的。”

“布谷，布谷！”一出小吴门，就听到布谷鸟的叫声。清水塘那一带的蔬菜，当这春去夏来的季节里，更加长得青翠可爱。就在这时候，省委书记兼中国劳动组合书记部湖南分部书记毛润之，正在湖南省委召集会议，讨论安源问题。润之道：

“现在是工人运动开始高涨的时候，广州、香港、上海、湖南等处产业与手工业工人，在党领导下，举行过好多次罢工，都得到胜利，这就给安源工人以很大的影响与启发。并且他们读夜学，受过宣传教育，阶级觉悟提高了。怎么搞呢？”他望一望大家，慢悠悠地说：“我提议先用工人俱乐部名义，把安源路矿工人立即组织起来，仍由李隆郅负责主持。以后我们再派人去……”他知道安源煤矿是中国很重要的工业区，而且人数很多，如果搞起罢工，对全国有很大影响。但目前刚刚开始建立工作还不久，也不够深入，根据这客观情况，必须有计划有步骤有策略地稳步前进。又由于当时各地工人组织，都习用工人俱乐部的名称，而有些地方的工头们，也曾组织过“工会”来鱼目混珠，所以他主张一方面组织工人俱乐部，一方面着手建立党和团。

一九二二年五月一日，是中国破天荒的五一节。全国第一届劳动大会，也就于这天在广州开幕了。与此同时，安源矿局对面小山上即湖北同乡会东边那一所房子外，突如其来的一阵鞭炮声：劈啪，劈啪，劈啪，接连不断地响了好几十分钟。一股一股的浓烟，似乎比山下那几个大烟囱吐出来的还浓厚些。房子门前，悬挂着一幅“庆祝安源路矿工人俱乐部成立大会”的红布匾。各处墙壁上，都贴有红红绿绿各种不同颜色的纸条。今年今日，与死气沉沉的往年今日大不相同。不但小山上那黑压压一大群当中的演讲声、拍掌声、口号声、欢笑声，震动了全厂；其他如洗煤、炼焦等处以及

各窿道工人,也都同样眉飞色舞地交谈着:

“这可好啦,老王! 你参不参加俱乐部?”炼焦处的烧炉工人,手里拿着一把长铁钩,将炉子门一钩就关闭上。边拿起搭在自己肩头上满是灰土,半干半湿的那条皂色长手巾,拭去脸上黄豆大的汗珠,边询问来接班的老王。

“参加,那还不参加。”老王很兴奋得连说两句。

“我也想参加。”“我也想参加。”这都是焦炉旁边另几位附和他们的声音。

这工人俱乐部,是用十人团即十人一小组的形式组织起来的,相当严密。在这天成立的时候,只有三百来会员,大部分是读过夜学的,并且有些是党、团员。可是不久,就达到七千多人,占矿工过半数,连路工则近半数,因而引起了矿务当局的恐慌。

“这还行,会造反啦,封闭它,杀他几个。”矿务局总办汪崇诰,不知是从萍乡还是从南昌匆匆忙忙地跑回局里来,气势汹汹地把兼矿警局长高遂耿请来,商谈怎样镇压工人俱乐部的事情。这时,正是伏天,有大月亮的夜晚。汪崇诰手里拿着一把蒲扇,同着局内几个官,一起坐在向东面的凉台上,围着一张小藤圆桌。他很惊异的劈头这么说几句,就端起一杯汽水,递给高遂耿。因为高遂耿是兼矿警局长,虽算是自己的属员,然而他的本职,乃是赣西镇守使方本仁部下的团长,无论维持治安或镇压,都不能不依靠他。于是很客气地望着他喊一声:“老兄,你说怎么办?”

大家都没作声。高遂耿也只眨眨眼,沉默地想一下:“哼! 问我怎么办? 你一个月搞万数几千块钱,在上海南昌快活。我这个兼局长,有什么额外油水? 连你的监工、工头都不如。做做守门犬就了不得,谁给你当刽子手!”他这么想着,说:“工人俱乐部,是在县里立了案的。没有闹什么,恐怕不好无故干涉吧,免得逼出事来。”

“是呀。”其他几位,仿佛刚被提醒似的,才记起立过案的那回

事。汪总办也一愣,正在欲言又止地想说什么,忽听到露天外,喃喃有歌声:

起来!饥寒交迫的奴隶,
……
作一次最后的斗争!
粉碎那旧世界的锁链!
……
我们是新社会的主人,
……
团结起来到明天,
共产主义的世界,
就一定要实现!

“唔!唱啥?”汪崇诰的北方口音。站起身,趋往凉台边的水门汀栏前听一听。其他几个人,也一起跟着他,伸出半个头,朝外面望一下:一大伙拿着《平民读本》的人,很高兴的在哼唱。他一看就明白,这是他们散夜学的穷快活,还不怎么介意,可是一听到下面这几句:

我们是世界的创造者,
劳动的工农群众。
一切是生产者所有,
哪能容纳寄生虫!
我们的血汗流了不知多少,
和那些强盗们战斗,
一旦把他们消灭干净,
鲜红的太阳照遍全球……

汪崇诰心里起火了,立即车转身子,朝着藤椅上重重地坐下去就骂:“什么歌?戳他的奶奶!谁是寄生虫?”

此时,大家都不懂得这就是《国际歌》。他没有追问,也没有谁回答。只是扯一阵工人怎样不安分,需要怎样严加防范等类的话就散场。

就在这一向,安源路矿将近两万个经常在厂房内喘不过气,在窿子内伸不起腰的工友们兴奋起来了。因为近两天,从湖北传来一个好消息,就是他们汉冶萍公司所属的汉阳铁厂,为了要求增加工资,改良待遇,罢工五天,得到了胜利。工人们纷纷议论道:

"好呀!""我们也只有罢工。""听说他们那里是共产党领头的咧。""我们这里有没有共产党?""不晓得。""去找吧。""……"无论在俱乐部,在宿舍,在厂房内,在窿道中,到处充满了这种嘈杂而兴奋的声音。

形势一天紧张过一天。还没有过中秋,毛润之又亲自赶去安源,仔细地调查研究一番,搞得清清楚楚,然后回到长沙。这天,还是晌午,他仅休息片刻,喝口水,站在清水塘湖南省委大门口,正在沉思:"现在全国工运发展这么快,安源形势这么好,可以罢工。但领导干部太少,非加派强有力的同志去不行。派谁适当呢?"慎重地考虑后,微笑一下。"哦!只有他最合适。"正打算转身往内走,何叔衡和季交恕因知道他今天会回来,特此去看他。

"你回来了,润之。"走在前头的何叔衡,趋前几步先开口。"什么时候回来的?安源情形怎样?"

"刚回来啊!"润之没有说第二句话,领着他们进去,将安源情形,详细谈一遍,最后说:"现在是最关紧要的时候,必须加派得力的人去。"

"派谁去最好哩?"何叔衡的两只眼珠望着毛润之。

"我想刘少奇同志最适合,开会研究再决定吧。"

经过湖南省委的慎重研究,决定派刘少奇到安源,领导工人罢工。不久,刘少奇根据毛润之的吩咐,到了安源。正在和安源党组织商议布置的时候,忽听到一个惊人的事情,就是粤汉铁路,为了

增加工资,改良待遇,发生了罢工惨剧:

约莫在中秋前后一个夜晚,由于罢工,粤汉路南段一列又一列的火车,已经静悄悄地停在各车站,没有丝毫声息。只有些胸前挂纠察队白徽章的罢工工人,往来逡巡着。不知怎的,忽然间从岳州北面传来一片朋,勃,朋,勃,呜——的声音。并且在月光底下,隐隐约约地望见一大股黑烟,在空中飘扬。像是从武昌开来岳州的火车。

"唔! 怎么搞的?"郭亮大吃一惊。他是前几月被毛润之派在粤汉路南段办夜学办工人俱乐部的负责人,此时,他根据毛润之的指示这么分析:湖南省省长赵恒惕虽与北洋军阀吴佩孚有勾搭,然而他究竟不是直系嫡派,彼此有矛盾。一则因为要挂着"湖南自治"的假招牌,保存自己省长的地位,二则因为过去杀害劳工会黄爱、庞人铨的那件事,惹起过工人学生反对,这次罢工,料他不会也不敢怎样和我们作对头。可是湖北督军萧耀南,是吴佩孚的嫡系军阀,很可能用武力逼迫北段工人开车,这就必须小心对付了。因此,他立即召集紧急会议,商量对策。大家决定,立即投入战斗!

"有没有斗争决心? 工友们!"矮矮的貌似书生,实则胆大如斗的革命英雄郭亮,一奋身,站在车站高处的工人面前,简短地动员几句以后,就举起拳头大喊一声:"不怕死,跟我来!"

"不怕死!""不怕死!""同他拼啦!"成千成百张嘴,立即一齐发出同样的回音,就像火线上打冲锋似的喊声震天,不到十把几分钟,都跟着郭亮往离火车不远的前头堵塞着。

"卧下!"郭亮走在最前头,将近火车跟前,用雷鸣一样的声音喊:"一齐卧下!"他自己领头,首先往铁轨上一卧,成千成百的工人队伍,毫不迟疑地跟着他高喊口号,一齐卧下去。朋勃朋勃的火车头,也就不作声,慢慢停下来了。

劈,劈,劈! 过了一会儿,夜深人静,万籁俱寂的天空中,余音袅袅,显得特别响亮些。押车的北军,从厢子内跳下来,朝天放了几响空枪。王连长带着这些人,杀气腾腾地往前冲,以为自己手里有枪,只要如此装腔作势,就可以把工人一下吓散的。

“空枪,不要怕!”郭亮一跃站起来:“工友们!要罢工胜利,就只有流血斗争。”狮吼虎啸般极雄壮又极响亮的这几句话,把大家的斗争决心更加提高了。立即得到一片回声:

“斗争啦!斗争啦!要死一起死。”双方互相冲突起来,在亮晃晃的刺刀威胁之下,手无寸铁的罢工工人,依然团结得像一个人一样,没有谁逃散,也没有谁后退。

年近半百的高个子王连长,往前一看,长蛇阵似的人山人海。而他所带来的北兵,名义上是一个连,但上司吃了很多缺,自己也吃了十多个名额,实际只有几十条枪,众寡悬殊,恐怕不济事。又想到前一向汉阳铁厂罢工,他们那个团的张连长,带去一个连,没有压服得下来,反而受了记过处分那回事,自不免有些畏缩。于是立即跑往车站,打电话去武昌请示。但是在旧政府,无论哪个时代,文武机关的大官,都是晚上忙:请酒,打牌,看戏,吃花酒,嫖娼等“公事”多得很,搞了一夜,早晨要休息睡觉,每天上午九十点钟以前,当然没有谁去办公。所以王连长这个电话,只听见“嘚零零、嘚零零”响了一阵,没有人回答。

当下,这位郭亮,就利用时机,往来不绝的工人群中,进行鼓动宣传:“不要怕!团结的力量是大的。没有穿吃,要增加工资,这是经济斗争,应该的。但还不够,要进一步作政治斗争。什么是政治斗争呢?……”说了一阵,又提高嗓子喊:“工友们!萧耀南他们这些军阀,全是帝国主义的走狗,地主资本家的帮凶啦。你们看!”举起手,朝着站在车站旁边的王连长和那一连人:“萧耀南不是派他们这些人用武力来压迫我们的吗?非打倒军阀不行。”将帝国主义怎样利用军阀侵略中国,怎样压迫与剥削工农大众的道理讲一阵,又说:“非打倒帝国主义不行。”最后,大喊两句口号:“打倒军阀!打倒帝国主义!”

跟着他震天动地的一片“打倒军阀！”“打倒帝国主义！”的口号声，立即响彻了云霄，把附近睡梦中的老百姓都惊醒了。在这气候相当冷的后半夜，车站旁边，仍挤满了一大群人。

最善见机而作的郭亮，又乘此朝着工人士兵和老百姓，鼓动地说：“现在中国是帝国主义的世界，是军阀的世界。老乡们！饿死杀死都是死呀！只有拼，我们大家只有团结起来，打倒帝国主义，打倒帝国主义的走狗北洋军阀。”于是，工人、老百姓都跟着喊起来。

“戳你的奶奶。”这时，王连长沉不住气了，一奋身，奔往轨道旁边，拿起他手里的那根木棒棒，向工人、老百姓头上打下来：“滚开些，滚开些。”跑近郭亮身边，一棒子打过去，落了空。因为郭亮矮小而又灵活，他把身子一歪，躲开了，彼此又对骂一阵。

僵持到天亮以后，老百姓越聚越多，驱也驱不散。直到上午十点多钟光景，王连长接到武昌电话，命令他强硬镇压，他就立即领着队伍，气势汹汹的，一面驱散老百姓，一面威胁工人，喊开车。可是，工人始终不理会，他就喊上刺刀：“杀！”工人们毫不示弱，相互斗殴起来。只因手无寸铁，竟被杀死杀伤百多人，郭亮也被捕了。

自这个惊人消息传到安源，正在酝酿罢工的全体工人们，就像搭在弦上的箭，大有一触即发之势。刘少奇估计到这种情况，又看到有组织的俱乐部会员，现已发展到一万几千人，各矿厂、各窿道，都有共产党支部。罢工的主客观条件都已成熟。他立即召集各支部会议，决定罢工。

在平日烟雾沉沉，暗无天日的安源，现在那几个大烟囱，一下停止呼吸，各矿厂的机器 ，都一齐在睡眠，既闻不到一点炭气，也听不到什么噪音。厂房里显得冷清清、死气沉沉的样子。可是，安源工人俱乐部那一带，红红绿绿、满目琳琅的标语，贴遍了所有墙壁。一群又一群挤在俱乐部开会的演讲声、拍掌声、口号声，也同从前开成立大会时一模一样地震动了全厂，到处贴着这样的罢工

宣言:

> 各界的父老兄弟姊妹们呵!请你们看:我们的工作何等苦呵!我们的工钱何等少呵!我们时时受人家的打骂,是何等的丧失人格呵!我们所受的压迫,已经到了极点,所以我们要改良待遇、增加工资、组织团体——俱乐部。
>
> 现在我们的团体被敌人造谣破坏,我们的工钱被当局积欠不发,我们已再三向当局请求,迄今没有答复。社会上简直没有我们说话的地方呵!我们要命!我们要饭吃!现在我们饿着了,我们的命要不成了,我们于死中求活,迫不得已以罢工为最后的手段。
>
> 我们要求的条件是极正当的,我们死也要达到目的。我们不做工,不过是死!我们照从前一样做工,做人家的牛马,比死还要痛苦些。我们誓以死力对待。大家严守秩序,坚持到底!各界的父老兄弟姊妹们呵!请你们一致援助。
>
> 我们两万多人饿着肚子在这里等着呵!下面就是我们的条件。……

前一向,上海各报,刚刚登载一些粤汉路罢工惨案消息,已经引起了汉冶萍公司的恐慌。而现在安源又罢工,大冶和汉阳矿厂,也同样发出援助粤汉路罢工的宣言,又跃跃有举行同情罢工之势。仍用武力压服吗?像他们这样互相呼应,恐怕压服不了。即或压服得了,若果几处停工,公司损失也就太大了。让步吗?又怕工人得寸进尺,会减少公司的利润。洋老板和中国大亨们,左思右想,商讨不出一个什么好的办法来。

可是,汪崇诰的想法不同。他刚一接到罢工消息,就急急忙忙地从南昌跑进矿局,把高遂耿请来,伸出那只又肥又黑的手掌,在桌子上一拍道:

“团长!那还了得!这些王八蛋,真会造反。”但因急于求助高遂耿,立即收敛一下怒容,手一扬:“请坐!”泼了血似的脸上,堆起一缕不得不强装的笑容道:"团长! 矿警不济事啦。请你赶快调一营兵来,杀他几个,看他们复工不复工。"

高遂耿边听边点头,可是,他心里却这么想:"我早年在九江当队官,幸亏会见风使舵,所以辛亥年反正,仍然站得住。后来当上营长,好容易现在当到团长。假如跟你这个老粗一样,冒冒失失的莽撞蛮干,一旦搞坏了事,还不是该我倒霉挨头刀。罢工是可恶,共产党好惹吗? 汉阳铁厂罢工,就是一个很明显的经验教训。"于是不自觉地摆了一下头,噘起嘴巴,勉强道:"好吧,我马上去报告方镇守使,调一个营来。"立即起身,往汪崇诰的办公桌旁边坐下去,拟一封十万火急的电报拍给方本仁。同时,拿起桌子上的耳机,喊萍乡局:"喂! 团部吗? 我高团长,调第三营来安源,带齐武装子弹,马上出发。"

正在这时候,一位传达,领着三个穿西装的走进去。大家恭恭敬敬的,一齐站起来打招呼,与对待普通客人不同。这就是汉冶萍总公司,接到安源局电报之后,派来应付罢工的全权代表。这三人,同是黄脸皮,其中有一位身体矮小但很结实,嘴上一撮仁丹胡须,不会说中国话,只听得一些什么"妈斯""妈斯"的尾声。三个人当中,他是最神气最威风的一个。大家一看,就知道这是日本人。那位戴眼镜比较年轻些的,乃是替他当翻译的。其余一位,也是总公司里边的要人,说话也很放肆,虽没有仁丹胡子那样神气,却居然敢在汪崇诰面前分庭抗礼。商讨一阵,他们的指示是这样:调军队来,可以示示威,但不要照粤汉路那样闯出祸来,越闹越大,就不好收场。"只有一面找工头想办法,拆散工人的墙脚,一面看情形,答应几个可以答应的条件,暂时能和缓一下,松口气也好。兑现不兑现,将来再说。"

就在这一天,安源顿时紧张起来了,因为由萍乡调来的这个营,全是崭新五响枪,一色长刺刀,而且每个兵,都背着满带子弹,刚一开进厂,就到处布满了岗哨,如临大敌。已经匿迹销声好几天，既不敢骂人，更不敢打人的监工和工头们，现在又神出鬼没，大肆活动起来。名为开导，实际上是运动工人去上工：

“不答应我们的要求决不上工。”绝大多数工人，直截了当答复他。

“你去找俱乐部，他有上工命令我们就上工。”也有些这么推辞的。

“我们几个人怎么开得工？”“大家罢了，我怎能不罢？”说这话的是极少数。这个名叫王麻子的工头，伪装着一副笑脸，悄悄地乘机劝诱道：“老表，‘一马不行百马忧’，只要你们这班带个头，大家就会跟着上工的。局里说，谁先上工，谁就得头等奖，多么好呀。”他一手拉着那两个比较落后的工人，走出宿舍门口说：“你劝劝大家，还是上工的好，公司保证以后不欠工资。不然的话，公司赔本关厂，我们到哪儿去吃饭啦？”睁大两只眼睛，偷偷地四面张望一下：只有一个手持长枪的哨兵，站在这房门口。另有好几位胸前挂着白符号的工人纠察队，和一些往往来来的工人，都隔得很远。于是扭转头，放低声音：“嗳，我是好意啦，不要听那些不三不四的过激党的话。……”以下声音更小了。他以为这房子，是这宿舍最末尾最偏僻的一间，不会有人听到，故敢于偷偷摸摸走进去，鬼鬼祟祟这样说。

可是，“属垣有耳”，因为西北方这一排棚子式宿舍很密，而且都是篾墙壁，说话的嗓子稍微亮一点，就可以听到的。此时，住在这隔壁房子的党员王直，知道王麻子是个滑头滑脑的坏家伙。当他一进去，王直就提高警觉，尖起耳朵听，刚一听到“不三不四的过激党”这句话，他就怒气冲天跑出来，大喊一声：“工贼，破坏罢工，打！”吓得王麻子心里一惊，就像听到铳响的野狗，夹着尾巴，拼命地跑开了。左右邻近的所有宿舍门，砰然一声，都开了，一窝蜂似的跑出来，拥挤在这门口问：

“什么事呀？”

"王麻子,破坏罢工!"王直把王麻子刚才所说的那些话,一口气转述之后,工友们就高声喊:

"大家要防备工贼呀!打死他!"摩拳擦掌,众口同声,人也越聚越多了。站在这一带的哨兵,一起赶向前去,大声吆喝:

"走开!走开!不要闹。"但没有什么凶恶的样子,只是端起上了刺刀的长枪,横持着堵住他们。工人们也就很有秩序,边站开边向哨兵诉苦,这也就是安源党委指示他们向士兵展开的宣传。陈大海的声音最响亮,他说:

"老总!好朋友!我们苦啦!你们当兵的也苦啊!……你们同我们这些做工种田的,都一样是穷人,一家人。不要自家人欺负自家人啰!"立即从口袋里掏出一张罢工宣言递过去。那位士兵,也从自己口袋里掏出一张纸,在空中晃一下,上面印有"敬告亲爱的士兵兄弟们"十个大字。他这么说:

"我有,我有。"表示不再需要了。

"那张不同,是传单。"陈大海也同样拿起自己手里的这一张,在空中几晃,因为他是支部委员,一看就明白那是今天临时才散发的很简短的油印品,不是铅印的宣言。另几位也就乘机递几张给他和其他士兵。他们都抢着瞧,边看边颔首,还有的皱起眉头,像有些不大自在的样子。

现在,虽还没有武装冲突,而劳资两方,依然各不让步,僵持好几天。"好呀!好呀!""我们罢工不胜利决不休兵。"安源矿局对面小山上的俱乐部,又是人山人海,发出这么一片叫好的欢呼声。原来粤汉路郭亮他们的罢工,由于得到大冶、汉阳、安源这几处的声援,取得完全胜利,答应了抚死恤伤,王连长给以撤职查办处分。安源工人一听,高兴得跳了起来。也是这一天,那地势较高些的洋楼上,也有十来个脸润身肥,穿着长袍大褂和西装的阔人,在那里开会。起初,彼此都闷闷不乐似的没作声。汪崇诰一入座,就发脾气骂几句:

“这还了得！看那些家伙。”横起两只像要吃人似的半红半灰的眼珠，指着这矿局对面小山上那个方向，然后一屁股坐下去。满肚子的火气，似乎也跟着自己的身子往下落了：“唉！是不是让步，迁就一下？你们看！”随手从口袋里掏出总公司刚才拍来的一封电报给他们。说此话时，声音小了些，脸皮上有些颓丧的神气，鼻子里喷出一口气来：“哼！什么工头，兵……”可能有点顾虑，没有明白说出工头不中用，士兵不卖气力的话。

“总办！我是赞成暂时让点步的。”总监工王凤吟，看过那封电报，抬起头，望着汪崇诰苦笑一下，又这么恭恭敬敬地喊：“总办！你老人家不要着急，还是‘釜底抽薪’的好。这些家伙，人多，心齐，势力大，彼呼此应，一时压服不下来，只有慢慢想办法对付。”

商讨一阵，最使他们担心的两件事：第一就是人多心齐势力大，恐怕压服不下来；第二是恐怕停工过久，公司损失太大了。可是，怎么好先硬后软，岂不“虎头蛇尾”丢脸么，更怕工人将来会得寸进尺翘尾巴。到底坐在汪崇诰旁边的高遂耿是老于世故的人，谈到这，他就马上挺直胸脯，自告奋勇道：

“总办！我有办法。”

“什么办法？快说，快说。”汪崇诰像很着急又像很高兴似的，拍拍他的肩膀。

“最好由我这个半局中半局外的人去找萍乡县商会出面来调停，商会会长我也熟，好说话。”

大家都觉得这是个表里兼顾，进退两全的好办法。汪崇诰也连声说：“好，好，好，劳驾，劳驾，就这么办。”高遂耿立即走出来，坐上专车去萍乡。

商会会长谢风舟就是萍乡本地人，同高遂耿一样大的年纪，一样高的胖子，在萍乡、宜春、分宜等县城和安源这地方，开了好几个油盐布匹杂货店。高遂耿与他商量后，他就在同日下午，穿着崭新的大花摹本缎长夹袍，素青缎夹马褂，头上戴着一个手指头一样粗的红珊瑚蒂的黑色瓜皮帽，随同高遂耿下车，坐上轿子，抬进了矿务局。一望而知这是个有钱的阔老板，当然不会站在劳方做调停人的。然而天下事，却也未可机械的一概而论。在路矿两局做工的两三万职工，绝大部分是萍宜人，连他们的家属一起计算，那就是一个很大数目的消费者。这几年，一由于欠发工资，二由于军阀混战，使他店内的生意，一天冷淡过一天。他心里早就有些不大舒服。现在工人为着要求发清欠薪，增加工资而罢工，请他出来做中间人，假如调停得好，那他们就会多少有点钱买点东西，生意也许会好些了。何乐而不为呢？他一走进办公室，深深地鞠个躬，对着汪崇诰，双手一拱，恭恭敬敬喊一声："总办康健！"叙过寒暄，商谈过工人所提的十多条要求如何答复之后，他就这么说：

"我们做买卖的人，别的忙帮不到，调停做中是会的。"轻轻地拍拍胸脯："好，我帮你去跑一趟，劝他们让步，我们这边也让点步。"他不说"你们"这边，仿佛他是完全站在路矿两局这边说话的样子道："他们漫天开价，我们就地还钱，只要发清欠薪，多少增加一点点工资，我保险会上工。罢什么工，还不是为吃饭。"

"发点欠薪是可以，别的条件不行。"汪崇诰说的好像很坚决。然而他立即又这么补充一句："如果硬要增加工资，讲条件，那就只说要他们先开工，慢慢来磋商。"

"只要他们上工，加点工资也划得来。"谢风舟马上从隔壁会计科拿过来一个算盘敲几下。"总办！照我算，每天可出煤二千几百吨，连焦煤扯平作十元一吨，每个月就有七八十万哩。每个人每月工资最多不过五六块钱，就连职员一起扯平作七八块，每个月开支至多不过十来万。"他笑笑。"嘿嘿！这还划不来？总办！劝你让点步！"

汪崇诰没作声，作深呼吸似的，猛抽那支大指头一样粗的雪茄烟。稍停一会儿，才用手指轻轻地弹掉那几分长的白烟灰，然后说：

“那就请你看情形说话啰，能做到不加工资就更好，免得水涨船高，没办法。”

“照想不会吧？”谢风舟说完就起身，邀同另几位，连忙走往矿局对面的那小山上，去找工人俱乐部代表刘少奇。

往返磋商好几天。在路矿两局那方面，已答应了发清欠资，增加工钱，减少工时，成立工会等项要求。俱乐部这方面，仍坚持：若不承认工会有代表工人向两局交涉之权，开除工人须经工会同意，不得由监工工头私自任用工人，废除工头等条件，决不上工。

“难办，难办。”谢风舟从俱乐部跑回那矿局办公室，将头上戴的那顶秋瓜皮帽子一手摘下来，往桌上一搁，光溜溜的脑顶和几粒白麻子的脸皮上，全是露水般的珠子。他一面从口袋里掏出手帕拭汗，一面有气似的声色俱厉道：“总办！我无才，调处不了……”把俱乐部的坚决态度述说一番。

“那还行，混蛋——”汪崇诰重重地拍一下桌子。正要继续说的时候，总监工王凤吟就站起身来，朝着汪崇诰抢着说：

“总办！你老人家说得对，水涨船高，他们这些家伙会造反，……”说一大堆反对工人的坏话。因为俱乐部坚持不许监工任用私人和废除工头制等要求，他一听心里就起火。

这时，还是上午九点钟光景，蔚蓝色的天空，起了一朵又一朵的云，把这办公室的阳光遮住了一大半。

“不会变天吧！”不知道谁这么提一句。大家就站起来，走出凉台上一望，西北角全是一片乌黑的天幕，将要下雨的样子。

“下雨怎么办？”汪崇诰和王凤吟面面相觑，其余几位，也默默不作声。因为窿子内没有人抽水，前两天已倒塌了好几处，假如再下雨，那就更成问题了。除高遂耿若无其事以外，他们似乎都有点惶惶不安的神气：

“戳他的奶奶！”这是汪崇诰一句习惯的口头禅，可不知他是怨天，还是尤人。皱着眉头，仿佛若有所思：公司吃点亏不要紧，只要自己总办当得久,在上海多买些地皮就行。想到这,他的口气软下来,转怒为笑,望着谢风舟:“谢会长! 劳驾劳驾! 就再让他一让吧。”王凤吟心里,也同样考虑到,假如煤矿搞垮了,对自己也不利,很同意多让些步;然而当总监工的收入来源,全靠下面的这些监工、工头,狼狈为奸,才能够从工人身上搞钱,如若答应废除工头制和监工不得私用工人这两条,那就等于老虎没有了爪牙,怎么行?因而他就站起来独持异议:

“总办! 我很赞成你老人家的意见,只要快些开工,就再让他一让——”说到这,汪崇诰微笑,在座的几位,也都同声说好。王凤吟向着汪崇诰瞥了一眼,又望望大家,然后转口道:“总办! 废除工头,不许监工荐人这两条,是不是可以不答应啦?”

“你的意见怎样?”汪崇诰问。

“这些家伙,做多做少,就是靠工头监督。没有人管,那就真会造反!”头几摇:“答应不得,请你老人家再斟酌一下吧,——”他的话还没说完,大家都插嘴附和他:

“这对!”“这对!”“没有工头谁管啦?”

做调停人的谢风舟,也跟着他们喝彩:

“这对的。人有头,家有主,废除工头还成话?”这时,王凤吟才又接着说:

“监工荐人,也是有好处的,没有自己的耳目,人多嘴多监不了。”大家没作声,也许是各人都在担心罢工问题不解决,对自己的饭碗有影响。汪崇诰也不征求他们的意见,立即这么说:

“也好,谢会长,就请你再去跑一趟,只要马上能上工,除开废除工头与不许监工荐人这两条以外,都答应它算了。”将跷起了的一条腿放下来,重重地在楼板上一跺:“咳! 这些家伙真可恨。”

就在这两天,七谈八谈,终于解决了。工人俱乐部在刘少奇领导下,始终坚持,因而那两条并没有按照他们的意思来修改。他们这一伙,虽则总监工王凤吟咬牙切齿,却也无可奈何,对工人所提的条件,不得不全部承认了。这是继大冶铁矿和粤汉路之后,又一次罢工大胜利。接着,由毛润之直接领导并亲自参加的长沙泥木工和各行业几万人的罢工,也同样得到了胜利。京沪、湘汉各报,都不断地载有此项新闻,大大地鼓舞了各地工人的情绪。中国的工人阶级,在它的先锋队共产党领导之下,从此时起,逐渐由经济斗争,走上了政治斗争的舞台。

四　国共合作声中

“停车坐爱枫林晚,霜叶红于二月花。”这是唐朝诗人杜牧的名句。岳麓山上,漫山遍野的枫林中,有一座瓦亭子,就是根据此诗命名的爱晚亭。幽雅僻静,风景好,为此地名胜之一。正当工运逐渐发展,革命声浪日益增长的中秋前一个星期天,季交恕和他的学生彭见清、柳新、李东他们几位,来到这里游玩,同时商量一些党的工作,谈谈时局,也谈到无产阶级专政问题。彭见清说:

“唔!‘二大’文件来啦!我在何胡子那里看见,他说不久就会传达。”

“说些什么?”商专学生党支书柳新连忙问。

“文件很长,只记得什么……”彭见清搔搔头。“仿佛这样说:党的目的是组织无产阶级专政,废除私有财产制,渐次达到共产主义社会。现在是反帝反封建的民主革命……”他的话还没完,季交恕一跃站起来,打断彭见清的话头,说:

“反帝反封建!好得很,好得很!”他因见从鸦片战争、太平天国、辛亥革命一直到现在这八十来年,从没有人提出过这样明确的政纲,革命的目标始终模糊不清,所以屡次失败。如今党很清楚地提出打倒帝国主义、打倒封建军阀这两个响亮口号,那就使大家心里都明亮了,所以他很兴奋。

“还有……”彭见清继续道:“文件里还这样说:现阶段我们无

产阶级是帮助国民党资产阶级民主革命,建立联合战线,要等无产阶级力量强固了,第二步才进行社会主义革命咧。”

“哦!哦!哦!”大家就只这么哦几声,当作耳边风吹过去了。这并不是因知道这里边有错而不愿听,而是因最近在陈独秀的文章中,常看到这样的话。

“时间不早了,走吧。”季交恕边说边起身。他们三位,跟着他一起过了河,顺便走进贡院街文化书社。

这书社,是毛润之于前年——一九二〇年专为宣传马克思列宁主义和新文化运动创办的书店。新书种类很多,影响也很大,同时为省内外党组织的通讯联络机关,在本省各县均有分社,与外省书店有营业往来的,也有好几十处。

“有什么新书到吗?”季交恕领着他们三位,走进文化书社,就往东边经理室一钻,因为彼此都是时常见面的熟人。

“有。”一位姓陈的营业员同志,立即拿出几份杂志递给他。季交恕接着一瞧,横写的两个大字:“向导”,两个小字:“周报”。这就是“二大”后出版的共产党中央机关报,为大革命前和大革命时期风行全国,最有权威的公开刊物。他首先翻看第一期的《发刊词》,主要是为反帝反封建军阀而发出的独立、自由、统一、和平这四个口号;又翻看那第二期内,有一篇驳斥武力统一与联省自治的文章。恰巧于此时,何叔衡也一脚踏了进去。

“哦,何胡子,你来了。”季交恕刚刚这么说一句,大家就跟着他站起身来,对这位长者同志,都一样表示又恭敬又亲热的态度。

“听说‘二大’文件来了,要建立联合战线,是吗?”柳新问。

“是呀,”何叔衡微微地点一下头。“将会同国民党合作咧。”

“你看,中央是反对联省自治的。”季交恕指着拿在手中的《向导周报》第二期里边那篇文章说:“这里说赵恒惕首鼠两端,宣布湖南自治,无非是军阀割据……”何叔衡略略望一下,毫不犹疑地接着道:

"哼！什么自治！还不是拿湖南省宪法省议会做幌子骗人！谁信他的？听说老赵的军队，也还有些倾向广东的咧。"这么闲扯几句，就各自分手散去。

光阴过得真快，转眼就是一九二三年，春节过去几天了。虽在新运街比较偏僻的地方，也仍然同早年一样的劈劈啪啪，这是阴历大年初一到十五敬菩萨和小孩放鞭炮的响声。正在寒假稍闲的季交恕，也就乘此时机，出去溜达溜达，看看平常最热闹的八角亭和坡子街，也看看平常虽不热闹也不算太冷静的三兴街和樊城堤，全是乒乒乓乓，有的耍龙灯，有的玩狮灯，似乎是皆大欢喜，共庆升平，不像个连年遭受南北拉锯战争，多灾多难的地方。回头走过药王街，接连看到好几首红纸写黑字，贴在门壁上的春联：

爆竹一声除旧岁
潇湘万户望和平

安邦弭乱
除旧迎新

"哦！"季交恕低下头来，边走边想道："这是人民反对军阀混战，希望太平的心里话。"他觉得《向导周报》号召为独立、自由、统一、和平而战，是代表中国人民意志的。行行重行行，由药王街走到富雅里，这是一个大胡同，除有一些小孩放爆竹、踢毽子以外，全是冷冷清清的，不像是过新年。也许有点走累了，也许想去打听一下时局，他就顺便走进距新运街不远，时常相往来的方维夏公馆里。此时湘粤形势很紧张，湖南省议会议员，多数被赵恒惕收买，拥护联省自治；而方维夏这一派少数议员，则是倾向于广东孙中山，反对军阀赵恒惕的。

这公馆门前，散布着一些响过了的鞭炮屑，还停有一辆崭新的黑漆布篷人力包车。季交恕头也不回地一直跑进去，因为他认得这辆特别漂亮的人力包车,是亲日又亲赵的湖南全省盐运总局局长汤谟的。他从到长沙办小林洋行,巴上赵恒惕,搞到盐运总局这个肥缺后,更加狂嫖阔赌。打起麻将牌来,非五百元一底不坐桌。这部车子,乃是从日本定制的,又宽又高,与一般人力包车的样子大不同,所以一看就认得。

"劝你不要存偏见,老同乡……"汤谟正站在方维夏跟前,轻轻地拍他的肩膀时候,季交恕一脚闯进去,听到这两句。汤谟一见就掉转身子朝他说:"哦!你来了。"

"请坐。"方维夏身上穿的,仍是那件蓝摹本缎大袖棉马褂,两只袖口,都裂了缝,而且露出雪一般的几朵白棉花。望望汤谟,则是崭新皮袍皮马褂。看看自己,介乎他们两者之间,不朴素,也不漂亮。他心里想:在长沙教育界,恐怕就只有方维夏真是勤俭模范,自愧不如也。季交恕心里那么想,口里这么说:

"你们谈,我没有什么事,聊聊。"擦着火柴就抽烟。大家都坐下来了。

同方维夏肩并肩坐在一起的汤谟,紧紧地靠着他,轻轻地弹一下夹在手里的纸烟屑,猛抽几口,才又慢慢接着道:

"你说各派军阀都是祸国殃民,抢地盘,这话可能也对。"仿佛是赞成方维夏的意见似的。可是马上就拐一个弯:"但也不能一概而论。吴佩孚口里,虽高唱废督裁兵,实际上是想武力统一中国,确实是想抢地盘。可是,赵老总早就说过:湖南自治,不是谋一省的自治,而是联省自治,希望将来能实现联邦,这就不能说是祸国殃民,抢地盘啰……"刚刚拿起夹在手里的那支纸烟,往口里塞的时候,方维夏就搭嘴:

"哼!什么联省自治!不过是一块假招牌。就湖南来说,老赵霸占一个省,各师团就霸占各县防地。你放你的官,我收我的税。还说不是祸国殃民抢地盘?现在省政务院下面七个司的职员,又要照湘中湘西湘南三路来分配,成什么话?军官公开贩烟土发财,老百姓叫苦连天,这种挂羊头卖狗肉的联省自治,有什么好处?难怪共产党反对,孙中山也反对。”

汤谟原来就知道方维夏表面温和,心里却倔强,而且是倾向孙中山,接近谭延闿的。现谭被赵恒惕逼走,跟着孙中山在广东。谭的旧部鲁涤平、张辉瓒那班人,也于前一向,带着大部分队伍,叛赵去粤。还有些与方维夏有旧关系的谭部军官,尚有蠢蠢欲动之势;方维夏也常常在省议会里放大炮反对赵恒惕,这是赵恒惕所担心的一件事。因此,汤谟就不再用赤裸裸的话,改为指桑骂槐的语调道:

“方先生!”汤谟起身了,站在方维夏面前,扬起一只手,搁在他的肩头上,笑眯眯地拍两拍,表示很亲切的样子。“孙中山是好的,我也钦佩他。不过……”欲言又止地坐回自己的原位。“听说他近来亲俄联共哩,前年苏俄派马林来接过头,去年又派越飞来华同他打交道。据说苏俄同第三共产国际都帮助他,赤化那就不好。”

“亲俄有什么不好?”方维夏很兴奋似的一跃站起来。“十月革命一成功,苏俄就宣布取消以前对华的不平等条约,别国做得到吗?这才是对中国的真正友好,为什么不应该亲?”

坐在旁边静听他们谈话的季交恕,刚一听到“亲俄有什么不好”这一句,就很注意似的望着方维夏。因为在此以前,虽晓得他是一向拥护民主主义的孙中山,却不知道他还赞成社会主义的苏俄。于是心里很高兴,插一句:“方先生的话对。”

“当然当然。”汤谟连忙接话,因为苏俄这个明智举动,早就博得许多中国人的好感,所以他不敢反驳。这时他想:说服方维夏不再反赵也成。“嗳!起草省宪,你是费了心的,还没得到一点报酬,赵老总很有意关照你。你们当议员的,只要表面上冠冕堂皇,大家过得去就行,不必吹毛求疵啰!”

“哼!”方维夏冷笑道:“谢谢你的好意,我暂时还有饭吃,嘿嘿,”指一下自己的嘴巴:“朋友,口是说话的。”

突然间,“崩!”迫击炮似的声音,在客厅外猛轰一下。这本是小孩儿偷偷地放了一个大爆竹的恶作剧,可是做贼心虚的汤谟,一听就心惊。“呀!”马上拿起一顶黑呢帽,往自己脑袋上一盖就走。方维夏送他走后,回转身来,气愤愤地望着季交恕说:

“赵恒惕这个东西,想收买我呀,哼!我才不当猪仔①,做哑巴!”

“对。”季交恕竖起一个大指头,又赞赏又鼓励道:“对。只有多团结几个人,尽管在议会讲坛上,再放它几炮,把老赵的省宪假面具揭穿它。”

“我也这么想,不过议员里边,反赵的人太少。”

“议员少,民众多呀,张敬尧那么凶,还不是‘驱张、驱张’,撵跑了。现在的民众更不同啦,谁都讨厌军阀。”

“老赵很恨我,就怕他下毒手。”

“怕什么?形势不好,就往广东跑嘛。”

“我不比你,小孩子多,太太不管事,爱打牌。”

“嘿嘿,那我就不管这些,记得我在武昌时候,两三年没有通过家信,还不也过了。不要儿女情长,英雄气短,为国家嘛。”

“你这话对。”方维夏点一下头。“郭紫云不是家伙。鲁涤平来信,要我劝他脱离老赵,把队伍带过广东去,他不听。你熟,又是邻舍,劝劝他好不好?”

“我不是同你说过吗?不成。就是汤谟那个家伙,替老赵牵线收买他。”悬起右手,将大指和食指曲成一块大洋似的圆形。不知怎的,他每一谈到钱财关系,就咬牙切齿似的,厉声说:“现在的鬼世界,钱这个东西,魔力真大啦!”

近来,湘粤形势,日益紧张,各种不同的传言蜂起:“广东谭延

---

① 猪仔,广东话,指被贩卖到国外的人。民国十二年,直系头子曹锟用重金收买议员,贿选他当大总统,因此也把那些被收买的议员叫作“猪仔议员”。

阊的军队打进了湘南。”“郭紫云的部队会叛变。”“赵恒惕要捉拿过激派哩。”饱受兵祸的湖南人，好比惊弓之鸟，一听就发慌。季交恕则是关心最后这一句的，下课后，立即走往贡院西街何叔衡那里。推开门，只见他一个人，坐在桌子旁边写东西。

“何胡子，外面有谣言，说老赵要捉拿‘过激派’，你知道吗？”不待他喊请坐，就自己拖拢一张凳子，坐在他的旁边。因为彼此太熟了，何叔衡也没起身，放下笔，很镇静地答复他：

“知道！赵恒惕那个家伙，恨煞毛润之啦。”斜着笔头指一指：“哼！这个自修大学，恐怕也不大稳当。”

“呀！怎么办？那我们就要准备对策嘛。”

“不要慌。”何叔衡捻一捻自己的胡子，安然无事的样子道：“毛润之是最敏感、最有计划、有办法的。现在正筹办湘江中学。即或自修大学搞不下去，也没有多大关系。至于我们这些人，都没有露头面，不要怕。”

“不是怕，我们固然不要紧，润之不同啦！”说此话时，季交恕脸上的表情，似乎很紧张。“前几年领导全省学生搞驱张运动，尤其这两年搞工人运动，谁也知道毛泽东三个字。还有去年长沙泥木工人请愿罢工那一回，他是亲自领导，亲自出马同赵恒惕面对面做过斗争的，假使真要捉他，那就很危险哩。叫人怎么不担心？”

“对，”何叔衡立即站起身来，拍拍他的肩膀。“你这是一片好心，爱护他也就是爱护党。他有准备的，你放心。革命是经常有困难有挫折的。”

听了何叔衡这番话之后，季交恕的心头就轻松些。料到省委会更了解情况，比自己知道得更多，同时也想到，敌人的防备并不算严，也没有什么间谍网或侦探队之类，只要有警惕，就可能不会遭破坏。于是掉转话头问：

“何胡子！孙中山同越飞签订协定，发布孙文越飞宣言，好得很啦！”他笑了一笑：“能得到苏俄援助，中国革命更有希望。”

“那还用说。听说苏俄已答应孙中山的请求，派些顾问来到广东，帮助中国革命。”何叔衡竖起一个大指头几晃：“大公无私的国际主义！”

季交恕辞别何胡子，走了出来，刚进新运街口，就清楚地听到郭公馆“嗳呀！嗳哟”的一片嚎啕之声。“唔，什么事？”他心里猛然一愣，顺便走进去，则见郭紫云的三姨太，倒在厅子里的砖地上，就像发疯似的大哭大叫，全身是灰尘。挤满厅子内的一大群人，正在一面拉她起来一面劝。二姨太坐在厅子东边椅子上，虽也在哭，可是很有节奏的仿佛像歌唱：“紫老呀！我的哥呀，谁晓得你就丢开我们啦。你死得太苦啦。哥呀！舍不得你呀！哥呀！我要跟你去啦，哥呀！”这是湖南妇女哭死人的流行腔。不论丈夫的年纪比自己大或小，全是哭“哥”的。古语说：“楚人有善哭其夫者”，可能这就是自古以来的传统吧。郭大太太则不同，边哭边骂：“臭婊子，狐狸精！好啦，把他迷死了，你快活啦！”泼妇骂街似的指着三姨太：“你还敢一掌遮天吗？臭婊子，快些把契据钱折拿出来，分家！”似乎财产比人重要些。

“唔，怎么死了，什么病？”季交恕望着挤在厅子里边的“底下人”这么问。

“没有病，还不是我们鲁涤平师长搞的鬼。”刚从湘南回来报信的一位瘦个子，他就是在郭紫云那里当军需官的，边揩眼泪边说，“季先生，他真死得苦啦，咳，太不小心啰，那天晚上，谁晓得他去‘歇夜’——嫖姑娘，第八连的张连长，带着一连兵包围他；他就赤膊精光往对门山上跑。被追上了，身上穿了几个洞，还戳了十几刺刀才断气。两个团都跑去广东啦！只剩下几个光棍军官。”

“喂！赵省长来了。”一位当差的，慌慌张张大声喊。季交恕马上转身走。“这可能是来吊唁家属的。哼！为军阀当替死鬼，郭紫云死得不值。”但马上又回忆起同在三兴街协和商号的往事：“这种流氓，死了不足惜。”他走进自己公馆，钟桓英刚一打开门就说：

“郭旅长杀死啦,你晓得吗?”眼睛有点红。“嗳呀,一身杀得稀烂,死得苦啦,可怜。几个女的也可怜!”

“这有什么可怜,人总是要死的,只看为谁死。几个太太有钱嘛,有什么可怜!”

“死就是死,有什么为谁死?”她一手端碗茶,一手提壶水,往脸盆内一倒。又想起另一件意外的事情,惊讶道:

“嗳!听说方先生逃走了,赵恒惕要捉他,你晓不晓得?”

“呀!不晓得。快去看看。”因为新运街和富雅里相距不远,立刻就跑往富雅里方维夏公馆里,找着方太太一问,才知道他逃往广州,已经走好几天了。

这一向,湖南的形势更紧张些,各种谣言也更多了。长沙报纸,尤其沪汉各报,间常出现从来少有过的什么“赤党”“赤化”“赤色帝国主义”“防赤”等等怪名词,不像前两年仅仅把所谓“过激派”不足介意似的轻描淡写了。在共产党组织的成员中,当然会更敏感更注意些。高等商业专门学校的柳新和群治大学的李东,经常跑到新运街季交恕那里去打听:

“有些人说自修大学赤化,你知道吗?季先生。”柳新刚一走进去,还没有坐,劈头这么问一句。李东接着就开口:“嗳!我们的教员赵痴儒说,省政府会封闭自修大学哩!不晓得省委知不知道?”皱皱眉头,似乎很担心:“季先生!赵痴儒的话,一定有根据的啦,你要去告诉省委哟!”

“省委知道。”他把前一次何叔衡对他说的话,转述一遍,也照样勉励他们几句:“你们这样关心党,爱护党,是好的。我们党员,都应该这样。”此时,正是阳历四月间,南方的天气已相当暖了。穿着一件竹布长褂的彭见清,脚不停步的,从贡院西街一直跑进新运街第十号,满头大汗,边脱长褂边喘气。大家一见就奇怪,争着问:

“什么事这样急?”

“情形不好!”彭见清一连摇了几下头,像是说不出第二句的样

子,端起茶,咕噜咕噜喝下去:“润之走了,赵恒惕下密令捉他。”大家都一惊,问:

“你听谁说的?往哪里去?脱了险吗?”

“完全没错。我刚从清水塘来,他昨天走的,往上海中央去,听说已经脱了险。”

“嗳呀!那就好了,”柳新拍一下掌。“马克思在天之灵。”好像放下一个重担,大家笑一下。但是,彭见清接着又说:

“嗳哟,我从清水塘跑到何胡子那里,看见西边的自修大学门口有兵哩!”也许赵恒惕他们,以为这就是“过激派”的机关,自修大学这一带,经常有些鬼头鬼脑的家伙,穿梭似的在此地往往来来。而张贴在大街小巷,缉拿“过激派”的布告,从这年五月到九月间,发现过好几次。

这以后,自修大学终于被封闭。然而党的影响,反而在工人学生等群众中日益扩大起来。

夏末秋初,何叔衡同着一位不高不矮书生模样的青年,穿着一身蓝线布单中山装,黑皮鞋,走进新运街第十号。这就是刚从广州回来的夏曦。

“哦!你回来了。”季交恕首先和走在第二的夏曦打招呼。因何叔衡虽然年纪大些,可是时常碰头的。而夏曦,虽然是自己的学生,可是他在党内所负的责任比自己高,这一次就是为着国共合作被派去广东的,好久没有见面。一手拉着他,一手拉着何叔衡,走进东边书房里,迫不及待地问:“听说广东政府,还只有十三个县,情形怎样?你好吗?”

“好,季先生好吗?”夏曦也是很尊敬的态度,仍旧立着说几句,然后坐下去。“广东情形还好。孙中山这位老先生不错,进步。……他现在决心同我们合作,并要我们参加进去帮助他哩!”

“嗳呀!国民党复杂啦。”季交恕这么插一句。夏曦接着说:

“是。他也知道复杂,不好。所以决心改组国民党,加上两个字，……”

“加上两个什么字？”何叔衡问。

“加上‘中国’两个字，改为中国国民党，标志着与旧国民党有所不同。故此要我们帮助他改组，帮助他重新建党。大约明年就会召开国民党改组的第一次全国代表大会。”夏曦把广州的情况说一阵，就言归正传：“湖南方面，我们党中央指定我来负责，马上就成立个秘密的中国国民党湖南省党部临时常委会。”他笑笑：“季先生！请你也来参加，好不好？”

没有思想准备的季交恕，踌躇了一下，觉得自己是早已脱离国民党的共产党员，为什么还要去搞国民党呢？是党的决定，还是你夏曦个人的意思？轻轻地摇摇头，带着几分怀疑的态度问：

“为什么要我们帮它建党？曼伯！”他直呼夏曦的别号。

“哼！”夏曦鼻子里，轻轻地哼一声。“一盘散沙，我们不帮他怎么行？北京、湖北、四川……各地的秘密国民党，全要我们帮它去建立组织，在广大民众中，多吸收些新鲜血液。当然，这也是我们自己的工作。反帝反封建，就是要联合战线嘛。”

“哦！对，对。”季交恕继续问：“是不是组织上决定我参加的？”

“那当然是啰。”性直口快的何叔衡，向着季交恕道：“委员会五个人，我们党四个，还有一位姓邱的，是老国民党员。”

“既然如此，那我当然服从组织，这是党的原则嘛。是不是还要加入国民党？”

“是的。”这是夏曦的答话。“国共双方都同意党、团员可以个人资格参加国民党。明年国民党正式改组时候，将会提出大会通过的。”将怎样组织湖南国民党，交换些意见后，他们的话题，又转到中国共产党三次代表大会的事情。夏曦说：

“今年我们党，在广州召开的第三次全国代表大会，中心问题，就是同国民党合作，建立联合战线。在讨论中，曾经发生过争论。”

“什么争论？”

"就是陈独秀,认为资产阶级民主革命,应由资产阶级领导,一切工作归国民党,共产党只能站在帮助地位。张国焘认为只有无产阶级才能革命,反对与国民党合作。毛润之认为这两种意见都不对,坚持他自己的正确意见,于是大会才议决建立革命联合战线,与国民党合作,共产党员以个人身份加入国民党,改组国民党成为民主革命联盟,同时保持共产党在组织上与政治上的独立。"讲到这里,夏曦换过话说:"嗳!这次大会,毛润之当选为中央委员哩!"

太阳已经西下,房子里的光线渐渐暗淡些。夏曦为着组织国民党,还有许多事,一面起身告辞,一面说:"三两天就成立委员会,会通知你的。"走出房门,又转身望着季交恕道:

"嗳!你相熟的老国民党里边,有什么好的对象吗?"

"有是有的。"他站着想了一想,摆摆头:"不过,好的很少。"

"教育界呢?"

"那有的。"他立即想起陈霖和张雨崖,比较穷,比较正派,或许革命性会强一些。可是张雨崖,还在长沙乡下教书,虽则距省城很近,见面的机会却不多。他就把这情形说出来。

"那你就注意在这两方面找对象啰。"何叔衡说。

"行,行,陈张这两个是比较好的,还有些进步的青年学生,可以把他们介绍进来。"这就是季交恕送何叔衡他们出大门时候所说的话。

过了一些时候,一阵嘻嘻哈哈的笑声,从大门口传进了新运街第十号东边的书房,像是熟人的口音。季交恕出去一看,原来是彭见清和柳新。

"你知道吗?我去广州哩!"还没就座,彭见清很高兴的这么说。

"去广州干什么?"季交恕问。

"党要我去进黄埔军校。据说中国国民党开过第一次代表大会,决定联俄、联共、扶助农工三大政策,黄埔军校就是我们帮他搞起来的,里边很多共产党员。"彭见清把从省委听来的话,向季交恕说一遍。柳新好像还有些不大明了的样子,皱着眉头问:

"国民党怎么会改组同我们合作?孙中山怎么肯行三大政策呢?"

"这是孙中山长期失败的经验教训啰。"季交恕把他所知道的,孙中山从创立同盟会到辛亥革命,以及护国、护法多次失败等历史,讲了一些,然后说:"他革命几十年,失败也几十年。只有从中国共产党成立以后,经过我们党同苏俄的帮助,他才认识到,若不同共产党与苏俄联合,不发动工农民众,革命就没有出路。所以他才决心改组国民党,实行三大政策。这是他一大进步哩!"

长沙各校,春季开学好久了,共产党主办的湘江中学,今年入学的学生特别多。由夏曦、季交恕他们组织起来的国民党,今年的发展也特别快,不但在各校学生中,而且在工农民众中,都打下它所从来没有过的基础。这些新鲜的血液,成为以后国民革命取得胜利的重要因素。这是可喜的一件大事,可是掌管财政的何叔衡,则天天为着筹借经费发愁了。

"怎么办?湘江中学穷,省党部也这么穷。"正是黄梅天气,半晴半阴,有时又洒几点毛毛细雨。在国民党省党部开过常委会之后,何叔衡手托着下巴,望着夏曦和季交恕这么说:"宣传经费不多啦……一点办法也没有。"

他们俩对坐着,皱皱眉头,就像两个哑巴,面面相觑,不说话。何叔衡怅惘着:虽然教育界发展了国民党员,可是大半是教书的,加之学校欠薪,再要他们继续捐款就很困难。学生和工农民众,更捐不起。越想越着急,摸摸胡子,望望他们两位。

"只有向广州打点主意。"夏曦抬起头来。"去年我在广州,国民党中央党部的负责人,也认识几个,廖仲恺是左派,又是兼管财政的,写封信给他,好不好?"

“那好呀!”何叔衡很兴奋似的一跃站起来。“那就以国民党湖南省党部名义去封公函,你私人对廖仲恺也写个信。”又摸一下胡子,望望天。“最好有个人去跑一趟。”

夏曦也站起来点点头,说:“好是好,没有适当的人去。”

这时,半晌没开口的季交恕,听了没有人去这句话,似乎得到什么启发。心里想:“广东是旧游之地,谭延闿是认识的人,而且方维夏、廖湘芸、詹大悲、潘怡如这班老朋友都在那边,假如派我去跑一趟,或者可以筹点款来。”于是道:

“快放暑假了,派我去吧,那边有熟人。”立即把他认识的人说出来。夏曦和何叔衡,这才知道他和现在广东当虎门要塞司令兼桂军第六师师长的廖湘芸是老朋友,湘军总司令兼孙大元帅府秘书长谭延闿,也是他原来认识的。何叔衡道:

“好呀,只要省委同意,我赞成。那还可以在湘军里边替湘江中学募点捐啰。”堆起满脸笑容。“曼伯!你说怎么样?”

“我也赞成,省委会同意的。”望望交恕:“那就还要由省委写封信给你带去啰。”

“我们党在广东那边负责的是谁?”季交恕紧接着问。因为他晓得前一向彭见清去广东投考黄埔军官学校,是由湖南省委写介绍信给广东省委的。

“省委书记是陈延年,还有阮啸仙……”

“哦!我知道。”季交恕说。他平常在党的刊物上,看见过陈延年这个名字。

第十一章　大革命前奏

一　右派不少啦

晨光熹微。一阵一阵的海风，吹在这条全黑色英国太古轮的客人们身上，既凉爽，又舒服，不像六月间的天气。长堤这一带，是往来广州上下坡最热闹的轮船码头，现在也还冷清清的，很多店铺没开门。但泊在海珠岸边，油漆得红红绿绿的若干艇子上，有些赤脚短衫，手摇橹桨的娘儿们，正驾着自己的小艇，西驶东游，嘈杂的大声叫嚷。刚从上海到这里的季交恕，站在轮船头上喊道：

"挑夫！挑夫！"

"哪里？"一大群挑夫站在那里不动，只有一个人走了出来，很客气地朝着季交恕这样问。

"高第街。"季交恕答一声。那个人就回转头，对着那些挑夫中一个女的，望一望：

"阿娣，你去。"

这位女挑夫三脚两步走上前，将季交恕的行李，往那长木扁担上一绑，拔脚就走。由长堤以西往北行，全是平坦广阔的马路。季交恕坐在东洋车子上，东张西望：两边全是洋房，和十年前的情形不同了。他还清楚地记得，头一次路过广州，这里本是城内，又窄又脏的街道，什么年间拆了城，修了马路啦？有点像近代都市的样子，好。不晓得还要等多少年代，中国各省、市，才有这样的近代都市建设出现？正在如此怅惘着，一眨眼，已经到了永汉南路，拐个弯，就是高第街口，车子停下来了。

“唔，怎么不走啦？”这是季交恕打湖南腔的普通话。可是车夫听不懂，只是伸出手去接车钱。幸亏那位会说点点外江话的女挑夫在后面代答一声：

“这就是高第街，街道窄，不通车，坐轿子行。”季交恕就跳下车来，跟着行李担子，边走边问她：

“这是一条旧街啦，怎么没有修马路？”

“是呀，还是旧街多，就是顶热闹的西关、十八甫，也还是老样子哩。”

“刚才走过的那几条马路，何时修的？”

“前几年孙大元帅修的。”

“前几年？”季交恕这么想一下：恐怕是前几年孙中山做非常大总统时候开始修的，那位女挑夫说不准。他又掉转话头问：

“你家哪里？广州吗？”

“不，增城。在香港多年，前年才来广州。”这位身体强壮的女挑夫，穿着一套半带棕色，半带黑色，打了几块补丁的拷绸衣裤，因而面色显得特别黑。她的嗓子特别响亮，挑起东西来，同男人一样，健步如飞的一直往前奔。

“怎么你们都不抢生意？”季交恕觉得奇怪，因他过去每到一个地方，一上岸，码头上的挑夫，客店里接客的，都像一窝蜂似的来抢生意。上次路过广州时，也是如此。这回为何变了样？

“我们有工会啦。都是穷苦人，只要大家有饭吃嘛，抢生意不好。”

“你说得很对。”季交恕边走边说，边记起上次来广州，正是辛亥年黄花岗烈士起义失败那一天。他才上岸，就听见劈啪、劈啪的枪声，恐怖情形很严重。他就只有忍气吞声，偷偷摸摸地躲往钦州去。可是，这回到广州，沿途看见的，到处是“打倒帝国主义”“打倒军阀”的标语和宣传画等,市面上充满了革命气氛。广州形势很好,有希望。正这么想着的时候,抬头一望,一所又高大、又漂亮的中国式房子,就在眼前:烟砖墙,石门框,大门口右边悬挂着一块白底黑字的长牌:“湘军总司令部”;左边一块小牌:“中国国民党湘军特别党部筹备处”。都是谭延闿写的颜体字。

“找谁?”季交恕一脚踏进司令部的石门框,恰好,这门口东边传达室,走出来一位说湖南话的瘦个子。一看季交恕后面,还有一挑行李,又问:“哪里来的?”

“湖南来的,找秘书长。”

“哪个秘书长?”

“第五军的秘书长方维夏,他有信给我的。”季交恕立即从口袋里掏出方维夏最近复他的一封信,和一张自己的名片递过去。

这位传达,一手接着名片,打量他一下,半新半旧的白纺绸长衫,皮底黑缎鞋,虽不见得阔,却也不显得穷,因而没有挡他的驾。“好吧,你等等,我去看看他在不在。”不一会儿,他就跑出来喊一声“请”。

这是一所旧式平房,很大很深,弯弯曲曲好几进。方维夏住在最后那一进,即谭延闿住的斜对面。湘军第五军,现虽驻在粤北,但因他在特别党部筹备处负责,与谭延闿又是有历史关系的熟人,故经常住在这里。季交恕和方维夏一见面,照例叙几句寒暄之后,谈一阵湖南国民党虽不能像广东一样公开,但发展很快,只是经费困难,须要向中央求援等情形。方维夏一听很高兴,噘起嘴巴,朝着他的斜对面那房子努一努:

“请谭三爷加封信给廖仲恺啰。”没有称谭总司令。这因谭延闿的排行是第三,有些和他比较亲近的人,背后都称他为“三爷”,也有称“三先生”的。方维夏接着说:“湖南教育界,有些守旧的,没右派吗?”

“同你一样,坐左边的多。”季交恕开句玩笑。因过去欧洲议会里边的习惯，坐在左边的就是左派，方维夏在湖南当过省议员，是左派，所以这么说。“也难保没右派。广东呢？”

“哼！”方维夏慢慢地摆几下头，轻轻地哼一声：“那就跟湖南不同啰。国民党上中层，右派不少啦！”一向轻声细语，从不大声说话的“方圣人”，讲到这里，把“不少啦”三个字音，说得特别重，特别响亮。季交恕为之一惊，马上就插问：

“右派不少呀？哪些人？”

“冯自由、马素、谢持、邹鲁……那一大伙，不都是鼎鼎有名的右派吗？”数出一堆名字之后，又说：“这些家伙反对三大政策，跟着北洋军阀说广东政府赤化，真是混账王八蛋。现在又勾结帝国主义，同搞商团的陈廉伯、陈恭受他们一起，暗中捣鬼。”方维夏眼睛里露出愤怒的神色：“还有些拿枪杆子的右派哩。把孙大元帅气煞了，咳！”又沉重地叹口气，便起身替客人添茶。季交恕听到还有拿枪杆子的，于是又问：

“谭总司令的态度怎样？”

“那还好啰，他是跟大元帅走的，可惜湘军力量不很大。”

季交恕起身接着茶，微微地冷笑一下。谭延闿这个水晶球，一贯会投机，难道他也是左派不成？听过方维夏的话，半信半疑的这样猜想。又记起有人这么说过：谭延闿从被赵恒惕赶出湖南，走投无路，才不得不投靠孙中山。当时曾有人反对，说他投机。但孙中山因为革命要武装，谭延闿在湖南有军队，叫大家不要反对。也许这就是他跟孙中山走的原因？管它，只要是投革命之机，也好。于是回转念头说：

“跟孙先生走，那就算不错啰。现在家吗？”

“在，脚痛。同去看看他吗？”

“好。”季交恕点点头。吃过饭，跟在方维夏后面，一直走到斜对面的房子里。

这位谭总司令，穿着绸短衫，坐在藤椅上，露出两只微微有点肿的大腿，把它高高地搁在桌子边。一见是隔别十来年的熟人，他就慢慢地放下两条腿，用手支着藤椅靠，站起身来打招呼：

“对不起，脚痛。”劈头说一句道歉的话，作一个欲坐不坐的姿势，立着问：“何时到的？好吗？”眯起两只眼珠，刚刚喝过了酒的酡颜上，略带几分笑容。

“请坐下，你脚痛，不要客气。”季交恕走近前去，摊开双手让他坐。然后问候几句，说一说湖南国民党情形，又拿出介绍信给他看。

“很好，很好！……大家来。……你是湖南的老同志，就在这里帮忙办办党好吗？”方维夏马上就搭嘴：

“那好，那好得很。请总司令加封介绍信给廖先生嘛。”

“好，”他刚刚说出这个字，一位身穿西装，手提一个四方形小黑皮箱的壮年人，挺直胸脯踏进去，乃是替他看脚气病的医生。季交恕和方维夏，也就立即起身告辞。谭延闿仍然装作很谦逊的样子，扶着椅子靠，叫两个站在旁边的当差搀着他，移动几步，说：“等一下来拿信，对不起，没有送呀。”

从谭延闿的房里走出来，厅子上那座大挂钟，很响亮地当一下。季交恕一听，以为是下午一点了。抬头望去，金黄色的长针，正对着钟盘上的6字，而短针，则还在9、10两字之间。于是侧转脸，朝着方维夏：

“哦！九点半，还早哪。我去看看朋友。”

“看谁？”

“廖湘芸。”其实，他心里是急于想去找陈延年，然后去看廖湘芸的，只因恐怕被识破自己是共产党员，将来对工作不便利，就只说出一半，留一半，边说边车转身子往外走。

由司令部出来向东行，是一条石头铺的又长又窄的街道，商业繁盛，往来行人很多。虽然慢步可以当车，可是越走越流汗，他就把身上那件长衫领下和腋下的纽扣解开来，边摇扇子边走。一会儿，走过永汉南路向东行，到文明路和文德路之间，就是广东省委（当时叫粤区委员会）所在地。这是一幢三层楼广东式的洋房，二层楼上东边，就是省委办公的地方。外边一个厅，只一张脱了油漆的旧餐桌，周围放着几张长短不齐的板凳和高矮不一样的椅子，像是会客厅，又像是会议室。传达室的那位同志，接着季交恕的介绍信，先把他引此处，然后引上三楼省委书记陈延年的办公室，也就是他的卧室。靠玻璃窗这边的一张条桌上，摆满了书本和文件，屋里还有一张没有油漆过的四方凳子、一把旧藤椅、一个堆满书报的大书架。此外，空空如也，再没看到其他像样的陈设。窗子对面的床上，铺着一张草席和补了一大块粗布的蓝单被，似乎比乡下穷人的铺盖，好不了多少。季交恕跨进此房间，正在张开眼睛四周望，隔壁的门，轰的砰然一声，走出来一位中等个子，穿着带补丁的旧粗布学生装，手里拿本书和一封信；黝黑色的脸皮上，有些很细微的疙瘩，骤然看去，好像有点斑麻；两只胳膊和手掌，又粗又结实，俨像是个辛勤劳动的工人。他一出来，就把书往桌子上一搁，亲热地同客人握一下手，边看介绍信边说：

“请坐！你是季同志吗？我陈延年。”笑眯眯的立即拖动两张凳子，摆在条桌跟前，顺手倒杯茶，拉着季交恕一同坐下来。

穿着半新旧白绸长衫的季交恕，平时听得夏曦谈过：陈独秀的大儿子陈延年，虽是外省安徽人，但因他朴素、刻苦、好学、谦虚，工作很积极，对国学又有研究，所以在广东威信很高。现在一见面，果然不错，与湖南清水塘的简陋朴素场面差不多。党内的领导同志，都如此勤俭好学，很值得努力学习。他一想就肃然起敬，站起来，接着那杯茶，将湖南党的经济困难，自己来粤的任务，与谭延闿方维夏见面的情形，以及他们想留他办党等事，报告式地说了一阵。

“那好嘛。湘军里边，还没有我们同志。我打个电话给廖仲恺，你就拿夏曦同谭延闿的信去见他。”

"廖仲恺同我们的关系如何?"

"好。左派嘛!"

"听说国民党里边的上中层人物右派不少,是不是?"

"不少。广州政府就是中派右派占优势。好在我们在下边,建立了工农民众基础,不大要紧。"说到这,陈延年睁大眼睛:"目前的问题,就是商团啰。"

"什么商团?"

"说起来话长啦! 英美帝国主义,见国共合作,就害怕起来,指示香港政府,一面以金钱援助粤军反革命头子陈炯明进攻广州;一面以枪械援助英汇丰银行广州分行买办陈廉伯,组织商团,企图内应外合推翻广州政府。国民党里边的右派,也就乘此活动起来。"陈延年把目前这些情况讲了一些之后,又说:"我们同国民党左派,是极力主张消灭商团,不同帝国主义妥协的。现在就只看孙中山能不能下决心。——"

此时,隔一道板壁的房间内,走出来一位戴近视眼镜瘦瘦的中等个子,手里拿着一封信,喊一声:

"延年,你看! 商团的野心多么大!"将信递过去,同时又问:"这位是谁?"望着季交恕点点头。他说的是普通话,却带有很多的广东口音。这就是广东省委的重要骨干,常务委员阮啸仙。

"我们的同志季交恕,湖南来的。……"陈延年接着信,边看边说:"哼! 帝国主义的野心真大呀,还想让陈廉伯组织商人政府,嘿嘿。"

"据说香港政府又给商团一万支枪,三百万发子弹,不久就会运到,你知不知道?"阮啸仙把凳子一拉,靠近陈延年的身边坐下来,细声细气地讲了几句,没听清他说些什么。

"对,就是右派成问题啰,还不是同陈廉伯一鼻孔出气?"陈延年说话的声音大些。"尽管孙中山左,无奈右派包围他。假如我们不努力帮他扩大左派,争取中派,同右派斗争,那——"把拿在手中的那封信，往桌上一搁，没有说下去。

“他们这些家伙，都是挂羊头、卖狗肉，勾结帝国主义的坏东西。依我之见，只有来他一个大扫除，革命才有希望。”阮啸仙气愤愤的这么说几句，起身走了。

“国民党改组啦，还有这么多右派？”季交恕问。

“改是改组了，输进些新鲜血液，比以前好些。”陈延年接着分析几句：“但还有很多渣滓没有洗掉！他们那些人，见革命发展，共产党把工农民众领导起来了，又有苏俄的援助，就害怕损伤他们的阶级利益，反对三大政策。所以在今天，拥不拥护三大政策，就是国民党里左右派的分界线啦！”他又转口问道：“你同谭延闿的关系怎样？”

“仅仅相熟而已，我有个同乡朋友方维夏，同他的关系好些。”

“是不是我们的同志？”

“不是，国民党左派。”

“那你就要向他们多做些工作啊。我告诉你，现在广州处在最困难最危险的时候：外有帝国主义，内有商团；陈炯明在东江，邓本殷在南路；除黄埔以外，广东的军队系统很复杂，并且大多数掌握在中、右派手里。全靠我们卖气力啦！——”没等他的话说完，季交恕就问：

“有些什么军队？”

“粤军、滇军、桂军、湘军、鄂军、陕军、豫军……”他一口气算出一大堆。“在这些客军当中，滇、桂军人数最多，纪律也最坏。其次才是湘军，别的军队人数都很少。”

“商团有没有武装？怎样组织的？”

“有，由洋行买办陈廉伯、陈恭受，同商会一些资本家领头，由各大商店出钱出人组成的，这是资产阶级右派的反革命武装。他们的枪，全是帝国主义供给的。他们背靠帝国主义，同陈炯明、吴佩孚都有联络。这是广东目前的心腹之患哩。”说此话时，陈延年的额角上，微微有点皱纹。

此时，已经是上午十点多钟光景。季交恕虽是初来，但觉得在省委就同在自己家内一样，陈延年如此和蔼亲切，就同自己兄弟一样。虽则谈了点把钟，季交恕仍然问这问那，很注意听陈延年的话。突然，马路上响起了答滴答滴的号音，和咔嚓咔嚓的脚步声。他趋往窗门口，朝下一望：排成四行的队伍，全是崭新的黄军服、蓝绑腿、黑皮鞋，漂漂亮亮的一色新长枪。“一，一。一，二，三，四。一，一。一，二，三，四。嘘——”除开那些拿着哨子，边走边吹，又时时回头喊数目字口令的人们以外，从远看去，其他士兵，都是年纪轻轻、不大强壮的小伙子，耀武扬威的，约莫有几千人。

“唔，什么军的队伍呀？这样整齐漂亮。”季交恕带着惊讶的神色，歪着脑袋问陈延年。

“这就是商团。很多是收买来的店员、徒弟，还有些少老板。”陈延年微微地笑了一笑。“嘿！这些少爷兵！只要下决心，一打就会垮的。”

“是不是会下决心打？”

“那要看我们的工作做得怎样。”

队伍快走完了，一看自己的手表，恰恰十二点。季交恕侧转身子，朝陈延年告辞：

“暂别，明天去见廖仲恺，请你先打个电话。”

“好。”陈延年边送他边说。“湘军还是个空白。他们留你办党，也好嘛。我可写封信给湖南省委，再派一两个党员同志来帮你。”

就在这第二天吃过早饭不久，红灼灼的太阳光，透射进斜对面房子的大玻璃窗内，两位军官模样的人，正在谭延闿那里谈话。这时，本想进去拿信的季交恕，立即转身走回方维夏的房子，问道：

“总司令那里有客呢，谁哎？”

方维夏立即放下笔，把自己玻璃窗上的白布帘拉开一看：并排坐着的左边那一个，是又胖又高的大肚子。右边那一个，比较矮些，但身体相当结实，两只眼珠，就像两个流星，不是老实人的样子。

"哦，"方维夏举起手来，指一指那个大胖子："鲁咏庵。"又指指比较矮些的那个："张石候。"

季交恕在长沙，就听说过鲁涤平的别号叫咏庵，因为写文章讽刺他，碰过钉子的。可是，没听说过张石候：

"张石候是谁？"

"张辉瓒。也是湘军的一个师长。"

这时候，斜对面房子里的谈话声，有时低些有时高："……总司令，你要请大元帅想个办法才行。'官四兵二'，怎么搞得下去呀。总说右派不好，你看滇桂军那样阔，我们这样苦，太不平等。……"张辉瓒带着又妒忌又羡慕的神气说。

"唔，怎么'官四兵二'，像在发牢骚，你听！"季交恕望着方维夏噘一下嘴巴。

"这也难怪，滇桂军防地那么肥，湘军苦得多啦，没有饷。'官四兵二'，就是湘军每天官长发四毫子，兵士发两毫子，看着人家那样阔，怎么叫他们不眼红！"

将近中午十二点了。斜对面房子里的客人刚走，季交恕立即进去取信，一脑碰见谭延闿的两位当差，从西边小厨房走出来，一个提着酒饭篮子，一个端着菜盘。转脸望去，两三寸长亮亮的鸡丝鱼翅，满满一大盆。还有好几样，像是红烧鲍鱼和鸽蛋、小菜等，没有看得很清楚。"唔？不是请客宴会，既然'官四兵二'，怎样吃得这么好？"他如此想一下，拿着信很快就出来。问了方维夏，才知道这位谭三爷的嗜好，第一是美酒，第二是佳肴，尤其喜欢海菜。三两天吃回鱼翅，不稀奇。他拿起夏曦和谭延闿他们的信，往国民党中央党部去了。

这是一所两层楼的大房子，由传达引上二层楼的厅上，一位身材很短，可是眼光炯炯精神饱满的瘦个子，正站在侧着的木洋油箱上，拿着挂在壁间的耳机子打电话。那位传达，朝着季交恕努一下嘴："这就是。"恰好，廖仲恺打完了电话，从木洋油箱上跳下来，看了看信，他的头两句话是：

"哦，你就是季先生，同盟会的老同志呀，请进去坐。"廖仲恺领着他，走进西边房子里，边看信边抬一下头："湖南国民党搞得好，夏曦真不错，到底共产党同志有朝气。"又看一下信："经费可以想办法。"两只眼珠盯着季交恕："省党部常委里边就只你一位老同志？"

"还有一位姓邱的老同志，当律师的。"季交恕正在将湖南国民党员发展怎样快，经费如何困难，要求中央接济等述说时候，廖仲恺的两只耳朵虽在听，而两只眼珠，却时时朝外望，间或搔搔脑袋，不知他心里在想什么。此时，一位当差模样的人走进去喊一声：

"汪先生等你去开会。"

"好，我就来。"廖仲恺这才明白告诉他："对不起！开常会，我就把你们湖南的困难情形向大家说一下。照想，中央经费虽不宽裕，多少总可以想点办法。请你明天上午八九点钟，到我家里来问讯。"

第二天，由高第街出来向东行，约莫有十把几里地的东山百子路，零零散散的新式住宅虽不少，可是没有店铺没有街。马路旁边一所不大的洋房，就是廖仲恺的公馆。厅子里，窗明几净，几个柜子，全是书，很多是横排的英文和直排的日文，中文书反而少些。这因他是华侨子弟出身，生长在美国，也去日本留过学。季交恕被传达引进此室内，就朝着书柜子望了望。

"好早，请坐！"廖仲恺刚一出来，开门见山地这么说："等几天就寄钱到湖南去给省党部。"

"谢谢你，那我就去信告诉他们。"季交恕喜形于色。听说中央经费不宽裕，还有点不大放心似的补一句："一定吧？"

"没有问题。"廖仲恺很高兴似的,重复昨天的一句话:"你们湖南搞得好。"

"广东更好些嘛。"

"也好。"廖仲恺点点头,面带笑容。可是,接着又叹气:"咳,就是有些老同志意见不一致。"季交恕知道他指的是右派,故没有问怎样不一致。廖仲恺又继续道:"湖南同志都赞成国共合作吗?"

"赞成,夏曦他们都很好。"季交恕把这些出了面的共产党员,在湖南工作怎样好的话,说了一阵。廖仲恺笑眯眯地边听边自忖:"这可能是一位左派老同志。"等季交恕的话一说完,大声道:

"对,共产党同志真努力呀,两湖、广东、四川、上海、北京,那些地方的国民党,不都是靠他们搞起来,靠他们组织工农民众的吗?可惜有些人偏不这样想。"他竖起右手一个食指头,轻轻地在茶桌边敲几下,有点激昂的神情。

"廖先生说得对,国民革命,不依靠广大的工农民众怎么行?这是过去辛亥革命失败的经验教训。"季交恕知道他是兼国民党中央党部的农工部长,于是问:"农工部有没有共产党同志?"

"有的。"当当当,房子内的电话铃响了。廖仲恺立即跑去接。"哦,我就来。"放下了耳机子。送季交恕出门时,顺便这么问:"暂不走吗?"

"不走,谭总司令留我在湘军特别党部帮他办党务。"

"那好,以后再会。"

季交恕回到高第街,将这里的一切,写了一封由夏曦转湖南省委的信,寄出后,连忙叫一辆车子,往荔枝湾那个方向去。这是桂军第六师师部的驻在地。师部大门外一个坪上,有三两百个穿着一色新军服的士兵,扛着长短不齐的破步枪,正在那里下操。难道是特意拿旧武器练新兵?他从车子上跳下来,远远地站着望一望,心里这么想。他们步伐走得很整齐,年龄都不小,全像是老兵。由师部大门进去,走过一个小坪,就是虎门要塞司令官兼桂军第六师师长廖湘芸办公的地方。这是个半像庙、半像祠堂的老房子,虽不大漂亮,内面却相当宽。一位操湖南口音的传达,一直引季交恕通过那个小坪时候,碰见了廖湘芸。

"嗳哟!好久不见!"廖湘芸张开双手抱着他。走在廖湘芸后面的两位,乃是詹大悲和潘怡如。四个人兴高采烈地手拉手,肩挨肩,一起拥进去。廖湘芸随又跑出来,喊人买汽水。

"怎么你们也来了,何时到的?"季交恕首先发问。

"从上海来,前几天到的。"潘怡如赶快从自己口袋里拿出一包纸烟递给季交恕,同时指指詹大悲:"他还是开第一次代表大会来的。现在是我们国民党的要人啦,中央委员。哈哈。"

"理鸣还在上海吗?"季交恕一下就回忆起他回国到上海,在怡如家里碰见覃振那回事。

"哼,变啦!同我们搞不到一块了。"潘怡如将他怎样参加西山会议,反对三大政策的事说一阵,长叹一声:"唉!——"这时,二位穿军装的护兵,端着好几瓶汽水和一大盘新鲜荔枝闯进来,把他的话打断了。四个人就东拉西扯,谈到广东客军的情况。

"你这个师多少编制?"季交恕问廖湘芸。廖湘芸把一只手掌张开,没答话。

"五千人啦?"这仍是季交恕问他的声音。

"半千。"詹大悲微微地笑一下。

"一个师,怎么只有五百个兵,不止吧?"季交恕还是半信半疑。廖湘芸因为彼此都是老朋友,这才直爽说:

"哼,兵虽不多,靠得住。还有好多军,只有千把几百兵的。湘军总共也不过万把多人。嘿嘿,大家都一样,官多于兵,兵多于枪。"这是当时形容广东军队的两句成语。

季交恕在方维夏那里听说过,现在广东的军队,都是架子大,名目多,人枪少,纪律差,而且很多与右派有关系。廖湘芸是孙中山的信徒,曾经跟孙中山当过副官,料想他的话是靠得住的。季交恕想起前两天看到的商团武装那么好,而今天在师部门口下操的枪支这么坏,怎么敌得过他们?脸上虽没有什么表现,心里却不免有点担忧。恐怕这帝国主义走狗商团一得势,国民党右派就会越发猖狂,对革命不利,于是道:

“你们的武器比不上商团啦!……”正在说此话时,一个样子很粗暴的大个子,穿着黑香芸纱褂裤,拿把大葵扇,一脚闯进去就插嘴:

“我们是白手成家,不像商团有英国人给枪,黄埔有俄国人帮忙,还不是寡妇养儿子,靠旁人?有谁帮我们桂军第六师?”此人略带广西口音,像是个头脑不大清醒的老粗,又像是眼红吃醋的语气。

“这位是谁?”季交恕立即转过头,朝着坐在他身旁的詹大悲问。

“六师的参谋长。”

“白手成家是好的。”季交恕这才主动地向他打招呼,和颜悦色解释道:“不过,黄埔同商团不一样,苏俄是帮助中国革命,无条件的,不像帝国主义专门在中国制造内乱,只想捞一把,所以孙先生才主张联俄啰……”

“嘿!‘有奶就是娘’,只要谁帮我们,有枪有钱都一样。苏俄比英美有什么不同?”这位参谋长冷笑了几声。此时,廖湘芸说有事先起身,詹大悲又使一个眼色,可是季交恕没有注意,依然接着说:

“那根本不同啦——”刚刚说到这,詹大悲就乘机岔开:

“我们走吧。”站起来,伸出半个身子朝外喊:“廖司令!”参谋长走开了,他才悄悄地说:“他是桂军总部派下来的参谋长。右派。”

他们三位,同着廖湘芸一起坐上他的小汽车,风驰电掣地奔往长堤。因为他说要请他们去吃蛇宴,为季交恕接风。

这是长堤一家卖蛇肉最大的馆子。金字招牌,三层楼。楼底下的店门首,陈列着几大篾篓又几大玻璃柜各种不同的大小活蛇,这是开蛇肉店招徕生意的活广告。宽阔的大厅上,很多四方桌,都坐满了人,据说他们是吃蛇羹的。楼下比较便宜些,只要花块把几毫子就行。廖湘芸领着他们三位,一直上三楼,中间一个厅子,有炕床,有沙发,又宽敞,又堂皇。两边各一排房间,每间房子内,都有玻璃窗,中间一个铺有白布桌单的大圆桌,一色有靠背的酸枝木椅子。刚一坐下,廖湘芸就拿起搁在桌上的菜单子,瞧了一瞧:

"喜欢吃什么？来一盆'龙虎凤大会'吧?"

"我从来没有吃过蛇。"季交恕伸了伸舌尖:"嗳呀!刚看见那篾篓里蠕蠕欲动的东西,一想就发腻。"

"我也没吃过,"潘怡如也摆头:"广东这地方,为什么喜欢吃蛇、吃猫、吃猴子?"

"嘿!广东人最会吃。蛇肉顶好吃啦,你们试试看,一习惯就会爱吃的。"廖湘芸加点几样海菜,揭开门帘叫茶房。恰巧二位穿便衣的,同着几位穿制服的军官,正从这房门口走过,一脑碰着廖湘芸,彼此就在厅子里,唠唠叨叨地周旋去了。

"唔!戴红边帽子的,什么军啦?"因这时军队系统多,服装不一样,才到此地不久的潘怡如和季交恕同声问。

"滇军。包烟包赌,顶阔,听说他们寄回云南的汇款,每年千数万。"詹大悲指指廖湘芸的背影说:"其次就要算他们桂军阔。"

刚刚摆好了杯筷,一位伙计,手里提着装了三条蛇的篾篓子,送给他们看一下。

"嗳呀!这搞什么啦!"季交恕同潘怡如都一惊,立即转脸望窗外。

"哈哈!你们真外行,"詹大悲笑起来。"这是要送给我们看过做蛇胆酒的好东西:金脚带蛇、眼镜蛇、过树榕蛇。把蛇胆取下来,搁在酒里边。蛇没有胆,还可以活几天呢,你看怪不怪?"季交恕一听,心里就腻滋滋的,皱起眉头没说话。此时,廖湘芸才跟在端着一大盆菜的茶房后面,走进房间里来。

"谈这么久,那两个穿便衣的是谁?"季交恕问湘芸。

"滇军的军长范石生、廖行超。"

"哦,就是替商团作调停的那两位吗?"怡如问。廖湘芸回答一个字:

"是。"坐下来了。

这就是所谓"龙虎凤大会",满满的一大盆。可是看不清里面的蛇与猫,也看不清哪是鸡,因为都被撕成肉丝混在一起了。"好吃,真好吃。"廖湘芸和詹大悲连声称赞。潘怡如和季交恕闻到那香气扑鼻的味儿,也就拿汤匙一尝,惊讶一声:"嗳!味道是好咧。"

"我从来没吃过这么好味道的东西,怎么搞的呀?多少钱一盆?"季交恕伸手拿着那张玻璃框镶着的菜单一看:"哎呀,八十元。为什么这样贵?"

于是你一言,我一语:"这不算贵。大三元的一盆鱼翅,就要一百二三十块。只要好嘛!""好是好吃,太浪费。"

"人在世上,为的是吃穿嘛。"廖湘芸这样说。

"只要够吃够穿就行了,世上穷苦人多得很。"季交恕望他一下。"你还记得我们在武昌营盘里天天吃黄豆芽吗?今天还不是享福的时候,不要忘本。"

廖湘芸脸上红了一下,觉得为老朋友接风花了钱,反而不讨好,但口里没有再说什么。潘怡如从旁点点头。詹大悲拿起一个长把匙,拼命在大瓷盆里打捞那些残屑,没有搭嘴。

这时,季交恕才又旧话重提:"他们替商团作什么调停?"指一指对面房子。

詹大悲是左派,在国民党里边,除孙中山外,他最崇拜廖仲恺,反对冯自由、谢持那些右派。对于商团,他也同廖仲恺他们一样,赞成共产党的主张消灭他。只是性情温和,魄力少,不敢轻易露头面。一听到季交恕这句问话,他立即摇手:"小声些!"把自己坐的椅子，轻轻地移过来，靠近季交恕和潘怡如，将孙中山怎样下令扣留商团的一万支枪，滇军怎样借口调停，取得五十万元作代价，要将枪支发还给商团等事，扼要地说了个大概。“还有很多右派都与商团有关系，真成问题啦！”

吃过饭后，他们仍乘着原来的小汽车，同去詹大悲和潘怡如的住所。

约莫个把月以后一天，天气虽然晴朗，却不时有点风。上午八九点钟光景，几辆飞行似的敞篷小汽车，呜的一声，沿着永汉路、长堤一带马路驰过去。一大堆四方形纸片，从汽车上，撒网似的往下抛，像雪片又像浮萍，在空气中飘来飘去，然后落下地来。什么东西？一群一群的往来行人抢着瞧。这就是商团将以罢市要挟广州政府发还枪支的传单。

这几天，店铺虽还照常做生意，然而市面上的空气很紧张，还有些右派散布出来的谣言：“外国会开兵舰来啦，只要几炮，广州就完蛋了。”可是，孙中山不肯发还那些枪支。他知道现在和过去不同，有了苏俄外援，有了共产党帮助，有了工农民众为后盾，虽然右派不少，帝国主义凶，想也不大要紧。

距广州市中心不远的珠江，就像一条腰带，四面蜿蜒着。西南正角上的沙面附近，就是水面比较宽而深的白鹅潭。在这罢市风声渐起的这一天，突然间，一阵呜呜的声音，愈叫愈近；一大股一大股的浓黑烟，把天空中的红太阳，遮没一大块。这就是从香港开来白鹅潭的十几艘英美兵舰，气势汹汹，兵临城下的样子。碧油油的珠江水面，经它们这一冲激，两岸边全是白浪花，江中间凹成一条槽。广州市内，也同样立即波动起来：“嗳呀！外国兵舰会开炮啦！怎么办？”“真会罢市啦。”“会成立商人政府啦。”“要孙大元帅下野啦。”谣言纷起，形势日益紧张。

从这天起，不知怎的，长堤一带，力主罢市的先施公司和大新公司，川流不息地挤满了人；汇丰银行和商团军司令部门口，黑甲虫似的汽车，一辆接一辆。第二天，长堤、西关、十八甫，虽已日上三竿，所有店门，都还紧紧地关着，其他街市，也很多关门不做生意了。就像什么流行病似的，很快就传染到全省各市镇，一律罢市不开门。

上午八九点钟的阳光，射进谭延闿房子的大玻璃窗，亮晃晃的，如同一座水晶宫，内外都透明。好几个大官模样的人，一同走进去，神色都很紧张，还没有坐下，有一位大声道："谭总司令，罢市啦！这样一来，我们军队吃什么！"说此话的，是书生模样的人，像广西又像云南口音。跟着他后面的一位比较高些，其他几位则穿着长袍大褂，不像是军官。谭延闿装着满面笑容，立即走近前去，弯弯腰，张开两只臂膀喊请坐。可是，马上又放下脸来，说一句不伤皮又不损骨的话："陈廉伯岂有此理。"另一位土头土脑的声音很粗："谭总司令！你要出来调解调解，向大元帅讲讲……他唔知。"说此话的是广东腔调。

"说广东话的是谁呀？"季交恕站在方维夏的房子里，掉转头来问他。

"李福林，粤军的。"

"那两个呢？"

"杨希闵、刘震寰嘛。"

"哦！"季交恕就只这么哦一声，没有再问了，因为这是顶飞扬跋扈，谁也知道的滇、桂两军总司令。还有两位是前一向在蛇肉馆子里望见过的范石生和廖行超。

"这一伙右派东西，真可恶！"方维夏张开手掌，重重地在桌子上一拍，奋身站起来，同季交恕一起坐在面对房门口的那排椅子上，面红耳热，就像喝醉了酒，气呼呼地道："什么调解，实际是他们怂恿陈廉伯要挟还枪，好从中敲那五十万元的竹杠。现在好啦！罢了市，看他们怎样收捐税，还不是搬起石头打自己的脚。"放连珠炮似的，越说越气愤："妈的！那些右派，还说共产党提出打倒帝国主义口号，是破坏国民党的国际友好，不应该国共合作，那就让白鹅潭多来几条兵舰，好同英美合作啦。唔！混账王八蛋！”谭延闿刚把客人送走，方维夏走进去就问：

“总司令！他们是想请你调解商团的事情吗？”

“是啊，”谭延闿顺手指一指桌旁边的椅子道：“你坐。”方维夏也就遵命坐下，把自己的意见说出来。

“唉！左右为难，不好办，考虑考虑看。”谭延闿满脸是犹豫不定的神色。他考虑：外国不好惹，漫说白鹅潭有兵舰，假如一旦破裂，由香港派兵来，可以朝发夕至。莫怪他们都主张调解。只要把枪支发还给商团，还可得到一笔巨款，而且马上就开市，岂不相安无事，大家都好吗？无奈共产党不赞成，大元帅不依，廖仲恺反对。但对一转念：这五十万的好处，湘军势力比滇桂军小，将会一文得不到。那么，“采得百花成蜜后，为谁辛苦为谁甜”呢？何况广州这块肥肉，全掌握在滇军手里，捐税多，湘军一点也分不到。想到这里，谭延闿就不免有点心痛。可是，立即又兴奋起来：“大元帅是相信我的，现在又兼做他的秘书长，不久还要我做北伐军总司令。把湘军带出去，打开一个新局面，不更好么？何必同滇军桂军一样死死地啃住广东？不管它！双方不得罪，三十六计，暂时走开为上策。”于是道：

“你说得对，不管它。”他同意方维夏的意见，不跟那些右派走。第二句话：“我有事要去韶关。”

因为这时，直系曹锟、吴佩孚是中国最大的军阀，在英美两个帝国主义援助之下，占据着北京中央政权。国民党仍然有联这派军阀打那派军阀的搞法，曾和皖系段祺瑞、奉系张作霖订过三角同盟的反直密约。现在，皖系督军卢永祥，已从浙江出兵了。他们为了履行密约，同时也为摆脱广东这困境，在韶关筹备北伐，谭延闿正为此事要去那儿。方维夏听得他如此说，也就返回自己房子里，望着季交恕微笑道：

“谭三爷还算好，明天去韶关。”仿佛得了什么喜讯似的，满脸红光，很高兴，把才从谭延闿那里得到的消息，清楚地告诉他：“湘军可能会同鄂军、豫军、陕军、滇军一起去北伐。”

“唔！滇军也会去？”

“朱培德的滇军啰。杨希闵的滇军调不动，桂军也不肯去。”叹一口气：“哼！革命不能不要枪杆子，可是这些军队，怎么可靠咧？”曲起一只左肱，搁在桌子上，支着头，显得很忧郁，似乎还有些讲不出的隐衷。

“湘军总可靠吧？”这是季交恕一句试探的话。因为他到广东不很久，还没有摸清这里的情形。

“下级军官一般都还好。”方维夏半吞半吐的话里边，像是有骨头。也许怕对方再问，马上又回头扯商团的事情：“右派这么多，大元帅不在广州，枪支扣得住扣不住，还成问题。”

“有代理大元帅胡汉民在广州嘛。”季交恕前几天在陈延年那里听说过胡汉民也是右派，但不大清楚关于商团事件中的左右派斗争情形，以为孙中山是能够坚持不发还的。

方维夏没作声，他虽知道胡汉民是右派，但也不敢明说，只是摆摆头。季交恕追问：

“湘军上级军官可靠吗？鲁涤平、张辉瓒他们是不是左派？”方维夏把椅子挪近些，低声说：

“他们是跟谭三爷走的！‘决诸东方则东流，决诸西方则西流。’说不上什么左派右派。”低一下头，若有所思的样子道：“只有陈嘉祐比较好一点点。”

“那你就使劲决一决，把他们决到左边来嘛。”

“不容易。不像黄埔，有周恩来做政治部主任，共产党员多，左派也多些。”竖起一个食指头，指着自己的鼻孔：“我有多大力量啦，一个特别党部，到现在还搞不起来。”

“事在人为，我们努力搞嘛，不要妄自菲薄啰。”季交恕说此话时，方维夏笑了。

过后不久，高第街永汉路这一带的店铺，又突然开门做生意了。死人一样沉寂的几条马路，虽一下不如从前那么热闹，然而街头巷尾，到处可以听到买卖货物的嘈杂之音。开市那天，纷纷如此哄传："扣留商团的枪支，已经发还一半啦。""听说是胡代元帅答应的。"

听到这个消息的方维夏愣住了。手里端着茶，站在房门口，望着斜对面的玻璃窗，一动也不动。他心里这么忖量："把枪支发还给商团，简直是为虎添翼，不危险吗？谭三爷不在家，怎么办？只好去找廖仲恺谈一谈。哼！胡汉民这些右派狗东西！"随手把端在手里的玻璃杯，重重地往桌子一搁，哗啦一声，粉碎成几块。他习惯地拿起一根手杖，气冲冲地往外走。

此时，季交恕虽同样愤激，但一直待方维夏走后，才跑去省委找陈延年。原来陈延年已去韶关了，就只阮啸仙在家。季交恕因见他是省委负责人之一，而且很有见解、有主张的，于是问："扣留商团的枪支，已经发还一半，是真的吗？"

"这还有什么假的，都是胡汉民那些家伙搞的鬼。"阮啸仙咬咬嘴唇，放低声音："这是右派反革命武装，若不彻底消灭，广东革命根据地，就很难巩固哩！"说至此，掉转话头问："湘军谭延闿对这件事态度怎样？"季交恕将谭延闿和湘军内部情况，向阮啸仙简单地汇报之后，走到詹大悲那里，才知道他也是为着商团这件事，同廖仲恺去了韶关。

发还枪支以后的三两天，就是辛亥年武昌起义，建立中华民国的双十节。在北洋军阀反动统治下的各省，冷清清的，没有谁纪念它，然而广州的革命政府，正动员工农民众、学生和市民来游行庆祝，这是理所当然的。可是帝国主义不喜欢，资产阶级右派不喜欢。这天上午八九点钟光景，约莫两三万人，一队又一队，举着颜色不一样的大小旗子，整整齐齐的，沿着马路游行。这游行行列里

边,工人农民学生走前面,市民和少数店员走后头。他们一齐举起手里的小纸旗,高呼口号:

“打倒帝国主义!”

“打倒封建军阀!”

“拥护三大政策!”

“拥护孙大元帅!打倒商团!”

“中华民国万岁!”

没有参加游行的市民,密密层层地挤在两旁,有些站在屋顶晒台上,有些从窗口探出半个身子来,都一起高呼口号或欢呼鼓掌。从三层楼上挂下来的一串爆竹,劈劈啪啪,发出连珠炮似的响声。还有人声、锣鼓声,汇成一片。此时,前前后后分作几小队的商团武装,突然从游行队伍旁边,横冲直撞闯进去。

“劈、劈、劈!”一阵枪声。应声而倒在地下的二十几个游行群众,都躺着不动了。灰黑色的马路,一下就变成了印染着红牡丹似的地毯。人丛中传来一片喊声:“救命啦!救命啦!”好几十个被刺刀枪托打伤在地下。走在后面的游行队伍,被冲散一大半。

“丢老妈!”一位穿西装的汉子,鼓起老虎一样大的两只眼睛,说这么一句广东骂娘的土话,站在自己铺门口大声喊:“来!打死他。”几个满脸横肉、凶形恶相的大汉一下簇拥拢去,就将打伤在马路上的人揍一顿。乱哄哄的,没有人敢说他不是,因为这条街都知道他是先施公司的股东,药店里的大老板。

此时,又从远处传来一阵枪声。这就是在共产党领导下走在游行队伍前头的工农、学生,出其不意地往商团小队里边冲过去,就像老鹰扑小鸡,夺得他们的枪支,劈啪劈啪打起来,双方死伤好几十个,商团里边的那些“少爷兵”,吓得丢掉枪支跑开了。这些消息,一下就传遍到广州全市。

“这还了得:目无政府,造反啦!”方维夏一听就生气。丰润的圆脸涨红了,围绕着自己房中间的圆桌兜圈子。“我去韶关找谭三爷叫他问问大元帅怎么办。商团问题不解决,能够北伐吗?"

"对。去!"季交恕拉着他一起坐下来,细语喁喁的商量了一阵。

过两天,方维夏从韶关回广州了。刚一进门,看到季交恕,就满脸堆起笑容,好比唐三藏西天取经,得到什么宝贝似的。他远远地招一下手,待走近季交恕跟前,才低声道:"会打啦!廖仲恺詹大悲他们都在那里开会。嗳!陈延年也在那里。共产党更坚决主张打,不赞成放弃广州。"季交恕一听,也同样喜笑颜开。

一天晚上,月朗星稀。广州全市,静悄悄的,都关门就寝了。只有时呜呜的响声,从天空中传来,这明明是轮船或火车的汽笛叫,谁也不理会它。挂在天幕上的半边月,渐渐往下垂。又软又凉的海风,吹得人们正在熟睡。突然间,一阵劈啪劈啪炒爆豆似的声音,把大家惊醒了。夜深人静,一听就知道是枪声。

"唔!难道是打仗?""不!一定是强盗土匪。"一般不关心政治,消息也不大灵通的市民,就像老鼠听了猫儿叫,紧紧地关着房门,动也不敢动。有些胆大的,连忙爬起床来,打开半片门,偷偷地瞧一瞧,小声小气地这么说。因为广东距香港很近,有武装的强盗土匪,一向就很多;加上这两年,帝国主义害怕革命势力发展,除公开接济商团枪支以外,还半明半暗地私卖武器给强盗土匪,来扰乱治安。这些市民的判断,也许就是根据这点。

各处的枪声,愈响愈密,愈来愈大,接连两三个钟头,一直到鸡声三唱才停息,这才知道真是打仗了。

到处苍苍一片白,像是晨光,又像是月光。可以看出淡灰色的马路上,这里一堆黑,那里一片红,全是被打死打伤了的商团。一队又一队荷枪实弹的黄埔学生军、工人纠察队和一部分滇粤军,雄赳赳的,正在沿途跑步往前进。到了上午八九点钟,很多小商店,都已开始营业了,可是那些大商店,还像过年一样没开门。"快报、快报。"一群一群的市民抢着买。头一行大字标题:"商团消灭,全部缴械。”另外一行小标题：“陈廉伯、陈恭受潜逃香港。”

二 大元帅在韶关

横着粤汉铁路线，有一道河由西向东流。河南面是韶关车站，北面是曲江县。河中间，有一座用若干小划架设起来的大木桥，浮得高高的。从桥上望去，左右两边，全是由女人驾驶可以租人住宿的艇子，像一大群鹅鸭似的浮在那里。还有些泊在岸边不动的大小木船，也同样是租人住宿的。

现在是秋末冬初，北伐军正齐集韶关。因此地气温还很高，驾驶艇子的娘儿们，仍然是赤脚单衫。她们虽穿着不怎样漂亮，也未曾敷粉施脂，然而微黑黑的皮肤，雄赳赳的风度，更显出她们那种健康的天然美。每逢太阳出没的早晚，这座又宽又长的浮桥上，就像浣溪湖边看西施，经常挤满一大群穿军装的士兵，和一些穿便衣挂北伐军徽章的人们，站在那里欣赏或聊天。

这时，有两个穿旧军装的士兵，很亲密地手拉着手，从浮桥那边走过来。其中一个矮些的问道：

“喂，你说，段祺瑞同张作霖是不是军阀？”

“怎么不是，狗咬狗骨头，还不是同吴佩孚一样的东西。”另一个高些的这么说。

“既然都坏，那我们怎么同他们一起去打吴佩孚呢？”

“你问这干什么？有饭吃就得啦，管他打谁。”边说边走过浮桥那边去了。

靠曲江南面的一条船，中间这个舱，仿佛像客厅：有桌椅，有高铺，后面则全是卧舱。北伐军总司令部四大处之一的党务处，就设在这船上。它的容积，本来可以住得二三十人，可是现在连方维夏、季交恕两位负责人一起，总共才有十几位，显得冷清清的。而参谋、副官、军需那三处的人员，都比这个处多得多。难道缺乏人材吗？不！原因是大家都不懂得所谓党务处，到底干什么；谁也不愿意来这里烧冷灶，吃闲话。

从浮桥由北而南走上坡，不到三几里，就是车站。一幢两层楼全部玻璃窗的小洋房，就是孙大元帅驻在韶关的行营。站在北岸这船上，可以望得清清楚楚。

“你去看看谭三爷吧？”方维夏自打垮商团以后，先到韶关。他指指对面车站，望着昨晚才到此地的季交恕道：“他跟大元帅住在那个小洋房里。”

“要去，我没有见过大元帅。还想请总司令介绍见见他呢。”季交恕同方维夏商谈一阵工作之后，挂上北伐军总司令部的徽章，立即过河去。“见到大元帅，我说什么呢？”边走边这么想。

大元帅府秘书长兼北伐总司令谭延闿，住在孙中山楼下的一间水门汀地的房子，陈设很简单：两张藤椅、八张有靠背的木椅、一张办公桌、一张行军床，比起广州高第街的湘军总司令部来，简陋得多。

“哦！你来了，好吗？”谭延闿一见，立即搁下手里那支大拇指头一样粗的毛笔，把卷起了的两只绸衣大袖口放下来，仍似往常那样的伪善面孔，笑眯眯地打招呼。他喜欢写字，也会写字，尤其会临摹颜真卿写的麻姑坛。此时，刚刚替人家写完一块中堂，身上穿的，还是一身大袖口的便衣绸褂裤。谈一阵党务之后，季交恕就问：

“总司令！我们何时出发啦？”

“大元帅不久会北上，要等他讲完三民主义之后才出发。”

“我还没见过大元帅，请你介绍我见见他。好吗？”

“没有问题。”谭延闿边说边起身领着他上楼。

这楼上不大的客厅里，也是很简单的，只有一张桌和几张椅子，桌子上放着些英文书。一位身穿西装，国字脸，嘴上有须，年约六十左右的人，坐在那张唯一的沙发上，摊开报纸正在瞧。

"大元帅!"谭延闿走在前头,恭恭敬敬地叫一声。

孙中山一见,放下报纸站起来,说:

"这位是谁?"慈祥而带微笑的面孔上,表现很温和很谦逊的神情。

"我们党务处的季交恕,特来参见大元帅。"谭延闿立着说。

"请坐!"孙中山欠欠身子,挥挥手,他两人才一同坐下来。谭延闿接着把季交恕过去的历史和现在的职务介绍了一番。

"哦!"孙中山一听他是参加过辛亥革命的同盟会会员,是中国国民党湖南省党部常务委员,很关心而亲切地问:"湖南的情形如何? 请你谈谈!"季交恕将夏曦从广州回去以后,怎样努力发展国民党党务,报告式地述说一阵。孙中山不时点头,听后,朝着谭延闿道:"还是共产党行,肯干。三大政策是对的嘛! 不联他们联谁? 唔! 北伐各军,都要赶快把党务办起来才行。"听其语气,像是有些感慨意味在里边。随又对着季交恕高声道:"辛亥革命到现在十三年啦! 政权操在反革命手里,越来越腐败黑暗,咳!"沉重地叹了一口气,把背脊往沙发上一靠,旋又竖直腰肢,带着兴奋的语气:"俄国革命比我们晚六年,不仅推翻了沙皇帝国主义,并且解决了政治经济上许多问题,真是彻底的成功。你们党务处,须要把联俄联共扶助农工三大政策,多做些宣传。"此时,一位职员模样的人,领着一位面色黑黑的河南人走进去。

"哦! 樊总司令!"坐在前面的谭延闿,首先起身打招呼,季交恕于是独自起身告辞回去了。

这第二次北伐,是以湘军为主力,人数比前几年孙中山在桂林那一次,即"御驾亲征"的第一次北伐军,多了一些。可是,连樊钟秀的豫军、何成浚的鄂军、朱培德的滇军、路孝忱的陕军一起,名目虽多,但合共不过两万多人,武器亦很不齐全,尤其缺乏政治训练。漫说士兵,就是一般军官,也都不大懂得为什么要北伐。季交恕经常为此而担忧。现在他从大元帅行营回到党务处。就这么唤道:

"竹雅,大元帅说要赶快把各军的党务都搞起来。像湘军这样开会没人到,演讲没人听,怎么搞得起来呀?"将拿在手里的一份《中国国民党第一次代表大会宣言》,往桌子上一搁,朝着方维夏看了一眼,额角上,起了些微波似的皱纹。"我们党务处,编写一点东西宣传宣传试试看,好不好?"

方维夏早就有此意思,只是自己常要和各高级军官接头,抽不出时间来。假如不这样做,这个党务处,就只有关起门来坐冷板凳,谁也不会理会他们。现在一听季交恕这个提议,觉得与其东奔西走,从联络私人感情入手,恐怕不如印发一点东西,或者有效些。于是道:

"好呀,我没有工夫,就请你执笔,行不行?"

"行。"吃过午饭后,季交恕就连忙动笔,不分昼夜地写成两本小册子。

两三天以后的光景,天气很晴朗。离曲江街上不远,即湘军第五军部的东西旷地上,搭起了一个用禾草盖的大茅棚。淡红的太阳,照在这茅棚顶上,就像铺了一张金黄色的驼绒毯子,光晃晃的。这乃是孙中山对北伐军演讲三民主义的地方。

湘军第九师师部大厅墙上的三个纱窗,正对着那个大茅棚。师长张辉瓒独自一人,正站在窗前望着那茅棚叹气:"哼!搞什么!何不早些出发打仗。"这时,一位年纪不大的黄秘书踏进去:

"报告师长!后天就开始讲三民主义,尉官以上都要到。"一手拿着北伐军总司令部油印的通知,一手拿着两本小册子,同时递过去。

张辉瓒皱皱眉头,懒洋洋地看一下通知,立即交还他,不耐烦似的回答说:"照例公事照例转下去就算吧。"再看看那两本小册子,封面上印的几个大字:"党务须知""为什么要北伐?"另一行小字:"北伐军总司令部党务处编印"。他随手朝桌子上一扔道:"吃得饭没事干,就出书,嘿!党务!"鼻子里重重地喷出一股气,冷笑一声。黄秘书碰了这鼻子灰,马上走开了。

厅子后面,是这商店原先堆货物的一个大厂,现在住了第五军军部的一些卫兵和勤杂人员。厂后有一个坪,左侧方的厕所里,有一大堆秽纸,里边有好几页被撕下来的“党务须知”,封面全是染有粪痕的。

“这是谁呀?拿字纸揩屁股,会瞎眼的嘛!”有些卫兵,拉开裤子蹲下去,一见就咒骂。“敬惜字纸”是相传多少年代的格言,而借给军部驻扎的这个歇业商店,就只有这一个厕所,官兵混在一块儿,分不清是哪些人这样不敬惜字纸。

今天似乎热闹些,还是上午八九点钟光景,两乘没有篷子的小藤轿,从南面抬过浮桥往北行,后面还跟有好几个卫兵。“哦!前头的轿子是孙大元帅,后头是孙夫人。”许多站在南北两岸的老百姓,一面争着瞧,一面交头接耳地低声说。这时,大茅棚里边,乱哄哄的坐满了人。谭延闿和张辉瓒坐在前边,季交恕和方维夏坐在一起。季交恕旁边,还有彭见清。他原是长沙公立法政专门学校的党支书,由湖南省委派到黄埔军校学习,毕业后,现又由广东省委派到湘军来协助季交恕开辟工作。

孙中山站在讲台上,首先第一句:

“今天是民生主义第一讲。……”这因为三民主义的民族和民权两主义,早已在别处讲过了,现在开始讲民生主义。

张辉瓒轻轻地摆一下头,很不耐烦似的鼓起眼睛四面望。本来主讲人的声音很洪亮,而且口若悬河,娓娓动听,可是不知怎的,坐在后几排的那些军官,却不大感兴趣,就像被风吹拂的垂柳,摇摇摆摆,低着头,闭起眼皮,不知是在打瞌睡,还是在想什么。

“嗳呀!蛇!”大胖子黄团长,猛然惊醒了,肩膀一耸,连忙从口袋里掏出手帕揩眼睛。他原名黄伟,因为营养太好,下巴叠成双层,体重百多公斤,人都叫他黄胖子。

“哪里有蛇?”坐在黄胖子身旁的何副官长,因昨晚打牌,快要天亮才睡觉,现被他这么一叫,也同样立即张开眼睛,提起脚跟望地下,生怕当真有蛇会咬人。

“吓煞我了,梦见一条大蛇!”黄团长微微地笑了一笑。

“蛇,——”何副官长轻轻地拖长声音。他那多少带一点皱纹,又有一点斑麻的瘦面孔,虽则朝着讲台,然而两只眼珠,只是望着棚顶,像在猜想什么似的。想了一会儿,侧着头向黄团长说:“不晓得蛇是什么神,回去查书看看,好买花会。”

黄团长一面点头,一面看手表。又弯起左肱,把手表挨在自己的耳朵边,仔细听一听,依然唧唧喳喳,并不是表停了,而是休息的时间还没到。他心里越发着起急来,因为这地方的花会,只每日下午开一次,今天梦见蛇,一定是中彩的好兆头。他虽到广东不很久,却知道广东赌博的个中奥妙。可惜自己是军官,公开去上赌场,未免有失体面,只有买花会,可以不要自己出面,而且买中了,一元就得三十元,比每天四毫子强些。但因不懂得这里边的名堂,曾经派人去买过几次,都没有中。他见何副官长是内行,就问道:“副官长!”刚刚这么喊一句,丁当丁当的铃声响了。

穿着绸长衣大袖口的谭延闿,站在台上高声说:

“休息十五分钟。”就像一窝蜂,分作东西南三道门,一起拥出去。黄团长一手拉着何副官长,在西门外边的旷地上,精神奕奕地谈花会:

“副官长!花会分三十六门,每门都有一个神明菩萨的名字,到底要怎样才能买中呢?”黄团长拉着何副官长的一只手,问他。

“你去花会厂看过吗?”

“嗳呀,买花会的人多啦!只去过一两次,仿佛像打灯谜的样子。用红纸写些字贴在墙壁上,头一次是一句古诗,第二次是一句成语。还有一个用红布包的木盒子,高高地挂在屋檐下。那内边装的就是菩萨吗?”

“是的。”

"一个小盒子怎么能装三十六个菩萨?"

"吓!"何副官长微笑:"只装一块木牌。这样搞的嘛:用三十六块小木牌,写上三十六个菩萨的名字,开花会的老板,每天上午取一块木牌子装进去,用锁锁好挂起来,然后贴出一句诗或成语。"何副官长头几摇:"难猜中啦,名堂多得很。"

"是呀!名堂真多。"黄团长立即从口袋里掏出一个小本本,乃是石印的《花会考》,三十六个菩萨的姓名,出身,以及他们的前生,谁是禽兽投胎,谁是神仙下凡,谁是前生作恶打入过地狱的,都写得一清二楚,还有若干插图在内边。他把书递给何副官长:"今天贴出来的花会是'大言不惭',你看买哪个好?"

何副官长一手接着那本《花会考》,一面翻,一面搔脑袋,若有所思似的:"啊!你刚才不是梦见蛇嘛,买这个,买这个!"将书递回去。

黄团长接着一看:这个菩萨的前身,原是一条最惯咬人的毒蛇,它因想改恶从善,取名"天良",后又加取一个别号叫"天龙",再也不咬人,于是成了仙。他问:"梦是合的,不合'大言不惭'这句成语吧?"

"怎么不合?它分明是条毒蛇,偏要冒称天龙,岂不是'大言不惭'吗?"谈到这,当当当,继续开会的铃声又响了。

"天才,天才。"黄团长竖起一个大指头,指着何副官长,高兴地笑道。走进会场以后,黄团长再也不打瞌睡了,全心全意想"天良"。

下午五点钟时候,花会厂挤满了一大群男的、女的,有穿拷绸的,也有穿破衣烂衫的,有老百姓,也有士兵。因为每张花会票,便宜的只卖一毫子,谁也买得起,如果买中了,一赔三十倍,谁也有想头。

劈里啪啦,一串挂在墙壁上的长鞭炮响起来。开花会的老板,便将挂在屋檐下用红布包着的木盒子,当众取下,把它打开。勤务兵一看，拔脚就跑回去报告黄团长：

“你没有天良。”

“谁没有天良？”他拍桌子，勤务兵这才说明白：

“不是‘天良’，是一个虎变身的菩萨哩。”

“妈的！又丢掉我十天的饷。”第二天就告病假，没再去听讲了。

民生主义共四讲，今天才讲完。“嗳呀！真是放下一面枷，总该出发吧？”张辉瓒听完讲，领着黄秘书走回军部时，笑笑的轻声说。“吓吓，什么屁三民主义，四毫主义嘛！”

与此同时，方维夏也听讲回来，站在党务处的篷窗边，望见那浮桥上，几个穿杂色军装的士兵，正在大声讲买花会。突然间，一群老百姓围住那个兵，拉着他走过桥来，边走边骂。拉进党务处了，他们一问，原来是赌输了钱，去偷老百姓的东西。“唉！旧军队如此腐败，改造真不容易。上梁不正下梁歪，难怪士兵乱来。大元帅辛辛苦苦讲几天，看样子，有没有效果，恐怕也还难说。一块洋灰地，水都泼不进去，怎么办？”方维夏正在这么想着，很气愤，一眼看到季交恕和彭见清从岸边走上船来，老远就喊：

“怎么才回来呀？”

“看朋友去了。”这是季交恕的声音。一蹦，跨上船来道：“听说黄胖子同鄂军，为争抢包送商船闹意见。因这笔生意是走私的，包运费有千多块钱。”彭见清接着道：

“黄秘书讲：他们张师长说：什么屁三民主义……”

“混蛋东西！包庇走私，这还不是同滇桂军一样？配革命！”方维夏更加气愤愤地跺脚，船头上的木板，砰然作声。“我就要去报告谭三爷，处罚他们，国民党员说屁三民主义，这什么话！”马上拿起一根手杖，哔卜哔卜就下船。

这时，谭延闿正在吃饭，仍然是鱼翅海参。

“你吃饭吗？”他一看到方维夏，虽然是自己的老部下，也一样表示客气，站起身，只是端在手里的酒杯，没有放下来。

“吃过了，你用饭。”方维夏一坐下，把刚才听到的这两件事报告他，并提出自己的意见。

“你说也对。不过——”一手端起酒杯，一手夹着一大箸鱼翅，连忙往口里塞，像是很费踌躇的神气，慢慢地边嚼边说：“他们这样说，这样做，当然都不对。不过——”又来一个“不过”，喝一口酒。“不过要人家饿着肚子来信仰主义，也是困难的，‘巧妇难为无米之炊’嘛。滇桂军公开包赌包烟，就是大元帅，也是忍气吞声没办法。走回把私，只好开只眼，闭只眼吧。”

“身为党员军长，尚且不真心信仰主义，还革什么命！太岂有此理！”方维夏忍不住气顶一句。

“唔、唔、唔。”谭延闿连忙端起饭碗，故意拼命地往口里扒，两只眼睛盯着桌子，不作声。

方维夏一看情形不对头，只里没再说什么，心下却非常愤懑：“现在才识破你这位开口总理信徒，闭口三民主义的谭三爷，原是挂羊头卖狗肉的伪君子。难道我们这个党务处，就专为你们这些人做招徕的广告，装门面的花瓶不成？”想到这，他心里凉了半截，默默地奋身站起来，摸着手杖就告辞。本来他平常走路，缓慢而且斯文，可是这一回不同，嘭啪嘭啪走路的脚步声，劈卜劈卜碰地的手杖声，比平常特别响亮特别重。一口气跑进党务处自己的卧舱内，把手杖朝船舱角边一摔，随身往床上倒下去，自言自语道：“哼！国民党没有搞头，做和尚去。”伸直一双脚，摊开两手脸朝天。

此时，季交恕和彭见清正站在背岸那边的船舷上，靠着篾篷看捕鱼，听到舱内说话，像是方维夏的声音，知道他回来了，就一同走进去这么问：

“见到总司令吗？他怎么说？”

“哼！白跑一趟！”方维夏一跃爬起床，满面是怒容。“党务处的招牌取掉算了。”

"怎么？碰了钉子？"季交恕说。彭见清站在旁边愣着。方维夏还不知道这两位都是共产党员，但相信他们是真正革命、忠实可靠的左派同志，而不是口是心非的投机分子，尽可以商量共事的，便将刚才和谭延闿的交谈、自己心里的感想、对官长不满的愤气话，说了出来。

"竹雅！我们是老朋友，好同志，不要怄气，慢慢来。"季交恕走近前去，把自己的一只手，搁在他的肩膀上。"当然革命是有困难的。湘军好比是一块荒地，只要我们不怕困难，开发它嘛！下面的官兵好些，会革命的，何必单靠谭三爷？不要灰心。"彭见清年纪轻些，说话更直爽：

"对。革命要靠下层民众，又不是只靠官长，我们干我们的，管他做甚？妈的！谭——"季交恕站在彭见清对面，立即眨一下眼，示意他不要再多说了。恐怕"属垣有耳"，传出去，反而不好工作，也怕方维夏所说的，不过是一时之气，未可完全信以为真。彭见清也就闭了嘴。

三　谭三爷垂头丧气

这天清早，韶关车站上，长蛇阵一样地挤满了人。其中有一位穿长袍大褂的北伐军总司令，紧跟着孙大元帅后面，送他上车回广州。季交恕因已约定九点钟到各师去讲演，开车后，他就领着彭见清先走。方维夏同张辉瓒他们落在后边。

"总司令，段祺瑞邀大元帅北上，这可好了。"张辉瓒回到总司令部，笑逐颜开地望着谭延闿说。"假如我们把江西湖南打下来，吴佩孚在湖北，就会站不住啦。"

谭延闿微笑摇头没回答，不知他别有心思，还是对此次北伐没有多大信心。前几天他曾私下这样谈过："现在是皖、奉联合反直得胜，冯玉祥倒戈，把贿选的大总统曹锟推倒了。可是直系吴佩孚他们,尚占有鄂、赣、浙、闽几个省,力量还不小。看样子,除开西南唐继尧他们各霸一方外,很可能天下三分,鹿死谁手还难说。驻在赣南的杨池生杨如轩那两个师,据说是直系的劲旅。假如我们拿不下赣州,那就进退两难。广东内部,陈炯明在东江,邓本殷在南路,都是与直系通声气反对孙先生的,除开黄埔以外,这些客军,也没有几个真心拥护他,都是互相排挤,各霸地盘,各找各的出路。我们待在这个地方,真是'床底下打斧头,不碍上就碍下',为难啦!"

张辉瓒坐在那排木椅子上首,靠近谭延闿的藤椅旁边,两只骨碌骨碌的眼珠,带一种察言观色的神气望着谭延闿,同时记起前几天谭延闿的这番话,于是换过语气:

"总司令!我看这次北伐,只有相机行事。如果拿不下赣南,我们就转往湘南去,赶走赵恒惕也好。"

"嗯!"谭延闿仍微笑摇头,但开了腔:"北伐路线,是大元帅决定的啊,老话说,端人碗,归人管。那——"没有说出自己心里的老实话。这可能因前几天,方维夏在他面前,进过一番忠告,劝他坚决站在左边,因此有所顾忌而不言,只如此"那"一声就用别的话岔开:"快要出发啦,准备得怎样?"

张辉瓒也眼珠一转,心领神会地说:"差不多。"

方维夏没插嘴,因见他们话不投机,心里很着急,还担心大元帅北上后,谭延闿是不是会动摇,哑巴似的坐一阵,先自走开了。此时,已是上午十点钟,正在部队讲演的季交恕,还没回来。他就怀着一肚子无处可说的忧愤心情,坐在船篷口,仰首望着天,不时伸出半个头,看看浮桥上的往来行人中间,有没有他这位可与共话衷肠的朋友在里边。

过了一阵,季交恕他们两位,喜形于色地走回党务处来,因为听讲的人,尤其下级军官,一次比一次多,不像以前"阎王老子开饭店,鬼都不上门"。季交恕回转头朝着彭见清道:"还是党的指示对，事在人为。只要有决心，有耐性，无论什么工作，没有不能克服的困难。这就是我们共产党的革命精神。”

“谁的革命精神啦？”方维夏刚一听清船篷外季交恕这句话的尾声，立即跑往船头上，一面拉着他的手蹦上船来道：“是不是说你？”

“我说共产党的革命精神。”季交恕走近前去，笑了一笑。彭见清没有作声，但是目不转睛，像是察看方维夏的神色。

“对，共产党比我们好。”方维夏的声音小些，拉着季交恕的手，走进卧舱内。彭见清走开了。他们这两位，肩并肩地坐下来。方维夏说：“哼！反帝，反军阀，假如不同共产党合作，屁！”半吞半吐，像有许多苦衷似的，将过去谭延闿和他们这些亲信所谈的话讲了一些，边说边叹气：“我们国民党，就是这些投机取巧，见风使舵的人太多，不像共产党。你总说要使把劲拉他向左靠，看来不大容易啦，不向右转就算好的。”轻轻地摇一下头。“湘军没有搞手。你看黄埔多么好呀！革命非共产党领导不成。”

“竹雅，你说共产党为什么好呢？”季交恕一边问，一边注意方维夏的表情。方维夏刚才骂那些投机取巧的声调和态度，是憎恨、气愤的；而现在说起共产党，却是羡慕、同情的口吻：

“人家是无产阶级的先锋队，工人农民人数多，有马克思主义。我们国民党怎么能比？”

“你说得对。工人农民是最要求革命的主力军，马克思主义是最正确的真理。”季交恕看清了方维夏对共产党的倾向日益明显，心里很高兴。但又担心他识破谭延闿后，对湘军工作失去信心。于是道：“不过，对湘军工作采消极态度，也不对呀！不要把希望寄托在谭延闿个人身上吧！我不早就同你谈过民国元年他做湖南都督，民国二年他宣布湖南独立的往事吗？狗嘴里当然不会长出象牙来。我们虽还要争取他，可是问题全在于能不能把下层工作搞好。湘军虽是旧军队，与黄埔不同，只要有耐心把政治工作做好，事在人为，也未见得没有搞手。学习共产党不怕困难不怕艰苦的革命精神嘛！”把自己在武昌新军中作士兵运动的经验，对他讲了一遍，并说，武昌起义一举成功，就是下层士兵工作搞得好。

“啊——”方维夏睁大了眼睛。因他和季交恕虽是同县，相交几年，也晓得季交恕曾经当过军官打过仗，但没有听说他当过兵，更不晓得他在营盘里边，曾经挨过军棍受过苦。那时候，如果说谁是行伍出身，谁就会被人藐视；如果说谁曾经受过刑或坐过牢，那就是一件很不光荣的事。季交恕现在也只在无意中，随口说出这些事来。方维夏愕然似的这么啊一声之后说：“你还有下层工作经验啦！你说得对，连队是基础，做士兵工作是好的。”脸颊上，现出一片红晕，好像注射了一支什么兴奋剂，原来悲观失望情绪，一下就消逝了的样子。

从此，方维夏同着季交恕和彭见清，经常往各营去，有时演讲，也有时到连上看看。他是很想接近士兵，找他们谈谈的。可是，士兵们一见就喊敬礼，而且营、连、排长一大群，恭恭敬敬地跟着他，上下隔阂，就像中间有一道万里长城。他苦恼极了，问彭见清道：

“你有什么接近士兵的好法子吗？”

“难。我也因为有这个——”彭见清用一只手，拉一拉自己身上的斜皮带，这是官长系的皮带。“他们一见就敬礼。不过，演讲还是很有效果的。昨天季处长讲帝国主义，讲军阀军队怎样奸淫掳掠，打老百姓，就有个士兵流眼泪，说他的哥哥，被北洋军拉去打死，家里的东西被抢光。依我看，湘军士兵的觉悟，比以前高了一点呢。所以军风纪也比较好些，赌钱打架的少了。”略带笑容道：“我们的政治工作有希望！”方维夏也笑笑：

“是呀。”

就在这一向，北伐军各部，奉命开拔。因据报，赣南北军，正在移防，又说是北撤，须乘此打他个措手不及。只要把赣州拿下来，不但会使江西督军方本仁闻风寒胆，还可以给大元帅北上助威，这是千载一时的机会。张辉瓒他们这些高级军官在总司令部开会时候，一致这样主张。

在粤北，虽是冬季，气候还很暖，季交恕身上穿的仍是单衣。可是由韶关出发，经始兴、南雄，刚一越过大庾岭，就仿佛是另一个天地——迎面的逆风，吹在人们身上，微微有点凉。好在是爬山，又是急行军，有时也流汗。这因大庾岭是广东和江西分界的一座高山，山南和山北的气候完全不同，朝广东这南面暖，朝江西那北面就冷些。由于山上梅树多，所以古人在这山顶上分界处，竖起一座又高又大的石碑，就刻有三个大字："梅岭关"。古有"十月先开岭上梅，南枝向暖北枝寒"等描写此地的名句，因此大庾岭就成为一个有名的地方。岭下就是江西南安县。刚一爬上山岭，漫天的晓雾中，老远就看到黑压压的一条长线似的影子，由南安向梅岭关这方面蠕蠕移动，像是正在前进中的千军万马，接踵于途。

"呀！"坐布篷藤轿，穿灰色毛线呢长袍的北伐总司令谭延闿，一见就惊喊："下轿。"后面的轿夫，刚刚把轿杠升高些，他一手撩起自己的长袍下幅跨出来，神色很不正常，身上有点发抖似的。"参谋长！怎么一下有这么多人？是不是北军？"栗参谋长立即下马，架起望远镜，站在大石碑前头瞭望一下，的确是成群结队一些人，向前移动。"嗳！停止前进，赶快派人去打听！"这仍是长袍总司令的声音。

"是，是。"栗参谋长立即下令照办。

此时，先头部队，已经下山很远了；后续部队，如军需处、党务处等，还在山南这边。

"唔！什么事停止前进？"等过一阵，走在最后的党务处人员，纷纷如此猜议着。"我去打听看看。"年轻力壮的彭见清，自告奋勇，跑向前去打听。恰巧被派往前方侦察敌情，满头大汗的高个子，正在一面喘气，一面回报：

"报告，不是军队。是好几百挑担的挑夫。……"原来这地方，盛产腊制鸭子,即是与南京板鸭齐名的南安板鸭,销行华南最多,据说经常千数几百担,挑过大庾岭转往广州。

"哦,"谭延闿这才像卸下一个重担,笑了一笑。"参谋长!前进!"车转身子,安心地往轿子里一钻。

南安这一带,全是坦荡平原,仅仅东南方的信丰县和西北方的崇义县有山。只要一过南康县,就是江西重镇赣州。听说这是一座空城,还不指日可下吗?所以趁热打铁,依然急行军。

还在南安县境内,有一座从来没有看见过那么宽的大木桥。桥之左右,有木栏杆,有架设棚子卖茶水烟果的摊贩;桥中间可以走四路纵队。

走在末尾的党务处,也同样太平无事似的渡过了这座宽木桥。一会儿,不知怎的,走在它前面的军需处,又突然停止前进,说信丰和崇义都有敌人,怕他们两面夹击打包抄,于是党务处也就原地休息。方维夏把两手交叉在背后,抬头望望,全是一片灰暗的云雾,遮满了天空。加以此处是平地,又没有望远镜,看不到一点什么形影,也听不到一点什么军情。他于是嘘一口气,像有说不出的许多感慨。季交恕悬起右腕,瞧瞧自己的手表,不到十二点,觉得时间还早,正好乘此空闲,同那些护送辎重的特务营士兵们去聊聊天。

"立正!"当季交恕走到护送辎重的士兵们前面时,其中一位这么喊一声。大家都一跃站起身来,两腿一并,敬个礼。

"稍息!"季交恕和颜悦色地答过礼后,说:"你们辛苦啦,走累了吧?坐下来,好好休息。"他用力地一手拉着那位首先起立喊立正的班长,一起往草地上坐下去。

"不累,不累。"其他十多位,还挺直胸膛立着,不敢坐。真的不累吗?其实是一个个满头大汗,衣服可以拧得出水来。

"大家坐下来休息嘛!"季交恕笑眯眯地扫视他们一下,又说:"彭见清,你为什么不坐下来?"这时,彭见清坐下,其他十几位士兵,才跟着坐下,有些还是蹲着的。季交恕顺手从口袋里掏出一包纸烟，朝着大家一扬道："有谁吸烟的吗？"大家面面相觑，不作声。只有一位年约二十来岁，身体很结实的士兵，笑笑地伸手接着一支，说："谢谢党代表。"

"对嘛！打仗的时候，有什么客气。你贵姓？"

"我叫王文隆。"

"识字吗？何时进营的？"王文隆带着一种诉苦的语气，皱眉蹙额地答道：

"读过两年书，在家里种田，因为北兵拉去当夫子，我就逃到粤汉铁路上做长夫。那年罢工，吴佩孚的北军把郭亮捉去了，把我们这些人关在牢内个多月。唉！真是苦呀！放回家去，还是要吃没吃，要穿没穿的。我就跑到长沙当兵……"经他这么一说，大家都无顾忌地搭讪了：

"我过去也是种田的。"

"我也做过工。"

"我也挨过北兵的打。"

"难怪党代表常常讲要打倒帝国主义、打倒军阀才行哩！"

正在这轻松愉快的时候，突然间，猛然从前方传来一阵劈啪劈啪的响声。虽知道是开了火，但大家都相信自己有这么多人和枪，决不会一触即溃的。固然神经紧张些，仍不见得怎样恐慌。

连珠炮似的，响了一刹那，越听越近。俄而一阵嘚嘚嘚的马蹄声，从前头响到特务营跟前了，王副官提高嗓子喊道：

"何营长！你们特务营马上回南雄宿营。"虽没有明说是退南雄，但一听，就知道是打了败仗。王副官随即跳下马，朝何营长叽咕几句，不晓得说些什么，又喊："老颜、老曹！副官长说，快把总司令的伙食担子收拾好。"掉转头，又望望何营长："丢掉东西会枪毙人的啦，特别酒菜，要切实负责。"原来这些辎重当中，长袍总司令的行李、酒和菜，就有十来担。而跟他几年的老颜和老曹这两个厨子，是最会搞海味点心和湖南菜的左丞右相，所以王副官不得不郑重其词。

相隔不到半点钟，再没有听到枪响，只听到一阵排山倒海似的人马之声，乱哄哄的，就像鸡群见着狐狸，东逃西窜，一下就退过大木桥。可是没有看到自己的伤兵，也没有看到敌人的追兵。不晓得是北军杨池生杨如轩两个师开枪太慢，还是北伐军跑得太快，这在聋子耳朵一样的党务处，当然无从揣测，只有跟着他们慌慌张张向后转。

一幢门外有操场，门内有大坪，一连好几进的大房子。这是南雄县立中学。因此时放假了，谭延闿就住在最后那一进的西边。党务处住在他这西边下首，相距不过十来二十步远的光景。刚到此地头几天，虽则谭延闿是败军之将，然而在偏处粤北的南雄绅士们看来，巍巍然的总司令，而且是全中国早就有名的大人物，不值得瞻仰瞻仰吗？除进城那天的公宴外，还纷纷各自送礼上衙门。可是侯门深似海，“总司令身体不舒服，改日再请。”传达室都照例如此挡了他们的驾。

“真有病吧？好几天没有出房门哩，我们也进去问候一下才好。”彭见清说这句话的意思：他是最高长官，须要表示一点礼貌。

“不必去。”和季交恕一起从谭延闿房里出来的方维夏，取下头上的帽子，往桌上一扔，也像不大愉快似的说：“还是照季处长的话，到连上去多做些政治工作，看能不能巩固兵心。真糟糕！胡代大元帅来电，还要湘军减饷缩编，哼！”

这正是最令谭延闿伤脑筋的事情。由于军饷不足，兵心不大巩固，他早就想带着部队打进江西，另霸一块地盘，不仅可以开辟饷源，还可以招兵买马，相机行事。料不到自己的部队，这么不争气，从南安退回到现在，经常开小差。如若再减饷，势必会跑光，怎么办？他所以几天不见宾客，不出房门，并不是没有原因的。他有时关着门独饮独酌或睡觉，也有时站在厅子外的台阶上，仰首望天长叹，或低着头喃喃地哼哼唱唱：“前不见古人，后不见来者；念天地之悠悠,独怆然而涕下!”表现十分颓丧的神气。

“这不是唐朝陈子昂写的《登幽州台歌》吗?”季交恕由台阶旁边经过听到了,心里这么说。此时,两位当差的老王和老胡,正端着饭菜和酒上台阶,谭延闿一见有鱼翅就吼道:

“为什么要搞这些菜? 不要钱的呀?”放下一贯伪装的慈和面孔,大发脾气。“叫王副官来!”当然,小小的上尉副官,只有站在堂堂的总司令跟前,挺直身子,胆战心惊地听吩咐:“买便宜的土菜、蔬菜不行啦?”但不说再不要搞海菜,也不说吃什么土菜。

王副官原是一位善于逢迎上司的“能员”,虽则伺候他不久,却能体会到这位上司,因为不得意,有牢骚,借此出出气而已,不是真心话,故只连声答应“是,是,是”。

此地最好的土菜,莫过于南雄香菇,这是超过江西香菇和多伦口蘑的著名特产。顶粗的,同饭碗一般大,厚到两三分。在这地方的烹调法,是用有盖子的菜碗盛着,略微放点点凉水,不使泄气,把它蒸出来,名叫清炖南菇。若配上南安板鸭肉或鸭掌,就叫鸭炖南菇,或鸭掌南菇,都是味道极好的名菜。

两三天过去了。季交恕每逢经过谭延闿的小厨房,总闻到一种又新鲜又腴美的香味,从老王端着有盖子的菜碗缝里喷出来。偶尔嗅嗅鼻子,可以辨得出这的确是南菇香味。有时又看到他们的盘子里,仍然盛着鱼翅、海参和蔬菜。他知道喜欢吃蔬菜,原是湖南人的习惯,也看惯吃海味,乃是水晶球的老嗜好,口里说要吃便宜的,不过是自欺欺人之谈。此种小事,他就只心里这么晃一下,走过去了。可是另一天,一大担又嫩又青的白菜,搁在小厨房屋檐下。这位狗捕老鼠好管闲事的季交恕,一见就怀疑:“唔! 难道光吃白菜不成?”伸进半个头,望着正在厨房内收拾碗盏的颜厨子问道:

“老颜! 买这么多白菜给谁?”

“给总司令吃的。”

“他一个人怎么吃得这么多?”

“两天一担还不够啦,要几十斤菜,才剥得一碗菜心。”

“菜心?”季交恕一脚踏进去望了望:曹厨子蹲在地下,先剔去老些的菜不要,然后将二三斤重一棵的白菜叶和菜茎剥去,只留下那中间约莫寸把长的嫩菜心。他才恍然大悟:“哦!难怪要这多菜!”同时就记起“朱门酒肉臭,路有冻死骨”那两句古诗,一股不平的愤气,从心窝里冲了上来。回到党务处自己的房子里,闷闷地想了一阵:“谭延闿这个水晶球,虽是脚踏两只船的投机分子,却有相当高的声望和影响。根据党的指示,主要是加强政治工作,教好士兵,但还须要争取他。湘军虽是旧部队,不顶好,但最大多数,是由于连年军阀混战所造成的失业农民。如若教育得好,也许会成为革命军队。叶得胜不就是一个这样出身的兵吗?在阳夏战争中多么英勇!只有乘此休整机会,加强政治工作,料想他们也是可以改好的。可是无米难炊,单靠空口说白话,势难保士兵不再逃跑,甚至哗变,现在胡汉民又借故逼迫湘军减饷,假如水晶球就因此带着部队向右滚,怎么办呢?”想到这,他心里异常惶惑不安起来。信步走出房门,只隔一条冷巷,就是彭见清住的一个小间。这时,方维夏正和彭见清谈话:“我想,连队的政治工作,还要添些花样才好,单靠听讲演上课,太单调也太枯燥,最好每团搞个把士兵俱乐部。你说怎样?”

彭见清一听说到“俱乐部”三个字,就很高兴的频频点头。这因他也曾这样想过,只还没提出来。方维夏接着又说:“有个俱乐部,就可以让他们演演戏,下下棋,唱唱歌,比比武,玩玩琴箫等音乐,精神有了寄托和安慰,免得胡思乱想,动不动讲女人,谈花会,想方设法开小差。我们也可以借这种文化娱乐机会,更好接近士兵。”

“对,对!”“这好办。”季交恕和彭见清满口赞成。

就在这以后的一天,季交恕找着彭见清,进去商谈一阵。说到方维夏近来如何进步，如何接近士兵，怎样倾向党的情况时，季交恕说：“我打算写信去请示省委，把他介绍进来，你同不同意？”这位彭见清，虽只二十多岁，可是还老成，而且有毅力，有才能。陈延年把他从黄埔抽调到湘军来作他的助手后，季交恕无事不和他商量。

“同意，同意。”彭见清说。但又有点埋怨季交恕太过于慎重似的语气：“我们不是谈过吗？这是一位很好的同志。要是我呀，早就把他介绍进来了。”

快要过阴历年了。有少数兵油子造谣生事，说滇桂军提前发双饷，湘军苦，没有干头。弄得有些士兵，想逃去滇军戴红边帽子。看来。如果再不发钱，单凭一张嘴，即或有俱乐部，不解决他们的物质生活问题，也是枉然。因而，彭见清对季交恕说：

“季处长！下边这些情况，你知道的，不晓得方处长知不知道？”

“他知道，也想不出什么好法子。”季交恕低着头，很着急似的沉思了半晌。“这是个实际问题，口惠而实不至，很难巩固兵心，莫怪人家说党务处只是卖膏药。”站起身来。“你马上把俱乐部办好，我同方处长去商量怎样来解决年关的迫切问题吧。”

时近黄昏，靠近西边那道高墙的房子，比较阴暗些。方维夏眯起眼睛在写信。季交恕从彭见清那里，走近方维夏的桌边瞟一下，头一行的几个字是：“仲恺先生”。他于是问：

“写信给他做什么？”季交恕明知方维夏接近廖仲恺，也晓得廖仲恺是国民党的财政部部长，和胡汉民口和心不和，但没有想到他现在写信，就是为着右派胡汉民逼迫湘军减饷这件事，向廖仲恺求援。

“唉！”方维夏搁下笔来就起身。“减饷问题不解决，谭三爷愁闷得很。”头几摇，竖起一个食指头，朝着对面谭延闿的房子，很有力地晃几下：“只怪自己不争气，打败仗。只好再写封信给廖先生。”

“哦。”季交恕坐下来。“我们应该把这些情况反映上去,但我的意见,远水难救近火,与其坐着等,不如就近想点救急办法,度过年关再说,可向总司令建个议。”

“怎样想办法?”

“向地方筹点款,或借点款也行。”

“那——”方维夏迟疑一下。“不大好吧?”

“有什么不好?南雄这地方很富裕,大老板多得很,难道他们吃鱼吃肉过肥年,我们这些士兵,就应该挨饿的吗?总共不过万把多人,为数也不大。如果是借,那就有借有还,更是名正言顺的事嘛。”

“那好。”方维夏一手拉着他:“同去总司令那里谈谈。”他们随即走了进去,谈一阵。谭延闿答复道:

“这位代大元帅,太不照顾我们湘军。如此刻薄,谁愿意跟他——”欲言又止的长叹一声。“咳!也好。暂向地方上想点办法再说吧。”

现在,谭延闿虽已同意这样做,然而这,还只是头痛医头。省城里的右派那么多,廖仲恺能不能拗得过胡汉民照旧发饷呢?季交恕依然有点放心不下似的这么沉思。谭延闿的这弦外之音,微露出对胡汉民有些不满之意。季交恕想到这里,又高兴起来,立即写封密信到广州去报告省委:

延年同志:

关于开辟湘军工作,一切是遵照党指示进行的。虽然困难很多,却也逐渐得到解决,没有把我们吓倒。这在韶关,在南雄,都曾经有过报告。

现在的紧急问题,就是代大元帅胡汉民电令湘军要减饷缩编。若使谭延闿走投无路,难保不向右派投降。可幸他对胡汉民有不满表示,而方维夏又有信找廖仲恺帮忙,这是决定他和他的军队,何去何从的关键。建议省委即与廖仲恺和俄顾问谈一谈！这支军队，人数不算少，只要我们党多加注意，是可以搞得好抓得住的。

介绍方维夏入党问题。接省委的指示后，已经同他谈过，详情候告。敬以

布礼！

季交恕　月　日

困难的年关，安然渡过了。这是由于在地方上借到了钱，省城里也答应了照旧发饷。个多月没有出过大门的总司令，当元宵那天，应彭县长之邀，在县公署门前看过花灯之后，又在欣赏斜对面敞地上的焰火。啪，啪，啪，放鞭炮似的一阵响声，就像一条火龙，从丈多高的木架上，放出熊熊的火焰来。接着一个又一个流星似的花炮，向天空中散射，光耀出无数的光芒，还有些纸扎的什么孔明借箭这一类的焰火。虽则今晚天气不大好，漫天云雾，看不到月里嫦娥，但在这些火光闪耀之中，却可以看清楚谭延闿的脸上，全是笑容。

"静芳！"谭延闿望着彭县长叫一声。"嗳，广东的焰火是好，可惜我们湖南还没有。"静芳，是湖南人，学名彭钧，和谭延闿一样高大的个子，年龄也差不多。尤其狡猾阴狠，长于应付，会逢迎。因为彼此气味相投，一向很接近。谭延闿才极力保荐他做南雄县长，所以，直呼他的别号"静芳"。

"还不错。"彭静芳站起身来，欠欠身子，没有照样叫他的别号"组安"，而喊一声："总司令！今晚的花炮，是专为总司令欣赏的啦。所以做得更好些。嘻嘻！"谄笑一下，轻轻地挨着谭延闿身边坐着。

花炮快完了。消夜的酒宴，也已经摆上内花厅。彭静芳依然陪着谭延闿跟他同来的几位，刚一入席就问道：

"总司令！何时动身回省哪？"侧转头，望着方维夏和季交恕："你们两位同去吗？"端起酒杯在空中回旋一下："请、请、请。"这因

彭静芳知道前几天谭延闿晋省去开会回来说的:要湘军取消军、师、旅部,缩编为九个团,充实编制发足饷,驻防北江——南雄、始兴、曲江、英德、清远这一带;仿照黄埔办法,决定在广州开办一个军事学校——"湘军讲武堂",一样有俄顾问,有政治部;将这些编余的千多中下级军官,调去受训,并听说方季两位将去担任政治工作。

方维夏季交恕两位,仅只点点头,像是不便抢谭延闿之先而说话的样子。

坐在上首的谭延闿,正在拿着筷子夹菜,耸耸肩膀笑着说:"嘿嘿!等几天军队改编好就动身。想不到共产党同俄顾问,也会照顾到我们湘军。嗳!廖先生不错。"浅红色的酡颜上,显露出一种愉快的神色。他的心——左右摇摆不定之心,也像从此稳定些了。他使劲地朝着方维夏和季交恕看一眼:"嗳!你们早点计划一下,把政治工作搞好些,那我们或可以多得到些苏俄的帮助咧。"

第十二章　岭南风雨

一　民众运动的新方向

元宵过后,广州高第街这一带的买卖生意,依然同正月初过年一样,冷清清的。很多店铺,还只打开半边门,没有做生意。可是,跟着玩花灯背后看热闹的男男女女和小孩,则是一群又一群,并不显得寂寞。

"让开!让开!"走在谭延闿轿子前面的几十个卫队,气势汹汹的大声吆喝。人们立即被挤成了一条人巷,望着这几乘轿子和十来匹马,飞也似的冲过去,谁都立着不敢动。

"啐啐!这么威风。"待这一队人马过去后,立在两旁的市民,纷纷议论起来。"哼!跟前清的制台抚台出来差不多少。革什么命!"其中一个卖东西的老者,对旁边的人这样说。

刚一抬进湘军总司令部,走在第二的前军长,新任湘军讲武堂堂长陈嘉祐,从轿子里跳出来就喊:

"总司令!讲武堂就在这不远哪。"举起右手,指着东南方:"嘻嘻,下个月就开学咧。"

谭延闿点头笑笑,忙于应付那些迎接他又是向他贺新年的部下,把他们领进自己的客厅里。大家都知道,这新开办的讲武堂,将可能成为黄埔第二,这是湘军最有希望的一张王牌。于是七嘴八舌,兴高采烈地交谈起来。大家也知道,这位陈堂长虽然是接近汪精卫的“左派”，留学日本士官出身的，然而他到底不像蒋介石那样曾被派去苏俄参观过红军，然后主办黄埔，更吃得开。也不像蒋介石那样，受到中国共产党同俄顾问团的信任。因此，不但谭延闿和在座各位这么想，就连陈嘉祐本人，也怀有同他们一样的感觉：要把湘军搞好，非首先办好讲武堂不可；要办好讲武堂，非接近共产党同俄顾问不可；非如此，不足以表示革命；非如此，还恐怕得不到苏俄的帮助。因而陈嘉祐心里，就痒痒的顺口说道：

“总司令！我打算除俄顾问、汪先生、廖先生同蒋校长以外，还想请一两位共产党同志来作作报告，好不好？”

“请共产党同志？”谭延闿也像是心领神会了陈嘉祐的思想似的：“哦！那好！那好！”使劲地连点几下头。“请谁？”

“想请陈延年他们。”陈嘉祐歪着头，望望同自己一起来的方维夏、季交恕。“我是这样打算的，准备由政治部负责，请他们去接接头。”边说边起身，朝着他们两位挥挥手：“我们先走吧，同去讲武堂看看政治部的房子。”

季交恕从讲武堂看过房子后，立即跑去省委找陈延年。

“哦！你回来了。”穿着一身半新旧白布褂子蓝洋布裤的陈延年，一见就拉着他的手，在自己床铺边的椅子上坐下来，彼此略叙几句寒暄。这床上，铺着一叠漫画的纸稿。季交恕随手翻开一看，一个魁梧奇伟的巨人，领着一大群工人农民，肩靠肩，举起斧头镰刀，威风凛凛地张开嘴巴，像是喊口号，又像是打冲锋。他们的前面，则是一小群身穿西装，头戴博士帽和身穿军服，头戴一顶白毛帚军帽的小人，垂着两膀，曲着腰，低声下气的样子。他料想，这大概是请省委审查的宣传画稿。因为刚才在车站上，看到一些红红绿绿的纸条上写着：“工人农民联合起来！”“打倒帝国主义！”“打倒封建军阀！”这一类的标语。他抬起头，把湘军和湘军讲武堂请陈延年去作报告等情形，说了一阵。

“好嘛！要我讲什么咧？”陈延年说。

“他是勤工俭学的，过去在法国做过工，现在是广东省委书记，又直接领导广东工运。”季交恕这么想着，说：“就请你讲一下工人运动吧。还要不要请谁讲讲农民运动？”

“就请毛润之讲农民运动不很好吗？他是代理国民党中央宣传部部长，又兼办农民运动讲习所，对农民问题很熟悉，很有研究的。这是一个重要问题啦！”陈延年边说，边从枕头边那个厚板板的黑皮包内，取出一叠“四大”的文件递给他：“你看！这次大会决定在开展工人运动的同时，要开展全国性的农民运动。”他点头笑笑：“这是民众运动的新方向哩。”

季交恕接过文件一看，内容大意是说：占人口最多的农民，是民族民主革命的基本力量，是工人阶级主要的同盟军。因此，必须普遍地把农民协会、农民自卫军组织起来。看完后，他把拿着文件的手放下来，心里想：共产党是无产阶级的先锋队，所以头前两三次的代表大会，主要讲工人运动，但毛润之早就说农民运动重要。这次大会，是不是也同样有此看法呢？歪歪头，正想问陈延年，突然间，房子的侧门片，砰然有声，阮啸仙手里拿封信样的文件，踏进去，叫一声：

“延年！你看看同不同意？”阮啸仙将批了自己意见的文件递过去。一看是季交恕，就点头笑道：“哦！你呀，何时回省的？”彼此闲谈几句。季交恕因为事忙，随即起身走。陈延年又一手拉着他，坐了下来，说：

“还有一件事。方维夏不错，你们介绍他入党，省委批准了。原先不是决定在湘军成立一个特别总支，你做书记吗？就把方维夏编进去，好快些把湘军党的工作搞起来。”

“好。”季交恕很爽快地答复一句。因见近来组织发展很快，问：“全国党员现有多少呀？”

“前两年只九百多人，现在发展得多啦！”

离湘军讲武堂不很远的地方，有一幢孔庙形式的古老建筑——番禺学宫,早先是培养封建士绅的“学府”,现在变为培养全国农民运动干部的农民运动讲习所了。正门前的水池畔上,花木葱翠,矗立着两株高而且大的木棉树。跨过一座石拱桥进入前院,往东走,就是兼办农民运动讲习所所长毛润之的办公室。

一天,季交恕和方维夏,同往农民运动讲习所,去请毛润之给湘军讲武堂讲农民运动。因为这是从前去过的熟地方,跨进前院,一直往所长室走。展眼望去,室内没有人,就只一张用两条凳子架着的木板床、一张长方形办公桌、几张木椅、两只湖南制的长方形箢篓,上面放满一大堆书报和杂志。桌子上,放着毛润之在讲习所亲自编写的几本农民问题丛刊、一张课程表。

“课目不少呀!”方维夏一手拿着课程表,边看边用手指点数着:“一、二、三、四、五……二十好几门咧。”季交恕走近前去,站在他身边望一望,主要课程是“什么是帝国主义”“帝国主义侵略简史”“中国民族革命史”“各国革命史”“政治经济之浅释”“农民运动问题”“农民协会与自卫军之组织法”“中国工人运动及工人状况”“军事训练”这几门。此时,一位职员模样的人,走了进去打招呼。他们两位问:

“毛先生哪儿去了?”

“上课去了。”那位职员模样的人,指指第二进的大讲堂:“刚走,请坐吧。”

“哦!不坐了,去那里看看。”他们立即从所长室出来,往讲堂那个方向走。看到一大群去上课的学员,当中,有一位穿军装形的短衣,手脚粗壮,相当高大的人,有点像余楚农。季交恕趋前一看,果然是他。

“嗳呀,到底是你呀!楚农同志。”季交恕惊喜的这么说,双手拉着他。“你怎么也在广州呀?何时来的?”

“你好吗?”余楚农首先说句客套话。“组织派我来的,到广州不久。你住在哪里呀?”

"我们同住。"季交恕指着方维夏:"他也是同志。"同时将方维夏介绍几句。又指着余楚农:"他是平江县农会会长。"

"哦,你就是方先生,早就闻名。"余楚农面向着他,立即从自己口袋里掏出一个手折,将他俩的地址记下来。"好,我就要去上课,改日来看你们。"匆匆忙忙,带着跑步的姿势走开了。季交恕和方维夏,则是从容不迫的,跟在余楚农后面,走往前去,顺便看了一下:

这讲堂,原来是番禺学宫的大成殿,外面一个坪,东西两边,有几株比较高大,但枝叶很稀疏的树木。殿内相当宽阔,正中是讲台,墙壁上,贴着马克思、列宁的画像;东西两边,摆列着一排又一排的长矮木凳,约莫坐着三四百人,并不大挤。

此时,毛润之正讲到工人农民和阶级压迫这问题。他拿起粉条,车转身子,在黑板上画了一个宝塔。他说:"阶级好比是个塔。你们看,最下层的塔基,多么宽,多么大呀!这就是工农小资产阶级,人数最多,最受压迫。再上是地主资产阶级,人数很少。塔顶上,是帝国主义同军阀。他们虽很凶,但人数最少,只要我们把这被压在底下的塔基一翻,他们就站不住了,就会马上倒下来。"立即做个翻塔基倒塔顶的手势,笑道:"你们说,对不对?到底是塔顶的力量大,还是塔基的力量大?"

"对,塔基的力量大。哈哈哈!"学员们恍然大悟地发出爽朗的笑声。有一个学员站起身来,说:

"宝塔这个比方,真说得对。前一向,我们在东江作农村宣传兼调查时候,讲到阶级压迫与剥削,帝国主义侵略中国这些道理,他们不大懂。"毛润之笑道:

"作农民运动,就要讲农民的话嘛!要从农民最亲切易懂的讲起,尽讲大道理,讲些抽象名词不行。"

站在讲堂格子门口的季交恕和方维夏,很有感触似的同声说:"嘿,真讲得好,深入浅出,又通俗,又透彻。我们虽然教过书,这一回等于自己上了一次课。"因为时间关系,他两个还有别的事,等不到毛润之下课,就先走了。

过了一天,余楚农吃过晚饭,连忙往湘军讲武堂去。恰巧,方维夏也在季交恕的房子里。刚坐下,闲谈几句,方维夏就问:

"平江有没有党呀?"

"有。他就是平江开始建党的一个。"季交恕指着余楚农。"还是毛润之同志在湖南做省委书记时候,他叫我写信把余楚农同陈世昌找来长沙,见过面以后,就在平江把党建立起来了。"

"现在平江党的情况怎样?工人农民入党的多不多?"方维夏又问。

"这两年成立了县委,工农知识分子都有,四乡,尤其东南两乡,农民党员不少。我这回,就是组织派来学习农民运动的。"说至此,余楚农很高兴的称赞道:"讲习所办得真好。尤其我们所长,亲自讲农民运动问题,学的东西真多。不光上课啦,毛所长常说,要重视实践,要我们经常去韶关、海陆丰同广州郊区作农村调查,帮助组织农会与农民自卫军……"

就像小学生背书一样,念个不停。季交恕插一句:

"哦,难怪你们课目中有军事训练。"

"是嘛!我们所长常说,革命要武装,自卫军就是工人农民自己的武装。自己没有枪杆子,革命不会成功的。"这位原来不大爱高谈阔论的余楚农,就像注了一支力大无比的兴奋剂,两只眼珠,时时闪耀出光芒;说话的态度和语气,也比在平江时变得更豪爽、更坚强,充满着对革命的信心和勇气。见此情形,季交恕心里很兴奋,觉得余楚农入了农民运动讲习所,进步真大。

现在,湘军讲武堂开学了。湘军从整编后,财政上的情况,比以前好了些,不再是"官四兵二",而是按级发饷。季交恕在政治部也是个起码将级,在湘军总部的特别党部,虽然兼职不兼薪,但每月还有六十块毫洋的所谓车马费,合起来将近三百元毫洋。那就不像在长沙当穷教员时候那样省吃俭用了。西装、皮鞋、金丝眼镜,全是资产阶级的生活方式。同陈延年他们的穿着比较,则大有过之,同国民党的先生们比较,也差不了多少。这天他刚一踏进国民党中央党部的大门,从口袋里抽出一张约莫寸半长白硬纸的小名片,往门房里一递道:“我是湘军的,会毛先生。”

两位门房,同时站起身来接名片,一看“季交恕”这三个字,他们很生疏,四只眼珠朝着他打量一下,像是一位绅士的神气,还看到门外有一辆汽车。于是喊一声:“请!”那位个子矮些的门房,领着他走了进去。

这就是越秀南路原先惠州会馆的一所大楼房。经过几个园亭和一些房子,才是中国国民党宣传部。毛润之的办公室,就在这东边第二层楼上的内房。

“哦!交恕同志,坐!坐!”毛润之一见就笑眯眯的,搁下笔站起身来。边说边亲自倒茶,看不出有什么部长架子;身上穿的,依然是一套粗布衣,脚上仍然是一双黑布鞋。

季交恕从他手里接着那碗茶,对他过去的印象,立即浮现在自己的眼前。想起四年前,在长沙第一次见面,他身上穿的,是一件半新不旧的蓝长褂,手里拿着一叠书报的情景。这也许是在第一师范当小学主事,薪水少,不得不俭朴的缘故。可是去年路过上海见着他,这是全中国顶繁华,而且是最重衣衫不重人的地方,他又是在国民党环龙路四十四号秘密办事处任要职的时候,而他的穿着和态度,仍与四年前在长沙第一次见面时,没有丝毫不同。现在呢,则是中共中央委员,国民党候补中央委员,代理宣传部部长,无论地位和薪水,都比他以前和自己现在高,然而他仍如此俭朴,如此谦逊,不值得好好学习吗?季交恕从口袋里拿出介绍信,交给他。谈过湘军和讲武堂的情形,就说到请他讲农民运动的事。毛润之说:

“好嘛!中国是个农业国,农民占总人口百分之八十以上,这个问题很重要。当然啰,工业无产阶级是我们革命的领导力量,广大农民,却是革命的基本力量。有无产阶级的领导,必须有农民这个可靠的同盟军。"他说这话时,语气异常肯定,还望着季交恕,重言以声明之:"工农是两个翅膀,缺一个也不行。我们共产党员,不能只看到一面,看不到另一面嘛,你说对不对?"

季交恕频频点头,对农民问题的认识,心里清楚多了。待和他商定做报告时间后,就起身告辞。毛润之依然同从前一样,很亲热地送客出门。

"对,润之同志说得对!"季交恕从宣传部出来后,边走又边想毛润之亲切的态度、俭朴的穿着。同时看看自己擦得光光的黄皮鞋,熨得笔挺的西装,脸上不觉一红,像是有惭色。越想越觉得自己这样不对头,立即驰往长堤先施公司。

这公司,是广州三大公司之一,其规模比永安、大新两公司还大些;第三层楼上,设有几架又大又亮的穿衣镜。季交恕步上楼去,随意拣选一套普通的灰色咔叽布中山装:"试试看。"他把这衣服换上身,站在亮晶晶的穿衣镜跟前,对照一下,不大不小,也不长不短,正合身;觉得这衣服也不错,但不如自己身上穿的料子西装漂亮。要不要呢?他正站在镜子跟前踌躇,忽而看到梳着船形头的两位女人,从他的背后走过去。他车转半个身子望一望:赤脚烂衫,又粗又黑,各自拿着一双新木履,显然是两位很穷苦的劳动妇女。这形象,似乎向他发出警告,使他怔住了。在这些顾客嘈杂声中,他的耳朵边,仿佛有他母亲童少英的声音:"你长大了,要争气呀!不要只想穿好的吃好的。"又仿佛有党内开会时的声音:"我们是共产党员,不要资产阶级化呀!必须吃苦在人先,享受在人后。"他一下子悚惕起来:"对,牛屎外面光,单讲形式漂亮,有什么好。"这些思想,就像一座警钟似的,把他敲醒了。这才打定主意,买好一套咔叽布衣服,另花一块钱,买一双帆布鞋,车转身,边走边这么自忖道:"在现今社会里边,像我们这些出身于非无产阶级的知识分子的尾巴，真不容易一下割掉。”又记起唐代诗人白居易的“离离原上草，一岁一枯荣，野火烧不尽，春风吹又生”那四句诗，摆摆头，心里一雄：“非下决心割掉它不成。”俨像是勇士上战场，气冲冲地跑下楼去。

过了一向，湘军讲武堂的政治课，已讲完“中国革命史略”“从同盟会到国民党改组”“国共合作”“三大政策”等，将要讲“农民问题”时候，忽因孙中山在北京逝世，为筹办大规模的追悼会，不得不停课了。

天气总是那么阴沉，人们的情绪也很紧张而忧闷。各机关学校部队门前，半悬着的青天白日满地红国旗，在微风飘拂中，显得有些暗淡。堂长陈嘉祐每天在讲武堂祭灵读《总理遗嘱》的嗓子，也像有些哽咽。广州地方的空气，也仿佛和以前不大相同了。

陈嘉祐站在灵堂中央前排读着“遗嘱”，声音很低沉。但读到“必须唤起民众，及联合世界上以平等待我之民族，共同奋斗”这几句，比较响亮些。

约莫一个礼拜，追悼会才结束。方维夏正谈到毛润之就要来作农民运动报告时，季交恕把拿在手里的课程表放下，联想起过去的一些往事，说：

“早几年，毛润之同志在《湘江评论》上写文章，就主张‘民众大联合’；的确，‘必须唤起民众’。我们党一成立，就提出打倒帝国主义、打倒军阀的口号；去年‘北上宣言’也说：‘北伐目的，不仅在推倒军阀，尤在推倒军阀所赖以生存之帝国主义。’看来，孙先生的这些话都很对。”

“是嘛！”方维夏用肯定的口吻说：“正因他后来强调反帝，各地民众开会哀悼他，反帝反军阀的宣传，也借此更加扩大了。”站起身，将课程表拿过来，看一下：“嗳！下礼拜三就作农民运动报告，得告诉陈堂长准备准备哩。”

“好。”季交恕答复一个字，脸颊上浮露出一种愉快的神情。

正是荔枝上市时候的一天，堂本部早就摆有一大盘荔枝，一看就知道会有贵宾到来。因为在这以前，汪精卫、廖仲恺他们那些要人来演讲，都是由堂本部预备茶点，由陈堂长亲自招待的。毛润之是共产党，今天来讲农民运动问题，又是头一次，要表示左，当然要更加隆重一点。还没吃早饭，这位陈堂长，就交代余副官，除茶点外，还买些又大又鲜又红的新荔枝，摆在客厅桌子上。

堂本部挂钟上面的短针，虽已超过七点，而长针还离八点差十五分。

"毛先生来了。"余副官趋前报告堂长陈嘉祐。这时，方维夏和季交恕正陪着毛润之走进堂本部。彼此寒暄几句，稍憩一会儿，就一同走到东边那间常给各大队全体开会或者听大报告的大讲堂。

湘军讲武堂的学员，和各队部人员，全是湖南人。毛润之从从容容地步上讲坛，开始讲话时，大家就听得出是湘潭口音。千多双眼睛，一齐望着他。他有时说到穿蓑衣的，面带笑容；有时说到田老板，则表现愠色。讲的道理虽然深，说的言辞却很浅，不论水平高低，谁也听得懂。大家端坐谛听，不时有笑声，很快三四小时就过去了。

"共产党不同呀，"陈嘉祐送他出门时，朝着方维夏季交恕，指着毛润之的背影说："你看他那套穿着！连车子都不坐，嘿！太朴素！"像钦佩，但末尾这句，有个"太"字，又像是奚落的语气。这也许在家有良田，公司里有股票的地主资产阶级陈堂长看来，有所不同。

第二天下午，讲武堂西北角，靠近马路边，仅仅隔一道墙的讲堂里，原来朝着黑板放置的梯形似的长桌凳，已改变为小小的四方形圈子，一个挨一个，坐满百多人。这就是第四大队第三中队，在此开讨论会的全体学员，和中队部政治部的工作人员。主持此次会议的主席是副队长胡云生。他是长沙附近人，二十几岁，身材不甚高，却很壮健，面色黑黑的；贫农出身，读过两三年老书，记忆力强，顶会说话。加上品行好，做事认真，由当兵升到连长，在湘军士兵和下级军官中，一向有声望。这时，他首先发言：

"毛先生讲得真透彻，他不独熟悉中国历史，还熟悉农民生活。我们大家都应该认真研究他的讲话，好好学习。"说了这几句开场白之后，然后转到本题："农民是民族民主革命的基本力量。中国历史上，农民起义多得很。其中规模最大最著名的，如像秦朝的陈胜、吴广，汉朝的张角，唐朝的黄巢，明朝的李自成，一直到清朝的太平天国义和团，……"越说越起劲，扯起左手的袖管，揩一揩额角上的汗珠。因此时，火一般的太阳，从大天井那边，照在对面的白粉墙上，反射到这讲堂里，显得格外强，也格外热。全堂学员，屏声静气，把视线集中在他身上。他们还不知道这位主席胡云生，就是这中队上新加入不久的共产党员，但因平常对他有好感，现在又确切地把毛润之所讲的若干要点复述出来，所以大家都很注意听着，并不觉得热。他擦过汗，接着说："毛先生告诉我们，今天革命，忽视占全国人口大多数的农民，是不对的。没有广大的人民，尤其工农民众，单靠几根枪杆子，也是不行的。不错，我们这些兵，大半是农民出身，吃的军粮是农民的，要夫子，要担架，也都少不了他们。假如同北洋军阀一样，拉夫，打人，抢东西，损害人民利益，那就不是革命军队。……"

他开了一个头，大家就热烈讨论下去。讨论到农民生活怎样苦，怎样分阶层，大家就想到毛润之在讲堂上慈祥恺悌的面孔，深入浅出的语言，就像农民自己在说话一样，觉得很亲切。因为这些当过连排班长的学员，绝大部分是农民出身，讨论到这里，都表现出很愉快也很兴奋的心情，发言的更踊跃了：

"毛先生说的真是些农民心里的话。还记得我在家里种田时候，民国五年遭荒，因还不起老板的租子，坐了三个月牢。民国七年，张敬尧的北兵过境，又被抓去当夫子。这才把我逼上梁山来当兵。……"他们各个都把自己的亲身经验讲一阵。其中一位，咬牙切齿地大声说:“现在仍然是帝国主义同军阀,把中国闹得一团糟,老百姓生活不下去了。我们这些工农兵是一家人,现在若不联合起来,打倒他们,还要到什么时候呀?”说这话的,乃是一位年约二十几岁,身材高大,操长沙口音,在张辉瓒部下当过连长的李崇道。

“啪,啪,啪。”一阵响鞭炮似的掌声,还有好几位,提高嗓子喝彩道:“老李讲得好,对,对,对。”胡云生副队长,虽没有跟着大家拍掌,但脸皮上的表情,也很高兴。他心里明白,老李是他队上的一个好党员。

将散会时候,一位操湘乡口音的,趋近彭见清跟前喊一声:

“彭教官!毛先生说太平天国是农民革命,就因为清朝奴才曾国藩的湘军同李鸿章的淮军,联合帝国主义的洋枪兵,才把洪秀全他们打垮了,——”说此话的湘乡人,像是有所顾虑,不便畅所欲言似的,仅这么说半截就闭嘴。

“怎么?你说!”彭见清停步等着他。其余一大群,也仿佛同记者探访什么消息,一齐挤拢去。

“为什么蒋校长前次在这里讲演,说我们湖南出过掀天揭地的人材曾文正公呢?这是恭维我们,还是挖苦我们?”

彭见清是由黄埔调过来的,也听说蒋介石喜欢看曾国藩的书牍,很崇拜曾国藩,可是还相信他是“革命的”。一时不好怎样明确答复,只好含含糊糊地这么说一句:“曾国藩是反太平天国的坏家伙啰!”将日记本往自己的口袋里一塞,走开了。

二 睡狮怒吼了

广州是亚热带城市,尤其夏天,虽有海风调剂,不像大陆地带那样干燥,但仍很闷热。这晚上,季交恕坐在桌子边的电灯下,看过一阵书,刚刚拿起笔来写信,不知什么东西,针刺似的在他的腮帮上叮一下,便听到嗡的一声。“劈!”下意识的一巴掌打去,乃是一只蚂蚁般的大蚊子，一动也不动，卧倒在他掌心的血泊中。“妈的！吸了老子的血，还叫嚣！”满脸痒痒的发起热来，再也写不下去了。于是站起身，顺手拿着一把小葵扇，往隔壁房里走去。

“竹雅，今晚热啦，到外边去散散步，凉一凉吧？啐啐，广州这地方，潮湿太重，蚊子又大又多。”正在那里和彭见清谈话的方维夏，也就随口答应：

“好嘛。”一面说，一面就起身掩着房门一同出去。马路上，一横串明珠似的路灯，虽还亮闪闪的，可是东西两旁的店铺，都在开始上门。有些市民，把竹床竹椅，乱七八糟摆在店门外黑漆漆的地方在纳凉。

他们这三位，各自拿着一把葵扇，穿着一双拖鞋，沿着马路边，慢慢地踱着方步，谈谈笑笑往前行。突然，“快跑，快跑，”的音波，从微微的凉风中，断断续续传进他们的耳朵边。

“唔！‘快跑！’你们听。”季交恕立即停了步。方维夏和彭见清也跟着立定没有动，张开一个手掌，遮在自己的耳旁边。喊声愈来愈近，才听清是喊卖《快报》的。

这位在腰间挂着一个小铜铃，边跑边喊《快报》的小伙子，走过来了。在店门口和马路上纳凉的人们，就像铁被磁石吸引一般，一下都齐集在他的跟前，抢着买《快报》。他们也买了一张，拿在路灯底下一瞧，一张四四方方的纸片，印着手指头一样粗的大字标题：《南京路发生大惨案》；另一行小标题：《帝国主义又欠下一笔血债》。下面密密麻麻的小字写道：

> 今天——五月三十日上午八时，上海学生分头在各租界讲演日商纱厂资本家枪杀华工顾正红等十余人惨案，兼举行募捐，救济在帝国主义各工厂的罢工工人……下午三时许，原集在南京路捕房门前之工农民众二三万人，正高呼“全中国爱国人民团结起来，打倒帝国主义”等口号，而英国巡捕，竟敢开枪扫射，打死打伤百数十人……

这就是中国革命史上，震动全国的“五卅”惨案。

围聚在路灯下面的这一群当中，有一位瞪圆着发怒似的眼睛，边看边骂娘：“丢老妈！”把《快报》揉成一团，望着大家说一阵像是愤激又像是咒骂的话。可是季交恕他们三位，完全听不懂。围在这人旁边的十来二十位，就一下聒噪起来，跟着他摩拳擦掌，喊喊喳喳，也都带有“丢老妈”等广东话骂娘的吼声。仅听清这么几句：“帝国主义，不把我们中国人当人，打倒它！”

季交恕和方维夏、彭见清站在旁边，没作声。他们知道，这都是些受过宣传影响的普通民众。可见党在广东这革命策源地的宣传工作，委实做得不错，随时随地可以看到一般人民爱国、反帝、反封建的情绪，日益高涨，而且这么激昂。

“喂！我们也去说几句，鼓动鼓动嘛！”彭见清带一种情不自禁的神气。

“讲什么？我们的湖南话，他们一样听不懂。”方维夏咬着牙齿说。似乎他心里很着急，叹一声：“可惜我们都不会说广东话！”没有说可惜他们不懂普通话。

个把星期过去了。差不多每天的报纸，都载有全国各地援助“五卅”反帝运动的消息，也常载有英、美、日帝国主义在福州等地枪杀中国人民的事件。尤其在上海，因共产党中央以及党领导下的总工会发出指示，不但从六月一日起，所有与帝国主义有关的工厂、电车、码头、公司、银行、洋行、商店的工人，早已罢工；而且这两天，全上海学生和中小商店都罢课、罢市了。连在租界上站街的华捕，也一律罢了岗。

“哈哈！睡狮快醒了，中国有希望，不会亡。”季交恕刚一看到这些新闻，自己对自己说。因记起从幼年在经馆和洋学堂时代起，大家最担心的就是怕当亡国奴。还没有吃早饭，他就拿起今天的两张报和党内的一个指示，奔进邻房的方维夏那里，满脸是笑容：“好消息！好消息！嘿！连上海总商会也赞成罢市咧，竹雅！你看！”边将报纸递过去，边指着自己手里的那个党内指示说：“广东还要开再大些规模的会，要我们准备。”然后将文件交给方维夏，还这么叮嘱一句：“嗳！保密呀！听说中央在上海还组织了一个领导反帝的什么行动委员会，刘少奇同志负总责。”

方维夏看完报纸和文件，脸颊上，也同样表现出愉快的神色，说道：

“嘿嘿！交恕呀！看样子，民众是觉悟了咧，反帝斗争有希望。”从容不迫地坐下来。“我们学校里，从你我作过两次大报告，又参加了那一次工农兵学商的示威大会以后，学员们的情绪更饱满，更激昂啦！你看现在该怎样准备？是不是先在党内开个会？”

“对！先召集各支委开个会商量一下。”季交恕点着头，同时又说：“老话说，束矢难折，党的指示是正确的，只要发动民众，团结民众，就是不可战胜的力量。”

就是这六月间，在共产党领导下，全中国人民的反帝怒潮，也同自然界的气温一样，只是往上涨。在全国各地，到处罢工、罢课，全是一片打倒帝国主义的震天动地的吼声。尤其在广州、在香港，由共产党陈延年、苏兆征、邓中夏他们领导的大罢工，更汹涌澎湃地发动起来。香港的中国工人，为着援助“五卅”事件，开始罢工了。六月二十三那天，广州的工、农、兵、学、商各界民众，正在一个广场上，开示威大会。

这广场面积很宽，在平日是清静的，只间常有些学生在此打打球，靠江湖生活的人，偶然在这里敲起锣鼓，卖卖艺，玩玩把戏。可是今天不同了。上午六点多钟开始，就有穿着各式各样衣服的人们，拿着各种不同颜色的大小旗子，一个接一个，从四面八方，各街道各马路，浩浩荡荡地高呼口号，向这目的地前进。不一会儿，密密麻麻，把广场全占满了。脚步声、口号声、鼓噪声，响成一片。这天，满天浓雾，看不到太阳；因为人多势盛，汗气熏蒸，显得更加闷热。每个人的脸面，都像喝了酒似的特别红，不晓得是他们的心里在愤怒,还是因为天气热。

“同胞们! 英、美、日帝国主义这伙强盗,派了好多兵舰到上海的黄浦江哪!”从湘军讲武堂宣传队走出来一位穿军装的中等个子,站在主席台前面正中,用带湖南口音的广东话,挥舞着拳头,大声讲道。“番鬼佬的陆战队一登岸,就把上海街上的老百姓,打死打伤不少啦!”有力地握紧拳头,高高地举在空中几晃,越说越起劲,越说越激昂。挤在他后面比较矮些的人,因为隔得稍远些,都踮起脚尖,伸直颈脖,昂起头,屏息静气地侧着耳朵听。

“该不会再有外国兵舰到白鹅潭来吧?”后面这一群当中,有回忆起过去商团事件的人这么说。他身上穿的是香芸纱褂裤,右手的无名指上,还带着一个很粗的金戒指,面貌相当清秀,一瞧就知道他是比较有钱的斯文人。

“它来就打,丢老妈!”一位身材比较高而结实的人,举起饭碗一样粗的拳头,刚刚这么说一句,立即就是一片喊声:“打! 打! 十个拼他一个!”“打! 百个拼他一个!”另一位学生模样的人接着说:“对! 他来就打。早年鸦片战争时候,英国兵不是被我们广州三元里的老百姓打得落花流水吗? 只要大家齐心,舍得拼,就不怕它什么兵舰不兵舰,何况兵舰是上不得岸的东西。”

将近八点钟时候,突然起了风,天幕上的云雾渐渐分出浓淡,在太空中飞散奔驰。掩盖在阴霾中的红太阳,像是正和这些黑暗东西挣扎奋斗,终于从云罅里冲出来,放射一线光芒,照在主席台上。这时,有一位走到台前喊一声:“现在开会。”全广场十来万人,慢慢地静下来了。台顶盖了布篷,虽然较阴暗,因有日光反映,却可以看得清:现在讲话的这位,是穿粗布短衣的中等个子。

他在讲演时候,会场里时时响起打雷般的掌声。此时,他讲到上海和香港这两处援助“五卅”事件,反对帝国主义的事情:

“各位父老兄弟姊妹们! 从以前由广东开始的鸦片战争起,各个帝国主义在我们中国横行霸道,八十多年了啦! ……他们在中国作恶多端，老百姓恨死了。最近，六月十一那天，上海二十多万人的民众大会上，纷纷提出要所有帝国主义撤退驻在中国的海陆军——"这句话的尾声，刚刚传到人们的耳朵边，广场上，就立即不约而同地发出一片怒号："把外国兵赶出去！""赶出去！""打倒帝国主义！""打倒帝国主义！""打倒帝国主义！"全会场看不到人面，只看到高举在空中的全是拳头；听到的全是狮吼虎啸般惊天动地的呼声。同时，大大小小的旗子，西舞东挥，约莫几分钟，才又安静下去。他仍接着说道：

"……这些帝国主义，强盗！不仅这样，他们最阴险最恶毒的手段，就是利用卖国殃民的封建军阀，特别是北洋军阀，连年混战，弄得民不聊生——"他的话还没有说完，全会场又喊起来："打倒封建军阀！""打倒北洋军阀！"在这些人群当中，有些人边喊边跺脚。他最后说：

"……现在香港工人为援助'五卅'罢工，我们广东也应该援助'五卅'，同时支援香港工人的斗争。只有全中国人民团结起来，互相支援，才会有胜利呀！……"

"讲得真好。这说话的是谁呀？"站在广场正中行列里，一位梳着船形头，像是水上人——所谓蛋户模样的中年女人，望望她左右的人们，这么问。站在她旁边一位工人模样的青年答道：

"陈延年。"

"哦，他就是省什么书记吗？"这位妇女半懂不懂地问。

工人模样的青年想道：过去，水上人是不准上岸的，现在也能来参加大会了，于是好声好气解释道："是共产党广东省委书记。书记就是领头的，明白吗？"

"哦、哦、哦！人家都说共产党是帮助穷人的。"这中年女人转过头来，对她旁边另一个和她同样打扮的女人说："要打倒沙面那些该死的番鬼佬，那就是好人哩！"

陈延年之后，接着还有好些人讲话，然后开始游行。人多行列长，走在前头穿粗布短装的全是工人和农民。他们后面，则有些头戴军帽，肩荷步枪的人，一望而知是军队，其实大部分是黄埔和湘军讲武堂，以及农民运动讲习所的学生、工团军、农民自卫军，这以后，才是文学生和市民群众。声势浩大的游行队伍，从会场出发，经永汉路出长堤，沿珠江边，经西濠口，向沙基前进。

沙基在广州西南角，是珠江北岸一条相当宽阔的马路，当地市民很多。可是仅隔一水的对岸沙面是租界，各国领事馆，都集中在这个地方，而且都驻有陆军，有炮舰"保护"，一般中国人，不许随便过去。就是家住沙基，而自己被雇佣在沙面做工的人，偶尔请假回家，也必须携带护照，方准出入。然而他们那些高鼻子，却可以高视阔步地往来沙基，并经常可以随便打人。沙基这带老百姓，无不切齿痛恨。

这时候，已是下午一点多钟，在炎炎如火的日光下，实在有些闷人；然而亲身领导这运动的陈延年，也和普通游行群众一样，一手拿着小纸旗，一手拿着一把用蓝布缘了边的葵扇遮太阳，边领着大家喊口号，边往前面走。

"呀！竹雅！你看延年同志，真能够以身作则，深入民众哩。"季交恕带着钦佩的口吻，望着同他并肩而行的方维夏，指一指前面说："这就是我们共产党人的优点。"

"嗳！是优点，也是特点。"方维夏说。"你看！有没有负责的国民党员在里边，哼！"

因为天气太热，又开了四五个钟头的会，季交恕的肚子，有些不大舒服，头也有点晕。然而他的心，热爱自己祖国的心，仍然一样雄；他的气，痛恨帝国主义的气，仍然一样壮。他想起在清朝末期，为反对借外债修铁路，费尽九牛二虎之力，才开成一个几百人的会。十五年以后的今天，由于有了共产党的领导，工农民众组织起来了，广大人民觉悟提高了，竟有十几万人的大会，这是他从来没有想到，也没有见过的，因而愈想愈兴奋，愈觉得中国革命有希望,有奔头。一下子,精神爽快了许多,脸颊上现出了笑窝,两只脚也仿佛添了翅膀,呼喊口号的嗓子,洪亮得像吹喇叭:"那就是帝国主义的租界沙面啦!鼓起劲来!多喊几声口号。"刚一走到沙基,他就举起手里的三角旗子,在空中挥舞,朝着湘军讲武堂学生和湘军卫队营士兵这么大叫。方维夏比他年纪大些,斯文些,然而走起路来,却不比他慢。两个人肩并肩,领着这一大队人马,不停步地往前走。

就在这一刻,挤在沙基街道旁边的男男女女和老老少少,也跟着游行队伍的口号声,此落彼起地高呼:"废除不平等条约!""打倒帝国主义!"前一个口号,虽在孙中山北上前才提出来,而后一个,则是三四年前党成立不久就提出了的。在这广州地方,真做到家喻户晓了。接近沙面一带的老百姓,在平日,早就看得清帝国主义不是好东西,因痛恨洋鬼子在沙基经常打人,他们的子弟在沙面,不准随便回家,所以大家都感觉到帝国主义不打倒,中国人民就没有好日子过。这从他们喊口号的声浪和脸颊上的表情中,清楚地表现出来。

响彻云霄的口号声,正在喊得起劲,游行示威的先头队伍,差不多进入沙面视线的时候,劈,砰,砰!——像是沙面那边放的枪;呜!呜!呜!——从空气中传送过来的几声长音。大家都明白这是帝国主义惯用的武装威吓,依然很沉着地继续往前进。

这时,游行队伍正将经过由沙基南面通沙面的桥旁边,一些外国兵,站在堆起沙包和铁丝网的桥头上,架起机关枪,朝着沙基这方面疯狂扫射。走在先头的部队,立即分散往北边的横街走。街上的老百姓,便不免东奔西逃,纷纷往店铺里钻,发出一片惊天动地的狂呼和惨叫:

"快跑,快跑!""妈呀!""嗳哟!救命啦!""嗳哟!"这其中有男声,有女声,有小孩儿的哭声。有些被打得半死半活的,倒在地下呻吟,或狂呼救命;有些躺着不动的,满身是鲜血和污泥。虽则近在咫尺,然而帝国主义者的耳朵,却充耳无闻,在他们的眼睛里,更没有把这些男女老少看作是人类。咯咯咯的机关枪声,不但不停止,反而越响越凶起来。

走在工农群众后面的队伍是有武装的。他们更加愤怒,捶胸顿足,狂呼口号。季交恕则全身热血沸腾,怒气冲天,望着走在他们队伍前面的蒋先云大叫一声:

"蒋先云！打吧!"

"打呀！妈的！散开！卧下！开枪打!"黄埔学生军中的党员蒋先云,即曾被毛润之派到安源煤矿工作,大革命时,来到黄埔的,现在是中国青年军人联合会负责人。当时,他一下把手中的旗子举起来,用极雄壮的声音这么高喊口令,于是前前后后,劈！劈！劈！大响起来。虽然子弹少,而且是些步枪,不知怎的,桥头上的水机关,反而一下沉寂了。事后才知道,此时在沙面做工的中国工人们,知道这边有军队抵抗,又听到他们的兄弟妻子和亲友的呼号惨痛之声,就群起而阻挠,而抢夺外国兵的武器,和他们搏斗。虽则双方死伤好几十人,然而这一英勇行为,把沙基老百姓的死伤减少若干倍。

就在这时,游行队伍,都已向北面几条横街分道走去,沙基这一带的所有店铺都关了门。只有几辆竖起万国红十字会旗子的救护车,放出呜呜呜的吼叫声,风驰电掣般,往沙基奔驰。

"多么惨啦！唉!"几位袖管上佩有红十字臂章的救护人员,携着担架,背着药箱,急急忙忙地从车上跳下来,看到这店铺门口和岸边躺着的,全是鲜血淋漓的死人！他们的心里,都十分难过,又十分痛愤,鼓起眼睛,一边指着沙面那边骂:"丢老妈！……"一边动手收拾那些尸体。

死在吉泰店门口的一位,上身穿一件蓝粗布对襟褂子,可以认得出是男的,但分不清是壮年还是老年。因为他的头部和颈部,接连穿两三个洞,而且没有了脑盖骨,满脸是血浆。就在他身边墙上，粘上一块花白的头发，大概这是一位老者。他旁边还有些血迹模糊，躺着不动的十来位，其中，还有母亲抱着孩子死在一块儿的。几位女救护人员，一见就抽出手帕揩眼睛。

"真惨啦！""真惨啦！"救护人员边收殓边这么交谈。"岂有此理！不把帝国主义赶出去，怎么活得成！"

由吉泰店过去，靠近珠江一带，到处是躺在地下的人。有的僵硬了，有的还在蠕蠕挣扎着，或者呻吟，或者惨叫。流在街道上的鲜血，就像暴雨过后的水，这里一涡，那里一涡，还在慢慢地流动着。经救护队一查，在帝国主义枪弹之下受害的工、农、兵、学、商和市民群众，死的五十几，伤的一百七十余。

太阳还没西斜，沙基大屠杀的惊人消息，早已到处哄传。听者无不义愤填膺，怒不可遏。反帝气氛，洋溢了全市。陈延年从游行队伍赶回省委，一口气跑上二层楼上的办公室，气呼呼的满头是大汗，像受了热，又像受了累的样子。然而他并没休息，坐在办公桌旁边的椅子上，立即拿起笔，写好召集省委扩大会议的通知和报告，又写请示中央等有关函电。不久，阮啸仙和其余一大伙，也一起回到了省委机关，跟着他无间歇的马上就办公。

今天的时间，仿佛特别过得快，不知不觉地，就是下半夜两三点钟了。在平常，除街道上尚有路灯外，各机关和住户，大都已乌黑乌黑，冷清清的了。可是今晚却不同，共产党省委那座房子，无论楼上楼下，都一样灯烛辉煌。出出进进的人们，穿着不同服装，一看就知道是来自各工厂、学校、军队里边的，也还有来自香港，刚才下火车的。惠爱路中国国民党中央党部，也同样全是灯光，而且有好几辆小汽车停放在门前。他们也在紧急商讨反帝对策。工厂、机关、学校的民众，也在进行紧急动员。

第二天，在沙面和在市内各洋字号厂商做工的中国人，都没有上班。广东革命政府，除对英国宣布经济绝交，封锁港口外，还向各国领事团提出了严重抗议。不到一个星期，香港的中国工人，约莫有三十万，在陈延年指示下，在苏兆征他们直接领导下，全体罢了工。

“呜！”从与香港所属新街交界的深圳起，经樟木头、石龙一直到广州东站附近，居民的耳朵边，一天到晚，全是火车头勃勃勃的响声。这因为香港罢工工人中，大多数坚决要回到自己祖国的怀抱，同国际强盗作斗争，大有宁肯饿死，不肯在帝国主义胯下混饭吃的英雄气概。因此，从这时起，广州的政治空气，也就更加紧张起来，各机关、学校、工厂、团体，都比往常忙，尤其广东省委和省工会。市内外的祠堂、庙宇，以及空闲或者多余的房子，前前后后都贴上了“省港罢工委员会”的条子，做了招待省港罢工工人的宿舍。广州陡然增加这二十来万人，供应比往常稍紧一点。由于各界人民，团结得就像一个人一样，广州市面上，不但不感觉困难，反而显得更加热闹些。每天，天还没有亮，就听到喊喊喳喳，由东、西、北郊外的许多农民，挑着一担又一担满满的粮谷送进城来。各校学生，一队又一队，拿着小旗子，沿着街道作宣传。各界共同组织了援助罢工工人的募捐队，挨户在收钱。由省港罢工委员会领导，由工人自己组织的两三千人的工人纠察队，经常在街上来往巡逻，所以，罢工以来，秩序很好，经济上亦没有发生过什么恐慌。一直到胜利结束，差不多坚持一年零四个月之久。这不仅是中国革命史上一件轰轰烈烈的光荣的大事，在世界工人罢工史上，也是头一次。

只有帝国主义者，特别英帝国主义，更加恐慌起来。因为香港是它在一八四〇年鸦片战争时候，从清朝手里割去的好港口。这地方，虽是南海边岸的一个岛屿，但其交通地位很重要。就中国说，南可到湛江；东可以通广东的汕头，福建的福州、厦门，浙江的温州、宁波，江苏的上海，山东的青岛、烟台，河北的天津；直到东北的旅顺、大连。若就国际说，东北可以通日本、朝鲜；西南通越南；东接太平洋通美洲；南连印度洋通欧洲，南面通南洋群岛和澳洲。

香港两面环山,一面濒海。由海边大街一直到山顶,全是螺旋式的马路,弯弯曲曲的蜿蜒上去,有汽车,又有双层的上山电车。每到夜晚,像宝塔又像梯田一样,街道和房屋内的电灯,俨如千万颗明珠,悬挂在天空,晚霞似的亮成一大片。反映到山底下海边的青波,看得见一簸一荡,成为一片淡红。泊在这港口的许多大小轮艇,差不多一望在目。

"现在大不同啦。"罢工以后,一位工人党员,在省委遇着季交恕,谈到香港近况时,他兴高采烈地伸出手来上下一指:"山上山下,都没电车了。就是汽车,也同样关着门在睡觉。"他笑起来:"嘿嘿,洋老爷上街,就靠两条腿。"说这话的就是曾在香港做秘密工作的汤日新,广州人,能讲普通话。因为他在英国人办的机械厂里当过两三年钳工,故又能说几句英语。现在是省港罢工委员会委员。在罢工工人中,都知道他是一位既有勇气又有能力的人。

"哦! 往来香港的轮船呢? 恐怕也会减少些吧!"

"没有船来。"汤日新仍是满怀愉快的神情,摆摆头,双手拍拍自己的两条腿。"货物没有脚,自己运不上甲板,卸不下码头,白天冷清清,夜晚是黑漆漆的一个'死港'。轮船来做什么?"他又扬起手,在空中划个"一"字形:"到处有垃圾,满街是苍蝇,臭得很。"掩着鼻子打个手势:"香港变成臭港啦。"

"还是你们工人同志好,顶事!"季交恕举起一个拳头晃几晃:"就要这样,把点狠给帝国主义看看。"

"还是党的领导好。"汤日新边说边起身。季交恕也一起走了出来,往东站去了。

这几天的广州报纸,满载着罢工新闻。所谓"死港""臭港"等字眼,就成为香港的代名词。据有些驻港记者报道:

> 臭港这个地方,当它还香的时候,财政收入,每天有四五百万元之多,而现在,则由于占主要地位的往来贸易,陡然缩减,商店关门,港币再不能在广东内地通行等原因,每天收入要损失在

三四百万元以上,这是香港总督最苦恼的头一件事情。

原来臭港吃的米粮菜蔬与猪羊牛肉,全要来自我们广东,现因农民不肯供给,没有来源,而且因为封锁来不了,那就唯有三餐减为两餐,甚至一餐。

靠中国厨司吃饭的洋老板,现因罢工,不得不仿照中国的“妇主中馈”办法,改由不洗脸不打湿手的洋太太洋小姐来代替。也许因为烧饭买菜太忙没工夫,再没看到她们涂口红了。洋老爷的厚脸皮,也没有从前那样又白皙又红润了,愁眉蹙额,都现出一种前倨后恭,怪可怜的样子。

“哈哈!这就是帝国主义应当自食的后果。”季交恕将今天报纸递给坐在讲武堂厅子上的方维夏,拍手笑道:“你瞧!”

三　歼灭滇桂军

“省港罢工这一搞,帝国主义吃个大亏,我想以后总会好些吧?……”在一个月朗星稀、天气很热的夜晚,讲武堂东边的小园子里,正在开湘军党的会议,讨论目前时局和宣传问题。休息时候,胡云生略带疑问的口气,这样说。

此时,季交恕手里拿一把葵扇,正在园子的甬道上踱去踱来,像在考虑什么事情。听到胡云生的话,他就立即转步,走过榕树那边坐下来,说:

“不要把事情看得太容易啦!党的指示不说过吗?反帝斗争是相当长期的。譬如老虎是吃人的,它一天不死,我们就一天不能放松警惕。你知道吗?打垮商团以后,现在英美正以大批枪械帮助滇、桂军,并指使滇、桂军总司令杨希闵、刘震寰,与国民党右派和盘踞在东江的英美走狗陈炯明、云南的日本走狗唐继尧他们暗中联络,企图推翻广州政府,这是目前最大的危险啦。”

“妈的!滇军真坏,广州地方,就是他们包烟包赌、称霸称王,搞得乌烟瘴气一团糟。"说这话的是蹲在榕树底下的一位,因为树叶遮住了月光,看不清面貌,但听得出是彭见清的声音。"滇军一个营长,居然打五百元一底的麻将;师长赵成梁讨小老婆,单是扎个牌楼,就花十多万。这种反革命军队不消灭,怎么北伐!"

"他们这么阔,不单是包烟赌哩。"方维夏说。

"包烟赌的收入也就够多啦,"又是彭见清的声音。"不讲包运包贩成批的云南烟土,单只番摊馆、大烟馆每天的税收就不少。你们留心看看,所有广州市上的金、银、钱摊馆,谈话处,哪一家没有红帽子保镖放哨?"

"什么谈话处?"季交恕这么插一句。

"嘿嘿!就是卖大烟的烟馆嘛。"这是彭见清的笑声:"你还不知道吧?"

"哦!——"季交恕想:在广州这么久,滇军包烟包赌是有名的,早就听说过;但是摊馆情况如何,怎样保镖等事,并不了解。至于"谈话处"就是鸦片烟馆,更不知道。于是说:"彭见清,你去找个内行人,同去那些地方参观一下吧!这也是孟子所说,'入境问境,入国问俗'的道理。并且可以找些材料,充实我们的宣传内容,不更有力量些嘛,你说好不好?"

"那好呀。"彭见清答应一声,随又扯到别的问题。差不多月落星稀,大家才散会去睡觉。

一天又过去了。正是星期天的下午,天色渐渐暗起来,像是快要下雨;但猛然一阵狂风,又把虚无缥缈中正在聚积成堆的乌云,吹得四散。热得可怕的红太阳,仍旧放出极强烈的光线,照在这广州市上,就像一炉火。这时候,上街买货的人少了些。可是各摊馆门口,依然同往常一样,穿梭似的人往人来,仿佛晴雨凉热,全与他们无关。

"这是金摊馆,"湘军讲武堂庶务科吴科长,领着季交恕、彭见清,刚一走过永汉路摊馆门前,首先作一番介绍说:"金摊是专赌港币的头等摊馆,现因禁用港币,就赌申票。其次是赌毫洋的银摊,再次就是赌铜钱的钱摊。”

金摊馆虽然同其他店铺一样地开设在街道上,西式房子,三层楼,可是它的建筑特别些。楼下的大厅上,东西两边,各有从第三层楼明瓦屋顶上透过阳光的天井似的一个铺房,周围全是栏杆。每层楼,都有戴红边帽子的站在那里,替摊馆放哨保镖。楼下两边的铺房里,各有一张长方桌,摆些围棋子一样的番摊子,和一个饭碗似的圆形盖子,一根长筷子似的小木棍。当宝官的,坐在长方桌的当头,几个帮手站在长方桌两旁。

“哗!”那位掌摊的所谓宝官,将圆盖子往无数粒番摊子上一盖,好比撒拖网一样拦过来,搁在长方桌的中央。当然谁也猜不中盖子里边,到底有多少粒子,也猜不中是双数还是单数。这时,宝官老爷坐着不动,也不作声,只听得坐在他桌旁两边的助手高声叫道:“下注呀!”“快下注呀!”

第二、三层楼的大厅上,也同样分东西两边。围着这大天井周围油漆木栏杆旁边坐着的,全是些穿绸衣服的阔人,嘶的一声,各自掏出钞票,交代站在他们旁边即摊馆里的服务人员说押“孤丁”,或者说押“大头”。于是一个又一个的赌注,放在他们用小麻绳系着的小藤盘内,纷纷吊下去,提高嗓子喊:“孤丁——”或者“大头——”“小头——”同当铺内喊号子的声音一样响亮,谁都听得清楚。宝官的助手,将楼上吊下来各人的赌注,按照规定的位置摆列着。

待赌注都下齐了,这位宝官,才高喊一声:“开摊!”一手揭开那个盖子,一手拿着小木棍,将原先盖在盖子里面的番摊子,分为四个一起拨开来,朝长方桌的空处移。这时,从楼下天井边朝上望去,只看到第二、三层楼天井周围,全是一些脑袋,搁在木栏杆上,一动也不动,无数双眼睛,像一些木菩萨似的,一眨也不眨地对着楼下的番摊子瞄准。这是决定他们胜败输赢的关头,不能不提心吊胆,又不能不平心静气,听候最后这一拨到底是一个子,两个子,三个子,还是四个子。

“单!”宝官这么喊一声,他的左右大臣——助手,便用又高又长的嗓子跟着喊:“单——”这时,轰轰轰,楼板上的脚步声,响了起来。“丢老妈!”有些未曾押中的,边骂边气冲冲的咯咯咯冲下楼去。

一个戴眼镜的高个子,满脸堆起笑容,兴奋得脖子通红,正数着他刚赢得的银钱。旁边,一个头戴红边帽子的滇军,向他伸出手,嘴里似乎还说着什么。

“这是什么意思?”彭见清莫名其妙地问道。

“讨赏赐嘛!这些事在广州到处都有。”吴科长答道。

“哼,这成什么军队!就活像乞丐。”季交恕用谴责的语气边说边走下楼来。吴科长从旁补充道:

“何止像乞丐,简直像强盗!你还不知道,他们还要番摊馆特别优待哩。他们押一门,就可以连中三门,不管拨出来的是一、二、三个子,都算中宝,就能赢钱。谁要是说一个不字,他们就打。老虎头上的虱子,谁敢惹!”

三个人踱出大门后,走马看花般,仅在永汉路高第街这一带,转了一转,大大小小的银摊和钱摊馆,就有十几家。不过他们的场面小些,不是刚才看过金摊馆那样的三层楼,也没有那样阔的赌棍。只有些穿破衣烂衫的,赌三两个毫子,算是小得可怜;然而滇、桂军,并不因此轻视它,不论大小摊馆,都有携带武器的人,时常在来来往往,美其名曰“巡查”。

回到讲武堂,将近黄昏时候了。刚一进门,吴科长就分手往西边庶务科走。季交恕一手拉着他:“来!到我们政治部谈谈!”坐下就问:

“广东摊馆还有很多吗?”

“多得很,哪个市镇都有。”吴科长摇头蹙额,表现一种忧虑的神气道，“我们广东地方的赌风，比哪一省都厉害，不得了。”

“除开广东，别省都是赌双单、牌九，没有番摊。”彭见清笑笑地插句嘴。“这是你们贵省的特产吧？”

“是啰。——”吴科长拖长声音，半带解释半带咒骂的口气：“以前早就有番摊，但没有这样盛行。这两年，就因为该死的滇桂军，尤其滇军，包赌包烟，把我们广东弄得更不成样子。”

“就只收赌税吗？”

“唔！赌税之外，还要收镖费的。”

这一向，形势日益紧张了。第一次东征陈炯明的黄埔学生军和一部分粤军，都前后调回广州。原驻粤北的湘军，逐渐向南面广州移防。做贼心虚的杨希闵和刘震寰，就胆战心惊地商量道：“这不是共产党同国民党那些左派，有意威胁我们吗？快把滇军集中到广州这个心脏地带来。桂军移驻西江，只要抓住粤汉同广九两条铁路，那就北来可以北打，南来可以南打，把大元帅府控制到我们手里，看他们怎么办。”不到三两天，戴红边帽的部队，就一下充满了全市，到处挖战壕。大街小巷，全是谣言，“谈虎色变”，仿佛马上就有什么大祸临头，惶惶不可终日之势。这对广东革命政府，是继商团事变之后的又一道难关。

暮色已经笼罩大地很久了，天幕上一钩眉月，若隐若现的，还被包围在薄薄的云雾中，有时钻出来一下，有时又钻了进去。夜静更深，市面上的战争空气，似乎没有白天那样紧张；然而惠州会馆这一带，往来的人仍很多，那幢两层楼上客厅里的电灯，仍是亮晶晶的。它的门前，还停有黑甲虫似的几辆汽车。这是国共两党，在那里开紧急联席会议。

在讨论中，有几位国民党员，尚在踌躇。廖仲恺虽很坚决，也还有点担心自己的兵力，敌不过人家，用犹疑的语气道：

“我是赞成中共的意见，用武力解决他们。不过，滇桂两军的力量不小呢。”陈延年一听，知道他的心思，于是说：

"当然,单靠武力是不够的啰。工农民众,全在我们这边吧,……只要把粤汉、广九两路同近郊工作搞好,广州就是一座死城。桂军不在广州,滇军就成了瓮中鳖,他有什么办法南来南打,北来北打呢？尽可不必顾虑。滇桂军是心腹之患,假如再不下决心消灭它的话,那——"陈延年拖长这个"那"字的语音,望望大家。"那就无法肃清内部,便无法巩固广东,更无法进行北伐,所以我们坚决主张打。"

陈延年这几句话,提醒了大家,觉得他讲得对。滇军把兵力集中在广州,并没有什么可怕的地方。于是国民党里边本来存有顾虑的另几位,也就众口同声,一致赞成打。他们问:

"铁路罢工靠得住吗?"

"没有问题。"陈延年拍一下胸脯。"我们绝对负责办到。"

大家微微笑一下,望着陈延年和共产党里头另几位说:"这就全仗你们啦。"

天亮还不久,湘军和其他的某些首脑部门,连忙往黄埔搬。在这当儿,陈延年打电话找季交恕同方维夏前去,问道:

"认真打起来,谭延闿不会后悔动摇吗？最近这两天,他有没有什么表示?"眨眨眼。"还要多做些工作哩。"

"该不会吧?"季交恕扭一下脖子,望望方维夏。

"不会。"方维夏的语气很肯定。"他一向对滇桂军就心怀不满,所以他也赞成打。"

陈延年边听边点头。

"我想也不会。"季交恕的看法,同方维夏一样,但多讲出一点理由:"湘军从谭延闿以下高级军官,虽然表面左、中派多,可是他们对滇桂军独霸财源,一向就很眼红,而且,因滇桂军瞧不起湘军,阻碍湘军发展,他们的内心更怀恨。"说到这,他又向着方维夏:"我们是遵照党的指示,根据这些情况,在他们里边做了些工作的。这半年来,比以前总算好得多了。不过——"拖长这两个字的尾音,昂起头,两只眼珠朝上望一下:"不过谭延闿这个滑头,遇事看风使舵,只要把杨刘打下来,他可能坚决站在我们这一边。不然的话,哼!那也很难保险咧。竹雅!你看如何?"

方维夏颔颔首:"对!"

陈延年接着又开腔:"原来国民党内部就是中派多,全靠我们——"他的话还只说半截,板梯上就响起了咯咯咯的一阵脚步声,走进去好几位广东省工会、近郊农民协会和铁路工会的同志。季交恕和方维夏都意识到,这大概是会商消灭滇桂军问题的,于是说:"好吧!我们就照昨天会议讨论的决定行事,明后天黄埔再会。"各自戴上帽子告辞。

接连两三天,都是顶热的天气,没有半点风。照临大地的太阳光,就像发怒似的,热力特别强。有些关着门躲在房子里的市民,不但感觉得空气坏,而且提心吊胆,害怕滇桂军抓他们去挖战壕。

广州市面,比往常清静多了。可是靠近珠江北岸长堤黄沙车站和东站那一带的人却不少,三步一岗,五步一哨,这里凸出一堆土,那里凹下一条沟,一窝蜂似的,全是滇军。也许帐篷少,天气热,太阳光从早到晚不离开他们,许多兵不是敞开胸前衣襟在散热,就是取下红边帽来当扇子。有些躲在阴处,懒洋洋地把长枪搁在地下当枕头;有些站起身来,无缘无故地凭空骂几句娘,太平无事似的,不像在警戒;还有些人偷偷摸摸在掩堡内面赌双单。

郊外的情景则不同。距市内不过三二十里的地方,仍是人来人往。除少数被滇军扣留在广州站的以外,许多车头和车厢,都纷纷往南面开。从黄埔到珠江外的小火轮和电船,呜噜呜噜的,比往常频繁得多了。惠阳、增城、清远、肇庆,以及广州附近的农民,也处处在开会,在动员。

东方还未发白,金鸡刚三唱,广州全市的人们,还呼呼的鼾睡在梦中时候,猛然一阵炮声,仿佛是来自西北方向。与此同时,东南方也发出同样猛烈的声音。可是正南面珠江这个方向,还没有什么动静。

此时,广州市民一下被惊醒了,再也睡不着觉。正在召开军事会议,自以为拥有优势兵力和良好阵地的滇军高级指挥官,并不显得怎么恐慌。因为他们原来所定的军事计划,认为正面中央是水道,容易防御,而且黄埔只有三两千杆枪,有滇军总司令杨希闵坐镇,更不怕它。所以把重兵都摆在东北两翼的铁路线,由老成持重的胡思舜和"少年将军"赵成梁,分担东北二路总指挥;再加上工事坚固,他们相信,只要坚持三两天,定可以反守为攻。

天亮了,砰!啪!阁阁阁的声音,愈响愈烈,但一直到晚上,仍在原地响着,这就是双方相持,未分胜负的局面。可是入暮以后,枪声渐稀了。

"粤汉路湘军,开始向源潭退却……"一位参谋官,在电话中向总司令杨希闵这样报告。又说:"广九路那方面的敌军,也像有退却模样。南面珠江,依然没有什么迹象。"总司令杨希闵,得到这些消息之后,高兴得很,立即下令反攻,限定跟踪追击。因恐兵力不够,又抽调珠江正面的一部分守军,作为增援东北两路的预备队。

第二天半夜时候,北路滇军的少数先头部队,虽是用追击姿态,开始向源潭前进,然而本队大军和炮兵,还正在集中黄沙车站,满以为汽笛一响,就可风驰电掣,乘胜直追。火车刚一开到银盏坳,才发现车站两旁都有埋伏。没有来得及全部下车,就是啪啪啪一阵极其密集的枪声,把他们截成两截。此时,总指挥赵成梁,还在军田车站,因怕被包围,打算立即下令边打边退回原防。可是,不知怎的,火车司机和铁路工人,都一下不知去向。

"这怎么搞的?"赵成梁愕然不知所措。"搜查!搜查!"一会儿,砰、砰,从军田方向射来的炮声,愈响愈近,从银盏坳退转来的红边帽子兵,争先恐后往南逃。就在这铁路上的临时罢工使他们进退为难时候,砰——喳——!又是几响极猛烈的炮声,赵成梁应声而倒,满地是血浆。

“嗳呀！总指挥阵亡啦！”“追来了呀！”“何团长！”“王连长！”嚓嚓嚓，滇军极其嘈杂慌张的叫喊，和极其混乱沉重的跑步声交响成一片。

一下子，从银盏坳一直到黄沙车站那么远，全都变成了无人铁路，这里一个火车头，那里一大列车皮，就像是瘫痪了手脚的人，一声不响地躺着，推也推不动。可是，从北面开来的湘军军车，不仅没有停，而且轱辘、轱辘，呜呜地拼命往南追。

在这极不宁静的夜晚，铁路附近的鸡声，比平常叫得早。广州北郊，以及西村一带的犬声，更不断地狺狺狂吠。天色很阴沉，有些本来是拿锄头的农民，现在都拿起防卫盗匪的步枪，和打野兽飞禽的土铳，甚至铁锹铁铲，三五成群，一声不响，在黑漆漆的道路上，配合着由正面前进的湘军，不停地分向车站附近冲去。

“打呀！”“缴枪！”“缴枪！”领先的共产党西村支部书记区杰武，带着一些农民协会会员，从灌木丛中，猛虎扑羊群似的跳出来。正打败仗的滇军，当此草木皆兵时候，突然遇着这个袭击，乱成一团。有的举起双手，跪在地上求饶，有的因听到这里劈劈劈，那里砰砰砰，还夹着一阵打打打，杀杀杀等吆喝之声，便怪叫：“来了！”“来了！”“快跑！”黑夜里辨不清方向，以为是被军队包围了，就像一群麻雀，乱哄哄的西逃东窜，有很多丢弃枪支逃跑的。

防守东面的胡思舜，没有冒昧出击，原阵地故未动摇。可是，由黄埔偷袭珠江的学生军，已乘虚攻进大沙头。由东站到石滩这一段的路工，也同样不翼而飞，这铁道就好像躺在那里的一条死蛇。

经过一阵激烈战斗，将近拂晓时候了。虽则彼此尚在相持，然而驻在后方维新路的滇军，临时总指挥部周围，突然枪声四起，这是他们预料不到的意外事变，——工人纠察队的袭击。

“冲呀！冲呀！”这位领着一群由正门前去袭击的队长，勇气百倍地高声喊叫。他就是罢工委员会委员，工人党员汤日新。

此时，晨光虽已微启，晓色依样朦胧，可以看得出半明半暗的街道上，没有什么工事和阻拦。这大门口，也仅有几十个提驳壳枪的卫兵，东西两旁，各架着一挺机关枪，阁阁阁，朝着维新路两旁扫射。约莫打完了半袋子的子弹，伤了十来个人。然而汤日新并不恐慌，也不畏缩，仍然很沉着，很有计划地往墙脚边一闪，对班长老朱吩咐道：

"老朱！正面打不进去，只有侧攻！"他把手一指："那边墙矮些，我昨天来看过，有一个后门，你们这两个班就爬墙打进去。"边说边跑回头来骂一句："丢老妈！前后夹攻，打它个落花流水。"

老朱立即领着一大群武装纠察队，飞也似的绕过一道墙，再拐一个弯，就是滇军临时总指挥部的后门，虽则只有一扇小门片，却很坚固，可是现在已经敞开了。门内边，还拾得藏有陈炯明一封亲笔信的小衣箱，像是有人刚从这里逃出去的样子，老朱他们，仍是闪电般冲了进去，劈里啪啦，把守在前大门的卫兵和机关枪手打得四散，有的缴枪，有的逃匿了。临时总指挥部内，已没有了人，仅只捕获几个电话兵，和在那里烧毁文件的小秘书。

现在，湘军已从西北面攻进广州十八甫，东南面的黄埔军和粤军，亦已会合，占领了东站。然而滇军东路总指挥胡思舜，退守在越秀路，凭着第二道工事，顽强抵抗，彼此相持，差不多一个小时光景。这时候，黄埔学生军的蒋先云大声嚷道："同学们！现在是我们为革命出力的时候啦！冲呀！"他端起枪，首先往前冲。于是潮水似的，把用木架安装在马路上的铁丝网，一下就冲倒了，很快就进入了中心市区，还在上午八九点钟，所有滇军，全部歼灭，仅只跑出一个营，也在离城不远的瘦狗岭缴了枪。原驻在西江的桂军，除廖湘芸的第六师，通过季交恕，于前些时候投奔湘军外，其他部分，均一起完全歼灭了。

四　一股妖氛

歼灭滇桂军以后，永汉路高第街这一带，再也看不到往往来来吸烟聚赌的人们，街道上显得秩序井然，表现出一番新气象。

“你看！这就是我从前参观过的金摊馆。”季交恕和方维夏，正同去湘军总司令部参加纪念周扩大会，由永汉路到高第街口，刚从车子上跳下来，扬起右手，指着那贴了封条的三层洋楼的摊馆，望着方维夏赞扬道：“国民政府一成立，首先就禁止了烟赌，统一了财政，搞得好。”

“对。”方维夏也就站着望了一望，轻声说：“哼！禁烟赌！不是我们党同工人农民帮助它消灭右派军队，巩固广州，怎么能成立国民政府！”

“是哎！”季交恕重重地点了几下头，一脚跨进这条狭窄的高第街口，慢慢往前行。

湘军总司令部，距街口不很远。还没走进去，望见这石门框东边，换过了一块油得光溜溜，几尺长的白底黑字的新牌子：“国民革命军第二军军部”。西边也换过了一块同样的牌子：“国民革命军第二军特别党部”。

“唔！还没有正式宣布，就把牌子挂上了？”走在前面的方维夏抬头一望，侧转脸，朝着季交恕说。他的声音虽不高，却被后来的陈嘉祐听清了，趋前几步说：

“今天的总理纪念周，就会宣布的。你们知道吗？黄埔改为第一军军官学校，湘军讲武堂，改为第二军军官学校，还要开办一个分校，招收一批青年学生。”边说边往前走，忽又停步立着，满面堆起笑容：“俄国好，鲍罗廷答应照黄埔一样派顾问给我们第二军，每师都有，我们讲武堂也有。哈哈！捞点油水不成问题吧——”

“哦。”方维夏和季交恕，只是彼此用眼光关照似的，同样哦了一声，没有说什么。

“你们政治部人手不够啦，也要扩大些，最好多找几个共产党员。”陈嘉祐笑笑。“嘿！那我们就会更左更红啦。——”正在滔滔不绝的没完没了，劈里啪啦一阵很沉重的脚步声，从外面响了进来，回头一看，乃是穿着一双厚底黑皮统靴的矮胖子张辉瓒。陈嘉祐的话被他打断了。彼此寒暄几句，一同走了进去，黑压压的一群，早就站满了这个大厅。

所谓“总理纪念周”，就是每个星期一纪念孙中山的例会。其用意，不外是借此教育国民党员和公务人员，可是，自去年开始不久，就逐渐变成了形式，只是读读“总理遗嘱”，行行三鞠躬礼，由当主席的说几句，默念三分钟，就算完事，然而今天却不同。

约莫八点多钟光景，谭延闿站在这大厅中央的前头，同大家一样，面向着挂在正中墙壁上的孙中山遗像，挺直胸脯立着，一动也不动。站在他后面的十来排人，静悄悄的，没有一点声音，不像过去交头接耳，麻雀似的乱哄哄。大家都意识到，今天的纪念周，将会宣布怎样改编，尤其吸引他们的，就是听说改编后，将会一律加饷。

“纪念周开始。”司仪的一位秘书，站在大厅东角上，提高嗓子这么叫，然后很有节奏地喊：“一鞠躬，再鞠躬，三鞠躬。”读过“总理遗嘱”之后，又喊“静默三分钟”，于是礼成。在平常，总不免有人背后说：“每个星期搞一次，实在有点腻。”可是今天没有人这么说。

谭延闿车转了身子，——背向遗像，面朝大家，他的酡颜上，显得满脸红光，喜气洋洋。他带着非常得意的神情道：

“各位同志！”侧转一下头，望望墙壁上的遗像。“蒙总理在天之灵，消灭了杨刘，巩固了广州，现已成立国民政府，汪先生做主席。这是由于我们执行总理的三大政策，才得有今天……”意思是说消灭反动派，巩固广州，乃是得力于共产党和工人农民的功劳。大家一听，都意会得到，因为这是有目共睹，谁也知道的事情。连张辉瓒，也跟着笑眯眯点了几下头，似乎亦有同感，不像去年在韶关时候那样别扭的神气。谭延闿皱一下眉头，接着道："可是，有些老同志，说我们消灭杨刘是内争，联俄联共是'赤化'，扶助农工是搬起石头打自己的脚，这不是违背总理遗训，胡说八道，有眼不识泰山吗？……"虽没有明白说出右派正在怎样企图捣乱，也没很尖锐地驳斥右派谬论，然而今天的口吻，也许因为当上了国民政府常委兼军事委员会委员，比从前好像左了些。最后才讲到军队问题："现在国民政府决定，要将各军一律改为国民革命军，各军都办军校，廖先生做各军同各军校的总党代表。黄埔教导团改为第一军，蒋校长兼军长；湘军改为第二军，谬蒙不弃，我仍兼任第二军军长，希望大家……"

因为只有谭延闿一个人说话，约莫不过点把钟就散了。方维夏、季交恕两位，回到原来讲武堂。这时，日已方中，气候暖和些。季交恕由于听到谭延闿的反右言论，又误认为胡汉民没有坐得上头把交椅，而是汪精卫做主席，廖仲恺主管财政又兼各军总党代表，这不是左派战胜右派的大喜事吗？心里很兴奋，身上也就发起热来。刚一踏进自己的房门，立即把上衣脱下，用力地往床铺上一扔，跑去方维夏的房里脱口说：

"竹雅！汪精卫做国民政府主席，蒋介石兼第一军军长，不错呀！谭三爷也有可能成为真左派哩。"此时，因汪、蒋这两个家伙，都表现极左，每次演说，汪的话，总离不开"革命的向左转，不革命的滚出去"。蒋的话也同样离不开"谁反俄反共，谁就是总理叛徒，反革命"。这是大家听惯了的，所以谁也相信这些骗人的花言巧语。不过前些时候的蒋介石，只是黄埔军校一个校长兼长洲要塞司令。国民党中央没有他，国民政府也没有他，论实力，据他自己在湘军讲武堂作报告说，第一次东征陈炯明时，还只有二千七百条枪，地位声望，不但比汪低得多，比谭也低些。看那一副挂在长洲要塞司令部蒋介石房子里的对联，就可以知道：

鸢飞鱼跃潭中月
虎伏龙吟海外天

上款是“介石老弟属书”；下款“谭延闿”。这就因为谭地位高于蒋，年长于蒋，故用这“属书”两个不大谦逊的字眼。一般人背后称呼他蒋介石，至多称蒋校长；对汪精卫，则都称他汪先生，而不直呼其名。

“是哎，左派多起来了，国民革命有希望。现在的谭三爷，可以算左派吧？”方维夏也满面是笑容。“看样子，只要大家多努把力，下面那些军官，都有可能拉着向左的。”俯一下头，若有所思似的低声道：“嗳！不过，第二军的武器不很好，战斗力不很强，须要报告党同顾问团，怎样帮助它才行。”

就在这一向，国民政府正式成立了，湘军讲武堂，改为第二军官学校。当国民政府宣布成立的那天，广州全市，挂满了青天白日满地红的国旗。乒乓乒乓的锣鼓声，劈啪劈啪的鞭炮声，从上午九点多到十二点，连续不断地没有停。在游行庆祝行列里，绝大多数是工人和农民。因为这时候，除原有二十几万省港罢工工人之外，还有全省农民协会领导下的郊区农民好几十万人。

“拥护国民政府！”“拥护三大政策！”“打倒帝国主义！”一片惊天动地的口号声，这是从打垮商团，消灭杨刘那些右派武装之后，革命潮流，正在蓬蓬勃勃高涨的时期。广州市面，全已沉浸在欢乐气氛之中。似乎谁也想不到反革命还会捣鬼。彭见清、胡云生同第二军官学校和分校学生一起游行回来，在越秀南路拐弯处，望见一个穿黑短衣的人，手里拿着一叠小纸片，从墙角边向马路上甩了出来。他们仍然漫不经心地边喊口号边往前走。拾得一看，才知道是些反动传单，上面还有几句这样的口号：“打倒国民政府”“反对赤色帝国主义”“反对共产党”“反对阶级斗争”“严防赤化”。

“妈的！不彻底消灭这些反革命还行吗？”就在这天将近黄昏时候，方维夏同季交恕，刚从第二军特别党部回来，彭见清同胡云生气愤不过地跑进方维夏的房子里，拿出一张纸："你看！这是我们在越秀路拾得的反动传单。"

天幕渐渐往下垂，房子里暗了些。方维夏接着传单，背着窗前立着瞧，一字一句地读到"老民党团结起来"这一句，他就骂："什么老民党？老右派！"他坐下来，把手一挥："你们坐吧。"将这反动传单递给季交恕。

彭见清坐下之后，胡云生也遵命坐下来，可是他心里有点惶惑不懂：国民党里边的右派，为什么还有新老之分？

"方主任！你说老右派，是不是还有什么新右派？"胡云生这么问一句，彭见清就插嘴：

"那没有吧？"

"怎么没有？"方维夏站起身来，踱几步，朝房门外边望了一望，然后坐在办公桌旁边，轻声细语地说："以冯自由为首的那些人是老右派；以戴季陶为首的那些人就是新右派啰。"季交恕接着说：

"历史上国民党里边的右派不少啦！你们年轻不懂得。国民党前身同盟会时代好些，从辛亥革命以后，将许多政党合并为国民党，成分复杂了，右派多起来，革命就失败。孙中山先生饱受几十年来的失败教训，得到苏俄同我们共产党的帮助，才决心改组为中国国民党，有了进步。然而老国民党右派如冯自由那般人，都一致反对改组——"说到这，胡云生就问：

"为什么？"

"那还不是反对孙中山的三大政策。"彭见清这么说。

"不仅如此，"方维夏接着又开口。"右派的阶级背景不一样。老右派是代表帝国主义、军阀、官僚、大地主阶级利益的。他们不但不反对帝国主义与军阀，而且暗中勾结香港政府，帮助商团，私通段祺瑞、吴佩孚，联络陈炯明、杨希闵、刘震寰那些家伙，借反俄反共为名，企图推翻广州政府。冯自由他们的机关就在香港，这要算是反革命的极右派——"

“哦！”还不大懂得阶级分析的年轻新党员胡云生，恍然大悟似的这么哦一声。“新右派呢？”

“新右派是代表大资产阶级利益的。表面上虽然赞成反帝反北洋军阀，但是也反对三大政策。”

“那新右派比老右派好点啰。”

“哼！都是半斤对八两，有什么好？”方维夏连摆几下头。“在四川、安徽、江苏、浙江那些地方，他们都联合老右派反对左派。”他搔搔脑袋，想起西山会议那回事：“这些右派，还不是聚在一起，在北京西山碧云寺孙中山灵前开会，大叫反俄反共吗？戴季陶所写的《国民革命与中国国民党》《孙文主义之哲学基础》这两本小册子，不大叫反对阶级斗争，反对我们共产党员加入国民党吗？不管新老右派，都不是好东西。前次在省委开会，陈延年同志就这么说过：‘资产阶级是有两面性的，在受外国资本和本国封建军阀压迫时，他们就需要革命；当工农阶级力量发展时，他们害怕触动他们的利益，就反对革命。’所以从打商团，五卅，沙基惨案，省港罢工，到打杨刘，表现出工人农民的力量以后，他们这些右派，就越发恐惧，越发猖狂。陈延年同志还指示我们多做些反右宣传。”他把拿在手里的反动传单往桌子上一扔。“问题还多着哩，革命是不会一帆风顺的啦。现在的问题，就是要狠狠地反击右派，驳斥右派的谬论，革命才有希望。不然的话，哼！”方维夏的鼻子里，喷出一股气来。

“对的，”彭见清连点几下头。“对的，对的！”一边说，一边就起身从书架上，取出几份国民党中央出版的刊物——《政治周报》，翻开来递给胡云生：“你看这个‘反攻’栏，就是些专门驳斥右派的文章。”

胡云生接着一看，头两三篇标题是：《北京右派会议与帝国主义》《帝国主义最后的工具》《右派的最大本领》。

“打中了右派的要害。”胡云生边看边自言自语道。“唔！‘润’

是谁呀?”他拿着这份《政治周报》站起来,走到方维夏面前,指着这个笔名问。因这期“反攻”栏里边,这好几篇驳斥右派的短文,全是署名一个“润”字的。

“润就是毛泽东同志嘛。他不是代理宣传部部长吗?《政治周报》就是他主编的。”方维夏笑眯眯地说。“这是反右派的宣传利器哩。他还有一篇《中国社会各阶级的分析》,也是反对右派理论的,应该看看。”说到这,叽咯叽咯的革履声,从房门外响了进来,原来是陈嘉祐。彭见清和胡云生,一见是校长,就连忙行个军礼走出去了。

“校长你看!”方维夏将这传单递过去。“右派这些家伙!”陈嘉祐接着瞧一下就说:

“哦!知道。”因为他刚从第二军部回来的时候见过了,边说边坐下来,声音小了些:“嗳!谭三爷告诉我一个秘密消息,听说胡毅生、朱卓文那班右派有阴谋——”半吞半吐的马上闭着嘴。

“什么阴谋?”季交恕很着急似的轻声问,房子里亮晶晶的电灯下,两只眼睛的光芒,直射在陈嘉祐那张呆板板的方脸上。

“阴谋?”方维夏也紧接着这么问一句,趋前几步,面对面站在陈嘉祐的跟前。

“有——谣——言——”陈嘉祐几乎是一板一眼,慢慢地说出这三个字,再没有下文。

“什么谣言?”季交恕又追问。陈嘉祐这才直率地说:

“右派想搞暗杀,他们说要把左派搞掉,把共产党撵走。”他说此话时,面部肌肉显得很紧张。

“哼!右派什么东西!做梦。”季交恕昂起头。“左派这么多,他怎么杀得尽?广大工农民众都拥护共产党,他怎么撵得了?”然而陈嘉祐的脸皮上,却越来越不自在,瑟瑟嗦嗦地又说:

“暗杀是防不胜防的啦!”匆匆忙忙车转身子走开了。

此时,西山会议派在北京,在上海,虽仍闹得很凶,然而在国民党左派占优势的湖南湖北……那些不公开的地方党部，都纷纷发电反对右派。广东这个革命根据地，更是民气勃勃，似乎看不出有什么妖魔鬼怪可以兴风作浪的象征。大家也只把这类谣言，当作耳边风。

另一天，陈嘉祐从高第街谭延闿那里回到军校来，跳下车子，愁眉苦脸低着头，把两手插在自己的衣袋里，有神没气的直往政治部走。这时，方维夏他们几个人，正在开会讨论如何作反右宣传问题。一见进来的是校长，大家就起身打招呼。然而陈嘉祐不理睬似的，仅仅点一下头，不就座也不作声。大家瞪着眼望他一望，看得出是一种很沮丧很怅惘的神情。

"唔！有点奇怪！"季交恕心里这么说。他知道在湘军将级军官中，陈嘉祐这个人，虽然胆量不大，可是比较张辉瓒他们那班人，架子小而老实些，为何今天一反平常的态度？于是就发问：

"陈校长！有什么事吗？我们在开会哩。"随即拖拢一张椅子，摊开双手："请坐！"

"我们正在讨论怎样做反右宣传。"方维夏立即补一句。陈嘉祐慢慢地坐了下来，一面摆头一面说：

"哼！反右？要当心啦！"脸色一下变成灰白。"唉！廖党代表被刺死了。"这句话音刚刚出口，好像是晴天霹雳，大家都一愣，齐声问道：

"呀！什么时候？""在什么地方？""捉到凶手没有？"你一句，我一句，争先恐后地抢着问。因为廖仲恺是总党代表，也就是他们第二军和第二军校的党代表，从湘军讲武堂开始到现在，他曾经在这学校做过好几次讲演，大家都认识他。方维夏、季交恕，与他接触更多些。前天下午，还为着第二军党部选举圈名问题，在东山百子路廖公馆，同他商谈过一阵的，不料今天竟会发生这样意外的事情。于是更关心地问：

"现在哪里？……"

"听说在医院里装殓了。同去看看。"于是大家边说边起身走。陈嘉祐将廖仲恺遇刺时的情形告诉了他们。

原来这日上午,是国民党中央党部开常务会议的日期。约莫八点钟左右,一辆去开会的小汽车,呜的一声,从东山百子路,风驰电掣般,开到越秀南路惠州会馆,即中央党部门口停下了。一位高个子卫士,跳下车,立即打开后面的车门,先后走出来比较矮些的一男一女,就是廖仲恺夫妇。

廖仲恺跳下车来,轻松愉快的径往前走,还没有进大门,中央党部大门口两旁,猛然钻出来几个拿手枪的人,一齐朝着廖仲恺啪、啪、啪,放出几响鞭炮似的枪声。

"呀!快来!抓人啦!"他的夫人看到廖仲恺倒在地下,一个箭步跑拢去,嘶破了肺管似的大叫。在平日,党部门前,本有两个哨兵的,不知怎的,这时都不知去向了。待里边的人赶出来一看,廖仲恺躺在血泊中,不动了。他的卫士也受了伤。现在仅只捉到一个被卫士打伤的凶手陈顺,还在他身上搜出一个单据,——香港政府答应事成之后,给奖赏的。

两三天过去了。从处理廖案委员会透露出来这样的消息:据被捕的凶手临死前的口供,主谋暗杀的,就是右派胡汉民的兄弟胡毅生,粤军的魏邦平、梁鸿楷和朱卓文那班人。然而在下通缉令以前,他们都早已闻风逃往香港。其中有什么鬼?一时还摸不清。

一日,晨光微启,就听到一阵答滴答滴的起床号音。季交恕因为昨夜有事睡得晚,刚一听到这号音,睁开两只睡眠不足,略带浅红色的倦眼,奋身爬起床,正在洗脸。方维夏一脚踏进去,伸出手,轻轻地在他背脊上一拍。季交恕还不知道是谁,回转头来:

"你呀!"朝着方维夏笑笑,随手把手巾往脸盆内一扔。"你昨晚哪里去了呀?"

方维夏仍然站着,仿佛有什么事正在考虑似的没作声。沉默有顷,然后说:

"嗳！昨晚在军部听到一个秘密消息，说胡汉民因与廖案有关系，不晓得躲到哪里去了。听说胡毅生那些逃犯，是有人通风报信放走的哩——"

"谁？谁报信的？"季交恕愣愣地圆睁着两只眼睛，连忙问。方维夏仍一本平常的斯文态度，慢吞吞地低声道：

"有人说是蒋介石，但没有证据，或许是谣言。"两个人一面说，一面坐了下来。

"那不会吧！蒋介石不就是处理廖案委员会的委员之一吗？他在追悼大会上，不是痛哭流涕，口口声声说要革命就要替廖党代表报仇吗？"季交恕很天真地这么说："胡汉民是老右派，他有关系，那是可信。"可是年纪比他大，阅历也比他多些的方维夏的看法，稍微有点不同。他说：

"蒋介石虽然不是胡汉民那些右派，表面也反对西山会议派，处处表示左，然而他同反动理论家戴季陶关系很深。听说他所支持的孙文主义学会，骨子里是反共的，"轻轻地晃晃脑袋。"知人知面不知心哩！虽然是谣言，——"说到这，他心里忽然一闪，想起《向导周报》上陈独秀写的《今年双十节中之广州政府》那篇文章里面，有"国民党左派领袖如汪精卫蒋介石"这么一句。"那是党中央书记的话，难道不比我们看得更清楚更正确些吗？"因而不敢再说下去，走开了。

就在这一九二五年末，到一九二六年初，同帝国主义和北洋军阀一鼻孔出气的老右派，居然在上海成立国民党第二中央，与广东革命政府对抗。在广东的新右派孙文主义学会，也越来越暴露出反苏反共的真面目。因而中国国民党在广东，才召开第二次全国代表大会，重申遵守孙中山的遗嘱和三大政策，以纪律制裁右派。这是国民党内左右派斗争开始露骨和日趋尖锐的时候。会上，凡关于党务、政治、军事等报告，各军军师政治部人员，也得列席或旁听。

大会第三天,会场内,已经黑压压地坐满了人,丁当丁当的铃子,发出了洪亮的响声。俄而,一个马脸、尖脑袋、剃光头的瘦长个子,身上穿着新军服,肩上挂着斜皮带,挺直胸脯,装作神气十足的样子,三脚作两步,气势汹汹地跨上了讲台。他把两只骨碌碌贼一样的眼睛,朝着会场四周横扫一下,然后张开嘴巴:

“各位代表,今天军事委员会叫中正来做报告。……原来广东内部的敌人很多,我们的兵力很少,真是危险万分。至于外部的敌人,更不消说……”他把这两年来的军事情况说一阵后,马上又把话题转回来。“孙总理早就看出这些情形,所以在本党改组时候,下决心建立党军。他知道要发扬革命事业,非有忠实的党军不能成功;要使党军坚固,先要党军军官彻底了解主义,更要有彻底了解主义的忠实信徒,为领导骨干。”说至此,蒋介石为引起全场的注意,用手指头重重地敲了敲桌子道:“这时候,中正从莫斯科回来,先总理就叫中正负责办黄埔军校。起初,只有四百六十几个学生,枪械既少,经费又没有着落……”也许他过于兴奋,白色的口沫,从嘴角流了出来。他顺手从口袋里掏出手帕,抹了一抹。“中正现在敢说,由于这几年的努力,党军壮大起来了,内部敌人肃清了。中正敢担保,现在有足够的力量向外发展啦!”弦外之音,仿佛肃清内部、巩固广东,全是他中正的功劳。

“呸,真作呕!中正中正一大串!真腻!”坐在后面的几位,交头接耳低声说。

报告完毕,大家照例拍一下掌。坐在西边代表席上的缪斌,突然站起身来,大声叫道:“全场起立致敬!”可是,除王柏龄他们这一伙喽罗外,大多数人,依然坐着没有动。还有些发出“嘘——嘘——嘘——”的声音。蒋介石脸上一红,欠欠身子,连忙从讲台上跳了下来。会议刚散,他立即打电话把缪斌、王柏龄那一伙叫去,大发雷霆:

“妈的!混蛋!”用手指着缪斌,拍桌子。“谁叫你不看清风色就乱来,叫我怎好意思下台?”缪斌是他一手培养出来的狗腿子,是后辈,又是他的学生,很懂得蒋介石的恶毒性格,不敢坐,也不敢回话。只有教育长王柏龄,笑嘻嘻地替缪斌解释几句:

“是、是、是,校长说得对。不过——”

“不过怎样?”

“不过校长也常常说,要我们孙文主义学会同志,碰着机会就捧场。这——嗳咳!”假作干咳一声。“这次大会,不就是个好机会吗?”蒋介石一听,把举在半空中的手收回来,口气变了:

“我不是怪你们做得不对啰! 急什么? 慢慢来嘛!”左手拉着王柏龄,右手一招:“嘻嘻,来!”于是,把缪斌叫拢来,一起坐下,说:“你们不知道,这次大会,他们那些左派同共产党,只想把右派洗刷得干干净净,那我们就孤立无援,不好搞了。”王柏龄愣着就发问:

“那怎么办?”

蒋介石把双眼射一射缪斌和其他同来的几个喽罗,说:“不久,就会选举。你们要到处放出这样的空气:对右派要留有余地,不可打击太狠了,恐怕狗急跳墙,反而不好。戴季陶、胡汉民都是老同志,也没有公开参加西山会议,应该选他们。”蒋介石把手指一指王柏龄几个:“你们都要在代表中多做些联络,尽量表现左,要使我们提出来的人,都能选上中央委员,或者监察委员,好做内线。”他笑笑。“嘿! 那就明枪易躲,暗箭难防。这些共产党、左派,总有一天,一网打尽它。哈哈!”

此时,王柏龄他们都跟着他哈哈大笑起来。缪斌也再没有刚才那样瑟缩,说话了:

“校长说得对。我们一定遵命照办。”

“我们一定照办。”“遵命照办。”“照办。”王柏龄等人,也说出同样的话。得了他这一条锦囊妙计,喜笑颜开,如法炮制的,各自去分头进行活动了。

正当元旦过后,第二次大会闭幕的那天,暖烘烘的太阳,照在陈嘉祐的头上，满脸红光。这次大会，开除了一些右派中央委员，增选了一些左派中央委员，他也是被增选中之一个。从党部散会回来，刚一跨进第二军校政治部，陈嘉祐就得意洋洋的高声喊：

"竹雅！竹雅！"

"谁？"方维夏正在季交恕的房子里谈话，没听清是谁在叫他，立即站起身来往外看。一见是陈嘉祐走了进来，就说："哦！陈校长你呀！散了会吗？"

"今天闭幕了。"陈嘉祐张开嘴巴笑。"哈哈！这可好了，谢持、邹鲁，永远开除党籍，居正他们这些西山会议派，都有警告处分。"坐下来，跷起右腿晃了几晃。"中央委员会，换过了新班子哪！"一面说，一面从口袋里掏出一张改选的名单递过去。"你们看！这算是我们左派打了一次大胜仗。"

他们这两位，接着名单一起站着瞧：中央执行委员三十六名，候补中央执行委员二十四名，监察委员二十名。当中，有李大钊、毛泽东他们十位共产党员，宋庆龄、何香凝、邓演达等十来位左派，一望而知，是这次大会的革命骨干，他们边看边点头。但看到戴季陶和胡汉民的名字，季交恕同方维夏的脸色立变：唔，这不是右派头子吗？为什么还选他们？但都没有把自己心里的话说出口来。

"哦！蒋介石当选啦。二百四十八票！居然同谭三爷的票一样多，比汪精卫只少一票呀！"方维夏抬起头来，带着惊讶的神色，望着陈嘉祐。此时蒋介石的地位并不很高，在第二军校讲过两次话，每次都颂扬反太平天国的头子曾国藩，方维夏心里早觉得不是味儿，尤其听说蒋介石与新右派戴季陶关系密切，又暗中支持孙文主义学会，他就更加有所怀疑和不满。但转念：既然党中央认为蒋介石是民族资产阶级的代表，可能自己的见解有错误，就只哦一声，没有再说什么。待陈嘉祐走出去后，他们这两位又拿起那张名单，搁在办公桌上看了又看，其中，中派多，右派也不少，还有些分不清楚的新角色。

“唔！这些是谁呀?”季交恕用手指重重地点着陈果夫他们的名字。

“还不是跟缪斌一样,全是蒋介石那一派的。”方维夏站在桌子旁边,很鄙夷似的,撇撇嘴:“哼！这次大会,打是把右派打了一下,不要前门拒虎,后门进狼啰!”他的意思是指蒋介石。政治嗅觉不很灵敏的季交恕,同大家一样,不敢相信蒋介石是十足道地的革命者,却也不怀疑他会反革命,因而没有置可否。

方维夏看出季交恕的这种心思,彼此也是好同志,老朋友,但他的城府比较深,嘴巴比较稳,所以始终不愿把自己的看法赤裸裸地顺口讲出来。只是说:

“你知道他的出身吗?”方维夏半带启发式的口吻,指指这名单上的蒋中正即蒋介石的姓名问。

“他是日本士官学生嘛,辛亥年在上海跟陈其美一起搞,当过标统。”

“什么士官学生！只在东京振武学校搞过年把。”方维夏根据他在日本同过学的浙江朋友的话,讲一大串:“我有一位朋友,就是蒋介石的同县奉化人。据他说,蒋介石原来姓郑,后因随母下堂,才跟义父姓蒋的,一向品质极坏,捣蛋不学好。他在东京巴上他的浙江同乡青帮头子陈其美,所以辛亥革命那年光复上海时候,在陈其美部下当了几个月标统。加入青帮以后,更加流氓化,不久就同上海的大流氓头子黄金荣、杜月笙,交易所的经纪买办虞洽卿以及戴季陶、张静江他们,搞在一起,依靠洋人势力,在租界上贩烟包赌,无所不为。……”边说边指着当选名单上张静江的名字。又指指陈果夫的名字,说:“这不就是陈其美的侄儿子吗? 都是反俄反共的。吓！这一下,把蒋介石抬高了啦！中央委员兼军事总监,都是顶有权力的职位呢!”说完之后,立即又这么补一句:“嗳！这是我们两个的私话啦,不要对人说。”

“哦！这样的呀!”季交恕睁大两只眼睛:“那还是要看他将来

表现怎样。”

约莫两个月以后，三月二十日清晨，距第二军校不很远的永汉南路那一带，除开站岗的警察以外，仍是静悄悄的没有人。住在这南街头一幢小洋房内的，是黄埔第一期学生，现任海军党代表兼政治部主任，代理海军局长，湖北人李之龙。

“呀！拉生啦！救命啦！……”在淡红色的晨曦照耀下，一辆没有篷子的大卡车上，站着几个挂有国民革命军第一军徽章的军人，手里拿着驳壳枪，用麻索绑着一位打赤脚，仅仅穿一件单睡衣的圆脸矮个子，这就是李之龙。事出意外，他本人还以为是强盗“拉生”，故此狂叫。不料沿途岗哨，居然熟视无睹，置若罔闻。与此同时，越秀路以东和以南的几条马路，即从东校场到大东路东堤那一带，布满了荷枪实弹的第一军，宣布戒严。一直到日上三竿，还不准行人往来。

“呀！出了乱子啦！”这时，已经是上午八九点钟，彭见清带着惊讶的神色，跑进季交恕的房子里，满脸通红，圆瞪着两只眼睛大声说：“李之龙被抓走了，省港罢工委员会同俄顾问团，都被第一军包围了。工人纠察队被缴了枪。”他把刚从蒋先云那里听来的消息告诉季交恕。“闹不清什么原因，不晓得是不是孙文主义学会王柏龄、缪斌他们搞的鬼。——”这因为李之龙和彭见清都是中国共产党领导下中国青年军人联合会的会员，而蒋先云则是联合会的负责人，孙文主义学会和中国青年军人联合会都在黄埔，原是左右派两个互相对立的团体，所以彭见清就这么猜想。

房门是开着的。住在对面房子里的方维夏，刚一听到彭见清在说“出了乱子”等话，立即走过去，也同季交恕一样地愣了一下，说：

“奇怪！我们同去省委打听一下吧。”这是一件突如其来的无头公案，只有去问问陈延年，或者知道些。可是，此时陈延年不在家。问阮啸仙，他也只知道就是这么一回事，说省委正在根究。他们这两位,就立即转身往高第街第二军部谭延闿那里。

上午十点多钟光景,谭延闿那间满装着玻璃的客厅上,站着三四个人。方维夏同季交恕,还没有走进客厅,就看清除第三军军长朱培德外,全是第二军经常见面的人。就是朱培德,也是前年第二次北伐时,在韶关见过几次面的。因而没有什么顾虑,闯进去,还没有来得及向大家打招呼,连忙就发问:

"总司令!"这是方维夏没有称军长,仍沿用老称谓高声喊谭延闿的嗓音。"你知道吗?听说第一军包围俄顾问团,捉共产党,缴工人纠察队的枪,什么原因?"这位从不轻易发脾气的方圣人,满面怒容,语气也很粗硬。"这不是违反总理的三大政策吗?发疯!"

在座的几位,也是来此打听消息的,都一样皱着眉毛点点头。谭延闿和朱培德,则是刚从蒋介石那里回来的。谭延闿说:

"有是有这么一回事。你们坐!"把手一挥,脱掉自己身上的黑毛线呢夹马褂,从口袋掏出一条手帕,揩揩额头上的汗珠。"这样搞是不大好啰,当然有碍中俄邦交嘛。"朱培德比较水晶球直爽得多,马上就搭嘴:

"是呀,不利用俄国,拿什么北伐?不利用共产党,谁替我们拼命卖力啦?"

"对的,对的。"陈嘉祐和鲁涤平同声附和。张辉瓒笑笑,没作声。朱培德仍然继续道:

"我们是不赞成这样搞的,"他望望谭延闿。"别军也不大赞成,蒋校长说是误会,答应把第一军部队撤回。"

"到底是什么原因?"季交恕说此话时,脸色很不正常。本来因为得到这消息,而现在还是蒙在鼓里弄不清,早就有点恼火;加上朱培德公然说出"利用"这两个字,他心里就越发不愉快起来,觉得他们这些人,不像是真心联俄联共搞革命的。

"原因多啦!"谭延闿仍是半吞半吐的。"据蒋校长说,孙文主义学会,早就报告了他,说共产党阴谋倒蒋倒政府。十八那晚上,李之龙声称奉蒋校长命令,突然派中山兵舰到黄埔,但此时蒋在省城,并无此项命令。因恐他们扰乱治安,不得不出此一举……"

"那未必,我不相信共产党有这样的阴谋。"方维夏不断地摇头。"在打商团,打杨刘,打东江陈炯明,反对右派,统一广东,他们多么努力!不是他们,工人农民,怎么会参加我们国民党?怎么会拥护国民政府哩?唔!莫不是敌人无事生非,挑拨离间吧?"

"对!我也是这样看。"季交恕紧接着说。"我们国民党,从辛亥革命到现在,整整十五年,革命都失败,这是孙总理最痛心的。所以他就决心改组国民党,实行三大政策。果然不到两年,广大的工人农民起来了,从来不统一的广东统一了,全中国的革命潮流高涨了,没有共产党这股新血液,行吗?"亮晶晶的两只眼珠,边说边朝着在座的人们扫射一下:方维夏微微的有了一点笑容;张辉瓒仰头望着天;谭延闿很注意似的凝视他;其余三位,看不出有什么表情。他于是稍微调换过语气:"帝国主义同反革命,当然是害怕苏俄同共产党的,很有可能播弄是非,破坏我们的合作。那我们就不可轻信敌人的谣言呀!"听他这话的意思,像是对蒋介石,又像是对在座的人而言,分不大清楚。他也同大家一样,还是模模糊糊,睡在鼓里。

就在这当儿,当当当,桌子上的电话铃响了。谭延闿马上站起身,取下耳机子一听,问道:

"哪里?什么事?"

"……"

"哦!我就是。"

"……"

"哦!好,我就来!"他把耳机子一搁,朝着在座的人们道:"中央党部召开紧急会议,就是为这个问题。"边说边从衣架上取下那件夹马褂往身上一披,大家也就匆匆告辞了。

虽然市面是安静的,可是广州人心,却在动荡不安。这几天谣言纷起，闷葫芦里的中山舰事件，成为谁也猜不着的一个谜。从谭延闿那里回来之后，季交恕同方维夏的心里都很沉重，都不免有些难过，有些担心的样子。

过了几天，阳光刚从东方透射到第二军政治部阅报室的窗口上，他们两位，连忙跑了进去；拿起当天的广州《民国日报》一看，头一版就是关于中山舰事件，蒋介石同中央通讯社记者一段谈话：

> 记者问：日前三月二十省中戒严之事缘何而起？
>
> 蒋校长答：……余得有中山舰异动报告……事起仓促，不及报明政府。当由余以非常处置，……未先得政府命令，近于专擅，已呈请政府，严予议处。至种种谣言，纯系帝国主义走狗及奸人所造，乘机煽动，以遂其倾覆政府，分裂革命势力之阴谋，……致引起市民一时不安，斯实余之大歉。
>
> 记者问：当日举动是否牵及省港罢工委员会？
>
> 蒋校长答：政府对于罢工抵制帝国主义，始终处于赞助地位。余更为拥护罢工政策最力，反对帝国主义最烈之一人，当然绝无摧残罢工，破坏工人运动之理。不过，当日因追究中山舰行动，适扎兵于罢工委员会门前，致碍及会中人员交通，一切谣言，遂由此起。……
>
> 记者问：东山之警戒情形又为何？
>
> 蒋校长答：东山适亦在警戒区域，乃因部下误会，致有妨俄顾问出入，此亦余所深致不安者。
>
> 记者问：外人有因此疑及联俄政策有变更者，果如何？
>
> 蒋校长答：苏俄已成为世界革命之中心，中国国民革命又为世界革命之一部分，吾人既尽力于国民革命，自当努力促成世界革命。若谓世界革命同志而竟互相伤害，而竟不相联合，宁有是理！实则此亦敌人故散此谣言，以惑我革命民众。吾民众果已认识革命至理，则绝无受骗之可能。

这一些骗人的假话，即比较有点政治警觉性的方维夏，也一下

被迷惑了。立即放下报纸,抬起头望着季交恕说:

“这可能是敌人分裂革命势力的阴谋,一时错误很难免,他既然认错,又自请处分,就是好的嘛。”

“对。”季交恕更像吃了迷魂汤,以为蒋介石这些话,是真实可信的。然而一转念:“李之龙是熟人,我昨天还亲自到他家里去问过,明明白白是在床上抓去的,为什么报上说是在中山舰拘留的呢?黄埔与第一军内边的共产党员,全被撵走,工人纠察队的枪支,全被缴去,为何报纸上都未登载?”但也只这么想一想,没有再说什么。在他看来,问题可能不很严重,不然的话,党一定会召集会议有报告的。

可是,在当时年轻,政治经验少,尤其在陈独秀右倾机会主义与家长制度统治之下的党,关于中山舰这样大的事变,一直没有召集过什么大会作过报告,只是在上海香港各反动报纸上,看到连篇满幅的造谣污蔑与挑拨离间等报导。在国共两党报刊上,也只不痛不痒地提到蒋介石。而在《中国青年》上,陈独秀写的《中国革命势力统一政策与广州事变》一文中,这位共产党中央总书记还说:“右派……宣传此次事变是由于共产党阴谋推倒蒋介石,改建工农政府,我们现在可以回答他们……蒋介石是中国民族革命运动中的一个柱石……”

看了这样的安民布告,好像中山舰事变,全与蒋介石无关;国共合作,只是帝国主义军阀和右派造谣挑拨,从不曾有什么问题。加上这时候,正在准备出师北伐,季交恕他们,也就忙于开会,忙于筹划军队中的政治工作,把左右派斗争这些基本问题,几乎忘记得一干二净了。

一个多月以后的一天,季交恕和方维夏,在政治部的厅子里,聚精会神地商谈一个什么宣传大纲,除开他们俩的湖南腔,就只听到桌子上电扇的荷荷之音。此时,陈嘉祐从国民党中央二中全会开会回校本部,经过政治部门口,看见他们这两位,就走了进去。

“咳！国共合作有问题啦！”陈嘉祐皱皱眉毛，把戴在头上的全金边军帽取下来，往长餐桌上一搁，一股热气，冒烟似的从他脑袋顶上冲了出来，像着急又像有气，但也没有明白说出有什么问题。

“怎么啦？”方维夏愣着。

“二中全会闭幕了吧？是不是讨论到国共合作问题？”季交恕问，同时想到陈嘉祐是确实赞成国共合作的。因为陈嘉祐看清从一九二四年国民党改组到现在，能够得到广大工农民众的帮助，使国民政府得到巩固与发展，全是共产党的功劳，所以，虽一方面害怕共产党把工农民众势力搞得太大，会损伤他们的阶级利益；但另一方面，又害怕右派破坏联共政策，国民党会变成孤家寡人，国民革命不能成功。在平日闲谈中，陈嘉祐就时常这样表露过。这时，他不大高兴似的，有声没气地说道：

“蒋校长提出一个‘整理党务案’，通过了，总共二十来条，主要是限制共产党在本党高级党部的委员，不得超过委员额数三分之一；共产党员不许当中央各部部长；加入本党的共产党员，应将名册呈缴本党中央；国民党员不许加入共产党。”说到这，他竖起一个食指，轻轻地在桌子旁边敲击一下，晃晃头：“这样一来，共产党是不是会同意呢？国共合作将来发生问题，那怎么办？……”他还把会议上虽然有争执，但蒋介石他们那一派怎样坚持等情况说了一些。

“岂有此理！”季交恕嘴巴一噘：“两党合作是平等的，为的是革命，又不是为做官，为什么这样分界限？共产党未必会同意——”他的话还只说半截，陈嘉祐已起身快走出房门了，方维夏也同样愤激，抢着说：

“真奇怪！入党是各人的自由意志嘛！共产党员可以加入国民党，为什么国民党员就不允许加入共产党？”望着陈嘉祐的背影已经消逝，他立即回转头来：“这到底是怎么一回事呀？我们去报告省委一声吧，问他们知不知道。”

他们这两位的心里，俨像蕴藏着一座快要爆裂的火山，热辣辣的，嗓子里又干又苦。他们感觉得非常不安，已经摆上桌的晚饭也没吃，就拔脚往省委走。

"难道过河拆桥，国共会分家?"季交恕刚一坐上车，不住地这么想，同时把嘴巴凑近方维夏的耳朵边这么说。

"暂时不会吧?"方维夏说话的声音也很小。"现在还没有过河。他也只有一个军，羽毛不丰满。"停一下，又继续道："老实说，没有我们这座桥，他不会有今天，大家都知道，单靠他们，也过不了河。不过，这位先生，"大约怕司机的听到，没有说出蒋介石的姓名来。"到底靠得住靠不住，我总有点不大放心。"

这是学校里一辆公用小汽车，约莫十把几分钟，风驰电掣般，就到达了文德路口的省委门前，呜的一声，司机立刻把汽车煞住了。他们两位，从汽车上跳下来，三脚作两步就上楼。一位穿粗布短衣的，正从二楼下来，一见是他们立即站住了。

"哦！你们啦！上去坐，我出去一下就来。"说这话的就是陈延年。

"我们有点重要事同你谈。"一手拉住他，走上二楼办公室。还没有坐下，季交恕就迫不及待，将今天从陈嘉祐那里听到的"整理党务案"这些情况和意见述说一番，方维夏又补充几句，接着问：

"省委知不知道？打算怎么办?"

"知道。"陈延年答复这两字，伸手扭开电灯，挥挥手："请坐下谈。"从摆在桌上的小藤包壶内倒出两杯茶，挨着他们坐下来。"我们是开会讨论过的，也报告上去了。但中央有中央的意见。"半吞半吐的，还没有说出个所以然时候，季交恕就问：

"中央意见怎样?"

"中央说过，现在是反对帝国主义与封建军阀的资产阶级民主革命时期，我们的主要任务，就是领导工人农民，站在帮助地位，建立巩固的联合战线。内部矛盾是有的，但亦只有尽量团结，应当避免斗争。”说至此，他苦笑一下：“嘿嘿！这一回，也许会再让步哩！只好听候中央指示吧。不要同中山舰事件一样，妄参末议碰钉子。”

“怎样碰钉子？”季交恕听出他这些话里边，似乎有骨头，接着问。

“哼！”陈延年鼻子里哼了一声。“中山舰那回事，我是同意毛润之的意见，对蒋介石来一个回击。无奈中央害怕影响团结，怕吓退国民党资产阶级，硬不同意。”

“哦！”季交恕同方维夏这才知道陈延年与他的父亲陈独秀，原有不同的政见。因而他们又问：“假如一让再让，人家不更会得寸进尺，‘雷公打豆腐’，专从软处下手吗？那怎么办？”

“咳！且听下文分解吧！”他的意思，就是说只好听候中央的指示办。说完，他立即拿起一个深黄色的旧皮包往腋下一挟：“我有事要出去。”行色匆匆的，一同出了门。

果然，此后不久，以陈独秀为首的中国共产党中央，竟同意了这个“整理党务案”，并发表了一封“致中国国民党书”，这么写道：

> 中国国民党中央委员会鉴：……贵党总理孙中山先生，……以为党内合作，则两党之关系更为密切；本党亦认为中国社会各阶级力量之相互关系，现亦可适用此种合作方式，……故吾两党之共同职任，即在努力巩固革命联合战线。……今　贵党于本年五月十五日开中央委员会全体会议……特别侧重于“党务整理”。……
>
> 贵党之出此，或者认为与本党合作之方式，……必须……有几种之改变。……果若此，则与本党合作政策并无所谓根本冲突，此原则为何，即团结革命势力以抗帝国主义，不问其团结及合作之方式为何也。　……贵党“整理党务案”，原本关及贵党内部问题，无论如何决定，他党均无权赞否。……愿贵党于“整理党务”之后，更加努力奋斗……

“唔!”方维夏刚一看完,马上拿着这个文件,跑过他对门的房子里,递给季交恕:“你看!”随身往床上倒下去,从丹田里沉重地长叹一声:“哼! 难道这只是一个合作方式问题吗!”

第十三章　革命高潮又低潮

一　北　伐

一日拂晓，房子里黑沉沉的，人们都没有起床。可是，窗户外一大群麻雀，吵嘴似的嘁嘁喳喳闹起来，把季交恕从梦中惊醒了。他一睁开眼睛，就记起今天上午，须要去参加第二军部召开的建立党代表制与加强政治工作的会议。要不要从第二军校中，再挑选几个党员同志到部队去当党代表呢？翻一个身，马上又记起，仿佛前一向，在党内开会时，党中央有过这样的指示：在现阶段，资产阶级民主革命阶段，我们党，只应当尽力发动民众，特别是工农民众，参加国民党领导的国民革命。等打倒帝国主义与军阀，解放被压迫的中国民族以后，才能进一步实行与贫苦农民联合的无产阶级革命。因此，我们自己不要搞武装，就是在国民革命军队中，也只要抓住政治工作方面的领导，免得影响国共两党的联合战线。现在快要北伐了，各军、师、团、营、连都要建立起党代表制度，适合于做党代表的党员同志，可从军事岗位上调到政治岗位上来，以便加强政治教育，改造军队素质，改善官兵关系，尤其军民关系，这才是我们的责任。

“对！党代表制度好，政治工作是重要的。但为什么我们自己不要搞武装？对不对呢？”季交恕记起余楚农对他谈过，毛润之同志，在农民运动讲习所，是强调革命人民要有自己的武装的。他把

"自己的"这三个字,琢磨了许久,自问道:"现在的国民革命军,算不算是革命人民自己的武装呢?"他想了一下,摇摇头。

正在这样想的时候,唧唧唧——呼!又是那一群麻雀又飞舞又鸣叫的声音,把他的思索一下打断了。因昨夜开会回来太晚,像昏昏欲睡的样子,但脑子仍在继续活动着:"适合于做党代表的党员同志,有哪些呢?"第二军校一些党员的形象,立刻排队般显现在他眼前。除彭见清外,他首先看到面孔黑黑的胡云生,和身材相当高的李崇道他们两位。

此时,晨曦从天井对面的屋脊上,渐渐往下移,隔着一重白纸的窗外曙光,照出一个黑色的人影,正从右向左转过去,轻轻地"嗳嘿"一声,听得出是方维夏在咳嗽。他每天不等天亮就起床,而且一起床就自己倒水洗脸,自己收拾屋子,然后出去散步。季交恕立刻爬下床来,打开房门一看,果然是他。

"竹雅!"季交恕一手拉着他:"进来坐一下,有事同你商量。"其实,彼此都没有坐,就只面对面立着谈:

"我想,推荐党代表那个名单,还可以添两个名字上去。"

"添谁?"

"胡云生同李崇道。"

"胡云生?"方维夏略带几分踌躇的神情道:"好是好的,就是文化程度低一点,恐怕通不过。"

"文化是可以提高的嘛。他们都是工农分子出身,品质好,年轻,有才又有胆,我认为都够条件。"

"对,我们的看法当然是这样。"方维夏表示赞同。但马上又说:"他们的观点不同啦!你不记得去年张辉瓒大放空气,说彭见清年纪轻,没有大学毕业,当政治教官不够格吗?硬把王泮藻介绍进来。其实,这个挂名留学生的文化程度,哪里抵得上彭见清呢?真是见鬼!"

"那放屁,不管它。"季交恕的声音很粗又很重。

“我想，与其通不过丢面子，不如不提好些吧？”

“顾什么面子，提、提、提！”季交恕仍然坚持自己的意见。因为彼此是好同志，伸出手来，在对方的肩膀上拍了几拍，方维夏也就同意了。

今天开会时间是上午八点半，季交恕同方维夏，吃过早饭后，连忙就动身赶到高第街第二军部，靠近军长室门外的小客厅内。这时，壁上挂钟的时针，还只指到八点一刻，餐桌上的茶烟水果，也都摆设得齐齐整整。但是桌旁边的椅子，还没坐上一个人。东边那间房子，即谭军长的房子里，也静悄悄的没有声息。季交恕趋前几步，伸进半个头瞧一下：床背后的马桶上，坐着一个穿短便衣的大个子，正在那里拉屎。这是谭延闿多年来的习惯，每天在马桶上，至少要坐点把钟。如果是他的亲信有事去找他，便可以蹲在马桶跟前，同他交谈。所以当时一般人便嘲笑这为“马桶会议”，叫谭派为“马嘶团”。季交恕因没有什么必要事，又不是马嘶团里边的人，只这么望了一下，立即车转身子，没有进去。

这时，太阳已经升得很高了。从玻璃窗外透进来的阳光正亮，把挂在厅子墙壁上，画有红、绿、黄、蓝等符号的那幅军用大地图，照耀得特别鲜明。

方维夏坐在桌旁边看报，季交恕则从他的身边走到地图跟前看一下：关外东北角上的奉天、吉林、黑龙江和直隶、察哈尔、山东六个省，全是画着表示张作霖奉军的黄色符号。东部的江苏、浙江、福建、安徽、江西五个省，全画着孙传芳直军的绿色符号。中部的河南、湖北、湖南三个省，则是吴佩孚直军的蓝色符号。就只最南面的广东和广西这两个省一小块，才是表示国民革命军的红色符号。

“嗳！竹雅！你来看，北洋军阀的地盘不少啦！西南、西北，也全是些小军阀的势力范围。”这时，对面的那张玻璃门，咚的一声推开了，走进来一位留小撮短胡的瘦长个子。他刚一望见这两位熟人的背影，就高声说：

“你们来得早呀！”略带一点沙哑嗓子的湖南腔。从这声音中，听得出是邱林在说话。季交恕立即车转身子回答他：

“哦！参谋长！我们在看这个图。”季交恕指指背后那地图，从桌子上抽取一根纸烟。“吴佩孚在两湖的兵力有多少？”

“据说他的北兵有十几万，加上湖南赵恒惕他们的南兵，合计总有二十来万。”邱林扬一下手。“请坐吧。”三个人都坐下了。

“我们的北伐计划定好了吗？”方维夏端起一杯茶，侧着半边身，仍然望着那地图。

“国民政府军事委员会，已经拟定了一个计划草案。”邱林也昂起头对着墙壁上的地图说：“打算分三路出兵。——”邱林说到这，第二军校校长陈嘉祐走了进来。邱林对他点点头，没有起身，也没有称他校长，只捻捻胡子笑道：

“哦！陈军长。”这或许因为陈嘉祐过去是湘军军长，又知道将以第二军校学员为骨干，另成一个军，会以他为军长的，所以邱林就半开玩笑地这么称呼。

“把第二军摆在第二路，张辉瓒是不大赞成的啦。”陈嘉祐因听到邱林最后那句话，就插了一句，然后坐下来。

在做半文半武工作的季交恕和方维夏，除平日在党里边，听过些传达报告和讨论外，从没有参加过国民政府的高级会议。关于北伐作战计划，当然茫无头绪。于是问：

“分哪三路？”方维夏先开口。

“怎样配备的？”季交恕接着补一句。

邱林沉吟一下，站起身，走近墙壁跟前，用手指着那地图说：

“湖南、湖北、安徽是第一战场，由第四军、第七军担任；江西、浙江、江苏是第二战场，由第二军、第三军、第六军担任，蒋总司令还带领第一军的一个教导师……”他说到这，一阵很急促又很沉重的脚步声，从厅门外响进来，原来就是新改编的第二军第四师师长张辉瓒。他身上穿着一套崭新军服，肩上挂着一根斜皮带，脚上穿着一双厚底黑皮鞋，左膀上还佩有中将级全金边两个花的臂章，大摇大摆的神气。邱参谋长回转身子，一看是他："哦！张八爷。"这因邱与张原是一向不大拘形迹的老朋友，故没有称他张师长。而且他们这两位和鲁涤平那班人，同是兵目学校出身的所谓兵目系，在马嘶团中，是最有力量的一派，所以他们的关系好些。不过，张辉瓒在兵目学校毕业以后，曾经在日本镀过金，上过颜色，成为半土半洋，也可以说是土洋两全的双料货，在兵目系中，他就特别神气些，也有点不大看得起同伴的样子，因而和邱林和鲁涤平，有时亦不免有点口和心不和。

此时，张辉瓒虽则望着大家点点头，但是沉着脸皮不吭声，一屁股坐下去，像是傲慢，又像是不大愉快的神情。

"第三路是哪一军担任？什么地方？"又是季交恕的话。

"第三战场是福建，由第一军担任。这不过是配合第二路，相机攻江浙的。"邱林说此话时，已经坐在长桌边，没有再看那地图了，可是，他冷笑一下："嘿！这一路敌人兵力不多，最好打啰。"

"你们是在谈北伐计划吗？"张辉瓒侧着头，望着邱林说。

"嗳。"邱林就只点头嗳一声。

"哼！我真不懂，既然要把革命军主力摆在两湖战场，为什么单配备一支人地生疏，语言不通的广东军队，不派我们湖南本地军队？还要二六两军等到第四军打下湖南后，才出发打江西？"张辉瓒鼓起两只眼睛，朝大家扫射一下："在北江坐了两年多冷宫，还要我们坐冷宫！"

"那不能说是坐冷宫！"陈嘉祐知道张辉瓒早就想打回湖南老家去，第二次北伐在韶关时，就提出过这种意见。他转过脸来望着张辉瓒，同时指指自己："我不也是很想打回湖南的一个吗？还要等新编部队成立，才能离开广东哩！老实说，第四军的战斗力，实在比我们强，特别叶挺带那个独立团，党团员多，政治工作好，顶能打。听说叶挺是共产党员啦。”

“哼！打仗要靠枪杆子！”张辉瓒耸起鼻子，两眼望着天，意思是打仗与政治无关，但也不敢否认第四军的战斗力强。这因为过去在打杨刘打东江以后，叶挺部队，就有战无不胜的“铁军”之名。

“枪杆子是死的，扛枪杆子的人是活的，”方维夏心里，虽则有点沉不住，然而他说话的声音，依然同平常一样柔和：“要提高士气，分得清谁是敌人，谁是朋友，为什么革命，那就要靠政治工作——”坐在方维夏旁边的季交恕，也想插话，邱林一见情形不大妙，就立即岔开道：

“好！莫扯远了。”朝方维夏摇了一下手，回转脸向着张辉瓒：“这不是要我们坐冷宫。——”把这“宫”字的鼻音拖得很长。“北洋军阀的打算是这样的……”邱林边说边站起身，对着那墙上的地图。“日本用军火、金钱，帮助张作霖把吉鸿昌他们的国民军赶出长城西北，在北京成立了奉直联合的中央政府。这以后，英、美帝国主义，也同样用很多军火金钱，帮助直系吴佩孚、孙传芳，要他们赶快肃清南方的革命军：用战斗力相当强的吴佩孚部从两湖，孙传芳部从福建，夹攻两广，使我们处于被包围，进退为难的地位。因为我们背后就是海，革命军比北洋兵要少十几倍，假如我们不配备一支坚强部队去对付吴佩孚，或者三路同时出兵的话，那就是背水作战，一旦失败，广东后方很危险。因此，我们的北伐计划，以第四军和其他部队五万多人，首先向湖南进攻。因为江西督军邓如琢的兵力也很强，就暂把第二、三、六这三个军全部，防御广东北部。因为福建督军周荫人兵力少些，故只把第一军之一部，防御广东东部。等到两湖取得胜利时，第二、三两路就同时出动，向江西、福建等省进攻，然后集中兵力，攻占长江下游，最后再北上打张作霖。这是再三讨论，进可以战退可以守的好计划啦。”他抹抹胡子，笑一声：“嘿嘿！如果北伐成功，那还怕回不得湖南吗？”张辉瓒正张开嘴巴想说话，恰好，咭咯咭咯一阵很密集的脚步声，走进来十好几位。邱林看一下手表:“哦！八点三刻啦,到齐了,开会开会。”他就三脚作两步,跑进了谭延闿的房子。

邱林进去不久,一阵微风,软软地从东边那房子吹过来,仿佛闻到一点臭,大家的鼻子一耸:“唔,什么味儿?”马上就听到房子内的马桶盖啪的一声,在座的诸位,这才意识到谭三爷刚从马桶上起来。十来张嘴角上,都同样露出一丝微笑。

现在开会了。高个子谭延闿,坐在长餐桌正中的上首。餐桌旁东边的头一个,也是一位同谭延闿一样高大但更肥胖、体重到百多公斤的第二军副军长鲁涤平。坐在他对面的是一位矮胖子,第四师师长张辉瓒。以下才是第五、第六师师长、副师长和其他高级人员。

“今天的会议,主要是讨论军队改制同建立各级党代表,加强政治工作这些事。”谭延闿坐在主席位子上,刚刚开始讲几句,坐在长桌两旁的各位,就一齐侧转脸,望着上首。只听他又接着说:“国民政府同军事委员会,都开过会了,决定由蒋校长担任北伐军总司令。照三三制建立第一、二、三、四、五、六、七,共七个军。——”

“什么三三制?”不知是哪一位轻轻的声音。

“所谓三三制,就是每军三个师,师下不设旅,每师分三团,每团三营,每营三连,每连三排,每排三班,每军万多人,七个军合计人枪共八万五千上下。不过参加北伐的主力部队,只是第一、二、三、四、六、七,这六个军。李福林的第五军,留守广州不出发。”说到这,从桌上端起杯子喝口水,竖起一个食指头,指着陈嘉祐笑笑:“责成陈校长负责,另外成立一个军为总预备队,番号是国民革命军第十四军。——”

“第十四军,还有第八、九军在哪里?”季交恕这么问。

“第八、九军嘛——”谭延闿欲言不言似的拖长嗓子,向大家看一下,然后半吞半吐地说:“敌人内部冲突多啦,如像湖南、福建、江西这几个省,都有人暗中同我们接头。当然啰！只要他们肯反水,那就不管它人枪多少,来者不拒,所以要留出这几个空白番号。对这编制,大家有什么不同意见吗? 请发言!”他闭了嘴,大家还没开口,靠着方维夏坐着的季交恕,便把脑袋挨近方维夏的耳朵边,轻声说:

“听说北洋军阀内部的冲突多得很,就是直系吴佩孚同孙传芳、邓如琢同周荫人,以及赵恒惕他们内部,都因分赃抢地盘,时常有磨擦。利用敌人矛盾,留几个空白番号,也对。”方维夏点点头。

“我是赞成这个编制的,在军委会议时候就表示过。”鲁涤平瞥了大家一眼,然后扭转头,望着谭延闿笑眯眯的,表现出又恭敬又谦虚的神气道:“我要说的另外一个问题,就是由我代理第二军军长,无论资格能力,都不够胜任……”

“你是副军长嘛,不要客气啰。”谭延闿也同样带着笑容。“我因为要代理国民政府主席,不能走。”他抬头两边望一望:“你们大家都赞成他代理我的二军军长职务吗?”

“赞成! 赞成!”在这些边点头边说“赞成”的人们当中,只没听到张辉瓒的声音。

零零星星的几个人发了言,因为人枪不够,对三三制编制问题,谁都没表示不同的意见。张辉瓒这才开始说话:“师部的特务连,编制太小,政治部的编制太大……”此时,壁上的挂钟,当、当、当,一连响了十下。天幕上,这里一朵那里一朵的乌云,渐渐连成一大片。接着就是呼呼的狂风,吹在门窗玻璃上,全是黄豆大的雨珠。虽然厅子里的光线因而暗淡些,油印的编制草案,有点看不大清楚,然而在年不到五十的张辉瓒,本来目力是好的,可是,他拿起那张草案,装作看不大清楚的样子,故意眯起眼睛仔细瞧,一字一句地慢慢说:“军——师——团——营——连——各级,都有党代表——”他把“都有党代表”五个字音,说得很重又很长,摆摆头,意思是想引起大家注意和共鸣。他心里,正在这么暗算:“军、师、团、营、连长发布一切命令,都要事先经过党代表同意签字才有效,多么掣肘! 北伐军所经过的战区行政事项,只许党代表政治部才有过问之权,那我们搞屁!”但又不好明白说出来。抬起头,望望那第五、六两师师长:“你们的意见呢? 党代表多了吧? 权力太小,不好办。”把拿在手里的那张编制草案,重重地往桌子上一撂,嘟起两片嘴唇皮。

坐在张辉瓒对面的方维夏和季交恕,听出他的弦外之音,也看清他的不豫之色,正想先发制人说几句,而陈嘉祐马上搭了嘴,他说:

“这是苏俄红军的成功经验啰,据俄顾问鲍罗廷同加仑将军说,他们在内战时期,就有党代表、政治工作,起了很大作用哩。”

“我们是中国嘛。”张辉瓒阴笑一下:“从来没有过这一套。”

“孙先生不说过‘以俄为师’吗?”季交恕立即指着挂在墙壁正中的孙中山像,放大声音说:“不错,中国从前是没有过的,难道不可以创造吗? 何况这是人家现成的好经验,好榜样。大家都知道这十年来,北洋军到处奸淫掳掠,拉夫杀人,弄得民不聊生,天怒人怨。老百姓视军队如同虎狼,老远看见就躲开。我们的军纪,虽然好些,但也只是纯靠打军棍杀头来维持。前年北伐,从江西大庾岭退却时候,不是沿途拉夫打人拿东西吗? 没到南雄,差不多逃跑一半,这是什么道理啦? 还不是由于我们的政治工作没有做好嘛。大家都不相信政治工作,还说我们是卖膏药的。现在怎样? 凡是在第二军校受过政治教育,出去当营连长的那些营连,都能够自觉地遵守纪律,军民关系搞得好。这是大家有目共睹的。假如所有团、营、连,都一律设置党代表,专门负责,那不更好吗?”他昂起头,鄙薄地盯了张辉瓒一眼。“要使我们的军队,成为名副其实的国民革命军,要北伐得到胜利,就是说要能够战胜百数几十万北洋军,那就不能专凭我们这七八万枪杆子,还是要靠老百姓。这就非有党代表,加强政治、宣传、民运等工作,用主义武装他们的头脑不可。而且——”

“对的,对的。”方维夏马上就插嘴,从桌上拿起那张油印的纸,晃几晃，歪转脸向着谭延闿说："我是同意交恕的意见，完全赞成这编制的，党代表的权力，政治部的编制，都不算大。"

这时季交恕的发言，还没有完。在张辉瓒听来，实在是话不投机，而且听不下去，他老早就想插嘴反驳，因见谭延闿的神色，仍是同平常一样：伪装笑眯眯的神气，望着季交恕，有时还微微地点一下头，他猜："这是不是同意季交恕的意见呢？"因而把心里想说的话，又一口咽了下去。他鼓起两只流星似的眼珠，朝在座的各位望一望，见大家都没有什么异样的表情，他又想："妈的！如果大家不说，我张辉瓒又何必单枪独马打先锋哩？可是刚才说出去的几句话，怎么收回来呢？岂不丢面子吗？"想到这，就像千百只蚂蚁，在他的心里爬，非常不好过，脸上的神色，也显现出很不自在的样子，马上站起身，往厅子外的厕所里跑。不知他是不愿意听下去，还是当真去小便或者大便，一直到季交恕把话说完了，他才回转头来。

厅子外的雨声，依然淅淅沥沥没有停。可是厅子内的人声，却沉寂了，因为这编制是国民政府军委起草的，而且建立党代表与政治部是大势所趋，虽这位在湖南军界早有声望的老资格张八爷有些反对，也未必能济事，所以没有人表示否定意见。做主席的谭延闿，朝两边张望一下，问道：

"还有什么意见？"马上偏着头，用小小的声音，询问坐在他旁边的鲁涤平："你呢？"

"我是同意的，先已说过。只有师部特务连的编制，恐怕小了一点，因为作战时候，师部掌握的预备兵力太少，恐怕应付不来。张师长的意见，可以考虑一下。"

"我赞成季交恕的意见，可照原编制。"陈嘉祐首先附议。

"我也同意陈校长赞成季交恕的意见。"邱林没有再说别的话。

这时，张辉瓒的脸皮，时红时白，就像一尊泥菩萨，闭着嘴巴，再也不作声。一位当差，把门一推开，手里拿着一张小硬白纸名片，跑至谭延闿跟前，报告道：

“江太史来了。”

“请。”谭延闿立即离席到厅门口，把一位穿长袍大褂的半老年人引进自己的房间。

“这是谁？”有人这么小声问。

“江孔殷。”邱林说：“他是同谭三爷一起点翰林的好朋友，最讲究膳食的专家。他创造过很多广东名菜，鼎鼎有名的‘龙虎斗’，就是他发明的。啐！啐！他家里的蛇肉弄得真好啦！约好今天亲自来接三爷去吃午饭的。”

当谭延闿暂离席位，这一刹那间，除邱林说了这几句，大家都没有作声。张辉瓒把椅子一拉开，走至鲁涤平跟前，弯着半个身子，悄悄问道：

“听说会派两个共产党到我们二军来当军、师党代表，是不是？”

“是吧？”鲁涤平也是不确定的语气。“听说汪先生做各军总党代表。我们第二军，会派一位副党代表来，他叫——”张开一只手掌，在自己的脑袋上搔了一下。“哦！叫李一秋，第六师党代表叫萧振纲，都是长沙人，刚从莫斯科回国的。”因为他们两位都只二十来岁，也很能干，所以他又说：“虽然是年轻学生，听说还不错。”

“我们第四师的党代表呢？”张辉瓒很关心似的着重问：“嗳！副军长！是不是会派共产党来？”

“不吧！好像是你们同乡彭更，左派，曾经当过国会议员，能说会写，那是有当师党代表资格的。”

“哼！他呀！我熟，一个书生。”张辉瓒鼻子里哼一声。“副军长！枪炮没有情面的啦！不要听到炮响就跑，那就会扰乱军心，怎么行？”涨红着脸，表示不同意的神情。

鲁涤平还没有来得及回答，谭延闿让江孔殷在自己房子内坐着暂候，独自走了出来，昂着头，望望壁上的挂钟道：

“哦！十二点啦！”他心里，大概已想着吃江孔殷的蛇肉了，就只再问一句:“大家对编制草案没有别的意见吗?”

“没有,没有。”几个人同时回答。

“那好。我们就这样呈报上去,把师部特务连扩大为特务营,看行不行。”谭延闿笑笑地盯一下张辉瓒那颓丧的神气:“政治部的编制不算大啰。照原不动好不好?”大家都一起闭着嘴巴点头。张辉瓒的头,也微微地动了一下。“各级党代表的人选是这样,师以上的由中央派,团以下的,由我们自己提名,由总党代表圈定。可以把名单早点提出来,等几天再讨论吧。”侧转脸朝着陈嘉祐:“前次就说过,你们学校可多提名嘛!”又朝着方维夏和季交恕望一下:“你们政治部负责呀!”如此说完就散会了。

方维夏同季交恕,怀着愉快的心情,大踏步地刚一走出军部大门,就是一句不约而同的话:“今天的会算开得好。”因他们在开会以前,听说将有人会持异议,不免有点担心。幸而早由方维夏向谭延闿、鲁涤平、邱林,季交恕向陈嘉祐他们分别游说过一番,才使张辉瓒孤掌难鸣。就像打了胜仗,满脸堆起笑容的季交恕,接着又说一句:

“嗳! 要去省委汇报一下。”

“对。”方维夏马上这么应一声。

约莫下午三点多钟,太阳刚西移。陈延年正由外边回去,左腋下,夹着一个厚厚的旧黄皮包,从车子上跳下来,一脑碰着季交恕:“哦! 你来啦。”连忙伸出手,拉着季交恕的手:“进去坐。”极其和蔼谦逊的肩并肩,俨像见了许久不相见的兄弟那样亲热和友爱。这是陈延年对待所有同志一贯的真诚态度。此时,在季交恕的感觉上,就像有一股电流通过手掌,传遍自己的全身,不但异常温暖,而且更加兴奋。他立即将今天开会的情况,边说边走上楼去。陈延年把自己的房门推开,原先坐着等他的两位站了起来,都是省港罢工委员会的,一个就是汤日新,另一个也是熟人。彼此寒暄几句,季交恕仍然接着汇报下去。

陈延年边听边微笑,待他讲完之后,说:“那好,那好,……”说完，接着就问那两位：

“随第四、七军出发的罢工工人，都组织好了吗？”

“已组织好北伐运输队，五千多人；还有宣传队、卫生队，正在着手组织。”这两位的四只眼珠都发出异常的光彩：“工人的革命热情真高啦！争着报名要参军。他们都说，天天喊打倒帝国主义，打倒军阀，现在去打了，为什么不让我们当兵，拿枪杆跟他们拼？”说此话时，汤日新的脸上，表现很不愉快。

就在这两位同陈延年谈话时候，哈哈哈一阵笑声，从下边楼梯上传进他们的耳朵里。这是三个穿短衣的，当中一位脸色黑，个子粗，说话声音很洪亮，一望而知是个农民。可是听不懂他口里说的是什么。刚一走上三楼办公室，陈延年首先和他握手，坐下来，他就问道：

“我们广东农民协会发展很快，不晓得湖南、江西那边怎么样？……”满口海陆丰口音，不但同普通话距离很远，同广州话亦有差别。大概陈延年也听不大懂，须经过和他同来的另一位翻译。

“湖南的农民协会办得很好。”陈延年竖出一个大指头。“从今年毛润之带着农民运动讲习所学生回湘以后，仅仅几个月工夫，各县农协很普遍，发展到四十多万人，差不多占全中国农协会员人数的一半。哈哈！”最后一句：“江西、湖北也不错。”

个子瘦些，会说普通话的另一位接着问：

“全国的产业工人现有多少？”

“大概——”陈延年沉思一下。“全国的产业工人大约有二百五六十万，其中有组织的只一百四五十万人。”

“北伐军有多少？”

“八九万人。”

“这太少啦！”会说普通话的瘦个子一惊。

“对。少是少。不要只看见几个兵啰！我们有这么多有组织的工农民众，只要领导得好，军民联合起来就行的。何况现在是全国人民反帝反军阀的高潮时候嘛!”

二　踏上征途

第二军开过会以后,谭延闿才知道张辉瓒与彭更有宿嫌,所以张辉瓒反对他当第四师党代表。因此就报请改派季交恕。虽然季交恕也和他顶过一次,但他找不出反对的借口。约莫个把多月以后,张辉瓒拿起一张纸,堆起满脸笑容递过去:“季党代表!赵恒惕打跑了啦,好得很。你看,叶挺那个独立团当真行哩,难怪陈嘉祐说它能打。”

季交恕接着这张纸一看,乃是从广州军部发来北江英德的电报,这么写道:

张师长
季党代表:
王副师长

我北伐第四军,业已攻占长沙,赵[①]逃。现以叶挺独立团为先锋,得当地广大工农民众之协助,势如破竹,大有一鼓而下武昌之势。吴佩孚亲自督师,拼命抵抗。在贺胜桥汀泗桥一线,相持不下。敌我双方,伤亡甚大。但由于独立团英勇争先,又由于沿途人民带路、报信、运输、锄敌,以及送水送茶等有力援助,现已攻过岳州。我二军应照原定计划,依第四、五、六师序列,准备即日开拔。第四师为左翼,由韶关、乐昌、汝城、桂东沿湘赣边北进,会同第一、三、六军主力,攻取南昌。作战计划另定之,候专送。

兼军长谭延闿
副军长鲁涤平代支印

旧历端阳节过去了。英德这地方,虽比广州稍北一点,然而近

① 指赵恒惕。

几天的气候，比前一向更加热起来。当第四师召开誓师大会的这天，师部门外大坪上，一列又一列，站满了全副武装的人们。由于人多地方小，挤得汗气熏腾，虽是早晨，并不见得怎样凉爽。季交恕穿戴着和张师长同样的新军服，左臂上，也同样是中将级全金边两个花的臂章。待张辉瓒宣读誓师词后，他移步走到台前讲话：

"全体官兵同志们！——"他刚开始这么喊一句，张辉瓒一愣，朝着站在他旁边的副师长王杰人努一下嘴："嘿！不得体。"他的意思是连士兵也称同志，不成体统。

此时，季交恕的耳朵，并没有注意到后面这个矮胖子在说怪话。他两只眼睛望前面，全体官兵都啪的一声，双足并拢立了正。他才又喊一声"稍息"。全体官兵，于是屏息静气，一动也不动地听他讲下去：

"大家要认清，我们国民革命军的枪杆子，主要是向着帝国主义同军阀瞄准的。……"

"打倒帝国主义！""打倒军阀！"士兵们整齐地呼喊起来，吼声震天。约莫经过分把钟，他又接着讲：

"我们国民革命军与军阀军队不同的地方，就是要军纪好，不拿东西，不拉夫，不打骂老百姓，……"

"不拿东西，不拉夫，不打骂老百姓！"站在东边排头的第十团党代表彭见清，今天穿着新发的军服，套上斜皮带，腰间挂着手枪，英气勃勃的，举起一只手，车转身子，向着左右后方这么高声喊口号。于是全场的人们，就跟着他一起发出同样的声音。

季交恕看清了这一切情景，虽然嗓子沙哑了，满头大汗滴下来，可是在他心里，却觉得特别高兴。他觉得这个旧军队，经过各级党代表同志的努力改造，受过政治工作的洗礼，革命情绪才有这么高。同时，又想起从三月二十日事变后，除第一军外，在其他各军担任党代表和政治工作的，差不多仍是党团员，只要大家一条心，不怕不打胜仗。

誓师大会过去两三天了。英德街道上，挤满了人，还有些手里拿着青天白日满地红的小国旗，站在队伍旁边，燃着鞭炮送他们。而这第四师的出征部队，在红日照耀下，也个个满面是红光和笑容。军民之间，洋溢着既和谐又欢乐的气氛，不但与北洋军阀反动统治下的军民如水火的关系大有区别，就是与前两年在韶关出师时候，也大有不同。"政治工作关系真大啦！难怪党屡次指示，要我们抓紧这一环。"骑在马背上的季交恕，这么回忆着。

从英德出发，沿湘赣边北进，沿途是国民革命军的势力范围。很多地方都已组织了农民协会，有的地方，还在调查土地。写在乡镇街头墙壁上的，到处是这样的标语："打倒帝国主义！""打倒军阀！""打倒贪官污吏！""打倒土豪劣绅！"工农民众还唱着这样的歌：

北风起啊大雪飘，
如今世界真糟糕：
军阀混战无了日，
苛捐加重物价高，
穷人日夜受煎熬。

叫声情姐你莫焦，
自有光明路一条：
参加工会与农会，
打倒帝国主义，
打倒军阀与土豪，
共产社会乐逍遥。

现在，先头部队第十团，由桂东，经茶陵，进到醴陵县城了。这是比较接近省会长沙的一个大县，各种奇奇怪怪的谣言很多："快要共产公妻啦！这还得了。""你的就是我的，我要什么就拿什么。""那还不是你争我抢打死人！""男的都要抓去当兵，女的都拿去充公。""不！没有丈夫的女子才拿去公。""不！有多余的老婆才公。""空着的女子才公。""怎么公法啦？""抽签。""不，轮公。"

这本来是由于城里一般有钱有势的人，和从四乡逃来的土豪劣绅，怕农民起来要土地，制造这些谣言，借以迷惑他们的听闻，转移他们的目标。然而谣言可畏，这一带地方的妇女，特别是没有出嫁的闺女，没有丈夫的寡妇和尼姑，都吓得躲在偏僻地方发抖，生怕抓去"抽签"，尤其怕"轮公"。

但是，乡下的情形，跟城里截然不同。

这是离醴陵县城很远的一个小村庄，热得可怕的太阳，还没有下山，第十团打前站的人，早已到达此地，搞好宿营地点了。骑在高头大马上的彭见清，拿起挂在身上的望远镜一瞧：四面皆平地，这里一丛、那里几株苍松翠柏，中间虽有些像样的瓦盖平房，而靠近小河边那一带，则全是些又矮又小不成形的茅屋；许多打赤膊的老百姓，正在那里轱辘轱辘地车水。看看近处禾苗，虽则高而且盛，却是半绿半黄。抬头一望，满眼青天无片云。南面村口，像有三二十家店铺的街头上，挤满了人，摆着几只水桶，在用木凳支起来的门板上，搁一些大小不同样的碗盏。

"哦！正在闹旱灾，水像金子一样宝贵，老百姓还招待我们茶水。"彭见清见到这些情况，心里怦然一动。"老百姓对待我们国民革命军，实在太好了。天不下雨，怎么办？"他眉毛一皱，把望远镜放下来，驱马朝那边走去。越近越可以看清站在街口上招待茶水的那一群，全是些穿破衣烂衫的男和女，其中还有小孩。他跳下马来打招呼：

"老乡！热啦！"

"官长！好。"几位打赤脚的老汉，走近前去。看来，他们是为了欢迎军队，不打赤膊，才穿上打了很多补丁的白棉布褂子的。"热啰，老天爷再不下雨，不得了啦！"他们手里，各自拿着一顶草帽当扇子，边说边摇。几位妇女，看到革命军，一点也不慌张，纷纷端着凉茶递过去，大大方方说："请喝茶呀！"撩起自己的衣角，抹去脸上的汗珠；有的为了招风，用双手扬起自己的围腰，上下晃几晃。"几时分田哪？"他们中间，一位满头白发，满脸打皱的老妇人轻声问。她的眼睛里，露出又欣慕又期待的神情。

忽然，从东边村口，传来一阵阵锣声：嘡嘡嘡……还有许多人在叫喊。欢迎军队的老汉和妇女们，一下子欢呼起来："来了！来了！"一窝蜂跑到较开阔的地方；有些人，走到土坎高处往东面瞧。

"什么事呀，老乡？"彭见清问。

"官长，游垅啦！东村刘剥皮跑不掉，哈哈！"一个花白胡子，穿件破布褂的老汉，兴高采烈的如此回答。不一会儿，铜锣声越来越近了，嘡嘡嘡，嘡嘡嘡，震天价响。一个像鸦片烟鬼样子的瘦个，身穿一件单褂，头上戴一顶纸糊的高帽子，写着斗大的五个字：恶霸刘善才。双手被一条粗绳反缚着，紧跟着几个壮健农民。后面一大群拿着梭镖的青壮年，还有老人、小孩、妇女，围在旁边，指着骂："刘剥皮，你也有今天！""你还敢强占人家的田地吗！""把塘水放了，要饿死我们呀，狼心狗肺的东西。""我们家破人亡，全是你这狗杂种害的，该死！"

走近彭见清身边时候，他才看清这个刘剥皮，面无人色，两条腿直打哆嗦。欢迎鼓见清他们的这一大堆人，大声吆喝喊打。刚才问几时分田，满脸打皱的那个老太婆，哭起来，扑到刘剥皮身上一拳："你霸占我闺女，逼她去上吊，我要报仇呀！"旁边的人，也都伸起拳头，揍他一阵。

"真痛快！"彭见清心里不自觉的这么说一句。他想：这种在乡里横行霸道的土豪恶霸，应该这么办。他紧紧地捏起拳头，恨不得加上去揍他几下。但一转念，自己是军官，恐怕影响不好，忍住了。待把刘剥皮牵着走过去以后，已是下午五六点钟，他才回到十团团部宿营地。这是一幢相当大的古庙，东西两边，全是泥塑木雕的一排排菩萨，可是，有的东倒西歪，有的戳去了耳鼻，裂痕犹新，像是被毁不久的样子。另一座,大概是关圣帝君神像,光剩下了半边红脸,一把黑胡子,手里那把青龙偃月刀,只有半截了。墙壁上还有大小不齐的一些字,因为黄昏,辨不清写的是什么。只看出东边天井旁石灰粉壁上,有这么几句话,是用帚子染黑写的:"打破封建迷信!""打倒土豪劣绅!""分田地!"歪歪斜斜,不像是读书人的笔迹。

照例,政治工作人员,每到宿营地,哪怕只住一晚,也要同地方民众接洽做工作的。彭见清吃过饭,就准备跑去农民协会联系,刚出门,正好碰着季交恕,原来他也是为了解当地情况而来的。他们于是一起同往农民协会走。这农协,也是捣毁了菩萨的一个庙,东边房子里,燃着一盏清油灯,坐着几位年轻人。他们一看这两位都是穿军装挂斜皮带的,知道是国民革命军军官,就很亲热地簇拥拢去,问长问短谈起来。

"怎么你们这里的菩萨都打坏啦?"彭见清还没理解到这是当地农民群众自发的行动,同他们叙过几句寒暄之后,随意这么问一句。

"破除封建迷信嘛!""越敬菩萨越穷。""敬活菩萨好些,早点分田。""官长!何时分田啦?"农民协会的几位青年,笑眯眯的七嘴八舌。

此时,走进去另一位,也是穿着破破烂烂,但身材比较魁梧而强壮,年龄也稍大些。他们争着介绍说:"这是我们农协的委员长。""曾委员长。"彼此坐了下来。

"你们这里是乡农民协会吗?有多少会员?"季交恕问。

"是呀!好几千会员哩!前一向有个毛泽东,从广东农民运动讲习所派好多人回来,把湖南各地连我们醴陵的农协,都组织起来了。"眼睛眨巴几下,提高嗓子说:"全湖南有百多万会员啦,光我们醴陵就有五六万。余特派员一来,更搞得热火朝天哩!"

"余特派员?是谁?叫什么名字?"季交恕问。

"就是从广州的农民运动讲习所回来的,叫余楚农,平江人。"

“啊呀！原来是他，我很熟。”季交恕带一种又惊又喜的神色道。“他现在哪里呀？请你快派人找他来谈谈。”

曾委员长立即打发一个年轻人，三脚两步跑了出去。

“哈哈！料不到又在这里见面。”余楚农刚一跨进门槛，就把热情的两只大手，紧紧地握住季交恕：“季先生，你好呀！”又紧紧地握住彭见清，因他们都是在“五四”时就相熟的。互道一阵离情后，季交恕这才知道，他就是由毛润之派来醴陵做农民运动的。余楚农带着从讲习所学来的知识和经验，在醴陵各乡，建立了农协，开展了工作。现在，就好像一锅沸水，闹得轰轰烈烈，热气腾腾的。他俩谈话时，彭见清忍不住地插一句嘴：

“我们今天看见刘剥皮戴着高帽子游垅呢！”

“嘿嘿！”余楚农笑笑说：“这里是农协的天下啦！从前作威作福的土豪劣绅，戴高帽子游街游垅的多得很哩。他们的威风，全打下来了。”他回过脸来，问季交恕：“你看见我们农民自卫军梭镖队吗？这就是农民自己的武装哩。差不多每个青壮年都有一支，醴陵就有四五万支，我们平江更多！”

“有枪没有？”

“只要齐心，没有枪也行。”余楚农说。“我前次回去，正碰上第四军打平江县城，很多农民自卫军，都配合作战，一直打到汀泗桥。铁路工人，就协同破路、罢工，把吴佩孚、赵恒惕他们，打得落花流水，屁滚尿流。哈哈哈！”余楚农很兴奋的大笑起来，接着又说：“你还记得毛润之同志那个宝塔比喻吗？现在这个塔，真的快翻，快会变成一个倒塔啦！”

“正是的，正是的。现在都倒过来了，工农民众要翻身啦！”季交恕说：“不晓得毛润之同志现在哪里？”

“听说他正在湖南考察农民运动情况，马上就会到长沙来参加全省工农代表大会。”余楚农带着渴望的神情道：“我们都希望他快些回来，因为农民要求分田。”

"这——"季交恕拖长嗓子里的犹豫之音。"这恐怕他做不了主咧!"

"他是赞成农民分田的罢,怎么做不了主?"

"虽然他赞成,中央不赞成,怎么办?你没看见今年中央第三次扩大会议,关于农民运动议决案啦?只限定最高租额,不得超过收获量百分之五十哩!"

第二天,第四师离开醴陵,往江西进发。到处看到许多农民在田间插竹、木牌子,据说这是准备分田的。其中有很多是剪了头发的青年农妇。还碰着扛红缨梭镖的农民自卫军,响亮地唱着民歌:

我们工人与农民,
样样痛苦全受尽,
家里多么贫,
无处可谋生。
工钱减少,
租税加多到如今,
一天到晚真苦辛,
满身血汗都流尽。
只有工农联合紧,
打倒帝国主义要认真,
打倒军阀不留情。
若不这样干,
永远难翻身。

"哈哈!张师长你听,唱得多么好呀!中国革命有希望。"挨着张辉瓒后面的季交恕,眉飞色舞地想起早三年前,他在长沙教书时候,原是死气沉沉的湖南,与现在朝气勃勃的情况一对比,完全是两样。他情不自禁地在马背上,发出这几句高亢的声音,同时,也想借此启发张辉瓒一下。

张辉瓒没作声。他的脸孔,一会儿红,一会儿白,一会儿发青,举起马鞭子,重重地朝马屁股上一抽:“啪!”马就发狂似的拼命往前奔,一下就跑开好远了。

三 人民帮助打胜仗

由醴陵过去,就是江西所管辖的萍乡县,这是当时有名的矿区。工人一两万,也是中国共产党早就奠有雄厚基础的地方。

现在,快要进萍乡了。第四师所有官兵,全沉浸在忙碌而又紧张的备战气氛中:擦步枪、磨刺刀、下炮衣、架电话、写标语……几乎把吃饭时间都挤掉了。将近中午,从云缝里钻出来的太阳光,虽不算很强烈明朗,然而在望远镜里,可以看得清靠湘赣分界东面萍乡一带的山岭上,三三两两地站在草棚边,都是穿灰军服的,一望而知是北军的瞭望哨。

“报告!”由师部派出去的侦察班长,从容不迫地走上这个小丘陵,举起一只手掌,挨着帽边檐喊一声。张辉瓒他们几位,同时把望远镜放了下来。

“情况怎样?”卢参谋长连忙问。他叫卢彦,生得结结实实,脾气极好,经常一副笑脸,不敢得罪人,最怕丢掉饭碗。

“萍乡敌人不少,只张凤歧一个师驻守。不知怎的,有部队正在捆东西,拉夫子。听说袁州宜春一带有好几个师。”

“唔!捆东西,拉夫子?”季交恕歪转半边脸,朝着站在他侧后一点的卢参谋长:“难道就准备退却?”

“哎!也难说。”卢参谋长向前一步。“总部来的电报,说前方民众起来了,由于英、美、日三个帝国主义矛盾多,他们的走狗奉、直军阀,也就各顾各的,头来脚不来。从吴佩孚在汀泗桥,吃第四军一个大败仗,他们就有点胆寒。奉军不南下,直军孙传芳,也生怕损伤自己的实力,怕保不住江、浙、闽、皖、赣原来的地盘。照这种情形看,敌人至多是防御。”

“也许是这样。”季交恕从挂在身上的皮囊内，取出一张地图指着说：“他们把重兵摆在袁州，是不是想固守从萍乡到南昌这条交通线？”

“可能是！”卢参谋长点了一下头。张辉瓒和王杰人，一起走近前去瞧那地图。

“那我们就出奇制胜，派一个轻装小部队，从安福以北，抄到袁州屁股后面去，戳它一下，用老鼠钻象鼻的办法，前后夹攻，你们说好不好？”张辉瓒睁大两只流星似的眼珠，向大家扫射一转。

“那是好的。”卢参谋长毫不迟疑地附和他。

一向不大多说话的副师长王杰人，方脸高个，保定军官学生出身，政治上比较开明，为人也还正派，可是性柔胆小，所以在张辉瓒面前，往往不敢说直话。但他有一个可靠的后台鲁涤平，经常帮他撑腰。这时，他搔搔头，觉得张师长说的这种办法太冒险，心里有点不赞成。然而他知道张辉瓒个性强，不好反对，可是又不愿意随声附和，于是半吞半吐地说：“这要慎重考虑啦！师长。”回转脸望望卢参谋长：“先打个电话问过胖公嘛。”“胖公”就是大胖子鲁涤平。

卢参谋长略微点下头。张辉瓒不再说什么，脸皮一沉走开了。

此时，太阳已渐渐往西斜。作战部署，已准备得差不多了。季交恕刚刚回到宿营地自己的房子里，那位从上次北伐退南雄，在路上见过面，回广州后调归季交恕当护兵的王文隆，由外面拿着一封信迎上去，喊一声：

“报告，有个从长沙来的要见你。”季交恕一看，乃是湖南省委介绍的安源矿工党员王直，有事前来接头。

“快请进来！”虽不相熟，但因为早就听说过安源工人里边王直和陈大海，是两位很好的党员同志，一见面，好像看到亲兄弟，季交恕紧紧地拉着他的手：“请坐！请坐！”然后问：“还在矿上工作吗？”一面打招呼，一面打量他：约莫二十几岁，瘦瘦的，个子不高，手掌却很大。说话的声音极响亮。两只亮晶晶的眼珠,显得顶有神。穿的虽是一身粗布衣,但很干净。

“是。在工会,兼在赣西特委搞民运工作。”王直一面坐下来,一面说。“赣西情形很好啦,听说你们革命军快到,老百姓就想动起来,把北兵赶跑。尤其安源工人,情绪高得很。现特委正在计划响应你们,特派我来接头。——”说到这,季交恕连忙插问一句:

“赣西北兵不少嘛,听说有好几个师。是吗?”

“前几天调走一些,只留下张凤歧一个师在萍乡,唐福山一个师在袁州,都是邓如琢最精锐的部队。我们打算这样……”王直把凳子拉近季交恕,轻轻地说。

“那好,好得很。”季交恕笑了起来,一双手拉着他。“革命就是要靠党,靠民众,靠你们大家嘛!明后天我们就出发。来!同去见见张师长,你说说。”刚动脚,他又回转头,面对面朝着王直:“嗳!你只说在矿务局里边工作,认得我。”意思是不要露出他俩的党员面目来,好工作些。

时已下午四五点钟了。张辉瓒拿着一张作战地图,站在还有阳光的房门外边瞧。经过季交恕介绍后,他抬头一看:王直年龄虽不大,口齿却伶俐,但身上的穿着不怎么好,因而没有喊他进去坐,也不叫人拿茶烟,就只马马虎虎点头说:“哦!你是安源来的呀,那里的情况怎样?”待王直讲过一个大概以后,他才笑起来:“哈哈!好,只要你们能‘唤起民众’,打仗我有办法。”三言两语谈完后,王直就匆匆告辞回去。张辉瓒大喊一声:“来人呀!”他的护兵,立即走拢去。“请副师长同参谋长来!”

一会儿,王杰人同卢彦先后走进去。这是一间旧式建筑的普通民房,窗外一个大竹园,还有几株丈多高的松树,虽然光线不好,但很阴凉。张辉瓒把拿在手里的小蒲扇朝床上一扔,从桌子上拿起一张地图,哈哈大笑道:“好消息,好消息,刚才安源有个姓王的来啦!……来!来!”他向王、卢两位招招手,仍然站在房门外。

“据姓王的说，这些地方，都有我们国民党的秘密组织，还有工会农协，很活跃，很有力量。”他边说，边指着拿在自己手里的地图。“只要我们一去，炮一响，他们就会动起来。赣西只有两个师，好打。”

这几天，萍乡一带谣言纷纷：“革命军要打江西啦！到醴陵的就有好几万，大炮多得很。”“革命军会共产公妻啦！”

原来驻在萍乡的张凤岐那个师，因为某种原因，准备缩短防线，调走了一个团。虽然也抓老百姓到湖南这边来打听过消息，可是所得到的，大都是反面的假情报。进攻江西的革命军，到底是不是好几万人呢？他有点摸不清。加上这几天谣言多，罢工风潮大，街上和乡村，又常常发现很多“打倒北洋军阀”“驱逐张凤岐出境”“不卖粮草食物给北兵”这一类的标语，大有满城风雨，一日数惊的形势。所以张凤岐把刚调走的那个团又调转来。对于这些标语、谣言、罢工，表现得非常恐慌。这些，都是今天第四师侦察兵，从乡下老百姓那里得来的确实情报。

此时，王直已经回去了。赣西特委，一方面叫王直负责萍乡这一带工作，一方面立刻把陈大海派到袁州去。因为大海是袁州本地人，那里的工作很重要，虽然是配合行动，但非有又勇敢又机智的人不行。王直回到安源，根据党的指示，立即与附近农民协会联系好，暗中组织好几千安源矿工和附近农民，他们虽然没有洋枪，但有土武器，还把从湖南买来的浏阳鞭炮，矿上用的黄色炸药等物，一一准备好，以便随时应用。

两三日以后，天色渐渐暗下来，弯弓形的月亮，透过轻薄的白云，照在大地上，全是一片灰色，仿佛像黎明时候光景，很有利于夜行军。吃过晚饭，第四师这个部队，即由各级党代表，分别召集连队讲过话，静悄悄地先后出发了。因为是战备急行军，不过几个钟头，先头部队第十团，就已进至萍乡县境的军事要冲峡山口。

这里的形势很险要：两边全是莽莽苍苍的山阜，密密层层的树林，中间只有一条咽喉隘路。张凤岐防守萍乡这个师，约莫一万多人,而放在这地方的,差不多就有三个团,约莫五六千人。离此不远,还驻了一连炮兵。他虽明知革命军是三三制,一个师只抵得他两个团,也明知峡山口这个要隘,是一将当关,万夫莫开的地方,那为何要用重兵来扼守这小小的口子呢?原来他有鉴于汀泗桥贺胜桥之役,革命军因有民众,有政治工作,战胜了吴佩孚。不像他们北洋军,专靠用兵力来孤军作战。

走在第十团最先的是第一营。曹营长和营党代表胡云生,了解到上述情况,立即向团部报告。团部命令:第一营暂时停止前进,待第二、三营到达后,协同第一营,从隘路两旁绕道打过去。

"党代表!你说打得过吗?"曹营长心上心下地对胡云生说,"敌人兵多,地形好,我们不会白白送死吗?"

"打得过的。单是兵多有什么用?"胡云生抖起精神鼓舞他:"不要一开始就泄气呀!"

进攻快开始了。第一营全体战士们全埋伏在掩蔽体里。胡云生屏息静气,很沉着的在思考:怎样打过这第一关,替后续部队扫清前进道路;待从两旁去抄击敌人的第二、三营一接火,他怎样带领队伍冲过去……没过许久,两边山林里的枪声响了。胡云生立即站起来,大喊一声:

"冲!"第一营战士,从掩蔽体里一跃而出,"哒哒滴——""冲呀!""冲——呀——"一片号声和喊声,震动了山谷。

哒哒哒,哒、哒……北军的机关枪,雨点似的打过来。轰隆!轰隆!轰轰轰轰……敌人的大炮,也发狂似的吼叫。第一营一下倒了十几个,立刻退回来。

"炮火太厉害,党代表,怎么办?"曹营长心里很恐慌,他的意思想请团部增援。胡云生正言厉色地说:

"沉住气呀!不要慌!"然后面向大众:"这是我们为革命效力的时候啦,不要怕,鼓起勇气来!"一个箭步,把手里的驳壳枪朝天空一放,砰!"同志们,跟我来!冲——"大家也就跟着他,冒着弹雨往前冲。

忽然，山头上喊声震天，夹杂着嘭嘭嘭、崩崩崩，连续不断的巨响，像是机关枪，又像打迫击炮。射到第一营来的子弹，反而一下稀少了。胡云生精神一振："唔！敌人怎么了？"立即大叫一声："冲过去呀！"第一营的士兵们，就像跳涧的白额虎，锐不可当地往前冲。

事后才知道，原来王直他们，得到北伐军打峡山口的消息，又见到张凤歧急急忙忙调兵遣将，将原驻安源的一营兵，也调到峡山口，他估计张凤歧必然会死守这个要隘。就决定把组织好的一部分工人，留在矿山附近，准备乘虚袭击敌后；另以一部分精壮农民，携带黄色炸药、浏阳爆竹和铁器家伙，由他亲自率领，星夜赶到峡山口。正在炮火连天时候，他就吩咐他们，在离北军阵地不远的山坳，或树林里，埋伏起来，带有鸟枪的放鸟枪，带有炸药的点炸药，带有鞭炮的放鞭炮，因而霎时间，这里嘭嘭嘭，那里崩崩崩，在黑夜里，谁也分不清是放枪，还是打炮。北军则以为被包围，乱了。原先集中对第一营的火力，纷纷向四面乱射，往后退。第一营就如此趁机冲了过去，突破了这道难关。后续部队，也就跟着很顺利地乘胜往前追。

离隘路不远，有一块不小的开阔地，到处这一堆那一堆，全是敌兵遗弃的子弹、做工事用的铁锹和打坏了的几挺水机关；还有些被绑着的民夫，打伤在地下。

"报告师长！"天还未大亮，第十团的一位传令兵，虽然气呼呼，汗淋淋，但却满面笑容，跑至张辉瓒马前，胸脯一挺，腿一并，用很洪亮的声音说："因为老百姓帮忙，把敌人一下打垮了，死伤很多，正在追击中。我们也有些损失。"眉毛一皱，声音放慢了："第一营胡党代表带了花。"

"带花？重伤还是轻伤？"走在张辉瓒后面的季交恕，也同样用很大的声音问，带点惊讶的神色，没有什么笑容。

“轻,只打伤一只耳朵。”操着长沙口音的传令兵,又是两腿一并。

然而季交恕仍很关心。胡云生过去读书不多,却很聪明,品质又极好。从进湘军讲武堂入党以后,就非常用功,不但政治思想水平提高,文化水平也大大提高了。在他参加的历次战役中,都可以看出他忠于党的革命事业和英勇精神。这要算是第二军不可多得的优秀党员。到底是不是轻伤呢?季交恕对传令兵的话,有点信不过。他这么想一下说:“我去看看。”扬起手上的马鞭子,“啪!”飞一般地往前奔。

已是上午八九点时候了。在隘路那边开阔地的附近村庄上,师政治部正在做宣传工作,一大群农民争着说:“我们挑!”“我们挑!”立即拿起扁担、绳索、杠子,挑的挑,抬的抬,把敌人所遗弃的弹药辎重,高高兴兴地往自己肩膀上搁。其中有一位,边走边说:“你们不拉夫,不打老百姓,和和气气,多么好呀!鬼北兵真坏!不把老百姓当人啦!你看!”指着那些被打伤了的民夫,咬牙切齿地说。

“我就是前两天被拉去的,好在昨晚枪一响,他们搞慌了,我跑脱啦!”另一位抬炮弹的青年,得意洋洋地说。

路旁边的小丘阜,绿菁菁的细草和十来株松树中,有几位挂有白地红十字臂章的人,还有好些老百姓挤在一块儿。季交恕立即把缰绳一勒,这时,忽听到一句喊声:

“季党代表!”季交恕听清了是胡云生的长沙口音,立将握在手里的缰绳往右边一勒,嘚嘚嘚的马蹄,一下就走到小丘上。此时,一位军医和两位男护士,正在树荫底下,为躺在门板上的一位农民上药。“季党代表你来啦!他是被拉去当夫子,没有跑脱身,给北兵打伤的。”脑袋右边缠着一条白绷带的胡云生,望望季交恕。也许因为流过血,面色白了些,然而神情态度,比平常差不了多少。

“你怎样?伤哪里?”此时,季交恕才放心了,轻轻地这么问一句。

“这里，不要紧。”胡云生一手指指自己的耳朵，一手指着躺在木板上的一位农民。“他伤重啦！”从自己口袋里掏出两块钱，皱起眉毛，交给抬他的老乡说：“给他买鸡子吃，带点药回去呀！”又走过来，向另几位帮他送水带路的老百姓，勤勤恳恳地问这问那，边道谢，边做宣传。其他一些老百姓，就像磁石吸引铁般，一起围在他的周围，毫无顾虑的七嘴八舌：

“官长！你们革命军真好啦！”“第一不拉夫。”“我们不要再逃跑啰。”“听说你们有几万兵到。”“这位骑马的是什么官长啦？”

看了这些情形，季交恕心里，受了很大的感动。他想起早三年由江西退过大庾岭，胡云生当连长时候，不曾亲自下令拉过民夫，打过老百姓吗？如今竟前后判若两人。固然他的阶级出身是贫农，但假如没有党的教育，怎会有这么快的进步哩？于是满脸含笑，拍一下胡云生的肩膀，又向老百姓打一下招呼，便上马，赶向前去。

这时，第四师部队，追过峡山口好远了，如虎负嵎的敌人，依然拼命顽抗，架起大炮，砰、砰、砰，打得满处是黑烟，把悬在正中的太阳，遮去一大半。接着，第四师三个团一齐展开了。这是面对面全线出击的头一次。呜！啪！砰！比以前响得更激烈些。一眼望去，只见尘土飞扬，烟雾蔽天，彼此相持不下，好几个钟头了，双方死伤不少。

“师长，这样硬打不行吧？”卢彦说。

“你说怎么打？”张辉瓒也没说出什么意见。

“你不叫第十团抽一个营，从右翼南坑方向侧击一下，然后正面冲？”

“那好。”张辉瓒赞成卢彦的主张。“你马上写命令。”于是，胡云生和曹营长，领着三个连，从峡山口以东，南坑以北佯攻，配合正面总冲锋时候，出其不意地拦腰一截，惊弓之鸟似的敌兵，就像开了闸门的水，左一股、右一股，沿着从西向东的袁州方向溃流。

经过几个钟头的激烈战斗，枪炮声虽然静了下来，可是当地老百姓，到处有嚷声："官长！""老总！""这里有北兵啦！""这里有枪呀！"拴在树上满驮着辎重或被打伤了的一大群骡马，则嗷嗷大吼；还有些从老百姓那里抢来，但没来得及带走，现被捆拢着的猪羊和鸡鸭，也像凑热闹似的，唔唔呀呀，喊喊喳喳闹起来。只是躺在地上的敌人死尸，东一堆，西一堆，没有一点声音。

忽然，又听到山顶上树林里一阵叫喊：

"妈的！北鬼！打死他！"季交恕拿起望远镜一瞧：一些农民模样的人，揪扭着几个穿灰军服的北兵："缴枪！饶你的命。"距他们不远的高处，有一两个用松桠杂草盖着的小矮棚；在太阳照耀下，棚边下反射出一些光芒。

"那是敌人的炮兵阵地，像还有炮在？"季交恕把望远镜放下来："特务营快去搜索。"何营长马上带一个排去一查，果然有几尊大炮，其中两三尊下去了炮闩，炮身上铸有 U.S.A. 三个英文字。那些打北兵的，大半是安源工人和当地农协会员，也缴到十来支英制步枪。

"老总！快来！这里有枪。"王直和他的表兄弟沈保和，领着几个农民小伙子，报告特务排。这位沈保和，个子不高，不过十六七岁的样子，在这几位小伙子中，年纪最轻，胆量却很大。昨夜他居然神出鬼没，在北军旁边树林里放鞭炮，点炸药，跑去跑来，毫无半点恐惧。这时，他很熟悉地指着不远的松林道："那里还有，我带你们去。"边说边领先往前走，沿途拾得的，这里三五支，那里七八颗，全是败兵丢弃的步枪和手榴弹。走过山坡边的微斜处，仿佛地下有响声。"唔！里边有人！"沈保和这么说一句，把堆在地面上的一堆松枝掀开来，黑漆漆的薯窖里，躲藏着好几个穿灰军衣的，缩头缩脑挤成一团。

"出来！缴枪！"何营长把提在手里的一支驳壳枪对着薯窖门，

气势汹汹地大喊一声。“哗啦!”特务排的士兵们,都一齐跟着他把枪栓一扳,作出射击的姿势。这些败兵,也就低下头,弯着腰,举起双手,从薯窖里钻出来。

“他是官,我认得,平常骑马的。”沈保和指着那个高胖子大声说。何营长抬起头瞧他一下:年约四十左右,比别个都老些,脸庞圆圆的,两颊又红又润。虽同样穿着士兵的单衣服,却不像士兵。待派人钻进薯窖里一看,丢在地下的,全是驳壳枪。

何营长猜,这大半是个官,于是问:

“你是军官吗?”

“我——我——我——,不是。”高个子汗流浃背,满脸通红,低着头,结巴似的足足两三分钟,仅吐出“不是”两个字。

“他是你们的官长吗? 什么官?”何营长回转脸来,询问其他俘虏,仍是带着同样的严肃态度。那些俘虏兵,也就战战兢兢,谁都不敢开口说他是或不是,只偷偷地一齐望着高胖子。

“搜!”何营长喊出这个字,他的部下,就围拢去周身一搜,检查出一支勃郎林手枪,一个刻有“张凤歧印”四个字的图章,这才知道他就是防守萍乡的师长张凤歧。“哦,你就是张凤歧呀! 哈哈哈。”何营长就像拾得什么宝贝,张开嘴巴一笑,手一挥:“带回师部去!”

“你是王直吗?”季交恕远远看见何营长和特务排,同着好几个青年小伙子,嘻嘻哈哈往师部走来。中间有一个穿蓝布衣服的,是王直。王直一见,也很高兴地喊道:

“是我呀! 季党代表,捉到张凤歧啦!”

“你们真行。”季交恕热情的右手拉着他,左手搭在他肩膀上,拍两拍:“辛苦了,革命要靠你们工农民众呀!”

张辉瓒看见不仅捉到俘虏官,还有正合需要的成箱子弹,和其他武器,望望季交恕,非常高兴地笑起来:“哈哈! 就交你们政治部去审问罢。”又望望王直:“好得很,你们快把东西都送来。”但也只如此说几句就走开了。跟在他后面的副师长王杰人,一面走一面笑道：

“这么看来，孙总理的三大政策搞对了。”

“哼！搞对了？”张辉瓒轻声地把鼻子一嗤。“不要搬起石头打自己的脚啊。”

前一向，革命军第四师打过峡山口那几天，由南昌西调的援兵，就同流水一样的源源不断。袁州一带，则因到处拉夫做工事，挑东西，许多壮丁逃匿了，居民和商店都关了门。正是这人心惶惶时候，陈大海着急了：“没有人怎么搞呢？”他想起赣西特委叮嘱他要隐秘又巧妙地发动民众那句话。这时，在这地方党的秘密会议上，正研究如何发动民众的办法。

“民众跑光了，怎么去发动？”在座的几位，都异口同声说：“很难。”

暂时沉默了。陈大海低下头，把他过去在安源矿上几次罢工斗争的各种方法和经验回忆一下，觉得就这样听水流舟，不是办法。抬起头，望着大家说：“如果消极抵抗，让北洋军奸淫掳掠，这不但对革命军没有帮助，而且对我们家乡损失，也一定很大。妈的！”他奋身站起来，握紧右手，向左掌心上重重地一拍：“只有硬着头皮，替北兵帮个倒忙。——”

“怎么帮倒忙？”没等他的话说完，大家就插问。

“由工会找一两个人出来，大胆同北军接头：只要他们不拉夫，不打人杀人，不奸淫掳掠，我们就可以邀同各公法团出面，把老百姓找回来，由我们派夫子。”

“哼！要老虎不咬人，办得到吗？”大家都摇头。陈大海闭着嘴，似乎被这句话堵住了，但他想了一下，又说：

“也许办得到。因为他拉，老百姓就跑，你跑他就打，越打，老百姓就越跑，最后连老弱妇孺也找不到，他就越发找不到夫子。那他们抢来的一大堆东西，就没人挑。假如有人替他帮忙派夫，我想他是会答应的。只要他答应不拉不打不杀，我们就可以把这些道理，向老百姓说明，叫他们回来，比消极地东逃西躲好些，可能不会吃大亏。”

“这不是投降北兵帮真忙吗？”一位工人说。

“不。帮假忙嘛……”坐在他旁边的陈大海，侧着脸，把嘴巴挨拢去，低声说起来，只听清他转过头来时候说的那几句：“我们就这样暗中布置，看风使舵，总有办法的。”那位工人连点几下头。其他几位，也领会到他的意思，而且相信他是特委派来，一定是顶有办法的，没再追问，马上就分头去准备了。

往后几天，打过芦溪的傍晚，第四师师部在一家被北兵赶跑了的老百姓家里宿了营。瓦盖烟砖墙，屋子虽不怎样美，却相当宽。正厅东边客室内，原有八把半新旧的方椅子，一张四方桌，现在把正副师长和党代表三张行军小铁床摆进去，也还绰绰有余。吃过饭，季交恕走出门外去洗脸。王杰人因为连日行军有点累，伸直两条腿，仰卧在床上。张辉瓒手里端着一碗茶，若有所思似的，在房子里踱来踱去，有时搔搔脑袋，有时拿起一张作战地图，在马灯跟前瞅一瞅，忽然皱皱眉头说：

“副师长！打袁州不容易啦，听说有援兵到，正在做工事。”王杰人慢慢地从床上坐了起来说：

“照想打得下吧？他的兵固然多些，我们在萍乡也打胜仗。”

“胜是打胜了。”张辉瓒得意地笑了一下，马上又摇头：“可惜歼灭少，缴获不多。”

站在房门外的季交恕，边听边想道：为什么只看到军事力量，看不到民众力量呢？于是把洗面巾往脸盆里一扔，连忙走进去，望望张辉瓒，又望望王杰人道：

“师长打仗是有办法的。”先引着张辉瓒自己说过的这句话，表示称赞他。“所以一进萍乡，就旗开得胜，打它个下马威。这就可见胜败不在兵多兵少，还要看民心向谁。武王伐纣三千人，因为老百姓拥护，结果把商朝打垮了。我们在峡山口那一个战役，就捉到张凤歧，不也是靠民众帮忙的吗？漫说我们的军队对革命有了认识，所以纪律好，士气高，哪一仗都打得好；北洋军就像老鼠过街，人人喊打。我想只要相信老百姓，依靠老百姓帮忙，我们打袁州，不会比第四军打汀泗桥还困难的。”

“对呀！”王杰人一下被提醒了似的，爬下床来。“吴佩孚的兵比邓如琢多得多。听说第四军打汀泗桥，也同我们打萍乡一样，得到铁路工会同农民协会的帮助不少哩！”张辉瓒听过这些话，勉强点点头，坐了下来，笑道：

“党代表说的也许对。不过诸葛一生唯谨慎，我总有点不敢轻敌呀，哈哈！”颇有以孔明自比的得意之色。

这房子大门口，高高地挂起了一盏罩有一块红布的马灯，这是师部宿营地的标志。天黑还不久，第四师各团营，就有好几批人向这红灯走去，大半是送报告文件的通讯兵。俄而，大门外一阵呼噪声：“侦探啦！”“捉到侦探啦！”

“报告！”特务营的何营长大喊一声，领着几个兵，把一个用麻绳绑着、双手交叉在背后的壮年高个子，带进师部大厅上。

掩着房门，正在商谈怎样打袁州的张辉瓒他们四位，听到这些声音，立即打开门，走了出去。何营长站在厅子上一盏亮闪闪的汽油吊灯前面，一看就认清是张辉瓒、季交恕、王杰人和卢彦。他马上挺直身子，行过礼，说：

“捉到一个侦探。”指指那个被绑着的高个子。“他姓马，本地人，据他自己说，在袁州做小生意，现在回家探亲。”边说边从自己口袋里，掏出三个小小的铜片。“这是在他身上检查出来的，还有几块大洋，十来个铜元。他不承认是侦探。”

张辉瓒从何营长手里接着那个铜东西。季交恕和王杰人、卢彦，都一起走拢去，站在汽油灯前围着瞧一下，厚厚的铜质圆形，当中一个四方孔，一面铸有“康熙通宝”四个汉字，一面是满字。

“唔！康熙钱。”本来中国很早以前，就用这种缗钱的，不足为奇。清朝入关,从顺治、康熙到光绪,每个皇帝,都铸有他们自己皇号的什么通宝。但在这时候通用的是铜元,缗钱将近绝迹了。他为什么还带着这种东西在身上?而且三个全是康熙钱,不是侦探的暗记是什么?张辉瓒就这么判断说:“侦探,侦探,一定是侦探,打!拉出去杀掉他。来人啦!”高高地把手一抬,几个士兵就一齐拥了上去。

季交恕接着把手一摇:“慢点,慢点。”望着张辉瓒:“师长!莫急性!先问问再说罢。”

高个子吓慌了,连忙就喊:“官长!我有话讲。”

张辉瓒拖长声音:“党代表!——打仗啦!时间要紧!”狞笑一下,但又想起,讨厌的党代表这个制度,是国民政府规定的,于是调换过半讽刺半同意的口气:“你真是大慈大悲的观音菩萨啰。好嘛,就押到师部特务营,你去问罢。”边说边往房子里走,心里虽不高兴,却又不好公开说出来。

现在,厅子上,只剩下季交恕、王杰人和负责看守的特务营两个兵,随即把这侦探,带进厅旁边另一间屋子里。

“你为什么当侦探?”季交恕问过高个子的姓名、籍贯、经历后,边说边看这三个缗钱,的确是非常可疑的证据。但一想,他说曾经在安源做过工,被开除失业后,才跑到袁州去做小生意,可能因为穷,而被北军收买的。季交恕紧接着问:“是不是北军用钱收买你当探子啦?”用手掌托着那三个钱。“这是谁给你的?做什么用?”停一停,换过口气问:“袁州北兵情形怎样?只要你照直供出来,就不会杀你。不要怕!”

姓马的高个子,站在房子中间,掉转头,不慌不忙地四周一望。他看清除开这四位,没有别人,就挺直身子,毫无惧色地说:

“官长!你保证不冤枉杀人吗?那我就照直说。”

“只要你当真照直供,”季交恕拍拍胸脯:“我保证。”

“那好。”高个子用一种痛快的口吻说:“不错,我是北军派来的,他要我探清这边的情形,马上就回报,给我这三个缗钱做暗号。"说到这,把眼睛一瞪。"官长!你信不信,我是想乘此机会,把那边情形告诉你们,不是真心替他们当侦探。"季交恕赶快插一句:

"好,你说啰。"略微颔颔首。"那你就应该把他们的情形说出来!袁州有多少兵?"

"袁州只一个多师。"高个子仿佛心中有数,毫不迟疑地说了出来。

"不止吧?"王杰人装出不大相信的样子,站起身来道:"已经增兵啦!"

"还有几个师,分扎在安福、吉安。袁州一带的情形我熟悉,的确只一个多师,大半扎在宣风这边,正在做工事。扎在西村那边的兵并不多,工事也很少。如果从西村那边打过去,那是容易的,老百姓也好帮忙些。"

听过这些供,尤其后面一段话,好像里边有骨头。并且看他说话的态度沉着,没表现一点恐慌样子,也好像不是一个歹人。季交恕同王杰人,都同样这么猜想。

现在,时间不很晚。张辉瓒和卢彦,还在商讨怎样进攻袁州的问题。季交恕和王杰人走了进去。

"问得怎么样?党代表!"坐在牌坊椅子上的张辉瓒站了起来,把拿在手里的几张报告,往桌上一搁。弯着半个身子,伏在方桌上查看地图的卢参谋长,也跟着挺直了胸脯,听候他们的回答。

季交恕将问供的情况和自己的猜想说完,正开始提出意见时,张辉瓒立即插嘴,把他的话打断了,武断说:

"不要听他的鬼话,杀掉算了。做侦探的就是敌人,有什么好东西!"

"嗳!——"从季交恕嗓子里发出这样一声,重而且长。

他虽然没有再说什么,可是张辉瓒的面上有点发红了,因为听得出他这么沉重的嗳一声,显然是一种反对的表示。为了避免正面冲突，只好马上就转口：

“那，你主张怎样？”干笑一下，照例的言不由衷，末尾来一句尊称：“党代表！”

“我主张——”季交恕说出这三个字，边盯着他边想：你这种外左内右，口是心非，刚愎自用的人，动不动就喊打喊杀，真难搞。但为了革命工作，也只好委婉一点罢，于是说：“我主张暂时把他押在特务营，马上派人到西村那边去侦察一下，看到底是不是兵少，工事不多，容不容易打过去。”说话的态度也和缓些了，走近前去，同样来一句表示尊敬他的称呼：“师长！你看怎样？”

“我同意党代表这个意见，马上再派人去侦察。”一向不大多说话，而又最怕张辉瓒为人太厉害的王杰人，就只这么说一半，没有提出应杀不应杀的意见。

站在旁边出神的参谋长卢彦，知道这位师长不好惹，也意识到他们三位，都是貌合神离，政治上的见解不大一致，然而这是军事问题，与自己职责攸关，难道就缄口结舌，听听算了吗？不可以。就这么带着一点缓冲的意思说：

“不是说敌人的重兵都摆在这一线吗？”他一手从桌上拿起由军部发来的一张通报，一手指着地图上的安福和吉安。“我们二军的第五师同朱培德的第三军，已经快到这里啦！先派人去侦察一下好。如果他的口供属实，那就可以避实击虚，从西村那边打过去。”注意地望了张辉瓒一眼：“师长！你说哩？恐怕暂时押到特务营再看好些吧？”

“派人去侦察是好的。”张辉瓒答复卢彦说。“你马上派人。不过，战时还要把人看管侦探，实在麻烦。”

“那也没有什么麻烦。就交特务营看管一下，怎么样？”卢彦笑笑的，带着这么半是主张半是请示的口气说。

“好！就交特务营。”张辉瓒没有再说两句话了。卢彦马上拿起笔在纸条上写几句，叫卫兵交给何营长。

时序推移，天气渐渐凉些。田野间，人一般高金一般黄的禾稻，把萍乡通袁州这条大路，夹成一条长巷似的，使得行人旅客，闷得有点透不过气来。萍乡一带的老百姓，一群又一群，拿起禾镰，开始收割了。

可是袁州地方的情况不同，虽则禾苗一样好，一样高，而战事吃紧，谣言大，很多老百姓吓得不敢回来搞秋收。防守此地的赣西前敌总指挥唐福山更着急："前几天革命军第四军攻下武昌，吴佩孚跑了。而我们驻守萍乡的师长张凤歧被俘。现在吉安告急，袁州兵临城下。怎么办呢？尤其北面即江西右翼的武汉重镇失守，东南即江西左翼屏障的福建，没有主力军，而且谣传福建督军周荫人的部队不稳，我们的五省联防总司令孙传芳，这位坐镇南京不动的上司，却生怕损失实力赔老本，舍不得拼。这么一来，岂不会让南昌突出在敌人面前，孤立无援吗？危险！危险！不知道邓督军怎么打主意？"他于是亲自跑去南昌，向邓如琢请示。口里说是请再派兵添械，实际是去观看风色，不想做张凤歧那样的傻瓜。果然不到三几天，虽然不见有兵到，可是成箱成批的外国子弹，络绎不绝的，经水陆两路，从南昌运来。

"报告参谋长！西村那边，的确兵少，工事也不多，据老百姓说，这两天，还调走一些到宣风。"由第四师师部直接派出去的一位侦察员，走到卢彦跟前，欠欠身子，鞠个躬。因为他乔装老百姓，身上穿的是便衣，故没有行军礼。他最后说："那边谣言多啦，北兵很恐慌；都说唐福山走了，有的说逃走，有的说因打败仗撤差，究竟是怎么一回事，探听不清楚。"

"师长！"正在行军前进中的卢彦，停了下来，站在路旁边的坟地上，待张辉瓒一到，立即向前跑几步，这么叫一声。张辉瓒他们几位，也就一同下马往坟地走。卢彦悄悄说："那个侦探的口供对哩。"车转身，向站在他后面十来步远的侦察员招一下手："你来报告师长。"报告完后，张辉瓒的两只眼珠，仍然流星似的左右转，没作声。卢彦伸出手向侦察员一挥："好，你去罢。"

"慢点。"张辉瓒这才开口，把侦察员叫回来，问他一阵，然后说："你等着！"往前踱几步，又回转头来向卢彦："嗳！派一个得力的营，把那个姓马的交给他们带路，同我们侦察员一起去。向左翼西村那边佯攻它一家伙，你说好不好？假使能调动他右翼的部队，我们就乘机向宣风这个据点猛攻。如若不然，就改变计划，加派三两个营，从西村打过去。"

这原是卢彦说过的避实击虚的意见，他当然赞成，马上就点头说：

"好。派哪个营？"

"派十团第一营罢。"季交恕因见这是一个艰巨任务，非有指挥好、战斗力强的部队不可。过去在峡山口那次战役，十团第一营打得最好，曹营长，尤其胡云生顶行，所以他就脱口这么说。

"好的，好的。"王杰人和卢彦立即附和他。

"行、行、行。"当然张辉瓒也知道他们行，毫不犹豫地连点几下头，接着又来一句："不晓得胡云生的伤口怎么样啊？"装作体恤部下的样子。

"那就把姓马的叫过来罢，好交第一营带走。"卢彦两眼望着张辉瓒，指着正在路上走过去的特务营。大喊一声："何营长！"

待何营长把那姓马的"侦探"带了过来，张辉瓒才亲自问他，了解他所供的与侦察员所探的情况相符。但还假装不相信的口气道：

"是不是真话？"

"官长！你看啰！我们是来报信帮忙的，当然真。"高个子说话的态度很硬，也很自然。"如果是假话，砍我的头。"

"好，那就请你去带路！"张辉瓒扬扬手，这才表示有点相信的样子。马上回头望望季交恕，轻轻地喊一声："党代表。"微笑一下："嘿！不杀也好，留得青山在，果然有益处。"边说边一起上马。

“这是决定我军胜败的一仗，硬要拼命打过去啦！人到百岁总会死的，只要死得有价值，不要怕。”在一个月色朦胧的夜晚，第十团第一营，正在西村那边开始渡河。当敌人猛击时，胡云生看出曹营长脸上有点不正常，一手拉着他跳上临时编成的木排上，朝着队伍打气，还大喊几声：“快上来！快上来！勇敢些！”士兵们一听是胡党代表的声音，胆子壮起来了。于是一鼓作气，蜂拥般全体跳上木排。

天还没有亮，袁州敌人一下子慌了手脚，误以为革命军的主攻在西村，将宣风这边若干部队，连忙往西村调。就在这时候，答答滴的进军号音，从宣风那边的第四师师部号兵口里吹了起来。大批部队，向宣风猛攻。相互冲杀，到东方大白，还没有分胜负。

还在这十多个钟头以前，在袁州党委房子里的煤油灯旁边，围着几个人，细声细气的，在开紧急会议。陈大海说：“南军打过来啦！赶快动手烧掉它的军械库，把挑送的子弹丢在路上，然后往又密又高的禾田里钻，哪里都好躲。……”很有计划地交代一完，他们马上出去分头行动了。

今天是从峡山口战役以后，打得最激烈而双方伤亡也最大的一仗。战事方酣，忽然，轰隆，轰隆，啪、啪、啪，发出一阵好似天崩地裂的响声。一大股又浓又黑的烟，从地面往上冲，把蓝色的天空，遮没一大片。

“军械库起火啦！”那些在火线上作战的北军，因民夫逃跑，急需的子弹，得不到及时接济，已经人心惶惶。现又听见后方军械库起火，以为自己被包围了，乱成一团。第四师立即在西村和宣风两翼，全线出击，接连几个冲锋，不到几个钟头，袁州敌人，全被打垮了。缴获战利品很多，尤其老百姓，藏在田禾里或扔在路上的成箱子弹，俯拾皆是。总计起来，比峡山口缴获的多好几倍。

现在进城了，在前清这是个府城，故叫袁州府。民国以后，废府存县，才改为宜春县，在赣西，要算是一个比较大些的城市。进城以后，就有若干公法团代表和民众出来欢迎。他们虽则不懂得正式排成队伍，手里拿旗帜，街头贴标语这一套，然而劈啪劈啪的鞭炮响了一些，情形也相当热烈。

第四师师部，就暂宿营在一幢两三进像是学校的旧式房子内；挂在门口那块“赣西前敌总指挥部”的木牌子，还没有来得及取下来。左右街道上，摆满了茶水。宿营不久，进去会见的人，前前后后好几批。头一批十来位，大概是士绅，其中有几位老年人，还没有就座，就双手一拱，恭维道：“官长！辛苦辛苦，欢迎欢迎，你们南军真好，秋毫无犯，我们是箪食壶浆以迎王师呀……”文绉绉地引经据典，说了一大串。寒暄几句，打躬作揖地走了。

另进去一批当中，都是穿短装的。其中一位穿白洋布褂子蓝洋布裤的，说话不同些：“嗳呀！官长！北洋军阀真坏透啦！弄得我们这些老百姓，苦得要死，六月间望雨一样，望你们革命军来。”彼此也同样客气一番。问到他们的姓名时，这位年龄不大，精神十足，口齿非常伶俐的中等个子答道：“陈大海。”

“唔！陈大海？”季交恕一听就暗中自忖：是不是安源那个党员同志陈大海？于是问：“你到过安源吗？”

“在安源搞过几年。”

“认不认识王直？”

“认识，我们是在一起的。”

在座的连参谋长副官长一起好几位，陈大海分不清这位特别注意问他又问王直的是谁。于是问：“官长你贵姓？”

“这是我们的季交恕党代表。”卢彦说。

“哦！我在安源念过你写的《平民读本》哩。”陈大海很兴奋似的睁大两只眼珠，盯着季交恕，把这回他们在袁州怎样秘密活动，说了一个大概。

这一回，连张辉瓒也不得不承认，假若孤军作战，没有民众帮助，而要打垮兵多弹足的北军，是决不会这么容易的。送客出门时，张辉瓒装作笑眯眯的样子，拍拍陈大海的肩膀道："好得你们大家帮忙，多谢多谢。"回转头来又问卢彦：

"那个姓马的放了吗？"

"放回家啦。"

四　南昌城下

气温一天一天低下来了。赣西这一带的田野间，好像削了头发的和尚，光溜溜的，看不到一根禾草。只听得树林里，到处有蝉声。第二军第四、六两个师，从袁州经分宜、新喻；第五师从吉安、吉水、峡江、新金等县，打到樟树镇会师，现已打过丰城，逼近南昌了。

原来的作战计划，是要等第三军第六军到齐，然后攻取南昌城。可是，北伐军总司令蒋介石，性子很急躁，很轻视敌人，以为带有自己嫡系第一军的教导师这张王牌，全是新武器，而且子弹充足，在广东两次东征时，曾经显过身手，屡战屡败的邓如琢，怕他做甚？于是在会议上，习惯地自吹自擂说："打进南昌去登高吃重阳酒。"满有诸葛亮神机妙算的神气。他这句话，很快就在第四师全体官兵中传开了。人们都很高兴，以为总司令说的话，一定有把握。无奈光阴过得太快，蒋介石也没有鲁阳挥戈返日，可以把时间推迟的本事，打去打来，现已是重阳过后了。架起望远镜，连南昌城的影子都看不到。

距南昌不很远的尚谌店前面，一半是小山，一半是平原。第四师的指挥阵地，就在这平原后面约莫三千公尺远的高地上。距高地相当远的后面，是两面皆山，中间一条通沙铺潭的隘路。这指挥阵地右翼的友军，是第一军的教导师和新编第十三、十四两个军，左翼是二军第五、六两个师。现在，进攻南昌的序幕揭开了。从前夜开始战斗，彼此相持到今天下午，还没有解决谁胜谁败的问题。

张辉瓒着起急来了,望着卢彦道:

“参谋长,你派个参谋到教导师那边去联络一下,问他们怎么办? 冲不冲?”

“好。”卢彦立即转过身来派人。

半晴半阴的天气。加上炮火弥漫,许多地方看不清。站在指挥阵地上的四师指挥官们,就只有不时拿起望远镜往前瞧。

“唔! 敌人的主攻像是右翼咧!”张辉瓒指着前沿右侧方第十团的阵地说。他知道这是第四师顶坚强的一个团,右翼又有第一军的教导师,这蒋总司令的王牌军,大概不会出问题。但见敌人的炮火越打越猛烈,总不免有点担心。

此时,大家都拿起望远镜,仍然模糊看不清。季交恕也同样担心,于是说:

“我到火线上去看看。”马上就带着自己的护兵王文隆他们两三位,往右侧方走。

“那好。”张辉瓒竖起一个大指头。“党代表兼督战官,好得很。”不晓得这是称赞,还是挖苦,因为他是很少有这样表示的。

那里全是旱地,右边一线小山,虽然有些松树,却很矮小而又稀疏。季交恕刚到这儿,“砰!”一颗炮弹,落在他前面几十步远的地方。从地面上跳跃起来的石子,就像炒爆豆,哔哔卜卜乱响着,接着又是一阵呜呜呜和嘁嘁嘁的声音。他听清这呜呜呜,是在空中飞过的子弹,不足怕;可是嘁嘁嘁,则是落在地面上的着弹声,须要当心些。于是立即沿着山坡田塍边,跳下战壕,向小山走去。第十团党代表彭见清,一见是他,不禁呆了一下,带惊讶的神色问道:

“你怎么来的呀? 季党代表!”

“我们很担心哩。打得怎样? 看样子,敌人是想集中兵力突破一翼,你们要注意啦。”

“是。我们士气高得很,只有第三营略微受点损失。”他把敌人怎样冲,他们怎样打的情况述说一遍,最后很有信心地说:“请放心,右翼有教导师,照想不要紧。”

“团长呢?”

“在那里。”彭见清扬起一只臂膀指指前面,边说边引着他去。张团长也同彭见清一样的勇气十足说硬话。他们同季交恕一起往前走,在火线上巡视一下:

右边比较突出的这个小山,是第十团昨夜从敌人手里夺过来的。敌人好几次反扑,想把它夺回去,但第十团一直坚守到现在。他们利用那山头的一道长壕堑,修筑了临时工事。这时,敌人又发起冲锋了。彭见清在壕堑里集会,嘱咐各连党代表:“同志们,不要怕。他们从正面攻,我们就撤开,从两旁钻到他屁股后面去,前后夹击消灭他。季党代表亲自上来啦,我们都是党代表,又是共产党员,要勇敢不怕死,冲锋走前头。”刚一听到答答滴的号音,大家就一起跟着他,勇气百倍地跳上壕堑。他又朝着张团长喊道:“团长,走! 我们带头冲。”

一阵极猛烈的枪声、炮声和杀、杀、杀的喊声,几乎震耳欲聋。山边和田野,到处尘土飞扬,沙沙作响。正面敌人,已经冲到山边了,密密层层,机关枪也压不住。眼看,将近肉搏的时候,胡云生立即抽出身上的驳壳枪,一纵身,大喊一声:“有我们在,就有阵地在。同志们,跟他拼啦!”士兵们都从壕堑里一跃出来。此时,胡云生从侧面跑过去,劈! 把敌方一个什么指挥官打死在地下。可是当他口里正在继续喊“前进! 冲!”三个字,一颗子弹射过来,他抱着胸膛躺下去,满地是鲜血。和他在一起的曹营长,立即跑拢去抱着他问道:

“怎么? 带花啦! 快叫担架来。”

“不行啦!”胡云生从地下挣扎起半边身子说,“革命打仗重要,你去指挥队伍。”他把曹营长推开,喊一声:“冲呀!”躺下不动了。

“替胡党代表报仇,冲呀!”曹营长这么接着喊一句,他的部下就像猛虎扑羊群似的往前冲,配合着彭见清和张团长带着的两个营，三面一围，把敌人这次冲锋又打下去了。

天幕已渐渐往下垂，半圆形的明月，从又淡又薄的云雾中，露出了微光。季交恕正想转身往回走，忽然，一片喊杀的声音，从左侧方十一团那边传过来。季交恕同张团长、彭见清一起站在小山上，架起望远镜一瞧，不大看得清。只见那高地后面，像有一块大黑影慢慢地向后移。

"我到那边去看看。"季交恕担心十一团的阵地动摇，带着护兵王文隆他们，急忙往左侧方跑。

这是一个有三五户人家的小村庄。此时，第十一团第二营，已经被敌人冲垮，退了下来。季交恕走过这村庄时，一脑碰着黄团长和他后面乱哄哄的一大群。

"黄团长！"季交恕用很严峻的语气喊一声。"往哪里去？"他一看此情形，想到这个团长黄伟，虽是保定军官学生出身，但也是同张辉瓒一样把自己性命看得很重的一个人。平时包庇走私，滥用职权发横财，第二次北伐在韶关，听孙中山讲民生主义，他却做大蛇的梦，想着买花会。现在又临阵退缩，季交恕一想，就生气，故这么大声喝他。

黄团长惊魂未定，一见是季党代表，战战兢兢说：

"炮火好厉害呀！二、三营都退下来啦！"

"你是国民党员啦。革命打仗，还怕得炮火厉害？"季交恕一手拉着他。"来，来，来，把队伍整顿一下，赶快督上去。"

黄团长心里，虽则有些害怕，但因打仗是自己的责任，而上级党代表，又有权监督他，怎么好不跟着去呢？只好壮起胆子照办，把正在往后退的第二、第三两个营督上去。

正想从左侧方第十一团回转师部指挥阵地的季交恕，突然又听到右翼教导师那边，由东而西的杀声，愈喊愈近。从那面射过来密如雨点的枪弹，已经把自己陷进他们的火网中。"唔？难道教导师也抵不住？"一边想，一边弯着身子，走上一道可以通师部阵地的田坎。劈、劈、劈,又是一阵连发的密集枪弹射过来。季交恕王文隆他们就一起往子弹打不到的洼地一跳,躲过之后,连忙爬起来又走。刚刚走到原来师部附近的斜坡上,听得有人大喊一声:

"口令!"

"得胜。"季交恕还以为这是自己的人喊口令,马上就答应。

劈、劈、劈,连响几枪,立即有人喊:"站着!站着!"听得出是北方口音,他才知道自己面前是敌人,拔脚就往后跑。幸而不到几十步远,就是山。山后面又是一阵枪声。这时,季交恕才有点吃惊似的,心里想道:"后面响枪,不明明是敌人追过去了么!这怎么搞的?夜里人生路不熟,瞎子摸鱼似的乱走,怎么找得到自己的队伍呢?岂不落在包围圈中当俘虏吗?哦!赶快去找老百姓。"盲目地走到山边,穿过树林子,他疲乏极了。加以脚上那双麻布草鞋,在跳下洼地的那一顷,损坏了一只,袜子也被荆棘挂穿,脚底上起了好几个泡。他蹲在一株大松树底下休息一阵,鼓起两颗小电灯泡一样的眼珠,不断地左右转,一下看到南面山坡下,月亮照不到的阴暗处,隐约有灯光,还听到有小孩叫妈妈的哭声。

"嗳!那里有老百姓!"他站起来,一手拉着王文隆低声说:"你先去问问往沙铺潭的大路怎么走,请他们带我们一下,我就来。"王文隆应声就跑。季交恕带着另两位护兵,跟着走下山去。王文隆拐一个弯,到了那里,约莫有三五户人家,正在慌慌张张搬东西,他们一见是革命军,都亲切地说:

"嗳呀,我的老总啊!危险啦!有北兵,还不赶快走?"

"老乡!请你们带一下路好吗?"这时,季交恕也到了,紧接着边说边走向前去,看见男女老少一大群,有的手里拿着东西,有的抱着小孩。他们也看出季交恕身上扎的是斜皮带,后面还跟着两三个人,知道不是一个兵,没有叫老总,改喊一声:

"官长!"但是,大家愣住了。他们心里很踌躇:答应带路吗?在逃兵荒时候,泥菩萨过河,自身难保。不带吗?南军对我们老百姓是好的，难道听他们送死不成。“怎么搞呀，谁送他们一下罢。”一位穿短衣的老年人这么说一句，大家就嘁嘁喳喳议论起来：“要找人送他，谁去好，谁去好？”一位农民模样的年轻人，挺身走出来，显现一种见义勇为的气概说：“官长！我带你去！”领着他们就走，立即又回转身子，叮嘱他自己的家人说：“我把他们送上沙铺潭的大路，就回头到王家庄来，你们等着。”

一步高来一步低，全是羊肠鸟道般的小路，到处有荆棘。有时走到阴暗地方，虽然手里有电筒，也怕暴露目标不敢随便用。就同小孩捉迷藏一样，跟着这位年轻人，东弯西拐地绕了一两个钟头，才走上这两面皆山中间一条通总后方沙铺潭的路。

这时，新编第十三军，已经乱纷纷地退往沙铺潭了。他们的前任江西督军，反水过来当了军长的方本仁，在一起挤过浮桥时，一家伙跌下了水。虽然立即被救了上来，但同落汤鸡一样，身上穿的长袍大褂，打得透湿。张辉瓒他们也溜得顶快，见前面一垮，立即带着特务营，一口气跑过这浮桥，安然地走进了驻在沙铺潭的第二军军部。据他自己说，他要亲自去报告鲁代军长，才好请示机宜，只派彭见清和张团长带着第十团暂时在这隘口守住，还说他马上就回头来指挥。

大地渐渐发白，天快亮了。看得清那隘路两边的山上，仿佛全是穿蓝军服的人。季交恕这才放心向前走。

“哦！你来啦！没有碰危险嘛？敌人堵住了咧。”彭见清一见是他，表示很高兴。“师长到军部去啦！”

“昨夜这一仗，是怎么败的呀？”季交恕问。彭见清冷笑一下：

“哼！什么王牌军，一打就垮，我们就是吃他们的亏！”

事后才知道是这样：原来邓如琢探听新编第十三、十四军，虽然兵少，战斗力不强，但其中有一个是蒋介石嫡系，号称“王牌军”的教导师，于是不得不小心对付，就加调五省联军总司令孙传芳最近派来增援的谢鸿勋第四师，向我方右翼教导师阵地猛攻。其实，谢鸿勋这个师,并不算什么精锐,只因教导师和蒋介石的其他部队,都同黄埔军校一样,于三月二十日事变时,把共产党员一脚踢了出去,因而蜕化变质了。所以刚一交手,就被打得落花流水。师长王柏龄和党代表缪斌,若不脚底擦油溜得快,几乎被捉去。第四师的第十团,也就因受它的影响,不得不退却下来。

听到这个消息之后,北伐军总司令蒋介石,这才从后方赶来,连忙召集各师以上将官开个紧急会议。时间还不晚,将近日落西山的阳光,透过户外稀疏的树林,一闪一烁地摇映在玻璃窗子上,大家看得清,蒋介石虎起一张马脸,气冲冲地坐下来,皱起眉头,四面望一下,刚看到坐在墙角边的是教导师师长王柏龄和师党代表缪斌,就鼻子里哼一声。虽然没有开口,然而大家都意识到,这次打败仗,就是吃了他们王牌军的亏,总司令是怄气的,一定会骂他们一顿。坐在方维夏旁边的季交恕,歪转头,向着方维夏低声道:“看他怎么说,会骂的。”可是这一回的蒋介石,不像往常那样性躁,没有责备他们半句,只哗啦啦地吩咐一阵,满口浙江土音,不大听得明白,大意是:你们各自加筑工事,固守原阵地,抽出第四师先打抚州。其他还是照原先计划行事,等第三、六军到齐,再攻南昌。在座的诸位,也都尖起耳朵听,听不清的地方,才大着胆子偶尔问几句,如此而已。

不久,打下抚州,各军会师了,这才开始准备第二次进攻南昌。

现国民革命军第四、七两军,在攻克武昌以后,沿长江顺流而下,已经占领南昌以北不远的九江。围攻南昌的第二、三、六三个军和第一军的教导师,亦已兵临城下,激战好几天了。

德胜门西面是赣河。担任围攻这里的二军第四师,在黑漆漆的深夜,正凭着大炮掩护,由牛行抢渡此河。猛然间,红光烛天,亮如白昼:看得清德胜门外,迸射出一团又一团放花炮似的火星,也听得清许多喊救火,喊救命,哭哭啼啼的呼号之声,夹杂着哒哒哒的机关枪和轰隆轰隆的大炮声。可是,一会儿,这些声音稀疏了,只看到一大片熊熊火焰,继续在燃烧。

这原因江西督军邓如琢,有鉴于刘玉春死守武昌四十天,终被国民革命军第四军独立团,从城外民房里,挖掘地道攻进去,全被歼灭。他就如虎负嵎,立命城防司令岳思寅放火,将城外民房烧掉。

天刚亮,第四师全部攻过了河,占领德外正街。无奈德胜门那两片又高又厚的城门,已经关闭着,打不进去。城墙上的许多机关枪,全都耸起后膛,把枪口对着他们瞄准。此时,双方枪炮声,虽渐沉寂,然而阴风惨惨,德外那一带,充满了恐怖气氛。尤其赣河东南岸边的帅家坡和华光庙码头等处,尸骸遍地,血流满街。其中有两位挂斜皮带,死在一块儿的,血迹模糊,骤然看去,大家都认不清他们是谁。检阅他们身上的徽章,才知道这就是第十团第一营的曹营长和营党代表李崇道。原来曹营长胆量并不大,在打袁州,由西村渡河那一仗,若非营党代表胡云生拉着他跳上木排,他是有些畏缩的。可是,从此以后,因为受了这些共产党员的影响,逐渐由中派变成左派,由懦夫变成勇士了。党代表李崇道,则是从胡云生牺牲以后调来第一营的。他俩一登岸,就分头带着三个连,打垮岳思寅的城防部队两个营。刚乘胜攻进福神庙和大巷口的交叉路上,因被机关枪扫射他们的头部和胸膛,都一样蜂窝似的穿了好几个洞,死状很惨。现在,不仅他俩英勇牺牲了,而且这个营的官兵,差不多损失一大半,即第十一、十二两团,也减员不少。

从德外正街到吊桥,尤其靠近城墙外一带,都已变成焦土。只看到西歪东倒,全是败壁残垣,没有半间完整房子。这里一堆那里一堆的死尸中,穿老百姓服装的,约莫好几百具;还有不少焦头烂额,断手缺脚的老头、妇女和小孩,卧倒在血泊中,尚在挣扎、蠕动着。三三两两的人,有的抬着门板当担架,有的拿着锄锹找东西,有的……

彭见清见此惨状,带着又悲伤又痛愤的神情,驰报师部道:“师长！党代表！这次军民损失不小啦，要赶紧想法善后，……只有趁热打铁爬城，打它个措手不及。”

张辉瓒眉头一皱，暂时没作声，只是望望季交恕和王杰人、卢彦，心里却在盘算：“这是濒赣河岸边的一座重要城门，所以敌人用重兵固守，不容易打进去。假如他反攻，那就会背水作战，进退两难。何况我这个师，虽沿途有所补充，但已损失不少。军队是当官的本钱，若再损失，我就会变成光棍师长了。”

“爬城是个办法。”王杰人和卢彦，听了彭见清的话，立即就搭嘴。但想起，攻城是各军师的共同任务，须要一致配合才行。于是说：“马上报告军部好不好？”

季交恕一听，很同意王杰人他们的意见，却未便信口这么说。因见这次战役，第四师的战斗力削弱太多，在城外敌人，虽被打得落花流水，然而德胜门内，还有重兵固守，很难打进去。但转念：“难道就知难而退不打吗？假如我们这二路军，不迅速把南昌拿下来的话，那么，第一同第三那两路，就不容易向江浙进展，岂不会误天下之大事吗？”朝着张辉瓒猛叫一声：

“师长！我是同意王副师长他们的意见，爬城。因为能不能打进德胜门，是决定能不能打下南昌的关键。只有报告军部，请立即从第五或第六师，抽调两三个营来增援。”张辉瓒听过他们这些话后，才勉强答应一声：

“好嘛！报告军部试试，看能不能增援。”

这天上午，从围攻章江门的第五师抽调来一个团，很快拿着木梯子，准备爬城。霎时间，从城墙上和城墙外，互相交射着枪炮和手榴弹，放千子鞭似的，响了好几次。但锯齿一样的城墙垛，仍只能够站在城墙外望它一望，徒有牺牲，没有法子爬上去。

“好啦！还不是‘周郎妙计安天下，赔了夫人又折兵’——”张辉瓒嘛起两片嘴唇皮，朝着卢彦发牢骚。是责备彭见清，还是抱怨他们这三位，只有张辉瓒自己才知道。

就在这天，一位穿破烂短衫的老百姓，悄悄地跑进第十团团部报告："德胜门旁边，有一条阴沟，可以爬进去。我可以带路。"彭见清立刻带着几个兵，跟他去一瞧，果然是从城内通过城墙底下的一条两三尺宽三四尺高的流水沟。他立即转身报告师部，并自告奋勇道："我带一两个连，爬进去开城。"

现在，夜深人静，天幕上，仅只几颗星星，放射出一点模模糊糊的微光。敌我动作，彼此都看不清。第四师的攻城部队，仍装作爬城模样，开始响炮。城楼上的机关枪，就像发了疯，朝着城下四面乱射。彭见清带着第十团二营的一个连，从城门旁边的水沟内，偷偷地爬进去。刚一打开城门，就被敌人发觉，打伤了。幸亏城外的革命军，好比是打开了闸的水，滚滚往内涌，占领了德胜门。此时，彭见清的护兵，气呼呼地跑进师部报告道：

"嗳呀！彭党代表带花啦！……"大家都一惊，同声问：

"伤重不重？"

"伤重，很危险。"

"我去看看。"季交恕说此话时，脸色苍白了，马上跟着这位护兵往前奔。

这是德胜门内一幢不大的民房。头面和上身，全是血渍的彭见清，正从担架上抬下来上药。季交恕一见，心脏就跳起来，连喊两声："见清！见清！"他仍闭着眼睛，不动弹。季交恕一手拉着他的手，用面靠着他的面，又喊："见清！怎么啦？"彭见清才慢慢地睁开一条眼缝，使劲眨两下，发出微弱的声音：

"季党代表！我不行啦！"等一会儿，才呼一口气。"只要——革命成功，为党为人民——牺牲——鲜血不会白流的。——"断断续续，上气不接下气。季交恕连忙问：

"对楚华有什么吩咐吗？"因知道他和胡楚华结婚后，感情很好。在长沙时，他俩常到新运街第十号，在广州时，他也常有信给她。

彭见清又使劲睁一睁眼睛:“请告诉——她,为革——命努——力,不要为我悲伤——你——”眼睛一闭,呼吸停止了。此时,季交恕仍然握着他的手,眼眶里的泪珠,一串又一串,顺着两颊流下来,脑子里,浮现出从叶得胜到胡云生、李崇道、曹营长这些烈士牺牲时候的形象,以及在峡山口、袁州、南昌城外那些穿军服、穿便装的军民死伤惨景。他想道:“革命真不容易呀!非经过艰苦奋斗,流血牺牲等代价不行。彭见清的话对,为革命而牺牲,鲜血不会白流。这是光荣的。打仗重要,徒然悲伤,有什么益处!”立即放下彭见清的手,伸直腰,揩干眼泪,跨上马背。交代他们妥为安埋以后,他就同部队从德胜门正街,朝着督军公署方向,照预定计划,配合各友军,分头追击。不到一天工夫,全部战斗结束了。

南昌街道很窄,只有原邓如琢的督军公署,即现在的北伐军总司令部门前,比较稍宽些。蒋介石进城以后,邀请各军师将官和顾问举行盛大宴会,名曰“做得胜酒”。这天上午,总司令部门口,挤满了车马;还有许多老百姓,穿着长短不同、颜色不一的衣服,远远地站在岗哨线外,踮起脚尖,伸长脖子,你推我挤朝内望。因为他们都听说今天会枪毙俘虏官,同时也想看看革命军的军官。

第一军的人去得最早。季交恕同张辉瓒王杰人他们稍后些。他们这三位,走进督军署的东花厅坐下来,看看自己的手表,刚过十一点又十五分。接着进去的是鲁涤平。别人还没到。这时,东边房子内,细语喁喁,似乎有人在密谈,可是听不清是谁的声音。约莫坐了刻把钟冷板凳,才听到蒋介石咳了一声,手里拿一张写了些字的纸,匆匆忙忙走出来,往另一个房间去。当然,见了总司令,大家就起身,鲁涤平首先趋前几步,喊一句:

“总司令!”立个正。

“嗳!”蒋介石就只这么嗳一声,不大理睬似的,头都没有点,走过去了。

鲁涤平的脸庞上,就像涂了猪血,用沉重的脚步走回头,把一个又肥又大的屁股,往单人沙发椅子里一塞,闭着嘴巴不作声,心里却在咒骂:“妈的!什么王牌军,还不是打败仗。若非苏俄同共产党帮助,你称什么雄?难道我们就是杂牌军吗?你什么都要占面子,得优先,在广东受你的气,出来还要受你的气!”最使他面子上过不去的,觉得自己是代理军长,比在座三位的地位都高些,当他们的面碰钉子,不但与威信攸关,而且不好意思。越想越愤慨,实在再也忍不住了,低声破口说一句:“摆什么臭架子!”

就在这时,东边房子内,勃地响了一下,像是地板上拖动椅子的声音。马上走出来三个人——王柏龄、缪斌和朱培德。一见坐着的这几位,都是二军的,缪斌心里一悸,装成一副笑脸,首先打招呼:

“哦!你们早呀!来多久?”

“刻把钟。”张辉瓒简单地答道。

“来了这久!”缪斌又不觉一愣似的说一句,然后坐下来。他颇怀疑刚才同蒋介石交谈的私话,被他们听到。于是含含糊糊敷衍两句:“城内秩序还乱哩!总司令交代我们,要注意警戒。”没有说出第三军来。

“啊!——”鲁涤平沉着脸皮,拖长嗓子。“那好嘛——”心里却想:“光要我们打死仗,你们就得便宜。”然而这只是他“哑巴吃黄连,口里说不出”的话。

这天的得胜酒是西餐,大家一到齐,就纷纷由东西两花厅出来,高兴地说说笑笑,集中在大厅上。厅上摆着一横行,三直行,俨像是个倒“山”字形的长餐桌。桌上除杯盘刀叉等餐具以外,每个席位,不是按照军师级高低分别排列,而是按照各军师番号次序一起排列。每个席位,都搁有一张写了各人姓名的小红条。大家一进去,分别往东西两边走,按图索骥似的,找到自己位置就坐下来。坐在正面那横行正中的,当然是总司令蒋介石。坐在他左右两边的,全是俄顾问。而总司令部和第一军教导师的人员,全都坐在倒

“山”字形中间那一排。是不是意味着他们是中坚还是中央呢？刚一就席，坐在东边这一排上首的鲁涤平，很注意地一边望，一边这么想着。马上朝张辉瓒，悄悄地冷笑一下：“我们坐了上席哩！”也许张辉瓒知道这是一句反面话，轻轻点下头，没有作声。

酒初巡，蒋介石站起身讲话了，就像是没有上油的大车轱辘，咯吱咯吱地指手画脚，把“仗先总理在天之灵，我们打胜仗，祝大家努力，保险到南京去过年，请你们吃板鸭，再到北京去过春节，请你们到全聚德去吃烤鸭”这几句，反反复复说了几遍。每说到这，也就博得啪啪啪一阵热烈的掌声。

“北京的烤鸭那么好呀？”季交恕没有到过北京，故此问方维夏。

“全聚德的烤鸭真不错，比长沙齐长兴的还好些。”

“哼！假如都像教导师那样的‘王牌军’，动不动就后退，怎么能到北京去过节？”说此话时，季交恕的脑袋，靠近方维夏的耳朵旁边，细声细气的。

“吃板鸭，鬼话！听厌了。今天说打到那里去过重阳，明天说打到那里去过年，总喜欢开空头支票，闭着眼睛说大话。”方维夏也同样放低了声音。他不管什么规矩不规矩，头一摆，拿起桌上的刀叉：“来！我们吃菜。”

待蒋介石啰啰嗦嗦说了一阵之后，坐在倒“山”字形中间那一排餐桌上的政治部主任邓演达，首先站起来讲话。倒是言之成理，口若悬河，许多人望着他，似乎比刚才总司令讲话的吸引力大得多。他从国民党改组，国共合作，平商团、打杨刘、两次东征等，一直讲到北伐胜利。虽也着重地歌颂先总理，但不是说他在天之灵，而是归功于他的三大政策，归功于共产党和工农民众的帮助，还说：“我们的胜利，还应归功于苏俄的援助。不仅从道义上、物质上支援我们，还派了顾问团来中国。他们英勇奋斗，流血流汗，表现出无产阶级国际主义精神。我们应当表示感谢。”讲到这里，大家就跟着他起立，举杯欢呼："向俄顾问致敬！"可是，总司令蒋介石，反而没精打采似的，虽然也同大家一样，站起身来举着杯子，向着坐在自己旁边的俄顾问敬了酒，但脸皮上，没有丝毫表情。

"邓泽生不错，讲得好。"季交恕对方维夏说。

"当然。"方维夏把身子歪过去，轻声答道。"他是国民党左派里边的骨干哩。"

一面干杯，一面又讲话。接着就是几位顾问和其他愿意讲话的自由发言。可是，不知怎的，在平常不大爱多讲话，表面上比较左，而心里一向对蒋介石不大舒服的朱培德，突然站起来。虽仅寥寥几句，却全是替蒋介石捧场的话。鲁涤平始终没开口。

"诸位！请举杯。"坐在中间那一排的缪斌站起来，高高地举起自己的酒杯，这么大声喊。大家也就立即跟着站起来，他说："我提议，请大家向继承先总理的忠实信徒，劳苦功高的我们校长蒋总司令敬一杯。"到底是不是忠实信徒？是不是劳苦功高？不管它，为何在蒋总司令上面加"校长"，"校长"上面还加上"我们"两个字，这是什么逻辑呢？实在有点酸，有点肉麻。有些人心里这么想到。大家照例干一杯之后，又相互热热闹闹地敬了一阵酒。

现在，散席了。大家都酒酣耳热，正在纷纷走出大厅门口时候，缪斌在旁边凑趣说：

"去看看那几个俘虏官开开心吧！下午就枪毙哩。"

"哪几个？"有人这么问。

"就是唐福山、岳思寅、张凤歧嘛。"缪斌很得意似的。"吓！我监斩。"

由这大厅出去向左，通过一条走廊末端那一排不大的房子前后，站满了哨兵，三个俘虏官，就分别关在这里的三间房子里。

关在头一间的，是一个吃大烟，面色黝黑的胖子，被绑着，坐在地下。一见有人进去，他就弯着大半个身子，把两膀搁在膝盖上，支着头，掩住半边面，看不清他是谁。可是季交恕一见就说："这是张凤歧。”因为他审问过他好几次。

关在第二间的，是瘦长个子岳思寅，也是被绑着手的，很瑟缩的样子。他看见有人进去看，立即从地下站起来鞠个躬。

关在最后这一间的，是大家顶注意的唐福山，瘦个子，满面怒容，比较前两个神气些。看见大家一进去，他就鼓起两只眼睛，很不服输的样子。

“这个俘虏是唐福山？好——总指挥。”张辉瓒带半疑问半奚落的口吻，拖长嗓音，望望旁边，同时看看唐福山。

“有什么不好？”唐福山这么反问他。但一看张辉瓒身上系的是斜皮带，左膀上的臂章，满金两个花，他懂得这是国民革命军的中将高级官，马上就转口：“官长！不要嘲笑罢。胜败是兵家常事。‘成则为王，败则为寇’，谁也不能保一辈子打胜仗不当俘虏噢。”张辉瓒一听因为话不顺耳，好像是讽刺他，勃然大怒道：“妈的死鬼！”居然摆出打死老虎的威风，走向前去，打他一个耳光。

“打得好。”走出门时，缪斌谄媚地微笑道。

“自讨没趣何必呢。”走在季交恕背后的王杰人，拉一下他的衣角，轻声说。“师长的脾气真毛躁。”

做过得胜酒以后不久，总司令部忽然下一道命令：任命朱培德为江西省主席。这是出人意料之外的一回事。因为大家都知道，在三月二十日中山舰事变时，朱培德跟谭延闿一起，不赞成反共反俄，蒋介石也就因此不喜欢他，为什么一下转了个一百八十度的大弯，派他当省主席呢？谁都不知道这是怎么回事。

一同去道贺的鲁涤平，从第三军军部走出来，望着张辉瓒他们，暗地发牢骚：“二军真倒霉，难道打江西，就是他们的功劳，我们没有份？”两只眼睛，红得同兔子一样。

张辉瓒肩膀一耸：“牛吃草，马食谷啰。哼！”

“非拍马屁不行啦！副军长。”王杰人就只如此搭讪一句。季交恕没作声，他从这里出来，因有事，往方维夏那里去。在第五师师部门口，正好碰着他。

“哦！你来啦！”方维夏立即折转身，一同往内走，穿过一条巷，钻进门前砌有花台的一个小客厅。彼此坐下来，商量一下党里边的事情，才扯到朱培德当江西省主席，鲁涤平和张辉瓒都眼红吃醋这个问题。

“哼！”季交恕站起身，踱在方维夏跟前。“由总司令委任省主席，岂不是总司令部代替国民政府吗？成什么话？”

“这有什么奇怪？”方维夏也站起来。“从中山舰事变，整理党务案起，蒋介石的野心越搞越大，当上总司令以后，不早就文武官都归他任免的吗？这个家伙，大权独揽。”很愤慨似的说：“Dictator（逖克推多）[①]！”

“对，逖克推多！”季交恕也这么说一句。因为自己还有事，便告辞。一坐上车，他的思想，就同车轮一样的旋转起来：现在国民革命军的地盘，还只有两广两湖与江西这五省，蒋介石的嫡系部队，虽然在沿途招兵买马，顶多也不过三四万人；就连乱七八糟收编那些反水过来的敌军，也还不过十来万人，羽毛并不丰满。难道就会独裁称霸不成？照想暂时不会。猜谜似的又想：党中央，从来没有指出过蒋介石怎样坏，怎样有野心，只在今年九月间的第三次中央扩大会议决议案，讲到新右派的括弧里，才写有“如中派蒋介石”等字眼，也说到“获得政权者是武装的中派”这类的话。自出师北伐以来，工农民众运动，蓬蓬勃勃地发展，我们共产党和国民党左派势力，也就日益壮大起来了。何况国民党最近在广州召开的中央执监委员，和各省党代表联席会议，不是已经决定提高党内民主，反对独裁的吗？谅他即或想独裁称霸，恐怕也不可能。就这么很天真而幼稚地胡乱猜想一阵，从车子上跳下来，回到第四师师部，再也没想这些问题了。

---

① 英语，意即独裁。

过了几天，当啷啷，当啷啷，房子里的电话铃，响了几下。季交恕拿起耳机子问道：

"喂！你哪里？找谁？"

"……"听得清是李一秋的声音："有事，请你马上就来。"听其口气，像是很紧急的样子。李一秋是党中央公开派他到第二军当国民党副党代表的；又是第二军共产党的正书记。不晓得是有关党内的事要他去，还是有关国共两党的事，或其他问题。于是问一句：

"什么事？"

"当面谈啰。"

季交恕放下耳机子，就喊备马，连忙往第二军军部去。走到李一秋住的房子门外，仿佛里边有人在说话："……我们党太老实。""他们诡计多。"因为嗓子都很低，没听清是谁的声音。他把门帘一卷，除李一秋以外，就只有方维夏、萧振纲他们两位。季交恕刚进去，李一秋看看自己手上的表就说：

"好，时间不早了，我就要走。先谈谈罢——"

"去哪里？"季交恕问。

"去上海中央找老头子。"

"哪个老头子？"

"陈独秀嘛。"

"什么事？"

"哼！"李一秋摆一下头说："这位总司令，野心大得很，想把靠拢他的部队，统统放在江西一带，把国民党中央同国民政府迁到南昌，他好控制。成问题哩！我要去请示中央，你们……"

"对。不管他怎样，对革命不利的事，我们就要反对。这个人，我总有点不大相信他。"方维夏马上插几句。

"这当然。左派都不赞成，鲁胖子也反对。"一秋点一点头，他因为时间仓促，来不及开会讨论，就只这么交代几句，匆匆忙忙离开了。

不久，一秋还在上海没回来，国民党中央决定由广州迁都武汉。因为两湖的民众运动非常发展，武汉已成为这时的政治中心。在军事上，它可以北沿京汉路，经河南，直捣北京；东可以顺扬子江直下安徽，或经江西而取苏、浙；南与湖南两广连成一片，可以控制西南。很明显，这对革命是有利的。可是，偏有些国民党人，倒在蒋介石一边，反对迁都武汉。这就发生迁都武汉，还是迁都南昌的争论。也还有一部分人，动摇于两者之间。

有一天，鲁涤平把邱林、季交恕、方维夏、陈先跃这四位，请到自己的房间内，用低微的声音说："朱培德向我说，老蒋坚持要国民政府搬南昌，将要派人到广州去疏通，问我赞不赞成。"说到这，鲁涤平嗫嚅半晌，好似心里有话说不出的样子，想一阵，然后照直道："面子上，我只好说大家赞成，我们二军也赞成。我想请你们几位老熟人，代表二军各师，马上到广州去走一趟，把这里的实际情况，向谭三爷报告清楚，欢迎他赶快迁到武汉去。……"一面说，一面从口袋里掏出一封他自己写的亲笔信，交给邱参谋长。这因为从今年三月间，汪精卫跑去法国以后，还是谭延闿代理他当国民政府主席。商谈过后，他们四位，立即换上便衣，乘火车，经九江，上洋船，很快就到了上海。

约莫上午九十点钟下了船，雇来一辆汽车。他们刚一坐上去，这汽车就像发疯似的嘟——嘟——嘟——嘟，从船码头一直开往英租界上有名的一家大旅馆安乐宫。不知怎的，突然煞住车子停下来。坐在前座的季交恕一愣，昂头望去：路口上，站着几位深黄色脸皮，满嘴是衣刷一样粗的络腮胡子，胸袋上裹着一块又高又厚的红头巾，手里拿着一根木棒棒，东挥西舞吆喝着。这就是英租界的印度巡捕站在那里堵截交通。往来车辆和行人，拥挤在一块。人们都带着惊诧的神色，相互猜问道：

"什么事呀？""是不是南军打进来了？""是不是捉人？"

此时,微微有点风,从大马路口吹来了乒乓乒乓、砰砰砰、滴滴哒的嘈杂之音,像是击大鼓、打班锣,又像是吹喇叭、奏哀乐,听不大清楚。一会儿,从大马路西面走过这路口的行列,一排一排地涌过去,有些臂膀上系着一块黑纱,有些腰间束着一根白布带,也还有些在身上罩着一件白衣衫的,才知道是出殡。这些行列中间,很多中国人,也有少数高鼻子。更奇怪的,一向就不许中国人带武装进租界,而现在居然有好几队穿灰色军服的中国步兵,也有帽子上拖着一根带子的英美水兵,大模大样地在租界上巡行。

"唔!这是个什么大人物出葬?中国人?还是外国人?"季交恕越看越糊涂,忍不住地歪转脑袋问司机。

"姓谢的。"坐在他旁边的司机,仍然双手扶住舵轮盘答复他。

"哪个姓谢的?"

"听说是孙传芳部下的什么师长,在江西被南军打伤后,送到上海医院死的。"

"哦!"季交恕才明白,这就是不久以前,在江西打垮蒋介石的教导师,后来第二次攻南昌时,被第二军打伤逃走的五省联军第四师师长谢鸿勋。季交恕接着说:"那难怪这么威风。"他说此话的意思,因为五省联军是英美帝国主义的工具,难怪租界上允许破例吊唁他。这只是季交恕心里的话,并没有从口里说出来。可是司机鼻子一耸道:

"哼!威风,还不是老百姓倒霉。"

"怎样倒霉?"

"奸淫掳掠嘛!尤其狗肉将军的兵。"司机瞪起两只眼睛,仍然注视着前面。

"狗肉将军是谁?"

"直鲁联军总司令张宗昌。"

"怎么叫他狗肉将军?"

"他就是喜欢吃狗肉出名的,"司机这才歪一下头,望望季交恕:“你先生没听说过呀?”

“不晓得,只听说过张宗昌有‘三不知’:一不知自己有多少兵;二不知自己有多少钱;三不知自己有多少老婆。嘿嘿嘿——”说至此,送葬的行列才走完。司机马上就按喇叭,呜的一声,又嘟——嘟——嘟——驶进了安乐宫。

第二天一早,他们又转乘经常航行太平洋的大船“亚洲皇后号”去广州。

这是英国船,内中乘客,一大半是蓝眼睛、高鼻子。黄脸皮、黑头发的中国人,虽有也不多,所以它的一切规矩,全是洋里洋气的,每天三顿正餐,特别吃晚饭,还须穿礼服,有音乐伴奏。

丁当——丁当——这是叫吃午饭的铃声。接着餐厅的桌子边,坐满了男男女女和小孩。每个客人面前,都搁有一张打字机打印好的英文单子,乃是给客人自己点菜的菜单。

现在纷纷送酒上菜了,不懂英文的陈先跃,就只好眼睁睁地望着别人动作而跟着动作,朝着站在身旁的广东籍茶房,用食指指着菜单胡乱说:“这个——这个。”那位茶房,马上车转身子,递上一杯咖啡和一碟面包。

“有什么菜吗?”陈先跃心里着急了。

“有。”这位广东籍茶房算聪明,答应一个“有”字之后,马上拿起胸前小口袋里的一支铅笔,在英文菜单上,写上些中国字,递给他。

“哦——哦——哦!”平常最惯瞪眼睛的第六师副师长陈先跃,这一回,却很和气地连哦几声,就忙着点菜,没有摆一点官架子。

“Yes(叶斯)……”坐在陈先跃餐桌对面的是穿西装的一男一女,有时打点洋腔,有时又说几句中国话,不晓得他们讲些什么。吃过饭后,他和她很亲密地同着一些高鼻子,在船舷上谈谈笑笑,走去走来。

“那两口子是什么人呀?”陈先跃站在他们这些人的旁边出了

一阵神，他以为这一男一女，一定是夫妻，特别注意看女的：年龄不过二十几岁，身材相当高大，体态相当丰盈，穿着一身妖艳的洋服，但不见得怎样美丽，然而陈先跃垂涎欲滴，远远地跟在她屁股后面，扶着船舷边的铁栏杆，慢慢地往船尾走去。

今天天气还算好，中午的太阳，照射在广阔无边的海面上，只看到汪洋一片，全是绿水青波，一起一伏，显现出许多金黄色的深纹和银白色的漩涡，俨然是一幅天然图画。撞击船身的白浪，就像狮吼虎啸，发出巨大的响声。船虽行驶在边岸，没有雾也没有风，但亦免不了颠头簸脑，左摇右倾。这时，季交恕和方维夏正依在船尾栏杆旁边，站立不定的看海景。接着邱林也从自己房子里踱了出来，陈先跃跟在他后面，边走边挤眉弄眼地轻声笑道：

"你看，那个穿洋服的女子多么风骚呀！"撇撇嘴巴，遥指着站在船舷上的那一对。"可能就是那个戴眼镜的老婆。"

"不是的。"邱林回头望一望便说："她是宋子文的妹妹宋美龄嘛，曾有人替谭三爷做过媒，听说将会同老蒋结婚。"

"哦？"陈先跃微笑一下。"这么高大，配三爷正适合嘛，他为什么不要？"

"嘿！谁像你一只骚鸡公样，"邱林笑笑，然后半明半暗地说："谭三爷没资本啦，所以至今没有续弦。宋美龄是会说洋话的美国通，所以老蒋就想把原妻丢掉，拼命追她哩！"

"哦！那个是谁啦？"陈先跃也一手扶着铁栏杆，一手遥指着那个戴眼镜穿西服的人。

"王正廷。"还是邱林的声音。

"哦，那就是王正廷啦！"季交恕马上就搭嘴。"鼎鼎有名的英美派，做过外交总长的嘛。听说他到过南昌，同老蒋有勾搭哩！"

"是嘛，"邱林皱皱眉头。"听说替英美帝国主义牵线的就是这王正廷；替日本帝国主义牵线的是戴季陶；替浙江财阀派牵线的是虞洽卿。他们都到南昌同老蒋秘密接过头，哼！不晓得搞些什么鬼。”

“听说他们想勾结老蒋反共，要他在下江扎根，所以建都问题很重要。”说至此，方维夏用庄重的态度望着邱林。“这次到广州，要把这些情况，告诉谭三爷，国民政府必须迅速搬武汉，迟疑不得。”

“对。”这又是邱林的话。

五　萧墙启衅，功败垂成

约莫个把星期以后，季交恕和方维夏他们四位，从广州回转到南昌。鲁涤平一见，起身道：

“辛苦了，请坐，请坐！”待招呼茶烟的护兵退出去，他就把自己坐的藤椅子挪前几步，压低嗓音说：

“吓！接到你们的电报，说谭三爷会马上迁武汉，我身上好像放下一面枷。不过，问题不简单呢——”“呢”字的鼻音拖得很长。大家一听，都意识到这句半吞半吐的话语里边有文章。

“副军长！老蒋的态度怎样？”邱林抹抹胡子问。

“哼！还不是坚持要迁南昌。”

“南昌出金子呀！为什么坚持？”

“天晓得。”鲁涤平嘟起一张嘴。“现在南昌是第三军的天下啦！朱培德经常在总司令部走进走出。我们二军，屁也闻不到。可是纸是包不住火的啰。”他边说边起身，望望门外没有人，然后转回脸来，继续道：“有人说英美同江浙资本家，力主迁都南京，只要老蒋脱离苏俄同共产党的关系，答应先帮他六千万美金作军费，……”接着又谈到第二、六军担任打浙江和南京，马上要出发等问题。

转眼就是一九二七年了，国民政府已经迁到汉口。可是，蒋介石不服从国民党中央决定，仍坚持要迁南昌，并扣留在南昌的中央委员，不许去汉口。因而在汉口召开的国民党二届三中全会，便议决废除主席制，免去蒋介石的中央常委和军委主席等职务。从此，左右派斗争更尖锐，更露骨了。

现已打下浙江。当二、六两军，由杭州出发，分三路攻打南京这一向，接连好几天，空中的太阳，好像有意作梗，把在南京城外孝陵卫一带作战的第四师官兵，晒得大汗淋漓，喘不过气来。但他们仍然一鼓作气，很快攻进了南京城。这里街道窄，人口稀，到处是旷地，而且有山有水有田园，好像是个半乡半城的地方。张辉瓒和季交恕他们，正从马上跳下来，站在旷地上一株开满红花的桃树下，一面翻看南京街道图，一面商谈怎样追敌的计划。

"追！"季交恕斩钉截铁似的指着地图上的下关方向说："向这里跟踪追击歼灭它。"

"唔！"张辉瓒犹疑地斜睨季交恕一下。"追是可以追。不过，听说蒋总司令有密令给教导师——"

"什么密令？"

"他说上海南京，外国人多，为避免意外，要把'打倒帝国主义'口号改为'和平奋斗救中国'。我们还是谨慎些为妙。"

季交恕一听，大吃一惊：这个事情不简单。连帝国主义也不敢反，还革什么命？这个家伙靠不住。但因目前在打仗，便说："不管他！既然孙传芳昨天溜过浦口，他这么多部队过江，一定很困难。只有趁热打铁，追！"

"这意见对。"参谋长卢彦附和他。"我们现在只打孙传芳，料想不会出什么意外罢！不要错过机会啰！"张辉瓒因见大家这样说，勉强点点头：

"好，赶快与友军取得联络。"又加一句："遇到有关外交的事，立刻报告呀！"

过了一会儿，敌人正纷纷溃退出城，已经没有抵抗，没有枪声。各路追击部队，则像雨后山洪，滚滚不绝地往前涌，眼看就会"瓮中捉鳖”,把他们一网打尽的。

砰——砰——砰,砰砰砰……突然间,出乎意外,也辨不清来自何方,响起一阵连续不断而且极其猛烈的炮声。

“唔!敌人反攻?”张辉瓒侧转半个头叫一声,从马上跳下来。“参谋长!快派人去侦察再前进。”大家都一起下了马。卢彦就忙着下令派人。

“好像是下关方向,你们看!”季交恕从腰间的黄皮挂囊里,取出一张地图,边瞧边举起右臂,指着西北方的天空。只见一股一股的浓烟,喷雾似的往上冲,仿佛是炮焰,又像是焚烧房屋的样子。不久,轰隆轰隆的声音,逐渐稀疏了。大家都很奇怪地齐声道:

“怎么一回事呀?”

“听说是下关打炮,城内起了火。——”不一会儿,刚才派出去的侦察员,慌慌张张跑回头来报告。他的话还没完,第十团的张团长骑着一匹枣栗色马,飞也似的跑到张辉瓒他们跟前,从马背上跳了下来,鼓起两只眼珠说:

“帝国主义真混蛋,真可恨!他为阻止我军前进,掩护北军退却,竟敢用外国兵舰,向城内开炮,打死好多老百姓。我们部队,正停止在那里待命,是不是继续前进。”

“小心点!侦察清楚再说。”张辉瓒皱起眉头,没下马,依然往前行。不到半点钟工夫,又一位骑马的侦察员跑回头来报告道:

“敌人退过江啦!外国兵舰不开炮了……”他伸长一个舌尖,头几摆:“嗳呀!老百姓死伤不少,真惨。”

此时,满街都关门闭户,就像一座空城。可是走过另一条街,到处乱哄哄,有的在扑火,有的在救人,有的在捡拾东西。“我的妈呀!你死得太苦啦!……”一位梳辫子的姑娘,跪在倒墙底下,抱着压破了半边脑袋满身是血浆的女人,大哭大嚷。路经这里的队伍中,有许多士兵,发出愤怒的咒骂!“他妈的,帝国主义,打倒它!”距此不远的街口旷地上,炸开一个几尺宽的大窟窿,附近房屋,东倒西歪全垮了,掉下来的败椽断板,尚在哔哔卜卜燃烧着。被炮弹炸得血肉横飞与支离破碎的尸体,单只这一处,就有好几十具。还有些半死半活,喊救命,喊哎哟,和哭娘,哭爷,哭儿子,一片惨不忍闻的悲恸之声。

"妈的!"骑在马背上的季交恕,触目惊心,几乎掉下泪来,情不自禁地大喊一声:

"老乡!"一群老百姓立即挤了拢去。他也就勒住马,大声说:"这是帝国主义,就是洋鬼子的兵舰开炮,打死你们的人啦,不要哭,人死了,哭也哭不转来。只有同我们革命军团结在一起,打倒帝国主义,才能替你们的亲人报仇。——"

"是呀!只有团结起来,打倒帝国主义!""该死的洋鬼子,千刀万剐!"嚷的嚷,哭的哭,闹成一片。待他们稍微镇定之后,季交恕就边走边又这么说:

"老乡!你们知道吗?我们中国老百姓,就是吃了帝国主义同军阀的亏啦!从袁世凯、冯国璋、段祺瑞、曹锟、吴佩孚、张作霖,一直到刚才打跑的孙传芳、张宗昌,没有一个不是害老百姓的帝国主义走狗。嗳!老乡,如果再有谁勾结帝国主义,害老百姓,那你们就要打倒谁呀!"嘚——嘚——嘚的马蹄,一下就跟着追击部队响到了下关。

第十、第十一和第十二团,正在围着没有来得及过江的敌军在缴枪。此时,没再响炮了。在江心除排列着的十几条外国兵舰,没有一条别的船。在望远镜里,还看得清浦口那边,有两艘是黑烟囱的外国商船,蚂蚁出洞似的北兵,乱纷纷从那船上,争先恐后地拥上岸去。

夕阳已经西下,第四师师部,就宿营在距下关不远,停课已久的学校里。住在张辉瓒隔壁房子内的季交恕,觉得肚子有点饿了,从干粮袋里拿出几块饼干来,边咬边走出房门。在厅子上,一脑碰着卢彦,他手里拿一张薄薄的纸,大嚷道:

“前两天占领上海啦。”

张辉瓒和王杰人一听，也同时跑出来问：

“有报告吗？”

“有。”卢彦拿起就照念：

> 共产党组织近百万工人，在闸北、浦东、虹口、吴淞各处，同时起义，于二十二日占领全市。所余残敌，逃入租界。因此，我军白崇禧部，得于昨日上午，安然开进上海。余候再报。
>
> 三月二十四日发

这是一九二七年三月间，上海工人在共产党领导下，继第一、二两次起义之后的第三次起义。虽被强大的敌人和英、美、日的铁甲车、榴弹炮，打死打伤不少，但终于取得最后胜利。这对革命当然是巨大的贡献。然而在平常也算比较左一点的王杰人，听完捷报后，也只这么说：

“民众力量真大呀！共产党算不错，也罢，我们得个便宜。”得意地笑了一下。张辉瓒的口气更不同，带着一种恐惧的神气道：

“吓！得便宜，共产党是不好惹的啦。”季交恕一听便反问：

“他们是坚决反帝反军阀的嘛，怎么不好惹？”

“反帝是反帝，就是把工农民众搞得太雄。”张辉瓒用力地摆下头。“哼！就怕竹篮提水一场空，没有我们的份啰！”

“那不能这样说。三大政策是好的嘛！怎么会‘竹篮提水一场空’——”

季交恕的话还没完，张辉瓒的脸涨得通红，老羞成怒的神气道：“怎么不是一场空？”可是，一下子意识到，把这话追下去，会露马脚，立即就改口，冷笑一下：“嘿嘿！我们还是少吵点嘴罢！党代表。”

“师长！”季交恕压住怒火，也这么叫他一声。“这是原则上的争论，不算是吵嘴。扶助农工，是三大政策重要一条，我们不能反对呀!”

“谁反对?”他指着自己鼻子:“我什么时候反对过孙总理?反对过三大政策?吓!……”青筋暴起,鼓起两只眼睛,仿佛要喷出火来。站在旁边半晌不作声的王杰人和卢彦,一看不对头,赶忙走近前去拉开劝道:

“好啰!好啰!有话慢慢说,有话慢慢说。”张辉瓒自知理亏,也素知王杰人和卢彦是比较接近季交恕的,就瞋着他们这三位,很不服气的样子,边走边小声小气说:

“哼!用大帽子压人,我就有点不服气。”从此,他和季交恕虽然常在一起办事,可是时有龃龉,内心矛盾,越来越表面化了。

扫除残敌以后,到处站满了卫戍南京的第二军第六师的岗哨,还有荷枪实弹的巡逻兵,和各师政治部巡回讲演的宣传队。城内外秩序,很快恢复了,所有大小商店都开了门,江面上的往来船只,也逐渐多起来了。

一两天以后,天气又开始变化,整日整夜阴沉沉,有时淅淅沥沥下小雨,有时又哔哔卜卜地下起一阵大雨来。可能上游有山洪,南京江面,全是泥土一样的深黄色,沸水似的滚滚往下流。一条微带银灰色的船,呜呜地顺着那黄水,从上游驶来,远远看去,就好像一片灰白布,漂浮在江中。这船越驶越近了,呜!一声汽笛,很快就到了下关江心。

“唔!船哩。”驻在下关的第六师的马连长,心里这么说。放开步子,跑到码头上一瞧,船头甲板上,两边都有炮,杆子上挂有一面青天白日满地红的旗子,正慢慢地朝下关码头这边靠。这时,他才看清楚,原来是一条中国兵舰。从哪里驶来?到南京干什么?因为自己这个连,是担任此地的警戒,不能不注意调查。他目不转睛地望着,俄而,船越靠越近,快抛锚了。不仅听得清喀喳喀喳的轮机声,而且看得清甲板上站着一个穿军服挂斜皮带的瘦长个子。他旁边,还围着一群挂驳壳枪的卫兵。两三个穿便衣的人,从兵舰下舱跑下来，鬼鬼祟祟的一登岸，马上就不见了，似乎形迹很可疑。难道是奸细？看样子又不像。马连长心里，虽然警惕一下，但他认为这是自己的兵舰，坐兵舰的一定是大官，不会有什么问题。于是边想边猜，走上船去一问，才知道此人非他，乃是自己的大上司蒋总司令。他随即急忙上坡打电话，报告师部道：

“第六师师部吗？喂，蒋总司令来啦！在兵舰上，还没起坡。”

师部电话兵把听筒一搁，慌慌忙忙地跑去转报。此时，戴师长和萧党代表，正在房子里商谈卫戍方面的问题，一听到这个消息，连忙吩咐电话兵道：

“赶快报告军部，我们先去接他，”又喊一声：“备马！”很快连成一行的几匹马儿，不停蹄地一下跑到了下关。

这条小兵舰的厅子不大，仅摆着一张小圆桌和几把小铁架帆布椅。他们这两位走进去，就行礼问好。蒋介石一见，都不是靠拢自己的人，尤其萧振纲是共产党，心里更不高兴，脸上就很不自然。然而他一转念，暂时还不能不装点假样子，敷衍他一下子。于是笑眯眯地挥挥手，喊一声：

“请坐！”他们也就遵命坐下来。可是，年龄虽只二十来岁，而个子高，身体大的萧振纲，只能坐半边。蒋介石连忙站起身，把自己身旁那把宽大些的藤椅子挪一挪，望望他：“坐这里罢！你们辛苦啦，城内的秩序好吗？”

“还好。——”戴师长点下头。萧振纲接嘴道：“不晓得总司令会来，我们刚得信，就打电话给军部，他们就会来欢迎的。——”蒋介石不等他们说完，摆手说：

“嗳！不必，不必！我有事去上海，回头再来。……”说一阵敷敷衍衍无关痛痒的话，站起身，双手撑着腰，勉强笑一笑，表示送客的神气：“好吧，请转告他们不必来，我马上走。”

萧振纲和戴师长，见此情形，只好起身告辞。走上码头不久，鲁涤平和第四、五师的高级人员十来位才到下关。而那条小兵舰，则已经起锚离开了。他们也就只好站在江头上,鼓起眼睛望着:"真奇怪!为什么路过南京不上坡?""他说会再来南京,不晓得他葫芦里装的什么药?""听说英美同江浙资本家拉拢他,要他改变方针,不晓得是真是假。""可能其中有鬼。"你言我语猜一阵,各自回去了。

另一天中午,一条从上海开往汉口的红烟囱洋船,冒着滚滚浓烟,逆着向东流去的江水往上驶,现已泊在下关。马连长正站在码头的检查站旁边,监视往来行人,一位穿西装的,从跳板上走上坡来,一见马连长和检查兵身上佩的,全是第六师符号,就问道:

"你们是二军六师的呀?萧党代表在吗?"

"是的。"马连长口里只答应这两个字,同时,睁大眼睛,上下打量他:此人,不过三十岁左右,手里拿个皮包,面目清秀,个子不高,像是一个书生。于是问:"你贵姓?认识萧党代表?"

"认识。我有事要找他。"从口袋里掏出一张名片,印在上面的三个字:"彭述之",马连长一见,这就是当时鼎鼎有名,在《向导》和其他报刊上,经常写文章的有名人焉。立即说:"萧党代表在。我们师部离这儿不远,我送你去。"连忙派个人,叫辆车子。

"哦!你来了?"萧振纲一见是他,很亲热地出来打招呼。

"一秋回南京吗?"彭述之是由上海共产党中央来的,早知道李一秋他们几位军副党代表,都有事去了汉口,因而刚一坐下就这么问。

"还在汉口没来。有事找他吗?"

"有事。要开个会,那就请你召集也好罢。"他把端在手里的茶喝一口,看看表。"我明天走,下午就开!……"由他一个人喋喋不休地说一大套,没有问半句当地的客观情形。

金陵大学一间不很大的讲堂里,恰好今天没有课,下午两点钟光景,坐满了人。他们年龄大小不同,服装颜色也不一样,有的穿军服,有的穿便衣。这就是由萧振纲出面召集的军队和地方比较高级的党员干部会议。高个子萧振纲身上着一套蓝军服,左膀上挂着一个满金两个花的中将级臂章,走上坛去,往讲台后面一站,显得特别威武。他信手把军帽一摘,搁在讲台上,便宣布开会:

"同志们!今天这个会,是党中央派人来召集的,有个重要传达。"马上侧转头,张开右臂,朝着站在他身旁的另一位,做个手势介绍道:"这就是中央来的彭述之同志,请他报告。"坐在下面的诸位,一听是中央来的,于是啪——啪——啪啪啪,响起了一阵比平常更加热烈的掌声。这因为大家都知道,彭述之是党中央政治局委员、宣传部部长,中央书记陈独秀的左右手。也知道直系军阀虽完蛋了,奉系军阀张作霖,依然盘踞北京首都,须要继续北伐。可是总司令蒋介石,能不能革命到底?是不是会中途叛变?怎样办?正成为大家心里一个谜,亟待中央有所指点。所有的眼睛,都一齐望着他。

掌声停了,彭述之才开始报告:

"同志们!现在的革命形势是很好的。特别是我们党的力量加强了,不算共青团,光党员就发展到五万多人。除一般民众团体外,在我们领导之下有组织的产业工人,就有二百八十余万;有组织的农民,九百多万。……他们到处都帮助革命军打胜仗。单就上海说,第三次起义,把一个三百万人口的大城市,不到两天就拿下来了。汉口和九江的民众,在我们党领导之下,自动收回了租界。这不是惊天动地的事吗?"啪啪啪,一阵掌声,把他的话打断了。他端起杯子喝口水,才又说:"现在直系军阀垮了,革命军一北上,奉系张作霖,也必然会垮。因此,英、美、日帝国主义,就想暂时联合起来,共同对付我们,从内部分化我们,这是值得警惕的呀!"在座的各位都一边听,一边点头。现正讲到节骨眼的地方了。大家想,这可能会痛斥蒋介石,于是都屏息静气地听。果然,讲到蒋介石了。他说:"有的同志,听到一些谣言,就怀疑蒋介石可能被帝国主义利用,会掉转枪口打我们。"彭述之用肯定的语气,头几摆。

“中央估计，他不可能变，至少暂时不会变。因为第一，工农民众力量这么发展，这么大，他是看到了的；第二，左派力量也不小；第三，蒋介石的力量还不够强大；第四，……”刚一讲完，不晓得是哪几位，递上好几张纸条去。彭述之用眼睛扫射一下，“唔！”一声，就答复：“莫多心，我们只有尽量团结他，团结资产阶级，才能巩固联合战线，不要听信谣言，上帝国主义挑拨离间的当。‘左’倾估计是不对的。”悬起左臂，看一下表。“大家还有什么问题吗？没有，好，再见！”头一点，走下讲台。第二天清早，他就回上海了。

过了几天，季交恕从第四师到第五师师部去，怒气冲冲地走进方维夏房子里，把搭在手上的黄雨衣往椅子上一扔，还没有坐，就说：

“你知道这个消息吗？”睁圆两只眼珠，带着惊讶的语气和愤恨的神色。

“什么消息？”

“蒋介石开刀啦！”

“什么病开刀？”

“你还睡觉！”指指方维夏的鼻子，季交恕用沉重的语调说：“杀人！从朱培德做了省主席，在江西大贴‘欢送（驱逐）共产党出境’的标语以后，蒋介石又叫他把江西省总工会委员长、共产党员陈赞贤杀掉啦！江西、安徽、浙江、福建等地的工会农会都弄垮了，打死打伤很多，据说总共死伤好几千人，”脚一跺：“妈的！这个家伙，一肚子的鬼，到处都搞些青红帮流氓特务做爪牙，闹工会，然后就借口说我们内讧，把这些地方所组织的所有民众团体，甚至左派的国民党部一起解散。哼！这还了得。”

“这还不是反革命叛变吗？”方维夏边听边站起身，一手拉着季交恕，轻轻地关拢门：

“嗳！小声点。这是我们两人说啦！这家伙从三月二十日中山舰事变、整理党务案那时候起，我就有点怀疑他靠不住。不过中

央说蒋介石不会反革命叛变,要尽量团结他,要巩固联合战线嘛!"季交恕皱着眉头,咬紧牙关说:

"我们一让再让,人家就得寸进尺,掉转刀口杀我们的人,怎么办?难道就束手待毙么!"沉默一阵,方维夏才慢吞吞地又说:

"前几天彭述之才传达过中央意见,我想中央一定会另有布置指示的。且看罢……"

现在,季交恕从方维夏那里回到四师师部来了。正是开午饭时候,卢彦手里拿着一张纸,猛然喊一声:"党代表!要我们过江啦。汪先生又从法国回到武汉当国民政府主席啦!"将拿在手里的武汉政府一封电报递过去,内容大意是:准备继续北伐,着第二军先行渡过江北待命,第六军暂留南京,末署"汪精卫"三个字。于是他们就连忙准备渡江。

这几日,仍然是半晴半阴,时风时雨,同时局差不多的混沌天气。人们都感觉得有些苦闷,加上从各方面传来的消息纷纭:"蒋介石要消灭共产党。""共产党要推翻国民党。""国共会分裂打仗。""究竟是怎么一回事啦?"街谈巷议,到底哪些真,哪些假,谁也摸不清。下关码头上,除若干第四师准备渡江的辎重和人马外,还有不少搬运夫,背着许多红黑皮箱和细软行李,同一大伙穿着很漂亮的男女小孩上洋船。

"这可能是那些有钱的人怕打仗,躲到上海租界去做寓公。"同张辉瓒他们一起等船过江的季交恕,指着那些上船的人们,望望王杰人说。

"咳!国共合作,该不会有问题吧?"王杰人的语气,仿佛有点担心。

"你可不要操这份心,"张辉瓒阴阴地一笑。"我们只管打仗。"

"《快报》!《快报》!"突然间,几个报贩,发疯似的在下关一带,跑去跑来,狂叫"卖《快报》"。

"王文隆!快去买张《快报》来!"这是季交恕的呼声。护兵王文隆，立即跑往前去，挤进人丛中，买来一张短短的至多不过千把字的《快报》。头一行，印有最足引人注目的十个大字："汪精卫、陈独秀联合宣言"：

国民党，共产党同志们！……无产阶级专政，本是各国共产党最大限度的政纲之一，在俄国虽然实现了，照殖民地半殖民地政治经济的环境，由资本主义向社会主义的过程，是否一定死板的经过同样形式的同样阶段，还是一个问题，何况依中国国民革命发展之趋势，现在固然不发生这样问题，即将来也不至发生。……现在国民革命发展到帝国主义的最后根据地上海，警醒了国内外一切反革命者，造谣中伤离间，无所不用其极！甲则曰，共产党……将打倒国民党。乙则曰，国民党领袖将驱逐共产党，将压迫工会与工人纠察队。这类谣言，不审自何而起。国民党最高党部全体会议之议决，已昭示全世界，绝无有驱逐友党摧残工会之事。上海军事当局，表示服从中央，即或有些意见与误会，亦未必终不可解释。在共产党方面，……对于国民政府不以武力收回上海租界政策，亦表赞同。……国共两党同志们，我们强大的敌人，不但想以武力对待我们，并且想以流言离间我们，以达其以赤制赤之计。我们应该站在革命观点上，立即抛弃相互间的怀疑，不听信任何谣言，相互尊敬，事事商协，开诚进行，政见即不尽同，根本必须一致。……

汪精卫
陈独秀

"唔！难道无产阶级专政，只是最大限度的政纲？即将来也不会发生？"季交恕边走边看边这么想，两只眼睛望着天。"这成什么话！国民党领袖是指汪精卫，上海军事当局不就是指蒋介石么？在江西残杀陈赞贤，搞垮福建、安徽等地方的工会，不都是蒋介石干的吗？"但又想："汪精卫是左派，陈独秀是党中央总书记，大概不会替蒋介石当辩护士吧？"想到这，满腹疑团解不开，只是低着头，慢慢往前走；将拿在手里的《快报》，递交张辉瓒和王杰人："你们看看！"大家正在忙于上船渡江，彼此没有谈什么。很快就到了浦口。可是不久，季交恕一眼望见萧振纲，大声问：

"唔！你怎么还在这里？你们第六师不是早已经过江到蚌埠吗？"

"有点事。"萧振纲眨下眼睛，一手拉着他往车站旁边走，低声说："情形不好，武汉来封信，一秋要我到浦口船舶工会去布置一下，准备渡江船舶。"

"刚从南京渡江过来，为什么又要渡江回去啦？"

"蒋介石会叛变，他把何应钦带的第一军，从镇江调来了，企图消灭第六军，要在南京成立一个国民政府，同武汉对抗。武汉国民政府要我们第二军全部调回头去协同第六军保卫南京。大概不久会有命令来的。"急急忙忙地边说边走开。

季交恕也转身，走了几步，又回头看看大步走着的萧振纲，口里虽没再说什么，心里却很难过：假如蒋介石叛变，国共一分裂，革命就会失败。怎么办？他又停步喊一声：

"振纲！"

"有什么事？"萧振纲折转身来问道。两个人面对面站在一起了。因为附近人多，不能用平常一样的大嗓子，季交恕放低声音说：

"蒋介石会叛变这个消息，到底的确不的确？"

"武汉来的消息还不的确？"

"彭述之的那个传达，那就未必对啊！你看到'汪陈联合宣言'没有？"

"看到了。真不晓得中央怎样估计的。"萧振纲大概也同季交恕一样，蒙在鼓里摸不清。但他立即想起另一件事说："嗳！还有一个确实消息，说蒋介石有密令，并暗中派人到湘、赣、鄂各省去联络，要大力'反共'，'清党'，我们要警惕哩！"讲完，立即分了手。

已经全部渡到江北来的第二军,分驻在浦口、明光、蚌埠这一线待命。蒙蒙的细雨,迄未停止。明光街道上,到处是泥泞。靠近火车站的第四师师部大门前的几株杨柳,沐浴过似的,没有一点尘埃,显得格外艳绿可爱。可是枝叶上无数的水珠,又像滴泪般簌簌地掉下来。这时,吃过早饭了,季交恕正独自站在大门口,望望天空,看看景物,思念到摸不清楚的时局。他很担心,“咳!”轻轻地自叹一声,转身往内走。经过卢彦房门口时,听到他用很大的声音在说话:

“好!我们就马上报告军部,船只都在这边啦,那好。”把电话耳机子搁下了。季交恕走了进去便问:

“哪里的电话?什么事?”

“浦口来的电话,南京出了问题。”说此话时,卢彦脸上表现很紧张。“据第十团的侦察报告,何应钦的第一军,早就进了城,他把第六军卫戍南京的两个团缴了械。幸亏萧振纲党代表,把所有船只,都调集在江北浦口这边,他们过不来。我去告诉师长,打电话给军部。”没有再说别的,拔脚就走。

在细雨连绵的季节里,又混沌又苦闷好几天了。从正式与非正式传来的各种消息和传言越来越多:“蒋介石约好了四川军阀杨森,湖北军阀夏斗寅,要共同进攻武汉。”“北方军阀张作霖,已经出兵河南,快到武胜关。”就这样传来传去,由秘密散播到公开,从少数人蔓延到全军。

“南京是我们打下来的,那还不过江去打跑它。”“不!要等武汉政府的命令来,才能回江南。”下级官兵,纷纷如此议论着。

现在是傍午时候了。季交恕闷闷地坐在房子里,从窗口朝外望:看见有一个人,急急忙忙从外边跑进来,砰的一声,把房门推开,气愤不过似的,面红耳赤,喊道:

“交恕!蒋介石叛变啦!”说这话的是方维夏。

“怎么?”

"蒋介石在上海大屠杀。"方维夏把手往裤袋里一插，掏出来一张《南京日报》。"你看！"这报纸上的大标题："宝山路上大惨杀"，内容大略是：

> 四月十三日讯：昨日上海总工会，为工人纠察队被缴械事，在闸北召开工人民众大会，群情愤激，会后即整队游行，赴宝山路天主堂二十六军第二师司令部请愿，要求释放被捕工人，发还纠察队枪支，严惩肇事祸首，抚恤死难烈士家属等。游行民众，全系徒手，并夹有妇女儿童。当行经宝山路三德里附近时，接到军事当局密电的第二师，立即用机关枪疯狂扫射，当场击毙百余人，伤者不可胜数。其时大雨如注，宝山路上，尸积如阜，血流成河。事后，为掩盖实况，当即禁绝交通，以大卡车搬运尸首，送往荒郊，重伤未死者，惨遭活埋。现已宣布戒严，捉拿共产党，上海全市，处于恐怖中……

还没看完此报的季交恕，怒声吼道："妈的，蒋介石这个反革命，打倒他！"方维夏也同样很气愤说："蒋介石这个东西，恩将仇报！"

雨，仍是不停地下，有时大，有时小，天气凉了些。可是季交恕心里就像蕴藏着一座快要爆裂的火山，感觉特别热。这晚上，他就像热锅上的蚂蚁，背着手，在屋里走去走来，通宵达旦没有睡。想起蒋介石的所作所为，想起党对他一让再让，实在压抑不住心头的怒火："妈的！"紧紧地握起拳头，朝桌子上一捶，啪的一声，把桌上的茶壶、杯、碟，震得哗啦响。他又转过一个念头："二军会怎么样？鲁涤平尤其张辉瓒这家伙，会采取什么态度？"在椅子上坐了下来，想一阵，点点头，自言自语道："对！要注意些。"

次日，在第二军军部开会休息时，鲁涤平、张辉瓒、季交恕、方维夏、王杰人几位，都站在台阶上闲聊。季交恕带着试探的口吻说：

“唉！连日下雨不停，回武汉，怎么办呀？”这因为蒋介石叛变不久即在南京成立国民政府。武汉国民政府调第二军回武汉的命令已经下达，马上就要开差。他说此话的语气，表面上像是担心天气不好，行军困难，然而说到“怎么办”三个字，却把声调故意拉长，重重地顿两顿。果然，张辉瓒立即皱起眉头：

“是呀！不好办。”望望季交恕，又掉转头向着鲁涤平：“两姑之间难为妇哩！”

“什么两姑之间难为妇？谁革命就拥护谁，蒋介石叛变就反对他。”方维夏愤愤地这么说几句。鲁涤平望方维夏一眼，点点头。然而，他并不是从革命和反革命这原则上点的头，他说：

“当然是跟武汉政府谭三爷走啰。”他想起同谭延闿的私人关系。“我记得民国元年，谭三爷做湖南都督时候，我还是都督府一个小小的卫队营长。不料昨天来的命令，竟要我接替他当第二军军长。吓吓！”很得意地微笑一下，望望张辉瓒和王杰人：“你们大家还不是他一手提拔出来的。”

第二军由明光出发，现已开抵汉口了。此时，第四师正从谌家矶穿过汉口市街，忽听到一阵“打倒”“打倒”的吼声，从那交叉路旁边的广场里哄传过来。几分钟后，长蛇似的人海人山，都带着愤怒的神色，拿着红绿小纸旗，络绎不绝地从广场往街道上走。这就是由武汉各人民团体召集三十万人的反蒋大会后的示威游行。因为拥挤不通，第四师部队暂时停止前进，就地休息了。季交恕跳下马来，站在路口旁边看一阵：走在前头的，全是雄赳赳气昂昂的工人纠察队和农民自卫军。可是，他们中间，只有少数人有枪，大部分是扛着梭镖。有些一边走，一边骂：“不是共产党，不是我们这些工人农民帮助他，蒋介石怎么能到上海？屁！”“妈的，这个反革命！他一到上海，就私通帝国主义反水。”“这家伙恩将仇报，杀我们的人，打倒他。”“将来捉到他，要把他剁成肉酱。”“我们要政府发枪，打蒋介石去！”“……”

站在季交恕身边的护兵党员王文隆，因听说蒋介石叛变革命，在江西、福建和江、浙等地屠杀共产党员、屠杀工农民众，他早就在明光开差来汉口途中，要求下连拿枪杆子打仗去。现在，看到又听到这些阶级兄弟愤激的情绪和语言，布满血丝的两只眼睛，突然闪闪发光。他对着季交恕，用手指着那些游行队伍，说：

“党代表！你看！我实在忍不住了。你还是让我下连去当兵打蒋介石吧！”

季交恕却因另有所思，好像没听见似的样子，望着游行队伍，心里想：“的确，广大民众，在党的领导下，觉悟起来了，有希望。就可惜没有枪。”他又想起昨天在路上，接到李一秋从汉口发来的那封密电这样说：“武汉国民政府，虽在左派力争之下，开除了蒋介石的党籍，并下令通缉他。可是帝国主义指使蒋介石与川军杨森、奉军张作霖，将从东、西、南、北各方面包围武汉。停泊在汉口的英、美等外国军舰，增加到三四十艘之多。鄂军夏斗寅、刘佐龙这两个军，亦与蒋有勾结，跟着叛变了。”这样一来，蒋介石的反动势力不小。一贯投机取巧的谭延闿，不也很可能跟着他们跑吗？季交恕轻轻地摆下头：“唔，很难说。”想到这，他心里就像压了一块石头。待游行队伍走完后，同张辉瓒他们一路，走进了笃安里的师部宿营地。……这笃安里是接连租界的一条中国街，宿营地就是笃安里口上，靠近英租界的一幢老房子。因为精神不安宁，又因旧地重游这种心情所激动，他一进去，仅喝口茶，抽支烟，就走了出来，站在街口上，朝着英租界两边望一下。斜对面那幢两层楼的房子，就是辛亥革命前，他们办过《商务日报》的地方；左边两三百米远的海天春番菜馆，就是辛亥革命后，他在那里参加过宴会的地方。这十六年改朝换代，覆雨翻云似的若干变化，都一下在他脑子里浮现出来。他惶惑，他苦闷，他担心，反反复复地思来想去：辛亥革命，好比昙花一现，很快就完了，难道这一回，又会“燕子衔泥空费力”吗？他觉得有了共产党，把民众发动起来了，不会。“天下无难事，只怕有心人。"跟着党干下去就是嘛！从街口上走进师部的厅子内，饭菜都已端上桌了。可是，食而不知其味，连饭也没吃饱，就放下筷子，往第五师师部，邀同方维夏到李一秋那里去。李一秋在打下南京后，就去上海中央见陈独秀，现在早已回到汉口了。

这是一条比较僻静的街道，这房子东边有玻璃窗的一间，就是李一秋住的地方。他们还没进去，听到房子里有两位低声细语在谈话，看到背着窗子站立的两位，一个高些，一个矮些，都是黑发直背的青年人。因为熟，一看就认出那位比较矮些剃光头的背影是李一秋，但没有料到这位高个子就是萧振纲。因为从萧振纲在浦口搞船舶以后，一直不知他去了哪里。

"你好。""你好。"四个人互相拉过手问过好之后，季交恕问萧振纲：

"好久不见你，到哪里去了？"

"哼！好险！我从浦口过江，何应钦的部队已经进了南京，几乎被抓去。后来由景德镇，经九江、黄梅、宿松才到这里。"面对季交恕立着的萧振纲，回转半边面，望望他和方维夏："你们哩？没有出什么问题吗？"

大家坐了下来，略谈几句阔别后的经过，就纷纷询问李一秋：

"下江几省情形如何？"

"白色恐怖很厉害。"李一秋带一种又愤怒又悲恸的神色。"从'四·一二'以后，我们的同志，死在蒋介石这个反革命手里的不少啦！陈延年也在上海牺牲了，真可惜！"把他牺牲的大致情形，说了几句。大家都吃惊道：

"呀！他牺牲了！咳！"季交恕就一下回忆起在广州和陈延年接触时的情形，忍不住流下几点眼泪来。

李一秋站起身，把窗帘拉拢一下，轻声说：

"武汉的情形也不好咧！"仅只这么说一句，随即掉转话头问对方："几位师长的态度怎么样？"季交恕鼓起腮帮，将口里吸的香烟，重重地一喷，答道：

“哼！我们那位张师长的态度，一贯就最不好，现在更显得动摇。第二军要调回武汉，他试探鲁胖子的口气，问他怎么办。鲁胖子也只说跟谭三爷走，没有置可否。”方维夏插一句：“谭三爷的态度怎么样？”李一秋轻轻地摇头说：

“同汪精卫他们一样，说湖南的农民运动搞得太过火，说农民不该抓土豪劣绅戴高帽子游乡游垅，不该要求分田地。这是现在争论的中心问题啦……”说到这，李一秋换过语气：“毛润之有个《湖南农民运动考察报告》，你们知道吗？”

“啊！不知道。”季交恕抢先说。“我在醴陵听余楚农讲，才晓得毛润之同志在湖南考察农运。那是不是向中央作的报告？发表没有？”

“是的。陈独秀不同意，不许发表。”李一秋慨叹一声：“哼！脚跟怎么拗得过大腿！真气人。”

“报告讲些什么？”方维夏问李一秋：“你知道吗？”

“毛润之同志真仔细，他为反驳那些人对农民运动的指摘，就在湖南五个县调查三十几天，所得材料不少。他说湖南农民运动好得很，与汉口、长沙绅士们所说的‘糟得很’完全相反。他还说，每个革命同志，都应该拥护这个运动，不应该跟着那些人瞎说——”

“嗳！农民要土地是很迫切的啦！我们从广东出发，不就到处都听到这种呼声吗？”这是季交恕的几句插话。李一秋接着说：

“是呀。最近党在汉口召开的五次大会决议案中，有一个土地问题决议案。”他立即起身，从抽屉内拿出《中国共产党第五次代表大会宣言》《中国共产党第五次全国代表大会决议案》递过去。

“你们看！吓！这次大会，陈独秀受了批评啦。”

“什么批评？”三个人的眼睛，紧紧地盯着李一秋。

“批评他是家长制，右倾机会主义……”他把大会上批评陈独秀，自三月二十日事变、整理党务案以来，一味退让，妥协，总害怕吓退资产阶级退出联合战线，忽视农民问题等等，说了一说。因这时，还没有彻底清算出陈独秀右倾机会主义的思想根源，是错误的二次革命论，即把资产阶级民主革命与无产阶级社会主义革命，机械地截然划分为两个互不相关的阶段；认为现在是资产阶级民主革命，应该由国民党领导，无产阶级只是站在帮助地位，自己不要革命领导权，不要革命武装。所以，李一秋转述'五大'情况，也就只说到他怎样退让、妥协而已。这时，萧振纲正看完'五大'决议案，说道：

"这土地问题决议案，还只没收祠堂、学校、寺庙、教堂等公有田地啦，小地主同革命军人的田地并不没收嘛。"轻轻地摇下头："不彻底。"

"哼！陈独秀还不同意咧。他只主张政治没收，就是只没收反革命分子同反动军官的土地。争论结果，虽在原则上作了这个决定，但还要提到国民党中央委员会去讨论通过后才公布哩！"李一秋很不高兴似的。"那还不是一张空头支票。从老虎口里讨肉吃，怎么行？"

沉默一会儿，因现在是紧急关头，四双眼睛，都表现出忧愤和思考问题的神色，相互对看着。季交恕听到陈独秀受了批评这回事，立即想起毛润之同志来：三月二十日事变时，陈延年对他说，"毛润之是主张对蒋介石来一个回击的。"这句话好像还在他的耳朵边。又记起毛润之对余楚农他们说："工人农民要有自己的武装。"对自己也说过："工农是两个翅膀，缺一个也不行。"现在看来，毛润之同志的这些意见，不都可以从经验中得到证明吗？难怪'五大'批评陈独秀是右倾机会主义。于是把心里所想的说了出来。

"对呀！""可惜呀！"他们三位回答这话的意思是，毛润之的意见很正确，可惜不能起决定作用，语气中都带着意味深长的惋惜和慨叹。因为川军已攻进鄂西，第四师明天就要开差去打杨森，接谈一些出发的事情后，季交恕首先告辞走开了。

光阴荏苒，戎马仓皇，从汉、沔、潜江一直打过沙市，把杨森击退，已是天气顶热的时候。季交恕因中暑生病了，住在一间虽然宽大但颇阴暗的房子里，窗外全是梧桐。这天上午，火一般的太阳，刚钻过梧桐树叶的空隙，从玻璃窗上透射进去，可是，不一会儿，一阵轰隆隆的雷声，隐隐约约地从远处响来，房子内的光线骤然一暗，好像快会下雨的样子。此时，王文隆拿着方维夏从汉口寄来的一封信，递给季交恕，搀着他慢慢地走往窗前亮处一看，信内边有这么几句话：

> 近日武汉国民党要共产党交出党员名单；缴出工人纠察队与农民自卫军的武装；共产党员自动退出；均已照办。李一秋，萧振纲他们都走了。你如有暇，望来汉一行。

看过信后，季交恕心里就像浇了一瓢冷水，颤了一下。正在这似怅惘又似沮丧之际，猛然抬头望窗外，忽然一阵狂风，又把云雾弥漫的天幕吹开了。他的感触，也同车轮一样地转过去：自古道，天有不测之风云，人有旦夕之祸福。俄国在十月革命胜利以前，不也曾遭遇过多次失败的吗？行船也会遇险，何况革命不是行船，怎么会一帆风顺呢？波折是免不了的。任重而道远，也不可能朝发夕至，怕它做甚！于是，他的心思，也渐渐开朗起来。

日子真过得快！待季交恕病体稍好，到达汉口，已是暑往秋来时候了。

这天下午，方维夏正拿起一根手杖，准备外出。面有病容的季交恕走了进去，方维夏一见，便煞住了脚，愕然问道："哦！你来了呀！怎么消瘦到这样！身体好些吗？"双手拉着他，回转身子，肩并肩，边说边往房子内走。季交恕也睨视方维夏一下，他原来相当丰腴的面颊瘦了些，下巴也比较从前尖削了些，嘴角上没有丝毫笑容，眼眶内微微有点潮润，显示出无限沉重的心情。

“两湖近况怎样?”刚一就座,季交恕劈头这么问一句。方维夏站起身,望望室外没有人,挨着客人坐了下来。

“咳!”方维夏首先喟叹一声,皱起眉头。然后把他们分别以后所发生的大事情,轻声地从头说起:“白色恐怖真厉害,惨啦!在湖南,从马日事变以后,遭受屠杀的党员与工农民众,据说有三四万人。在湖北,虽然少一点,也屠杀一万多。从七月中旬,蒋、汪合作……”说到这,方维夏的脸色立变,厉声说:“谭延闿这个家伙,不仅同汪精卫一起,跟着蒋介石投降帝国主义,而且指使彭静芳他们在湖南大搞反共、清乡、杀人。我们真是瞎了眼睛——”季交恕也越听越气愤,鼓起两只眼珠,和电灯泡一样亮,连忙插一句:

“妈的!这些反革命东西!”脚一跺。“他们还不知道我们是共产党员罢?”

“那还不知道啰!”方维夏背书一样地接着说了下去:“各省正在大举清共,解散工农民众等团体,现在我们的党员所剩不多啦!除大部分被抓、被杀与部分消极、自首、叛变的以外,据说原有五万七千多人,现只剩下万把人,这是中国革命存亡继续的严重关头哩!蒋介石国民党把我们打入地下,逼得无路可走,怎么搞啊——”

“八七会议已经撤换陈独秀的领导,决定搞土地革命,自己搞武装,这不是路吗?”这又是季交恕的两句插话。因为他远处前线,又在病中,也只略有所知而不详,没有多说。

“是嘛!”方维夏点一下头。“八七会议以后,党中央派毛润之同志回湖南去领导秋收暴动,现在他已经收集了我们平江与浏阳两地的农民自卫军、安源工人纠察队,及汉口警卫团武装,带上井冈山那一带,打游击去了。”

“哦,那好!”季交恕又立刻记起毛润之在农民运动讲习所说的话,想道:“有了自己的武装,或许可望打出一个新局面来!”他微微一笑,心窝里的惨雾愁云,似乎一下就消散一大半。

房子里的光线渐渐暗起来，将近开晚饭时候了。他们的谈话转换到今后的工作问题上。方维夏立即起身，扭开电灯，从箱子里取出一封文件、一封信，递给季交恕道：

“你看！党还是要我们尽可能隐蔽身份，继续坚决干下去。”他指着从湖南来的那一封信道：“省委的意见，想让你回湖南平江本地去干，因为那里比较有基础，驾轻就熟，好搞些。你看怎么样？”

季交恕看过文件和信后，毫不迟疑，使劲地举起右拳一晃，俨像是对党宣誓的样子，用斩钉截铁的语气道：

“好，坚决干下去。胜败是兵家常事，党叫我往哪里，我就往哪里；党叫我怎样干，我就怎样干。重新再来，总有我们胜利的一天！”

第三部

目　　录

第十四章　星 星 之 火

一　平地一声雷

已是夏末秋初时候了。午后六点钟光景，由长沙来的三乘布篷轿子，突然从献钟对河那边抬进了泼头湾里屋。这时，连雪梅正在大门前喂鸡，她一看是自己的侄儿夫妻俩，喜出望外地大声叫道："哦！你们回来了！"满脸是笑容。可是，一看另一位，身着布夹长袍，戴一副近视眼镜，脸上有点斑麻，说话打声[①] 的人，她不觉一惊，问道：

"这是谁呀？"

"我的朋友夏明翰先生，衡阳人。"季交恕细声细气地答复她。还有一位身着短服、脚穿草鞋的护兵王文隆，虽然也是打声的，但没坐轿子，连雪梅却没有再问他是谁。

湾里屋西边，上下两大横厅，由下横厅一条长巷通过上横厅，后面就是竹园，有楼房，又有侧门。通竹园的三大间，是湾里屋比较幽静而偏僻的地方。吃过晚饭，季交恕就把夏明翰安置在这楼上。

"那里住不得啦！有鬼！"连雪梅连忙摇手。原来这前屋主喻家的佃户喻老三，因被逼索欠租，吊死在竹园里。不久，一位丫头

---

① 打声，平江土话，说外县口音的叫打声。

又因被逼奸，吊死在楼上。因此都说这里有鬼找替身，空着好几年，谁也不敢住。

“有什么鬼?”季交恕说:“你老人家不要迷信。”

“这什么迷信！大家都说有鬼，你还把陌生的外县朋友安置在那里，要不得。”连雪梅理直气壮似的声色俱厉地说。

“要得！我们就是要替这些穷鬼申冤的。即或有鬼，也不会找他做替身，请你老人家放心。”季交恕不便明白说出为什么定要把夏明翰安置在这里，只好笑笑，说几句半开玩笑的话。连雪梅虽面有不豫之色，但没有再说什么走开了。此时，下横厅西边卧房里，就只剩下季交恕一人没有睡，他口里衔着香烟，站在窗门口，两只眼珠呆呆地望着天上的月亮，想道:“省委计划这次暴动，以素有群众基础的平、浏、醴陵一带为中心，那么，我们平江，不是东、南乡的群众基础最好吗？而且东乡是由平江县城往长寿街通江西修水的要道，原有农协会员好几万；南乡辜家洞、徐家洞两处，纸业繁盛，原有纸业工会会员三千多，都是在党领导下，有组织有斗争历史的基本群众，此次暴动，自应以东、南乡为中心。嘻嘻!”很有把握似的笑了起来。可是，刚一车转身子，他又眉毛一皱道:“献钟警察所有枪，思村挨户团也有枪，非首先把这些地主武装夺过来不成。”这些事，虽在他的脑子里浮现一下，然而最近的地方状况，他却不很熟悉，没有再想下去了。

旭日的红光，刚刚爬上湾里屋对面的山顶上，思源坊口上，便有一位身材不很高大、中等个子的人，脚不停步地朝湾里屋这边走来。季交恕站在大门口一望，估料那一定是罗纳川。因为昨天晚上曾派人送信去约他今晨早些来的，故此季交恕也很早就爬起床来，站在门口等待着。

这位罗纳川，是住在距湾里屋不过三几里地罗家洞的人，年龄虽只二十来岁，胆量极大，有才能，虽然有点口吃，说起话来，却很娓娓动听。他过去在浏阳当小学教员，现在是平江东、南乡中共特委书记,这次县委又决定他兼暴动委员会主任。

“这就是省委特派员夏明翰同志。”季交恕领着罗纳川和夏明翰见面时这么说,回转脸来:“他就是罗纳川。”他们虽是初相识,但因昨夜送给罗纳川的信里边,说得很清楚,故一见如故。略谈几句客套话后,罗纳川就把平江最近情况很详细地报告一阵。季交恕和夏明翰也把省委指示与此次怎样着手暴动等事提出来商谈一会儿,然后吃早饭。

“好!我马上就召集他们来开会。”罗纳川的嘴角边使劲地颤动了一下,瘦削、葱白似的脸颊上,涌起两个笑窝。他觉得从马日事变后,平江党与群众受了很大的摧残。这两三个月,弄得焦头烂额,几乎喘不过气来,只有再来一次武装暴动,才是起死回生的唯一道路。早饭后,他起身告辞,又说两句:“党的方针是对的。我们一定遵照着省委指示,勇敢地搞起来,坚决干下去!”

就在这天傍晚,湾里屋的那条黄狗,汪、汪、汪,跟着客人后面叫进西横厅。

“季先生!季先生!”一个很响亮又很刚强的声音喊着。此人约莫四十来岁,高个子,四方脸,黑皮肤,大眼睛,多年没有到泼头这一带来过了。因为自季风梧置买董家源退佃后,他就妻离子散,耕不起田,只好改行,在献钟街上装纸,曾当过献钟装纸工会的小组长,关系很多,虽还没有入党,可是阶级觉悟却不低,每谈到有田有地人家,他就咬牙切齿。他的心目中,好像思源坊这一边,就是水浒上高太尉的白虎堂一样可怕,所以很少过河到这边来。其实,季风梧早已死了,可是他的仇恨和愤懑,仍然没有消除。

连雪梅刚一听到狗吠,又听到有人喊季先生,从房子里走出去一看,同罗纳川一起进来五位,除开一位高个子以外,全是他认识的泼头本地人。连忙打招呼:

“请进去坐!”望着罗纳川问:“这位是谁?”

“他叫陈清泉。听说交老回来了,大家特来看他。”随即由王文隆把他们引到上横厅后面楼上去。

夜凉如水，地静如庵，他们见过面后，毫无顾虑地开始谈了起来。大家都赞成先从夺取献钟警察所那几条枪开始，有了起手本钱，马上就打思村。可是问到思村挨户团到底有多少枪，大家都不大清楚。有的说只有几条，有的说至多十几条，没有谁说要派人去调查清楚，就决定打下献钟后，接着打思村。

送走罗纳川他们以后，季交恕回转头，路过楼门口时，忽听到窗户外窸窸窣窣，似乎是有人走路的脚步声，立刻就使他发生革命者应有的警觉：难道有坏人在偷听消息？照想不会吧？我这里屋大人少，有围墙，左右邻舍全是些种田的穷苦人，农协会员多，党团员也不少；我呢，还是挂着国民革命军第二军第四师的头衔公开回来的，想不致引起外人怀疑。他停步，伸出半个头，朝窗外瞧了一瞧，发现通往竹园的侧门外，有个人影在移动。因为月色朦胧看不清，他便大喊一声：

"那是谁呀？"

"我啊！"季交恕听清了，这是开会时被派去放哨的王文隆的声音。他于是说：

"关门来睡嘛！"

"啊！好。"砰的一声，王文隆把侧门片重重地一关，暗示没有什么事，季交恕也就放心走回去，同夏明翰面对面坐在桌子两旁，絮絮地谈起平江情况。

"依我看，你们平江的群众基础这么好，虽近来受了摧残，然而党的力量还很强，暴动条件是够的。"夏明翰嘴里这么说，同时伸起两只手，把自己头上的眼镜取下来，对着那盏白玻璃罩黄铜台脚的洋油灯，眯起眼睛瞧一下，从裤袋里掏出一条小手帕，揩揩眼镜上的尘屑，然后又戴上去，换过语气道："不过，白色恐怖这么厉害，不晓得群众的斗争情绪如何？"

此时，房子里哗啦一响，马上就是唧、唧、唧——一只黑灰色大老鼠，被花猫捕着，衔在嘴角边，从桌子底下跑过去，连叫几声。他们二位的谈话，因而暂时中断了一下。可是，夜深更阑，除此之外，再没有打扰他们的其他响动。季交恕于是接着说：

"对，我也是这么看。平江的群众基础好，是有历史根源的。在'五四'运动时候，就有过自发的工农会组织。从那年——"季交恕弯着手指头数一数，说话的声音越来越大，越来越有劲，两只睡意惺忪的倦眼，忽然往上一翻："哦！还是一九二二年，毛润之同志在湖南做书记时候，就把平江党和团组织起来了。到大革命时候，差不多各乡村都有支部和农协。在这以前，平江的农军是有名的。帮助革命军打过汀泗桥，俘获过北军旅长，会同浏、醴农军进攻过长沙。现在，这些有武装的农民，虽跟毛润之同志上了井冈山，白色恐怖虽厉害，照我想，既有斗争历史又有斗争经验的群众，只要我们党领导得好，一定可以发动起来。你看如何？"

夏明翰粲然一笑，站起身，走到季交恕跟前，拍拍他的肩膀，轻声说：

"这就要看我们努力的程度如何啦！我也相信群众是好的。"马上车转身坐下去，连打几个哈欠，彼此都有了点疲倦的样子，才分手各自去睡觉。

罗家洞是一条长达十几里，纵横二三十里，四面皆山，仅在东、西、北面，有三条羊肠小道可以出入的小地方。住在这里的人家，全是靠砍樵卖柴或耕种坡地为生，田亩很少，有钱的人家也更少。

暴动委员会就设在罗家洞罗纳川家里。太阳刚放射到他家对门的山顶时，他便戴上一顶草帽，带着几位年轻人，跑上那山顶的最高处，举起左右手，十个指头曲成望远镜似的两个圆圈，架在眼眶上，朝四周瞧了一瞧。火球似的太阳，把罗家洞这一带高低起伏、蜿蜒如蛇的山峰，全都染成橙黄色，闪耀在他的眼前。距此地不远的另一个山坡，树林比较少，地势也比较低，从这望去，看得清那碧绿绿的一大片，全是番薯藤。罗纳川用手指着，面朝年轻人们说:“我们最好在那里集合。”随又东看看西望望,转过头,又对着年轻人们说:“最好分六路。一路出浅滩,二路出泼头,由下埠过桥进献钟下街;三路出潭湾,由上埠过船进献钟上街。”

“河背呢?”一位年纪较大些的人问。罗纳川毫不迟疑地答复道:

“河背的在河背那边集合,也可分三路。粉白岭一路,进横街;落鼓一路,协同上埠过河的进上街;崖里的那一路,配合下埠过桥的进攻下街乌龙庙,直攻警察所。”说到攻警察所这几个字,罗纳川的声调突然雄壮起来。他的脸色更显现出非常喜悦的样子,道:“嗳!这不过是我个人的意见,对不对,还要候暴委会大家讨论决定之后,请示特派员,我再告诉你们。记着呀,千万不要传错了。”

现在,暴委会正讨论罗纳川怎样分六路打献钟的意见。夏明翰也同大家一样,边听边点头道:“这意见对。”但一听到他们说怎样放火烧木栅子,他就眉头一皱,似乎不大同意这办法,随即离开椅子,低下头来踱几步;又似乎别有所思。既然上、下横街夜晚都会关上木栅子,而且有巡更的,栅子又这么牢固,很不容易打进去,假如放火烧,那就有可能把这市镇付之一炬,不但破坏市场,而且会损害群众,岂不是玉石俱焚吗?他没有再想下去,踱回几步,坐下来,轻轻地喊一声:“纳川同志!献钟有装纸工人,何不叫陈清泉联合他们,从里边打开栅子,来一个里应外合,不更好吗?”

“那——”这是罗纳川的声音:“街上的装纸工人原来也不多,马日事变后,献钟警察所把装纸工会解散,马上捉人,不久以前,还捕去十几个,杀掉几个,逃走一些——”刚刚说至此,陈清泉把罗纳川的话岔断了。他昂起头,朝着夏明翰和大家扫视一眼,很爽朗地说:

“我有办法开栅子。”连拍几下胸脯。

“你一个人怎么行?”夏明翰问。

“不!我就住在下街,靠近栅子旁边。我们永义店还有个装纸工人,我对门有个季铁匠,警察所后面有几个种菜的农民,都同我一样赞成共产党,恼恨财主佬的。还有那个巡更的,也同我很熟。"陈清泉忽然缩住了嘴,想一下:"横街同上街,我也可以想办法。"

这天,陈清泉回了家,好像三伏天喝了一杯冰镇汽水,心里很凉爽,很愉快,马上找来一位粗手大脚、满脸肥肉的高个子,轻言细语地对他谈了一阵。这人叫季厚光,原是住在新江的种田人,性情暴躁,力气大,爱说公道话,好打抱不平,遇有不平事,不骂就打,当地人有的叫他"季蛮子",更多的人则叫他"季铁匠",慢慢倒把真名字忘记了。这季铁匠前两年因欠了地主的租子还不起,才退田到献钟码头上来当苦力,这时,他一听陈清泉要他参加暴动,就情不自禁地蹦跳起来,道:"那好……我来一个。"不料陈清泉的老婆雍大嫂,正在阶檐下洗衣裳,他们的谈话,一字不漏地打进她的耳朵里。客人刚一走,她就撂下衣服,撩起围腰,揩干两只手,跑进房去进劝自己的丈夫。

"劝你不要干这些危险事啦!"雍大嫂一屁股坐在床铺板上,说话的声音很大,脸上的肌肉也很紧张。陈清泉知道他和季铁匠的密谈已被老婆听到,立即摇手说:"不要嚷啰!"雍大嫂的意识中,一下翻腾出她所记忆的悲惨事情,说:

"你两个庄稼汉老弟,都被北兵抓走,无下落;两个牧牛的孩子,一个被老板打死,一个被豺狼咬去,人财两空,只剩下我们两个孤人,为什么还要自找死路呢?——"水汪汪的眼眶内,流下几点泪来。陈清泉听到自找死路四个字,心里很生气,但转念一想,老婆这番话,并不是出自恶意,心里又软了,走拢去,坐在她的身旁,连忙说:

"大嫂!革命嘛,是生路,不是死路。你不要怕……活到百岁,总是会死的,怕什么!"雍大嫂说他不服,噘起一张嘴,气冲冲地走回阶檐下又去洗衣裳。同时,望一望那些攘往熙来的人们,太平无事似的谈笑自若,不像前一向天天喊捉共产党、杀人,谁也不敢上街；但也没有谁敢再说打倒土豪劣绅，打倒国民党那一类的话。就这样过安静日子不好吗？可是，不知什么缘故，约莫将近黄昏时，忽听到有人传锣，乓乓乓……一个穿蓝布短褂子的更夫，手里提一面铜锣，高声喊道："各家注意，共产党又要造反啦！七点钟关栅子，不许出进，每街派两个人查夜，马上到乌龙庙集合。"接着，又乓乓乓，由下街经横街喊到上街。

这上下横街的三道栅子，在过去风平浪静的日子里，夜晚照例要到九十点钟起更才上栅关闭的，今天传锣，也只说七点钟关栅子，不料鸣过锣后，还没到上灯时分，三道栅子一齐都关了。陈清泉心里很着急，尤其想到暴委会决定明天晚上就动手，要我今天晚上过河去汇报，这么一来，岂不会误大事么？于是他瞒着雍大嫂，溜过对门季铁匠的房子里。叫他从他家靠河边的茅房后面，攀着大杨树溜下去，把街上戒严这件事告诉罗纳川。

原来，住在横街，即和陈清泉那条街同一个方向的洪庆店老板、季小村的老弟季尚庆，是献钟称王称霸有钱有势的头一家。他今天从老何口里得到共产党又要造反的消息后，猛然从大烟铺上爬起来，一张又瘦又黄的脸皮，立刻变成灰白色，整个身子，就像患了疟疾似的，簌簌地发抖，过一会儿才咬定两片震颤着的嘴唇，对老何说："你赶快告诉警察所，传锣！"他自忖，他乡下有田地，街上有店铺，早几年曾经为催欠租逼死过佃户，也曾经为记错账打死过店倌，假若当真共产，那我这几百亩田，三四处家店，都会一下"共"去，还怕他们这些穷小子报仇，怎么办？一脚踏进内房去和老婆商量，怎样把金银细软、契据钱折、账簿等重要东西，埋藏起来，又把话儿转到"公妻"这谣言方面。他说："我早就听人说过，公妻的办法是先从没有丈夫的公起，那么，我们的姑娘是个年轻貌美的黄花女①，身体不强，如何经得起公？唉！"又是一句："怎么办？"

---

① 黄花女，平江土话，指未婚姑娘。

这时，老何已把季老板所交代的事情办妥，满脸是得意的神情，也不避嫌疑地闯进内房来复命。季尚庆一看是自己用过十几年的亲信长工，仍然接着说："我想，只有马上找媒人，请轿子，连夜送到吴家去成亲，长寿街比献钟市镇大得多，有团防局，保险些。"

季老板娘一听也慌了，很匆忙地一面收拾东西一面听，没有说什么话。可是，她打不定主意。嫁女是一件大事，照平江风俗，都应该择吉期，坐红轿，像我们这样有钱人家，还要备嫁妆，吹吹打打抬往男家的。偷偷摸摸成亲，还成话吗？不行！不行！但一想，如果当真会公妻，那就宁肯马马虎虎嫁出去好得多。她于是嗫嗫嚅嚅地这么说一句：

"那，那，那就只好这样办吧！"

同在这天晚上，季交恕和夏明翰正在上西横厅后面楼子上，商谈暴动起来以后，应当怎样进行工作。罗纳川手里提着一盏小马灯，像背后有人赶他似的冲上楼去，将刚从季铁匠口里得来的献钟突然戒严这消息，报告他们两位。

"怎么会走漏消息的咧？"这是他们两位不约而同的诧异之声。

"可能街上那边有漏洞？"季交恕说。

"是不是有人叛变告密呢？"夏明翰的脸色立变。他想起要搞内应外合，是他的主张，忍不住地问："陈清泉这个人怎么样？"

"原来是很好很诚实的人。青年时代，他同我在濯水董家源住过一两年。"季交恕搔一搔脑袋："不过多年没有见过面，不晓得近来如何。"把眼光射一射罗纳川："你总知道的啰？"

"好！紧紧靠着党，可以说是党外的布尔什维克！这两三年同我们一块搞，很坚决。我相信他决不会叛变告密。"

暂时沉默了。

罗纳川仰着头，靠在椅子上冥想一下：献钟反动派的势力虽不大，但还有几条枪，而且有了戒备，能不能一举成功呢？于是问：

“这么一来，明晚怎么搞？”

“依我看——”季交恕刚一张开嘴巴又停顿了，侧侧头，望着天花板上，眼睛一翻，直截了当地说：“原先我们主张早动手，是想出其不意，攻其不备，也就是乘虚袭击，夺取警察所的那几条枪。现在人家既有了戒备，那我们就只有暂时收兵，打埋伏，缓几天动作好些。”

“这也对。纳川同志，那就决定暂不动手了吧！”夏明翰很沉着又很郑重地叮嘱罗纳川：“不过，街上的内应工作很重要，你要设法弄清楚呀！”

罗纳川心里原就有些意见的，因而说：“好！我也同意把日子推迟。”马上就提起那盏小马灯回去安排。

三四天过去了。献钟街上仍然同平常一样的太太平平，并没有什么风吹草动，亦没有什么谣言。季老板放心了，很高兴地将埋藏在陈板底下的账簿、契据、银钱钞票等命根子，重新搬出来。可是，季老板娘却不然。她觉得轻信谣言，为着收藏细软行李，白忙一天不要紧，就是不该听丈夫的话，匆匆忙忙潦潦草草地把女儿嫁掉。虽然有了妆奁，不花钱，却丢了面子，太不好看；连红轿都没坐，铺盖都没做，怎么对得起女儿女婿哟！唉，越想越后悔越气愤。这时，恰巧老何在厅内走过去，她便粗气地大喊一声：

“老何！共产党又要造反这谣言，到底是从哪里来的呀？”老何一听这话的语气不对头，一望她的脸色很难看，立即停步，稍微弯弯腰，装作低声下气的样子道：

“我是从上街大烟馆里听来的咧，老板娘！”

“你造谣言，害煞人！”老板娘轻轻地拍一下桌子。

老何虽然年纪不很老，可是额角上的皮肤，已经微微有点皱。平常对老板娘，虽也相当恭顺，但有时却敢于和她顶几句嘴。因为他自恃洪庆店是靠他去催租讨债，做过十几年，出过不少力，洪庆店也少他不得。季老板异常喜欢他、提拔他，一面仍旧做长工，一面兼做管庄①。因此，他的脾气逐渐大起来。老板娘也渐渐奈何他不了。现在她居然敢说他是造谣言，他就没假考虑，冒冒失失地顶一句：

"谁造谣言？放屁！"但还不敢在"放屁"两字前面明白地说出一个"你"字来。说完，立刻提起脚步，往外溜。季老板娘也一步不肯放松，紧跟着他的屁股后面，瞎子骂街似的边走边嚷，一直嚷到店门口。于是，老何造谣的消息，一下就传开了。

越日，起更过后，献钟街上已经关了栅子，所有店铺都上门睡觉了，只有陈清泉和季铁匠他们，还在暗地里蹑手蹑脚地溜来溜去。对河那边，则是三三两两的人，有的从泼头，有的从浅滩，有的从潭湾，静悄悄地奔往罗家洞那个全种番薯的山坡。这就是前几天罗纳川看过的集合地点。

稀微的星光闪烁在这没有什么树林，也没有什么荆棘的山坡上空，把一大片碧绿绿的番薯藤，完全染成深灰色。两面的山峰，仿佛是掩护这山坡的两道墙，山坡尽头，有块人一般高的大石头，好像一只昂头欲吼的狮子。秋夜的寒蝉，偶尔唱出几句很有节奏的调子，好像是替他们唱凯歌。此外，隐隐约约从远处传来一阵犬声，几分钟后，又静寂无闻了。

俄而，这坡上蹲满了黑簇簇的一大群人。罗纳川站在那块大石头上，睁起眼睛，使劲地望了一望，可是看不清有多少人，也辨不出是谁，只听得有些人小声细气在说话。

在山坡上那块大石头旁边，猛然发出一个不大不小的声音："各——各位！"开头两个字，说得特别费劲，特别慢，大家一听，便知道他是罗纳川。他说过这句开场白后，把为什么又要暴动打献钟，怎样打，分几路，谁负责指挥，敌我的情况等讲了一阵，就沉默无语了。因为他懂得广大农民的思想，在北伐期间就希望分田，但

① 管庄，管催租、讨债、修理庄田等。

至今没有达到目的，所以他们的斗争情绪，不及从前那样高，何况白色恐怖这样厉害呢？他如此考虑一下，才继续道："暴动成功就分田啦！"刚刚这么说一句，无数的人影就一下晃动个不停，而且情不自禁地一齐发出"那好呀"三个听不大清的字音，和嘿、嘿、嘿的笑声。最后，罗纳川把背在身上的王文隆的那支驳壳枪重重地一拍，道：

"沙洲上会合，响枪为号，现在出发！"接着是一片嚓嚓喳喳的脚步声。

死了一般的夜色，虽还那么深沉，可是不一会儿，泼头、浅滩那一带的狗，又断断续续地叫了起来。这两路队伍，步伐虽不算整齐，也不成什么行列，然而个个都精神抖擞，志气昂扬，尤其组织性和纪律性特别强。他们在泼头经过，不但没有人说话，甚至咳嗽声都没有，所以人不知鬼不晓，不过个把多钟头就全都由下埠过了河。

乓—乓—乓—梆，这是献钟街上巡更的打小铜锣敲梆筒的响声。此时，走在队伍最前头、亲自指挥打下街的罗纳川，刚过桥踏进沙洲。他听清这两种不同的响声是三更一点，来的时间正适合，不迟。照想潭湾、落鼓、粉白岭、崔里那四路，也会按时赶到，不致延误吧？他抬头朝前望一望，黑乎乎的，没有灯光没有人，回转头往后一瞧，也只能看到沙洲上一条大长蛇似的黑影子，跟在他的后面，蜿蜒不绝地向前移，很快就聚成一大堆。他于是立即停步，心里说："是时候了！"从腰间取出那支驳壳枪，朝上一举，发出"嚦"的一声，马上又变成"呜"的长鸣，在这万籁俱寂的半夜里，显得特别响，特别远些。

设在下街乌龙庙的警察所，照规定连所长巡官等共十六人，其中警察十二名，十条枪。因为所长吃缺，少四个人，又因为前次办案，损失一条枪，现总共只有十二个人，七个警察，七条枪。前两天，因派出两个带枪的警察到县城办差去了，留在所里的警察还有两个病号。王所长虽然年已半百，但好色，嗜酒，贪财，吸鸦片烟，腐败无能，不管事。何巡官虽然比他强些，但脾气极大，好骂人，特别对老百姓，动不动就拳打脚踢，谁都恨他。这些情形，都为住在乌龙庙旁边的陈清泉所了解，为罗纳川他们所知道的。

罗纳川的信号枪一响，六路三个方面的喊声震天，把这个市镇虽小商业却相当大的献钟，紧紧地包围起来。虽然全是些短棍斧锹和鸟枪土炮，可是人多势大，使得事先没有防备的警察所的人听来，却像是千军万马。何巡官急忙从床上爬起来，一手提着马灯，一手拿起哨子猛吹，大喊："集合！集合！快，快，快！"带着七个有枪的警察，跑步往下街口子上奔。看到栅子门口有人，何巡官举目一望，见陈清泉、季铁匠、永义店的一个装纸工人，还有一个人手里拿着一串钥匙在栅门开锁。此人非他，就是管理栅子的更夫。何巡官猛吃一惊，大声喊："抓起来！"同时对着更夫重重的一个耳光，把他的牙龈血打了出来。几个警察跟着围拢去。这时候，赤手空拳的陈清泉他们三位，已处于欲罢不能、进退维谷的窘境，于是奋不顾身地拼命抵抗，哔卜哔卜的互相揪扭、斗打起来。更夫立被打死。一阵咒骂、怒吼、哎哟、救命等哄闹，加上四面八方的呼喊，把左右街邻早从睡梦中惊醒了。住在栅子旁边的雍大嫂，听清这喧嚷声中，夹杂着她丈夫陈清泉的口音，往床上一摸，没有人，赶忙奋身开门跑出去。那些警察，以为她是共产党来打接应的，连开几枪，提高马灯一照，才看清倒在街檐下的乃是一个女人。就在这当儿，陈清泉对着抓着他的那个提马灯的警察，猛力一拳一脚尖，把马灯打灭，跑到栅子门口，将已经开了锁的栅子门撞开了。

不一会儿，一阵震天动地的喊声："冲呀！杀呀！"像潮水一样的人海人山，从栅门口拥进街里。走在前头的十来个人，都一手点着火把，一手拿着大刀。还有一位威风凛凛、手拿驳壳枪的在中间，这可把平日自命不凡的何巡官一下吓慌了。因为他懂得，驳壳枪比步枪厉害，而且自己的七条枪当中，还有一条有时卡子，又没停机钮,仅只四条枪有刺刀。假若他们那些拿大刀的冲上前来,发生白刃战,怎么办呢？啊！这样窄的街道,他们人多散不开,很有利于我们密集射击。想到这,何巡官的狗胆又一下转怯为壮了。他猛喊一声:“开枪！打！”

罗纳川把身子往旁边一闪,也同样猛喊一声:“冲呀！打！”举起驳壳枪射过去,两方交错着的劈里啪啦和“冲呀、杀呀”的各种喧声,顿时大振。约莫相持二十多分钟,彼此没有进退。这时,罗纳川也懂得了,因为街道窄,人多枪少,压不下对方的火力,故不仅打不进去,而且自己死伤多。怎么办呢？他忖度一下,只有以一部分人硬在街口猛攻,以一部分人绕过菜园从乌龙庙后面打进去。他喊:“陈清泉！你当向导,带路！”

当陈清泉带着后面一部分人绕过菜园时候,忽然一片喊打喊杀的吼声,从上街和横街两方面同时爆发。尤其横街这一大队持刀执棒手拿火把的人,像赛跑似的,一下就闯进了下街,离乌龙庙不远了。这就把何巡官真正吓慌了。他估计七个警察已被对方的驳壳枪射死一个,抵御下街这一路还可以,料不到横街还有一路,这么一来,岂不会前后夹攻,被一网打尽吗？唔！三十六计,只有走为上策。他慌忙领着那六条枪往乌龙庙里一钻,从警察所后门溜出去了。

“谁？站着！”走在队伍前头的陈清泉吆喝一声。跟在他屁股后面、一手持大刀一手拿火把的人们围拢去一看,都认得他是何巡官。

“妈的！欺负老百姓的狗官,杀！”一位年纪不大也不小的粗大个子,举起大刀,对着何巡官的脑袋劈过去,同切西瓜一样,砍成两块。那六个警察开枪突围,老鼠窜洞似的往河边跑。人们紧紧跟着追。

不一会儿,人们沿着河边大路,一口气追到崖里那块傍山的地方,火把早熄灭了,再也看不到什么人影,听不到那几个逃犯的脚步声，只有山坡边的松树上，有些鸟雀从窠巢里飞出去，受惊似的叫起来。这时，追赶的目标既已消失，他们也就停了步，三四个人同时抢着说：

"妈的！跑到哪里去了？""还追不追？""回转去算了吧！"

陈清泉仍然是那么沉着而坚定。他想了一下，这回打献钟的目的是打垮国民党的机关，夺取他们的枪支，如果让这些有枪的人跑掉，光打死一个巡官，算什么？非再追不行。往哪里追呢？他也没有主意。忽然，松林里的鸟雀，仍不安宿似的，又嗟嗟嗟叫了几声。陈清泉才意识到：这些家伙，一定是躲在山上，于是说："追！上山！往那个有雀子叫的地方去！"

死气沉沉的黑夜里，谁也看不见谁。他们这一大伙，静悄悄地爬上山去，瞎子摸鱼般走到松林附近处，林间的雀子，又一下乱叫起来。躲在松林里的六个警察，可能知道有人追，就没命似的瞎撞瞎跑而四散了。他们围拢去，一阵乱刀，仅听得哎哟一声，仔细一看，才知道砍死两个在地上，身边都有枪，其余的则已逃之夭夭，不知去向。

四野的鸡声，已经叫过两三遍了，东方也微微有点亮。献钟下街的乌龙庙大坪里，挤满一堆人，像在开会，又像在争吵：

"擒贼要擒王嘛！你怎么不抓住，让他跑掉！"说此话的人，声音特别大，而且捶胸顿足，怒气冲天。

"怎么是我不抓住他？"一个人指着站在他旁边那个垂着头、哭丧着脸、手提一只皮箱的老何说："就是这狗腿子把膀子一隔，让他跑掉的。"另一位也对着这狗腿子重重的一巴掌打过去，恶咒一声：

"该死的东西！老子要你的狗命！"接着，站在他身边的一大群人，你一拳，我一脚，围着老何扑通扑通的边打边骂：

"妈的！当狗腿子的，只有打死他。"

"哎哟！饶命吧！"老何双腿跪下去，左旋右转，不断磕头："宽恕我这一回吧！以后，再也不敢了。"全身抖颤不定，两只狗眼睛，骨碌骨碌地偷看他周围这些人们的脸色，两只手紧紧地抱住那口小皮箱。季铁匠原就认得老何，也知道他是洪庆店的忠实走狗，料想他一定晓得季尚庆会往哪里跑，于是把手一伸，张开五个鼓槌一样粗的指头，将小皮箱夺过来吼道：

“狗东西！季尚庆逃到哪里去了？”也重重地赏他一个巴掌，又用在下街口那个警察尸首旁边拾得的枪砸他几下。“你若不老实说真话，那就请你吃‘卫生丸’——子弹。”说着打开小皮箱一看，里边有田契、债券，还有总账簿一本，花样不同的金钏两对，白溜溜的新大洋四封。

“来！来！到罗主任那里去！”

由乌龙庙大殿东边进去，有一个相当宽阔的厅堂，原是前警察所的会客厅，东西两边，各摆着四张牌坊木椅。厅中间，一张长方桌，桌上摆些茶盘茶杯，这是罗纳川在国共合作时到过多次的地方。不过，从蒋介石国民党反动派反共以后，警察所换过了班底，正所谓一朝天子一朝臣，他就没有再来过。这回战斗快结束，为要搜索所内的枪弹和文件，他带着一部分人，从大殿背后拐弯走进去一看，客厅内的陈设，完全变了样；就是那张竖放在厅中间的长方桌，现亦改成横放，陈列在桌上的，已不是原先的茶具，而是旧时代审案用的签筒笔架，桌后面添放了一张太师椅，东西两边没有椅子了，全是些刑具。

这时，两伙人约共二三十位的光景，分两起迈进客厅，搜查出一个人，一叠文件。没有找到枪支，也没有找到子弹。罗纳川一问，才知这被抓着的是个伙夫。他说：

“你无罪！不过要将你晓得的说出来。”紧接着一句：“王所长躲在哪里？”

“所长呀？经常不在家。他昨天吃过晚饭，就往上街栅子外张家去吃烟睡觉了。”伙夫说。

“哪个张家？”罗纳川问。站在旁边的一位，即是永义店的那个

纸工,马上插进来:

"我知道,是私娼张小妹。我们去抓吧!"得到罗纳川的许可,他们一大伙,打冲锋似的跑了出去。大坪里的人,也一窝蜂似的拥了进来,把老何夹在中间。季铁匠一手提支枪,一手提口皮箱,报告过后,忍不住气地说:

"他不把季尚庆供出来,就枪毙。"随即又把枪托对老何砸一下。接着,这个一拳头,那个一脚尖,乱打起来。这因为老何狡猾阴狠,替季尚庆催租讨债,逼死过不少人,大家都恨他。罗纳川虽知道老何的确坏,这是群众义愤,不宜泼冷水;但狗腿子究竟是帮凶,让他将季尚庆这个首恶分子的去向讲出来,再作处理,不好些吗?因而随口这么说几句要他们暂时不要动手乱打的话:

"让他说!"罗纳川把两只手摊开,作一个拦阻的姿势:"算了!一只落水狗用不着再打啦!"不料老何听到这几句,就钻空子:

"同志呀!我也是无产阶级,不要打嘛!"老何跑至罗纳川前跪下去,双手拉住他的衣裳,连嚷带哭。

"娘卖屄的!"季铁匠鼓起金鱼一样大的眼珠,脚一跺:"无产阶级的叛徒!季尚庆躲在哪里,快些说出来!"围聚在老何身旁的人跟着吆喝道:"快些说!"一致举起拳头和大刀,喊打喊杀。罗纳川把眼光朝大家射一射,眨两眨说:

"好!让他想一下,不老实说就打。"

"嗳—嗳—"这时,老何的脸色,已经变成死一般的灰白;可是,他口里还只这么嗳几声,并没有吐出半句真实话来。群众气极了,不由得不拳足交加,把老何打得蚯蚓似的乱滚,满身是泥尘。

"来!不说就拉去砍掉他!"罗纳川这句话,刚刚吐出口,老何心慌了。

他知道众怒难犯。如果不说,立刻会见阎王。但自己是放牛娃出身,替人家耕田当长工半辈子,假如不在季家兼管庄,得了一些好处,怎能娶得起老婆?有新衣穿?照直讲吗?怕季老板逃跑不掉；不照直讲，自己脱不得身，怎么办呢？只有半真半假地说一说：

“季老板临走时候说，先到三眼桥躲一躲，然后去县里找季小村派兵来打你们……”他把先到新江躲一躲，改为另一个地方‘三眼桥’，似真非真的又是几句原腔调：“同志呀！大家都是无产阶级，请饶恕我的狗命吧！”装出一种很可怜的样子，满口全是白沫。

罗纳川心里软了：近年来，老何行为虽然有些变坏，可是他的成分好，现在的口供好像也还真实，以观后效吧，不要放走老虎不打打苍蝇。于是，他一面派人去追季尚庆，一面叫人烧毁季尚庆的田契和债券，同时问老何：

“这是他随身的逃亡费吗？”他指指小皮箱子内的大洋和金钏。

“不，不……这是季老板娘准备给她闺女的四百块大洋，是‘压箱钱’，因前几天匆匆忙忙出嫁，没有来得及带走。哎呀！讲到这件事，我真倒霉啦！”他把眼珠一横，装出很愤恨的神气：“我们洪庆店，就是老板娘厉害，比季老板厉害。她要钱聚私房，动辄骂人……”啰啰嗦嗦地讲了一大串淆人听闻的话。此时香炉内的火焰熊熊，正在烧契券，陈清泉领着大伙背了两支枪回去，好比穷人得到什么财宝，都高兴得暴跳起来，没有谁再追问老何了，只是闹哄哄地狂呼：

“这好呀！”“好呀！有枪就有起手本钱！”过后一看，虽一共得到三条枪，其实只算得两条半。因其中有一条卡子，而且没有停机钮。王所长呢？则已于昨夜从张小妹家逃往县城。在警察所搜获的文件中，有一件是平江县“剿共”委员会主任委员季小村的公函，大意这么说：

> 案奉湖南清乡委员会彭静芳主任委员指令称：为铲共救党，肃清暴乱，乃当前首要任务，务须全面进剿，凡曾列名各会，尤其参加过工、农会者，准其一律拘捕。毋许漏网。

"大家都来呀!""齐心呀!""好分田啦!""打他个措手不及!"这天,献钟这一带的人心,大为振奋。夏明翰和季交恕、罗纳川他们,以为打响头一炮,当会一帆风顺,无往而不胜的,何况众志成城,反动派的威风打下去了;又以为思村仅有几条枪,不怕夺不到手,趁热打铁,决定照原计划,今晚就去进攻。

像冷蛇一样的秋风,缠得人们身上凉冰冰的,像地府一样的黑夜,静寂寂的看不见人。罗纳川脱下昨晚穿的那件单夹衣,换过一件棉短袄,觉得还有点发抖。但他心窝里却像是蕴藏着一个热烘烘的小火炉,依然同昨晚一样,背着驳壳枪,脚上穿了草鞋,领着比打献钟多几倍的人,浩浩荡荡,从献钟向思村前进。

思村离献钟约莫有二三十里之遥。这虽是一个店铺很少的地方,可是大地主、大恶霸比献钟多。挨户团的枪支固然只有四条,可是把散藏在地主家里的集合起来,却共有三十几条,比罗纳川他们要多十余倍。这是罗纳川他们没有调查清楚的。紧跟在纳川后面的是季铁匠和陈清泉两人,他们在途中边走边这么谈:

"今晚来的人多啦!真踊跃,真齐心!"陈清泉觉得人多势盛,不愁思村打不下来,很有信心似的,"把挨户团那四条枪拿过来,我们就有七条枪了,嘻嘻!"他用低微的声音连说带笑,一手拉着季铁匠。

"可不是嘛,都是穷光蛋,谁不想翻身!好在昨晚旗开得胜,所以今晚人更多。把思村那几条枪拿到手,明后天就可以打嘉义岭,打长寿街。很快我们的本钱就多了嘛!"季铁匠的大嗓子越说越响亮:"等把县里那些枪拿过来,还管他什么国民党不国民党!"他的意思是说,共产党员余愤民所带走的平江团防队那几百条枪,已于秋收暴动时候随毛润之上了井冈山,现在县城里的地主武装清乡队,只剩下几十条枪,怕他做甚?

"声音放小些,不要把事情看得太容易。"罗纳川不同意季铁匠这样轻敌的说法,另有他的想法:打思村大概不成问题,打长寿尤其打县城，这要看县委是否布置得好，能不能使西北乡及时响应我们东南乡，来它一个四面包围，要不然那就难哩！哎！自古道：天下无难事。只要有勇气，齐心干，总会成功的。边想边领着队伍，一鼓作气往前奔。

不一会儿，四野的鸡声叫起来。又一会儿，走在最前头的罗纳川的眼睛一亮，看到对面不很远的地方，有好几点疏疏落落的灯光，从乌黑的一大片屋宇中闪射出来，高高低低的小山，也隐约可见，又听到狺狺的犬声里，夹杂着有人声。他知道，那是和思村还有一段距离的刘家大屋。他警觉起来，立刻下令分路前进……

天快亮了，湾里屋依然静寂寂的，既没有人起床，也没有谁叫门，就只西横厅下首那间房子里，仍旧燃着灯，反映在窗纸上的单人影子，时时在晃动，地板上不断地发出响声。"唔！怎么还没有人来呢？"季交恕自言自语道。他老早下了床，在房里踱来踱去。因昨天他曾经嘱咐过罗纳川，到达目的地，不等战斗开始，就要马上派人回来报告的。他坐下去，看看桌上的时钟，已过六点，扳起手指一数，从晚上八点出发，足足十个钟头了。由献钟到思村，往返不过五十来里，照时间和路程计算，无论如何应该有探报到来。然而现在还杳无音信，难道有什么意外不成？假如一着失败，就会全局皆输。怎么办？尤其想到，先要夺取枪支，是他的主张，打下献钟马上就打思村，也是他的主张，肩膀上好像压了一个重担，心窝里越发忐忑不安。他双手支着头，伏在桌子上，不声不响地坐着，一直到东方大白才起身打开门，往上横厅楼上走去。

此时，夏明翰也同样怀着忧闷的心情，急匆匆从板梯上跑下来。他一手拉住季交恕问：

"有人来报告吗？"

"没有。"

"怎么还没有人来报告呢？"夏明翰听到"没有"这两个字的回答，心里一愣，皱紧眉尖，脸庞上也有点变色了："我老早就醒来睡不着,不会出问题吧?”

季交恕还没有来得及答话,楼下竹园旁边的侧门砰然一声,王文隆引着季铁匠走进来。

王文隆把侧门一关,季铁匠踉踉跄跄地跟进上横厅,带着焦虑的神气,满脸全是汗珠。刚一碰见季交恕和夏明翰,他把手一摊,作个“完了”的姿势,张开两片又厚又红的嘴唇,没头没脑地这么报告几句:

“糟糕,打散了!”他呆呆地望着他们两位的头脸,像也有点变色,但还不见得怎样恐慌。季交恕问道:

“怎么打散了?你慢慢说,不要慌!”把季铁匠领上楼去,这才从头到尾问清楚。

原来,当他们前进到刘家大屋时,还没有来得及散开,更没来得及作好战斗准备,突然一阵雨点似的枪弹,从左右两面射过来。季铁匠同陈清泉一把拉住罗纳川往田塍下边走,不料这里忽然一阵鼓噪呐喊和互相厮打的声音,把他们包围在中间。他们看到,左臂上挂着红布条的是自家人,正在用大刀砍死好几个敌人;也看清倒在地下的,更多的是自家人。罗纳川拿起驳壳枪来准备打,可是彼此密挤在一起分不清,便朝天连放几枪,大喊一声:“同志们!杀呀!”轰隆隆大打一阵,才得突围。可是,思村挨户团,还在跟着追。陈清泉他们好几个被捉去,罗纳川下落不明。

“这怎么办?”季交恕和夏明翰听了,发出同样的声音,两张不同的面孔,都显露着吃惊的神色,心里也慌了。还没等吃早饭,他们就一同偷偷地由侧门走往罗家洞。

已是上午八九点钟光景,因为天气不好,起了雾。路旁的树林和野草,全是湿漉漉的,还在滴露水。平常这时候,挑着柴菜去献钟出卖的,早已络绎于途;而今天,从泼头经思源坊到罗家洞,没有碰到人。望望天空,乳白色的水气,从周围山岭上,一股一股地向四面喷散。一到罗家洞那幢瓦盖土砖墙的屋门前,听到里面有些人在说话，仿佛其中有罗纳川的声音。季交恕他们几位，大踏步地走进去一看，果然是他。他们的心头一松，齐声道：

“哦！你脱险啦！那好！”

“呀！好险！”罗纳川将这次失败情形细说一遍，夏明翰两眼一转，接着道：

“奇怪！我们的行动如此迅速，他们怎会先发制人哩？我想这中间必有缘故。”话犹未了，一位从对河那边来送紧急情报的青年小伙子，慌慌忙忙跑进来，满脸全是汗珠，撩起衣角，边揩边说：

“糟糕！思村挨户团把捉的我们的人，解往县里去了，看样子，会走黄花潭那条路！”一阵霹雳似的声音，把所有人的嘴巴都掩住了。

“他们多少人？有没有枪？”罗纳川脸上的肌肉，微微有点颤动，脑子里立刻浮漾着黄花潭的图景：崖下是河，崖上是山，中间仅一条又峻峭又狭窄的人行道。假如我们埋伏在这山上，很可以拦路截击，把被捉去的人抢救出来。但不晓得他们是否会走这条路。

“十来个人，大都有枪。”小伙子答。

“我们要把人抢回来！”罗纳川斩钉截铁似的，把黄花潭的地形对大家讲一讲。“只有拦路截击他们一家伙！”同时问夏明翰他们两位：“你们说好不好？”

“对！只有去抢人。”季铁匠插进来，举起拳头，自告奋勇：“我打保票！不把陈清泉抢回来，不算好汉不姓季。”站在屋门前的大伙，都一下轰声雷动附和他：

“对！”“对！”“对！”“去抢人！”“去抢人！”

夏明翰和季交恕对看一眼，正在思考怎么办，又看看大伙，不但没有倦容，没有气馁，而且斗争情绪还很高。他俩的心情，也就由忧闷变为欣慰，觉得紧急事只有紧急处置，同意了纳川这个办法。

罗家洞和黄花潭相隔不太远。罗纳川领着这一大伙，飞也似地出发了，不过刻把多钟时间，就埋伏在那崖下是河崖上是山的崇林茂草中。从打献钟到现在，罗纳川几天没有睡，两只眼珠布满了血丝；加上此处是凹地，雾还没有散，很多地方看不清。他向季铁匠招招手，两人慢慢地移往那凸地有几株大松树的背后，站起身来瞧一下，没有看到什么人。难道不会走这条路？情报不准确？要么是已经走过去了？要么是还没有来？罗纳川的心头，正像猜谜似的如此思考着，一阵微风，从对面传来又尖又俏的嗓音。他把耳朵一侧，听清了这是谁唱小调，遥瞩的眼光，紧紧盯住了沿河边那条泥石路。不一会儿，隐隐约约似乎是一行人，冉冉地从河背过来。他立即车转身，叫大伙作好准备，然后又回到凸地上凭居高临下监视着。

浓雾已渐渐化成薄烟，远处虽还看不大明白，近处是可以看得清楚了。愈走愈近的那一行，只有十来人。开路的是四条枪，被绑着手的三位走中间，殿军的也只有四条枪。罗纳川心里一松，这的确是思村挨户团。我们长短也有四条枪，百多人，这么好的地形，十几个打一个，还怕收拾不了他们吗！"打呀！"他大喊一声，同时举起驳壳，朝着刚刚走过山下悬崖边那四个开路先锋，连放几枪。这是出乎挨户团意外的几枪。因为他们以为"暴徒"被打散了，只要把俘虏解交县里清乡委员会，就可以得奖，就可以升官。伏在凹地的百多人，一窝蜂似的钻出来，从上而下地扑拢去，喊冲喊杀的人声和劈里啪啦的枪声，交响成一片。挨户团慌了，开路的有的拼命往前跑，殿军的有些就跳河。季铁匠对着那个将要跳河的一刀劈过去，砍死在地下，从死人身上拿下一根子弹带和一支枪，马上领着其他几位向前追，把被打伤逃走、正在河边泥路上蹀躞而行的那两个家伙捉了回来，又拾得两支长枪。

这回攻思村，虽然是失败，但在黄花潭把被捉去的人抢回来了，还得到三支长枪、两个俘虏，不算胜利吗？因此大家都很高兴。然而夏明翰却不然。他皱着眉头，踱几步，似喜非喜地对大家说：

"好！真勇敢，有办法。"他带着似笑非笑的面容，拍拍罗纳川的肩膀："但是要当心哩！我想，思村挨户团如果不知道我们有动作，不会埋伏在刘家大屋来出击。是不是有人走漏消息呢？如果挨户团只有几条枪，它也不能够打败我们，是不是我们没有调查清楚？自古道，知己知彼，百战百胜。我是外县人，对你们地方的情形还不大熟悉。我很快就要走，不晓得你们对敌人的情形，到底摸清楚没有。现在，既然捉到两个俘虏，那就要把他们那方面的情形问个清楚……"

经夏明翰这么一提，罗纳川的身体微微一动，脸上的肌肉也震颤一下，记忆中忽然想到老何是昨天上午就逃走了。又想到昨晚刘家大屋的枪声是多而且密的，他立即回去把那两个俘虏调来一问，才知道思村挨户团是有四条枪，而散藏在各财主家里的长枪合共还有十多支，合起来就不少了。

二　两个活阎王

已近立冬时候了，可是，天气依然那样暖和。横陈在斜阳底下的三阳街浮桥上，挤满了一大堆身穿丝薄棉袍、手提小包裹的人们，好像有谁在他们背后跟踪、追赶，个个都敞开胸前衣襟，边揩汗边抢先往前奔。还有若干坐布轿的妇女和小孩，肩挑箱篓的粗身大汉，踉踉跄跄地夹在这人群中间。这到底是怎么一回事？谁都闹不清。只听说，"共产党暴动"是真的，家有田地的人们，不得不携带家属和细软行李，暂往平江县城去躲一躲。

跟在这些人群后面的季尚庆，同样穿着一件薄棉袍，但是粗布做的，而且袖长腰阔，显得很不合身。他早年本来是个相当穷苦的商店学徒，到了三十多岁的时候，跟着哥哥季小村在广东钦州搞过一届征粮差事发了财，从此以后，既爱吃穿，又喜嫖赌抽大烟。现在年已半百，为什么人家都穿丝绸，他反而穿粗布呢？因为前晚献钟暴动，他仓皇出走，仅披出来一件短袄，过思村时，才借到这件粗布棉袍穿上；又因来不及过足大烟瘾，全身酸软没有劲，凭着一根五六尺长的竹杖支着身子，东倒西歪走不动，所以落在人群后边。

“哦！季老板你也来啦？”走在前头的一大伙，刚刚渡过三阳街浮桥，走上东街口外的草坪，一见是绅士季尚庆，立即围拢去，纷纷争着问：“怎么共产党又暴动起来了？”“听说在你们献钟暴动的？”“我听说在思村。”“是不是去找你们季小老想个办法？”因不久以前有过“秋收暴动”，所以他们的话语中，在“暴动”之上，加上一个“又”字。自前次秋收暴动，毛润之将平江的农民武装带上井冈山以后，季小村即在平江县城里组织起“剿共委员会”和“清乡队”，清过一次乡，杀过不少人，把全县的农民协会和工会打垮，都以为万事大吉了，怎么现在又死灰复燃呢？大家觉得很意外，但相信季小村是县城里有势力的大绅士，也晓得他与湖南全省清乡委员会主任彭静芳是好朋友，一定有办法。

季尚庆停住步子，喘息一会儿，将拿在手里的那根竹杖朝地下重重地几顿，伸长脖子咳一声，摇摇头，然后张开嘴巴，有气没力地把献钟暴动情形告诉大家：“……这些‘暴徒’，胆大包天，真可恨！”

“噢！尚老！你呀，只有叫小村马上派清乡队下乡清剿，来它一个斩草除根。”一位皱脸白发、满嘴络腮胡子、年约八十左右的人，手里拿一支斑竹旱烟袋，从停放在草坪上的布轿里，慢慢地走出来，望着季尚庆说。这就是平江县商会副会长、财产保管处主任、上西街裕昌店大老板、“剿共委员会”副主任赵再云的父亲，亦即季小村的亡妻的父亲，现住献钟与思村之间的沙塅地方。他说此话，并非毫无根据，而是听儿子赵再云讲，蒋介石曾经有指令到湖南说，清党、铲共，必须全面痛剿，斩草除根，宁可错杀一千，不可妄放一人。

季尚庆轻轻点一下头，暂时没有回响，只是仰首望天，仿佛另有所思：你这个老头，说是说得痛快，可惜我们这些有田有地的人太少，跟着共产党走的农民工人太多，光靠清乡队百把几十条枪，怎能够斩草除根？随即低下头，把目光回转到赵老头身上，并扫射大家一眼道："你老人家说得对，不过清乡队的人、枪太少，除不了根。我想，只有大家出钱，要小老去设法多买些枪，多招些人，来扩大清乡队，才能把共产党一网打尽。"他说此话的语气很有劲，嘴角边露出一丝微笑，脸颊上也表现出兴奋的神情，不像刚才过浮桥时那样颓丧了。

当时围着季尚庆出神谛听的一大伙，都觉得他说此话有道理，同声说："好，大家凑钱，找小老去买枪。""同共产党拼。"最后这一句，乃是赵老头的声音。他们一面说，一面走进了东街，才各自分手而去。

由东街到北街李家巷季公馆，不过三几里路程，迨龟行驼步的季尚庆走到那里，已将近开晚饭了。

此时，季小村从东乡逃来县城的献钟警察所王所长口里，得到共产党暴动消息，很慌张，正在自己公馆内那间用烟砖铺地的客厅上，和"剿共委员会"几个要人赵再云等商量如何对付共产党问题。

像失了魂魄似的季小村，满脸愁容，习惯地抓腮摸耳，围着一张长方形餐桌，踱来踱去兜圈子。他想起前次秋收暴动时候的情景，更不免有点心悸。那时，他从北街逃至石碧潭河边，天还没有亮，碰到好几个手拿梭镖和扛步枪的，若不是钟顺民搀着他往画桥那边躲，几乎丧了性命。跟在后面逃生的周郁，不就是这样被抓着，一刀砍死在石碧潭浮桥上吗？他心里一跳，好像有这样的启示在他脑子里钻出来：现在与前次的情况不同些，农民手里没有枪了，我们有清乡队，只要把县城守住，乡下暂且不管它。蒋校长是反共最坚决的，料不会让我们在平江孤军作战。他于是心里一壮，由刚才时青时白的窘相，一下转变为满面发光的笑容道："我们有蒋校长这样硬的大老板，长沙有彭静芳主任撑腰，怕什么？"末了这几句，不但声音大，而且眉飞色舞，如同开弓一样，把两只臂膀向左右空中使劲一张，然后坐下去。“暂时只有守住县城，马上去长沙请兵来消灭它。”

当下在座的一伙，听过这些话后，也像打了一针强心剂，笑逐颜开，零碎而杂乱地说起话来了。可是意见不一致。

“小老说得对，县城好比是个头脑，很要紧。只有赶快派人去长沙请兵。”在平江县城里，东、南、西、北四街都开有店铺的黄老板，首先表示赞同。

“那不行，要赶快派清乡队去东、南乡清剿。”说此话的，是有庄田在东乡献钟、落鼓和南乡新江、沙塅这两处的赵再云。

“唔！共产党多啦！四乡都有，据说县城里那些做手艺的人当中，共产党也不少。”家住县城里的另一人这么说。

“去长沙请兵吗？对是对，就怕远水难救近火。派清乡队下乡去剿吗？县城里太空虚，危险。”高遂耿仍是模棱两可的态度，提不出一定的意见。

还没有取得一致的意见，不知是谁很凶猛地把季公馆的两扇黑漆大门捶得卜卜直响。如同惊弓之鸟的季小村，立即拔起两条腿，慌慌张张往后屋里边走。其余的一伙，也同老鼠听见猫叫一样，瑟瑟缩缩不作声了。就只钟顺民溜往大门口，偷偷从门缝里瞧了一下。他看清捶门的不是别人，乃是大家认识的季尚庆，立即打开门，随手又关上，跑进去大喊两声：“小老！小老！尚老来啦！”季小村这才回转身子望一望，的确不是别人，心里轻松了些。但一看季尚庆那套异乎寻常的穿着，和狼狈不堪的窘相，他又全身一颤，往那张酸枝木太师椅子上坐下去。

这季公馆客厅内的陈设，原来是很富丽堂皇的，从共产党提出“打倒土豪劣绅”“打倒贪官污吏”这些口号，尤其自毛润之领导秋收暴动后，不知在什么时候，也不知是谁，竟把季小村在钦州做官时的“清正廉明”和在平江县当商会会长时的“利胜陶朱”两幅横匾，及其他漂亮家具，统统搬开了。现在，就只剩下几张旧木椅和一张很长的餐桌、一张很笨重的太师椅,不晓得是故意装穷,还是准备搬家。

坐在太师椅子上的季小村,没精打采地看看自己的客厅,又把季尚庆的扮相端详一番道:

“你怎么来的呀?如何狼狈到这样?”

“哎呀!若不是老何,命都没有了啊!只有大家凑钱去买枪,扩大清乡队,来它一个斩草除根。”季尚庆坐在季小村旁边那张旧木椅上,将共产党怎样暴动,他怎样逃跑出来,以及在三阳街过浮桥时碰着赵老头他们一大伙,怎样商议等经过,从头到尾说一阵。

此时,太阳光已渐渐没入地平线,客厅内也就渐渐幽暗起来。这时十几个愁眉苦脸的人们,全都沉浸在长吁短叹、默默无言之中。但一听到季尚庆的“只有大家凑钱去买枪,扩大清乡队,来它一个斩草除根”这几句,打动了大家的心弦,齐声响应道:

“这对!”“对呀!”“对!”

“临时凑钱来不及啦!”赵再云本着他在北洋军阀时代办军差的经验,觉得这又是一个发横财的机会,一跃站起来:“我负责。可先由商会垫款,以后再照田亩摊派,嘿嘿!”嗓子里发出轻微的笑声。

“那好!那好!那好!”季小村也笑嘻嘻地从太师椅上站起来,连说几句。他觉得赵再云是商会副会长,自己是正会长,如若照这办法,派款之权在商会,那就是拿别人的拳头撞铁钉,自己不会受伤,还可以从中捞几文,岂不一举两得嘛!

“那不好。”善于见风使舵、从没有坚定主张的高遂耿,这一回却很有决心。他领悟到赵再云、季小村想浑水摸鱼的用意,更想到了自己的切身利害。如果照田亩摊派,我名下为数不少;如果由商会做主,那我们这些人还不是乖乖地闭着眼睛出钱?过去办军差,这样的例子还少吗?他用肯定的话说:“这应该由善后局同各公法团大家来主持。”

“那就要你们善后局垫钱啰，我们商会只能负责去买枪啊！”赵再云板起脸孔，带着要挟的口吻，睁大两只眼睛，指着高遂耿说。

“要钱就大家垫嘛！虽然你们商会有财神，我们善后局也不是穷衙门。”高遂耿的语气，也比平常生硬得多。

“晓得——谁都晓得你们善后局的威风——”赵再云说这句话的意思，是说你们善后局是谁都害怕的阎王殿。但觉得自己是晚辈，这样说恐怕惹起对方反感，故只用“威风”两个字轻轻讽刺他一下。可是高遂耿一听，便知道赵再云的话中有刺，立即面红耳赤，大声吼道：

“怎么威风？你说话要爽利些呀！”

此时，赵再云又板起了脸孔，想说句什么，那位在四街开有店铺的黄老板，一看事情不对头，知道拿钱去买枪是搞不成了。因为大家都各打各的算盘，势必会手动脚不动。先由商会垫款固然好，但若乡下当真分了土地，那么怎能够按田亩摊派呢？羊毛出在羊身上，还不是我们这些在城内做买卖的商人吃亏！因此，他便插嘴岔开他们。

“不要生气啰！”黄老板轻声细气地望望赵再云和高遂耿：“我们大家要好好商量。”同时步至季小村跟前：“小老！目前是对付共产党要紧啦！火烧眉毛顾眼前，越快越好。凑钱买枪恐怕来不及，只有马上派人去长沙请兵。”其余的一伙，有些人点头道“是”。

“那派谁去哪？”季小村这么说一句，大家就低着头，好像投票似的考虑选谁最合适。这时，客厅的旁门一下被推开了，钟顺民走进去，哈哈腰，轻轻地喊一声：

“小老！周姨太有事，请！”

季小村听说周姨太请，好像奉了皇帝的圣旨一样，连忙起身往内走。他看到挂在旁门上的布帘子，掀开了一条缝，微露出粉白色的半边脸儿，知道是周姨太在偷听他们说什么。

“哦！你呀！我的太太！”季小村把门帘一卷，望着周姨太说。

周姨太伸出一只手掌，按住他的嘴巴，用另一只手掌，在他的脖颈上拧了一把，两片朱唇凑近季小村的耳朵，低声说：

"你只顾自告奋勇晋省去，搬得兵到，你有功劳；搬兵不到，就在长沙躲一躲再看，不好吗？我跟你一路去。"经她这么一提，季小村乐得要发笑似的，答道：

"好，好，你说得对。"马上就转身走出这旁门来，往太师椅子上一坐，对大伙说："我亲自去长沙跑一趟，好不好？"

"那好！""更好！""更好！"大家都知道，季小村和彭静芳有交情，而且他在湖南省国民党省党部里边的熟朋友不少。

"那好！请你明天就动身去。"这似乎又是黄老板的声音。

这天晚上，客人都走了。被留在季公馆里的季尚庆，因为哥哥季小村、嫂嫂周姨太明天就动身去长沙，还有许多事情想进去谈一谈。他由客厅东边这间铺了烟砖的房子，走过一个天井就是季小村夫妇的卧室。室内，一盏铜架子白瓷罩的洋油灯，高高地悬挂在卧室中间的天花板上。他悄悄地从掩闭着的门缝内，看见卧室内的一些木器家私，虽还没有动，可是往常垒堆在一块的二十几口黑漆阳江皮箱，已经更换了位置。周姨太正在拾起一大串黄溜溜的金首饰往那口摆在床铺跟前的小皮箱里塞。季小村头上戴着一副玳瑁框老花眼镜，手上拿着一叠像契据又像是股票一类的东西，弯着身子边看边往地板上另一口皮箱里塞。床铺上堆满了一些单夹皮棉衣衫，还有若干雪白的银锭和大洋，放在梳妆台上。

"唔！难道把贵重东西都带走？假如他一去不返，没有主帅怎么行？"季尚庆正在停步猜想，忽听季小村说一句：

"唉！这怎么搞啊！"

"你不必着急啰！只要多送些礼，总会搬得兵到的。搬不到，就照我说的，三十六计，走开嘛！"这是周姨太又尖又柔软的声音。可是，马上又来一句很刚硬的腔调："快些搬出来！"

"是，是，拿来了！拿来了！"此话虽然辨得出是男声，但不晓得是谁。季尚庆又从门隙内偷看一下,见到钟顺民从卧室隔壁的套间里,拿出来一口朱漆大皮箱,放在周姨太跟前,毕恭毕敬地立着,像是听候再吩咐。

这时,季尚庆情不自禁地把门一推,走进去,挥动着右臂膀,指着贵重东西说:

"小哥!小嫂!带这么多东西走,不好吧?恐怕人家误会说你们开溜,还怕因此会摇动人心。"随即把剿共非哥哥领头不行的利害关系说了一通,然后问他走后,家内的事情怎样安排,交谁管。

"当然由你管,叫钟顺民帮帮忙。"季小村取下眼镜,伸直腰杆,毫不迟疑地答复他。因为季家除开这个可靠的兄弟以外,没有其他亲信。但又一想,这些东西带不带走呢?他觉得季尚庆的话有道理,回过脸,笑眯眯地望着周姨太问:

"你说东西怎么办?"

周姨太虽也懂得季尚庆所说的话,不为无理,然若不把这些东西带走,又有些放心不下。她住了手,轻轻地坐在床沿上,两只水汪汪的大眼珠,朝季尚庆的脸上打了几个回转,然后说:

"东西不带走,谁管?"

"交他管行吗?"季小村朝着季尚庆噘一噘嘴唇。

"那——"周姨太踌躇了一下:"也好,不过那几口——"她指着放在床铺跟前装有金首饰的皮箱:"那一定要带走。"

第二天,两乘布篷藤轿,几箱细软行李,从季公馆出西门去长沙的同时,由东、南两乡进县城来的轿子、担子,男女老少与小孩,犹如潮水般涌进了所有大小旅馆和客栈。在平日,房伙钱最贵的旅馆,不过五六角大洋一天,而现在,竟一下涨到一元半到二元。原先开设在东街后来迁移到毗连月池塘的君子巷口上最好最大的紫云公旅馆,石门框,前后二进,两层楼,全是烟砖墙,满装玻璃窗。女老板是一位寡妇,夫家也姓季,名叫顺大嫂,四十岁上下,虽属半老徐娘,样子却很漂亮——不肥不瘦的鹅蛋脸,浓眉毛,细牙齿,一双秋水盈盈的大眼珠,真是回眸一笑百媚生,谁一见也会惊心动魄。她尤其善于言词,会应酬,所以紫云公的生意,不论在什么时候,都比其他旅馆旺盛得多。此时,楼上楼下大小三四十个房间,都住满了。

忙于开午饭时候,紫云公门外,忽然嚷嚷闹闹,顺大嫂忙从账房里跑出去一瞧,原来是往来查街的警察,怕人多滋事,正在驱散月池塘售柴卖菜的摊贩。有一位穿绸缎衣挤在人丛中的熟人,低着头,垂头丧气地从门前经过,她认出是她亡夫的族兄季尚庆,叫一声:

"尚伯,好嘛,请进来坐一下吧——"拖长娇而且柔的尾音。

"哦!顺秀。"季尚庆立即抬头望过去:粉面朱唇,打扮得比平常更加妖艳,情不自禁的心内一动,两条腿也就动起来了,一直跟进她的外房。她首先询问过献钟暴动和他家里的情况如何;他也询问她旅馆的生意怎样。交谈了一阵,她看出他带着忧悒的眼光,时时注射在自己的脸上,虽然有点不好意思,但因他是个有钱有势的人,而且是小村伯的兄弟,须好好招待他,便从柜子里取出一套曾为禁具现还不大公开的鸦片烟盘和烟枪,偷偷地摆在内房的卧铺上。

"尚伯,你打哈欠,发了烟瘾吗?"顺大嫂娇声娇气地说:"来!抽几口吧?云土哩。"

"咦!你真贤良。"季尚庆夸奖她一句,往床铺上倒下去,拿起一根铜签子就烧烟。顺大嫂坐在床铺跟前的椅子上,陪着他腻腻细细的东拉西扯,一直谈到吃午饭。

李家巷与君子巷相距不过半里之遥,过足了烟瘾的季尚庆,不但心旷神怡,而且浑身是劲。吃过饭,他把饭碗一丢,不过几分钟就走到李家巷季公馆了。刚进自己的卧房,他往铺上一倒,仰着身子,闭着眼,那鹅蛋脸、浓眉毛、大眼睛,顺大嫂的声音笑貌,就像摄影师对镜头,活现在他的眼前。他长叹一声:唉!与其孤零零的呆在这里当守门犬，不如到那里去聊聊坐坐快活些。想到这，他蛤蟆似的一跃，跳下床来。妈的！管他什么弟妇不弟妇的，又不是亲房，这样的乱世界，唯有快活一天算一天，有钱可以通神，只要达得到目的，怕什么！天还没有黑，他怀着如饥如渴的心情，又往紫云公跑。

秋季好久没下雨，可是一入冬，气候就变了。特别在今晚，风大雨也大。仅穿一件破薄棉袄的吴建国，刚一听到季小村去了长沙的消息，心里就像点燃一把火，全身都发热，气愤不过地脱下棉袄，立即从枕头下摸出手电筒，在门角边拿出油纸伞，一口气跑到离县城不远的金窝，报告给共产党县委书记毛简青。他一进去，碰见客堂里坐着一个旧相识，即东乡暴委会派来的陈清泉，正在和简青谈话。他着急，不管他们的话是否说完，提高嗓子大喊：

"简老！季小村那些混账王八蛋，要搬兵来打我们啦！"这金窝虽然是偏僻乡村，这屋子虽然宽大没有人，但也怕属垣有耳会听到，毛简青马上张开手掌摇两摇：

"嗳！小声点。"一面拿出一条手巾，替他擦干身子，一面拉着吴建国的手坐下来："怎么一回事？你慢慢说。"吴建国意识到自己说话不留神，压低了声音：

"听说季小村去长沙搬兵啦……县城里不几天就开始清查户口，那我们在城里做地下工作的怎么办？"

毛简青一听，虽则心里着急，但态度仍和平常一样沉着，稳重。他低着头，垂下两片眼皮，看看地板，又看看拿在手里的几页信——刚才陈清泉送来的季交恕给他的信：

……东、南两乡，特别东乡，因为群众基础一向就较好，所以献钟一暴动，能马上发展到嘉义岭、长寿街、安定桥、新江、沙堺各处。西、北两乡则相反，并且大地主多，尤其西乡接近长沙。我认为必须用全力把这两乡被压下去的农民群众发动起来，相互配合。不然的话，东、南乡尤其东乡，将会陷于孤立无援。拟请县委迅即决定……

毛简青又看一遍信，闭闭眼睛，仍然没回答。他觉得交恕的意见对，但是县城里的工作怎么办呢？他知道吴建国性情急躁，可能等得不耐烦了，这才说："你稍微坐一下，我去写封信再同你谈。"他站起身，走进自己的房子里，把双臂交叉在背后，从容不迫地围着桌子踱几步，写了一封复季交恕的信：

你的来信意见对，我们当照办。但刚才据吴建国面报，季小村已去长沙搬兵。这么一来，就必须先把县城里面的地下工作重新布置过，然后加派重要干部，或者我亲自到西、北乡去走一趟，如何？

陈清泉接过复信，马上就点燃灯笼赶回泼头去了。毛简青转过头望着吴建国，嗓子里发出了温和而亲切的声音：

"建国同志！你辛苦了，不要性急——"

"不几天就要查户口哒！"

"有办法的……你赶快去叫余楚农和陈世昌，来我这里商量一下，把城里同城外西、北乡的工作重新布置一下。"毛简青的话刚一说完，吴建国就拿起雨伞往城里走。

翌日天晴了，王文隆站在泼头湾里屋左侧的竹园旁边，放哨似的东张西望。突然，一位身材不太高、手里张把伞的人，出现在眼前。他认得这是在长沙见过面的平江县委书记毛简青，立即跑近前去打招呼，领进湾里屋西边上横厅。

此时，上横厅楼上，就只季交恕和夏明翰，面对面坐在方桌两旁看文件——刚由湖南省委送来的信：

……十一月党中央扩大会议，仍认为中国革命并非低潮而是高潮。故不应采取退却路线，而应继续进攻，以期夺取中心城市。两湖与江浙起义……这是中央既定的战略方针，是继八七会议之后又一次的明确指示。你们在平江，务须不顾一切，拼命硬干……

看过信后，他们虽记得八七会议，是反对陈独秀放弃革命领导权；不搞革命武装；不解决农民土地等问题，撤换了陈独秀的书记，很正确的。但现在中国革命，到底是低潮还是高潮？十一月中央扩大会议，企图夺取中心城市，到底有没有可能？既不敢肯定，又不敢怀疑。只意识到，他们所熟识的毛润之上山打游击，是否与中央这方针有矛盾？因而两个人的眼睛，满带着迷惘的神气，互相对看一会儿，季交恕才提出一句问话：

"嗳，明翰！润之同志上山了，会不会晓得中央这个方针？"

"总会晓得吧？不过——"夏明翰拖长声音沉吟着："就我所知道，毛润之同志是主张先在农村建立根据地——"他的话还只说一半，王文隆领着一个人，悄悄地走上了楼，轻轻地推开了房门。

夏明翰因为近视，没看清来者是谁，忙将拿在手里的信塞在口袋里。

"噢！简青来啦！"季交恕一见就起身。毛简青放下伞，从王文隆手里接碗茶，顺手移动一张椅子，靠近方桌旁边，挨着季交恕坐下，毫不迟延地将他最近的工作布置，边报告边解释道：

"……因为反动派特别注意县城，所以我们非把住在街上而又露过面的干部，撤出郊外去不可。但是遭到吴建国等同志反对，他们说这是退却，是怕死，说反动派既要在城里查户口，我们就应该在城里搞暴动，大家同它拼。幸亏余楚农等同志赞成我的主张。做是这么做了，"他把眼光对准季交恕和夏明翰的脸扫过去："不知你们的意见如何？"接着又说："不错，西、北两乡的反动势力还不小，我们的基础没有东、南两乡雄厚，所以非我亲自去一趟不可，我打算明天就同余楚农带几个得力干部，分两路去。"毛简青的话，说到这里结束了。

夏明翰马上从口袋里掏出那封信，递给他："这是省委刚来的一封重要信，你看看！”

季交恕衔着烟，暂时没答话。可是，他心里，却同十五只吊桶一样，七上八下：简青做事，一向很稳健，为了暂时隐蔽，保全力量，他这样布置，似乎对。吴建国说他是打退却，也是符合中央方针的。怎么好说他们不对呢？

毛简青看完信后，愕然问：“那吴建国他们主张在县城里暴动，也许对啊？”

夏明翰微微摇一下头：“拿鸡蛋去碰石头，那是不量力而行的盲动，不太危险吗？”

季交恕同意夏明翰的话，连点几下头：“对的，对的。你还是照我前两天写给你的那封信，只要把西、北乡群众发动起来，配合东、南乡一致行动，即或长沙搬得兵到，也不怕他们。”他边说边站起身，两眼望着天，想到夺取城市这问题，又补说几句：“只有派一些好同志潜伏到四郊去，相机动作。等将来我们的力量壮大了，再打县城也不迟，暂时可不要在城里搞暴动。”

三个人又详细地商量了一阵，吃过午饭，毛简青拿起伞回金窝去了。

午饭过后，不知什么原因，县城西门外忽然嚷喊起来：“兵来哒！快走！”接着便是下西街接二连三轰、轰、轰关店门的响声。不一会儿，约莫一二百个背杂枪的什么营，断断续续由西门经上西街走进月池塘。他们的服装，虽然不算整齐雅观，可是走在队伍后面的两乘三名夫抬的黄帆布藤轿，全是崭新的。前后夹着十多个卫兵，也是新枪。队伍走进月池塘圣庙门前，最先下轿而比较肥胖的，长一个和马头一样的长脑袋，金鱼一样的凸眼睛，年纪约四十来岁，满脸横肉，显得杀气腾腾的。这就是清乡司令阎仲儒。他是国民党最近从鄂西收编过来的土匪头。后下轿的是一个身长约六尺左右的高个子，脑袋很小，年纪比阎仲儒大些。他是新由省城派来的平江县长王紫剑。紧接着他后面乘三名夫布篷轿子的是汤谟和季小村。一大群本地豪绅站在月池塘圣庙门口欢迎他们。周姨太没有跟丈夫同进圣庙，仍乘着那三人抬的蓝呢镜轿，径回李家巷季公馆。钟顺民连忙跑出去，笑眯眯地哈腰弯背，望着她走下轿来，问一句："周姨太好吗？辛苦了。"

"好，家内没出什么事吗？"

"也还好。"钟顺民走近她的身边，用苍蝇般的声音说："请你查一查那几口皮箱……"

过一会儿，李家巷季公馆客厅内坐满了等候季小村与探听长沙消息的人群，其中大部分是东、南两乡的地主，也有少数是县城里的商店老板。他们带着又喜又惊的复杂心情，相互谈论着。

"这可好了，来了兵，那就不怕它什么共产党不共产党。""嗳！听说北郊画桥会暴动，城里不大稳当。""昨晚三阳街那边有枪声哩！""唔！派起军差来，还不是我们这些商店挨头刀！"

话犹未了，季公馆客厅内，跟着季小村又拥进去一大伙。赵再云的声音最大。他摇着肩膀，带着责问的语气道：

"共产党农民那么多，这一点杂枪兵中什么用呀！为什么不要求彭主任多派些正规部队来？"

"火烧眉毛只好先顾眼前。"季小村向着问候他的人打一下招呼，略叙几句客套话后，才又说："你不知道，许多县的农民都跟着共产党捣乱，长沙兵少，顾不来，所以等了一个多星期。若不是汤谟先生帮忙，连这营兵都派不出。"

"哼！"赵再云的鼻孔喷出一股气："不到两百条枪，哪里够一营。"

"那还不是瞒上不瞒下，照例吃点缺！"站在旁边的钟顺民小声小气地这么插一句。

大家正在你一言我一语，零零星星地交换情报和意见，季小村坐在那张太师椅子上，带着得意洋洋的神色，跷起一条腿，端着一支广东响水烟袋，一面吸烟一面说："长沙形势也很紧张。不过，彭静芳主任的肩膀硬。"头一晃，嘴角上漾起了几缕笑纹，可是刚一听到大家说余楚农、陈世昌忽然不知去向，可能是共产党，他就一愣："他们两个不曾当过农会同工会会长的吗！四街八巷这些穷光蛋多得很，岂不是县城里的心腹之患么！"他越想越害怕，眉头越皱越紧。就在这时，一句尖俏的声音从客厅窗子外传送进来："这还了得，家贼难防啦！"季小村听出是周姨太在咒骂谁，同时意识到，一定是失落了什么东西，墨一般黑的二三十口皮箱，雪一般白的几百两银锭和千多块现洋，立刻在他脑子里晃了过去。他立刻起身，作出送客的样子，头点几点："对不起，我疲倦了，要进去休息一下，明天再谈嘛！"

"哎呀！少了这么多！"季小村刚一进去，就听到周姨太的惊讶之声。这时，她正伛偻着半个身子，查点皮箱内的洋钱，因为少了钱，她心窝里刀割似的疼痛，粉脸上泛起了大片红霞，两只大眼凸出得像要爆裂一样。看见走进房里来的是丈夫，她竖起一个食指头，对着季小村的鼻子发脾气："这就是吃了你的亏！兄弟靠得住吗？为什么我们家内的事要他管？"张开一只手掌："少了五百块，好啦！"

"啊哟！这多呀！"季小村虽也吃惊，但因牵涉到自己的亲信兄弟，不得不暂时按捺一下，劝劝老婆："我的太太！莫性急啰，问清再说吧，不要乱猜。"

"谁乱猜？"周姨太指着站在她身边的亲信钟顺民，连吼两声："你照直说！你照直说！"

钟顺民觉得左右为难，直说吗？怕得罪季小村兄弟两个人；半吞半吐地说一说？又怕得罪周姨太，尤其怕自己受嫌疑。这就使得他不得不直说：

"你们尚老，天天去紫云公玩，我看见他开过皮箱。"

"紫云公有什么玩？"季小村眨眨眼睛，暗示钟顺民。

“你尽管照直说，不要怕。”周姨太拍一下胸脯：“出了事有我。”

“天天同紫云公那些旅客打麻将，输了钱。”钟顺民本想说一半留一半的，但一看周姨太的脸色不对，才又说：“尚老还经常躲在顺大嫂房里睡午觉、吃鸦片烟，替她买首饰，做衣服，恐怕也花钱不少——”钟顺民刚谈到这，季小村摇手道：

“好，晓得就行。你去！”季小村面有不豫之色，走出去，另派一个当差到紫云公把季尚庆找回来，过细一查问，怒道：“你为什么花我这么多钱胡搞？钟顺民说你——”

季尚庆一听，因为人证确凿，垂下头，红着脸默不作声，觉得自己错了，只好在哥哥面前认个输。但忽想嫂子周姨太，也曾勾搭过陶伯伯，你自己扒过堂弟妇玉英的灰，为什么我就不能同顺大嫂往来呢？这不是只许州官放火，不许百姓点灯吗？岂有此理！现在是民国，死了丈夫的女子，不必要守寡，怎么说我是破坏她的贞操呢？找到这些坏理由，他的胆子壮些了，挺直胸脯说：“小哥！错固然是我错，不过——”他瞥见周姨太躲在内房门帘背后偷听，故意提高嗓音：“扒过灰的，不止我一个。钱也不过五百块，尽可以在隆丰店我的存款项下扣还，并不要你做哥哥的吃亏。”气愤愤地车转身子就走，马上搬往旅馆里去住了。

就在这一天，突然间，长蛇阵似的一大队人马，连同本县清乡队约莫有二百多人，出其不意地拥进了献钟下街乌龙庙。因为清乡队司令官阎仲儒没有来，所以走在队伍后面的一个姓傅的营长，也就显得很威风。他没有穿便衣，没有坐藤轿，而是穿着一套蓝军服，骑着一匹大白马，年龄不过三十来岁，胖胖的，从马背上一跃而下，毛驴子似的张开嗓子大叫：“孙连长！赶快把警戒布置好！”挺直胸脯，将拿在手里的马鞭子摇晃几下，进去了。作为最后殿军的，是两个坐布篷轿的原献钟警察所王所长和洪庆店老板季尚庆。他俩的尊容虽比较消瘦些，但由于过足了烟瘾，而且有了这个清乡营作靠山，胆子就壮了。他们从轿内跳下来，满怀着愉快的神情，跟着傅营长屁股后面，大摇大摆，由乌龙庙东边走廊，步进前警察所的会客厅。俄而，庙门口插上了一幅青天白日满地红的旗子，在秋风飕飕的吹拂下，西荡东飘，仿佛在发抖。

献钟这市镇，店铺虽不算多，但因辜家洞、徐家洞、灶门洞、百福洞等处产竹麻，做纸的大小槽户八百多家，生产出来的花笺纸都须经由献钟纸商运往汉口销售，故生意繁盛，大老板多。没想到这次暴动，辜、徐等洞的造纸工人与献钟等市的装纸工人三千二百多人，其中很大部分在纸业工会领导下，紧跟共产党，同农民揉作一起，乱打他们的土豪，因而辜、徐二洞里的许多大槽户和献钟街上的若干大店主，就不得不停关店槽，跟地主恶霸一起逃往县里去，现又跟着清乡营一起回献钟了。

乓乓乓，一阵锣声，喊人们去开会。献钟街上的店铺，稀稀落落的，有些开了门，有些还闭着。乌龙庙里，站满一堆穿长衣大褂的人。傅营长说过话后，季尚庆站在大庙正殿中间的石台阶上，朝着站在他旁边的傅营长，恭恭敬敬地鞠一个躬，然后面向大家，好像守门狗见了生客人，摇头摆脑，吭吭吭狂吠起来：

“傅营长是我们大家的救星……欢迎他来剿灭共产党。”想起自己的契据被焚，额角上凸起像小蚯蚓似的几条红筋。“妈的！这些杀人放火的东西，的确非斩草除根不可。”他狠狠地咬一下嘴唇，但一看这些在场的，很多是只多少有点钱做生意，没有欺负过谁，并不都同自己一样，是既有店铺、田地，又有势力的大老板，肯不肯一起来出力铲共呢？他眉毛一皱，说出这几句鼓动别人的话：“就算我是土豪，难道在嘉义开店的喻楚生也算土豪吗？他没有一丘田，一寸土，为什么也要打，要烧……朋友，我们这些有钱的人，只有大家尽力帮助清乡营，消灭共产党。不然的话，城门失火，谁也会遭殃。”因为清乡营马上要下乡去捉人，因为警察所马上要替他们办军差，恐怕耽误时间，他最后就只说几句要大家怎样派差、派夫、打供应的话，匆匆忙忙就散了会。拥出庙门时，大家乱哄哄地七嘴八舌说起来：

“哼！消灭共产党？还不是要我们大家出钱？”“我们开店做生意，又不是土豪，怕什么？”“唔，那难说！就怕同烧喻楚生的房子一样，共产党乱来。”“还是老老实实做生意的好！不要惹火烧身。”

这回，清乡营之所以突如其来，原企图用迅雷不及掩耳的手段，一网打尽罗纳川他们。因为事先没有通知，临时要献钟街上派一顿晚餐，有些小店铺一时供应不上，弄得季尚庆和王所长手忙脚乱，挨到上灯过后，才分作两路出发去捉人。过河的这一路，由漏了网的狗腿子老何当向导，直奔罗家洞。没料到罗纳川他们，早已闻风远飏，仅抓到一位家住献钟、现在罗家洞教小学的罗良栋和毫不相干的妇女、孩童，烧掉了几幢房子。

“跑了！跑了！抓呀！抓呀！”

湾里屋的人听到砰砰的枪声，继而是砰咚砰咚的脚步声。接着，轰，轰，轰，打开门冲进了东横厅。

“唔！难道是来捉我的？照想不会吧？”季交恕心里如此猜测一下，但仍然泰然无事似的：“事到头来须放胆，怕它做甚。”迅即从枕头底下摸出那支勃朗宁手枪，往裤袋里一塞，叫王文隆他们两个护兵，跟着他出去，边看动静边打招呼：

“半夜三更闹什么？你们知不知道这是谁的家？”季交恕用唱黑头一般粗的嗓子，不慌不忙满神气地说。他右手插在裤袋里，紧紧握住那支手枪。

“哦，季先生。”几个穿军装、说本地话的人，拿电筒一照，看清这鼓起眼睛、沉着脸皮的是本地著名绅士、他们的上司——剿共委员会主任季小村的本家，连忙道歉：“对不起，惊动了你老人家。”又对站在格子门外边的几个操外县口音的人说：“这是第二军第四师季党代表，不必进去吧。”车转身，往东横厅去倾箱倒柜，连戴在妇女手上的银钏都抢了去。

曙光曚昽，一大串衣衫褴褛用棕绳绑着双手的人，夹在清乡队伍中间，从辜家洞押到了乌龙庙。俄顷，献钟街上传开了，庙门外挤满了一大堆看场面、但观感却不一样的人们。

“快来看！捉到好多共产党。”身穿绸长衣的谦益纸店老板，向着跟在他后面不远的几个同业主，连招几下手。

“唉！可惜没有捉到罗纳川那个头子！”洪庆店的正管事走近他的面前说。其他几位没作声。站在他们后面的一伙，有的穿粗布长衣，有的穿破烂短衣，挤眉弄眼地互相谈论着：

“哎呀，打得头破血流哩！”

“啐，啐，捉这么多犯人！”

“这算什么犯人！”意思是，这样乌天黑地的世界，他们不是犯人，是好人。说此话的是一位个子虽高、声音却小的人。他两只手掌全带蓝色，大概是个染匠。

乌龙庙的大殿上，摆了一张长方桌。这桌原来是警察所摆在大殿东边客厅内，放茶碗茶杯，有时作为问案用的，现因案件大，需要公开审讯，便将这桌子搬到了大殿上。坐在长方桌正中的傅营长，似乎是主审。坐在他左右两旁，像是做陪审的两个官，乃是平江县清乡队队长和原献钟警察所所长。季尚庆则坐在长方桌下首东边一张较小的椅子上，仿佛是原告，又有点像问官的样子。此外，大殿两边，站满了手持长枪或手执大刀的刽子手。大殿前的石坪里，站满了看热闹——他们叫作旁听的人。

傅营长面对着一位手被绑着、身穿棉布长袍的人，鼓起老虎一样凶的眼睛，发出粗暴的声音问：

“罗良栋！你晓得罗纳川在什么地方？你是不是共产党？”罗良栋从身上取下一张国民党献钟区党部宣传员的布质徽章递上去，以为自己有这护身符，毫无恐惧地大声答道：

“不晓得。你看，我是国民党员，前在献钟，现在罗家洞教书，没犯法。”傅营长正在拿着那徽章，给坐在他左右两旁的陪审瞧。季尚庆鼻子轻轻一耸：

“哼！没犯法?”又冷笑一下:“你教没教过打倒帝国主义、打倒土豪劣绅的歌呀?”罗良栋一愣:唔,难道教学生唱打倒帝国主义的歌也算犯法吗?我的确不是共产党,而且有徽章为证,便理直气壮地承认:“那是教过。”

“那是共产党的歌嘛,还不算犯法?”说本地话的清乡队长,也是同季尚庆一样的见解。

“砍掉算了!”傅营长的话刚出口,站在桌子两旁的刽子手,立将罗良栋上绑,拉下殿去。接着,便审问从辜家洞捕去的那一大群人。

“哎——哎呀！官长开恩啦！我们一家三代人,都是又做纸又种田的,不——不是共产党。”一位背微驼、眉毛全白的邱姓老人,挨过打后,边说边流泪,嘴角边喷出一些肥皂泡似的白沫,沾在胡子上。在他旁边的几位年纪虽不老,但被吓得全身震颤,说不出话来。

“不说就绑去砍!”傅营长吼一声,站在大殿两旁手持枪刀的几个兵,立即拿起绳子挤拢去。

“你们说是共产党就是共产党。”约莫二十岁左右跪在稍后的另一位一跃站起来,冲至方桌跟前大声说:“要砍便砍,只能砍我的头。”用嘴巴点点前几位:“这与我公公、爸爸、叔、伯、兄弟都无关。”同时,鼓起眼睛望一望坐在方桌后面那几个问话的。他愤恨,想夺刀砍死他们,无奈双手被绑;想一口咬死他们,又没有鲨鱼那样锐利的牙齿;想一脚踢死他们,两腿都受了伤。他明白,自己是活不了的,与其服服帖帖听人砍,倒不如狠狠地、痛痛快快地骂一顿,借以出出气,泄泄恨,鼓励大家起来革命报仇。他于是咬一下嘴唇,放出更大的声音:“世界上被压迫被剥削的穷苦人千千万万,共产党多得很！无论如何杀不尽,不怕你们凶。妈的！你们‘刮民党’这些狗官,杀人放火,腐化贪污,终有一天会遭到报应的。不要太高兴了,听见吗?”

“拖下去砍!”傅营长一拍桌子。王所长打冷噤似的一愣。说本地话的清乡队长,再也不敢插嘴了。季尚庆瞪起两只死鱼一样的眼珠,虽然嘴唇微微颤动一下,但也没敢再开口。待把这几位拖下大殿去后,接二连三,又把另一批所谓犯人带上来,都照样如此简略,如此马虎,不分皂白地询问几句就完了。

嗒嗒滴——乌龙庙里响起了号声,大家知道,这是杀人的号音。一年前,曾经在这地方杀过几个土匪,很多人跟着看;然而此回却不同。在庙里旁听审问的人,也大都一哄而散。还有人望一望插在庙门口的那面青天白日旗,放低声音叹息:“唉!你看邱老头,就只为一个孙子,一家三代都遭殃,什么屌青天!这样搞谁不怕呀?”说此话的,是一位认识邱老头的熟人。他知道这个孙子虽是共产党,在纸业工会负过责,然而邱老头,则是个小槽户,一家三代全是安分守己的老实好人。

由乌龙庙出来左转弯,经下街口过小桥,是河边上的一片沙洲,这里原为上东乡通平江县城的一条大路,而现在则成为清乡营杀人的刑场了。号声响后,约莫一个排持枪的队伍,十来个持刀的刽子手,将大批“犯人”押到这里来砍头。此时,住在下街口小桥旁边的人,都听到一阵叫喊:“共产党万岁!”“打倒国民党!”也有的喊:“天啦!冤枉呀!”还有的喊:“罪该万死的国民党,打——”下边寂然无闻了。眼看着白色如莹的大片细沙,转瞬间染上了许多斑点,在午阳照耀下,显得格外鲜明、格外红。

短短的一两天,在献钟周围二三十里以内,被捕去的群众多至三四百。沙洲上,躺满了没有脑袋的尸体,无人敢去收埋。因为清乡营乱捕乱杀,烧毁不少房子,抢去不少东西,乡下和街上的居民,纷纷逃散,差不多人人有怨言,到处有哭声。

“老夏!会逼上梁山呢,好!”这天傍晚,季交恕听完他弟弟季治平从献钟弄回来的探报,随即跑上楼去,对着夏明翰哇啦哇啦讲一阵。他认为这地方的老百姓,由于头次秋收暴动,遭受过本县清乡队镇压,有些人徘徊观望不敢动了。这样一来,将会逼得他们没有生路,不得不铤而走险,岂不是千载一时的好机会吗?他微微一哂,但一想到在沙洲上上了断头台的那些工农群众和党员,一股辛酸忽又冲进他的心田。

天色渐渐暗下来。房子里静悄悄的。一盏黄铜架子白磁罩洋油灯,虽已放在桌上,但还没有点着。夏明翰取下近视镜子,垂着头,朝桌子上瞅了一瞅,伸手摸起一盒火柴,点燃那盏灯,然后把眼镜戴上,眉毛尖稍稍动了一下,拖长声音说:

"你说会逼上梁山,鼓动他们组织起来和清乡营拼,这是可行的。但是——"稍停一下,换过了语气:"假如清乡营再来一次大屠杀,那献钟地方的群众全会搞光,我们党在此地的依靠全会搞垮,怎么办咧?"夏明翰闭着眼睛,搔搔头:"我想,我们的义勇队,虽然人数不多,却很精干,行动起来也灵活,与其埋伏着不动,不如把他们分散到嘉义岭,安定桥或思村那些地方去,东打西打,打他个捉摸不定,措手不及,同时,用声东击西、调虎离山的办法,使清乡营离开献钟跟到别的地方去尾追,使敌人疲于奔命,那献钟这地方的群众,便可以暂松一口气。然后我们再鼓动他们组织起来拼。你说怎样?"

"你的意见对!"季交恕重重地连点几下头,随手从桌上拿起一支笔:"那要写信给罗纳川,今夜就出发去打思村。因为思村挨户团只剩下四五支枪,而且有两支打不响的。从黄花潭吃了那个亏以后,他们非常害怕,很好打!你说怎样?"

"好嘛!就这样干。"夏明翰也连点几下头。

思村距献钟,不过点把钟的路程。傅营长忽得到罗纳川打思村、挨户团全被消灭的讯息,便倾巢往援,没料到义勇队神出鬼没,忽又绕到献钟,将留在献钟警戒的清乡队一个排,实际只有十来支枪,打得四散。乌龙庙和洪庆店同时起了火,王所长被杀,季尚庆失踪。傅营长刚从思村赶回头来，义勇队已不知去向。又接到安定桥和嘉义岭等处，都发生暴乱的警报，他惶惑惊恐，觉得四面楚歌，招架不来，更担心孤军深入，进退两难。因而他就只好将军队分驻在几家大店铺中，扼守着上下横街几个口子。他本来是只疯狗，现已变成缩头乌龟了。

在这前两天的某夜晚，县城北郊一幢瓦盖土砖墙的房子里，前前后后，进去几位蹑手蹑脚的人，从服装来看，全穿着粗布短衣，好像都是穷苦群众；然其中却有一位面目比较白皙，风度比较斯文的人。还有一位，则是剪了头发的，面貌虽不漂亮，观其举止行动，也不大像是个劳动妇女。他们坐在一张旧方桌旁边，开会似的，低声细气，不知在说什么。大门口，还有一个人，放哨似的东张西望，走去走来。

现在说话的声音，稍稍高了些，吴建国取下头上的破毡帽，一股热气，从脑顶上冒出来，唱快板似的说："革命嘛！还怕冒险、怕'左'倾？依我说，只有搞进县里去，先把孔庙同县公署烧掉，把阎仲儒、王紫剑、季小村那些反革命捉来过街，砍掉他们，痛痛快快干一场，出口气，死也闭眼。"坐在毛简青对面的陈世昌，轻轻地敲一下桌子，气愤地说："建国的意见对！八七会议不是说陈独秀太右，说中国革命接近于夺取大城市吗？为什么我们偏偏不能攻平江县城，偏偏怕犯'左'倾错误咧？"

此后，沉寂无话了。余楚农的眼睛，一面看看毛简青，像是等待他说话；一面又看看胡楚华，见她正将自己头上剪残的头发往后摸，嘴角边的肌肉，虽然有点震颤，却没有开口的意思。这时，毛简青似乎拿不定主见了。他的眼光射一射余楚农和胡楚华：他和她原来是同意自己的意见的，为何现在都缄口不言？又看看吴建国和陈世昌，态度是很坚决的样子。现在是白色恐怖越来越厉害，党内外群众也越来越愤激，好像脱缰之马，免不了有些过火行动，这是自然的。何况省委说过，现在的问题是防右，就让它左点吧！可是,县城里反革命的兵力虽不大,也还有几十支枪,而我们虽然工农群众多,力量大,无奈枪支少,赤手空拳,单靠锄、锹、刀、斧等土武器,是否敌得过他们呢? 他边想边用手剔一剔灯盏内的灯草,"不要飞蛾扑火"那句俗语,一下钻进了他的意识中。他毅然决然用肯定的语气说:"同志! 还是要知己知彼,方能够百战百胜哟! 攻城吗? 无论如何干不得,至少在目前干不得! 暂只能把郊外群众搞起来,配合乡下一致行动,借以牵制敌人。"

接着,余楚农和胡楚华,都附和毛简青,不赞成冒险蛮干。吴建国和陈世昌也只好根据少数服从多数的原则,不再争辩了。大家又商讨一阵才分手。吴建国对胡楚华说了这么一句:"那你们妇协就要赶紧把四郊妇女联络好啊!"

接着,郊外的农民搞起来了:放鞭炮似的声音,从北郊画桥、西郊严家滩,很猛烈地响彻了霄汉。黑漆漆的半夜过后,县城里的人们正睡得迷迷糊糊,听不清是燃爆竹,还是打机关枪,从床上爬起来,打开门,只看见天空中有大块红光,听到街坊上的一片嚷声:"起火呀! 共产党打来啦!"几伙背长枪的人,就像失了魂魄似的在街上乱窜。也许为了断绝交通与防止意外,清乡队马上将三阳街和石碧潭这两座浮桥,拆去几吊,然后和挨户团集中到西门和北门这两处,严加防守,但没有见谁敢越雷池一步。

朝阳出来了,孔庙里走进去一大批穿长袍大褂的,像是县城里各公法团和商学界的士绅在开会。阎仲儒和王紫剑,虽都有一副狰狞面孔,但眉宇间却隐藏着几分愁容。大概因到县不久,地方情形生疏,他只讲了些由谁打电报、请长沙立即增兵来、各街坊出壮丁、迅速成立守望队,以及由公法团出钱、马上去买枪扩大清乡队、杀绝共产党、血洗东、南乡等话后,就闭口无言了。以下便是与会的一伙人,犹如田沟里的蛤蟆,呱、呱、呱一齐叫起来:

"远水难救近火哒!""成立守望队没枪哒!""买枪来不及哒!""司令官,怎么办?""县长,你的高见哩?"嘈嘈杂杂谁也听不清是谁的声音。阎仲儒生气了，摊开两只熊脚一样肥的手掌，在空中摇几摇，重重地拍一下桌子，连叠三句这样的话：

“嗳！嗳！不要吵，不要吵！一个个地说！一个个地说！”语气非常粗，两只眼珠比平常凸得更高。在座的诸位，吓慌了，面面相觑，只是心里的活动，尚未停止。大家的想法，连赵再云在内都一致：“唯有马上把傅营长调回来，固守县城。”这时，季小村站起身，哈哈腰，瞟一瞟阎仲儒的面色，笑嘻嘻地说：

“嘿嘿！司令官！”旋即扭转脖子对准王紫剑：“嘿嘿！县长！司令官的意见真对，真高明，我们都赞成。不过——”他的眼光兜圈子似的在阎仲儒脸上打个转：“不过，等长沙加兵来，恐怕是远水难救近火咧！自己买枪，也要费时间。为救燃眉之急，是不是先把傅营长马上调回来镇守县城，再一面请你们两位打电报去请援，一面由我们凑钱去买枪。同时进行，好不好？”

王紫剑一听就说：“好的好的！”他认为这意见对，如果不保住县城，自己的纱帽便会丢掉。大家一听，县长既然表示同意，胆子壮了些，齐声叫道：“好！好！我们都赞成把清乡营调回县里来。”

阎仲儒听着，没作声，两只凸眼睛，骨碌碌不停地转，脑海里掀起了互相冲击的浪潮：原以为用优势兵力，出其不意，会一下将罗纳川这股“共匪”扑灭，旗开得胜，马到成功，谁知天意不从人愿，而且西、北两乡又暴动，怎么办呢？老话说，射人先射马，擒贼先擒王，非把罗纳川这一股消灭掉不行。那么，只有让傅营长大烧大杀，先把东、南乡搞它一个精光再说。唔！使不得！使不得！假如郊外“共匪”搞进城，城里连本地清乡队一共才几十条枪，恐怕对付不了。想到这，他立即下决心说：“好吧！就把清乡营调回来。”

散会后，季小村走回家里，刚进门，便听到有人驳嘴的声音：“兵荒马乱，你又来干什么？这里住不得，怕丢东西。”他听清说此话的是周姨太。“放屁！谁偷过你们的东西，用了钱要还的。”没听清说此话的是谁，难道尚庆来了？他一脚跨进自己的房内一看，果然是季尚庆。他气势汹汹，面红耳赤，不像前次逃来县城时那样颓丧。周姨太正在手忙脚乱，边发气边提皮箱。季小村心里明白了怎么一回事，伸出一只手，轻轻地拍拍周姨太的肩膀道："好！太太！我们是一家人，不要吵。如果共产党一来，大家都倒霉。想开点，你赶快把细软东西收拾好吧！"一手拉着季尚庆："好。老弟！不要听她的！出去坐。"一同走进客厅，连忙问："你怎么来的？住哪里？共产党怎样了？"

"住紫云公。"季尚庆一五一十地将共产党怎样神出鬼没、东打西打等情况说一遍，用怀疑的语气问一句："季交恕这个人到底如何？是不是共产党？"

"照想，该不是吧？"季小村也还不敢肯定，又反问道："你听到有人说他什么，是吗？"

"听是没听谁说过，但有点怀疑。大家都逃走，他为何还能在家内休养？罗良栋是躲在他竹园内捉到的哩！"说到这，赵再云霍地把门一推，跨进门槛，贸然说：

"听说长寿街出了事，怎么办？"带着惊愕的神色，一手摸摸自己的瘌痢头，看到季尚庆："噢！你又来哒！献钟怎样了？"待季尚庆将刚才所说的这些话再说一遍之后，赵再云的记忆里，出现了一大串的旧事情：二十多年前，同在经馆学堂里，就同季交恕这个家伙搞不好；十几年前，同在钦州衙门里，彼此意见更多了；八年前，同在平江县里，尤其是什么五四运动，若不是我躲得快，几乎同钟顺民一样过街挨打。什么屌夜学，屌工会、农会，不都是他季交恕这个家伙搞起来的么！追根究底，今天闹事的这些人，大半是由他过去所散播的种子。看来他是祸首罪魁，还管他是不是共产党，只有设法搞掉他。但又意识到事无证据，而且小老这个人，又胆小，优柔寡断。季交恕有来头，虽然不是老虎，但也不像打苍蝇那样容易就能搞掉。赵再云这一肚子的气和一肚子的话，只是他自己如此思考，藏一半露一半地说："尚老的话，不为无理咧！"鼻孔里响一声:“唔！依我看……也许其中有鬼。总而言之,不管他是不是共产党,今天的事,他当然不能推卸责任。因为搞暴动的那些人,很多是过去读过夜书、参加过农会、工会的一些穷光蛋。”猛然扭转半个头,盯着季小村又说:“小老！你还记得前几年替工会、农会立案那回事吗？你我上了他的当,今天就不要再上当,要设法打听他和共产党有没有关系！”

“唏——啐！”季小村口里唆一下:“是有点可疑。”他若有所悟似的点点头,两只眼睛朝上翻,不晓得心里想什么。

现在,客厅里沉寂了。上午的太阳,虽不算强烈,然而从玻璃窗透进来的光线,却可以照清他们三个人那阴暗的脸色。季小村将夹在手里的烟屁股往灰盒子里一扔,张开嘴巴想说话。忽然间,狮吼般的女声,从卧房传进了客厅:“小老！快来！”季小村连忙起身进去了。周姨太腰肢几扭,拉着他往隔壁那间有地板的厢房内走。这时,钟顺民匍匐在扒开的地板下面,将原先放在皮箱内的现洋和银锭,一包一包地塞进去。

“你看,这样埋藏好吗?”周姨太嘴角边堆起几缕笑纹,好像她很有办法:“嗳！不要让尚庆知道呀！”俄而,外边又喊:“小老！客来哒！”季小村又连忙跑出去,乃是刚才约定到这里来商谈下一步铲共行动的清乡司令阎仲儒、县长王紫剑。彼此刚坐下,阎仲儒斩钉截铁地说:“唯有遵照蒋校长的剿共指令:杀毋赦。他们要暴动,我们就来它一个血洗。”王紫剑接着说:“血洗,对的！长沙复电,既然只有枪,没有兵,那要马上去买枪,马上就招兵！”季小村和赵再云同声说:“那好！遵命照办。”

因傅营长星夜从献钟被调回县,城内的空气,比往日更加紧张。人们蹙着眉尖,偷偷地互相传说:“清乡营打败了！会开溜。共产党到处暴动,打胜了,会攻城。”四街各店铺,都担心——怕清乡营仍同在乡下一样,奸淫掳抢。大些的店铺,多数关门不做生意了;小些的,亦只时开时关。乡下老百姓,更没有谁敢挑柴菜进城去卖。人心惶惶,大有不可终日之势。

“这怎么办？大家不开门,清乡营的供应从哪里来？还有谁肯出钱去买枪?”在剿共委员会少数人的会议上,季小村慌乱得像热锅上的蚂蚁,围着一张桌子踱来踱去嘀咕着。究竟赵再云有主意些。他说:“最好去找阎仲老出张布告,同时派人上街去打锣,叫大家都开门。如若不然,就派清乡营去挨户喊,谁不开门就抓谁。”结果,阎仲儒全同意了,很快,街头墙壁上,贴上了几张晓谕:

> 为晓谕事,照得我军纪律素严,秋毫无犯,人所共知。此次奉命剿共,原为保护良民,决不许任何人侵犯尔等生命财产。现在,实因东、南乡共匪已经全部消灭,不成问题,故将清乡营调回县城,藉固城防,并无他意。望汝等各安本分,开门营业,幸勿听信传言,致干未便。如再有人造谣生事,定当严拿重惩,决不姑息。切切此谕。
>
> 清乡司令官　阎仲儒
>
> 平江县县长　王紫剑

乓、乓！东、南、西、北街的更夫,同时手提铜锣,边敲边走边呼唤:“照常开门做生意呀!”接着是一伙手拿武器的巡逻兵,凡见有不听呼唤的店铺,就砰咚砰咚砸几下门,喊:“开门！开门!”虽如此,还是有些人探头探脑的,暂只打开半边门,像在看风色。最繁盛的十字街口上,走马灯似的,人来人往看晓谕。其中有各种不同职业的人,交头接耳地说:“嘻！全部消灭了,那就好咧!”“哼！全都消灭,谁信？还不是说假话骗人!”“哎！共产党穷人多,恐怕没这么容易消灭。”“管它消不消灭,横直与我们无关。”“嗳呀！全部消灭了？那未必吧!”“既要加店铺捐,又要出钱打供应,又要出钱买枪,又要雇人做工事守城,不拿不抢就是好的,保护什么财产!”

就在这短短的两三天内,除县公署关满了从郊外捕来的两千多人外,连原来神圣不可侵犯的孔庙,现亦变成监狱、阎王殿。因为阎仲儒和王紫剑有时在此地审案，天天在孔庙门前月池塘杀人，所以老百姓便总称他们为阎王。还有一首民歌写道：

骂阎王，咒阎王，真是两个恶魔王；
自到平江来统治，凄风惨雨暗无光。
有钱人家心欢喜，穷苦人家遭灾殃；
屠杀政策千年恨，人头挂满月池塘。

白色恐怖空气，弥漫着县城和四郊，凡属参加过工会、学生会、妇女会、特别是农民协会的人们，谁也没有安身之所了。天将黑，陈世昌悄悄地爬到画桥一个小丘上，等候他的同伴去开碰头会。今冬天气，虽比往年冷些，然而陈世昌满怀着革命的热忱和同仇敌忾心情，就像肚子里有一团烈火在燃烧。他一上丘，敞开身上的衣扣，揩去额上的汗珠，回头看看后面有没有人盯梢，有没有自家人上丘来。他知道这是距余楚农家里不远的地方，也记得余楚农过去办农事公会、办农民协会时，早把这一带地方的农民组织起来，和豪绅地主作过多次斗争的。难道今天会一网打尽吗？照想不会。天下穷苦人多得很，无论阎王怎样凶，杀也杀不尽，怕它做甚！八年前，他是个做鞋的穷皮匠，虽在救贫工厂鞋工科当过一时期的技工，在工会当过三两年会长，但依然是两手空空，一无所有。幸亏五四运动时候，跟着季交恕他们办夜校，懂得了要救国便要反帝、要革命的道理。帝国主义固可恨，难道蒋介石剿共、杀工农，不同样可恨么！他不明白，轰轰烈烈的大革命，怎么会失败得这样快，但相信迟早总会有成功的一天。他越想越气愤，不自觉地发出了声音："妈的！只有不顾一切，同他们拼。"旋即又回一下头，看见余楚农和吴建国快走近自己跟前了，他停住步，朝远望去，暮霭阴沉，仿佛有几小堆黑影子，在距他们不远的地方，一闪一烁的蠕动着。他指手轻声叫道：

"老余！老吴！你们看！那是不是反动派？"话犹未了，从他们侧面跑来三个持枪的丘八，大喊一声：

“谁？站着！”立即围拢去。

陈世昌明知是捕捉他们的，自己身上只藏有一柄短刀，对付不了敌人，但心里仍很沉着。束手待毙吗？不，人终究会死的，只有拼！打定了主意，他就对准抓他的那个兵的脑袋，一刀子戳过去，把他刺倒在地下。余楚农便乘机抢到这支枪，同吴建国、陈世昌往灌木丛里跑。时因天色已黑，看不见人，只听到离他们不远的两侧，又来了几伙人呼喊：“追，追，追！”结果，将跑在后面的陈世昌捉将县里去了。

按往日的习惯，捕着了人，有时一批一批地照例审问一下，有时并不审问，就绑去砍头。不知怎的，这一回有些不同了。谯鼓初鸣，陈世昌被十来个人拥着，由仪门东边进去向右一拐，经过几间铺了烟砖的县公署第一科的宿舍，来到一个大厅。大厅东西两边，各陈列着一排漆过的板栗色椅子，中间一张方桌，四把凳，靠南窗的办公桌上，零乱地放着几张邀人吃饭的红白纸请柬。天花板上，悬挂着一盏亮晃晃的洋油吊灯。他出其不意的一惊，因为过去办工会时，他曾经和谢科长打过多次交道，知道这里是第一科会客室而不是监狱。他猜到几分：可能是把他当宾客优待，软化他，或者想让他自首投降。哼！那无论如何办不到。这时，陈世昌的神经，固然有点紧张，但脸上的肌肉，仍和平常一样松弛，看不出有什么愁苦或恐惧的表情。只是从乡下被捕到城里，走累了，往厅中间的凳子上坐下去，一面休息，一面察看敌方的动作。十来个手持长枪的兵，杀气腾腾地环立在他周围。那个穿军装像排长模样的人，看到走进去一个穿便服的，问道：

“告诉王县长吗？他来不来？”

“谢科长来。我们王县长同你们阎司令官，正在南门菊妹子家里吃酒宵夜咧！”

“哼！我们累个死，他们花天酒地，真快活！”说此话时，排长的脸色有点不正常。一会儿，谢科长进去了，装成一副笑脸，沿用过去的老称呼道：

"哎呀！陈会长，委屈哒！"拖动厅中间的一张方凳，挨着陈世昌坐下来："因为彼此都相熟，王县长叫我来劝劝你。朋友，回头是岸吧！只要想得通……那我一定担保你，不独生命安全，而且马上会有好处的。"陈世昌一听，心里很生气，脸上并未表现出怒容，毫不迟疑地侃侃答道：

"谢先生！你来平江一年多，本来不算坏，但今天蒋介石叛变革命，投降了帝国主义。你来劝我叛变革命，投降他们，这就不好。对不起，恕我不能从命。我们的事，也不能说给你听。"陈世昌知道姓谢的是个穷读书人，是国民党里边不好不坏的中间派。自去年跟北伐军打平江，当上科长后，他只每月老老实实赚几十元薪水，从没搞过谁的冤枉钱，所以说到最后，反引用他的话劝说他："谢科长！我也劝劝你。你是读书人，有学问，只要把眼光看远些，不坏良心，到处可以赚饭吃。"谢科长一听，死鱼样的两只眼珠，呆呆地瞪着陈世昌，知道他虽是没有读过很多书的工人，但性情倔强，对革命坚决，而且长于言词，说他不过，只好回转到南门王紫剑那里去复命销差。临走时，还对陈世昌说一句这样的话：

"好吧！请你在今晚仔细想一想，明天再谈。"

县长王紫剑，不晓得是昨夜吃酒玩女人睡得太晚，还是今早天气冷，起得太迟，挨到上午十点多钟，才吩咐开庭问案。过了一会儿，县公署的正大厅上，站满了二三十个肩挂长枪的步兵，十来个手执大刀的刽子手，百多个从县监狱和孔庙里提出来的所谓暴徒。这些人因为镣铐不够用，很多是用棕绳绑着两手，打得半死半活。其中有一位尖尖脸儿的瘦个子，哭丧着脸，说："咳！真冤枉！参加一下农协，就硬说是共产党，死也不闭眼。"坐在他旁边的另一位，马上顶几句："说是共产党，就是共产党。死也光荣吧！哭什么？怕死鬼配革什么命！"凶恶得像牛头马面一样的几个枪兵，同声吆喝道:“肃静些!不要说话!”此时,虽还未开始问案,惨淡而冷酷的空气,早已充满了全大堂。

靠近正大厅东边的一个小花厅,是县长会客的地方。厅中间,仅有一张长方形餐桌,旁边十来张有靠背的木椅子,东、西墙两边,几张藤椅。清乡司令官阎仲儒,坐在餐桌上首,县长王紫剑和剿共委员会正副主任季小村、赵再云,分左右两边对坐着,交谈一阵,然后叫:“带陈世昌!”

陈世昌不关在监狱,而押在第一科,似乎是表示优待,可是,却带着两只铁手圈,从昨夜到现在,没有上过床,既不给他饭吃,也不给他水喝,就只许他在一条硬邦邦的木凳上坐了一个整晚又半天;然而,他却不因此折磨而萎靡不振,跟着一伙武装兵,同平日一样,气昂昂的,由第一科走了出来。经过正大厅时,有些认得他的难友,都从地下站起身,惊讶地问:

“哎呀!世老,你怎么也来啦!”

“噢!来啦!陪你们一路走嘛!”他说此话时的音调很正常,脸上的表情也没有什么异样,步进花厅里,站在餐桌前。阎仲儒微微带着狞笑问:

“哦!你就是陈世昌?”

“哎!陈世昌。”

“听说你不错,为什么捣乱?”

“我革命,当然是不错嘛!怎么是捣乱?”这时,季小村从椅子上站了起来,步近陈世昌身旁,轻轻地拍拍他的肩膀:“世老!阎司令官很宽大,你的事他全知道,只要老老实实讲出来,我担保马上放你出去。”

“没有什么好讲。”陈世昌的语气仍很硬。

“你们打算怎样?有多少人?多少枪?”王紫剑也同阎仲儒一样,装着和颜悦色的神气问:“罗纳川现在哪里?照直讲吧!只要肯自首,不会亏你的。”

“我不晓得罗纳川在哪里，不自首。”

“你怎么不晓得呢？”赵再云紧接着说一句，和季小村同样站起身，走到陈世昌跟前，面对面立着。“世老！我们是熟朋友，照直说出来的好，何必自讨苦吃呢？”

“你说晓得就晓得。你们要我说我偏不说，怎么样？”陈世昌两眼一瞪：“横竖只有一个头。”

你一句我一句，约莫问了刻把钟，没有效果。阎仲儒这才露出他的狰狞面孔，道：

“不是好东西，带出去问。”

现在，王紫剑正式坐堂判案了，但还没有提讯陈世昌。坐上公案桌前的椅子后，他的脸色变得更凶猛，声音变得更粗暴了，“张三！李四！王五”地按着摆在桌前的名册，胡乱问几句，就喊：“绑去砍！”同时叫：

“陈世昌你看！杀头的好？还是自首的好？”

“哼！自古道，有断头将军，无降将军。谁同你们一样，投降帝国主义，做叛徒？”

“妈的陈世昌！你这个狗东西，砍掉他！”王紫剑大发雷霆，拍桌子。

“妈的王紫剑！你狗东西！要砍就砍！”陈世昌脚几跺。几个枪兵和刽子手，立即围拢去绑他上刑场。他仍破口大骂国民党，高声大喊打倒帝国主义。被害的那一天，有几位同情革命的本县清乡队员，背后说：

“陈世昌是不错。唉，可惜！”

虽如此大肆屠杀，然而各乡的暴动，还是彼伏此起，成为一股风。城内和城郊，因为反动派到处抓兵，许多青壮年纷纷往四乡逃避。还有披星戴月，投奔罗纳川部下的。

微弱的朝阳，有时从云缝中钻出来，有时又缩回去。高入云霄的连云山，从湾里屋的西边楼上望去，雾气迷漫，好像披上了灰白色的外罩,怕人看见似的;飕飕的小风,吹拂楼窗外的竹梢,簌簌作响。天气是日益变冷了。年轻气壮的夏明翰,开始脱下夹袄,换上一件蓝布薄棉袍。他站在楼窗口望了一望,脑子里立即得到这样的反映:气候变冷,是自然规律;形势变坏,则是人力可以挽回的。愚公能够移山,难道一两县的暴动都不成吗?可是,另一个老念头,又从他的心窝里冒出来:革命必须有武器。罗纳川人数虽多,新式武器太少。反动派季小村他们,虽然抓不到兵,却从汉口买到了枪。必须想个好办法,把反动派的枪支拿到我们的手里。他回转身散步似的在楼厅内踱来踱去。“革命必须有武装”,“革命必须有武装”,他把毛润之曾经说过的这句话,反复地思索着。事实证明,革命非有武装不可。浏阳县的暴动嘛,也就因为没有枪支搞不好。假如平江搞得好,那就可移花接木,拿几条枪给他们做本钱,那还怕搞不好吗?忽然,一句洪亮的声音,从楼门口破空而起:

“喂!明翰!你同谁讲话?”季交恕走进楼门口,并没看到什么人,所以这么问。

“哈哈!”夏明翰不好意思似的微笑一下:“我自己对自己讲。”一手拉着季交恕走进卧室里,肩并肩坐了下来,将刚才心里所想的,讲给他的战友听。讲话的声音虽很小,可是说到“革命必须有武装”这一句,语气十分郑重而肯定。讲到怎样把反动派的枪支拿到我们手里的想头,他脸上满浮着希望的神色问道:“你有什么办法吗?巧取的好,还是强夺的好?”

经他这么一提,武昌当兵时的情景,立即在季交恕的脑海里一闪。他感到本县清乡队虽是地主武装,而其士兵则大半是被抓或被抽去的贫苦农民,如果有谁肯冒险混进去运动他们倒戈,或拖枪逃跑,未尝没有可能。这样的思想,正在心里起伏,两片嘴唇,立即跟着翕动了:

“明翰!要设法把反动派的武装拿过来的意见对。不过,我们的力量还小,强夺恐怕做不到,巧取是行的——”季交恕的眼珠一直望着夏明翰，而心里仍在忖量：派人混进去运动倒戈的好，还是让他们抓进去拖枪逃跑的好？结果，他把他过去在武昌当兵时的经验告诉夏明翰，并将这两种具体办法同时说出来，问道："你说如何是好？"

夏明翰是一向很沉着，思考问题很周到的，听过季交恕的话后，并不马上答复，垂下头，把这两个办法过细地斟酌比较一阵，然后说：

"两个办法都好，不过前一个难办些，收效虽大而太迟。现在是火烧眉毛，要顾眼前，用哪个办法好，派什么人进去，可问问毛简青同罗纳川，因为他们是在地方上负实际责任的，情形比我们熟悉些。尤其我是个外县人，明天就要动身去浏阳……"

"那好！我们就叫陈清泉同季铁匠，马上送信给毛简青同罗纳川去布置。"

说也奇怪，清乡队抓兵两三天，仅只抓到几个人，而这一天，光算东郊坪上和西郊严家滩一带，就一下抓到四五十。其中有一位岁数最大，看样子，像已过四十而不惑的年龄，高个子，黑皮肤，四方脸，大眼睛，举止言语很沉着，有点像陈吉三的儿子陈亚吉的样子。另一位名叫季二虎，年纪最轻，顶多不过二十岁上下，胆量大，话语多，个子虽不算高，身体却很结实，有力气，一对胳膊，比两只大酒瓶还要粗，脸皮和手掌，黑得同乡下打铁的匠人差不多。他们一进队，就三三两两，彼往此来，说说笑笑。谢科长虽有点不大放心，但因自己是阎仲儒派过来的外地人，听不懂他们的土话说什么；又因抓兵困难，何况现在是紧急需人之际，只要教会他们打枪，就算完成上司交下来的任务。而陈亚吉和季二虎他们，也就乘此大肆活动，不到三两天工夫，大都学会了开枪，还有些人学会了射击，或者学会了瞄准，没有哪个偷懒，也没有谁不听指挥的。谢科长高高兴兴，放心了。

个把星期光景，由于老兵太少，而且经常要出去清乡、放哨、站岗、巡街等勤务，不得不配搭新兵。驻扎在比较安全的西门口的第二、三排，人数虽多，但除开排班长以外，老兵极少。因而从西门一直到严家滩一线的警戒，只好全归这两个排担任了。

夜晚冷冰冰、稀稀落落的星辰，眨眼似的闪耀。西门口第二、三排驻所里，点着两盏昏黄不大亮的吊灯。一条黄狗缩头缩脚地睡在大门口，不声不响。唯有下西街的巡更夫，手提纸灯笼，卜，卜，卜连击三下竹梆筒，接着又敲一下小铜锣，表明是三更一点。

此刻，驻在东屋的第二排的贺班长，正呼喊陈亚吉他们起床去换班；驻在西屋的第三排的马排长，正带着一个班长几个兵，从西门外查哨返来。他走进西屋门，听到睡在过巷对面房里的兵，嘀嘀咕咕，不知说些什么，只听清"妈的！只等有机会，我们就拖枪跑"这两句，并辨得出是季二虎的亮嗓子，立即推门闯进去，抓着季二虎，几巴掌打过去。季二虎也不示弱，回敬了几拳头一脚，把马排长打得头破血流。季二虎想乘此逃跑，无奈马排长拼命揪着不松手，还连吹几声哨子，把扎在这屋子里的各排、班，都一齐轰了起来，关起屋门，大喊查奸细。这么一来，谁也跑不了了。

陈亚吉心里虽着慌，但情急智生，仍同平常一样，沉着地背起一支枪，同大伙按时接班去。刚一出门，他就在暗地里啪、啪、啪连开三枪，大喊："共产党来啦！快跑！"同去的另两位也同样跟着他一样朝天开枪，放声大叫。因此，阎仲儒派来的十几个排班长，你碰我撞，乱成一团。大黄狗也狂叫起来。被抓来的若干新兵，除季二虎外，都乘此背上武器，一哄而散。

"哦！原来是他呀！"因听说季二虎是献钟人，谢科长立请季尚庆前来一看，才晓得季二虎就是在献钟参加过暴动的季铁匠的化名。得到季尚庆的认证，当夜即将季铁匠处斩在西门。化名为陈亚吉的人是陈清泉。他早已集合那些拖枪逃脱的二十几个人，飞也似的奔往西乡去了。

这时，已发生了唐桂战争。湘军唐生智部，自安徽败退到湖南，其中有一部分被打得七零八落，经过西乡边界，因为道路生疏，运输困难，不得不就地请向导，就地拉民夫。陈清泉他们取得当地地下党的联系，有的伪装带路，有的充当民夫，从这些残兵败将手里，掠取到不少枪弹。从此，罗纳川他们，约莫共有二百来条枪了。在东乡献钟、嘉义、长寿一带，成立了工农义勇队三个大队。虽然几起几伏，牺牲很大，但星星之火，终于燎原，创立了土地革命时期的湘鄂赣苏区。

三 故乡血泪

光阴似箭，日月如梭，离开故乡六年之久的季交恕，现已回到泼头好几个月了。他虽曾东奔西走，到过很多地方，毕竟不如本乡本土之熟悉，亲切，哪怕是一棵树，一根草，一个说本地话的什么人，好像都在吸引他，挽留他。他记得，九年前回国时候，怀着为地方服务、办实业、办夜校，把平江造成一个模范县的改良主义幻想，耽误了三四年光阴。此地山多，人口密，农民苦，现在看来，人们的阶级觉悟提高了，斗争性也很强。党的基础虽然受了摧残，但在东、南两乡还相当雄厚，巩固。这的确是个好地方，是大可以树立革命根基的地方。古时候，陈胜、吴广揭竿而起，能够推翻秦朝的专制皇帝；现在，我们既有两三百条枪，只要大家有决心，坚持下去，各省暴动，汇合起来，那么，“涓涓之水，积成江河”，有朝一日，总会把蒋介石这个反革命头子打倒。即或不然，妈的！就照毛简青所说，同罗纳川他们一起，上连云、幕阜两个大山去，待机行事，反动派也不能奈何我们！“嘿嘿！”他自言自语，发出笑声来，把老婆惊醒了。

“上连云山去吃斋！”钟桓英喊一声：“交老，你做梦吧？快醒来！”

“啊！是哩，梦见一只老虎，好险。”季交恕如此支吾蒙混过去，随即朝外面翻个身，看到白皮纸糊着的窗户上，微微有了点亮光，又听到竹园里扑噜扑噜，仿佛是雀子拍翅膀的声音，心想，大概天快亮吧？他坐起来，忽又睡了下去。白天，他同毛简青几个人商谈过好几个钟头，西、北两乡的斗争，现在还是拉锯一样的你来我往，彼伏此起，土豪劣绅占优势。县城里天天杀人。看形势，革命成功似乎不是短时期的事。这一夜，他翻来覆去，觉得有点疲乏。

天已经大明大亮了。他的耳朵里，传进些错落的喧杂之音——鸟鸣，犬吠，打扫下横厅的脚步声，鸡鸭争食的啄食声，使得他再也无法安枕。他起了床，洗过脸，走进下横厅。微微的寒风，吹得有点冷，他垂着头，漫着步，把两手套进袖管里，交叉在胸膛下，兜圈子似的踱个不停。

"过年啦！快吃早饭去，交恕！"一位高个老太太，从横厅外走进来，发出一句很爽朗的声音。季交恕霍地抬头一看，原来不是别个，而是一向最看重他的婶娘连雪梅。她头已半白，背已微驼，睁着两只细眼睛盯着他："你脸上好像瘦了些。听桓英说，昨夜说梦话，是不是没睡好觉呀？"

"是哎！婶娘！"他停住步，一面答复，一面想起她和他的母亲童少英，年纪差不多，母亲早死了，婶娘如今也老了，还经常关怀他，帮他照料家务和子女。这一向，她很担心他的身体安全，如同生母一样亲切。是不是可以多少讲点实话给她听呢？他心里猛然一转，不行。她是同桓英一样不懂革命道理的妇道人家，不得不设法骗过她们。这不是欺骗，是隐瞒，应该的。不过，革命胜利当然好，如若失败，岂不会连累她们？怎么办？犹豫一下，他大踏步地走出下横厅吃饭去了。

本来今天是阴历十二月二十四日，过小年。照老例，从小年起到大年这几天，凡属银钱来往，必须结算还清。尤其乡下农民所欠地主的租债，欠店老板的贷账，都不容许再拖延的，所以叫作"年关"，意思是说，谁没有钱，谁就莫想过关。

早饭过后，柳絮般的薄雪，在微风吹拂中，轻飘飘地从西横厅的天井里，纷纷落下来。摆在金鱼缸旁边的两盘腊梅，一朵一朵地对雪盛开，很像是表示不怕寒冷不避风霜的骄傲神气。季交恕站在腊梅旁边欣赏一会儿，随即走出下横厅大门口望一望：三三两两穿草鞋戴斗笠的人，从献钟街上买着鱼、肉、豆腐，嘻嘻哈哈地在门前经过。这因为东、南两乡的地主豪绅差不多跑光了，穷苦农民分到很多粮食和财物，既没有人逼债，更没有人索租，所以今年比往年强得多。

连雪梅正在大门口喂鸡，虽然担心世界不太平，又怕"城门失火，殃及池鱼"，但自己的侄子，离乡别井已多年，今年回来了，她也高高兴兴。她嘱咐站在身旁的侄媳妇钟桓英道："今年算好，一家团聚，只有鸣皋、浩然两个女孩在上海，要多搞些过年菜。"

季交恕的小儿子铁钧，年约十四五岁，原在省城中学里读书，近因身体不大好，也同父亲一样，回家来养病——他是真有病。回家以后，除吃饭外，他只管读书、睡觉两件事。今天好了些，他知道是过小年，溜进厨房里看了一看，佳肴珍馐，样样都有，带着又活泼又娇憨的欢笑声，一蹦一跳地跑至季交恕跟前报告道：

"哈！爹爹！今天搞好多菜啦！鸡呀，鸭呀，鱼呀，肉呀……"说出一大堆。季交恕淡淡一笑，抬起手，抚摸一下铁钧的头，感到自己的孩子还天真烂漫，不懂得父亲正在干冒险事，一家人都站在沸水锅的边沿上了。他心里有些难过，没有回话。

天黑，雪停了。季铁钧跟着叔祖母连雪梅、母亲钟桓英、女工戴嫂，走进父亲的外房，围着铜踏盆，边烤火边谈过年的事。一阵劈劈啪啪敬灶王爷的鞭炮声，从东横厅响了起来。

"嗳！你们听，敬灶神哩！我们东横厅，冷清清的，真不像过年。"戴嫂有意识地连忙插句嘴。她是新从献钟河背落鼓雇来的女工，年约五十，因夫死家贫没儿女，常怨自己命苦。为着修来世，她每天拜菩萨，时常吃花斋。她一走进湾里，看到交恕家，屋里陈设虽不错，可是家神龛里，仅悬着“天地君亲师位”六个大金字的家神牌，却没有香火，厨房里“灶公司命神位”六个金字的小木牌，更是乌黑黑的，满是烟渣滓，实在有些看不惯，所以这时故此借题发挥。

“拜菩萨是迷信。”季铁钧表示不同意她的话。

“怎么叫迷信？”戴嫂像煞有介事地解释道：“这是老规矩嘛！每户人家的灶公菩萨，都在今夜上天去，要将他这一家的善恶好歹报告玉皇大帝，过大年才又回来。谁不敬他，他就说谁的坏话，有报应的。”

“呵呵！你晓得上天的路程有多远吗？”季铁钧带着开玩笑的口吻问：“六七天就转回身，步行？还是坐轿？”

“那——那不晓得。”戴嫂被铁钧一下难住了，翻翻眼睛，掐掐手指：“哦！照一天走一百里计算，七天一个回转，往返一共七百里。”

“哈，哈，哈！”季铁钧大笑起来：“戴嫂，路远得很哩！恐怕要坐飞机。”连雪梅抿着嘴巴笑笑。戴嫂脸上一红，立即起身走开。钟桓英看出她是生了气，责备铁钧道：

“小孩要懂礼貌，有话明讲，不要开玩笑。”她朝着内房努一下嘴：“爹爹听到会骂你的哩！”就在这时，一位操外县口音的人，走至外房门口，轻轻地揭开门帘喊一声：

“党代表！长沙有人来啦！”正在内房写信的季交恕，只听清“党代表”三个字，知道是王文隆在喊他，放下笔，走出外房门问道：

“谁？在哪儿？”

“在客房里。”王文隆挨在季交恕身边，说话的声音很小。“他有封信，要当面交你。”

“哦！你又来啦！”季交恕到客房一看，认得是省委送信的交通老谈。夏明翰还在泼头未走以前，他曾经来这送过信，那时穿的是农民模样的短服；而这次，居然长袍大褂，像个斯文人，手里还携着一个修理钟表的方盒子。难道有意改装不成？其中必有缘故。他问道:“长沙情况怎样?夏明翰是不是还在浏阳?你为何这时才到?”

“夏明翰早就回省啰!代理组织部部长。我是绕过浏阳来给你送信的。”季交恕伸出一只手去接信,老谈摇一下头,指指自己身上的长袍:“在这,请你拿把剪刀来。”同时指指肚子:“我饿了,请快些搞点饭吃,清早就要转身赶回去。”

待拆开长袍小衣襟的线缝,取下一封省委署名向星贵的化名信,认得是夏明翰的笔迹。信中写道:

> 目前形势日益严重了。据报:一、原第二军军长鲁涤平有可能被派为湖南省主席兼清乡督办。第二军各师,将会从湖北调回湖南来清乡,现正肃整部队,清查“左”倾分子。听说该军下级军官被囚禁、被杀的不少。特别张辉瓒第四师党代表久假不归,有共产党重大嫌疑,已经呈请南京军事委员会撤职查办。二、平江、浏阳是他们顶注意的县份,听说已决定先派某团由岳阳前往平江清乡,大约不久可到。我们认为湖南的革命形势虽好,但发展太不平衡。平江亦非例外。应速将现有武装,派出一半到西、北两乡,并分若干支枪给浏阳。此已派人函告老毛(简青)。你可就近与他商量行事。如有不便,可暂往沪中去走一趟。再者,介绍职业的信件与地址,均已另交老谈。

看过信后,季交恕愣了一下:何必往上海中央去哩?即或失败,同简青他们一起上山去不行吗?连云山脉的大洞这么多,除开辜家洞、徐家洞以外,还有又长又大的灶门洞、百福洞、黄金洞、炉洞、白水洞,全是崇山峻岭,茂林修竹,而且人家多,物产不少,比什么瓦岗寨、梁山泊都强。张辉瓒那个胆小鬼,共只三四千条枪,怕他做甚!

三两天以后,他又接到毛简青派人送来的一封急信:

> 形势越来越严重。现据吴建国从商会李守道同志那里得来

的确息：县城里一般人，都知道我们有多少人，多少枪，并纷传你是罗纳川的军师。季小村他们，已经联名上省告你，说你是平江的罪魁祸首，从办夜校时候起，就散播一些误国殃民的种子，实在罪不容诛。留得青山在，不怕没柴烧。我们的意见，请遵照省委函示，迅即绕道赴沪，万勿迟延。至于上山，恐怕不是目前的事，须待以后再看。

这样一来，他才打算等过大年后，看清情况再往上海党中央去。

眼看着明后天就是大年，钟桓英因好久没同丈夫、儿子、婶母一起在家乡过年了，怀着愉快的心情，手忙脚乱，准备各样的菜。除蒸谷酒、腊肉之外，还买来不少新鲜鱼虾。这天，东方才发白，她领着戴嫂等人，走进了厨房。做年糕啦，炸豆腐啦，宰鸡杀鸭啦，忙这忙那，从早到晚没有停。此时，哔哔卜卜的雨点，呼呼呼的北风，也刮了一个整天。"呀！今天冷啦！"上了岁数的戴嫂，时不时这样说句话，耸耸肩背搓搓手。然而，钟桓英依然挺直肩背，有时站在油锅旁边，拿起漏瓢炸豆腐，有时坐在灶门口，拿起火钳添添柴，醉了酒似的满面通红，心里则泛起沸油锅般的思潮。她十七岁出嫁季家时，生活已经不富裕了。接着兄弟闹分家，越搞越穷，交恕搞革命当兵那几年，更是穷得说不出来了。辛亥革命反满清，反北洋军阀，跟着丈夫在武汉、广州住公馆，这是她从出嫁以后二十四年中仅有的四个好年头。她张开嘴巴微笑一下，觉得辛亥年过的是一个好年，但也只是昙花一现，买回董家源的两百担租，不久又卖掉了，还欠了一身债。幸亏最近这几年，债都还清了，不再愁穿愁吃，只愁世界不太平。想到这，她眉头一耸，放下火钳，用忧悒的眼光，瞧瞧坐在大案板旁边做年糕的婶母连雪梅和儿子季铁钧，有些问题放乱箭似的一下射进了她的心窝：交恕本来是个心直口快的人，为何这次回来，有些话他不讲，人往人来，干什么呢？照婶母的看法，他是读过书当过官的人，该不会跟穿草鞋打赤脚的一起搞暴动；照铁钧的说法，现在是国民党打共产党，他是国民党的官，料想不要紧。可是，这一向外面有谣言，他自己也像有点不大安心的神气。到底是怎么一回事啦？她惶惑。她摸不清。她的欢乐的心情夹杂着不少顾虑。她霍然站起身，呆呆地朝着厨房四周扫射一下，然后走进去，拿海味等菜蔬。

年关终于安然过去了，天气也算好。季交恕站在竹园门口，远远地瞭望一下，被阴雾掩蔽着的连云山，在午阳反射下露出了真面目，显得更加清朗、巍峨。吃过饭，他一个人步出湾里屋旁边叫泼头铺的饭店，放流动哨似的溜来溜去。街上，依然冷清清的，看不到半个过往旅客，只听到本地老百姓带着吁叹的腔调，互相诉说道："听说省里有大兵到，唉，怎么办？"不一会儿，季治平从金窝跑来，气呼呼的满头大汗，老远便喊："哥哥！"走到季交恕身边，方压低嗓音："长沙到了一团兵，听说马上要来清乡。简青说，要你快些走开……"

这时，季交恕心里，怦！打鼓似的响了一下，然而脸上还看不出有什么恐慌，仍像泰然无事的样子。他一步一步从泼头铺走回家里，心里同他的脚步一样，动个不停：走嘛，我个人或可幸免，然则故乡父老兄弟姐妹怎么办？婶母和妻儿又怎么办？行至竹园旁边，这些盘算占据了他的全部神心。他停步，再望一望远隔二三十里的连云山，仿佛那几条洞就在眼前。"哥哥！走啊！快些走！"跟在他后面的季治平，连声催促着。他又边走边想："怕什么！领导有党，斗争有群众，何况平江人口有七十余万，无论敌人怎样凶，总不会一网打尽。至于家嘛，既要革命就不应该儿女情长，英雄气短。走吧！"第二天，他带着王文隆，远走高飞，往上海那个方向去了。

现在是一九二八年了。季交恕虽走了，毛简青仍和过去一样，不露形影的指挥。罗纳川领着义勇队，由东、南乡发展到西、北乡了。

“共产党越闹越凶，我们越搞越糟，怎么办？”这天上午，季小村对他的几个亲信伙伴愁眉苦脸地说几句，遂将手里的一张纸递过去：“你们看！”

这是从长沙来的文件，赵再云一看，大意是要各县在湖南全省清乡督办公署统一领导之下，改设清乡委员会，县长兼委员长，本县士绅为委员，公推一人为副委员长，下设挨户团总局，用三丁抽一、五丁抽二等办法，扩大挨户团内的守望队和脱离生产的常备队，每县至少三百到一千二百人。因省府兵力有限，各县都应以自卫为主。他看完，也同季小村一样，气愤不过地将文件递给季尚庆道：

“你看，我们的剿共委员会要改组啦！哼！以自卫为主，那要省政府干什么！”他起身，拖动一张四方凳，挨着季小村的太师椅子坐下来，发一阵牢骚：“为什么不要有切身利害关系的本地人当委员长？像王紫剑，做了几个月的县长，除坐地分赃，拿大洋上腰包之外，替平江做过些什么？还不是靠我们这班人替他卖力气？”但一想到清乡委员会的组织机构，像有可以插手的地方，接着说：“嗳！小老！我想，挨户团总局，是有实力有实权的，定要抓到我们自己手里才行。”

季小村低头不语，两道眉毛依然皱得紧紧的。他正忧虑共产党越搞越凶，担心他们国民党内部争权夺利。去年冬天，蒋介石利用桂系李宗仁、白崇禧的西征军，把唐生智从安徽、湖北赶回湘西，给共产党一个好机会，罗纳川就是乘此时机，得到好多枪支。现在，听说为着地盘，把程潜软禁在汉口，你抢我夺，怎么团结得好？假若没有得力的人当省主席，那湖南定会越搞越糟，平江这个县，有什么力量可以自卫？他觉得单靠一个挨户团总局，对付不了共产党。他自己能不能当上副委员长，也是一件放心不下的事情。想到这些，肚子里不由得不起火，发出一句素来不大爱说的粗鲁话:“他妈的!”抬起头,呆呆地看赵再云一眼,指着季尚庆手里的那张文件说:“就照这办吧,咳!调来一个团,板凳还没坐得热又调走……”接着,便说到如何准备改组平江剿共委员会为平江清乡委员会的问题。

经过好几天的酝酿,经过多少人的往返磋商,才取得县长王紫剑的同意,让季小村当平江县清乡委员会副委员长,赵再云为挨户团总局局长。还有一桩意想不到的收获,就是季尚庆也可望当上挨户团总局副局长。这是因为,逃避在县城里的东乡那一伙地主豪绅,都认为他是反共顶坚决的国民党忠实同志,而且去年冬季,他跟着傅营长在献钟清乡,放火杀人,功劳大。

最近这两天,清乡委员会的人选名单公布了。这天中午,约莫十二点钟时分,在过去最繁盛的月池塘,还是静寂寂的,没有多少行人,就只紫云公屋顶上的几缕炊烟、淡雾轻云似的随风飘扬着。俄而,丁当丁当的声音响起来。人们都知道,这是旅馆摇铃开午饭。因暴动以后,从乡下来此躲难的大小寓公特别多,除个别富翁在自己房间内单开饭菜者外,上下两大厅,合共十几张四方餐桌,全都坐满了人。

“恭喜你高升!”“贺喜你高升!”“请客啦!”“哈,哈,哈!”季尚庆刚同顺大嫂从卧房内出来,一阵欢笑声,立刻雷一般爆发出来。

“好——承各位抬举,应当请,马上请。”季尚庆很慷慨地满口答应,满带烟容的黄脸皮上,漾起了酒杯大的笑靥。可是他心里有点犹豫:一请就是好几桌,哪有这么多钱!献钟暴动后,租谷未收到。洪庆店的货物全被没收,剩下县城里的存款,差不多用完了。搭在隆丰店的股份,这一时拿不出。坐在下餐桌旁,他一声不响地边吃饭,边翻眼珠,像是着急的神气。然而,他灵机一动,计上心来:“哦,成立挨户团总局,不是有一笔开办费的嘛!将来抓壮丁,又可以要钱赎。顺大嫂积蓄不少,只要日后有还,还怕她不肯借给我嘛!”打定主意,放下饭碗,往顺大嫂房里一钻。

“哼！哼！”同席的一伙，都望着他的背影，抿着嘴巴，从鼻孔里发出似笑非笑的声音。

季家原本是有诗书礼教传统的望族，季尚庆居然跟哥哥季小村一样扒灰，而且扒的是寡妇之灰，毫无忌讳，不顾廉耻，这班财主佬看来，实在太不顺眼。然而季氏兄弟都是地方上尤其是反共不可缺少、不可得罪的人，故此只有腹诽、摆头，谁也不敢公开说什么。

顺大嫂住在紫云公进门不远的内外两间房间里，四面墙壁，全是用石灰粉刷得洁白如雪。睡觉的内室西面，放有一张双人红木床，东面四张新藤椅，北面一个梳妆台，正对着天井边楼上客窗的南面，有一架大玻璃衣柜。此时，由天井边射进去的午阳，得到玻璃柜上镜子的反映，使得这内室分外明朗。从对面楼上看去，什么都看得清楚，一点也不模糊。吃过饭，洗过脸，顺大嫂正站在梳妆台前，对住镜子擦脂粉，季尚庆走进去，一手拉住她，坐在床沿上，肩并肩，头挨头，用一种又是亲昵又是商量的口吻问道：

“哎！他们说我当上了副局长，要吃高升酒咧！”扭转半个头，斜睨一下顺大嫂的脸颊，见她满是喜容，似乎她的心也同自己的心一样高兴，于是伸出双手搂着她，问：“你说怎么办？”

季尚庆高升，顺大嫂是高兴的，但没想到他会从她身上打主意借钱，不费思索地说：

“高升是喜事，要请酒就请，应该的嘛！亏得大家替你抬轿子——帮忙。”桃红色的嘴角边，又漾起了几道笑纹。

“那要钱啰！”季尚庆还不敢和盘托出要借钱的事。他知道，顺大嫂是一向会盘算，而且把钱看得很重的。他用十分注意的眼力，盯一盯她的面色，见她依然没有变，这才说：“暂借三两百元帮帮忙，等我到局后，领到公款就还，行不行？”

顺大嫂的头，忽然低下去。她的心，一下跳起来：唉呀！此人是不好惹的咧！不答应吧，会得罪他；答应，要拿现款，即使他有借有还，也不会给息金，怎么办呢？她如此踌躇一刹那，微微扭转头，溜溜眼珠，摇摇身子，从鼻子里发出一个单字的声音："唔！"像撒娇又像不答应的样子。季尚庆一看情形不对头，心里有点生气了，将搭在她肩臂上的两只手收回来，厉声问道：

"怎么？你不肯借？"

"不，"顺大嫂立刻转口了："怎么不肯借？菜馆里的酒席贵啦！不如由紫云公承办，饭与酒菜都方便，既不要你操心，又不要你先拿现钱出来，不更好吗？"

"啊——"季尚庆的喉咙里响了一声，似乎是同意顺大嫂的算盘："那好嘛！"随手在她背上轻轻拍一下。季尚庆的意见，既然是做高升酒，应该加请各机关的外客，尤其清乡司令部同县公署，所以主张用漂亮的鱼翅席。顺大嫂不赞成。她主张只办个八大四小的海参席就行。季尚庆因一时拿不出钱来，只好勉强同意了。

由于紫云公的人手多，账房里的现款方便，不过半日工夫，鸡鸭鱼肉和海味等，样样都办齐了。其他菜蔬全是现成的。第二天傍晚六七点钟光景，原来摆在上大厅的四方餐桌，比昨天多了两三张，而且每张方桌上，都盖上一个不大的圆桌面。每桌坐十位，挤得满满的。不知什么原因，摆在厅正中上首那一桌，却稀稀落落，只坐了六个人：阎仲儒、王紫剑、季小村、赵再云和清乡司令部的钱参谋长，另一个是季尚庆自己。摆在东、西两边的几桌，也大半是县里各机关的二号客。顺大嫂外房的一张圆桌上，全是女宾。这是按照当地的老规矩办的。

在平江来说，八大四小原本是一般有钱人家平常宴客的漂亮筵席，现在紫云公掌瓢的老曾，又是县城里顶有名的厨师，可是端上桌来的菜，有些不对头，特别第一道，几乎全是炸肉，看不到几片海参、墨鱼和蛏干，也只能闻到一点点腥味儿。季尚庆觉得顺大嫂只顾省钱打算盘，不替自己光面子，岂有此理！他用道歉又像是自谦的语气道：

“没有好菜,真对不起。”双手捧起杯子,向阎仲儒、王紫剑和钱参谋长他们三位:“请赏光! 多吃几盅!”

“不错! 平江风味!”阎仲儒一边端起酒杯一边说:“炸肉、肚丝还算好,恐怕是曾司务的拿手菜吧?”似乎是满意的语气,可是末尾来一句:“我们湖北,不大爱吃这些。”

季尚庆一听此话,好像无数只蚂蚁在胸膛里爬,心里很难过,焦黄的脸皮,立刻变得绯红了。他哥哥季小村,也感觉到有点不好意思,随手从桌上摸着一根纸烟,恭恭敬敬地献给阎仲儒:“司令,请吸烟!”同时划燃一根火柴,弯着腰替阎仲儒点上,低声说:“紫云公办的菜,是不见得好,改日请到舍下来,弄点贵省的鱼丸子给司令尝一尝。”嘿嘿笑两声,紧接上另一个话题:“司令! 彭静芳主任来信说,鲁涤平主席要把他的第二军全部调回湖南,会同第六、第八、第十四军大搞清乡。哈,那兵力就不少啦! 平江是共产党闹得最凶的县份,只有请司令向鲁主席呼吁一下,我也可以去信彭主任,要求省政府派个把大点的师到平江来痛剿一番,你说好不好?”不料对方还没有来得及答话,不知怎的,天空中划然长鸣,响起了两三下放大爆竹似的声音。季小村竖起毛驴子似的耳朵,惊道:“哎呀,枪声哩,司令!”

此时,阎仲儒也听清是枪声,立即意识到,可能又是共产党摸哨。然而,他究竟是打过仗的土匪头出身,而且共产党摸哨夺枪,他也司空见惯了。虽然心里有点慌,他表面上仍装作满不在乎的神气,对着坐在他下首的钱参谋长吩咐一句:“你到司令部去看看什么事。”

突然,西北方的天空,传来一片嚷声:“打进来哒!”“快跑!”“打!”“砰! 砰!”就在这一刹那,正在紫云公上大厅觥筹交错的这一伙,像老鼠听着猫儿叫,纷纷乱窜。钱参谋长一查才知道,是驻扎在北街李家巷口上的清乡队,因受共产党运动哗变,跑掉了一些人,并没打进来。

天气渐渐热起来了。这天早上,忽然一大串人马,蚂蚁出洞似的经下西街穿过月池塘,分往东西南北四街走。大家一看,虽不明白是谁的队伍,但懂得是国民党的正规军。他们戴的军帽上,全有一个青天白日的圆形帽徽,身上穿着崭新的蓝布单军服,肩上扛着一色五响步枪,从表面看,比阎仲儒的清乡营像样得多,与去年经过此地的北伐国民革命军的军容,不相上下,只是军纪差多了。他们一到,除祠堂庙宇外,店铺民房,全被扎满,而且乱叫乱嚷。许多居民,都被撵走,即使从来没有被军队驻扎过的启明女校分校,这一回也没有例外。

凌雍雄这时不在家,就只他的老婆李乔崇一个人,正在卢家坪启明女校本校用早餐。一位年约五十来岁姓周的半大脚老妈子,慌慌张张,跑去报告她:

"哎呀!乔先生!分校扎兵啦!一个矮胖子官长,要住你们那个大厅房。啐啐,杀气腾腾,好凶啰!"

依旧梳着日本式大髻的李乔崇一听,又圆又肥的脸皮上,立刻堆满了皱纹,嘴角虽然有些颤抖,但还没有开口。她心里明白,国民革命军原本不同于前几年的北洋兵,既没听说在哪里强奸过谁家妇女,也没听说强抢过谁家东西,不过自去年国共分家以后变了样,杀人放火是有的,会不会蹂躏妇女呢?想到这,她不禁心里一跳。本校与分校的寄宿女生这么多,怎么办?她呆呆地望着周妈,问道:

"有多少人?周妈!"欲言又止似的半吞半吐补一句:"乱不乱哩?"

"人不多,就只跟着那个胖子官长的几十个人。他们都叫他总什么,又说是个师长。"周妈以为是问他们的秩序乱不乱,顺口说:"有点乱。"随即翻翻眼睛:"噢!圣庙里扎得多啦!"

月池塘的圣庙规模虽宏大,房间却不多,又古老又不漂亮。圣庙隔壁的启明女子分校,原系学宫衙门,自经凌雍雄把它改造过后,一进大门,东西两边,都有一排装着格子窗门的大厢房,中间一个大天井。通过天井边的走廊进去,便是凌雍雄夫妇平常办公和接见宾客或开会的五大间厅房,墙壁粉刷得雪白,装嵌着明亮的玻璃,陈设着古色古香的紫檀木桌椅,中间安放一个大金鱼缸,四周全是盆景,比起阴暗而空洞的圣庙来,当然要光亮雅致得多。原先驻扎在圣庙,而现在快要调回省去的平江清乡司令部,已对换到大码头刘公庙,圣庙大门口,贴上了"平江剿共总指挥部"的长条。矮胖子师长和卫队,安置在启明分校这边。

李乔崇听得周妈说"有点乱",愣住了。她放下吃剩下的半碗饭,坐在桌边想:这怎么办?叫雍老回来?不好。他不是为躲避剿共委员会那班人的纠缠,才借口去甲山屋养病的吗?要他回来不是自投罗网吗?我是校长,还是硬着头皮自己出面去试试看,如果不行,只好提前放暑假。想好这个主意,她马上领着周妈,鸭婆似的慢慢儿往分校走。她和周妈的年纪差不多,有一双半大脚,虽曾在日本留过学,在京沪等大城市参加过好几次大会,见过许多教育界名人,可从没同现役大军官打过交道,边走边踌躇。卢家坪距君子巷,相距不过里许。走了好几十分钟,才踏进启明分校的大门。恰好矮胖子师长的行李刚从圣庙里搬了进去,两个手持长枪、站在大门口守卫的哨兵,因见是两个头发微白的老妇人,走近前去轻声问:

"会谁?"随即又出来一个手拿短枪的照样盘问了几句。

"我就是这学校负责的……拜会师长。"李乔崇说明来意之后,觉得这些兵的态度还和气,才壮起胆子,挺直胸脯,跟着那个手拿短枪的步过走廊,进入自己的那五大间厅房门口。

"站一下!"领她进去的卫兵挥挥手,跨进房门,喊一声:"报告!这里的女校长来拜会。"

"进来!"房子里发出一句粗大的回声。

李乔崇慢慢移动两只脚，抬头望去：站在房子里的是一个穿单军服、约莫五十左右的人，个子虽不高，身体却很结实，并不见得怎样太肥胖，只是满脸凸起横肉，两道粗眉毛，一双骨碌碌的大眼睛，显得凶恶可怕。她一见，恭恭敬敬、端端正正地弯着腰，行一个四十五度的鞠躬礼。原来这是日本妇女见客很客气的礼节，她自留学回国，一直保留到现在没有变。无奈那个也曾到过日本的矮胖子军官，没看见似的，头都没有点，马上坐下去，朝椅子上一靠，仰首望着天，跷起一条腿，弄得李乔崇不尴不尬，站不是，坐不是，走也不是。

“师长身体好？贵姓？”

“好，谁是师长？”矮胖子鼓起两只眼珠，嗓子非常粗。

“这是我们的张总指挥。”领她进去的卫兵，站在旁边说。但是他也没有叫她坐，更没有谁喊倒茶。这时候，李乔崇心里实在有些冒火了，可是在这大兵头面前，不敢发牢骚，却不能不直率地说出自己的来意：

“张总指挥！我们这学校，很多女生寄宿，有些不方便，想同总指挥商量一下——”她的话还只说一半，矮胖子又眼睛一瞪，重重地放下了跷起的那条腿，厉声说：

“这又不是尼姑庵，有什么商量。”矮胖子的鼻孔一耸：“哼！你知道吗？我是你们县里请来剿共的呀！难道住草棚？”他霍地站起来，车转身子往内走：“岂有此理！”

李乔崇一看情形不对头，脸皮上火辣辣的，似乎有点发烧，怀着满肚子的怒气，马上就回本校去。过后一打听，才知道这个矮胖子就是大名鼎鼎绰号张屠夫的张辉瓒。她益发坐卧不安，整夜没有睡觉。第二天一早，她雇好一乘轿子，把凌雍雄从甲山屋接了回来。

虽然是早饭过后好久了，卢家坪启明女校本校的后进西边那七间房子内，依然冷清清的，没有什么人走动，仅只一个女声和男声在说话。

“……我想只有提前放暑假,不理他。”李乔崇将国民革命军第二军第四师师长张辉瓒的凶恶形象和傲慢神气以及与他打交道的经过,原原本本地告诉丈夫道:“我从娘肚子里出世,从没碰过这种硬钉子,真丢脸!气人!”边说边握紧拳头捶胸脯。

起初,凌雍雄依然习惯地衔着一支雪茄烟听着,没开腔,可是心里却似十五只吊桶,七上八下,打不定主意。他虽则早就得到消息,知道季小村他们要求省城派兵,但想不到会派定张辉瓒这个有名的杀人魔王来。去年下半年,国民政府下令清党,他杀了部下一些连排军官;前一向在长沙清乡,他又杀了许多老百姓。这一来,我们平江不会更遭殃吗?唔!只好忍气吞声,不然的话,连启明这个摊子,恐怕也保不住。凌雍雄用手指弹一弹烟灰屑,看看李乔崇,见她脸上全是赭色,泪水汪汪,走近前去,站在李乔崇身旁,用安慰的语气道:

“大嫂——不要这么激动吧!老话说,出门遇着兵,有理讲不清。何况现在是蒋介石的天下,他们这一伙,都是些杀人不眨眼的家伙……”他把他所知道和心内所想的事情告诉她,之后,提出自己的意见:“我想不理他不好;提前放假,也不是办法。”

“那依你说怎么办?”李乔崇边说边撩起自己的衣角,揩干脸上的泪水,尖起耳朵听下文。

“依我说嘛——”凌雍雄拖长声音,回转身,坐在原来的藤椅上,眨眨眼睛,像思考,又像有所警惕地道:“我想,只有逆来顺受,同他们敷衍一下……才好保全自己,免得玉石俱焚。”

“那不怕吧?我们又不是共产党。”

“哼!”凌雍雄从鼻子里重重地喷出这个哼字,随即起身将腰肢一挺,气冲冲地厉声说:“他管你是不是共产党,只要把一顶红帽子往你头上一戴,要你的脑袋分家还不容易?杀辜家洞的邱家三代十四口,不就是这么一回事么!”他的脚在地板上一跺,“砰”的一响，张开嘴巴叹声气："咳，真是暗无天日。"

就在这一天，凌雍雄压抑着心里的怒火，强装着欢迎的笑脸，拜会过曾经在日本见过面的张辉瓒，送他一些腊鸡、腊鸭、腊肉、腊鱼等土产，并邀请他和副师长王杰人、参谋长卢彦、何副官长等人，在分校欢欢喜喜地吃了一顿便餐，说是为他们洗尘，俗语叫"接风"。接着，这晚上县里各机关在商会大厅内又招待他们，许久没有出面的凌雍雄，也不得不带病出席。坐在第一桌上的客人，是张辉瓒、王杰人和卢彦三个。作东道主的七个，除县长王紫剑外，全是本县各机关、学校的本地人。何副官长和各团团长，则分坐在另外的那几张圆桌上。酒初巡，第一桌上你一言我一语，漫谈起来：

"共产党非剿灭不可……罗纳川没有抓到，季交恕跑了，真气人！"季小村沉着脸皮，咬紧牙齿说，忽又站起身，向张辉瓒敬酒，"这一回，全仗贵师一举消灭它。不然的话，我们这些人，真会死无葬身之地。"

张辉瓒依然坐着没有动。他一手端起酒杯，一手拍拍胸脯，卜卦算命似的答复道："没有问题。我保险十天至多半个月，一网打尽它。"这几句斩钉截铁、又痛快又悦耳的话，博得季小村他们一阵掌声和欢笑声。张辉瓒随又换过语气："怎么让季交恕那个家伙跑掉了呢？"像是询问又像是责备他们的腔调。

季小村看看他对面的凌雍雄道："咳！谁也没提防这种挂羊头卖狗肉的假国民党真共产党，是不是？雍老，你的老朋友啦！"

赵再云随口插进一句："好朋友——"他故意沉重地拖长这个友字的声音，还恐怕张辉瓒不知他指的是谁，对着凌雍雄噘噘嘴："雍老的好朋友。"

凌雍雄听出这话是有意讽刺他，中伤他，心窝里嘣咚响一下。他觉得，假如自己害怕不说话，可能会惹膻气，对自己不利，只有硬来几句，塞住他们的嘴巴，于是说："是哎，我也同你们一样不知道。"指着季小村："你们是本家叔侄！"指指赵再云："你们是老同学,还不都睡在鼓里边?真是知人知面不知心哩!”

张辉瓒则自诩有先知之明,摇头道:“那不见得。我是早就怀疑季交恕这个人不可靠。”他歪头看看坐在左边椅子上的王杰人:“北伐时候,我说他可能是共产党,你说是左派,如何咧?”又用一种得意的神色看看大家:“嘿嘿!凡事要有预见才行,睡不得觉。季交恕的家在哪里,还有什么人吗?”

坐在另一席上的季尚庆立刻站起来说:“他的家在东乡泼头,我知道,共产党员好几个。”

季小村紧接着夸张地说:“哎呀!东、南乡的共产党真多啦!献钟、泼头、罗家洞那一带,差不多家家都有;他们的老巢辜家洞、徐家洞、黄金洞那些地方,多到不知其数,最近这一向,还蔓延到江西修水与湖北通城,越闹越宽。师长,怎么办?”

张辉瓒狞笑一下:“有办法的。”他伸手张开五个指头:“不怕孙猴厉害,总逃不过我如来佛的掌心。有的是兵,杀它个寸草不留嘛!北洋军势力那么大,都被我们打垮了,小小的共产党还怕消灭不了吗?奉劝各位,尽管高枕无忧。”

得到张辉瓒的鼓舞,在座的一伙,都大声地打起哈哈来。凌雍雄只是跟着微笑一下。季小村又开始说话了:

“这回来的部队的确是不少。”因为他接到过彭静芳的信,晓得张辉瓒带来的第四师,大概有三四千人,比以前派来的清乡部队多很多倍,故而很高兴地大声这么说。而另外几桌,便乱猜:

“恐怕有万把人哩吧!”“难怪四街都是兵!”“有保镖的,这可好了!”欢笑声,震动了张辉瓒的耳膜。他笑道:“哪有这么多!嘿,嘿,嘿!假如把湖南全省五个清乡区的清乡部队——六个军又五个独立师合起来,那就不止啰!有十几万啦!加上各县的挨户团,还怕肃清不了共产党吗!”端起半杯酒,灌牛药似的倒下去。

“师长!听说我们平江,近又改划为第一区,是不是?”赵再云眯起眼睛,赔着笑脸问。

“是嘛！湘东的平、浏、醴，湘北的岳阳、临湘等十四个县，都属第一区。这是鲁涤平主席到省后重新划分过的清乡区，兵力也大大增加了。这第一区的部队统统归我指挥。”

这样边饮边谈一阵，为要商议与计划清乡的事，放下饭碗就散了席。

根据蒋介石宁可错杀一千，不可放过一个的意旨，经过大家商议与参酌本地情况，第二天，张辉瓒定下一条“分进合剿”的办法，把三个团的兵力分散到东、南、西、北四乡——东乡一个团，南乡一个团，西北两乡合共一个团，休息一两天就出发。

两天以后，张辉瓒决定派他的第十一团去东乡，因东乡是前次暴动的策源地，共产党多。第十一团团长黄伟，从当连长到团长，一直没有离开过张辉瓒，是他的老部下又是同乡，靠得住。他家里也同样被农民协会打过土豪，插过分田牌子。派他去，当然最合适。张辉瓒考虑过后，打发人把黄伟叫到指挥部来亲授一番机宜。其中有这么一段话：“黄团长！老话说，兵贵神速。这次清乡可不同啦！”他伸起两条臂膀，做个先张开后合拢的手势：“好比用拖网捕鱼，尽可把网口张开些，时间放宽些，慢慢地边打边清，把所有共产党从四面八方赶到东、南乡那些狭窄的洞里去，烧杀它一个精光。”说到这里，他的声音变得很粗重很暴躁了，鼓起两只老虎一样的大眼睛，好像要吃人，“告诉你！这一回，定要达到彻底清剿目的，只有‘烧杀’两个字，再就是要‘狠’，要‘毒’，要搞光。”

距县城约莫三十里远的一个镇，名叫三眼桥，是往东乡献钟、嘉义和长寿街的必经之路。从县城去三眼桥，在平常至多三个钟头可以走到，然而黄伟遵照张辉瓒用拖网捕鱼的办法，一出城就把队伍分开，迨到三眼桥，已经是由县城出发后的一个多星期了。因为每到一处，哪怕是一个小村落都要按户册清查人口，而且点名过验，十家联保，这自然不是容易办的事。

住在三眼桥街头转角处的王老五，曾经耕种过凌家湾的庄田，身体瘦小,脸皮上砌满了苦瓜一样粗的皱纹。他老婆和儿子都死了,现只剩下一个约莫十五六岁的孙儿王家槐,虽然年纪不大,下地种田,却很顶事。这天中午,太阳光正强烈热得很,他们公孙俩拿着钩刀、扁担上山去砍柴,突然间,“抓着呀!抓着呀!”,不知从何处传来一阵猛烈的吼叫,接着便是“砰、砰、砰”几声枪响。王老五抬起头来,用警惕的眼光,从这又平坦又广阔的大塅里向前望去,只见一个扛青天白日满地红旗的人后面,一大串扛长枪的兵,中间夹杂些用棕绳牵绑的乡下人,很快就要走近他们跟前。其中几个兵,正边开枪边跑步追赶两个逃上山去的人。这时,王家槐睁大眼睛提起脚,似乎想开溜。王老五虽然心跳了一下,却不怎样慌张。他估料现在的国民党即便不同于前两年,但自己的两个儿子都是在北伐时期替国民革命军带路当侦察牺牲的烈士,孙儿也是同自己一样的老实人,虽曾一度参加过农民协会,但未曾抓过土豪,又年轻,又不是共产党,难道打着青天白日的旗子,就不分皂白冤枉人吗?照想不会。他很天真的自问自答,转过半边脸来,看了看自己的孙儿。

“莫慌!不会抓我们的。”王老五说过此话,依然带着观察的神色,站在田里没有动。路上的队伍,越走越近了。他看清那些被棕绳捆绑的人当中,不少是三眼桥本地的熟人。其中有一个孩儿,看年龄大约同王家槐差不多,面黄肌瘦个子矮,从表面上看,不过十二三岁的样子,人很活泼。那孩子见到他们公孙俩,就挤眉弄眼噘嘴巴,示意叫他们跑。这孩子是离三眼桥不远的大陂堰人,因为父亲是纸工,曾经在献钟装过纸,参加过暴动,一直没有被捉到。这次清查户口,看样子他成了他父亲的替罪羊了。

“你使眼色干吗?”没提防,一个挂斜皮带的麻子脸,说出一句又凶恶又粗暴的话,接着一巴掌打过去,又指指王老五公孙俩,装腔作势地叫士兵:“抓起来!”王老五公孙俩便一起被捉进队里去了。

形势越来越紧。离三眼桥不很远的泼头青壮年农民,大半在白天躲进山去,晚上才偷偷溜回家来。这天,入暮已很久,湾里屋门前,陆陆续续走过三五成群自罗家洞回来的人,在一钩朦胧眉月下,只能模模糊糊地看到一些黑影子,没有谁说话,就只听到吭、吭、吭几句微弱的响音。睡在湾里屋大门口的那条黑狗,报信似的叫几声,连雪梅连忙从卧房内出去一看,原来是她的侄儿季治平,气呼呼地走进下横厅。他没头没脑地破口说:

“哎呀!情形不好。”他边拭汗边望着站在他旁边的婶、嫂、妻、子、侄儿道:“国民党的清乡兵到了三眼桥,到处杀人放火,凶得很……可能明后天就会到献钟,你们最好今晚至迟明天清早都要走!”

“到底是怎么一回事啦?”连雪梅似乎知其然不知其所以然的样子!“我们是妇孺,又不是共产党,为什么都要走?走到哪里去?”

季治平心头忽然一怔,眼眶也红了。他想起大哥季交恕被通缉出走以后,彼此通不了信,自己和二哥季柏年忙于为革命奔走,不能兼顾家庭,而国民党反动派,虽然表面上打起青天白日旗,实际上是不分青红皂白的。从阎仲儒尤其张辉瓒来到平江,见人就杀,见钱就抓,比北洋军阀还有过之无不及。这次在三眼桥一带,就屠杀男女老少好几千人,烧毁大小房屋几百栋。明后天一到献钟,势必会火上添油,只有更加厉害。怎忍心让这些无知妇孺跟着我们兄弟受拖累呢?不,不!一定要他们躲开。可是自己有紧急任务,不能在这里久待,叫他们往哪里去呢?也一时想不出好主意来。他皱着眉毛吩咐道:“这样吧!桓大嫂可带着铁钧往娘家濯水躲一躲。假如站不住,就顺便往钟洞去,同我老婆带着我两个孩子,往长寿街去。如果不行,就顺便往黄金洞跑。我同柏哥,都会在那里。”他把手扬起来:“赶快收拾,走!走!”说完,两只眼睛微微有点红;但一想到自己是共产党员,只应以国家为重,将要溢流出来的眼泪，又忍了下去。

连雪梅听过季治平的话，愣了一下没作声；可是根据她的经验，却有这样的想法：最坏的莫过于北洋军阀。早几年张敬尧的北兵来到湾里屋时，她没有走开，也只打死了长工老吴，杀过些鸡鸭，抢过她一副老花眼镜，两只金戒指，并没有遭到大灾难，难道蒋介石比张敬尧还更坏些吗？最近的清乡营，虽在献钟杀过一些人，烧过不少房子，也没有谁来湾里打扰过。因而她相信，她们这几个，全是些老弱妇孺，又没有犯法，不必都要走。她打定了主意，直截了当地坚决说：

"她们走，我带着戴嫂看家。"

"不要看老皇历啊！"季治平把蒋介石怎样叛变革命，怎样勾结美帝国主义，怎样屠杀人民，怎样收买特务，比北洋军阀还更毒辣等，说一遍，走近连雪梅跟前，拉着她的手，用很委婉的语气道："婶娘！劝你老人家一起都走，好不好？"

"都走，谁看家？叫花子讨饭，也要个挂袋的地方嘛！你看！"她指指脑袋上的白发，又朝下指指裤管下的小脚："现在没有人抬轿了，我怎么走得动呀？唉，这个千刀万剐的蒋该死！"

因为连雪梅不肯走，季铁钧母子挨到第二天傍晚，才动身绕过三眼桥往濯水躲去。左邻右舍，也都纷纷而逃。整个湾里屋冷清清的，就像一所古庙，只是西边下横厅那两间陈板房子里，还有两个老妇人断断续续的声音。这样紧张而冷酷的景象，使连雪梅感到孤单，感到害怕。一家人东逃西散不安全，尤其想到季交恕，杳无音信，是不是有危险呢？好比谁用锥子在她那颗慈母般的心头上猛刺一样，忍不住撇撇嘴，流下几滴泪珠来。这时，已经半夜过后了，她仍像一尊没有知觉的木菩萨似的，坐在桌子旁边，用手支着头，半天没有动。最后，她歪着脑袋一瞧，才看到放在桌上的油灯将要熄灭，坐在对面小竹椅上的戴嫂闭着眼睛在打盹。她这才慢慢站起来，没精打采地叫一声："戴嫂！你去睡。"同时又吩咐她明天过河去献钟打听消息。因为戴嫂的丈夫曾经在洪庆店装过纸，她认识老何，也认识季尚庆的老婆，还认识街上的其他一些人。她想利用季尚庆和老何为内线，问问有没有兵来。

不到两天工夫，黄伟的第十一团，由三眼桥推进到了献钟。乌龙庙的大殿上和东、西两廊，关满了被绑着的妇孺。地方上的老百姓，大都成群结队，奔往南乡连云山脉的辜家洞。有些青壮年农民，大部分跟着义勇队上东乡黄金洞那一带去从军了。

“这岂不又扑一个空吗！”张辉瓒得此消息，不由得不亲自出马，连忙从县城赶到献钟，大骂黄伟一顿：“黄团长！你为何不随机应变，任他们这么多人漏网……东乡共匪真多真厉害！”他星夜把派往西、北乡的部队抽调一个营增加到南乡，又将县城的特务营调来献钟，说什么要改变计划，“重点清剿”，要跟踪追击，放火烧山。

这一向气候不正常，自入秋到现在，两三个月未下雨，像火一般的炎热干燥，似乎什么东西都可以燃烧着。这日下午，连雪梅和戴嫂正在大门口喂鸡，远远望见西北上，喷起一大朵又一大朵的浓雾，弥漫成一片，笼罩了大半个连云山。

“连云山上起了云，像要下雨，戴嫂，你看！”连雪梅年老眼花看不清，用手指着喷起黑烟的方向说。

“唔，不像！有火焰哩！”戴嫂看清那是她丈夫在当纸工时，她曾经住过的地方辜家洞。“雪干娘！当真是放火烧山啦！”

入夜，一阵风吹得湾里屋后园的竹叶，沙沙作响，天幕上涌起了黑漆似的乌云，显现出下雨前的阴暗图景。但是对面连云山的火海，像晚霞一样，照得四处通明，几乎这湾里屋的厅堂、房子，全都可以看见。连雪梅仍然坐在窗户底下的桌旁边，担起心来：

柏年和治平，该不会去辜家洞吧？他们兄弟都各有妻室子女，假若不幸被烧死，丢下来的寡妇孤儿怎么办？她叹口气：“唉！谁无父母兄弟妻子啊！”随又咬一下嘴唇，自言自语地骂道：

“没有良心的蒋该死，真比吃人的豺狼虎豹还不如。”

时间过得快,转瞬又是两个昼夜了。心烦意乱的连雪梅,真是度日如年,觉得这样的日子实在过不下去,记起北兵过境、杀鸡鸭抢东西那些往事,自不免提心吊胆,像做梦一样迷迷糊糊。她打算把家中所有重要东西全都收藏起来,把怎样藏法都想好了。她身体虽然健康,无奈年老脚小拿不动。戴嫂虽然是大脚中年人,但来的时间不久,总还有点不大放心。蒋该死虽然坏,但张辉瓒是与交恕同过事的朋友,难道会转眼无情吗?一定不会,这多天都没有兵上门来。她于是心头一松,将预定计划改变,仅把些比较重要的东西集中,把她早年积存下来的几百元大洋和挂在墙壁上季交恕的三张单身相片,藏放在正屋外边她自己的千年屋[①]里。因为过于劳累,又异常担心受怕,她两天两夜没有睡,两个眼球布满了红丝,一双眼皮,仿佛有千斤重,直往下垂。这晚刚入黑,她再也熬不住了,就呼呼地去睡。可是不久,被一阵打门声惊醒,她霍地坐起来,喊道:

"戴嫂!戴嫂!你去看看谁敲门!"一边喊,一边抖抖索索摸起一件衣服往身上披。是不是那些杀千刀的来了,怎么办?她心里忽然打鼓似的咚咚咚响了起来。

"雪干娘!禄崇回来啦!"戴嫂开着门,高兴地大声喊。

"噢!那好!快进来!"听说是治平的老大回来了,连雪梅紧缩着的心,一下子放松了,双手拉着禄崇问:"你妈呢?你弟弟小平呢?"禄崇一头扑到她怀里,哇的一声,放开喉咙哭了。

"不要哭啰!十二三岁的孩子还哭!好好说给婆婆听。你妈妈、弟弟往哪里去啦?"

"妈妈,弟弟……抓去了……我……我逃出来……"季禄崇又哭起来,呜呜咽咽地慢慢说道:"妈带我同弟弟去长寿街外婆家,在路上碰见一个从前来过我们家的伯伯,他说我爸爸同柏年伯都给

---

① 千年屋,在生时做好的棺材,平江土话叫千年屋,以示长生不老的意思。

国民党的兵抓走打死了,叫我们赶快转来,不要走。我们刚刚回转到嘉义岭,又碰上了听说是黄团长的兵,妈和弟弟躲在田坎下,被捉去了。我躲在稻草堆里,才逃出来。婆婆,救救妈妈弟弟吧!呜呜……"他抱着连雪梅哭,连雪梅也抱着他哭。

天色渐明。禄崇边哭边打盹,在椅子上睡着了。连雪梅却依然坐在床上发呆:"完了,眼看就会家破人亡,剩下我这个无用的老太婆,怎么办?"她悲痛。她忧愁。她没有了主宰。她忍不住抽搐,欲哭无泪,有口难言,一直坐到天亮,没有合上眼皮。

"雪干娘!哎呀,兵来啦!"伏在窗前的戴嫂,惊讶地这么叫一声。她看见外面来一大伙兵,走在前面带路的,是她认识的季尚庆,后面有两个骑马的胖子,一个高些,一个矮些,好像都是官,正朝这边走来。俄而,大门外的池塘周围,一阵人喊马嘶,通!通!通!又传来打门声。

"开门!"听得出是季尚庆的声音,连雪梅机械地跟着戴嫂,亦步亦趋地走出去。不知怎的,门已砉然开了,季尚庆首先闯了进去。

"老嫂子!你还在守老寨?守不住啦!为什么不跟你的宝贝侄子一块走?哈哈!"发出一阵狞笑,然后又回转脸,恭恭敬敬对着那个满脸横肉的矮胖子谄笑:"张师长!这西屋就是季交恕的。"

张辉瓒一言不发,跟着他一步跨进去,到处看了一看,然后回头走出来,手一挥:"烧!这样的大匪窝子,只有烧光它!"

呆立在西下横厅大门边的连雪梅,听到这个"烧"字,知道要放火,皱脸上变得一阵青一阵白,全身颤栗,几乎站不住了。她把身子靠着墙壁,定一定神,急忙跑至季尚庆跟前,哭丧着脸哀求他:

"尚叔叔!请你向张师长讲个人情……一家大小,没有房子住啦,请他不要烧!"

"哼!一家大小,不要烧,留给谁呀?"季尚庆毫不客气地说:"真是老糊涂,造反!你知道吗?你那几个宝贝侄子侄孙都见阎王啦！只有烧掉，让他们在阴间有屋子住，不好吗？”这个“吗”字的声音，是他故意拖长嗓子说的，同时发出一种像奚落又像高兴的冷笑：“嘿！嘿！嘿！”

季尚庆这几句话，像六月间的旱雷，冷不防打在连雪梅身上。她眼前一阵昏黑，心里犹如刀挖，两条腿就像发了疟疾，不住地摇晃，刚走两三步，朝地下一倒，号啕大哭起来。

“报告！屋里边还有一个老娘，一个娃子！”一个兵跑至张辉瓒跟前，挺直胸脯立个正。

“抓起来！”张辉瓒猛喝一声。几个兵便把戴嫂和禄崇捉了出来。张辉瓒瞪着眼睛问雪梅：

“匪婆子！这两个是你什么人？”季尚庆忙走近张辉瓒身旁，抢着说：

“师长！这个女的是下人，小娃子叫禄崇，就是季治平的大儿子。”

“哦！原来是小土匪！”张辉瓒狠狠地指着这小孩：“来它一个斩草除根！黄团长！抓去砍掉他！”

“婆婆！救命呀！”季禄崇大喊大叫，连雪梅霍地从地上站起来，低着头，向张辉瓒身上撞去。季禄崇乘机挣脱，跑到大门口外的池塘边，被黄伟的手枪击中倒地，叫他的兵一阵乱刀砍死，鲜血迸出，把半池塘水染得通红。连雪梅发狂似的奔过去，被几枪托打倒在地下，昏迷一会儿，她才又迷迷糊糊醒过来，睁开眼睛一瞧：熊熊的火焰已从正大厅蔓延到东西两边的横厅，正大厅的大门片和木柱子，如同烧干柴一样，发出哔哔卜卜的响声。屋顶屋梁和砖瓦，也乒乒乒乓往下落。一股又浓又臭的煤油味和焦煳味，钻进她的鼻孔，使人透不过气来。她从干枯的嘴唇里吐出“天呀”两个字，重又不省人事了。

现在，张辉瓒的“重点清剿”计划，固然尚未完成，然而，“放火烧山”却已奏效不少，非但辜家洞、泼头片瓦无存，上南乡和中东乡一带，几乎二三十里看不到人烟。凡属参加过革命运动的，如共产党、义勇队、农民协会等团体，而没有抓到人的家屋，全同湾里屋一样，用一个“火”字对待，真比《三国演义》里火烧赤壁还厉害十分。

四　上海亭子间

季交恕自带着王文隆于旧历大年初几离开平江后，经修水、武宁、德安等县和乡村，时行时伏，辗转两三月，才得安达九江。他悄悄地搭上一条去上海的货船，已是百花怒放、桃李争妍的春末了。长江两岸，有看不尽的青山绿水，数不完的姹紫嫣红。这些大自然的良辰美景，并不足以使季交恕欣赏到心旷神怡、乐而忘忧。他有时坐在狭窄的货舱里，想起这一年中被蒋介石残杀的无数党员和群众，他痛心；有时站在甲板上，看见这船头插着的青天白日满地红旗子，不知染上多少人的鲜血，他愤懑，恨不得一下把它扯下来往江里扔，让汹涌澎湃的波涛沉没它。夜深了，周围都是黑黝黝的，只有远处一片灯光。那就是十年前，他从日本归国时，已经领略够了的上海，料现在必定更加殖民地化了。船越驶近岸，无数高楼和灯火，煞像是默默蹲着的一群巨兽，想要吃人似的闪动着眼光。因为时间来不及，季交恕和王文隆一上岸，雇了两辆黄包车，就近找了一所旅馆，打算明天再搬家。一个歪戴着不大不小便帽、口里衔着半截纸烟、脸上有点斑麻、个子虽高眼睛却小而很灵活的茶房，把他们引进房去就问：

“黄先生，要不要开饭？”

“太晚了，不要开饭啦！”季交恕化名姓黄，摇摇手。

“再吃一点吧！货船上的饭太差，你还没吃饱呢，党代表！”王文隆不小心失了言。

季交恕立即回转脸，眼睛一眨，作个阻止他继续说话的姿态，不料又被这个茶房看破了。他用侦察的眼光，朝四周扫射一下：这位瘦个子黄先生，身材不高，没有什么架子，看来不像个官，怎么叫党代表呢？瞧他身上穿的是一件崭新的蓝湖绉大袖夹长袍，戴着大圆形玳瑁框的一副平光眼镜，倒有点像是相当富裕的绅士，怎么不坐洋轮坐货船？唔！其中定有缘故。他如此猜量一下，走出去了。第二天，吃过早饭结过账，季交恕叫到一部车子，想风驰电掣般搬往法租界霞飞路他的老朋友余寿松那里去。

这是一辆相当新而且宽的汽车，比两年前他同方维夏几位去广州途经上海时坐的车子好得多。为了打听风声，又想跟司机搭拉两句，于是问：

"朋友，这是新车啦！什么牌子？"

"福特。"

"是英国车吗？"

"不，美国车。英国的不兴了。"司机俏皮地说句挖苦话："哼！现在不同啦！不独汽车，连揩屁股纸都是美国的好，嘿嘿！"

季交恕也笑了笑。汽车正在拐弯，司机朝前面努努嘴："你瞧！"季交恕凑到窗玻璃前望去，果然十字路口一家大商店，装饰辉煌，画着各种各式广告，门楣上一幅纸，写着一行大字："坚固耐用，物美价廉的美国货"，还有人在门口敲锣打鼓，大声叫："买一送一，美国货又好又便宜……"

很快就到了余寿松住的霞飞路尚贤坊十五号，开门的仍是十年前相识的那位老娘姨。她把季交恕引进客厅，没坐一会儿，余寿松很高兴地从楼上跑下来。看见季交恕这个阔别十年的老朋友，他双手拉着他一同坐下来，劈头第一句就问：

"家里都好吧？你没受惊吗？"

"好！"季交恕心里一怔：难道余寿松知道我是被缉拿逃来上海的？他虽然是比较开明的老朋友，到底可靠不可靠呢？唔，不能照直说。他含含糊糊答复他："没什么惊。"

余寿松含着微笑站起身，心照不宣地拍拍季交恕的肩头："那好嘛！上楼去休息！”大声喊娘姨来，将他的行李搬进他从前住过的亭子间。余寿松自己也伴他一起上了楼。

突然间，丁丁丁丁丁……丁丁丁……门铃声不断地响着。娘姨跑下楼去开门问：

“你找谁？”

来人身穿西装，高大个子，臂膀粗，声音大，凶神似的面貌，后面跟着一位高个子，头戴便帽，脸上有点斑麻，仿佛是当茶房模样的人。他俩一进门，就眼光四射，像要寻什么东西似的。这时，余寿松已从楼窗口看清他是法租界捕房当包打听[①]一类的人，三步两步跑下楼问：

“你找谁？”

“找姓黄的。”

“我这里没人姓黄，你找错了吧？”

“没错！昨天坐货船到上海，今天早上从客栈里搬过来的。”

余寿松一听，心里明白了，仍很镇定地说：“那就怪，我们这里确实没人姓黄。”

“别装傻！你知道我是干什么的吗？”那个身穿西装的人语气硬得很。

“知道——”余寿松因为自己有日本通讯社作护身符，不仅不害怕，反故意拖长声音，装出毫不在乎的神气：“来倒是来过一个，他不姓黄，已经走了。”

“走了？我不相信。”那家伙从口袋里摸出一张有字的纸片，在余寿松面前一扬：“我要搜！”

此时，季交恕躲在角楼上听得一清二楚，心如悬旌似的想道：这可糟了，搜出来怎么办？没料到余寿松也从口袋里掏出一张名片，往那家伙面前一递：“瞧！你也该知道我是干什么的吧！”

---

① 包打听，侦探。

那家伙一看，“哦”一声，脸色立变，连说：“对不起，对不起，找错了！”抬起两条腿向后转走了。

“嘭！”余寿松使劲把大门一关，走上楼去，将这事告知季交恕：“你没受什么惊啦？我却有点替你担心。”他把手里那张印有一行“日本通讯社”字样的名片递过去，“你看！这张吓不倒人却吓得着鬼的护身符，还灵咧。嘿嘿。”他咧开嘴巴笑了。

季交恕也抿着嘴巴微笑，好比卸下重担身子轻松了。现在看来，余寿松还是个可靠的好朋友。他热烈地握住他的手，低声说：

“好朋友寿松！刚才那家伙是不是法捕房的包打听啦？他后面那个，的确是昨晚我在旅馆见过的茶房。为什么他会找到这里来？真奇怪！”

“哼，茶房！现在的上海，比你从日本回国时候的上海坏得多啦！从‘四·一二’大屠杀以后，码头、车站、旅馆、公共场所，到处都有蒋介石的特务。他们是与租界上的包打听串通一气的，谁可怀疑就抓谁，红帽子一戴，就引渡给中国政府，枪毙、活埋，真不晓得多少人做了枉死鬼啊！成个什么世界！”

“那两个家伙看到这名片就走，可见日本帝国主义的牌子硬哩！”

“哼，那还不硬！连他们的头子蒋介石去日本，都要巴结头山满①，何况这些喽啰！现在的世界是日、美称霸，英、法的地位降低了。所以，‘日本通讯社’在法租界吃得开。”

处在这样的险恶时代与这样的复杂环境下，季交恕的心情，当然很紧张，不会再同十年前路过上海时那样去逛大世界、看文明戏了。他急于要做的第一件大事，就是去找组织接上头。可是余寿松同蛇一样紧紧地缠住他，叫他不要出去，至少白天不出去，说什

---

① 一九二七年八月，蒋介石下野后到日本，拉拢日本帝国主义，送日特务头子头山满匾额：“亲如一家”。

么怕人盯梢,怕引祸。因而挨到晚上,他才怀着湖南省委给他的介绍信,带着王文隆,溜过霞飞路,到不很远但相当偏僻的一家烟酒店里,找到了专为党做联络工作的熟人陈大海。他把前向在平江现在到上海等情况述说过后,提出自己的工作要求及如何安排王文隆等问题。

没过两天时间,这天霞飞路上的电灯发亮还不久,余寿松家的娘姨站在扶梯边叫一声:

“季先生!有位姓刘的刘正山找你。”

“噢!请他进来。”季交恕知道这位化名刘正山的就是前晚见了面的陈大海,跑下楼去,把他引进自己住的房间内,坐下来就谈。

“你们来得好!组织上说,王文隆既然做过工人又当过兵,下面正需要这样的人,派他到杨树浦工厂里,马上就去,我带他去接头——”陈大海的话犹未了,季交恕迫不及待地接着问:

“我呢?我到什么地方去?”

“那还不是上海?”这是陈大海的估计。他马上掉转话头:“组织上说,你的情况不同,既然被通缉,熟人又多,做什么工作才适当,还需要考虑,叫你暂等一等。”

“要等多久啦?”

“不会很久的——”陈大海微笑着,把坐着的椅子移近季交恕的身旁,低声说:“上海快要暴动,一下搞成功,要做的工作多得很——”

“上海也要暴动?”这是季交恕心里的话。他因见去年南昌暴动、广州暴动,都没有成功,不免有所怀疑,因而问:“大海同志!这是不是中央决定了的?”

“是,早就决定了的。去年十一月的中央临时政治局扩大会议的决议,不就说过吗?城市工人暴动的发动非常重要,轻视城市工人,仅当作响应农民的力量,是很错误的。我看中央这个意见对,既要夺取大城市,就非搞城市工人暴动不行。”因为有事,他随手从桌上摸着自己的帽子,喊一声“暂别”,走了。

天气愈来愈热。在这几百万人口的大上海,住在只能放一张床、一张桌、四张椅子的亭子间,好像炉灶上的蒸笼,实在呆不住。加上这一向,再没有包打听一类的坏人来,季交恕的警惕性也渐渐松懈些了。这天,阴沉沉的没有太阳,他像出了笼的鸟儿一样,溜出尚贤坊,沿着霞飞路的行人道信步向西走,复又向南拐个弯,正是一条不很长的华龙路:路两边虽也有些商店,但其中却夹杂着不少的小货摊和小饭铺,还有些不大的酒馆和茶楼,因为没有电车来往,比起霞飞路似乎清静得多。已是上午十点钟时分,季交恕觉得口渴了,顺便跨进一家规模不大却有楼房的茶店,一直跑上去。这是一间敞楼,四四方方的茶桌摆了好几张。饮茶的客人并不多。他走至窗下靠近马路旁的那张桌边坐下来,喊一声:“拿茶来!”

这排玻璃窗,全是敞开的,微风拂面,比坐在尚贤坊的亭子间似乎凉爽些。他用半个身子靠着桌边,一手端起茶,一手托着脑袋,不知是在思考还是走累了。突然间,从马路上传来一阵刺耳的噪音:砰!滴滴答!当当嘁!他霍地站起身来朝外一望,则是一群吹喇叭、敲班锣、扛高脚牌的人,蚁阵般由南而北,正从茶馆门前走过。这些人后面,则是一乘卷开了轿帘的绣花红轿,里面坐个身穿西装的男青年,手里拿把白纸扇子拼命摇。

“哈!奇怪!”季交恕一见,不自觉地吐出一句又发笑又诧异的话。他朝站在他旁边看热闹的另几位问一声:“怎么男人坐红轿[①]啦?”

“入赘[②]的!”一位身穿一件半新不旧绸短衫、有几根稀稀落落胡子的半秃头,指着南面的地界答道:“李家招女婿,他是前清大官,田地、铺、屋多得很。坐红轿的是美商正德洋行胡经理的大少

---

① 红轿,照前清旧习惯,只有女子出嫁坐红轿。

② 入赘,有钱或有女无儿的人,招女婿上门来叫入赘;但一般也不坐红轿的。

爷。他刚从美国毕业回来,是时髦货啰! 嘻嘻!”他嘴角边露出几丝含有讽刺意味的浅笑。“上海地方,真是无奇不有!”一位外地口音的人说。大家都笑了起来。忽而,茶馆楼下,喧起了一片喊“抓着! 抓着”的嚷闹声。季交恕的心,因而怔忡一下,立即起身下去,才知道这是公共场所不算稀奇的常事——捉扒手。他放心踱出店门,仍沿着原路,走回去,顺便买了几份报纸——《申报》《新闻报》《时报》《民国日报》和《时事新报》。

他回到尚贤坊十五号自己住的房间里,一面喝茶,一面把报纸摊在桌上,走马看花般瞧了一瞧,都同从前一样,什么公司招请投标、交易所改钉门牌、寻人赏格、失物悬赏、李先生与张小姐结婚、胡寡妇招夫等无奇不有的广告,占着大部分篇幅;第一版报头和中缝,则是从去年大革命失败后屡见不鲜的什么“脱离共产党启事”“弃暗投明声明”“重新做人告白”这一类的脱党自首广告。看到这些,季交恕把报纸往桌上一扔,骂道:“呸! 胆小鬼! 叛徒!”举起拳头在桌上一捶,将茶杯震倒,若非抢救得快,放在桌上的报纸几乎全遭水灾。

一日复一日,约莫又过了两个多星期。这天天色已经暗了,不知怎的,余寿松还迟迟没有下班回家。过一会儿,大门上的电铃丁丁丁连响几下,寿松的老婆翠大嫂,慌忙从厨房里跑出去把门敞开,却不是自己的丈夫:一个是比丈夫瘦些、高些、穿着漂亮得多的熟人;另外一个是穿军服的青年。她操着平日一样的尖嗓子,表示欢迎道:

“哦! 汤局长来啦? 稀客! 稀客!”来人说:“翠嫂子好吗? 寿松咧……”季交恕正站在楼门口,分得出是平江人的声调,并有点像汤谟的口音,只因他已被翠大嫂引进楼下客厅内,下面的话便没有听清。

很快,余寿松回来了。不一会儿,客人也走了。季交恕马上下楼去,只见寿松一个人坐在客厅内的沙发上,默不作声。

"刚才来的客人是谁?"交恕问。

"汤谟!还有一个,就是季小村的侄子佛牙崽。"余寿松的眉毛皱得紧紧的:"你要当心!"

"怎么?"

"汤谟说,早有密令通缉你,你在平江搞得很凶。他由长沙到上海的第二天,有个认识你的同乡人告诉他,你在我这里,要我直说,不要瞒。"

"你怎么说?"

"当然说不在。"余寿松指一指进了厨房的翠大嫂,叹口气:"就是她漏了一句嘴,说你来过一次,我只好转口说你去西湖灵隐寺养病时来过一次,但以后确实没有来过,不晓得现在在哪里。我看——"他拉长嗓音,说一半留一半,似乎不好意思将心里的话一下吐出来。

"你看怎样?我们是老朋友,有话就直说啰!"季交恕有些着急的样子。

"我看,打开窗子说亮话,你的事汤谟全知道。汤谟这个人,你也该知道,如果再住这里,说不定你有危险,我也脱不了身。"余寿松不断地摇头,说话的声音略微有点颤。

季交恕沉默一下想:"搬家也好,既可以隐蔽自己,又不会拖累朋友。可是人地生疏,搬哪里呢?只好明天去找刘正山。"他打定这个主意,才又开口对余寿松说:"你说得对!我明天就去找房子。"

余寿松站起身,踱至季交恕跟前,凑近他的耳朵,口里吐出三个字:"有房子。"一手拉着他上了楼,随手将房门关上,轻声道:"最好搬英租界,跑马厅那边有房子。凤大嫂熟,我去找她。"

晚饭过后,他背着翠大嫂,溜进英租界静安寺路的什么弄堂里。这是余寿松早就经营好的秘密香巢,即姘妇凤大嫂住的地方。这位凤大嫂,也是季交恕认识的平江人。她读过书,有点新知识,比一字不识的翠大嫂当然开通而灵活得多,年岁比较轻,样子比较漂亮,深得余寿松的宠爱。她来上海,瞒着翠大嫂,一直住在这里好几年。南从静安寺路,北至新闸路那一带,不论哪一条路,哪一个弄堂,她都了如指掌。所以余寿松说,跑马厅那边有房子,凤大嫂熟。

果然,第二天上午,就在静安寺路和新闸路之间一条比较短小的青岛路,租到一间房子,季交恕搬了进去。余寿松也像放下一面枷。但没想到竟会一波未平,一波又起啊!越一日,余寿松正在楼下厅内吃饭,忽然进去三个穿制服的人,一个高鼻子满嘴有长髭、身体很肥的是法国籍捕头,另两个是华籍巡捕。其中有一个是认识他的。他们手里没有拿什么镣铐、绳索等刑具,但余寿松却明白这是法捕房来带人的。他慌忙放下饭碗,显然没有前次对待包打听那样镇定,其语气也比较温柔得多:

"你们几位来这里有什么贵干啦?"扬扬手,连喊两声:"请坐!请坐!我姓余,电报通讯社的。娘姨倒茶来!"

两个华籍巡捕仍然站着,就只高鼻子接受余寿松的敬意,将自己的胖屁股往那张单人沙发椅子上坐下去,把椅子塞得满满的,然后端起茶,操着半生不熟的华语说:

"余先生,对不起!要请你同去法捕房问话。"随手放下茶杯,从口袋里掏出一张打了外文的纸条:"上海警备司令部照会我们说,有人告你窝藏共匪。"他知道余寿松是日本通讯社有权威的高级职员,不能把他当一般市民对待,故又重复一句客套话:"对不起,请允许我们搜查一下,可不可以?"

"可以,请你搜,看我窝藏谁!"

"谁?季交恕不是共匪吗?"法国捕头从烟斗似的高鼻子里,喷出两个字音:"哼!哼!"一手拉着余寿松,领着他先从楼下查起。

此时,余寿松虽然壮起胆子不怕巡捕检查,却担心汤谟作证辩不脱。他怅惘。他忧虑。他惶惑。他一时没有了主意。但他想到

"天不怕,地不怕,只怕洋人说句话"的国民党这些党棍子,这些官,心里豁然开朗了。刚一上楼,他便拿起放在扶梯边的电话叫日本通讯社:"你是山川样吗?"他用日语把这事报告他的同学即通讯社社长。

高鼻子听不懂日本话,没说半个不字,只是叫华捕站在楼门口把守。迨后查到前楼和亭子间,他就眼光四射,查过床上查床下,看过户内看户外,玩走马灯似的往返查了几遍。见没有隐藏什么人,他才罢手下楼去。恰于此时,又进去一个说法国话的人,不懂得向法国捕头耳语了些什么,他一下改变了态度,略带笑容说:"今天真对不起,太打扰,等几天再来请你去。"

余寿松捏了一把汗,觉得今天虽然过了关,会不会明天又带他去捕房问话呢?他急得连饭也吃不下,马上跑去电报通讯社找社长。

现在,季交恕所住青岛路这条弄堂,比起尚贤坊来僻静得多,但仍是一间更窄小的亭子间,仅能放一张床、一张桌、两把椅子,没有搞饭吃的厨房,也没有大小便的厕所。他于前天搬来,因恐失掉联系,首先跑去告诉陈大海,然后走进新闸路一家小饭馆吃过午饭,顺便买回一只拉屎尿的木马桶,放在床当头。因为床和桌椅原是二房东现成的,只要按月缴租钱就行。不到半天工夫,这位单身汉的全部家务事,一下都解决了,迅速顺利得很。唔——哼!困难问题还在后头咧!

住在前楼的二房东姓沈,苏州人,两姐妹都没有丈夫,年龄都在三十以上,可是身材窈窕,穿着时髦,骤然看去,还像是一对妙龄少女。每到黄昏日落以后,她们打扮得如花似玉,各自提着一个手皮包,摇摇摆摆,从后门出去,手挽手坐上一辆有黑漆布篷的人力车。第二天一早,同样坐着这辆原车子,有气无力地从后门走上楼来睡觉,一直到下午才起床。有的说她们是当舞女的,并非亲姐妹。

住在楼下的房客，也是说苏州话的一对。不过他们是夫妻俩，穿着破旧，都已白发苍苍。男的每天挑着一个担子，早出晚归，据说是在马路上摆货摊的小贩。此外，这里还有一位老太婆。她背微驼，约莫六十来岁，除上街买蔬菜等东西以外，整天不出去，只在屋内烧饭、洗衣、打扫和开关前后门。一看便知道，她是二房东雇佣的娘姨。这样一幢仅能住六个人的小房子，若在白昼，好比阎王开饭店，冷清清的，鬼也不上门。

那么，住在楼上亭子间的这位单身汉季交恕，怎么过日子咧？搬去的头两三天，为着消闲遣闷，他有时跑到楼下，找老太婆聊天。怎奈她满口上海话，仅晓得她说“阿拉”是指“我”，说“侬”是指“你”，其余的话，绝大部分听不懂。用笔谈吗？她不识字；同哑巴一样做手势吗？实在太麻烦。除此，他如同深山古刹里边守庙的和尚一样，关着房门念经——读读书，看看报，写写诗，饮饮酒。这就是他搬到青岛路以后这几天的日常功课。

约莫过了个把星期光景，这天夜色苍冥，季交恕提着一把搪瓷大茶壶，步出门去买开水，行不到十来步，碰着凤大嫂冉冉走来。她一见便说：“正碰巧，寿松在我那里等，要我来邀你同去谈谈。”因为距离不甚远，一同坐上电车，很快就到了凤大嫂所住的地方。这也是一楼一底，但比青岛路的新些漂亮些。她是二房东，住在楼下，单独由另一个大门出进。住在楼上的房客，由旁门出进。这时，余寿松正站在大门口东张西望，见到季交恕，便一手拉住他，肩并肩走进去，随手关上门，指一指后面那个通厨房的门说：“凤大嫂！你去关上。”说罢拖拢两张椅子，坐在梳妆台和大衣柜中间，立刻从穿衣镜里反映出两张不大愉快的嘴脸。

“你住那里好吗？”

“也还好。”季交恕点了一下头。

“十多天不见，新闻事多咧！”

“有哪些新闻事？我从搬家后，简直是聋子的耳朵，什么都听不到。”

凤大嫂忙于拿茶拿烟拿果点招待客人，没开口。

“你搬走第二天，法捕房派来三个巡捕，说有人告我窝藏‘共匪’，要搜，要带人……幸亏我打个电话给通讯社——”余寿松还只说到半截，季交恕迫不及待地问：

“后来怎样？”

“还不是由日本总领事给警备司令部一个电话吹了，扯不到我一根毫毛。嘿嘿！”余寿松微微地嘲笑：“难怪大家说，国民党政府就只怕洋人，一点也不错。”说这些话时，他脸上表现出一种得意的神色，但同时扯到最近发生的另一个问题，脸色立刻变得很庄严：“你看！济南惨案这样的大事情，国民党政府竟不许各地报纸登载。蒋介石竟密令上海市党部，说什么免致妨碍中日邦交，必须严防共产党暴动捣乱，禁止罢工，禁止示威游行。所以这几天到处捕人……”他长叹一声：“咳！朋友，特来告诉你别急。”

“好，谢谢你的关照……”季交恕说。他从见到陈大海以后，天天盼望上海暴动。而现在听到余寿松这些话，他的神经，自不免有些紧张。尤其想到自己，假如这里站不住，再没有其他地方好立足，同老鼠一样的昼伏夜动吗？也不是长久办法。他于是立即辞别，不停步地跑去找陈大海。此时，已是下午八九点钟光景，电灯荧荧，亮如白昼。刚走到离陈大海那烟酒店不远的斜对面，他看见店铺已关，只有三两个武装警察站在门口。他不禁心里一跳。这联络站出了问题？他马上就转身回家去，不料刚下车走到新闸路口，便发现两个鬼头鬼脑模样的人，远远地跟在他背后走。他回眸偷看一下，似乎不认识，但其中一个穿黄埔学生装的青年，却有点像见过面的。但为什么他停步，他们也停步；他疾驰，他们也疾驰；他拐弯，他们也拐弯呢？他感觉到这一定是盯梢的，立将早已预备好装在口袋里的黑色眼镜戴上，往那热闹街口上的人丛里一挤，暂时脱了身。

离街口不到丈把远，便是一家三层洋楼的菜馆，他悄悄溜进去，立即走上楼。一伙涂脂擦粉的女招待，都娇声娇气地挨近前来打招呼。这三楼东、西两边，全是装有五色玻璃窗的房间，虽然大小不一却很精致。季交恕择定了东边角上最后的那个小房间，点过酒菜后，往靠墙壁外窗的椅子上坐下来，正想闭闭眼睛定定神，从对面腾起了"四季发财""六位高升""哈哈哈"的喧笑声。季交恕两眼一瞪，"哦"一声，懂得这是猜拳。他听出其中有湖南人的口音，心情越发不安定了。紧接着又从隔壁传来"嘭嚓嘭嚓"的响声。他虽听得出是敲打乐器，但还不懂是跳舞。他愤而站起来，半个头伸出窗外瞧了一瞧，看不到什么。他坐下，禁不住有点恼火了，起身便想走。但是已经叫了酒菜和咖啡，怎么好走呢？并且，如不多挨一阵时间，再碰上那两个特务又怎么办？虽然吃不下，也不能不在此躲一躲。

恰巧，端上酒菜的女招待刚出去，隔壁舞厅里的乐队又"嘭嚓嚓嘭嚓嚓"响了起来，好像是替客人奏乐助餐，或者使客人悦耳开心。这时，一位女招待油头粉面，年约三十左右，身穿一件花绸短袖单旗袍，胸膛突起一波一荡，俨像两个蒸酥了的大馒头，皮肤虽还白皙、样子并不美丽的女招待，一手端咖啡一手端手巾，含着满脸笑意一扭一摆地走了进来。

"那边丁嘣丁嘣做什么?"季交恕站起身，走到窗前指着隔壁问。

"跳舞格。"她歪歪头，用嬉皮笑脸的样子答道。

"什么舞格?"他没有听懂，故又重复问一句。她便伸出两只啤酒瓶一样粗的白臂膀，走近他的跟前，面对面，身挨身，做一个将抱不抱的姿势连声说：

"Dance！Dance——跳舞，跳舞！"季交恕心里一跳，退后几步说：

"晓得啦，晓得啦。"复又惊讶地自语道："哈！上海地方，真无奇不有！谁有闲心搞这些哟!"

女招待脸一红，很扫兴地愤然走开了。

这天晚上，季交恕不但心里烦恼，而且身子也疲乏，回到自己的住所，便关门往床上倒下去。可是睡神不管事，一直到天亮没有合眼皮，思来想去，最使他感到困难的第一件事，就是目前生活上的小问题。每天早上把马桶提下楼去，虽然有点不大习惯，但也不算太麻烦；打扫一间小小的房子，不过是一举手一投足之劳，当然无所谓；唯有每天要亲自出外去吃三顿饭，买几次热水，这就不能不抛头露面，还有什么办法藏身呢？他两只眼珠呆呆地望住帐顶，忽然外面嘁嘁喳喳响起来。这是弄堂里洗刷马桶的声音。他立刻爬起床，把床当头的马桶提下去。这时，突然有一个可以不要出外吃饭、买水的新办法在他心里冒出来，其实也是上海地方的老办法，就是自己买个小气炉子自己煮饭吃。

这天稍微有点风，也还有点毛毛雨，季交恕换过短装，戴上黑眼镜，打把洋布伞遮住半边面，偷偷地从街上买得了一个五六寸高的黄铜气炉子、一只白镍小饭甑、一口小锅和锅铲，另外还买了一个瓢和一只洋铁桶，总共不过几块钱。而且这炉子不需用柴炭，只要用一点火酒和洋油，打一打气，便可以煮熟一顿饭，烧开一壶水。

这个亭子间，原来已很小，加上这些家什，当然更加狭窄了。摆在窗户跟前的一张小条桌，虽然有抽屉，放不下多少东西，床铺底下又被箱子、网篮占据着，米和油瓶、酱醋等坛罐，就只好堆挤在床当头的马桶旁边，整个房间挤得满满的。

从此时起，开始自做自吃了，只要有米，不愁煮不熟饭。但这位没有自操炊臼经验的季交恕，却是不然。他把洋油和酒精灌入汽炉内，点着火，打了汽，锅子里也是先盛水，后下米的，无奈这些米和水，完全不听他指挥，煮了大半天，上面的一层还是夹生饭，下面的一半则已全成稀粥。至于菜的生熟咸淡和口味，更不消说了。房内的鱼鳞菜根一大堆，手上的伤痕血渍好几处。这一切都不能不使他感到麻烦,感到费力,感到厌恶。但同时也使他想起幼年时代有长工,辛亥革命和大革命时代有厨子,即使在长期倒霉不走运时弄饭、洗衣还有老婆,怎么会吃夹生饭?由此可见,吃饭并不容易,轻视家务劳动是不对的。游手好闲、专吃人家现成的东西,对吗?更加不对。他于是下决心,很耐烦、很细心地摸索又摸索,不过三两天工夫,终于把生米煮成熟饭,并能够煎熟荷包蛋了。而且淘米、切菜、洗碗筷,做了这件做那件,再也不觉得寂寞或闲着无聊了。

初秋的太阳,仍不亚于三伏天。季交恕住的这房间,就只一个小窗户,从早晒到晚,热得喘不过气来。

那天晚上,他吃过饭,洗完碗筷锅盆之后,立刻跑出弄堂去兜风。因为这条路既无电车,也没公共汽车,往来行人少,自然凉快些。踱至青岛路北端拐弯处,一位高个从侧面走过来,突然"哦"一声,似乎是对他打招呼,但又突然煞住步子打量他,见他嘴上有了毛,脑袋上歪戴着一顶软草帽,鼻梁上架着一副黑眼镜,上身穿的是旧式大袖斜襟白短衫,下身一条蓝裤子。还没等他看清这就是化了装的季交恕,季交恕先叫道:

"老刘!"季交恕看见是陈大海,轻轻地喊他一声,同时摘掉帽子取下眼镜,把自己的真实面貌露出来,微微地笑了一笑。

"哦,你呀!"高个子陈大海认清了季交恕,用机警的眼光向四周扫射一下,见附近没有人,走拢去:"我正来找你。"于是肩并肩一同走回去,又肩并肩一同坐在亭子间那两张没有放东西的椅子上。季交恕将这一向的经过告诉他;他也将最近的情况告诉季交恕:"……暴动搞不成了。捕去不少人,被敌人破坏了我们一些机关。所以我这久没有来。后天晚上十点钟,祝胡子请你到亚洲大饭店三楼三三五号房间去谈工作。"讲到这,他看看季交恕的扮相,又说:"你去那里要换装,因为住大饭店的全是阔人。祝胡子是装作开临时房间的旅客,莫使人家看出破绽。"接着又将改换过的接头地点告诉他。

"好。"季交恕边答边问:"哪个祝胡子?"待陈大海把嘴巴凑近他的耳朵边告诉他后,他哦一声:"就是他呀,那我认识。"

在秘密环境下,就这么匆忙谈几句,总算是有个头绪了。陈大海一走,季交恕便扳着手指数钟点,眼巴巴盼着快到后天。

所谓"亚洲",的确是名副其实的大饭店,既大且高,屋顶周围全是一串又一串明珠样的电灯围绕着。换过了大袖绸长衫,仍戴上黑眼镜的季交恕,按照陈大海约定的时间走进饭店,大摇大摆地乘上电梯,找到三三五号房间,弯起两个指节骨,卜卜卜在房门上敲几敲。

"请进来!"那位满嘴法国式长须、身穿大袖华服的祝胡子打开半边门一看,来人也是嘴上有了毛,但彼此还认识,就让了进去,随手关了门。这房子很宽而且有隔音板,有套间。季交恕取下眼镜,看到外房坐着另一位,是毛简青。彼此道句好,他问:

"毛简青!听说你去莫斯科参加党的六次大会了,何时回来的?开会情形怎样?"

"才回来不久,你有事先去。我们等下谈吧。"此时,毛简青刚和祝胡子谈过他的工作,估料季交恕也是来谈工作的,所以这么说。

祝胡子领着季交恕走进另一个套间,仍同过去一样客客气气,扬扬手,一同坐下来。然后,他轻声说道:"……我们早就考虑过,你在这里工作不大适当。正好,南洋那边需要一个能做宣传工作兼办报的人,打算派你去。好不好?"

"好嘛!党派我到哪里,我就去哪里。"季交恕斩钉截铁似的答复道:"何时走?"

"那还要等那边一位姓张的同志来到上海后,你再同他一路去……"正在交谈,忽又进来另一位,大概也是约来谈话的。祝胡子立刻站起身,客客气气地一面同他打招呼,一面对季交恕说:

“好，暂这么，以后去南洋时，再请你来详细谈一下。”

一刻值千金，现在是祝胡子最忙的时候。季交恕算知趣，马上就起身去找毛简青，问‘六大’开会的情况。开头几句，自然是相互问好之类的客套话：“你好吗？”季交恕拉住毛简青的手，看看他的脸面，依样圆圆的，但比以前白而丰满。“吃面包牛奶胖了咧！来，谈一谈莫斯科开会的情形。”一同坐下来了。

“你好。”毛简青也对着季交恕的脸开句玩笑：“蓄了胡子，显得老了些，没有先前那样好看啰。”他微笑一下，然后谈到中国共产党在莫斯科开第六届大会的问题。原先，季交恕本想问个详细，但毛简青有事要走，时间来不及，仅将‘六大’的主要内容大致说一说：

“这次大会指出，中国革命是世界革命的主要组成部分之一。在现阶段，中国革命的性质仍是资产阶级民主革命。它的主要任务，是用武装起义的革命方法：第一，驱逐帝国主义，达到中国的真正统一；第二，实行土地革命，将土地制度中的一切半封建束缚完全摧毁；第三，建立在工人阶级领导之下的苏维埃工农民主专政。这次大会，还把过去的经验教训初步总结了一下。大革命失败的原因固然多，最主要的是由于陈独秀右倾机会主义错误；但从八七会议纠正了右倾，撤换了陈独秀的领导以后，又反过来犯了不少的‘左’倾盲动主义和命令主义的错误。”

他的话刚说到这儿，内套间的房门砰然响一下，祝胡子同着刚才进去谈话的那一位走了出来，一直送到外房门口才转回身来。他待人接物不论什么时候都如此客气，如此周到，最受大家欢迎。他听到毛简青的谈话，坐下用一双极明亮极有神的眼睛，看住毛简青，搭上几句嘴：

“‘六大’总的路线，即中国革命的性质和任务，基本上是正确的。但因我们开会的时间较短，代表人数不多，还没有很好的总结经验教训。我认为，大革命时期的右倾错误固然多，最主要的在于没有执行第三国际第八次执委会所指示的解决农民土地问题，尤其是没有搞武装问题。”他掉转眼睛，看看季交恕：“你在国民革命军里边搞过，知道的。假如我们自己搞武装，那真不成问题，唉！”他说此话的嗓子虽很低，唉出气来的声音却很长很大。“假如自己掌握了武装，那我们党怎么会被人家一脚踢开，一下打入地下呢？”卜卜卜，外房门又轻轻地被推开了，一起进来两位。祝胡子和颜悦色地站起身，招呼这两位：“那边情况有变化，你们要提前赶快去。来，来！”他伸出右手摆几摆，作出个叫他们进内房去坐的示意。

现在，留在这外房里的毛简青和季交恕两个人，仍轻声细语地交谈。

首先开口的是毛简青。他说祝胡子的话对，自己没有武装真吃亏。“这是严重教训，我近来才体验到革命无枪杆子不成。”说这话时，毛简青连摆几下头。

季交恕一边吸烟一边听，想起过去两个革命时期的往事说：“是嘛，赤手空拳搞革命，还不是秀才造反，怎么行？还是毛润之同志有预见。他在广东办农民运动讲习所时，就主张要有自己的武装。”这时，他忽然联想到平江县去年的武装斗争，担心义勇队现在是否还存在，因而他的谈话方向转移到这上面来了。他问：“简青，你去莫斯科时候，平江情况怎样？义勇队保存下来没有？”

毛简青放下手上的茶杯，摸起一把扇子摇两摇，眉毛紧皱，显现出满脸不愉快的表情道：“从张辉瓒的第四师一到，杀人放火，东、南两乡，尤其你们东乡，差不多到处是焦土，三岁孩儿都过刀，真惨！好在把武装力量保存下来了，将义勇队改为工农义勇军，扩大到了二三千人，好几百条枪，已分散在上东乡黄金洞和北乡幕阜山那一带活动。”

季交恕听他说到这儿，蓦地从沙发上一跃站起来，喜形于色地说：“噢！好呀，马克思保佑，只要留得青山在，那就不怕没柴烧。罗纳川还好吗？”

毛简青一听罗纳川三个字，立刻低下头，一字一顿地说：“咳！

他早就牺牲了啊!"再也说不出第二句话来。

季交恕的眼睛立刻变红了。他想起去年在献钟攻打警察所、在黄花潭袭击挨户团英勇奋斗的罗纳川牺牲了,实在可惜,几乎掉下泪来。然而,既要革命,就应该不怕牺牲。今年三月间,夏明翰在汉口就义时,不曾有一首说得很对的诗嘛:

砍头不要紧,
只要主义真,
杀了夏明翰;
还有后来人。

对的,只要主义真,不掺假不走样,牺牲一个罗纳川,还有成千成万个罗纳川,无论反动派怎样残杀,革命的火焰总是扑不灭的。

"纳川家属呢?"他问毛简青。

"那还算好,他的家属跑脱了。"毛简青痛痛快快顺口答复了他,又顺口吐出"你的家属"四个字,其余的话因怕季交恕闻而痛心,不想直说出来。

"我的家属怎样啦?"

"唉,"毛简青就只这么唉一声,像是自悔失言,也像是想用别的话来转口敷过去。

"你说啰!"季交恕听出他这话里边有问题,立即奋起身,跑至简青跟前,双手按住他的肩膀摇一摇。"照直说啰!是不是杀了人?"

"咳!听说你家里都烧光、杀光了,只留下你婶母雪干娘还在,不晓得的不的确。"坐在沙发上的毛简青,一边吞吞吐吐这么说,一边仰起头看看呆立在他身旁的季交恕,见他脸色发青,两眼发红,睫毛上全是水珠。他看到他如此颓丧的神气,马上站起身,把季交恕拉回原来的座位上,安慰说:"同志!事已至此,无可奈何嘛!你要想开些,不可因此就灰心丧气咧。"

季交恕的心头上,好像插上一把尖刀,非常痛。他握紧一个拳头,在沙发靠背上重重地一拍道:"妈的,国民党反动派弄得我家破人亡,实在可恨!"遂又换过口气说:"简青,你放心吧。也好,没有家室就没有牵挂,韭菜开花一条心,只有更加坚决干下去,决不至半途而废的。"说过这些,时间已不早了,他知道毛简青明晨要走,还有事和祝胡子谈,不容许再扯其他问题。他定一定神,理一理嘴上的胡子,戴上黑眼镜,穿起绸长衫,起身先走了。

时间同车轮一样的往前驶,很快就过中秋,然而季交恕却觉得度日如年。他每天除照例做些烧茶煮饭等日常工作之外,唯一的消遣,就是饮酒赋诗;唯一的希望,就是南洋那位姓张的快些来。事情偏不凑巧,一天熬过又一天,直到过重阳还没有半点消息。这就不能不使他更加怅惘,更加忧愁,更加迷惑不解。来也不来呢?难道来不成?如同久旱望云霓,经常跑下楼去,看陈大海会不会送信来。

度过重阳以后,转瞬就是初冬。为了节省钱财和时间,季交恕改吃两顿饭了。这天,淡红色的太阳射到身上暖烘烘的,一点也不冷。吃过早饭洗过碗,已是十一点光景,他穿上一件短夹袄,悄悄地溜往弄堂口,东张西望看一阵,因为地方偏僻,熙来攘往的人并不多,更没有看到像陈大海那样的高个子。可是,过一会儿,东面走过来两位。他们愈走愈近,越看越清,前头的一位是大海,后头那一位是圆圆的脸,黑黑的皮肤,很像余楚农。不!这可能是另一个面貌相同的人?不然的话,余楚农早于去年秋收起义后,跟毛润之上了山,怎么会到上海来呢?他揉揉眼走出弄堂口,定睛一看,没错,当真是余楚农。"呀!"季交恕喜出望外,不自觉地呀了一声。陈大海连忙使个眼色,示意他不要讲话。于是他领着他们两位同哑巴一样,不言不语地步入弄堂内,走进亭子间。关上门,季交恕拖拢一张小凳子,斟好两杯茶,三个人面对面坐了下来。季交恕低声问余楚农道:

“你不是跟毛润之同志上井冈山上去打游击的吗,怎么来的?”

“是的。毛委员派我送报告来中央的。”余楚农边笑边指着陈大海说:“我听他说,才晓得你也在上海。”

“嗳,小点声音。”季交恕朝房门边努努嘴。余楚农把嗓音压低,面向化名黄永恒的季交恕用最亲切的称呼道:

“喂,老黄,南洋那位姓张的同志到了,大约个把星期就会走。祝胡子要你今晚到他那里去同张同志见面谈谈,好一路走。”陈大海挨近季交恕的耳朵边,用手掌遮住自己的半边嘴,将谈话地点悄悄告诉他,复又张开一双手掌:“十点钟呀!好,你们先说,我还要去别的地方有事。”

季交恕心里一喜:有工作做,这可好了。但因为急于想知道井冈山和毛润之的情形,等陈大海一出房门,就连忙转身问道:“楚农!你们怎样上井冈山的?那里险不险哟?红军共有多少人?困不困难?毛润之的身体如何?请你详细谈一谈吧!”

余楚农低着头,想了一想道:“那说起就长啦!去年八七会议后,我是被调回平江去搞武装的。不久,中央派毛润之来领导秋收暴动。他把我们平江、浏阳、醴陵的农民自卫军同安源煤矿的工人纠察队、武汉的武装警卫团,编为工农革命军第一师,总共四个团,八千多人,在湘赣边打了很多胜仗。殊不知中央政策是以夺取城市为中心,定要我们进攻长沙。本来毛润之是主张先在农村建立根据地,不赞成冒险干,但也不能不服从中央。结果如何?还不是打了个大败仗,一直退到浏阳文家市,伤亡逃散很不少。再往哪里走呢?大家都垂头丧气,没有了主意,几乎要散场。可是,天不绝曹,毛润之脱了险,从长沙赶到了文家市——”

“怎么啦?”季交恕听到毛润之脱险这句话,两眼一睁,很吃惊地关心问。余楚农接着说:

“他是在半路上被两个团防兵捉住的。幸亏他化了装,那两个团防兵不认得他是谁。他七说八说,花了几块钱才脱身。呵哟!

你没看见啰,他那时赤着脚,趾头和两条光腿都被山里的荆棘刺得鲜血淋漓,一把又长又乱的头发好久没有剪,一身又脏又旧的蓝衣服好久没有换。他却毫不在乎,很沉着,刚到文家市那天,就召集我们一些干部开会。他说胜败是兵家常事,何况国民党各派军阀有矛盾,有战争,我们就有空子可钻,只要同工农群众紧紧团结在一起,定可以转败为胜的;不过,在目前还不是打大城市的时候。往哪里去呢?他指着手里的地图说,你们看这图上画得同眉毛一样粗一样弯的井冈山,必然是山高林密的险要地方。依我看,只有上山去打游击,等到有了力量再去打城市不迟。他还讲出许多道理,把大家的思想搞通了。大家的信心提高了,一致赞成他的意见上井冈山——"

"上山以后怎么样?"急性子的季交恕,又把对方的话打断了。

"上山以后嘛,还早哩!"余楚农接着说:"因为敌人跟着追,需要一面行军一面打,伤亡逃散又不少。还有些人主张打回湖南的。从文家市到井冈山下不远的三湾村,仅剩下一千二百人,九百一十条枪,四十八匹马了。"余楚农述说至此,神色立变:"哎呀!那时候,真是人心惶惶,朝不保夕啦!"随而竖起一个大指头:"还只毛润之真沉着,他仍然不慌不忙,召集大家开会说:失败是成功之母。虽然受了损失,我们还有这么多人,只要舍得干,一个抵十个,十个就抵它一百,还怕不成吗?只要把队伍重新整顿过,谁愿意干,谁就跟我们一起上井冈山,团结起来干到底。因此,就在三湾改编了。主要是将军队中的党组织整顿好,这可起了大作用。各连都以支部为领导核心,好比人有了骨骼,不似以前那样稀稀落落了。改编以后,才上了井冈山。"

午阳已经渐渐西斜,季交恕看看手表,一点过二十分。他忽然想起自己是日食双餐的,肚子还饱,难道客人也不饿吗?虽是同志,总应该客气一下才对,因而说:

"楚农,吃点饭再谈吧?"

“我回去吃,用不着打扰你。”

“不,不。”季交恕立将夹在手里的烟屁股往马桶里边一扔,开始弄饭吃:“楚农!我现在是自食其力啦!”

“好嘛,自己搞吃合算些。”余楚农跟着起身帮他搞。

“同志,我不是为打算盘啰……”季交恕将他到上海以后的经过情形述说一阵。

季交恕踉跄地奔出弄堂口,买了二角钱烧腊肉,一角钱酱猪肝,自炒一碗青菜,煎了两个荷包蛋。不晓得是气炉子不听话,还是烹饪技术不高明,所谓炒青菜,如同煮的一样烂,全是汤;所谓煎荷包蛋,差不多变成了焦炭。好在有烧腊肉和酱猪肝,还可以佐餐,不然的话,只好吃光饭了。余楚农不喝酒,也许有点饿,端起碗盛饭了。季交恕斟着半碗酒,喝一口便问:

“你们那里有酒喝吗?”

“饭都吃不饱,天天吃南瓜,还喝酒?”余楚农舀起一匙青菜汤,拌着口里的饭咽下去,然后答复他:“我们那里苦啦!上从毛委员,下至伙夫,都一律每人每天五分钱的伙食。加之山上居民不满两千,每年产粮不满万石,这么多红军的军粮,全靠自己下山从宁冈、永新、遂川这些地方搬运上来。同志!你看我们的饭,好不容易吃进口呀!怎像你们在上海,只要有现洋,”他用筷子指着搁在桌上的饭碗说:“不愁买不到米。我们那里呀,现洋也极少,而且缺棉花,缺布。去年,许多士兵只穿两层单衣过的冬,好在大家都懂得为革命而苦的道理。苦惯了,官兵一样苦,谁也没怨言。”

“只有千二百人的给养,人并不算多嘛。”季交恕以为还是三湾改编时候的人数,故而这样说。

“扩大好几倍啦!除开地方武装赤卫队那些不算,单讲正式红军,就有五千!”

“自己没有兵工厂,哪里来的枪?”

“有的是枪。”余楚农得意地笑笑:“呵呵,不要自己造,也不要拿钱买，都是人家送的。”

“人家送的？”

“打仗缴获的啰。我们那里都说蒋介石是运输队长。也还有自动拖枪过来的。红军的政治宣传工作实在做得妙。”

“怎样妙？请你谈谈。”听到这儿，季交恕以为红军的政治工作仍同北伐时候国民革命军的一样，或者有所不同，因而更感兴趣地放下酒碗，斜视着对方的脸说。

“除喊话、发传单、贴标语外，最有效的是优待俘虏、释放俘虏、为俘虏兵治病。这是毛委员创造的新办法啦！这恐怕除开诸葛亮对孟获有过七擒七纵的事，古今中外都没有谁这样做过咧。”

“优待俘虏的效果好不好？”

“效果好得很。有些俘虏兵自愿当红军，放他回家他也不回去。因见红军平等，不骂人，不打人，还有些释放回去，第二次又拖枪过来。不像国民党官肥兵瘦，专靠军纪维持，所以容易打垮。”

“古人说，攻心为上，攻城次之，恐怕这就是攻心的道理。”

“是嘛。毛委员经常对我们讲，要瓦解敌军，就得既要会打武仗，又要会打文仗。”余楚农又把左手的大拇指竖起来，连说出三个有“真”字的话：“毛委员真是了不起，真行，办法真多。他开始建军就提出从前没有过的新办法，什么三大任务啦，三大纪律、六项注意啦。”余楚农说到这儿，左手的食指头轻轻在桌子边敲几下：“哈，这些办法，效果好得很。”

刚喝完酒，正在端起饭往口里送的季交恕，听他说到效果好这一句，立即抬起头问道：“什么三大、六项啦？”

余楚农边说边吃饭，从口袋里掏出一条手巾揩揩嘴，然后把井冈山和打仗等情形，背书一样，滔滔不绝地又说：

“井冈山是个险要地方，好防守，因为它在罗霄山脉中段，介于江西、湖南之间；南面接连广东与湖北，周围五百多里，山高林密，仅有五条羊肠小路可以上去，只要有粮食充饥，有群众帮助，那就不管两省'会剿'也罢,三省'会剿'也罢,无论如何打不进去。前一向,敌人用几个师的兵力围攻井冈山,我们只用一个营守住黄洋界一条要路,把他们打得落花流水。这是我们上井冈山以来一次顶有名的战役。毛委员的战略是,红军以集中为原则,赤卫队以分散游击为原则。他主张波浪式的推进,反对分兵,反对冒进。应付敌人的办法也不一样。对势力比较强大的湖南采守势,对势力比较薄弱的江西采攻势。"

"江西方面的敌军有多少?"

"同红军作战的是两只'羊'。"

"两只羊?"

"就是朱培德部下杨池生、杨如轩的两个师,战斗力弱,打红军打不赢,所以我们叫他们为两只羊。"

"噢——"季交恕吃惊似的说:"这原来是江西的劲旅哒。记得三年前,我跟谭延闿的湘军在江西南安那一仗,被杨池生、杨如轩打得大败,没想到那时的虎今日会变成羊,北伐军的蒋总司令,一下变成红军的运输队长,哈哈!"他很兴奋,大笑起来:"可见,强中更有强中手。缴过他们的枪吗?"

"缴——过。从黄洋界打败湘赣会剿军以后,曾在江西的遂川、宁冈、永新打过好几次胜仗,不但缴获不少枪支,而且还俘虏过好多个营连排长,并在那些地方发动了群众,分配了土地,建立了政权。"

"分配土地的标准怎样?"

"起初是按人口,男女老少一样平分的,现在改照中央指示,以劳动力为标准。"

"政权呢?"

"当然是全由群众选举的民主政权。很多穷苦老百姓,当上了主席啦。不过,原先叫工农兵政府,后照中央指示改为苏维埃政府,但很多人不懂得什么是苏维埃,有人简称苏政府,也有人喊埃政府的。”

听过这段话,季交恕仿佛精神上和生理上都增加了不少热力,满怀着又愉快又向往的心情,脸上浮现出按捺不住的笑影,放下筷子道:“楚农,我跟你们一块上山去干,你说好不好?”

余楚农暂时没回答。他抬起头,翻翻眼睛才答复:“还是听组织分配啰?既然中央叫你去南洋,你就过海去,何必又想上山咧?到处是革命工作嘛!”他边说边起身:“好,你我都快要走,以后再见。”因为彼此是相熟的老同志,而且在这严重白色恐怖的困难环境之下,天各一方,两下心窝里自不免蕴藏着依依难舍的深情。季交恕把他送出弄堂外好远,一直到看不见他的背影才转回身;余楚农也是三步一回头,五步一返望。好像女儿离娘家,彼此都含悲忍泪分了手。

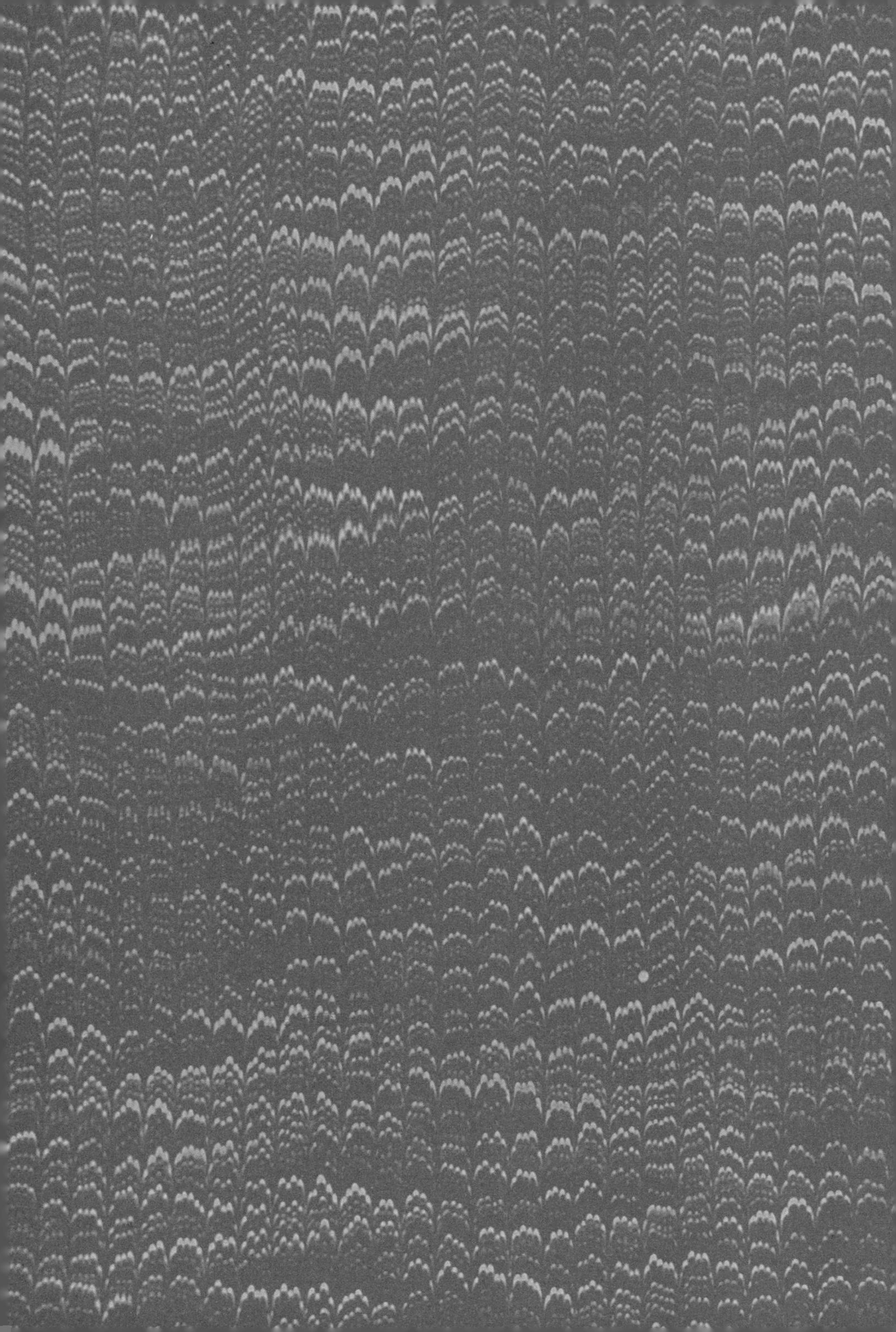

LIUSHINIAN

DE

BIANQIAN